Albert Emil Brachvogel
Wilhelm Friedemann Bach

SEVERUS

Brachvogel, Albert Emil: Wilhelm Friedemann Bach
Hamburg, SEVERUS Verlag 2013
Nachdruck der Originalausgabe von 1909

ISBN: 978-3-86347-265-8
Druck: SEVERUS Verlag, Hamburg, 2013

Der SEVERUS Verlag ist ein Imprint der Diplomica
Verlag GmbH.

**Bibliografische Information der Deutschen
Nationalbibliothek:**
Die Deutsche Nationalbibliothek verzeichnet diese
Publikation in der Deutschen Nationalbibliografie;
detaillierte bibliografische Daten sind im Internet über
http://dnb.d-nb.de abrufbar.

SEVERUS

Friedemann Bach.

Roman

von

A. E. Brachvogel.

Mit dem Bildnisse des Dichters und einer Einleitung von
Julius Berstl.

Einleitung.

Albert Emil Brachvogel gehört zu jenen wenig beneidens=
werten Künstlernaturen, die, durch den starken Erfolg eines ein=
zelnen Werkes plötzlich ans Licht gezogen, noch bei Lebzeiten zu
gefeierten Berühmtheiten gestempelt werden, um nach ihrem Tode
ebenso schnell wieder der Vergessenheit, ja selbst einer übertriebenen
Geringschätzung von seiten der jüngeren Generation anheimzufallen.
Brachvogels „Treffer", der ihn über Nacht zu einer Modegröße er=
hob, war das Schauspiel „Narziß", das bei seiner Erstaufführung
einen beispiellosen Erfolg davontrug, um noch für Jahre hinaus
eines der meistgespielten Stücke der deutschen Bühne zu bleiben. Und
wenn man auch heutzutage dem Werk ein überhitztes, hohles Pathos,
geschminkte Unnatur und aufdringliche Pose vorwerfen muß, so
soll doch auch anerkannt werden, daß Brachvogel mit seinem
„Narziß", wenn auch kein Drama im höheren Sinne, so doch ein
Theaterstück geschaffen hat, das in seinem rasch vorwärts=
schreitenden Entwicklungsgang, der fesselnden Kulturschilderung,
dem Aufeinanderprallen der denkbar feindlichsten Gegensätze und
nicht zuletzt in der kühnen Kombination von Geschichte und dichte=
rischer Erfindung durchwegs von stärkster Bühnenwirkung ist.
Für das Schicksal des Stückes aber war es wohl von vornherein
von entscheidender Bedeutung, daß Brachvogel in einem Zeitalter
des krassesten Schauspieler=Virtuosentums es verstand, Rollen zu
schreiben, die mit erstaunlicher Raffiniertheit auf den Effekt zu=
geschnitten waren und ehrgeizigen Mimen glänzende Gelegenheit
boten, sich durch posierendes Spiel vorzudrängen.

Diesem dramatischen Schlager gegenüber ist fast alles, was
Brachvogel noch sonst geschrieben hat, mit den Jahren gänz=
lich verblaßt. Ja, einer strengeren kritischen Untersuchung
dürfte von allen größeren Arbeiten Brachvogels heutzutage
wohl nur noch der Roman „Friedemann Bach" ehrenvoll
standhalten, der sich mit der Zeit immer mehr die Sympathien
der Leser erworben hat und — bei allen Mängeln und organi=

schen Gebrechen des Werkes — als Brachvogels ausgereifteste, wertvollste Arbeit angesehen werden muß, die es auch heutzutage noch immer verdient, als ein ehrliches, stofflich reiches, farbenkräftiges Volksbuch weiteste Verbreitung zu finden.

Doch zunächst ein paar Worte über des Dichters Romantechnik im allgemeinen! Brachvogel bevorzugte in auffälliger Weise den biographisch-historischen Roman. Gewiß war er sich seiner künstlerischen Stärke, der glänzenden Darstellung eines ganzen Zeitalters (besonders des Barock und Rokoko), bewußt. Auch mochte es ihn reizen, in biographischen Romanen den Werdegang groß angelegter Naturen zu schildern, die dem Leser schon von vornherein bekannt sind, auch schon von vornherein einen traditionellen Zug effektvoller Originalität in sich tragen und daher dem Verfasser die Kunst der Charakterisierung nicht unwesentlich erleichtern. Auf der anderen Seite mißlang es ihm jedoch häufig, die Gefahren der biographisch-historischen Romane geschickt zu umgehen, d. h. das rein Anekdotenhafte und die allzu subjektive Geschichtsauffassung zu vermeiden, der es nicht darauf ankommt, die positiven Tatsachen untereinanderzumengen und durch ein Allzuviel an dichterischen Zutaten ein unglaubwürdiges Historienbild zu erzeugen.

Besonders charakteristisch für Brachvogels künstlerische Art war es zudem, daß er auch im Roman wie im Theaterstück eine auffallende Vorliebe für die in sich abgeschlossene Szene an den Tag legte. Seine Romane sind in der Tat nichts weiter als eine Aneinanderreihung kleiner Auftritte oder Bilder, die ganz nach dramatischen Gesetzen gebaut sind und jedesmal in einem wirkungsvollen Höhepunkt gipfeln. Dieser Manier gelingt es natürlich, das Interesse des Lesers immer wieder zu fesseln und mit sich fortzureißen. Sie unterschlägt aber gleichzeitig alle feineren Übergänge und gedämpfteren Unterströmungen, welche die Einzelbilder erst miteinander verbinden und das Ganze zu greifbarem, harmonischen Leben abrunden. Was Brachvogel uns gibt, ist daher mehr eine geschickt angeordnete Bilderfolge, die stofflich fesselt, als der lückenlose künstlerische Ausdruck menschlichen Lebens und Wesens, der uns seelische Tiefen erschließt. Und selbst in seinem „Friedemann Bach", der sich sonst fast durchwegs von den oben gerügten Schwächen freihält, weicht der Dichter nicht von dieser heiklen technischen Manier ab. Aber man wäre ungerecht, wollte man in dieser Beziehung Brachvogel allein Vorwürfe machen. Es war wohl eher der ganzen Zeit, in der er lebte, zu eigen, die stoffliche Breite der seelischen Tiefe vorzuziehen.

Der Kardinalfehler der Romankunst Brachvogels ist jedoch in einem auffallenden Mangel an Kompositionsgefühl zu suchen. Er ist die Ursache einer Formlosigkeit, die den Genuß der Lektüre ungemein erschwert und abschwächt. Allerdings muß dabei zugestanden werden, daß es schon von vornherein in der Art des biographischen Romans liegt, einen wohlgegliederten Aufbau, der den Gang der Handlung zielbewußt fördert, zu verhindern. Denn es wird schwerfallen, ein für die dichterische Verwertung geeignetes Menschenschicksal ausfindig zu machen, das schon von vornherein alle Bedingungen eines architektonischen Aufbaus im Gang der Geschehnisse erfüllt. In der Regel wird vielmehr eine Handlung, die sich die Schilderung wechselvoller Lebensschicksale zur Aufgabe gewählt hat, in einer unruhigen Wellenlinie mit einer ganzen Anzahl kleiner Höhepunkte verlaufen, während der alles überragende Gipfel fehlt. Dies ergibt naturgemäß eine Schwerfälligkeit, Unbeholfenheit und Inkonsequenz der Handlungsführung, die sich wiederum in dem schwankenden, unbeständigen Interesse des Lesers unerbittlich rächen muß.

Auch „Friedemann Bach“ ist von diesem organischen Fehler nicht ganz freizusprechen. Wenn das Werk trotzdem eine starke Wirkung selbst auf verwöhntere Literaturkenner auszuüben vermag, so ist die Ursache dafür eben darin zu suchen, daß sich die Einzelteile in ihrer Wirkung wenn auch nicht steigern, so doch fast nie abschwächen. Das gibt dem Verlauf der Handlung doch wiederum eine Art verborgenen Zielbewußtseins und instinktiv glücklicher Richtungsführung, welche die architektonischen Mängel zwar nicht aufhebt, aber doch wesentlich verschleiert und mildert. Vor allem aber bietet das Werk gegenüber diesem Angriffspunkt doch noch so viele Vorzüge, daß man gern auch die unleugbaren Schwächen mit in den Kauf nehmen wird.

Auffallend ist es, daß die Helden der beiden erfolgreichsten Werke Brachvogels, des „Narziß“ und des „Friedemann Bach“, sich in ihren Charaktereigentümlichkeiten so ähnlich sehen. Beide gehören sie zu den „Genies in Lumpen“, deren Achillesferse es ist, daß sie nicht im selben Grade, wie sie ihre Kunst beherrschen, das Leben zu meistern verstehen. An dieser Einseitigkeit ihres Könnens, an dem Leichtsinn, mit dem sie ihre Talente vergeuden, müssen sie daher zugrunde gehen. Manche Kritiker haben darin eine Wesensverwandtschaft des Dichters mit seinen glücklichsten Gestalten sehen wollen. Dieser Anschauung ist aber jedenfalls entgegenzutreten. Denn man kann von Brachvogel nicht gut behaupten, daß er seine Talente leichtsinnig verbrauchte. Wenn man sich vielmehr klarmacht, welch ein unermüdlicher Arbeiter er war, so muß man in dem Umstand, daß ihm die Mehrzahl seiner Werke trotz der Genialität der Grundgedanken oder einzelner Teile und Gestalten mißlang, keineswegs künstlerische Leichtfertigkeit, sondern eher eine brüchige Stelle in seinem Talent erblicken, die er bei bestem Willen nur ganz selten zu verhüllen, niemals aber völlig zu heilen verstand.

Im „Friedemann Bach" ist ihm das vielleicht am ehesten gelungen. Schon die großzügige Anlage des Romans, der dem Einzelleben des Titelhelden das umfassende Leben seines Zeitalters an die Seite setzt, muß von vornherein bestechen. Ein Kulturbild von exakter Echtheit, dabei glänzend in der Farbenpracht, beweglich in der Auswahl und scharfen Beleuchtung typischer Vorgänge, nimmt unser Interesse gefangen. Das alles ist echtes Rokoko, sowohl in seinen intimen Lebensäußerungen wie in den großen geschichtlichen Taten. Und welche kräftigen Gegensätze! Hier das patriarchalische Leben der Familie des großen Sebastian Bach, dort der Hof Augusts des Starken und seines Nachfolgers, in dessen Mittelpunkt der politische Seiltänzer, Minister Brühl, steht. Demgegenüber wiederum die einfache Hofhaltung Friedrichs des Großen mit ihren schöngeistigen Bestrebungen, die gegen die Intrigen sächsischer Höflinge vornehm abstechen. Überraschend wirkt die Fülle der sicher gezeichneten Gestalten. Friedemann Bach selbst ist dabei vielleicht noch nicht einmal die am konsequentesten ausgeführte Figur. Denn der stark pathologische Zug, der sich schon im frühen Verlauf des Romans in sein Charakterbild einschleicht, treibt den Leser in eine zwiespältige Stellungnahme. Entweder man erblickt in Friedemann den Kranken, dessen freier Wille schon seit dem ersten Wahnsinnsanfall unterbunden ist. Und dann muß das Tragische seines Schicksals sich lediglich in ein Mitleiderweckendes verwandeln. Oder aber man sieht in ihm

den schwachen Menschen, der sich durch eine einzige unglücklich
ausgehende Liebe derartig aus dem Sattel werfen läßt, daß er
niemals wieder Gewalt über sich selbst zu gewinnen vermag,
sondern sich mit Bewußtsein, ja selbst mit einer Art von Genuß
vom Schicksal hin und her schleudern läßt. In diesem Falle aber
müßten die Sympathien des Lesers für den Helden ganz erheblich sinken. Jedenfalls ist hier ein heikler Punkt, der kritischen
Angriffen leicht zugänglich ist.

Das alles soll uns jedoch nicht davon abhalten, Brachvogels
„Friedemann Bach" als ein kerniges, farbenreiches Lebens- und
Kulturbild zu schätzen. Und wenn man heutzutage danach aus-
geht, dem Volke eine spannende, dabei aber gesunde und vor allen
Dingen künstlerisch wertvolle Lektüre vorzusetzen, so braucht man
nur zu dem vorliegenden Roman zu greifen. Er birgt alle Vor-
aussetzungen in sich, die ihm die anhaltende Gunst der großen
Massen sichern! —

Nun noch ein paar Daten aus dem Leben des Dichters:
Albert Emil Brachvogel wurde am 29. April 1824 in Breslau
als der Sohn des Kurzwarenhändlers Johann Gottfried Brachvogel, der bereits 1831 starb, geboren. Seine Mutter war eine
krankhafte, an Melancholie leidende Frau. Auch Brachvogel
kränkelte bis zu seinem 18. Jahre. Frühzeitig erwachte in dem
Knaben der Wunsch, Schauspieler zu werden. Da er jedoch in
dieser Beziehung auf den heftigen Widerstand seiner Mutter stieß,
so sah er sich gezwungen, den Buchhändler-, dann den Graveur-
beruf zu ergreifen. Als 1844 auch seine Mutter starb, machte
er sich dennoch frei und ging daran, seine längst gehegten heimlichen Pläne zu verwirklichen. Er reiste nach Wien, trat in einem
Vorstadttheater als Kosinsky auf und wurde — ausgepfiffen. Tief
gedemütigt kehrte er nach Breslau zurück, nahm seine frühere
Tätigkeit wieder auf, beschäftigte sich aber nebenbei eifrig mit
philosophischen und historischen Studien. 1848 trieb es ihn nach
Berlin, wo er sich an den politischen Ereignissen beteiligte und
sein erstes Stück „Jean Favard" schrieb, das 1850 zur Aufführung gelangte, ohne aber einen nennenswerten Erfolg davon-
zutragen. Im selben Jahre vermählte er sich mit Julie Hart.
Aber die junge Ehe wurde bald durch schwere Sorgen getrübt.
Brachvogel verlor sein elterliches Vermögen durch Spekulationen

eines älteren Bruders und mußte sich nach einer Brotstelle um=
sehen. Nach vielen Mühen gelang es ihm endlich, einen Unter=
schlupf als Sekretär am Krollschen Theater in Berlin zu finden.
In diese Zeit fällt die Entstehung des „Narziß". Die Erst=
aufführung am 7. März 1856 machte ihn mit einem Schlage zur
Modeberühmtheit. Doch keines der vielen Dramen, die er in der
Folge noch schrieb, vermochte eine auch nur annähernd so starke
Wirkung auszuüben. Immerhin fanden „Die Prinzessin von
Montpensier" und die nach dem Roman „Beaumarchais" ge=
arbeitete „Harfenschule" vorübergehende Erfolge. Die übrigen
Fehlschläge entmutigten ihn aber derart, daß er sich mehr und
mehr dem Roman zuwandte. Doch auch in dieser Kunstgattung
sollte sein erstes Werk, der 1857 erstmalig erschienene „Friede=
mann Bach", sein bestes bleiben. Unermüdlich schaffend, ver=
brachte der Dichter viele Jahre in Berlin. Aus der großen Reihe
der in dieser Zeit geschriebenen Romane seien nur „Der Trödler",
„Benoni", „Der neue Falstaff", „Schubert und seine Zeit=
genossen" und „Beaumarchais" erwähnt, ferner die wirkungs=
volle Erzählung „Simon Spira und sein Sohn". Der 1872
erfolgte Tod seiner Lebensgefährtin traf ihn schwer. Rastlose Arbeit,
deren Früchte unter anderem der Roman „Die Schweden in
Brandenburg" und eine Dramatisierung desselben Stoffes
waren, mußte ihn auch über diesen Verlust hinweghelfen. Und
noch immer mit neuen Arbeiten beschäftigt, von neuen Plänen
erfüllt, erreichte den Dichter in der Nacht vom 27. zum 28. November
1878 der Tod.

Damit wurde ein arbeitsvolles Leben abgeschlossen, dem es
nicht an reichen Erfolgen wie an schweren Fehlschlägen gemangelt
hat. Im Verlauf der folgenden Jahre verblaßte das Bild der
literarischen Persönlichkeit Brachvogels immer mehr. Aber wenn
im letzten Grunde auch nur „Friedemann Bach" übrig bleibt,
der durchaus würdig ist, immer wieder die Sympathien neuer
Leserkreise zu erringen, so genügt diese Tatsache doch schon völlig,
um Brachvogel als dem Dichter dieses Romanes ein ehrendes,
dankbares Andenken zu bewahren.

Leipzig, 1909. **Julius Berstl.**

Inhaltsverzeichnis.

Vorwort des Verfassers.

Es hat wohl selten einen Abschnitt der Geschichte gegeben,
der mehr dem Verhängnis, verspottet, dem Geschick, verlacht zu
werden, anheimgefallen wäre, als das vorige Jahrhundert mit
seinen Zöpfen und Schminkpflästerchen, seiner in Brokat und
Spitzen gehüllten Grandezza, seinen frivolen Anekdötchen und
süß schlüpfrigen Schäferspielen, seiner gepuderten Parodie der
Antike, seiner hausbackenen Gelehrtheit und equivoken Doktrin.
Welcher andere Zeitabschnitt hätte sich eines besonderen Namens
zu rühmen wie der vergangene, eines Namens, bei dem man
unwillkürlich lächeln muß? — Rokoko! Madame la comtesse
Rokoko! — Gibt es etwas Komischeres?

Wir haben uns von Jugend auf daran gewöhnt, dies Jahrhundert zu bewitzeln, fast zu bemitleiden; es war lange Zeit
Stil, in ihm einen Tempel aller Narrheit und Verschrobenheit zu
sehen, weil man das wunderliche Kleid dieser Zeit für ihren einzigen Inhalt, ihre Schale für den Kern genommen. — Seit etwa
zehn Jahren, nachdem auch die Romantik fadenscheinig zu werden
begann, die Antike aber eine gar zu zerbrechliche Ware in unseren
Händen wurde, und doch irgend ein Stück Vergangenheit wieder
Mode werden mußte in der beaumonde, näherte man sich der
Frau Rokoko und war höchst erstaunt und ausnehmend entzückt,
zu finden, daß sie doch eine höchst respektable Person sei, mit der
sich umgehen lasse.

Sie ist mehr als das, die Madame Rokoko! — Sie ist eine
Riesin, die wir so lange anstaunen werden, bis wir nicht nur zu
ihrer Höhe gewachsen sind, sondern sie überflügelt haben. Das
achtzehnte Jahrhundert ist eine Sphinx der Weltgeschichte, entsprungen halb aus der Antike, halb aus der Romantik, und doch
keins von beiden. Ihr sinnender großer Blick weissagt uns eine
neue Zeit und zugleich deren Fall; auf ihrer Stirn lagern Kas-
sandragedanken. Üppig in Wollustschauern hebt und senkt sich
ihr nackter duftender Busen, als wenn er die ganze Welt einlüde,

zu kommen, zu trinken und zu versinken in den hellohenden Flammen des Sensualismus, und fertig zum Griff, zur Zerstörung sind ihre allezeit geschärften Klauen. Halb Kontemplation, halb Kampf, halb Mystik, halb Materialismus, halb Jungfrau, halb Löwe, und nichts ganz — das ist das achtzehnte Jahrhundert. — Wenn wir unseren Blick hineinversenken, ist's, als beschritten wir ein riesiges Zeughaus angefangener Ideen, als ständen wir auf der Werft, wo die Arche gezimmert ward, die die Menschheit aus der Sündflut tragen sollte, die Arche, die auf hohem Meer zerbrochen ist, und deren gigantische Trümmer, deren köstliche Ladung, deren stolze Wimpel und Leichen, zerzaust von den Wogen der Zeit, uns umgaukeln, und die wir lange genug bespöttelt und belacht haben, bespöttelt und belacht mit dem Rechte, mit welchem ein toller, übermütiger Knabe das gebrechliche Alter: „Kahlkopf" anschreit. — Mit Verehrung, Liebe und Nachsicht sollen und wollen wir die alte Mutter Rokoko ansehen und bedenken, daß sie uns an ihren Brüsten großgesogen, daß sie die Quelle fast aller unserer Gedanken und Anschauungen ist, und wir nichts wären ohne sie. Ihre besten Gefühle, ihre reichsten Wahrheiten, das, was ihr unsterblich Teil ist, hat sie uns als Erbteil gegeben, da sie in die Grube sank, und wir können uns selber nimmer verstehen, wenn wir nicht unsere Mutter verstanden haben.

Mit Verehrung, Liebe und Nachsicht ergreife ich die Feder, um ein Gedicht, ein tragisches Gedicht dieser unserer Mutter zu entwerfen, das, weit entfernt, umfassend zu sein, in engem Raum, in kleinem Rahmen die Idee dieser Zeit in einzelnen Individuen verkörpern und ihr vielleicht neue Freunde zu den alten erwerben soll. Dies Gedicht gilt den Manen eines ebenso unglücklichen wie ungewöhnlichen Menschen, der an seinem eigenen Charakter sich zerschellte, gilt zugleich den Manen eines Mannes, dem die Welt so Herrliches verdankt, den Manen eines Mannes, dessen Melodien unser Herz dehnen im Gotteshause und uns zwingen, das Knie zu beugen vor einem solchen Genius, wenn er auch sonst wie seine ganze Zeit — Rokoko war. — Auch wir werden einst Rokoko! — Morituri te salutant Caesar! — Wir alle sind Gladiatoren auf der Arena dieser Erde, und die Geschichte verzeichnet das Kampfspiel!

1. Von Halle nach Dresden.

Wer von Halle kommend mit pfeilgeschwindem Dampfroß den nördlichen Teil des lieben Thüringens betritt und das helle regsame Weimar grüßt, hat kaum einen Begriff von der Stille und Abgeschlossenheit, in dem das Bethlehem deutscher Poesie zu Anfang des vorigen Jahrhunderts lag. Die wenigen Wege, die in die träumerische, von duftenden Matten durchzogene Talmulde führten, waren kläglich, und wenn unser aufkeimendes Geschlecht eine Fahrt nach Paris, London oder gar Amerika für eine halbe Bagatelle hält, so war doch damals eine Reise von einigen Tagen ein gar bedenkliches Ding, das sehr lange erwogen und ohne die äußerste peinliche Vorsicht und Vorbereitung kaum unternommen wurde, von den unverhältnismäßigen hohen Kosten gar nicht zu reden.

In jenen Zeiten der idyllischen Selbstgenügsamkeit waren auch die geistigen Verkehrsmittel, das Zusammenströmen, Verschmelzen und Ausdehnen der Ideen durch Wort und Schrift noch höchst lückenhaft, und Frau Fama, sie mochte nun ihren Mund mit Honig oder Wermut füllen, mußte fein langsam reiten von Stadt zu Stadt, von Station zu Station, und durfte froh sein, wenn sie nur noch überall Station fand. Daher kam es, daß einer ein sehr großer Mann sein konnte und doch weniger gekannt war, als heutzutage ein Schneider, der seine Ware in jeder Zeitungsnummer lobpreisen darf.

Auch Weimar barg zu jener Zeit einen solchen Schatz, einen Künstler, dessen ewig junge Schöpfungen schon damals wie heut bewundert, aber schon damals wie heut von den wenigsten gewürdigt und begriffen, von der Masse aber ignoriert wurden. — Hier und da kannten ihn wohl einige — die Besten seiner Zeit — und flochten ihm den Lorbeer, doch kein Zeitungsartikel erhob sein Verdienst. Auch die große erhabene Kunst der Reklame, durch die so mancher Heros unserer Tage den gradus sich erwirbt, sie sollte noch geboren werden, geboren in der Chorführerin aller Arroganz, Paris, von ihrem geliebtesten Sohne Voltaire. — Wäre sie aber auch schon erfunden gewesen, der schlichte Meister im engen Häuschen zu Weimar, dort bei der Kirche, der hätte sich ihrer geschämt.

Bei alledem blieb jedoch Frau Fama immer das resolute, unermüdlich schwatzhafte Weib, das sie schon in dem heiligen alten Rom war, und wenn sie auch langsam genug vorwärts kam, hatte sie doch in jeder guten Stadt, jedem Nest einen Winkel, eine Art Korrespondenzbureau, wo sie ihre Musterkarte auslegen konnte. Und daß man damals neugierig, ja zehnfach neugieriger war als heute, lag in der größeren Abgeschlossenheit. Denn Abgeschlossenheit und Langeweile, Langeweile und Neugier sind die Laren kleiner Städte; damals aber gab's außer London und Paris fast nur Kleinstädterei auf Erden; — in jenen Metropolen war man natürlich nie neugierig!

An einem reizenden Sommermorgen des Jahres 1717 kam nun besagte Frau Fama plötzlich auf schweißbedecktem Gaule in Gestalt eines Reiters die sogenannte große Straße, die von Sachsen herauf über Weimar nach Eisenach führte, einhergesprengt. Die Schöße seines zeisiggelben Rockes, der Busch seines ungeheuren, barettartigen Hutes fegte die Luft, und die unförmlichen Reiterstiefel kasteiten die Flanken seines Pferdes. Mit dem weißen Stabe, dem silbernen Wappen auf der Brust und dem

Federmeer auf dem Haupte mußte man ihn für einen
Herold halten, und wiewohl diese Gattung sehr werter
deutscher Reichswürdenträger mit dem Dreißigjährigen
Kriege schlafen gegangen, schien er doch, seinem heutigen
Aussehen nach, ein Glied dieser alten Gilde zu repräsen=
tieren. Es war ein Kurier des Kurfürsten von Sachsen,
August des Starken, an den Organisten Johann Sebastian
Bach, der zum Staunen der guten Weimaraner vor jenem
gebrechlichen, von einem Gärtchen umschlossenen Hause
abstieg, auf dessen Stelle später das Haus erbaut wurde,
in dem Herder gelebt und gedichtet hat.

Mit der behaglichen Würde eines Mannes, der sich
einer wichtigen, aber gewohnten Pflicht entledigt, schwang
sich der Bote von seinem erschöpften Tier, band es
bedächtig an, und nachdem er einen Moment seine damp=
fenden Weichen betrachtet, trat er in das Gärtchen.
Alles war still, nur eine Löhnerin begoß die Beete, und
in einer Geißblattlaube, die dicht am Eingange des
Hauses stand, saß ein dreizehnjähriger Knabe und schrieb
emsig auf einer Schiefertafel. Seine Arbeit schien ihn
so ganz in Anspruch zu nehmen, daß sein graues Auge
sich nicht vor dem Nahenden erhob. Auf der hohen
Stirn, die fast zu breit und ausgebildet erschien für die
dreizehn Sommer des Kleinen, perlte der Schweiß, der
Schweiß der Arbeit, wie er nur dem rastlos Strebenden
eigen zu sein pflegt. — Es lag etwas Eigenes in dem
Buben, er war geistig frühreif. An jeglicher Bewegung,
der Klarheit seines Auges, der straffen Haltung seines
Körpers sah man, daß er sich schon jetzt seines Zweckes
bewußt war, daß ihm der Gedanke, was er wohl wolle
und könne, keine Skrupel mehr machte. In diesem drei=
zehnjährigen Buben hatte sich die qualvolle Arbeit der
Jünglingsjahre, das Feststellen seines Lebenszieles bereits
abgetan. Dieser sinnige Ernst, diese gedankenvolle, gewisser=

maßen eigensinnige Überzeugung seines Selbst, die in der pedantischen Plastik seines Kopfes lag, welcher auf dem schwächlichen Körper eines Kindes ruhte, verlieh ihm etwas Groteskkomisches, eine Art dünkelhafter Pathetik, in welcher der weltkluge Beobachter den Keim zum tragischen Weh eines ganzen großen unbefriedigten Strebens und Lebens voraussehen mochte.

Zweifelsohne lag diese Beobachtung dem kurfürstlichen Sendling fern; denn, ungeduldig über die achtungslose Stille, fragte er: „Junge, gehörst du ins Haus?"

Langsam erhob der Knabe das Haupt, legte den Stift auf die Tafel und fragte: „Was will Er?"

„Das geht dich nichts an, dummer Junge. Ich will wissen, ob hier der Konzertmeister Sebastian Bach wohnt."

„Das ist mein Vater, also geht mich das wohl an, weiß Er? Er kann jetzund ohnedem nicht mit ihm reden, er komponiert."

„Das geht mich nichts an!" und ungesäumt schickte der Würdenträger sich an, die steinernen Stufen zu ersteigen, und wollte eben die Tür öffnen, als der Kleine mit beiden Händen die Klinke erfaßte, sie in die Höhe drückte und den Mann so drohend ansah, daß er, verblüfft über diese Keckheit, einen Schritt zurücktrat.

„Weiß Er, was Komponieren ist? — Das ist eine heilige Arbeit! So erhaben, wie wenn der Pfarrer sein göttlich Amt verrichtet; und so wie Er den Pfarrer nicht stören darf in der Predigt, darf Er auch meinen Vater nicht stören! Er mag wollen was Er will, Er muß warten, bis der Vater vom Schreibtisch aufsteht!"

„Hm! — Was das für eine Wirtschaft ist! — Sendet mich der Herr Volumier her im Auftrag des allerdurchlauchtigsten Kurfürsten, soll den Brief abgeben und Antwort bringen, und muß hier wie ein Maulaffe an der Tür stehen, die mir so ein Bengel vor der Nase zuhält!"

„Haltet einmal, Mann!" sagte der Knabe. „Wenn Ihr einen Brief von Meister Volumier an meinen Vater bringt, so gebet ihn her. Ich warte an der Tür, bis er fertig ist, dann soll er ihn gleich lesen. Gehet nur ruhig indes Eures Weges, in einer Stunde habet Ihr Antwort. Ein Trinkgeld krieget Ihr auch, gebt nur her."

Der Kurier, auf den die letzte Bemerkung, trotz des Bewußtseins seiner Würde, Eindruck zu machen schien, und der auch überlegte, der Bach müsse doch eine vor=nehme Person sein, da er, der sonst nur an Gesandte und Fürsten geschickt werde, an ihn eine Sendung habe, da ihm überdies das sichere Wesen des Kleinen und das Wort Komponieren, sowie der Vergleich mit dem Prediger Achtung einflößen mochte, zog langsam den Brief aus der breiten ledernen Tasche, die das kursächsische Wappen trug. Während er dem Knaben das Schreiben gab, sagte er nicht ohne Ängstlichkeit: „Du scheinst mir ein vernünftiger Junge zu sein — da ist's. — Daß du's aber auch ja gleich abgibst! So du's verlierst, kriegst du so viel Hiebe, daß du dein Lebelang genug hast. In einer Stunde komm' ich nach der Antwort!" — Somit entfernte er sich und bemerkte den verwunderten Blick des Knaben nicht, der das Wort „Prügel" ebensowenig als den Ver=dacht, er könne den Brief seinem Vater nicht abgeben, zu begreifen schien.

Der Kleine betrat das Haus, eilte durch den engen Flur in die Küche und hielt den Brief einer stattlichen Frau in mittleren Jahren, von vollen, mit Gesundheit gesättigten Formen, entgegen, die augenscheinlich beschäftigt war, der Dienstmagd beim Kochen zur Hand zu gehen.

„Liebe Mutter, da ist ein Brief von Herrn Volumier aus Dresden, ein Bote vom Hofe hat ihn gebracht. Ich hab' ihn auf eine Stunde wieder bestellt, da soll er sich Antwort holen und ein Trinkgeld."

Die Gattin Bachs, denn das war sie, wischte die
Hände sorgfältig an der Schürze ab und besah den fünf-
mal gesiegelten Brief nicht ohne Neugier. „Das mag
was Wichtiges sein, Friede! — Trag ihn 'nauf, und
wann der Vater aufhört, sieh, daß er ihn gleich liest, und
sag mir's."

Der Knabe nickte zustimmend, nahm das Schreiben
wieder, schlich auf den Zehen die ziemlich schmale Treppe,
welche nach dem Dachstübchen führte, hinauf und faßte
an einer kleinen Tür Posto, hinter der für ihn der In-
begriff alles Schönen und Edlen, alles Glückes auf Erden
verborgen lag; denn hinter dieser Tür saß lautlos am
Pulte sein Vater, der große Bach, und schrieb an einer
Motette. —

Es liegt ein so unendlicher Reiz in allem, was einen
großen Mann umgibt, daß die geringfügigsten Dinge eine
Belebung, Vermenschlichung und Weihe in den Augen
seiner Bewunderer empfangen, Dinge, die an und für sich
kein Interesse erlangen würden und schwerlich dem Besitzer selbst sehr erheblich gewesen sind. Man macht sich
überhaupt von der Art, wie ein großer Künstler lebt, so
eigentümliche besondere Begriffe, daß man meint, jegliches
um ihn müsse in Beziehung zu dem Geist seiner Arbeiten
gestanden haben, und daß er sich auch äußerlich eine Art
idealer Welt geschaffen habe, die seiner Ideenwelt ent-
spräche. Nichts ist falscher als das. Es ist allerdings
wahr, daß jeder Denker, jeder Schöpfer eines bedeutenden
Werkes seinen Stimmungen unterworfen ist, daß er, ohne
zu seiner speziellen Arbeit gestimmt zu sein, nicht arbeiten
kann. Es ist ferner wahr, daß die Stimmung, besonders
beim Künstler, sehr oft von äußeren Einflüssen, Lust und
Unlust, Freude oder Schmerz, und der Art abhängig ist,
in der sich die Außenwelt ihm bietet. Aber man vergißt
andererseits, daß sich die Außenwelt, sie sei, wie sie wolle,

dem Künstler eben meist ganz anders gibt, daß sein inneres und äußeres Auge, also das Mittel, durch das er wahrnimmt, wesentlich ein anderes ist, als das unsere. Daher finden wir uns oft enttäuscht, wenn wir mit Lokalitäten oder Dingen in Berührung kommen, die einst auf den toten Meister Bezug gehabt, und sind überrascht und enttäuscht, etwas zu sehen, was im Grunde höchst prosaisch ist. Natürlich, das Leben, das der Künstler lebt, die Dinge, die ihn umgeben, sind höchst prosaisch, weil sie höchst menschlich und natürlich sind, weil wir dem allem bei Hans und Kunz und manchem flachen Gesellen, ja bei uns selbst schon genügend begegnet sind, nur daß eben der Künstler diese prosaische Wirklichkeit in einer Weise erlebte, wie wir sie nimmer erleben können, daß er aus ihr ein Elixier, einen Wunderbalsam für alle Schmerzen gezogen, dessen Wohltat wir nie oder doch nur selten genießen. Nur selten — ach, und um so seltener, je weniger unzerstörbare Güter wir dem Leben abgewinnen, je enger unser Sehkreis, je flacher unsere Bildung, je ungeregelter unser Regiment über uns selbst ist! — — —

Eine markige Gestalt in den dreißiger Jahren, die im alten baumwollenen, oft geflickten Schlafrock im engen Dachstübchen sitzt, durch dessen offenes Fenster der fröhliche Morgenstrahl auf die Arbeit fällt, und, von Büchern und Noten umgeben, ernst und still arbeitet, das ist doch gewiß nichts Merkwürdiges. — Die Ruhe wird von nichts unterbrochen, nur ein plötzlich aufjauchzender Finkenschlag ist's, der jetzt aus dem Wipfel der Linde herübertönt. Und den muß Sebastian gerade gut gebrauchen können; denn lächelnd hebt er sein Haupt, über seine ernsten stillen Mienen flattert's wie ein Jubel und eine Rührung, seine Lippen öffnen und schließen sich, als wenn er eben seinem Gotte inwendig eine Antwort gegeben hätte, und dann schreibt er und schreibt, und die Noten wallen und

wogen und türmen sich auf, flattern zusammen und um=
schlingen sich, und eine Stimme hebt sich nach der andern
und wiederholt den Sang und braust und schwillt im
Chor und dehnt sich aus zu den Wolken in einem riesigen,
seligen Halleluja — und die Motette ist — fertig? Nein.
Noch ein Dutzend Takte hat er — aber er hält ein.
Wie der Wagenlenker bei den olympischen Spielen fällt
er seiner Begeisterung in den Zügel, denn über die Wonne
des Vollendens geht die Vaterfreude. — Bach weiß, sein
Ältester steht wieder an der Tür, sein Friedemann, der
ihm mehr wert als alle Motetten der Welt. — Der
Friedemann, der dreizehnjährige Junge, soll die Komposition
fertigmachen. — Sebastian Bach sieht lächelnd nach der
Tür und hustet, und herein schlüpft ehrfurchtsvoll der
Knabe, in der Hand den Brief. „Bist du wohl fertig,
lieber Vater?"

„Nein, Friedemann. Aber setz dich her, löse die Fuge
auf und mach den Schluß."

Glühende Röte schoß über die Stirn und Wangen
Friedemanns, seine Augen flossen über von Tränen, und
indem er zitternd die Feder nahm, küßte er die gütige
Hand des Vaters. — Da fiel der Brief auf die Erde.
„Was hast du da, Friedemann?"

„Herr Volumier hat den Brief mit einem kurfürst=
lichen Boten geschickt. In einer Weile will er Antwort",
sagte haftig der Knabe, hob rasch den Brief auf, reichte
ihn dem Vater und eilte mit flatternder Hast an seine
Arbeit.

„Ach, die Mutter wollte, ich sollt's ihr sagen, wann
du aufhörtest," sagte der Knabe und erhob sich noch einmal.

„Laß nur, ich werd' die Mutter selber rufen", und
die Tür öffnend, rief Sebastian: „Frau, komm doch herauf!"

Während der Knabe wie verhext an der Arbeit saß,
und Sebastian Bach das Schreiben eröffnet hatte und

durchlas, war Dorothea Bach rasch eingetreten, und auf des Gatten Schulter gelehnt, sah sie in den Brief.

„Was will denn der Volumier, Bastian? Der schreibet solche Krillhaken, daß man kein Wort erkennen kann. — Was gibt's denn Neues in Dresden?"

„Ei, hör' nur zu," sagte Bach, „ich will's dir vorlesen:

„Herzlieber Meister Sebastian!

Vor allen Dingen schönsten Gruß von mir und meiner Frau. Gesund sind wir alle, und was die Neuigkeiten bei uns anlangt, so gibt's Witze hier genug und Anekdoten, die in die ‚Ana‘*) kommen müßten, man darf sie halt nur nicht so aufs Papier setzen. Aber in Dresden bei einem Gläslein Punsch, wo wir allein sind — ?! —

Kurz und gut, damit Ihr wisset, warum ich Euch einen Expressen schicke, höret folgende Geschichte.

Der Franzose Marchand ist nach Dresden ge=kommen, hat sich hinter die Denhof gesteckt und ihr die Schürze gestrichen, und so ist er zu einem Konzert bei Hofe gekommen. Es ist richtig, der Kerl hat Schmalz in den Fingern, er appliziert die Sätze ganz meister=haft und hat so einen weichen Druck der Klaves beim Adagio und macht das Crescendo verzweifelt gut, aber, hol' mich der oder jener, Ihr macht's auch so. Von denen Sachen aber, die er spielt, laß mich nur ja still sein. Da ist kein Salz und kein Schmalz drin, seine Gedanken sind flach und leer und ohne Kraft. So ein altes süßes Genudel und Gedudel wie Couperin aufgebracht hat — wißt Ihr? Aber die Schürzen bei Hofe finden es schön und — staunt nur, der Allerdurch=

---

*) „Ana" nannte man damals die Anekdotensammlungen bedeutender Männer. So hatte man eine Voltairiana, Hol=bachiana usw.

lauchtigfte hat sich breitschlagen lassen und bietet dem
Kerl eine Unsumme, er soll nur bleiben als Hof=
komponist und weiß nicht was. Daß uns Dresdner
Musiker das ärgert, könnt Ihr Euch denken. Die
Allergnädigste Frau sieht auch scheel dazu, und wo sie
den Schürzen etwas aufflicken kann, freut sie sich herz=
lich. Da hab' ich denn ein paar Worte von Euch
wiederum fallen lassen, und das kam ihr gerade ge=
legen. So hat sie nun neulich den Marchand bei
Tafel vor dem Serenissimus schlecht gemacht und ge=
sagt, Ihr könntet viel mehr als der Franzos. Darüber
hat sich ein Streit erhoben; der Allerdurchlauchtigste
ließ mich rufen und fragte mich um meine Meinung.
Ich sagte, ich wollte beweisen, daß, wenn Marchand
mit Euch eine Art musikalischen Zweikampf machte, der
Franzose den Spieß wegschmeißen müßte. So soll ich
Euch denn hierdurch im Namen des Allerdurchlauchtigsten
einladen, auf eine Woche nach Dresden zu kommen und
mit dem Marchand in die Wette zu spielen. Sperret
Euch nur nicht und kommt, man kann nicht wissen,
was es für Folgen hat.

Grüßet Eure Frau Liebste schön; und sie soll
nur keine Geschichten machen und Euch reisen lassen.
Nun bin ich mit meinem Auftrag fertig und erspar'
alles andere aufs Mündliche.

Also günstige Antwort.

Gott segne Euch und die Euren, das wünscht
Euer alter Volumier."

Es entstand eine Pause, während der nur die leise
Bewegung der Feder Friedemanns hörbar war.

„Das ist eine schöne Geschichte!" sagte die Bachin.
„Sollst so mir nichts dir nichts reisen? Und bis nach
Dresden? — Mein Gott, wer soll denn so rasch alles
herrichten?"

„Ja, aber hin werd' ich wohl müssen, Schatz, sonst denken sie, ich hab' Angst vor dem Parlewu. Das geht doch nicht!"

„Ja freilich, freilich! Das seh' ich ein. — Aber ich seh' auch ein, daß Volumier den Marchand los sein will, und da ist der ehrliche Bach gut genug dazu, wenn die Dummköpfe nicht können. Wenn aber einer für dich was tun soll, damit du nach Dresden kämst und eine Stelle beim Kurfürsten kriegtest, da ist kein Mensch zu Hause."

„Hahahaha", lachte Bach. „Natürlich! Das wäre auch zuviel verlangt! Sieh, Frau, beim Handwerk hört die Freundschaft auf. Sie werden sich doch nicht den Marchand vom Halse schaffen, damit ihnen der Bach das Spiel verdirbt! Was schadt's denn auch? Ob ich in Dresden sitz' oder hier; kann ich denn da mehr werden wie der Sebastian Bach? Na, willst du mit?"

„J, wo denkst du hin! Ich bleib' bei den Kindern, und", setzte sie leiser hinzu, „du weißt, ich muß mich jetzt mit dem Fahren in Obacht nehmen. Nimm dir nur den Friedemann mit, du machst dem Jungen eine Freude und bist nicht allein. Abends sprechen wir weiter. Ich muß gleich dazu tun, daß du reisen kannst."

Damit eilte die Bachin hinab, und an dem folgenden Geräusch im Hause konnte man erkennen, daß die Reisevorbereitungen bereits im Gange waren.

Vater und Sohn blieben allein. Sebastian Bach betrachtete mit innerer Genugtuung den Knaben, der mit fliegenden Pulsen die letzte Note hinschrieb, dann einen langen Blick auf die Arbeit warf, die Hand noch einmal zuckend nach der Feder streckte, aber rasch den Vater anschauend, aufstand.

Lächelnd trat der Vater ans Pult. „Du wolltest wohl was ändern? Man muß nie gleich nach der

Arbeit verbessern. Was steht, das steht." Damit setzte er sich ans Pult und prüfte die Arbeit. „Was hast du denn ändern wollen?" fragte der Vater plötzlich.

„Ich dachte, das wäre eine schlechte Ausweichung, es müßte halt einen bessern Übergang geben."

„Ich weiß keinen, der besser paßt. Du siehst also, daß man in der ersten Hitze nicht gleich drauf los streichen muß. Wie ich so alt war wie du, habe ich mir auch immer Fehler hineingebessert. Na, ich bin aber zufrieden. Der Schluß ist im Sinne des übrigen geschrieben. Du wirst ein braver Musiker werden, wenn du so fortmachst, Friedemann." Und er zog den seligen Knaben auf seinen Schoß, und Friedemann, seine Arme um den Hals des Vaters schlingend, preßte sein glühendes Gesicht an dessen Brust.

„Na, laß es jetzt nur gut sein," sagte Bach hastig nach einer Weile, „ich muß auf eine Woche nach Dresden an den Hof zu Meister Volumier; die Mutter kann nicht mit wegen den Geschwistern, da sollst du mich begleiten."

Lauter Jubel war Friedemanns Antwort. Was Wunder, daß sich in seiner Seele von den Meistern in Dresden, von der Hofkapelle, der Kammermusik und der glänzenden Oper, die damals Kurfürst August hielt, Vorstellungen gebildet hatten, vor denen die Märchen aus Tausendundeiner Nacht erbleichen mußten.

Dies wußte der alte Bach sehr wohl, und den Knaben mit einigen leichten Aufträgen fortschickend, überließ er ihn sich selbst und seinen phantastischen Träumen.

Das Turnier zwischen französischer und deutscher Tonkunst war angenommen, und einige Tage später verließ Sebastian Bach mit Friedemann das stille Weimar. Einen letzten Gruß, noch ehe das heimische Dach ihren Blicken entschwindet, sendet Gatte und Sohn der daheimbleibenden Bachin zu, die, das jüngste ihrer Kinder,

Bernhard, auf dem Arme, genug zu tun hat, den wilden Christoph zurückzuhalten, während der dreijährige Emanuel laut weinend dem Vater nachschreit, weil er meint, der komme nicht wieder.

Die Einfachheit und Ruhe, die fast nie gestörte Gleichförmigkeit einer kleinen Stadt wie Weimar, eines Hauses wie des Bachschen, bildete den schreiendsten Gegensatz zu dem wirren Treiben der Residenz Dresden, zu dem vielfarbigen Wechsel der Begebenheiten am Hofe Kurfürst August des Starken.

Weimar hatte sich während der letzten dreißig Jahre wenig verändert, und Hof und Stadt lebten in einem patriarchalischen Gleichmaß der Tage. Weder Staatsaffären noch Skandalosa, weder üppige Pracht noch drohende Wetter der Zukunft hatten die Bewohner dieses Ländchens beunruhigt. Weimarisch Thüringen war einfältig, genügsam und anspruchslos, Elend und Mangel waren aber auch noch fremde Gäste in diesen friedlichen Tälern; man war zufrieden und glücklich in Genügsamkeit. In Dresden und Sachsen indes hatten die letzten dreißig Jahre tiefe Spuren ihres Daseins hinterlassen, und wenn Weimar einem einfach ehrlichen und genügsam tätigen Landmanne glich, so war Dresden der üppige, arbeitsscheue Abenteurer, der hirnlose Schuldenmacher, der, ohne eigene Kraft, ohne Mittel, durch Aufwand den Kredit erkaufte, um größeren Aufwand zu machen.

Ludwig XIV., von seiner Zeit der Große genannt, hatte das blendende Menuett dieses Jahrhunderts eröffnet, jenen großen Pfauentanz, welchen der aus dem Mittelalter siegreich hervorgegangene Subjektivismus durch die Erde tanzte, in den nach und nach mit immer hastigeren Wirbeln nicht nur Frankreich, sondern die ganze Welt hineingerissen wurde, und worin dieselbe sich so lange drehen wird, bis sie in eine Sündflut sinkt, aus der sich die Menschheit in neuen Formen, in neuer Schönheit erheben mag, wann erst die letzten Wasser sich verlaufen haben. „L'état c'est moi!" Das war die Formel, der Lehrsatz, die Devise, die Ludwig auf das Banner der Zeit, den Kampfschild der Ausschließlichkeit geschrieben, das war die eherne Waffe, mit der die individualistisch gewordene Autorität alles bekämpfte, was ihr vom Mittelalter her noch im Wege lag. Ludwig XIV. war der Heinrich Heine unter den Königen. Unter ihm begannen jene Zentralisationsmaximen, die Paris auf Kosten Frankreichs, Frankreich auf Kosten Europas groß gemacht, und die Europa auf Kosten der ganzen übrigen Erde zum „la terre c'est moi" machen muß. In diesem Fürsten sahen alle Höfe, selbst die feindlichen, ihr Ideal, und der nie geahnte Glanz, den er um sich zu verbreiten wußte, war zu verführerisch, um nicht in Wien, Dresden und Petersburg begierig nachgeahmt zu werden. Es lag im ganzen Prinzip dieser Art von Regierung, gegen das eigentliche moralische Wesen der Herrschaft sich ignorant zu erweisen, von königlichen Pflichten nichts zu wissen, in allen den Dingen fördernd und bildend zu wirken, die zum individuellen Bedürfnis und Gelüst des Herrschers dienen, hingegen allem mit eisernem Drucke entgegenzutreten, was eben diesen persönlichen Bedürfnissen widerstreben mochte. In jene Zei fällt die Ausbildung des Militärwesens als eines Mittels zur Befestigung der Allmacht und Ausdehnung Frankreichs; denn der Individualismus ist unersättlich. Schon seit dem Westfälischen Frieden schien durch Richelieu der Plan zu Europas Unterjochung gelegt, und Mazarin war ganz der geeignete Mann, um den Traum Ludwigs XIV. „la France c'est l'univers" zur Wahrheit zu machen. In jene Zeit fällt der ausgesuchte Glanz und die Ermunterung der Industrie, soweit sie eben Luxus schuf, fiel das Ausbeuten und

Großsäugen der Künste zum Nutzen der Höfe — der Künste, die im Mittelalter wesentlich dem Dienste der Kirche geweiht waren. Das irdische Königtum hatte eben schon das himmlische äußerlich besiegt, und langsam schritt die bedrängte Theologie dem Grabe entgegen, das ihr die Philosophie geschäftig zu bereiten suchte.

Alle Leidenschaften, alle Laster und Tugenden hatten den Stempel des Ausschließlichen, waren privilegiert von oben her, und wenn auch die Masse des Volks damals noch langsamer und zäher im Begreifen der Prinzipien der Zeit war als die Höfe, so ist der Egoismus ein zu leicht erweckbares Ding in des Menschen Brust, als daß das anhaltende Beispiel, das die Autorität zu ihrem eigenen Verderben gab, nicht hätte zur Drachensaat werden müssen, aus welcher langsam die mit Logik geharnischte Skepsis stieg und durch die Massen drang, bis sie in unsern Tagen Lebensäther und Praxis der Nationen ge= worden.

Unter allen gekrönten Nacheiferern des großen Ludwig war aber keiner bedeutender und konsequenter, besonders was die brillante luxurierende Seite anbetraf, als Kurfürst August der Starke von Sachsen, König von Polen. Nächst Paris galt Dresden für den elegantesten Hof, und alles, was nach französischer Schablone zugestutzt war, wurde gangbare Münze im Herzen Deutschlands. Jene Gallo= manie, die mit klingendem Spiele in unsere Heimat einzog, und deren allzu bereitwilliger Diener gewesen zu sein, der einzige Fehler genannt werden darf, welcher dem großen Friedrich zur Last gelegt werden kann, jene Gallomanie Deutschlands legte den Grund zu der hirnlosen Überhebung der Franzosen über alle Nationen, zu der Demütigung und Selbsterniedrigung, die der Germane sich noch heut gefallen läßt, und die erst dann schwinden wird, wenn wir uns selbst besser erkannt haben werden. August der

Starke war ein von der Natur mit allen Geistes= und Körper=
gaben reich ausgestatteter Monarch, dessen ganze Charakter=
anlage, dessen Anschauungen und Neigungen mit dem Geist
des vierzehnten Ludwig ungemeine Ähnlichkeit hatte; aber der
große Unterschied zwischen beiden war, was man auch
sagen mag, daß August doch ein derbsinnlicheres Naturell
hatte, daß seiner ganzen Erziehung das schärfer geistige
Element, die tiefere Bildung abging, welche die Jesuiten
Ludwig XIV. verliehen hatten. August war ihm mehr
in allen äußeren materiellen Beziehungen des Lebens und
Herrschens ähnlich. Der andere gewichtige Grund der
Unähnlichkeit beider lag darin, daß eben Sachsen nicht
Frankreich war. Das Bedürfnis des verschwenderischen,
heißhungrigen Paris stand zu der Produktions= und
Zahlungsfähigkeit Frankreichs in ganz anderem Verhältnis,
als das Bedürfnis des Dresdner Hofes zur Opferfähigkeit
Sachsens. Ludwig konnte alles, was er wollte, er war
um die Mittel kaum verlegen, mit denen er etwas er=
reichen mochte, und die Größe seines Landes, das ihm
eine fast tausendjährige Geschichte zum Sockel seiner Taten
geben konnte, imponierte der Welt weit mehr, als das
winzige Sachsen, dessen Existenz im Vergleich zu jenem
Lande von gestern war. August wollte viel und konnte
im ganzen doch wenig, und da er, von Eitelkeit und Stolz
geblendet, nur das äußere glänzende Gewand des fran=
zösischen Regimes zu erreichen strebte, versagten ihm die
Kräfte, fehlten die Mittel, den inneren reellen Glanz und
Halt nachzuahmen, den Ludwigs höherer Geist dem Lande
schaffte und der tiefer eingriff, als das äußere Lappenwerk,
das über seinem Katafalk zusammenfiel. Es war schade
um Augusts in vieler Beziehung trefflichen Charakter. Er
hätte entweder ein Land wie Frankreich beherrschen, und
dabei Männer von Mazarins oder Richelieus Geiste zur
Seite haben, oder ein so eherner Lenker seines eigenen

Selbst, eine so vollendet abgeschlossene, auf einmal ge=
borene Minervenseele sein müssen, wie Friedrich der Einzige.

Die Weltlage im Jahre 1717 war für Sachsen un=
angenehm genug. Polen, dessen erledigte Krone August
der Starke 1696 auf dem Reichstage zu Warschau durch
das Wahlkomitee sächsischer Truppen gewonnen, war ihm
eine ewige Quelle des Ärgers, der Ausgaben und Un=
ruhen gewesen, ohne daß er behaupten konnte, daß er ein
Volk wirklich regiere, welches seinem Arme so ferne lag.
Dieses Polen, das er besaß und nicht besaß, und welches ihm
solche Summen kostete, daß man den Witz machte, er trage
Sachsen nach Polen, dieses Polen, welches ihm den furcht=
baren Jammer des Schwedenkrieges und ein ziemlich ab=
hängiges Verhältnis zu Rußland eintrug, er mochte und
konnte es nicht lassen; und als das Slawentum sich aber=
mals gegen ihn unter Ledekusky siegreich erhoben, alle
Geldausgaben, alle blutigen Opfer des Schwedenkrieges
dadurch vergeblich gemacht und das sächsische Heer auf
allen Punkten geschlagen worden war, mußte er doch
endlich froh sein, daß die Republik unter Peters Ver=
mittlung mit ihm Frieden schloß. Jener Mann, der es
liebte, bei entsprechenden Gelegenheiten seine enorme Kraft
zu zeigen und einen Pokal mit dem Druck seiner Faust
wie Papier zusammenbog, mußte sich zu den dunklen
Schleichwegen der Intrige verstehen und das Maulwurfs=
talent verdächtiger Agenten in Bewegung setzen, um von
jenem dünnen Königsreif noch zu halten, was möglich
war. Versprechungen, Bestechung und der wollüstige
Luxus, die üppige Weichlichkeit seines Hofes, in dessen
Netze er die Elite des polnischen Adels zog, waren die
Mittel, die ihm den Königstitel und eine Schattengewalt
erhielten, welche jeder neue Reichstag fraglich machen konnte.

Die Kriegskosten, welche der Schweden= und Polen=
krieg August verursacht, waren schon mehr als zuviel für

Sachsen, und doch beanspruchten Augusts Liebschaften vom Lande zwanzig Millionen, und zwar zu einer Zeit, wo das Geld noch schwerer als heut flüssig war.

Der schonungslos selbstsüchtige Wille, den die Autorität damals zur Befriedigung ihrer Lüste und Marotten als Recht beanspruchte, riß Tausende in schuldloses Verderben, wirkte tief und ätzend als Dogma, gelehrt von hoher Stelle, auf die Familien, und drückte sich mit dämonischem Siegel auf Unterricht und Erziehung, Sitte und Anschauung der Zeit. — — —

Wer hätte wohl aber so bittere Gedanken haben sollen, wenn er, wie Bach, in das Tor Dresdens einfuhr? Durch Augusts Geschmack und Beispiel hatte die Residenz ein höchst majestätisches Ansehen erhalten. Eine gediegene, obwohl pomphaft steife Würde strahlte von den dunklen Mauern der Häuser und Paläste, zwischen denen sich ge= schäftige Handelsleute, Handwerker und Lakaien drängten, während, schon diplomatisch genug, das Elend in jene Winkelgassen und Gruben gedrängt ward, bei denen wir heute noch in großen Städten mit Grauen und Ekel vorbeieilen, und welche nur von Polizeidienern und Bettel= vögten einen flüchtigen Besuch empfangen.

Der Wagen hält, und freudestrahlend empfängt Volumier den alten, hochverehrten Freund, streichelt Friede= mann die Wangen und führt beide hinauf in das trau= liche Stübchen, wo der Imbiß harrt, während Diener und Magd das Gepäck in Empfang nehmen.

Was hatten die Freunde nicht alles einander mit= zuteilen! Ernstes und Drolliges, Kunstgespräche und Hof= geschichten, alles kam an die Reihe, aber keine Note wurde gespielt, denn Bach war von den Stößen der ehrwürdigen Landkutsche, die ihn hergebracht, sehr ermüdet. Volumier teilte ihm nur noch rasch mit, daß der Kurfürst oder der König, wie er am Hofe genannt wurde, von Bachs Ankunft wisse, daß man Marchands Spiel am nächsten Tage an einem neutralen Ort unbemerkt hören könne und dann zum Kampfe geschritten werden solle.

Als Bach mit Friedemann endlich das Schlafzimmer betreten hatte und sich auszog, sagte er: „Hör' einmal, Friede, ich muß dir noch ein paar Lehren geben, eh' du ins Bett steigst. Merk auf, sonst kannst du mir leicht Feinde machen, wenn du unvorsichtig bist. Du hast, denk' ich, im Hause deines Vaters nur gute Musik gehört. Du bist, ich weiß es, mit sehr hohen Ideen von den Dresdner Meistern hergefahren, und ich habe dich dabei gelassen; denn nur was man selbst erfährt, glaubt man. Morgen kommen wir in den Trubel unter die Leute, ich sag' dir aber voraus, du wirst mordschlechte Musik in Dresden hören!"

„Das hab' ich mir von dem Marchand gleich gedacht, lieber Vater."

„Nein, nein! Nicht allein der Marchand — in ganz Dresden hörst du keine gescheite Musik."

„Von Volumier auch nicht?" fragte Friedemann er= schrocken.

„Nein, auch nicht! Du wirst's wohl selber hören, aber ich sag's dir nur, damit du dir nichts merken läßt, und wenn du gefragt wirst, fein artig alles gerade sein läßt, oder lieber sagst, du verstehst's nicht."

„Aber dann bin ich dumm, Vater?"

„Laß das die Leute lieber denken, als daß sie dich für einen naseweisen Jungen halten; denn daß du recht hast, glaubt dir doch keiner. Wenn sie dich spielen hören, werden sie schon sehen, ob du dumm bist oder nicht."

„Aber mein Vater, lieber Vater, machen wir denn nur allein in Weimar gute Stücke?"

„Das weiß ich nicht, mein Junge. Du aber wirst hier keine hören. Der Künstler, mein Sohn, er leiste was er will, muß die Schwäche seiner Genossen übersehen und billig sein, denn das wahrhaft Gute ist selten, und ein Wort genügt, dir Feinde zu machen. Nur was du selber schaffst, muß gut, und was du selber lehrst, muß richtig sein. Wer dich nicht mißachtet oder verfolgt, den mußt du gelten lassen; und ist er jämmerlich, ist er's für sich!"

„Aber lieber Vater, Herr Volumier ist beim Kurfürsten und macht schlechte Musik? und du bist bloß in Weimar — "

„Still, still, Friedemann, der Herr Kurfürst ist halt eben ein Kurfürst und kein Musiker, er versteht's nicht besser. Beschlaf' dir's und denk' an das, was dir dein Vater gesagt hat, eh' du den Mund auftust. Die Reise soll eine Probe für dich sein; denn wem die Kunst das Leben ist, des Leben ist eine große Kunst — die aber sollst du erst noch lernen. Morgen ist deine erste Lektion im Leben. Gute Nacht!"

2. Das Turnier.

Bach und sein Sohn hatten Volumier und was sonst noch in Dresden von Musikern war, ferner auch, wie versprochen, bei der Gräfin Königsmark, Propstin von Quedlinburg, den Marchand aus einem Nebenzimmer gehört; es war, wie Friedemann mit des Vaters beliebtem Ausdruck meinte, ein verdammtes „Gemansche". Weder Sebastian noch der Knabe waren jedoch vorderhand dahin zu bringen, eine Taste anzurühren, überhaupt hatte Friedemann, der Lehren des Vaters eingedenk, sich sehr zurückhaltend bewiesen.

Monsieur Marchand, der an einem der darauf folgenden Abende ahnungslos ein Chanson bei Gräfin Denhof in Gegenwart des Kurfürsten gespielt und eben mit der liebenswürdigsten Glätte die Lobsprüche der Anwesenden eingeerntet hatte, empfing plötzlich ein großes versiegeltes Schreiben in französischer Sprache.

„Ew. Wohlgeboren!

Der unterzeichnete Sebastian Bach, Organist zu Weimar, welcher, Euer Wohlgeboren weltberühmtes Renommee als Klaviervirtuose kennend, begierig ist, Dero Fertigkeit im Vortrag als auch in der Stegreifkomposition zu bewundern, ist eigens deswegen aus Weimar hierhergekommen. Da er nun auch etwas Weniges die Musika praktiziert und wohl wissen möchte, inwieweit die französische der deutschen Kunst überlegen ist, bittet Euch um die Ehre eines musikalischen Wettstreits, indem er sich erbietet, jedes Thema, so Ihr ihm aufgeben werdet, zu variieren oder zu fugieren, in zwei oder mehreren Stimmen, versiehet sich von Euch auch einer gleichen Bereitwilligkeit, und bittet Zeit und Ort des Kampfes zu bestimmen.

Achtungsvoll

Sebastian Bach.“

Der Franzose erbleichte und mußte sich zusammennehmen, damit das Papier seiner Hand nicht entglitt. August der Starke, der wohl wußte, was der Brief enthielt, und diesen Tag wie den Ort zur Herausforderung bestimmt hatte, verlangte die Ursache zu wissen, durch welche Marchand außer Fassung gebracht worden war. Dem Maître de la Composition blieb nichts übrig, als den Brief zu zeigen, und August, sich ganz erstaunt stellend, fand den Antrag höchst naiv und pikant und bestimmte den Tag und das Haus des Marschalls, Ministers Grafen von Fleming zum Kampfe, den der Franzose nun wohl oder übel annehmen mußte.

Marchand, so eitel er auch war, hatte längst von Bach nicht nur gehört, sondern es waren ihm auch einige

seiner Fugen zu Gesicht gekommen, und ihm genügte ein
Blick auf dieselben, um zu wissen, was er von seinem
Gegner zu erwarten hatte. Er war ferner Diplomat
genug, um einzusehen, daß das alles ein angelegter Plan
und die ihm vor kurzem mit hohem Gehalt angebotene
Stelle eines sächsischen Hofkomponisten eine Sache sei, die
nun keineswegs mehr so ausgemacht war, als ihm vor
dem letzten Besuch bei der Denhof scheinen mochte. Sein
Entschluß war gefaßt, und kaltblütig ging er der Ent=
scheidung entgegen.

Heute war der Tag — Marschall Graf von Fleming
hatte den Hof zu einer Soiree geladen, bei welcher auch
die ganze königliche Familie erscheinen wollte. Die Gala=
wagen rasselten die Pirnaische Gasse entlang und die
Rampe des Palais empor und setzten ihren kostbaren,
brillantenbesäeten Inhalt aus, der sich wie ein Strom
durch die orangeduftenden Vorhallen in die erleuchteten
Säle ergoß, welche ihre steifen überladenen Vergoldungen,
ihre Teppiche, Bronzen und Vasen aus hundert Spiegeln
widerstrahlten. Was nur der Luxus und die Mode da=
maliger Zeit ersinnen konnte, war aufgeboten, die Soiree
glänzend und der Ehre würdig zu gestalten, welche dem
Hause Fleming durch den Besuch Augusts widerfahren
sollte. Mit lauter Stimme kündigte der Zeremonienmeister
die Namen der Gäste am Eingange des ersten Salons
an, in den man tritt, um mehrere prächtige Galerien zu
durchschreiten, wo zahlreiche Gruppen von Kavalieren in
weißer Perücke und schwarzem Schnurrbart flüsternd um=
herstanden.

Der Musiksaal, das Ziel der Gäste, strahlte mit
seinen Lüsters und Girandolen, seinem weißrötlichen
Marmorstuck und seiner schweren Vergoldung im Glanze
zahlreicher Wachskerzen. Er war von ansehnlicher Weite
und Höhe und, um die Akustik zu befördern, in einem

regelmäßigen Achteck erbaut. Links vom Eintretenden befanden sich drei hohe Fenster, in jedem Wandfelde eins, deren vergoldete Läden und rot damastne Vorhänge dicht geschlossen waren. Dem Eingang gegenüber lag eine reich vergoldete geöffnete Tür, welche den Anblick des Speise= saals freiließ, der eine besonders aus Paris verschriebene himmelblau mit Silber garnierte Atlastapete trug. Dem Mittelfenster gegenüber befand sich der Eingang zu einer Gemäldegalerie, vor welchem ein Pianoforte von Schröters neuester Bauart stand und das Feld des Kampfes be= zeichnete. In den beiden Zwischenwänden, welche die drei erwähnten Türen begrenzten, waren in roter Nische auf schwarzen Marmorsäulen die Büsten Augusts des Starken und Ludwigs XIV. aus karrarischem Marmor aufgestellt, und rings an den Wänden schwer vergoldete Sessel, die bereits von Gästen in mannigfachen Gruppen eingenommen wurden, während drei Diwans mit schwellenden Kissen, dem Instrument gegenüber in der Gegend des Mittel= fensters, die Bestimmung hatten, den König, die Königin und den Kurprinzen aufzunehmen.

Welch eine stolze Versammlung alles dessen, was Sachsen Reiches, Schönes, Vornehmes und Berühmtes bot! Welche Fülle strahlender, froher Gesichter! — War es nicht gerade; als wüßten diese Leute nicht, was eine Träne sei, als wäre unter ihnen der Schmerz ein Fremdling? — O prahlt nur, wallende Federn, wehende Fächer, schwellende Busen, auf denen Demanten blitzen! Und wie das lacht und schwatzt und lustig ist, als sei die Ewigkeit ein Traum und das Glück eine gefesselte Magd! Und doch tanzt dieses ganze Geschlecht auf seinem Grabe, und doch ist so manches Lächeln erlogen, erzwungen; unter jenen seidenen Gewändern schlägt ein gemartertes, wimmerndes Herz, unter diesen Sternen windet sich ein falsches, treuloses und gequältes Gewissen! Schon seh' ich den geheimnis=

vollen Finger, der das Menetekel an die Wand schreibt,
und ein schattenhaftes Gespenst, das durch die Gruppen
schreitet und bald auf diese, bald auf jene Stirn, wie
sorglos sie noch heute glänzen mag, das Siegel des Ver=
hängnisses drücken wird. Seht da zum Beispiel jene
ritterliche Gestalt mit dem flammenden Blick, der das
militärische Kleid so gut steht! Das ist der Oberstleutnant
von Spiegel. Sieht er nicht wie Alcibiades drein? Und
ist doch nur ein erbärmlicher, dienstwilliger Sklave, der
mit dem Abhub vorlieb nimmt, den ihm sein Herr aus
Übersättigung gelassen. Fatima, eine orientalische Schön=
heit, die von den Preußen bei Ofens Erstürmung zum
Beutestück gemacht, später der Frau von Brebentau,
Flemings Cousine, geschenkt worden war und das Herz
Augusts gerührt hatte, ist mit diesem guten Gloriosus
pensioniert worden. Eifrig unterhält er sich mit der
Gräfin Haugwitz, die, in meergrünem Moiré mit schwarzen
Spitzen und der dreifachen Perlenschnur, recht schwärmerisch
dreinblickt, wie eine gekränkte Unschuld, eine verkannte
Seele. — Ja, ja, die Gute ist melancholisch geworden,
seitdem sie Frau Hofmarschallin ist; denn da man
sie noch Fräulein von Kessel nannte und sie Augusts
diamantene Rosen an der Brust trug, war sie viel selbst=
bewußter. Nicht weit von dieser untergegangenen Sonne
ruht auf schwellendem Sessel eine Dame in gelbem Atlas
mit einem Unterkleid von Silberzindel, ein sieghaft auf=
gehendes Gestirn. Das blendend schöne Fräulein von
Dieskau ist's, die größte Meisterin in der Unschulds=
koketterie, so dumm sie sonst auch sein mag. Nachlässig
mit der Hand auf den Arm des ernsten, biederen Gou=
verneurs von Dresden, General von Klenzel, trommelnd,
erzählt sie ihm eine jener geheimen Anekdoten, die bei
Hofe nicht allzu selten sind. In der Mitte des Saales,
seine Gäste empfangend, steht der Minister und Feld=

marschall Graf von Fleming neben seiner Gemahlin. Er ist sich des Einflusses bewußt, den er auf den König durch seine Freundin und Schülerin, die Komtesse von Denhof, ausübte. War er es nicht gewesen, der seinen Vorgänger Beuchling rächte, die allverhaßte Kosel stürzte und jenes schöne Weib zur Gebieterin über Augusts Herz machte, die, strahlend in rotem Damast, besäet mit Spitzen und Rubinen, am Arm ihrer unersättlichen Mutter soeben zu ihm getreten war? Er hoffte durch die Gräfin Denhof dauernder als alle anderen den König zu fesseln, und hohe Pläne im Hirn umherwälzend, hob sich sein Herz bei dem Stolze des heutigen Tages, wo er den Hof zum erstenmal empfing, wo er als Mäcen des allbewunderten Marchand ein kleiner Richelieu zu werden träumte. Er meinte, wenn erst der ganze Hof mit Franzosen kolonisiert sei, werde er Hahn im Korbe sein. Der Mann starb freilich ruhig in seinem Bett, indes manch armer Teufel wegen einer Bagatelle am Galgen hing, aber in diesem Momente mochte er doch nicht glauben, daß er einst im Grabe zum Schurken gemacht werden würde, daß all die Millionen, die er in seine Tasche spielte, den Seinen wie ein Diebs= gut würden genommen werden. Und die arme Denhof, wie glücklich sie ist! Auch sie ahnt nicht, daß sie nur eine Passade, wie all ihre Vorgängerinnen, daß ihr Stern schon im Verlöschen ist. Links vom Eingang in den Saal aber stehen drei andere, drei Narren, wie sie nur je ein Hof sah. Der eine, ein Hanswurst von Profession, ist Joseph Fröhlich. Es gehörte zur abgeschmackten Mode= torheit des Jahrhunderts, Hofnarren zu halten, und August war nicht der Mann, der eine Passion überging. Joseph Fröhlich war königlicher Hoftaschenspieler, auf dessen plumpen Humor man sogar eine Denkmünze schlagen ließ, welche unter seinem Bilde den Vers trug:

„Ich bin der rechte Mann
So perfektissime aus jeder Tasche spielen kann.
Semper fröhlich, nunquam traurig."

Der kleine falstaffdicke Kerl, dessen sächsische Pöbel=
komik in den französischen Esprit wunderlich genug paßt,
war ein unglückseliger Ladenhüter des Mittelalters, aus
dessen Rumpelkammer ihn eine ungeschickte Hand hervor=
gezogen. Sein ewiger Antagonist steht da am Fenster,
der immer melancholische Baron Schmiedel, in silbergrauen
Taffet gekleidet, einen Flor am Arm, mit blassem, ver=
härmtem Gesicht. Ein Mensch, der alle Dinge von der
Grabesseite ansah, ob aus angenommenem oder wirklichem
Schmerze, mochte Gott wissen, und dessen Schmerz oder
vielleicht stillen Wahnsinn man zur Belustigung brauchte.
Wenn Joseph Fröhlich aber albern und langweilig war, so
war Schmiedel nahezu widerwärtig. Was dieser Mensch
für einen Charakter hatte, was eigentlich in seinem Innern
vorging, wußte niemand, aber daß er auch seinen Stachel
hatte, der oft töblich stach, erfuhr mancher, der ihn belacht.
Denn den Morgen nach dem Tage, an welchem irgend
ein Günstling oder eine Mätresse gefallen war, unterließ
Schmiedel nie, seine Kondolenzkarte mit dickem Trauer=
rande an Augusts Opfer zu senden. Diese beiden ehren=
werten Gesellen, die übrigens ganz erträgliche Freunde
waren, hörten andächtig dem Gespräch zu, welches der
Oberkämmerer von Vitzthum, der sich nie in Regierungs=
geschäfte mischte und bisher der einzige noch beibehaltene
Günstling Augusts war, mit einem schmächtigen, in schwarzen
Atlas gekleideten Männchen von teufelmäßig verschmitztem
Profil führte. Das war Baron Hektor von Klettenberg,
Kammerherr und Schloßhauptmann von Senftenberg, der
geheime Adept des Königs. Er verlaborierte so ungeheure
Summen, daß dem Fürsten trotz allen Aberglaubens, aller
Habsucht die Augen endlich aufgingen. Beide, heute noch

die beneideten Günstlinge ihres Herrn, erwartete ein un=
natürlicher Tod. Vitzthum sollte an einer maliziösen
Kugel sterben, Klettenberg durchs Beil. Vor allem aber
fesselte jene merkwürdige Gruppe, dicht bei den Plätzen
der königlichen Familie, alle Blicke. Da, in schwarzer
Seide mit Spitzen, eine Art Trauerkostüm, saß das inter=
essante Weib ihrer Zeit, die Gräfin Königsmark, Propstin
von Quedlinburg, und unterhielt sich mit dem Kabinetts=
minister Grafen Heinrich von Hoymb, dem geschiedenen
Gemahl der Kosel, dem ewigen Ränkeschmied, und mit
dem Hofmarschall von Haugwitz, welcher ein und dasselbe
Los mit Spiegel teilte. Daß August dies schöne Weib
mit dem geistvollen Kopfe, das trotz seiner vorgerückten
Jahre noch nicht den Reiz der Jugend verloren, lieben
konnte, war wohl zu verzeihen, daß er es aber verließ,
um in die Arme einer Kosel, Esterle, Lubomirska und
Denhof zu fallen, war unbegreiflich. Was man von
Aurora von Königsmark sonst auch halten mochte, sie war
nicht nur die schönste, sondern auch die geistreichste und
achtungswerteste seiner Liebschaften. Sie hatte eine tiefe
und wahre Neigung für August, welche seine Treue weit
überdauerte. Sie war uneigennützig genug, ihm auch
dann noch eine ergebene Freundin, eine opferfähige Dienerin
zu sein, als sie ihre Zukunft in Quedlinburg gesichert
wußte und sich von ihm auf immer gemieden sah. Ihre
Neigung war um so reiner und besser geworden, als sie
fern von Wünschen und Plänen war. Ehe sie ihre Propstei
angetreten, hatte sie sich mit der Königin versöhnt, die,
durch Auroras rührende Liebe, Verehrung und Reue be=
siegt, sich in ihre wohlwollende Gönnerin verwandelt hatte.
Und da auch August den hohen Wert dieser Frau, zu
spät vielleicht, erkannte und es gern sah, wenn sie am
Hof erschien, so rechnete man sie wie zur königlichen
Familie.

In diesem einzigen Saale war im Futurum so ziemlich jede gewaltsame Todesart repräsentiert, in die ein Mensch fallen konnte, und außer dem still lächelnden Sebastian Bach, der, ans Klavier gelehnt, neben Volumier stand und die Gruppe beobachtete, war notorisch hier nicht eine Person, der Herz und Hirn nicht beschwert und beunruhigt gewesen wäre.

Der Subjektivismus, die bewegende Ursache dieses Jahrhunderts, war hier in allen Schattierungen praktisch vertreten, in der Liebe, im Glauben, im Hoffen, in der Sucht nach Macht und Gewalt, in der dünkelhaften Selbstvergötterung, in Neid und Haß, in Kunst und Wissen, vor allem aber in der Gier nach Geld. Alles rief: Ich, ich, nur ich bin! — „Nichts," antwortete das Schicksal, das düster lächelnd da hinten bereits die Sense schleift.

Das war der Hof Augusts des Starken, der mit Ludwig von Frankreich um die Ehre buhlte, der glänzendste, geistreichste und gesittetste Repräsentant der Kronen Europas zu sein.

Die Versammlung war nicht nur heut, sondern immer in zwei Heerlager, zwei Parteien geteilt, deren stiller, äußerlich wenig sichtbarer Kampf in der heutigen Soiree am deutlichsten durch den bevorstehenden Wettstreit Bachs und Marchands ausgesprochen war. Auf der einen Seite stand, freilich in der Minderzahl, die alte Autorität mit ihrem Glauben, ihrer Einfachheit und ihrem Ernste, und suchte das schwindende Diadem auf ihrem Haupte zu halten. Sie war's, die auf die Kirche, den altehrwürdigen Ritus, den geistlichen Stil in der Musik, auf deutsches Wesen und die nationelle Ehrbarkeit der Väter hielt. Zu ihrer Fahne stand die Königin, ihre Favoritin, die alte Oberhofmeisterin Gräfin von Kollowrat, General von Klenzel, Fürstenberg, die innerlicher gewordene Aurora von Königsmark und noch ein Bruchteil älterer Hofdamen und Kavaliere, die die Gewohnheiten der Väter mindestens bequem fanden. Es war mit einem Wort die spezifisch kirchliche Partei. Ihr gegenüber machte sich siegreich der Egoismus in französischen Kleidern breit, siegreich als Idee, siegreich als Praxis; doppelt siegreich, weil er neu und von der Mehrzahl unterstützt war. In diesem Lager, dem der Kürfürst selbst angehörte, gaben, nächst ihm, Fleming und die Denhof, Spiegel, Hofmarschall von Haugwitz, Hoymb und Klettenberg den Ton an. Frau von Haugwitz, die noch einmal hoffte, die verlorene Gewalt wieder zu erlangen, und Gräfin Dieskau, die eben dabei war, sie zu erringen, schlossen sich an, weil sie wußten, daß dies ein bequemer Weg zum Herzen des Gebieters sei. Die eigentlich Indifferenten dabei waren Vitzthum, wie in allen Dingen bereitwillig zu jedem Geschäft und Freund mit jedermann, ferner der Kurprinz, dessen einzige Leidenschaft die Jagd war. Der junge polnische Adel war an sich schon für das Franzosentum eingenommen, weil es seinem leichten Blute zusagte; der Page Sulkowsky, verarmter Nachkomme eines polnischen Fürstengeschlechts, der ganz Ohr für den Prinzen, und von Brühl, der Leibpage des Königs, der ganz Auge für August II. war, hielten sich sehr zurück, sie waren noch Komparsen bei diesem Schauspiel.

Der Kampf Bachs mit Marchand war also ein Pendant zu dem Kampf der Hofparteien, und Volumiers Schicksal war abhängig von seinem Ausgange. Daher war bei der Gesellschaft begreiflicherweise auch von nichts weiter als diesem bevorstehenden Ereignis die Rede. Bereits hatte Marchand in violettem Hofkostüm die Nebengalerie betreten, mit Herrn von Fleming einige Worte gewechselt und sich ins Toilettenzimmer des Marschalls zurückgezogen, um sich, wie er sagte, nicht eher als nötig sei mit seinem Gegner zu amalgamieren, als der König, die Königin Eberhardine am Arm, mit seinem gnädigsten Lächeln in den Saal trat. Hinter ihm folgte der Kurprinz im einfachen Militärrock, der die alte Gräfin Kollowrat, eine majestätische, immer noch schöne Frau führte, und Sulkowsky nebst Brühl. Auch der Kammerdiener Hennicke darf nicht übersehen werden, der den Schluß bildete. Marschall Fleming und Vitzthum eilten, die Herrschaften zu empfangen.

„Nun, lieber Fleming, Sie wollen uns heute einen seltenen Genuß bereiten: wir sollen dem Turnier der beiden Meister französischer und deutscher Musik beiwohnen. Fürwahr, ich weiß noch nicht, wie ich mich gegen Sie revanchieren soll."

„Durch dero Allerhöchst fernere Gnade, Majestät", antwortete der wonnestrahlende Fleming.

„Auch unsere liebe Denhof hat sehr bedeutenden Anteil an der Schöpfung dieses Festes, wie ich mir sagen ließ?" Und einer jener elektrischen Blitze schoß aus den Augen des Königs auf die Gräfin nieder, die sich lächelnd verbeugte.

August der Starke schritt langsam weiter, nickte listig der mit seltener Geschicklichkeit errötenden Dieskau zu, und, indem er einen kalten Blick über die bleiche, lauernde Haugwitz schlüpfen ließ, wendete er sich zu Klettenberg. „Wie weit sind Sie mit der letzten Proze= dur? Ist die Mischung geglückt?"

„Fast, Majestät! Das Amalgam muß in der Quantität oder Qualität zu stark gewesen sein, die Retorte sprang. Ich muß es noch einmal mit schwächerem Zusatz beginnen."

„Mein Gott, wie langweilig und kostbar das ist! Gibt es kein einfacheres Verfahren?" rief der Herrscher.

„Das Verfahren ist eben das Geheimnis, Majestät. Wer es erst hat, ist Herr der Welt. Daß sich kleinere

Quanta des kostbaren Metalls liefern lassen, davon haben Majestät Allerhöchst selbst sich überzeugt; aber die Mischung in solcher Progression herzustellen, daß sie eine so grenzenlose Ausbeute gibt, wie wir wünschen, ist das Werk vieler Jahre."

„Leider!" seufzte der Fürst. „Vitzthum, weisen Sie Klettenberg neue dreihundert Dukaten an."

In demselben Augenblick hatte die Königin, die bis dahin, kalt nach allen Seiten grüßend, geschwiegen, Aurora von Königsmark gesehen, welche gesenkten Hauptes seitwärts in ihrer Nähe stand.

„Was macht Moritz?" flüsterte sie leise, indem sie ihr die Hand entgegenstreckte, „ich hörte, er sei ernstlich krank."

Die Propstin küßte die Hand der Königin, auf die verstohlen eine Träne fiel. „Ich danke Eurer Majestät für die huldvolle Gnade. Der Himmel hat ihn mir erhalten, damit ich nie vergesse, wie demütig ich für die Huld meiner Königin sein soll!"

Ein krampfhafter Druck von der Hand der Königin, ein warmer, verzeihender Trostesblick aus ihren Augen war die Antwort. Gemeinsames Leid hatte beide Frauen zu Freundinnen gemacht.

Der König, der inzwischen mit Haugwitz und Fürstenberg einige leichte Scherzworte gewechselt, trotzdem aber Auroras leise Antwort gehört und verstanden hatte, biß sich auf die Lippen, bot schnell der Königin den Arm und geleitete sie unter Flemings und Haugwitz' Vortritt zu den Plätzen der königlichen Familie.

„Sind die beiden Musikmeister bereit?" fragte er Fleming.

„Ja, Euer Majestät, und warten auf Allerhöchsten Befehl."

„Stellen Sie mir den Bach aus Weimar vor."

Fleming verbeugte sich, eilte zum Klavier und kam in wenigen Augenblicken mit Sebastian Bach, der einen einfachen schwarzen Rock und den Hut im Arm trug, zurück. Hinter beiden folgte Volumier mit ängstlich bekümmertem Gesicht. Aller Blicke wandten sich auf die Gruppe.

„Das ist Bach, Euer Majestät", sagte vorstellend Fleming mit etwas mitleidigem Lächeln.

„Er hat sich also angemaßt, dem Marchand eine Herausforderung zu einem musikalischen Wettstreit zuschicken?"

„Jawohl, Euer Majestät. Ich hab' aber nicht gemeint, daß ich mich vor Eurer Majestät damit großtun wolle."

„Ah, und jetzt wird Ihm bange? Er hat sich wahrscheinlich zuviel vorgesetzt?"

„Nein, bange ist mir nicht, Majestät. Die deutsche Kunst braucht sich nicht zu fürchten vor den Herren Franzosen!"

„So, so! Wollen sehen. Es scheint aber nicht, daß die deutsche Kunst so viel einbringt als die französische", und der König warf einen Blick auf das schlichte, unmoderne Gewand Sebastians.

„Da haben Eure Majestät recht. Daraus muß sich aber der Künstler nichts machen. Wer nach dem Guten strebt, soll sich vorher sagen, daß der Flitterkram und das Blendwerk, das die Sinne kitzelt und seicht ist, schneller Eingang findet und besser bezahlt wird als das ernste, ehrliche Streben. Wer das nicht vorher überlegt, muß nicht erst anfangen, Majestät."

Alles war erschreckt über die beispiellos kecke Antwort des Organisten, und Volumier zupfte erbleichend Sebastian am Schoß. August runzelte die Stirn, seine Wangen überflog ein leichtes Rot, und er sah mit einem jener Blitze, die schon manchen Höfling zagen gemacht, auf ihn nieder. Als aber Sebastians klares, ruhiges

Auge die stille Drohung so ruhig aushielt, lächelte der König.

„Nun spiel' Er. Fleming, lassen Sie Marchand rufen."

Der König ließ sich nieder, die Versammlung nahm Platz, und Bach stand neben Volumier am Instrument, indes Fleming nach dem Toilettenzimmer eilte, um den französischen Meister einzuführen.

Es herrschte eine lautlose Stille, in der jedermanns Beklemmung und Neugierde wuchs. Der König war augenscheinlich nicht in der besten Laune. Sei es, daß Klettenbergs kostspieliger und nutzloser Versuch oder Bachs Benehmen ihn verletzt, sei's, daß er unangenehme Herzens=regungen bei Auroras Worten empfunden: genug, jeder fühlte, daß der Unterliegende bei diesem Wettstreit keine beneidenswerte Rolle spielen werde. Schon sendete Gräfin Denhof ein mitleidiges Lächeln zu Bach hinüber, und Baron von Schmiedel sagte zu Fürstenberg: „Ich werde heute abend eine Kondolenzkarte schreiben."

In demselben Augenblick entstand bei der Galerie eine seltsame Bewegung, und Fleming, totenbleich, schwankte auf den König zu.

„Was haben Sie, Fleming?"

„Majestät, ich bin sprachlos vor Entsetzen! Vor einer Viertelstunde war Marchand noch hier — in meinem Toilettenzimmer — und nun — ist er fort!"

„Fort?!" Und der König erhob sich gereizt, und dunkle Röte überzog sein Gesicht.

„Fort?! Nein, Sie irren wohl. Es wird ihm unwohl geworden sein. Er hat vielleicht in der Eile seine Noten vergessen. Volumier und Vitzthum, eilen Sie in seine Wohnung und sehen Sie, was der Mann macht!"

Damit wandte sich der Fürst zur Königin und Königsmark, und ging in leichte Konversation über.

Man stand in Gruppen umher und besprach den ominösen Zwischenfall. Volumier und Vitzthum hatten indes das Hotel verlassen. Fleming stand allein, mühsam sich erhebend und suchte sich durch ein Zeichen mit der Denhof zu verständigen, die, wie er, in Todesangst war, sich zu kompromittieren.

Er sah sie starr an, zuckte unmerklich mit den Achseln, und die schöne Gräfin verbarg hinter dem Fächer zwei Tränen der Wut und Enttäuschung. Der alte General von Klenzel aber trat mit richtigem Taktgefühl zu Bach und fragte ihn in liebenswürdigster Weise nach seinen Verhältnissen. Nach Verlauf einer Viertelstunde, in der es schien, als habe August bereits den ganzen Vorfall vergessen, kamen Vitzthum und Volumier zurück. Ersterer ein Notenbuch, in grünen Samt gebunden, im Arm, schritt auf den König zu, der ihn fragend anblickte.

„Majestät, halten zu Gnaden, wir fanden die Wohnung von Monsieur Marchand leer. Vor einer Viertelstunde hat er mit Sack und Pack Dresden verlassen. Das einzige, was von ihm zurückgeblieben, ist das Chanson mit Variationen, das er Eurer Majestät unlängst dedizierte."

Die Versammlung war starr vor Schreck. Mechanisch wandten sich aller Augen nach der unglücklichen Denhof und Fleming, die den Franzosen so angelegentlich empfohlen hatten. Jeder wußte, daß August am wenigsten der Mann sei, eine Täuschung zu vertragen. Doch August bezwang sich noch, nahm mit großer Ruhe das Chanson, welches ihm Vitzthum reichte, und winkte Bach zu sich.

„Sein Gegner hat, wie's scheint, aus irgend einem Grunde für jetzt das Feld geräumt. Das beweist aber noch nicht, daß Er ihm überlegen ist. Wir haben hier eine seiner Kompositionen, die das Geistreichste und

Schwierigste ist, was er vor Uns spielte. Seh Er sie an.
Traut Er sich, sie nachzuspielen?"

Bach blätterte einen Moment in den Noten.

„Majestät, solch Zeug spiel' ich nicht. Die Musik
ist eine schöne, edle Kunst, eine Gottesgabe, die nicht zu
solchen Schnurren da ist. Wollen Euer Majestät das da
aber hören, so hab' ich meinen Jungen, den Friedemann,
bei der Hand, der kann sie spielen."

„Was? Was sagt Er da?! Er kann oder will
das nicht spielen?"

„Nein, das spiel' ich nicht, Majestät! Ich bin mir
bewußt, meinen Gott anzubeten durch meine Kunst, und
wie kein Diener des Herrn sich soll zum Narren machen,
so wird's Sebastian Bach auch nicht tun!"

„Hm! Nun laß Er Seinen Jungen rufen."

Man ließ sich nieder. Bach trat in die Galerie
und brachte Friedemann an der Hand herein. Der Knabe,
obwohl rot vor innerer Bewegung, setzte sich ans Instrument, Volumier wandte, in sich hineinlächelnd, die Blätter
um, und Bach, der Vater, trat, als ginge ihn das alles
nichts an, an die Seite. Friedemann begann ruhig und
sicher das Thema und führte die Variationen durch alle
Umkehrungen und Verschlingungen mit solcher Reinheit
und so leichter Ungezwungenheit aus, daß der König, der
Hof und die ganze Versammlung in rauschenden Beifall
ausbrach, als der Knabe geendet hatte.

„Er hat da einen exzellenten Jungen, Bach! Das
ist ganz unerhört! Wie ist's möglich, daß man das in
solchem Alter leisten kann?"

„Er hat mit vier Jahren schon angefangen, Maje=
stät. Die Hauptsache aber ist, daß er sein Lebelang die
ernste Musik, den großen Kirchenstil, in der polyphone
Gedanken sind, praktiziert hat. Die deutsche Musik blendet
vielleicht nicht so, aber ist schwerer, und es gehört

Kopf und Herz dazu, wenn man ihr etwas abgewinnen will.“

„Da wär' es schlimm für Uns, daß man sie Uns so lange vorenthalten hat. Kann Er Uns nicht etwas davon zeigen?“

„Gewiß, Majestät. Ich hab' mich gegen den Marchand unterfangen, jedes Thema, das er mir stellen würde, zu variieren und zu fugieren. Wenn mir Euer Majestät ein Thema, womöglich ein kirchliches, stellen wollen, so bin ich bereit.“

„Das geht wohl mehr die Damen an“, sagte August, sich zur Königin wendend. „Wollen Euer Majestät vielleicht das übernehmen?“

Die Königin errötete leicht. „Als ich vor einem Jahre in Hamburg war, hörte ich in der Kirche einmal auf der Orgel den alten Organisten Reinken einen Choral spielen. Der ergriff mich damals so sehr, daß ich mich heute noch des Eindrucks wie von gestern her erinnere. Ich glaube, das Lied begann: An Wasserflüssen Babylons.“

Da war's, als wenn Sebastian Bach erschauerte und eine heilige Rührung kam über ihn.

„Ja, Majestät, das kenn' ich! Und wenn ich auch nicht wert bin, dem alten Reinken die Schuhriemen zu lösen, so danke ich doch Euer Majestät herzlich, daß Sie mich würdig erachten, ihm das nachzuspielen. Mit Gott will ich's versuchen.“

Er trat ans Klavier, nicht gebückt mehr wie der arme Organist aus Weimar, sondern wie Ariel, der zum Preise der Gottheit singt. Mit hastiger Gebärde warf er das Marchandsche Chanson vom Klavier auf das Parkett, legte das Pult um und setzte sich.

Sein Blick richtete sich nach oben, und in tiefer, feierlicher Stille begann er leise und ernst den Choral:

„An Wasserflüssen Babylons sitzen die verstoßenen Kinder
des Herrn
Und weinen ob ihres Elends.
Der alte Serubabel singt schwer und klagend das Tränenlied,
Daß der Herr die Seinen verstoßen,
Und die Weiber und Männer und die lallenden Kinder fallen
klagend und seufzend ein.
Zu ihren Füßen murmelt der Strom und trägt
Auf den Wellen ihre Sehnsucht weiter
Zu fernen Gestaden.
Der Wind hebt sie empor und führt sie über die ewigen Täler
der Freude,
Breitet sie über das verlassene
Selige Vaterland.

Und die Klage wächst und die Träne,
Und eine Stimme hebt sich über die andere
Und zeihet sich laut
Der Hauptschuld am Elend der Brüder,
Und Flut und Winde und der Himmel
Klagen mit! Es ächzt und bebt die Erde,
Die ganze Welt ist ein Erlösungsschrei!
Da spaltet ein Blitz die Wolken und der Herr
Entsendet seinen Liebesboten nieder,
Kühlung zu fächeln mit ewiger Schwinge,
Und zu bringen den Trank der Verheißung:
Einst sollt ihr wohnen im lieben Vaterlande,
Sollt den Heiland grüßen, den ich senden werde
Zu eurer Not, und der euch erlöset
Von aller Qual und ewige Freiheit bringt.

An Wasserflüssen Babylons sitzen sie und weinen nicht mehr;
Im Halleluja begrüßen sie wieder
Die Himmelsschwestern Hoffnung und Glaube,
Und die Flut murmelt das Heil, Heil,
Und der Sturm brauset Heil, Heil,
Und trägt es hinüber ins Land der Verheißung,
Hinauf in die Gefilde ewiger Freuden!“

Brachvogel (B. 501-507). 4

Kein Beifall erschallt, kein Lob.

Ein Schauer fährt über die Versammlung und in den Herzen regt sich ein eigenes, unermeßliches Etwas, das mancher von diesen Leuten zum erstenmal empfindet.

Die Königin, die Kollowrat und die Königsmark schluchzen hörbar, der König ist wie vom Schlage getroffen.

Volumier stand am Eingange der Galerie und hatte die Hände gefaltet; sein glühender, dankbar verklärter Blick hing an Bach, der leise aufgestanden war und still beiseite trat.

„Der Mann hat eine teufelmäßige Geschicklichkeit!" platzte der König heraus. „So etwas hab' ich nie gehört!"

„Treten Sie zu Seiner Majestät!" flüsterte General Klenzel. Bach trat einige Schritte auf den Monarchen zu.

„Woher hat Er das, zum Kuckuck, Bach?" fragte August.

„Von demselben Geber alles Guten, der Euer Majestät die Krone verliehen, von Gott; deshalb will ich's auch allein zu Gottes Ehre ausüben!" sagte Bach, und ein seltsam bitterer Zug spielte um seinen Mund.

In demselben Augenblick war Kurprinz August zu ihm getreten, hatte im überwältigenden Gefühl seine Hand ergriffen und sie geschüttelt.

„Nehme Er das zum Andenken an mich", und er schob einen kostbaren Solitär auf Sebastians Finger.

„Ich danke Königliche Hoheit für diese hohe Gunst. Ich will ewig Ihrer gedenken. Gott erhalte Euer Hoheit lange und gebe Euch gesegnete Tage."

„Wenn Ihr einmal etwas Großes zu bitten habt, erinnert mich an die Stunde!" flüsterte der Kurprinz, nickte und trat zurück.

König August erhob sich und nahm den Arm der Königin. Fleming, der sich anfangs Rechnung gemacht, der Hof werde bei ihm zur Nacht speisen, trat halb schüchtern einen Schritt zum König.

„Fleming, in Zukunft nehmen Sie sich mit den Franzosen besser in acht. Ich will außer der deutschen nur noch italienische Musik in Dresden. Guten Abend. Bach, ich danke Ihm für den Genuß, den Er mir verschafft; lasse Er sich öfter bei uns in Dresden sehen. Eh’ Er reiset, werde ich Vitzthum zu Ihm schicken.“

Eben wollte der König weiterschreiten, als die Königin Bachs Hand ergriff und sagte: „Hier danke ich Ihnen nicht, aber wenn Sie morgen zu mir kommen wollen, habe ich ein Andenken für Sie, das sollen Sie Ihrer lieben Frau mitnehmen. Vergessen Sie mir den Kleinen da nicht mitzubringen.“

Bach verbeugte sich, das Herrscherpaar schritt weiter und wollte eben den Saal verlassen, als August sich kurz wendete und die Gräfin Denhof mit seinen Blicken suchte.

„Eins hätt’ ich bald vergessen. Liebe Denhof, Sie sehen seit einiger Zeit so angegriffen aus. Gehen Sie auf ein Jahr aufs Land, das wird Ihnen dienlich sein. Ich werde Sie an einen recht gesunden Ort schicken!“ Der Hof verließ das Hotel.

Gräfin Denhof war ohnmächtig in die Arme ihrer Mutter gesunken. Ein leises Kichern flog durch die Reihen der Zurückgebliebenen. Da wollte sie sich aufraffen und wie um Schutz flehend zu ihrem Freunde Fleming treten. Fleming aber verbeugte sich kalt, bot Fräulein von Dieskau den Arm und wandte ihr den Rücken.

„Ich kondoliere von Herzen!“ sagte laut und melancholisch Baron Schmiedel, und die ganze Versammlung brach in ein schallendes Gelächter aus. — Die Denhof verließ Dresden für immer!

3. Zwei Hochflieger.

Am anderen Morgen ging Sebastian Bach auf und ab in seinem Zimmer. Friedemann saß am Klavier, wagte aber keinen Ton zu spielen. Volumier sah seinen Freund Sebastian mit ungewissen Blicken an.

„Hahahaha! Dahin hab' ich's also gebracht, daß mir Euer König, nachdem er nahe daran war, den französischen Lumpenhund zu engagieren, doch zugab, ich habe eine teufelmäßige Geschicklichkeit! O, das ist das verfluchte Virtuosentum, Volumier, das behält den Sieg! Wenn einer nur rechte Kapriolen machen kann auf dem Kasten da, und wie ein Seiltänzer von einer Saite zur andern springt, das ist Euer Mann!"

„Ihr habt recht!" antwortete Volumier betrübt. „Diese verdammte Manier bringt uns ganz herunter, und wenn wir hier unser Brot nicht verlieren wollen, müssen wir selber die Affenjacke anziehen. Legt dem Könige aber nicht alles zur Last. Seht, das Übel liegt auch in der Zeit. Die Leute hören auf, fromm zu sein; es ist Mode am Hofe, die Religion als eine bloße Staatseinrichtung zu betrachten, die bequem ist. Es wird aber besser werden in Zukunft; die Königin denkt nicht so wie der König, und wenn erst der Kurprinz an die Regierung kommt —"

„Ja, recht, Ihr habt recht, ich will auch nicht undankbar sein. Der Kurprinz ist ein edler, vernünftiger Mann, der noch Gefühl fürs Bessere hat; und die Tränen, die die Königin geweint hat bei dem Choral, waren so schön und schwer und glänzender als diese Brillanten."

In demselben Augenblicke hatte Friedemann leise intoniert und begann: „An Wasserflüssen Babylons". Er spielte das Thema wie die ganze Variation dem Vater nach). Sebastian hatte krampfhaft Volumiers Arm gepackt, und die Männer lauschten atemlos.

Als Friedemann geendet, umarmte Bach jubelnd den Knaben und rief: „Volumier, das ist ein liebes Kind, der wird einst größer als ich, so wahr mir Gott helf'!"

Bei diesen Worten öffnete sich die Tür des Zimmers, und herein trat Brühl, des Königs Leibpage, fröhlich lächelnd, hinter sich einen königlichen Lakaien, der einen Beutel und einen Korb mit Wein trug. Brühl war etwa zwanzig Jahre, aber seine hohe, imposante Gestalt, die selbstbewußte Manier, mit der er sich bewegte, ließ ihn viel älter erscheinen. Dabei wußte jedermann, daß er beim Kurfürsten viel galt. Weil Brühl bei Hofe sonst eigentlich ein Nichts war, das so eben mitlief, aber überall gern gesehen wurde, weil er niemand bei seinen Plänen, sei's durch jugendliche Schadenfreude oder berechnete Intrige, im Wege — kurz, eine Art neuer Auflage des alternden Vitzthums war, so konnte man eigentlich nicht wissen, was aus ihm alles werden konnte. Brühl war schlau und verschlossen, liebenswürdig, gefällig und hatte die eine Tugend, daß er alles wissen konnte und nie etwas verriet. Er war nicht gerade, was man schön nennt, aber sein Kopf hatte etwas Intelligentes, man hätte sagen können Nobles, und dabei eine Grazie der Bewegung, die allem, was er tat, einen großartigen, bedeutungsvollen Anstrich verlieh.

Ehe Volumier Zeit hatte, ihn zu begrüßen, eilte Brühl auf Bach zu, schloß ihn in seine Arme und sagte: „Verzeihen Sie, Herr Bach, wenn ich zu ungelegener Zeit komme, aber ich konnte kaum erwarten, mich des Allerhöchsten Auftrags zu erledigen. Herr von Vitzthum war eigentlich bestimmt, Sie zu besuchen; doch hat er mir, auf meine Bitte, diese Ehre überlassen, um mir Gelegenheit zu geben, einem Manne meine Verehrung auszudrücken und seine Freundschaft zu erwerben, den ich und alle Kunstkenner für den Fürsten aller Klavierspieler halten."

Bach, der durch Volumier mit der Stellung einer jeden Persönlichkeit bei Hofe vertraut gemacht worden war, nahm Brühls Huldigung mit größter Liebenswürdigkeit auf.

„Hier" — und Brühl nahm dem Lakaien den Beutel ab und winkte demselben zu gehen — „hier soll ich Ihnen im Auftrage Seiner Majestät einen Rekompens übergeben, der allerdings ein winziger Sold für Sie sein mag, gleichwohl aber der reelle Boden bleibt, der es der Kunst erst möglich macht, sich zu entfalten. Mögen diese dreihundert Dukaten Ihnen wohlschmecken."

„Aber ich bitte Sie, Herr von Brühl! Als Belohnung ist's —"

„Ist's nicht nobel genug!" fiel Brühl ein. „Ich weiß es, Seine Majestät belohnt die Kunst nicht, das kann er nicht, er bezahlt sie."

„Für eine Bezahlung ist's aber zu viel!" rief Bach.

„O, schweigen Sie, nehmen Sie. König August kann Sebastian Bach nicht geringer bezahlen. Da, Kleiner, trag den Mammon fort, dort in den Winkel, denn jetzt kommt die Ehre. Ich soll Sie nämlich sofort zu Ihrer Majestät der Königin bringen, die Sie noch einmal sehen und Ihnen für Ihre liebe Frau ein mit exzellenten Steinen besetztes Gesangbuch verehren will, das sie lange Jahre selbst gebraucht, und in das ihr der alte Reinken zum Andenken eine Fuge geschrieben hat. Sie sagte gestern zur Frau Gräfin Kollowrat: ‚Ich möchte dem lieben Bach was recht Schönes schenken, aber ich habe nichts Besseres, was ich so einem Manne geben könnte‘."

Bachs Herz schwoll vor seliger Befriedigung. „Ja, das ist das Schönste, was mir in Dresden hätte zuteil werden können", sagte er zitternd.

„Nun aber, ehe wir gehen, mon cher Bach, lassen

Sie uns bei einem Glase Wein erst Freundschaft schließen. Es soll des Brühl größter Stolz sein, den Musiker Bach gekannt zu haben. Lieber Volumier, Gläser und was zum Beißen, ich revanchiere mich nächstens!"

Ehe Bach antworten konnte, faßte, nachdem Volumier eilig das Zimmer verlassen hatte, der Page den Sebastian fest bei der Hand. „Bach, ein Wort! Der König ist nicht der Mann, Ihre Verdienste zu belohnen, aber der Kurprinz wird's einst tun, wenn er die Krone trägt. Auch ich habe, gleich Ihnen, meinen Ehrgeiz, wir sind zwei Hochflieger, jeder in seiner Art, die zur Sonne wollen, darum müssen wir Freunde sein. Bach und Brühl, die Namen passen zusammen. Wenn Sie, wie ich, die Tugend des Wartens kennen, die schwerste Tugend des Künstlers und des Staatsmannes, dann" — Volumier trat ein — ein Druck von Brühls Hand vollendete den Gedanken. „Füllt die Gläser, meine Herren. Es lebe die Hautevolee und ihre Freundschaft!" ——

Nach ein paar Tagen fuhren Sebastian und Friedemann zurück nach dem stillen Weimar.

„Was meinte der Junker damit, Vater, daß er sagte, Brühl und Bach, die Namen passen zusammen?" fragte Friedemann.

„Das mag die Zeit lehren, mein Sohn. Ich verlass' mich bloß auf den Bach. Mach du's auch so!"

4. Die schöne Kollowrat.

Zehn Jahre verändern die Welt, und mit jedem Jahrzehnt beschleunigt die Geschichte ihre Schritte. Die Ideen aber gleichen den Zugvögeln, die von Zweig zu Zweig hüpfen und ihr Lied spenden, doch wenn der Winter kommt, in wärmere Länder ziehen. Die Praxis, der konservative Sperling, der nie singt, bleibt hingegen und

hockt verstohlen unter der gewohnten loyalen Dachtraufe,
wenn es schneit. Wenn nun im Frühling die neue Sonne
wieder glänzt, heben sich die alten Sänger und ziehen von
Süden zurück in ihre Heimat, und wie sie schmetternd
ihre Ankunft melden, mengt sich der kecke Sperling geschwind
dazwischen und reißt den Schnabel auf, damit man glauben
soll, er singe auch. So ist es gewesen, so wird's ewig
sein! Die unwandelbar alten Ideen kommen wieder in
neuem Gefieder mit neuem Gesang, und auch die Praxis
haart sich und geht in die Mause, nur daß sie eben Praxis
bleibt. Die Idee ist das Flügelroß, das unsere Sehnsucht
durch alle Himmel trägt, der Phönix, der, ewig sich ver-
jüngend, in jedem Jahrhundert um die Erde schwebt; die
Praxis aber, die alte Schildkröte, schleicht mühsam nach
und steht in lungensüchtiger Ermattung alle drei Schritte still.

Das alles hat seine Berechtigung, seine weise, innere
Notwendigkeit, und wir sollen darum die langsame Tat
nicht schelten, weil unser Gedanke ihr vorauseilt.

Die Idee hat leider meist zu viel Windhundsnatur
und kehrt oft genug zum Ursprung ihrer Bahn zurück.
Ideen wie Praxis haben beide ihre Tugenden wie ihre
Fehler.

Wohl hat es aber selten eine Zeit gegeben, wo Idee
und Praxis so nahe aufeinander gefolgt, eins im andern
sich so rasch und in der Hauptsache so vollständig realisiert
hätte wie im achtzehnten Jahrhundert. Die Zeit der Zöpfe
und Schminkdosen war gerade die Zeit, wo der Gesamt-
geist unseres Geschlechts am meisten seine Ideen, und
dessen Gesamtkraft am mächtigsten, raschesten und konsequentesten seine Taten schuf. Kein Jahrhundert hat
sich so rapid auf dem Welttheater abgespielt, keins hat
tragischer geendet, aber auch keins ein solch nachhaltiges
Gefühl des Pathos hinterlassen als dieses.

Die Zeit, welche an den Personen unserer Geschichte

seit jenem denkwürdigen Weltstreite vorübergegangen, hatte nicht nur diese, sondern auch die ganze sie umgebende Welt, ja ganz Europa verändert. Gedanken und An= schauungen, die damals noch im Embryo schliefen, Übel, die erst begannen, Phänomene, die langsam emporgestiegen, hatten sich inzwischen entfaltet, an den Wünschen und Leidenschaften der Menschen groß gesäugt und in der Gewohnheit befestigt. Nach John Locke, dem Vater des Sensualismus, hatte Leibniz 1716 sein gramerfülltes Herz zu ewiger Ruhe gebettet und dem Gegner das Feld ge= räumt, und dieser selbst, Isaak Newton, war die letzten elf Jahre, nachdem er Lorbeer auf Lorbeer um den kahlen Scheitel gewunden, von der großen Schaubühne der Wissen= schaft herabgestiegen und sank 1727 ins Grab. Ihm folgte nach einem Jahre Thomasius, und die Welt schien momentan leer von Streitern des Gedankens. Doch nein, nicht leer war sie, die Menschheit mußte nur etwas Atem schöpfen und verdauen. Die Kunst und Wissenschaft be= gannen sich langsam aus dem Moder der Romantik zu erheben und neue Blüten zu treiben. Während aber das geistige Streben der Zeit aufwärts drang, sank das physische Wohlsein der Völker mit jedem Tage mehr, und außer Preußen das durch das organisatorische Talent seiner Friedriche anfing, sich zu mächtigem Wuchse zu entfalten, Rußland, das an der Hand Peters die allerunentbehr= lichsten Schritte aus der Barbarei zur Kultur tat, und den kleineren mitteldeutschen Staaten, die sich ihre patriarcha= lische Einfachheit erhielten, gab's keine Nation, die nicht in politischer wie nationalökonomischer Beziehung, selbst wenn sie scheinbare Anläufe zum Besseren nahm, dem Elend entgegengegangen wäre. Ludwig XIV., dieser Atlas des Subjektivismus, war in den letzten Lebensjahren den Priestern anheimgefallen. „Als ich noch König war" — murmelte er, melancholisch lächelnd, und starb. Philipp

von Orleans folgte ihm als Regent, und die Theologie
war schon so vollständig zur Dienerin der Selbstsucht
herabgesunken, daß sie im Abbé Dubois sich zum Lehrer
der atheistischen Philosophie bei Hofe herabließ und in
den Orgien der „Geräderten" durch die Verachtung alles
Edlen und Besseren, was in den Herzen der Menschheit
schlummerte, ihre Lehre der Ignoranz praktisch machte.
Während so in gewissenlosestem Ausbeuten des wollüstigen
Augenblicks der öffentliche Schatz Frankreichs erschöpft, die
Nationalschuld aufs hirnloseste vermehrt und der Bankerott
eingeleitet wurde, warf sich der einzelne, gierig nach Reichtum,
mit seinem Kapital in die wahnsinnigsten Spekulationen
und, durch Jean Laws Finanzsystem bestochen, ward die
Aktienspekulation der Mississippikompanie und in England
der Südseeaktienschwindel das Faß der Danaiden, in dem
der Schweiß von Millionen Menschen, die Existenz ganzer
Generationen verschwand, und Wut und Verzweiflung alle
jene scheußlichen Laster heraufbeschwor, welche seitdem nie
wieder in Pandorens Büchse zurückzuzaubern waren. Law
mußte fliehen, die Südseekompanie sich auflösen, und der
Sturz der Finanzen zweier großer Nationen, Englands
und Frankreichs, begann. So überkam Ludwig XV. die
Krone. Zu gleicher Zeit ging alles, was Cromwells und
Wilhelms sichere Hand aus den Zuckungen des Bürger=
krieges Treffliches und Nationelles für England geschaffen,
unter den Kabalen und Liebschaften der unentschiedenen
Anna, den Machinationen der Prätendenten und Jakobiten
in jenen Zustand der politischen Starrheit über, die, mit
sich selbst unzufrieden, sich zu entwickelt für jede Ent=
wicklung hält. Eine Veränderung aber, der sich trotz des
trefflichen Regimes Georgs I. von Hannover das stolze
freie Albion nicht entziehen konnte, und die um so un=
zweideutiger die Macht des Subjektivismus über die ganze
neue Zeit bewies, war nach und nach mit diesem Lande

vor sich gegangen. Aus dem Staat war nämlich eine
Firma, aus der Nation eine Summe von Kompagnons
geworden, die sich zu einem Welthandelswarengeschäft
assoziiert hatten. England löste sich, wie später Belgien,
als Staat in die bürgerliche Gesellschaft auf, welche zu-
sammentrat und zusammenschoß, um das möglichst größte
Geschäft zu machen. Seit jener Zeit ist Englands ganze
Politik, seine ganze Geschichte, sein ganzes Volk nur noch
von der national-ökonomischen, von der Seite des Profits,
zu betrachten. Das Unglück wie das Glück, die Tugend
wie das Laster hat seine eiserne Logik.

In Deutschland hatte sich äußerlich im großen Gange
der Staaten nichts Erhebliches geändert. Preußen nahm
in bezug auf die Gallomanie und die neue Philosophie
eine streng exklusive und konservative Richtung ein. Die
Theologie, die hier noch die ganze dogmatische Strenge
und orthodoxe Starrsinnigkeit bewahrt hatte, mit der sie
in Norddeutschland aus dem Dreißigjährigen Kriege hervor-
gegangen war, hatte noch, als erste Dienerin des König-
tums, ihre ganze Kraft und die Mission bewahrt, der
erste Hebel des Nationallebens zu sein und als solcher
die ganze geistige Ausbildung des Volkes zu regeln. Der
Vater des großen Friedrich war sparsam, einfach, zu sehr
Militär und Mann der Praxis, um nicht die Wissenschaften als nutzlose Hirngespinste zu verachten.

Da sein Staat noch jung und anderen Nationen
gegenüber schwächlich war, so hatte er den sehr richtigen
Grundsatz, daß Preußens Volk nur arbeitsam, genügsam,
fromm und tapfer sein müsse, um zu bestehen. Alles
andere war Ballast für ihn und ging über sein Verständnis. Dieses andere zu erfassen und es lebenskräftig
durchzuführen, war seinem großen Sohne vorbehalten, mit
dem er, lange entzweit, endlich Frieden geschlossen und so
seine letzten Tage durch die Sonne der Kindesliebe ver-

klärt hatte. — Diesem Widerwillen Friedrich Wilhelms I.
gegen die Wissenschaft, der von der dienstwilligen Be-
schränktheit und unredlichen Orthodoxie seiner Umgebung
forciert wurde, war der Philosoph Wolff zum Opfer gefallen, den man, auf des pietistischen Theologen Lange
ewiges Drängen, nicht nur von der Universität Halle,
sondern auch aus ganz Preußen bei Strafe des Stranges
verbannt hatte, und der nach Merseburg geflüchtet war,
von wo er seine geistreichen Waffen gegen die Unduldsamkeit richtete. In Sachsen regierte immer noch August
der Starke, wechselte vor wie nach seine Gunst und
Neigung und richtete feindselig seine Blicke auf Frankreich,
dessen Herrscher nicht übel Lust zeigte, seinem unglück-
seligen Schwiegervater noch einmal die wenig beneidenswerte Krone Polens aufs Haupt zu setzen.

Das Jahr 1732 war herangebrochen, und wollen
wir die alten Verhältnisse und Personen wieder aufsuchen,
wo wir sie verlassen, so finden wir fast alles von seiner
Stelle gerückt und manche Lücke. Der Kurprinz August
hatte sich 1719 mit Prinzessin Marie Josephine von
Österreich vermählt, die arme Königin Eberhardine, die
Betsäule von Sachsen, wie das Volk sie nannte, hatte
sich mit ihrem Unglück und ihren Tränen seit 1727 in
die Erde geflüchtet und, nachdem die alte, würdige Kollowrat schon vor Eberhardine gestorben und diese die schöne
Tochter der Oberhofmeisterin, die junge Antonie von
Kollowrat, zur Favoritin genommen, wußte sich letztere
bei der Kurprinzessin so in Gunst zu setzen, daß sie auch
deren Vertraute wurde. Ein Jahr vorher war Hoymb
seines Amtes entsetzt worden und saß auf dem Königstein; Klettenberg, der Goldmacher, war längst ebendaselbst
enthauptet, die Gräfin Königsmark, der Fürst von Fürstenberg, Fleming sind gestorben, Vitzthum im Duell erschossen;
die Kessel, die Denhof, die Dieskau, selbst die schöne Osterau,

die letzte Liebe Augusts, waren in ihr ursprüngliches Nichts
zurückgesunken. Auch unser alter guter Volumier ist nicht
mehr; an seine Stelle war Hasse mit seiner berühmten
Nachtigall, der großen Faustina, getreten.

Dem braven Sebastian Bach, dessen Familie sich
seither vielfach, wie sein Ruhm, vermehrt, und der in
Köthen, wohin er seinen Wohnsitz verlegt hatte, sein liebes,
treues Weib durch den Tod verloren, war die Welt da=
selbst zu eng geworden. Er war darum nach Leipzig
gezogen und hatte, nachdem er Anna Magdalena, die
jüngste Tochter des Weißenfelsischen Hofmusikers Wülkens,
geheiratet, das lohnende Kantorat an der Thomasschule
angenommen. Ein=, auch zweimal jährlich besuchte er
Dresden, wo er die Königin und alle Welt mit seiner
Kunst entzückte und Hasses Freundschaft erwarb; seitdem
aber die Königin gestorben war, kam er nicht mehr an
den Hof.

Brühl, der inzwischen Kammerherr und Direktor des
Departements der inneren Angelegenheit im geheimen
Kabinett des Königs geworden, unterließ nie, sich mög=
lichst liebenswürdig gegen Sebastian zu erweisen. Aus
dem elfjährigen Friedemann aber war unterdessen ein er=
wachsener Mensch, ein bedeutender Musiker geworden, und
Sebastian, der in diesem seinem Erstgeborenen, seinem
Lieblinge, alles Treffliche vereinen, ihm eine Weltbildung
und, für den Notfall, einen anderweitigen Rückhalt geben
wollte, hatte, da er voraussah, daß er seinen zahlreichen
Kindern keine Berge Goldes hinterlassen würde, ihn auf
die Hochschule nach Merseburg geschickt, wo Friedemann
ein eifriger Schüler des exilierten Wolff und des vor=
trefflichen Graun namentlich im Violinspiel geworden war.
Schon die Lehrer auf der Thomasschule hatten von diesem
geistreichen Knaben das Höchste gehofft. So kam er
endlich 1730 ins Vaterhaus zurück, um seine letzten

Orgelstudien zu vollenden und die Rechtswissenschaft, sowie
die Mathematik und Philosophie, die er in Merseburg
begonnen, fortzusetzen. Letzteren beiden Disziplinen ist er
auch neben der Musik in späteren Verhältnissen unwandel=
bar treu geblieben.

Es ist doch ein eigen Ding um das Verhältnis zwischen
Kind und Erzeuger! Solange in den ersten Jugendjahren
das Gefühl äußerer und innerer Abhängigkeit und persön=
licher Unsicherheit dem jungen Menschen anhaftet, wird
er, Schutz und Liebe suchend, sich streng an die Eltern
schließen, nur in ihnen seine Welt sehen, nur von ihnen
alles ableiten und nur sie in seinen Handlungen und Ge=
danken nachahmen. Wenn aber in ihm das Gefühl der
eigenen Individualität hervorbricht — und meist pflegt
die weise Natur dies zur Zeit der Pubertät zu gestatten
— wenn namentlich die Außenwelt in ihren wechselnden
Gestalten und Ideen mit der ganzen Summe ihrer Ein=
drücke ihn zu sich hinüberzieht, dann löst er sich, in der=
selben Steigerung, mit der sich seine Sonderperson durch
Gefühl, Gedanke und Tat ausspricht, von dem Stande
der Kindschaft, von der absoluten Einwirkung der elter=
lichen Autorität los, bis ihn endlich sein besonderer Lebens=
zweck, die eigene Familie und der Herd, den er nun selbst
gegründet, vollständig seinem Ursprunge entfremdet. Es
ist dasselbe unendliche Gesetz, das sich in den Sphären
widerspiegelt, das den Planeten aus dem Schoß der Sonnen=
mutter in weite Kreise von ihr treibt, mit sehnender Ge=
walt Individuum und selbst Weltengebärer zu werden.
Er müßte aber einsam sich verlierend zerstieben und ver=
gehen, wäre ihm nicht ein Rest jener alten Liebe, die
Erinnerung jenes seligen Dämmerns an der Mutterbrust
geblieben, das ihn nie ganz seinen Ursprung verleugnen,
ja, ihn nur so weit schreiten läßt, damit er als Individuum
frei werde und ihn liebend zwingt, ewig die Stätte zu

umschweben, in der sein verlorenes Eden lag. Dasselbe gewaltige Gesetz, von dem die niedere organische Welt nur wenig weiß, verbindet den Menschen mit jener Welt der Sphären. Ihm ist es, wie dem leuchtenden Stern, gegeben, daß er, wenn er Person geworden, sich wieder zurückführt auf seinen Ausgang und seine Blicke von sich nach der Gesamtheit und dem Ursprung wendet. Diese Himmelsgabe, von sich zurückzuschließen, zurückzugehen auf das All, auf seine Gattung, seinen Ursprung, sie ist's, die den Menschen, wie Euripides sagt, zum Auge der Wesen macht, denn er tut es mit Bewußtsein. Darum ist, mit seltener Ausnahme, dem erwachsenen Menschen trotz allen äußeren und inneren Sonderlebens die Liebe zu seinen Eltern anhaftend, und wo er sie nicht äußern kann, wird er sich wenigstens nach ihr sehnen. Ach, es ist so schön, daß man doch nie ganz aus der Kindheit herauskommt! Aber diese Kindschaft ist eben eine andere geworden, weil ihr das süße und zugleich zwingende Gefühl der persönlichen und physischen Abhängigkeit fehlt; sie hat sich mehr in das Gefühl der innigen Freundschaft, die eher eine Gleichberechtigung in sich schließt, verwandelt, einer Freundschaft, die den letzten Schimmer der alten Jugendzärtlichkeit trägt. Es ist ein verlorenes Paradies, in das wir eintreten, um uns wieder einzubürgern, aber in welchem uns das Gefühl der Heimat abgeht. Das Süßeste im Leben trägt uns die meisten Schmerzen ein. Das Pathos ist eben Grundton des ganzen Daseins!

Dies mehr freundschaftliche, gleichberechtigte Ver=hältnis, welches, da Friedemann nun in den meisten Dingen auf seinen eigenen Füßen stand, zwischen ihm und dem Vater eingetreten war, hatte sich längst, ja schon damals vorbereitet; denn Vater und Sohn glichen in ihrem Kunst=streben zweien Konkurrenten, von denen der ältere nur eine Strecke voraus hat.

So betrachtete es wenigstens Sebastian, und da er die Genialität seines Friedemann als Musiker, sowie seine Reise in wissenschaftlichen Dingen bald erkannte, so hatte er ihm frühzeitig Rechte eingeräumt, die man sonst nur dem Freunde, der einem an Jahren näher steht, zu bewilligen pflegt. Durch diese Art des Umgangs war aber keineswegs jene rücksichtslose Kordialität erzeugt worden, wie wir sie heutzutage in Familien erblicken, und die die Klasse der jeunes pères zu einer ebenso lächerlichen wie ekelhaften Erscheinung macht. Denn so sehr Sebastian Bach auch Friedemann immer mehr zu sich heranzog und zum Vertrauten machte, so war nicht allein die ganze damalige, dem Bürgerstande noch wesentlich eigentümliche patriarchalische Denkart, sondern besonders der ganze Charakter, das künstlerische und menschliche Sein Friedemanns so eigentümlicher Art, daß dem Sohn, trotz aller persönlichen Freiheit, trotz abweichender Ansicht, trotz väterlicher Vertraulichkeit, die Repulsivkraft stets bewahrt blieb, die ihn immer in der alten Kindlichkeit zum Vater hielt. Sebastian Bach war streng religiös; seine Kunst selbst war auf den Glauben gepflanzt und nur durch diesen werktätig. Er war ein Mann ohne dialektische Spitzfindigkeit und Grübelei, ohne philosophischen Sinn, und wenn seine künstlerischen Gedanken innig und tief, erhaben und kraftvoll genannt werden müssen, waren sie es nur, weil der Glaube, wenn er in seiner schlichtesten Einfachheit auftritt, ein unergründlicher Bronnen des Schönsten und Besten, jener große, nie gemessene Ozean ist, in welchen sich alle Arten von Sehnsucht, alle Hoffnungen, so entgegengesetzt sie äußerlich zu sein scheinen, endlich doch ergießen. Friedemann hingegen hatte in Merseburg analysieren, logisch schließen und denken gelernt. Durch Wolffs Mund waren ihm die Philosophie Leibniz', die Hypothesen Newtons und der junge Geist der französischen Skepsis zu gekommen, hier war der Punkt, wo zwischen Vater und Sohn ein scharfes Auseinandergehen nahe genug lag. Daß aber Friedemann nach wie vor den Vater mit jenen an= betenden Kinderaugen betrachtete und in ihm die Krone alles Guten und Schönen fand, lag daran, daß die wissen= schaftlichen Eindrücke Merseburgs noch nicht tief genug in ihm gewurzelt hatten, und alle jene gewaltigen Fragen, die sie etwa in ihm wachgerufen haben mochten, gewisser= maßen beiseite gelegt worden waren durch den ersten aller seiner Gedanken: „Du bist ja Musiker, Friedemann!"

Der andere Grund lag darin, daß die von ihm ge= sammelten Erkenntnisse sich weder in ihm noch in seinen Lehrern vom Gottesbewußtsein losgelöst hatten, daß über= haupt die streng materialistische und atheistische Denkart späterer Zeiten noch gar nicht in Aufnahme gekommen war. Man kam doch immer auf Gott als Urgrund zurück. Ferner lag in Leibniz' Monadologie so viel Naturdeismus, daß Friedemann doch immer wieder in der Hauptanschauung mit dem Vater zusammentraf, und, komisch genug, wurde dieses Zusammentreffen durch Jakob Böhmes Schriften, die beide gleich sehr verehrten, erleichtert, und zwar darum, weil in dieser mystisch schwärmerischen Anschauung sich dem Vater und Sohne eine endlose Welt der kühnsten Imaginationen eröffnete, in der die Meinungen beider Raum genug hatten, ohne sich aneinander zu stoßen. Das Letzte, Größeste aber, was Vater und Sohn zusammenhielt, war die Musik selbst und die Überzeugung Friedemanns, daß sein Vater unerreichbar hoch in seinem Wirken stehe. Oft kam es, daß da, wo der spitzfindige Verstand des Sohnes vor einer Frage ratlos stillstand, ein paar Worte des Vaters, das Beispiel einer einzigen Tonfigur auf dem Instrumente genügte, um beide zu vereinigen. Wie nahe sind nicht Musik, Mathematik und Logik verwandt! Sind sie nicht eigentlich nur in den Mitteln verschieden? ——

Ton, Begriff, Zahl! — Wohl selten haben Vater und Sohn einander so verstanden, so ergänzt und so geliebt wie diese beiden.

Wenn Bach der Vater auch nicht viel auf Brühl, überhaupt auf die Hilfe anderer gab und mit seinem Lose in Leipzig ganz zufrieden war, so hatte doch Friedemann die Abschiedsworte des Pagen bei jenem Wettstreite nicht vergessen, und, voll edlen Ehrgeizes, wünschte er wohl, den Vater, der ihm alles galt, in einer möglichst beneideten Stellung bei Hofe zu wissen.

Brühl war nun dreiunddreißig Jahre alt und, da er sich Vitzthums kluge Zurückhaltung zur Regel machte, noch immer der Günstling Augusts des Starken, ohne daß man ihn sonderlich beneidet hätte. Er war ein Günst= ling ohne Einfluß. In letzterer Beziehung war ihm, besonders bei dem Kurprinzen, sein ehemaliger Genosse, der junge Sulkowsky, zuvorgekommen, der auf kluge Weise sich öfters in die galanten Angelegenheiten des Königs zu mischen gewußt hatte. Dies hätte August den Starken aber noch keineswegs bewogen, diesen an Hoymbs Stelle zu setzen, wenn nicht die Nationalitätenfrage hierbei eine große Rolle gespielt hätte. Dem König war alles daran gelegen, den fast verlorenen Einfluß nicht nur, sondern die absolute Gewalt über Polen zu erlangen, und da Sulkowsky Pole und mit dem gewichtigsten Teil des Reichsadels verschwägert oder alliiert war, so machte August ihn zu seinem Minister, um an ihm eine Brücke für seine Pläne zu haben. Dies wußte Sulkowsky sehr wohl, und weil der König durch diese Kombination in eine eigene Lage zu ihm gebracht worden war und manches übersehen mußte, was er sonst nicht geduldet hätte, so unterließ Sulkowsky nicht, die Zeit zu nützen und sich von der Gewalt, soviel als sich nur tun ließ, anzueignen. August aber hatte die Sulkowskys und die polnische Adelskoterie höchst nötig, denn schon munkelte man in Polen wiederum von Ladislaus Leszcynski, und wenn dieser auch den tapferen Schwedenkönig nicht mehr zum Schutze seiner Thronrechte herbeirufen konnte, so hatte er doch in Ludwig XV. einen mächtigen Schwieger= sohn, auf dessen Hilfe er wohl bauen mochte. Die Feinde Augusts in Polen steckten bereits die Köpfe zusammen, und Sulkowsky säumte nicht, die Gefahr für August um so dringender darzustellen, als er sich ihm dadurch um so unentbehrlicher machte.

Was Brühl dabei empfinden mochte, daß Sulkowsky so rasch emporkam und er sich von seinem ehemaligen Genossen nun von oben herab mußte ansehen lassen, war allen übrigen bei Hofe um so mehr ein Rätsel, als man wußte, daß Brühl die schöne, junge Kollowrat leiden= schaftlich liebte und Sulkowsky auch in dieser Beziehung sein glücklicher Nebenbuhler werden zu wollen schien. Schien, denn ob ihn die reizende Antonie auch begünstigte, während sie Brühl fast mied, so konnte man doch nicht behaupten, daß bis jetzt ein ernsteres Verhältnis zwischen jenen beiden bestand.

Je anmaßender Sulkowsky nun in seiner Machtfülle sich gegen Brühl und die meisten anderen benahm, je näher er selbst der Eigenliebe des Königs trat, je freund= licher Gräfin Kollowrat zu dem Polen, je kälter sie zu Brühl wurde, um so ruhiger, resignierter, um so dienst= williger und freundlicher wurde letzterer zu der stolzen Dame, die sein Herz erkoren, zu dem Gegner, der ihn mit der ausgesuchtesten Impertinenz behandelte.

Ja, Sulkowsky war impertinent zu Brühl, und um so mehr, weil er häßlich wie die Nacht und Brühl hübsch war. Sulkowsky war impertinent aus jenem unbehag= lichen Gefühl, welches ihm bei Brühl zuflüsterte, daß der ärgste Feind auch der freundlichste zu sein pflegt.

So war das Jahr 1732 zu Ende gegangen und hatte zu seinem Schluß die Befürchtungen über Leszynskis Usurpation, wie man's in Dresden nannte, derartig vermehrt, daß August der Starke, obwohl eine alte Wunde an seinem Fuße wieder aufgebrochen war, sich entschloß, trotz des Winters nochmals in Person nach Warschau zu gehen, um die Keime einer etwaigen Insurrektion zu ersticken, die Schwankenden zu befestigen und die Gefährlichen zu neutralisieren. Die Reise war also eine beschlossene Sache; es handelte sich nur darum, wer den König begleiten und wer zurückbleiben sollte. Dies war ein Moment wichtiger Entscheidung für Brühl wie für Sulkowsky. Der Kurprinz hatte sich nur wenig blicken lassen; er kam mit seiner jungen Gemahlin sehr selten von seinem Jagdschlosse Hubertsburg herein, denn die Mißstimmung zwischen Vater und Sohn, durch die Erinnerungen an das Mätressentum und das tränenvolle Ende Eberhardines von des letzteren Seite, durch die katholische Bigotterie Josephas bei August II. erzeugt, dauerte noch fort. Wem wird der König die Gewalt interimistisch anvertrauen? Wen wird er als Unterhändler und Vertrauten mit sich nehmen? Das war die Tagesfrage, die, wie verlautet war, heute gelöst und worauf dann binnen einer Woche zur Reise geschritten werden sollte.

Der Hof war bei der Gräfin Morsinska, Augusts Tochter von der Cosel, die er namentlich in den letzten Jahren gern um sich sah, versammelt.

Neben der strahlenden Gräfin saß auf einer Ottomane, den Teetisch vor sich, das Juwel des Hofes, die schöne Kollowrat. Sulkowsky stand vor ihnen; er hatte die Hand auf den ledernen Sessel des Königs gelegt und unterhielt die versammelten Damen, um seine innere Unruhe zu verbergen. Der kleine Salon, in dem sich die

Gesellschaft befand, der eine grünseidene Tapete trug und
dessen Plafond mit einer guten Freske, den Triumphzug
der Ceres darstellend, geschmückt war, hatte statt der
Fenster zwei breite Glastüren, die in ein großes Glas=
haus, eine Art Wintergarten, führten, der, künstlich er=
wärmt, alle Spezies Gewächse beherbergte, die damals
wenigstens noch für selten galten. Eine Art kostbarer
Bosketts aus Zeder und Myrte bildete das Asyl einer
versteckten Laube, die ebenso zur Intrige wie zum Liebes=
flüstern tauglich schien. An der Wand des Salons,
welche den Eingängen in das Gewächshaus gegenüber
lag, zwischen dem wohltätigen Feuer zweier Kamine, die
in der stumpfen Ecke angebracht waren, stand das Sofa
der Gräfin mit dem Teetisch. Links und rechts, aber
durch einen breiten Raum getrennt, standen zwei Spiel=
tische, deren einer vom General Klenzel, dem bescheidener
gewordenen Spiegel und dem Polen Lubomirsky ein=
genommen wurde, dessen Schwester, nachdem sie August
geliebt, mit dem Titel Fürstin von Teschen abgefunden
worden war, weil sie in Warschau Einfluß hatte. Sie
warteten auf den König, der den vierten Platz ein=
zunehmen pflegte. Den anderen Spieltisch nahmen die
Generalin Klenzel und die Gräfin Bielinsky, welche Schach
spielten, und noch zwei Hofdamen ein. Gruppen von
Kavalieren hatten sich nach Laune verteilt und flüsterten.
Der König trat ein, gefolgt von Brühl. Alles erhob sich;
August trat grüßend an den Tisch und ließ sich neben
der Gräfin Morsinska nieder.

Sulkowsky begab sich an den Spieltisch der Generalin
Klenzel und sah der Schachpartie zu, welche sich ihrem
Ende neigte. Brühl zog sich hinter Spiegel zurück, seine
Aufmerksamkeit dem armen Ehegatten widmend, der be=
trächtlich verlor. Man spielte überhaupt höchst achtlos,
und die Unterhaltung war lau, denn alles war gespannt

auf das, was kommen werde. Man hatte unter wechseln=
den Gesprächen von Oper, neuen Toiletten, jüngsten Nach=
richten aus Paris, Balletts, neuen Bauprojekten zu
Dresdens Vergrößerung und so weiter die träge Zeit zu
beschleunigen gesucht, als das Rollen einer Equipage, der
Trommelwirbel der salutierenden Hofwachen den Kur=
prinzen meldeten, der bald darauf eintrat. Sulkowsky
und Brühl sahen sich einen Moment fragend an, und
ersterer wechselte etwas die Farbe. Das Erstaunen der
Anwesenden wuchs aber um so mehr, als der König
aufstand, dem Kurprinzen entgegenging, ihm herzlich die
Hand drückte und ihn neben sich auf den Sessel zog, in=
dem er sagte: „Das ist mir lieb, daß du so bald kommst!“
Ein Zug nachdenklicher Rührung überflog das sonst strenge
Gesicht Augusts. So hatte er sich noch nie gegen den
Sohn benommen. — „Ich eilte um so sehnlicher her,
Majestät, weil ich die Spanne Zeit noch ausnutzen wollte,
die es mir erlaubt, meinen gnädigen Vater zu sehen.“

„Das sollst du auch, und da ich in nächster Woche
reise, sollst du bei mir bleiben. Wer weiß, ob’s nicht
lange dauert, bis wir uns wiedersehen! Damit aber da=
heim alles in Ordnung bleibe, mein Sohn, wirst du die
Reichsgeschäfte inzwischen versehen. Sulkowsky, Sie werden
die bevollmächtigende Order ausfertigen. Seine Hoheit
der Kurprinz regiert mit meiner ganzen Gewalt, solange
ich fort bin!“

Brühl rang mit einem leisen Lächeln, das er kaum
zurückhalten konnte; die schöne Kollowrat aber richtete
einen erstaunten Blick auf Sulkowsky, welcher sich tief vor
dem König verbeugte, um seinen Schreck zu verbergen.

„Euer Majestät fühlen sich aber nicht wohl genug
zur Reise!“ sagte schüchtern die Gräfin Morsinska. —
„Wohl wahr, meine Liebe, aber die Geschäfte sind zu
dringend. Wenn ich auch in Warschau nicht selbst alles

besorgen kann, so überwache ich doch alles. Freilich muß ich mich auf die Zuverlässigkeit meiner Begleiter verlassen, und ich denke, ich kann das. Lieber Brühl," und er reichte dem Kammerherrn die Hand, die dieser küßte: „Sie haben mir so lange anhängliche Treue bewiesen, Sie reisen mit mir. Die Grafen Sulkowsky und Lubomirsky sollen auch mit, und ich will wünschen, daß sie in War= schau recht ersprießliche Dienste leisten können. Sul= kowsky, stellen Sie sogleich die Kabinettsorder für Seine Hoheit aus! Lieber Sohn, es wird demnächst nötig werden, die Kurprinzessin Hoheit nach Dresden zu bitten, damit du die Deinen um dich hast. Du wirst den linken Flügel des Schlosses einnehmen." Alles war erstaunt. Sulkowsky, starr und keines Wortes fähig, schwankte hin= aus. Brühl, dessen Gesicht purpurrot vor innerer Be= wegung war, richtete einen langen Blick auf die Gräfin Kollowrat, die sich auf die Lippen biß und ihr Auge vor ihm niederschlug. Das Rätsel war gelöst. Nicht Sul= kowsky, sondern der Erbprinz selbst führte also das Interimsregiment. Brühl begleitete speziell des Königs Person, und dies war ihm in einer Form gesagt worden, aus der hervorging, daß er keinen bloßen Kammerherrn= dienst zu versehen habe. Auch Sulkowsky sollte mit; aber die Art des Befehls, und daß neben ihm Lubomirsky mit einer Art Gleichberechtigung genannt wurde, schien höchst auffallend.

Der Tee war inzwischen eingenommen worden. Auf einen Wink des Königs erschien Hasse mit seiner Gattin, der Sängerin Faustina, und ein paar Minuten später hatte sich die ganze Gesellschaft in italienische Opern vertieft.

Im Beratungszimmer des Königs saß indes Sul= kowsky und verfaßte in Zorn und Wut das Edikt für den Prinzen.

„Ha, schon gut,“ rief er aufspringend, „Brühl ist ihm lieber mit seiner Lakaienseele! Nicht allein, daß mir der Prinz den Weg verrannt hat, gegen den ich nichts machen kann, nein, Brühl wird als sein alles mitgenommen, und ich bin neben dem Laffen Lubomirsky gut dazu, unter meiner Koterie in Warschau für ihn zu agitieren! O, ich seh's ein, solange ich sein Arm war, der von Dresden bis Polen reichen konnte, solange er in mir den polnischen Adel flattierte, gestand er mir alles zu; jetzt, da er selbst nach Warschau kommt, denkt er, ich sei entbehrlich! O gut, gut! Aber laßt mich nur erst in Warschau sein! Er soll bald sehen, wie dringend er mich nötig haben wird. Doch ich muß rasch das Dokument beenden! Während ich hier sitze, hat Brühl Zeit, mit der Gräfin Kollowrat zu sprechen.“ Er setzte sich an den Tisch und schrieb weiter.

„Es ist doch gut, daß der verdammte Brühl mitgeht!“

Der verdammte Brühl hatte inzwischen dem Gesange der Faustina zugehört, in welchen die Gesellschaft so vertieft schien, daß sie es nicht bemerkte, wie die schöne Kollowrat in das Gewächshaus trat.

Leise näherte sich der Kammerherr dem jungen Lubomirsky, der in einem Meer von Wonne schwamm. „Von Herzen meine Gratulation, lieber Graf. Sie sehen, wenn die Umstände und Lebenslagen oft noch so ungünstig sind, das wahre Verdienst wird doch einmal belohnt. Ich kann es mit Stolz sagen, daß ich nicht der letzte war, der es bemerkt hat.“ — „Und Sie sind wohl gar die Ursache, daß —“ „O still, nicht doch! Das Auge des Königs sieht scharf genug; nur muß man den gnädigen Blick bei den vielen Geschäften manchmal zu seinem rechten Ziele einladen!“

Leise, aber heftig drückte der junge Pole Brühls Hand. „Ich bin von Stund' an Ihr ergebenster Freund,

und" — „Ich will, daß Sie Ihr eigener bester Freund sein sollen, Graf. Sie sind so lange zurückgedrängt worden. Was ich Ihnen nutzen kann in zweckmäßiger Behandlung der Geschäfte, geschieht gewiß. Grâce au ciel! Alliieren Sie sich mit mir, und Sie sollen ein Staatsmann comme il faut werden! Jetzt tun Sie mir aber den Gefallen und decken Sie die Glastür mit Ihrem Körper; ich will, ohne bemerkt zu werden, ins Glashaus treten."

Ein Helldunkel, ergänzt von den Reflexen des Schnees drunten und dem verlorenen Lichtschimmer des Salons, welcher durch die Glastür fiel, gab dem Glashause, dessen Zweige ein Chaos von Schatten warfen, eine bezaubernde Herrlichkeit, in welche die Klänge der Musik hineinflatterten, um unter den Myrten einzuschlummern.

Hier saß die schöne Antonie von Kollowrat. Mannig= fache Gedanken schienen sich ihrer zu bemeistern und ihre Phantasie aufzuregen.

„Darf ich's wagen, Komtesse, Ihre Gedanken zu unterbrechen und Sie um eine kurze Unterredung zu er= suchen?"

Sie schrak zusammen. Vor ihr stand Brühl, und der Glanz der Girandolen des Salons fiel auf sein bewegtes Antlitz.

„Warum nicht, Herr Kammerherr? Nur finde ich den Ort und die Form nicht besonders gut gewählt."

„Gewiß, Komtesse. Dafür wird unser Gespräch den Vorzug haben, kurz und entscheidend zu sein. Ein ein= faches Ja oder Nein Ihrerseits genügt mir."

„Bitte, reden Sie."

„Komtesse, sehen Sie ein Unrecht darin, wenn ein Mann nach dem höchsten Preise des Lebens ringt, zumal wenn er dazu die Kraft in sich fühlt?"

„Wie sollte ich das? Das ist ja sein Beruf, ist das, was ihn zum Manne macht! Wer sich aber etwas vorſetzt, das er nicht zu erringen imſtande iſt, der iſt ein Knabe und kein Mann", und ihre Wangen glühten.

„Und Sie können nur einen Mann lieben, ſchöne Komteſſe?" und Brühl ergriff ihre Hand.

„Nur einen Mann, Brühl, darauf verlaſſen Sie ſich."

„Haben Sie ſchon einen ſolchen Mann gefunden? O, beantworten Sie mir das!"

„Nein!" Sie lächelte und ſetzte hinzu: „Ein Männ= lein aber und dann noch ſo ein Garnichts von einem Menſchen, von dem ich nicht weiß, ob er zum anderen Geſchlecht gehört."

„Ah! Nicht übel! O, ich verſtehe, Gräfin. Nun, dieſes Garnichts von einem Menſchen, das zugleich arm iſt und nur ſein Wappen hat, dieſes Nichts von einem Menſchen wird das Männchen ſtürzen und einſt erſter Miniſter eines Reiches werden, und es nur darum werden, damit die ſchöne Kollowrat ihn als Mann erkenne und ihm erlaube, ihre Hand zu erbitten."

„Und ich werde ſie ihm dann geben, Brühl, ſicher! Im gewöhnlichen Leben entſcheidet die Qualität des Herzens bei der Ehe. Bei uns kann man die Liebe nur danach meſſen, wieviel ein Liebender für ſeine Erkorene zu erringen weiß."

„Und wollen Sie den Kampf zwiſchen dem Männ= chen und dem Nichts abwarten?"

„Wie lange?"

„Wir ſind beide noch jung. Drei Jahre."

„Ich warte, lieber Brühl und — ſchweige."

„Nehmen Sie den Dank für dieſe Gnade!" Und er drückte einen glühenden Kuß auf die Hand der Hinweg= eilenden.

Es war halb elf Uhr abends, als Brühl ſeine Wohnung betrat. Hier in ſeinem Arbeitszimmer brannte Licht; ſein Sekretär arbeitete emſig an einem Bureautiſch und empfing ihn mit einer kurzen Verbeugung. Brühl entließ den Diener, der ihn begleitete, schloß die Tür ab und lauschte nach den verhallenden Schritten des Lakaien. Nun war es still; nur das eintönige Geräusch der Feder war hörbar.

„Lassen Sie jetzt die Arbeit, Siepmann; ich habe mit Ihnen zu reden."

Der Sekretär legte die Feder hin, hob seine kleine krumme Gestalt vom Stuhle und richtete sein schelmisches Auge, sein scharf gezeichnetes, fast jüdisches Gesicht auf seinen Herrn.

„Siepmann, ich stelle Ihnen zwei Fragen. Was wollen Sie? Wollen Sie ein Mann von Vermögen und Einfluß werden oder von hier nach dem Sonnenstein gehen? Zwei Unteroffiziere warten unten — — —"

„Ich werde mir erlauben, das erste zu wählen."

„Unter jeder Bedingung?"

„Unter jeder!"

„Das freut mich, Siepmann. Ende dieser Woche gehe ich nach Warschau, Sie müssen vier Tage vor mir dort sein."

„Zu Befehl."

„Sind die geheimen Notizen für mich geschlossen, die Adresse in Petersburg erprobt?"

„Erprobt! Diese Nacht schließe ich die Notizen, übermorgen reise ich."

„Brav. Setzen Sie sich, ich werde Ihnen Empfehlungen diktieren, die Graf Lubomirsky unterzeichnen wird. Sie sind nämlich von Lubomirsky gesendet, verstanden?"

„Gewiß, und wenn ich in eine schiefe Lage komme?"

„Ich bin des Königs Kammerherr, Siepmann!"

„Gewiß."

„Da, hier sind dreißig Dukaten auf Abschlag; wenn ich Graf Brühl heißen werde, verdoppele ich Ihre Gage."

„Und wenn Sie Minister sind, Herr Graf?“

„Werden Sie von Siepmann heißen und ein Staats=
amt haben.“

„Diktieren Sie, Exzellenz!“ — und leuchtenden Auges
wie ein Geier stürzte sich der Kleine auf die Arbeit.

In zwei Tagen reiste Siepmann. Vier Tage später,
an einem bitterlich kalten Morgen standen die königlichen
Reisewagen unter dem Portal.

Mehrere Packwagen und Equipagen mit polnischen
Edelleuten und einige Offiziere waren schon voraus, ebenso
die Köche, Verwalter und Lakaien. Drei Regimenter
hatten sich acht Tage vorher in Bewegung gesetzt. Der
König nahm von dem Erbprinzen und dem Hofstaat in
seinen Zimmern Abschied. „Gott erhalte Euer Majestät“,
sagte die Kurprinzessin, die ungewöhnlich bewegt war.
Der König küßte ihr die Stirn und wollte gehen. Auf
einmal strich er sich mit der Hand über die Stirn, wandte
sich, preßte seinen Sohn heftig an sich und flüsterte ihm
ins Ohr: „August, denk immer in Liebe deines Vaters;
vergiß auch nicht meine anderen Kinder!“ — Der König
drückte der Kurprinzessin Josephine noch einmal heftig die
Hand. „Nach Warschau denn!“ Und er wandte sich und
schritt hastig hinaus.

„Nach Warschau denn!“ sagte Sulkowsky und blickte
Gräfin Kollowrat glühend an.

„Nach Warschau!“ flüsterte Brühl kaum hörbar.
Sie folgten.

Einen Augenblick später und die Wagen rollten von
dannen.

5. Die Krone.

Der König war in Warschau und krank. Die für
einen jungen und gesunden Körper schon höchst anstrengende

Reise im tiefsten Winter hatte seinen kranken Fuß ver=
schlimmert und ihm eine heftige Entzündung der Wunde
zugezogen.

August der Starke hatte Warschau nur betreten, um
sich aufs Krankenbett zu legen. Die sächsischen Regimenter
garnisonierten in der Stadt, die polnische Leibwache, welche
sofort doppelte Löhnung erhielt und Offiziere hatte, die
fast alle dem König treu ergeben waren, versah den Schloß=
dienst. Es ließ sich alles Äußere ganz gut an. Was die
Autorität, selbst wo sie nicht geliebt ist, durch ihre bloße
Anwesenheit zu wirken vermag, war hier recht ersichtlich.
Die Edelleute, die Leszczynski besonders ergeben waren,
verließen in wenigen Tagen die Stadt, und diejenigen,
welche das nicht konnten oder wollten, verhielten sich
wenigstens abwartend. Die polnischen Edelleute, welche
vom Hofe zu Dresden gekommen waren, verfehlten nicht,
um ihres eigenen Vorteils willen, für die Sache Augusts
zu wirken, und der König war selbst erstaunt, bei der
Mehrzahl der angesehensten Notablen eine Bereitwilligkeit
zu finden, die er bisher von dieser Seite nicht gewohnt
war. Wie wir wissen, schien es bei der Abreise, als wenn
Brühl in Warschau die Rolle des besonderen Vertrauten
des Königs übernehmen würde. Das war nicht der Fall,
August brauchte ihn zu keinem diplomatischen Geschäft,
sondern schien ihn lediglich zum Pfleger seiner Person
erkoren zu haben, und Sulkowsky sah mit Entzücken, daß
er wieder in den Vordergrund trat und das Geschäft
allein in der Hand hielt. Wie sehr mußte der Fürst
daher nicht erstaunen, sich von dem größten Teil der
Warschauer Edelleute kühl behandelt zu sehen, und gerade
von denen, die Augusts wärmste Anhänger zu sein schienen.
Lubomirsky galt unstreitig viel mehr in Warschau und
war trotz seiner Jugend unter seinen Landsleuten un=
gemein gesucht.

„Sehen Sie wohl, Graf, wie unsere Maßnahmen
wirken?" sagte einst Brühl zu ihm. „Ihre Briefe halten
Sulkowsky im Schach, weil jeder nach Ihren Versicherungen
der Ansicht ist, Sulkowsky arbeite nur für sich und nicht
für Polen, und wolle die freie Konstitution hintertreiben,
zu der ich dem Könige geraten habe. Sie sind durch
diese Nachricht der Staatsmann Ihres Landes, der Ver=
mittler zwischen Adel und König geworden, und wenn Sie,
so von dem Vertrauen Ihrer Landsleute getragen, vor
Seine Majestät treten, erlangen Sie die Wichtigkeit, welche
Sulkowsky verloren hat. Begreifen Sie nun? Und ich
bin Ihr Kompagnon, der den König wieder mit dem
Lande verbindet. Mort de ma vie, wir werden beide
Minister. Nun aber schweigsam, und nie mit mehr als
einem von der Sache reden! Wo drei sind, ist immer
ein Verräter, und die andern sind Zeugen. Bei zweien
hört jede Verantwortlichkeit auf." Lubomirsky war sehr
beschränkt, aber das verstand er doch, und handelte wie
nur irgend ein gut geschulter Knabe nach dem Lektionsplan
des Magisters.

Siepmann, der die bewußten Briefe, ehe August
eintraf, an die Vornehmsten der polnischen Aristokratie
überbracht und sich so zum Geschäftsträger Lubomirskys
gemacht hatte, war endlich überzeugt, daß Garnison und
Stadtadel die Sache Leszcynskis vollständig aufgegeben
habe. Die übrige Zeit von Augusts Aufenthalt in Polen
sollte noch dazu dienen, den Adel des flachen Landes ge=
fügig zu machen und zum Schluß einen Reichstag zu
halten, auf welchem dem Könige noch einmal der Eid der
Treue geleistet werden sollte.

Siepmann war überall, schlichtete Dinge, an die selbst
Sulkowsky nicht dachte, indes letzterer überall dieselbe Be=
reitwilligkeit und auch dieselbe persönliche Kälte fand. Die
Creme der Warschauer Hautevolee fing sogar schon an,

zugunsten Brühls gegen Sulkowsky beim König zu operieren, und ließ Winke fallen, daß man mit Brühl sich lieber verständigen würde. Dieser schien von alledem nichts zu ahnen; König Augusts Krankheit hatte sich inzwischen mit jedem Tage verschlimmert, und die beiden Leibärzte erklärten Brühl eines Abends, daß plötzlich der Brand in die Wunde getreten und keine Hilfe mehr möglich sei. Brühl mochte so etwas schon während der Reise geahnt haben, und die liebevollste Aufmerksamkeit, die er dem Könige widmete, stach grell von der geschäftigen Nachlässigkeit Sulkowskys ab, der, überdies gereizt von dem Benehmen seiner Landsleute, in einer immerwährend schlechten Stimmung war. Kaum hatten die Ärzte Brühl die Trostlosigkeit von Augusts Zustande mitgeteilt, als ihnen derselbe auf ihren Amtseid das Versprechen des Schweigens abnahm. Tags darauf bereitete er in Gegenwart derselben den starken August, den deutschen Löwen, den Stern seiner Zeit, wie er sich gern nennen hörte, auf den letzten unvermeidlichen Schritt vor. — Da lag er auf seinem Schmerzenslager, stöhnend in bittersten Schmerzen, fern von den Seinen, in einem Lande voll Ränke und Koterien, sah, wie der Tod langsam an ihn herantrat, um von seinem Haupte die Erdenkrone zu nehmen, und keine Seele um sich als Brühl. Dieser hatte inzwischen nach Dresden geschrieben und die königliche Familie vorbereitet.

„Halten Sie sich bereit, sofort als Kurier nach Dresden zu gehen“, hatte er zu Siepmann gesagt, und Siepmann war bereit.

Es war in der Nacht des 31. Januar 1733, als Brühl und die Ärzte am Bette des Königs standen. Soeben waren Sulkowsky und die vornehmsten Häupter des Landtages fortgegangen. Man hatte ihnen das Unvermeidliche mitgeteilt: August sollte den nächsten Morgen

sterben. Eine furchtbare Stille war in dem matterleuchteten
Gemach, nur der König ächzte in Todesschmerz.

„Geht alle hinaus, alle! Ich will allein sein! Nein,
nicht alle, Brühl soll bei mir bleiben." Die Ärzte gingen.

„Brühl, Tinte und Feder!" Brühl brachte beides,
und mit zitternder Hand warf er ein paar Zeilen aufs
Papier. „Lesen Sie es, Brühl, und handeln Sie danach!
Die Ärzte!"

Brühl warf einen Blick aufs Papier, rief die Ärzte
und entfernte sich.

„Sie können nichts mehr für mich tun, meine Herren?
Ja oder nein."

Die Ärzte schüttelten traurig das Haupt.

„Können Sie mir nichts Stärkendes geben? Ich
brauche noch Kräfte diese Nacht, und wenn ich doch sterben
muß, ist es gleich, ob eine Stunde eher."

„Majestät!" riefen die Ärzte entsetzt. — „Ich sage
euch, ich muß diese Nacht noch tätig sein, sonst sterbe ich
in Verzweiflung. Gebt mir etwas!"

Die Ärzte sahen sich fragend an. Dann reichten
sie ihm eine Arznei, die den verendenden Löwen zu be=
leben schien. „Ah, das ist gut! — Kommt Brühl noch nicht?"

Brühl trat ein. Er trug einen großen, würfelförmigen
Kasten von rotem Leder unter dem Arm und stellte ihn
neben des Königs Bett.

„Laßt mich mit Brühl allein."

Die Tür fiel hinter den Ärzten zu.

Brühl öffnete den Kasten, und hastig griff der König
hinein. Die Krone Polens war's, die er mit schwankender
Hand hervorzog, nachdem sie Brühl auf seine Order aus
dem Staatstresor geholt. „Brühl, die Krone vertraue ich
Ihrer treuen Hand, wenn ich tot bin! — — Sie kennen
Ihre Pflicht! —"

Ein paar heiße Tränen fielen von Augusts Wangen

herab auf das schimmernde Kleinod und hingen da zwischen den Perlen. Ein sterbender König, der auf seine Krone weint! —

Welche Gedanken, welche Gefühle mochten durch Herz und Hirn dieses Mannes gehen! — „Da, nehmen Sie sie, Brühl. — Ich will an meinen Sohn schreiben." Brühl nahm das Kleinod, legte es in den Kasten und reichte dem König nochmals das Schreibgerät. Die Arznei mußte dem König frische Kräfte gegeben haben, denn er schrieb schnell, wie vom Entsetzen gepeitscht, und er schrieb lange. Hin und wieder fiel ein glühender Schweißtropfen auf das Papier. Brühl stand neben ihm. Endlich war der König fertig, faltete das Papier zusammen, legte es zwischen die Spangen des Diadems, und Brühl schloß den Kasten.

„Wo ist mein Siegel?"

„Hier, Majestät."

„Versiegeln Sie den Kasten!" — Es geschah.

„Brühl, ich nehme heute schon von Ihnen Abschied. Morgen überlassen Sie mich Gott und den übrigen. Ihre Treue ist das einzige, was mir jetzt wohltut; und wenn mir der Tod leichter wird, als ich es verdiene, so ist es nur, weil ich mich überzeugt halte, daß Sie meinen letzten Willen vollführen werden!" — „So wahr mir Gott helfe, Majestät!" — „Fort damit! Adieu, lieber Brühl! — Die Ärzte!"

Brühl, der sein bleiches Gesicht von der feuchtkalten Hand des Monarchen erhob, setzte den Kasten in eine dunkle Ecke des Zimmers unter einen Stuhl, auf welchen er ein Tafeltuch warf. Die Ärzte kamen.

Den 1. Februar früh lag der König in den letzten Zügen. Er hatte das Abendmahl genommen. Sulkowsky, Lubomirsky, die Ärzte, die polnischen Grafen und alle, die von Dresden mit ihm gekommen waren, umstanden sein Bett in düsterer Stille. Brühl hielt Wache am

Stuhl, auf dem das Tafeltuch noch wie gestern lag, und wich nicht. Er konnte hinab auf den beschneiten Hof des Schlosses sehen. Unter dem Fenster standen zwei vierspännige Wagen und warteten. In dem ersten saß Siepmann und sah starr empor.

„O!" — Ein kurzer Schrei! — Ein krampfhaftes Wimmern. — „Der König ist tot!" sagten die Ärzte. Alles trat näher ans Bett, um sich von der Wahrheit zu überzeugen, und leises Geflüster ging durch das Zimmer. Brühl erhob die Hand zum Fenster, Siepmann fuhr ab. — Eine Minute später rollte auch der zweite Wagen hinweg, in ihm saß Brühl, in der rechten Hand ein gespanntes Pistol, in der linken die polnische Krone.

„Nach Dresden!"

Der Dresdner Hof war in Trauer.

Das Gefühl, den Vater verloren zu haben, in dem Augenblicke verloren, da sich die Herzen in Liebe einander zu nähern schienen, überwog alles andere; denn das menschliche Gefühl ist doch das Höchste in allen Dingen.

Den Tag vorher hatte Siepmann die Gewißheit gebracht.

Der Prinz-Regent August, nunmehr Kurfürst August III. von Sachsen, wäre im ersten Schmerze gern selbst nach Warschau geeilt, doch die Pflicht hielt ihn zurück. Der Tod Augusts des Starken war allen gewiß, aber nicht offiziell beglaubigt. Man erwartete noch einen Kurier von Sulkowsky mit umfassenden Berichten und zugleich ein Memorandum über die Lage der Dinge. Siepmann war am nächsten Tage geräuschlos nach Petersburg gegangen.

Das Gerücht von August des Starken Hintritt lagerte düster auf Dresden, flatterte durch ganz Sachsen, und jeder dachte an die Möglichkeit einer bevorstehenden gänzlichen

Veränderung der Dinge. Jeder sprach seine Hoffnungen und Befürchtungen über den neuen Herrscher aus. Frankreich jubelte und rüstete seine Regimenter, um in Polen einzufallen und Ludwigs XV. Schwiegervater Stanislaus Leszcynski auf den erledigten Thron zu setzen.

August III. aber fühlte, daß sein Königsname und alle über Schweden errungenen Vorteile auf dem Spiele standen. — Einen Tag nach Siepmanns Ankunft sprengte ein Reiter in den Schloßhof und meldete atemlos, daß Brühl dicht hinter ihm sei. —

Der Hof versammelte sich auf den Wunsch Augusts III. im Salon der verstorbenen Königin Eberhardine. General Klenzel empfing Brühl an der Rampe, der blaß vor innerer Bewegung ausstieg und die Stufen hinaneilte.

„Der Hof ist im Zimmer Ihro Hoheit der verstorbenen Königin-Mutter versammelt", sagte Klenzel und folgte ihm.

Die Wände des Saals waren schwarz verhangen, der Hof in tiefer Trauer. Nur Brühl nicht; er trug noch das Reisekleid, unter dem Arm den Maroquinkasten. August III. stand in der Mitte des Saals, neben ihm seine Gemahlin, rings im Kreise der Hofstaat.

„Majestät, verzeihen Sie mir das Unglück, der Überbringer der furchtbaren Gewißheit zu sein. Seine Königliche Majestät August II. ist tot. — In der Nacht vor seinem Ende befahl er, daß alles außer mir das Zimmer verlasse, und hat Euer Majestät treuen Diener zum Überbringer des Letzten, Teuersten erkoren, was ihm auf Erden verblieb, seines letzten königlichen Willens!"

Trotzdem man darauf vorbereitet war, brachte diese Nachricht doch die ungeheuerste Bewegung hervor.

„Und unser hochseliger königlicher Vater hatte noch die Kraft und den klaren Willen dazu?"

„Das kann ich beeiden, Majestät. Er ist wie ein

Löwe mit Bewußtsein gestorben. Empfangen denn Euer Majestät dies Vermächtnis und das königliche Siegel, mit dem es verschlossen ward." Und kniend überreichte Brühl dem Herrscher den Maroquinkasten. Ein Schauer lief durch den Saal. Der Kurfürst löste das Siegel und öffnete den Kasten. Ein kurzer Aufschrei, ein krampfhaftes Zittern! Der Sohn hielt Polens Krone in den Händen, die ihm sein sterbender Vater sandte, und zwischen den Spangen hing das Testament. — Der Kurfürst brach fast zusammen und mußte sich auf Brühl stützen, der die tief ergriffene, heftig atmende Kollowrat anblickte. —

„Sie haben die Krone mir so lange behütet, halten Sie das Kleinod noch einmal, Graf Brühl, damit ich den Willen meines erhabenen Vaters lesen kann." Es entstand eine lange Pause. — „Er ist Graf!" flüsterten leise die Höflinge. — Unter heftigem Weinen, das er nicht unterdrücken konnte noch wollte, hatte August III. das Testament gelesen und steckte es zu sich. Dann faßte er noch einmal die Krone und sagte: „So wahr ich dies mein Erbteil in den Händen halte, will ich's bewahren und den Willen meines geschiedenen königlichen Vaters ehren und vollführen! — Ich vollführe und ehre ihn sogleich! — Graf Heinrich von Brühl, in Anerkennung Ihrer unwandelbaren Treue und der Kühnheit, mit der Sie über meines Vaters Willen und meinem Rechte ge= wacht haben, ernenne ich Sie zum Kabinettsminister. Sie sind ein guter Diener!" — und der neue König schloß Brühl in seine Arme. —

Vierzehn Tage nachher kam Fürst Sulkowsky.

Als er ins Portal des Schlosses fahren wollte, sah er zufällig nach dem Balkon hinauf. Da stand der Kabinettsminister Graf Heinrich von Brühl, die schöne Kollowrat an seinem Arm, und beide — lachten.

6. Intime Feinde.

August III. hatte nun Polens Krone, und wie sehr dieses Symbol der Herrschaft in seinen Händen auch imponieren mochte, so sollte er doch bald inne werden, wie weit er noch von Polens Besitz selbst entfernt sei. Kaum war August des Starken Tod bekannt geworden, kaum war der Leichnam des Verblichenen in den Gewölben des Schlosses zu Warschau beigesetzt, als die Mehrzahl des schon gewonnenen Adels ungewiß wurde, und, von Frankreichs Gold und Versprechungen bestochen, in zwei große Parteien zerfiel, die sich durchs ganze Land erstreckten und der Minderzahl nach sich für August III., nach der Mehrzahl aber für Stanislaus Leszcynski erklärten.

Alle Opfer von Geld und Menschenleben waren durch den Tod Augusts des Starken wiederum vergeblich gemacht worden, und jeder folgende Tag schien neue Schwierigkeiten zu bringen, die den ruhigen Besitz dieser den Feinden entführten, rechtlich ererbten Krone zur Fabel machten. Um Frankreichs Einfluß in Polen zu neutralisieren, mußte man Österreichs Hilfe sicher sein. —

Der Hof hatte seit dem Tode Augusts des Starken eine Veränderung erlitten, die vielleicht äußerlich nicht gleich allzu fühlbar, aber innerlich von um so größerer Wirkung war. Wiewohl schon August der Starke der leidigen Polenkrone zuliebe und trotz seines protestantischen Volkes katholisch geworden war, galt das bei ihm eben nur als Nützlichkeitsmaßregel, und er war viel zu sehr Autokrat, um die römische Kurie besonderen Einfluß gewinnen zu lassen. Selbst wenn dies auch momentan versucht wurde, war doch die lachende Skepsis des sieghaften Franzosentums, sowie die streng lutherische Beharrlichkeit der verewigten Eberhardine ein Gegengewicht, welches sich unter keinen Umständen beseitigen ließ.

Augusts III. Gemahlin Maria Josepha von Österreich aber,
ebenso stolz als schön, ebenso ehrgeizig als entschieden,
ebenso bikott katholisch als eigenwillig, versäumte nunmehr
nicht, durch eine Schar von Jesuiten, an deren Spitze der
Beichtvater Quarini und die erste Hofdame Gräfin Ogilva
stand, die französischen Doktrinen am Hofe auszurotten
und ihn in ein frommehrwürdiges Gewand aszetischen
Ernstes, der von der seinen, zierlichen Ungezwungenheit
unter August II. grell genug abstach, zu hüllen. Josephas
Bestreben war, sich in die Angelegenheiten zu mischen,
die Zügel der Regierung womöglich selbst in der Hand
zu halten, und da sie in der Kollowrat eine, wie es ohne
Zweifel schien, höchst ergebene Freundin hatte, deren Ein=
fluß auf Sulkowsky wie auf Brühl sie kannte, so machte
sie, als kaum das Diadem auf ihren Schläfen saß, die
schöne Gräfin zum Lockvogel für beide Rivalen, um den=
jenigen von beiden mit Antonies Hand zu beglücken,
welcher am geeignetsten sein würde, ihr Sklave zu sein.
Zu gleicher Zeit sicherte sich die Königin in dem in vielen
Dingen einflußreichen Kammerdiener Hennicke, der bereits
auf ihr Betreiben von Hennicke und endlich Graf Hennicke
geworden war, eine stets verläßliche Stütze. Brauchbar
in der Tat, denn seiner Geldgier und Eitelkeit war alles
abzuringen. Das Lakaientum war ihm so in Fleisch und
Blut übergegangen, daß es seinen ohnedies geringen
Vorrat von Scham, Ehre und Gewissen bei der ersten
Aussicht auf Gewinn erstickte. Das war das Triumvirat,
welches Sachsens Geschäfte in Händen hielt, und mit dem
sich der Sohn des starken August recht gut einzurichten
verstand. —— Damals, als Sulkowsky von Warschau kam,
stand Brühl mit der Gräfin Kollowrat auf dem Balkon
und lachte, aber damit war Brühl fast noch ebensoweit von
seinem Ziel als Sulkowsky von seinem Fall. Antonie
von Kollowrat hatte allerdings Brühl große Aussichten

auf ihren Besitz eröffnet, sie war höchst liebenswürdig, ja liebevoll zu ihm; aber dieser ihr Besitz knüpfte sich an die Bedingung, daß Brühl allein das Land regieren und seine Kollegen gestürzt haben müsse. In der Seele dieser jungen Frau hatte sich der Ehrgeiz an die Stelle des Herzens gesetzt. Sie liebte eigentlich nichts, außer sich selbst, und selbst ihre kleine Tochter, die einzige Er= innerung an Augusts des Starken kurze Neigung, liebte sie weniger um des Kindes selbst willen als wegen ihrer Schönheit und weil sie ihr ein Mittel zur Fortsetzung ihrer Pläne zu werden versprach. Ihre Zuneigung zu Brühl hatte denselben Grund, und wenn sie jetzt Sulkowsky ebenso vernachlässigte wie ehemals Brühl, so war nicht allein Sulkowskys Häßlichkeit daran schuld, die nun nicht mehr von dem Vorrecht seiner Stellung beschützt wurde, sondern auch die Absicht, den verliebten Polen zu noch höheren Anstrengungen seiner Opferfähigkeit zu vermögen.

Sie kalkulierte einfach, wer am höchsten steigt, wer der letzte auf dem Platze ist, den nehme ich, denn der wird mich auch am meisten lieben. — So standen die Königin und die Kollowrat nebeneinander, eng vereinigt mit denselben Wünschen, derselben Berechnung und auch dem= selben Entschluß, die Verbündeten vom Ziele fernzuhalten. Auch Brühl und Sulkowsky hatten einen Wunsch, ein Ziel, aber sie wußten beide, daß sie Feinde waren. Weil indes der König, vielleicht aus richtigem Instinkt, beide hielt, so schlossen sie innige Freundschaft, auf den Moment lauernd, wo sie sich gegenseitig würden vernichten können. „Intime Feinde" nannte man sie bei Hofe, und sie selber lachten ganz offen darüber. — Es war ein recht lustiges Ver= hältnis. Sie glichen zwei Katzen, die beieinander sitzen und sich streicheln, bis der Sprung an die Kehle möglich wird. — Sie umgaben demnach einander gegenseitig mit Spionen, rivalisierten beim König, bei der Königin, bei

der Gräfin Kollowrat und dem süßfreundlichen Hennicke. —
Brühl hatte zweierlei vor Sulkowsky voraus, erstens daß
er hübscher, liebenswürdiger und daher im ganzen der
Kollowrat doch angenehmer war, zweitens aber den in
Petersburg weilenden, von keiner Seele in Dresden ge=
kannten Siepmann. Sulkowsky hatte seinerseits den Vorteil,
daß er dem König darum lieber war, weil er sich von
dem Einfluß der Königin leise und mit jedem Tage mehr
befreite. Der neue Herrscher Sachsens war ein Fanatiker
der luxuriösen Ruhe. Er ließ sich nur dann aus seinem
olympischen Behagen reißen, wenn er zu einem Hoffest
oder zur Jagd ging. Er wollte herrschen, aber das
Herrschen nicht als eine Arbeit, ein Handeln, sondern
als einen angenehmen Zustand ansehen, der ihm nicht
mehr Anstrengung machen dürfe, als ihm eben zur Unter=
haltung nötig und seiner Eitelkeit angenehm schien. Darum
ließ er die Geschäfte möglichst auf dem Fuße, auf dem
sie sich zur Zeit seines Vaters befunden hatten, und nichts
kam ihm ungelegener als das ewige Querulieren der
Königin und der Geistlichkeit, welche Sachsen katholisieren
wollten. Je mehr nun Sulkowsky imstande war, August III.
in dieser gewünschten Ruhe zu erhalten, um so mehr schien
August geneigt, die Geschäfte in seiner Hand zu kon=
zentrieren. Dies war aber auch gerade der Punkt, von
welchem aus sich die Lage der Dinge langsam zu ver=
schieben und dieselben in ein anderes Stadium zu treten
begannen. — Je mehr Sulkowsky an äußerer Machtfülle
zunahm und zum Könige hielt, desto mehr trat Brühl auf
die Seite der Königin. Hennicke und die Kollowrat kamen
dabei in eine peinliche Lage. Ersterer war mit jedem
Tage verlegener, welche Seite er ergreifen, und die schöne
Gräfin, welchen von ihren Getreuen sie bevorzugen sollte.
Brühl war der agilste, folgsamste Liebhaber, Sulkowsky
schien ihr derjenige zu sein, der sich am meisten zu

emanzipieren vermöge; sie hatte aber gar nicht im Sinne, in die Hände der Königin zu fallen. —

In dieser Lage befand sich der Hof, während die Weltlage sich immer trüber und verwickelter gestaltete. In äußeren Fragen konnte Sulkowsky den Grafen Brühl nicht entbehren, denn er wußte wohl, daß Österreichs Hilfe in Polen nur durch die Vermittelung der Königin zu erreichen sei und diese den Moment nicht vorbeigehen lassen werde, wo sie dem nunmehrigen Premier Konzessionen abringen konnte. Sulkowsky hielt dagegen die Gewährung der pragmatischen Sanktion zurück, die dem Kaiser Karl so wünschenswert war. — Es war höchst charakteristisch! König August mochte Polens teuer gehegte Krone verlieren oder nicht, die Koterien seines Hofes hielten sich mit ihren Machinationen nur an das, was ihnen gerade ihr persönliches Interesse gebot. Zum Glück war Frankreich weit von Polen und hätte um Leszcynskis willen durch halb Europa ziehen müssen. Zudem hielt Kardinal Fleury von der ganzen Sache nicht allzuviel. — Sulkowsky hatte inzwischen auch in Petersburg Hilfe begehrt, und Anna schien dazu geneigt, wenn Sachsen ihre Wahl zur Kaiserin anerkennen und ihrem geliebten Biron das schöne Kurland bewilligen wollte. Das aber war Sulkowskys wunde Stelle. Biron, den er haßte, zum Herrn von Kurland machen, wie schmachvoll! So verstrich die Zeit. Siepmann hatte in Petersburg indessen seine Manöver wie in Warschau gemacht, und da man dort Sulkowskys Gesinnungen kannte, fing der Premier an, auswärts mißliebig zu werden, und auch Petersburg richtete sein Auge auf Brühl.

Dies nahende Unwetter wäre von Sulkowsky wohl nicht sobald bemerkt worden, wenn Anna von Rußland nicht allzu eifrig besorgt gewesen wäre, die durch einen coup d'état erlangte Zarenkrone legalisiert und ihren Günstling Biron im Besitz von Kurland zu wissen.

Sie hatte die letzte Note Sulkowskys in der Polen=
angelegenheit nicht allein mit offenkundigen Zeichen des
Schmollens umgangen, sondern in einem Privatschreiben
an den König sogar die Ansicht ausgesprochen, daß man
in Petersburg glaube, Fürst Sulkowsky erschwere die
Verhandlungen durch seine persönlichen Antipathien. Das
Schlimmste dabei aber war, daß man zugleich Brühls
Namen, wenn auch nebenher, in das Schreiben verflochten
hatte. Der König war höchst ärgerlich, Sulkowsky schäumte
vor Wut und begann Brühls Machinationen zu ahnen.

Kaum war der Pole aber klar überzeugt, daß er
hier einer Mine begegne, als alle bisher beobachteten
Rücksichten in den Hintergrund traten und zu Brühls großem
Ärger sofort Anna anerkannt, in die Verleihung Kurlands
an Biron aufs freundlichste gewilligt und nach Wien die
sofortige Annahme der Pragmatischen Sanktion notifiziert
wurde. Alsbald setzten sich die österreichischen Regimenter
nach Polen in Bewegung. Es war die höchste Zeit; denn
Fleury, von der Kriegspartei in Versailles gedrängt, ließ
die längst bereit gehaltenen Regimenter auch marschieren. —
Preußen blieb neutral, aber die Pforte, mit Frankreich
vereint, und der größte Teil Polens erklärte sich offen
für Stanislaus, der, um seinen Feinden zu entgehen, als
Kaufmann nach Warschau gekommen war, um selbst an
Ort und Stelle seine Rechte zu verteidigen.

Der Krieg war entschieden, und der französische Ge=
sandte, Graf Broglio, verließ sofort Dresden. Die Sachsen
unter Rutofsky, Seckendorf, Johann von Weißenfels und
Augusts anderem Halbbruder, dem General von Kosel,
rückten indes durch Schlesien vor.

Brühl war für den Augenblick geschlagen. Er hatte
mit Siepmann Unglück. Das erstemal in Warschau hatte
August des Starken Tod die diplomatischen Künste dieses
Schildknappen vernichtet, jetzt tat es eine plumpe Depesche.

Brühl berief seinen Sekretär von Petersburg zurück und wies ihn an, unter fremdem Namen nach Dresden zu kommen und sich ein Stübchen in der Vorstadt zu mieten.

Nach einer Unterredung am dritten Ort reiste Siep=mann wieder ab — nach Warschau.

Die schöne Kollowrat war sehr ungehalten auf Brühl und sagte ihm rund heraus, daß bereits ein Jahr des Wartens bald vorüber sei und sie nicht absähe, wie er seine stolzen Versprechungen verwirklichen wolle. Ja, er mußte zu seinem Leidwesen sehen, wie die treulose Schöne wieder Sulkowsky zuzulächeln begann, der durch die An=erkennung der Pragmatischen Sanktion sich der Königin etwas genähert hatte. Ein Glück war, daß Josephine, durch Erfahrung belehrt, einerseits dem Polen schon zu sehr mißtraute, andererseits eine so schwere Forderung an ihn auf dem Herzen hatte, daß sie sich wohl scheuen mußte, dieselbe jemals auszusprechen, zumal sie Sulkowsky eben keinen höheren Rang, keine günstigere Stellung bieten konnte, als er schon ohne sie innehatte.

Brühl, dem jetzt nur noch die Königin zugetan war, weil sie ihn zu brauchen hoffte, und der nach einer solchen Niederlage fast gar keine Aussicht sah, seine Pläne zu realisieren, war in grenzenlosester Verzweiflung. Rings von den Spionen des Gegners umlagert, hatte er nicht einen Vertrauten um sich, der ihm, ohne entdeckt zu werden, hätte Dienste leisten können. In seinem Kummer richtete er seinen Blick wieder auf Siepmann, sein unsichtbares Faktotum, und schrieb an ihn in Warschau.

„Herr Siepmann in Warschau. Nr. 788. —

P. P.

Ich ersuche Sie, sofort zurückzukommen. Im Augenblick ist das Terrain an Ihrem Platze nicht zu halten. Man muß den Feind aus der Nähe treffen. Einzelne Anknüpfungspunkte dazu habe ich, doch fehlt mir die unsichtbare Hand, die ohne Geräusch fortspinnt. Nehmen Sie das alte Stübchen in der bekannten Straße. Zeichen wie sonst.

118, 502, 712."

Etwa vierzehn Tage darauf, als Graf Brühl eben zum Diner des Königs fuhr, und der Wagen langsam aus dem Portal seines Palastes rollte, trat eine alte, dürftig gekleidete Frau eilig an den Schlag und reichte ihm zitternd eine Bittschrift an den König. An der Ecke des Kuverts stand Nr. 788. „Kommen Sie in ein paar Stunden wieder, liebe Frau, ich will sehen, was sich tun läßt." Er warf ihr einen Taler in die Schürze und fuhr vorbei. In die Ecke des Wagens gedrückt, öffnete er den Brief. Nr. 789.

P. P.

Angelangt und einlogiert. Heute nacht erwarte ich von zwei Uhr ab meinen Bruder Heinrich aus Plauen zum Besuch. Ergebenst

313 121, 515 981.

Als Graf Brühl vom Diner des Königs zurückkam, harrte die Frau an der Tür. Der Graf winkte ihr bejahend aus dem Schlage.

Kaum war er in sein Kabinett getreten und hatte sich der Hoftoilette erledigt, als er sofort seinen Reise=wagen und sein Necessaire befahl und den Ministerialrat Erdmann rufen ließ.

Er ahnte, Erdmann, der im Hotel wohnte, stehe in Sulkowskys Sold.

„Lieber Erdmann," rief er dem Eintretenden zu, „ich muß nach Plauen. Vertreten Sie mich, wenn etwas passiert. In drei Tagen bin ich zurück."

Eine Stunde darauf fuhr Brühl in seiner Reise=equipage nach Plauen, stieg dort im ersten Gasthof ab und entließ seinen Wagen mit dem Auftrage, am anderen

Tage wiederzukommen. Kaum hörte er das verhallende Geräusch der Räder, als er den Bürgermeister rufen ließ, der erschrocken und tief gebückt vor ihm erschien.

„Lieber Herr Bürgermeister. Sie werden erstaunt sein, mich hier zu sehen. Ich komme, Sie um eine Gefälligkeit zu bitten."

„Welch hohe Gnade, Exzellenz! Was in meinen geringen Kräften steht, Exzellenz!" stotterte das kleine Männchen, indem es entzückt mit seinem Rücken den üblichen Devotionswinkel von fünfundvierzig Graden beschrieb.

„Lieber Herr Bürgermeister, es ist von ungeheuerster Wichtigkeit für den Staat, einem Geheimnis, einem furchtbaren Geheimnis, das in dieser Gegend obwaltet, auf die Spur zu kommen, dazu sollen Sie mir helfen. Hören Sie genau zu. In einer halben Stunde wird eine gewöhnliche Kutsche vor Ihrer Tür stehen. Mit Anbruch der Dunkelheit werde ich in Ihr Haus kommen, Sie werden mich als Kaufmann Siepmann bewillkommnen und mir eine Reiselegitimation geben. Darauf werde ich abfahren. Weder Ihre Familie noch sonst jemand darf wissen, wer ich bin, sonst kostet es Ihren Kopf. Tun Sie aber, was ich befehle und halten Sie reinen Mund, so sollen Sie ganz besonders belohnt werden. Gehen Sie." —

Der Abend war hereingebrochen und Siepmann der zweite traf in Dresden ein, passierte laut Legitimation ungehindert das Tor und erklomm den dritten Stock einer Spelunke der Vorstadt, wo er den lieben Bruder aus Warschau fand. Der Empfang war keineswegs so herzlich, wie unter Brüdern üblich zu sein pflegt, denn der Warschauer schien vor dem Plauener große Ehrfurcht zu haben. Nachdem der neugierigen Wirtin der Ankömmling vorgestellt worden war, und die gute Frau doch nicht umhin konnte, mit einem „ach, Herr Jesus, Sie sehen sich beide aber gar nicht ähnlich!" herauszuplatzen, brachte sie

das Abendbrot, richtete ein zweites Bett ein und ver=
schwand.

„Hüten Sie sich ja, Exzellenz, daß wir nicht behorcht
werden", flüsterte der andere.

„Wie steht das Geschäft in Warschau, Siepmann?"

„Schlecht, sehr schlecht," antwortete Siepmann, „kein
Begehr nach sächsischer Ware. Wollen vaterländische
Qualität, wenn sie auch schlechter ist."

„Das wird man ihnen schon verleiden. Doch genug
davon. Ich habe hier ein Geschäft für dich. Du kennst
doch meinen Konkurrenten hier?" und Brühl malte einen
Anfangsbuchstaben auf den Tisch.

„Ja, geehrter Herr Bruder."

„Dieser Konkurrent umstellt mich mit seinen Leuten
und hat mir eben im Geschäft einen bedeutenden Schlag
gegeben; auch weißt du, daß er mir bei meiner Werbung
hinderlich ist."

„Ja, Bruder Siepmann."

„Ich weiß nur eine Art, ihm in den Weg zu
kommen. Mein Gegner ist verliebt und unterhält eine
Liebschaft mit einer Tänzerin. So heimlich er das be=
trieben, so habe ich doch davon eine Ahnung." Brühl
schob Siepmann die Adresse zu.

„Mach dich an sie, erforsche, ob sich die Sache so
verhält, und frage sie, ob sie zweihundert Dukaten ver=
dienen will, wenn sie ein paar Männern erlaubt, im
Nebengemach zu verweilen, wenn der Liebhaber bei ihr ist."

„Gut, Bruder Siepmann."

„Gib mir in derselben Manier Nachricht, um dieselbe
Zeit, und wechsele die Boten. Lebe wohl, laß bald von
dir hören."

„Wird alles schönstens besorgt, Bruder Siepmann.
Vergiß nur nicht, was du mir versprochen hast, wenn wir
so weit sind."

„Wenn wir so weit sind! Adieu!“

Bruder Siepmann aus Plauen reiste mit demselben Lohnkutscher dieselbe Nacht nach Plauen zurück. Brühl kam den andern Tag nach Dresden zurück. Es war richtig, wie er geargwöhnt hatte. Sulkowsky besaß eine Liaison beim Ballett und war damit so heimlich zu Werke gegangen, die Dame mußte auch so ausnahmsweise diskret sein, daß das Geheimnis nicht ruchbar geworden war und selbst von Brühl nicht geahnt worden wäre, hätte nicht Sulkowsky aus dem Hintergrunde seiner Loge, als er sich unbeachtet wähnte, seiner Donna einige Zeichen gegeben, die dem gerade leise eintretenden Brühl verdächtig vor= kamen. Sulkowsky hatte, wenn er je auf Antonie von Kollowrat hoffte, auch alle Ursache, diese Liebschaft zu verbergen, denn die schöne Gräfin war in diesem Punkte sehr intolerant und konnte in keiner Beziehung des Lebens eine Nebenbuhlerin vertragen.

Siepmann tat seine Schritte, und ein Schreiben, das Brühl auf dem gewöhnlichen Wege als Bittschrift über= reicht wurde, meldete, daß die schöne Tänzerin auf den Vorschlag eingehe. Da sie aber möglicherweise dadurch Sulkowskys Kundschaft oder Liebe verlieren könne, schlug sie vor, diese zweihundert Dukaten in eine jährlich sich wiederholende Rente auf Lebenszeit umzuwandeln, und da sie ihren Kontrahenten noch nicht kenne, müsse ihr nach dem Rendezvous diese Summe auf die ersten zehn Jahre vorausbezahlt werden.

Brühl seufzte über die unverschämte Forderung, ging aber dennoch darauf ein.

Er bevollmächtigte Siepmann, die Angelegenheit abzuschließen. Der Tag des Rendezvous wurde be= stimmt. Als Brühl alles vorbereitet hatte, erbat er sich bei der schönen Kollowrat eine Unterredung. Antonie empfing ihn mit jener kühlen Freundlichkeit, die sie

seit seiner diplomatischen Niederlage gegen ihn an=
genommen.

„Sind wir allein und unbelauscht, schöne Gräfin?“

„Gewiß, Herr Graf. Erlauben Sie mir aber dar=
über zu erstaunen, daß Sie sich jetzt noch in der Lage
fühlen, mir ein Tete=a=tete anzubieten! Nehmen Sie Platz.“

„O, ich erlaube Ihnen den Hohn“, sagte Brühl
bitter, „und ersuche Sie um nichts weiter als geduldiges
Gehör. Ich muß mich endlich einmal gegen Sie aus=
sprechen, Antonie, und wenn Ihnen das auch unangenehm
sein mag, so gestatten Sie mir es dennoch; denn es wird
das letztemal sein, daß ich Sie beunruhige.“

„Das letztemal, Graf? — Ah! Sind Sie mit
Ihrer Liebe zu Ende gekommen? Nun, nur heraus da=
mit, aber aufrichtig!“

„Meine Liebe zu Ihnen kann nur mit meinem Leben
enden, Antonie; aber ich muß Ihnen erklären, daß ich
mit den Mitteln, Ihre Gegenliebe zu erringen und meine
Zusage zu erfüllen, zu Ende bin.“

„Und nachdem Sie meine Ansichten über diesen
Punkt kennen, glauben Sie noch, daß dieses Bekenntnis
der Schwäche Ihnen vorteilhaft sein könne?“

„Nein, Gräfin. Aber nichtsdestoweniger glaube ich
Ihnen, nachdem ich mich überzeugt habe, daß alle künftigen
Anstrengungen nach meiner jetzigen Niederlage fruchtlos
sein müssen, dies freimütige Geständnis schuldig zu sein.
Ich will Ihre Geduld und Ihren letzten Rest von Ver=
trauen nicht mehr für einen Unglücklichen beanspruchen,
dessen Talent zur Intrige da scheitern muß, wo es nur
auf Kosten der Ehre siegen könnte!“

„Sie machen mich neugierig. Wollen Sie nicht auf
die Sache selbst eingehen?“

„Als ich noch Page, ein Nichts von einem Menschen
war, liebte ich die schöne Kollowrat mit aller Innigkeit

und Glut der Jünglingsliebe. Lachen Sie nur, Antonie,
o lachen Sie immerhin! So komisch und vielleicht un=
erhört Ihnen das scheinen mag, so ist es dennoch wahr.
Und daß diese komische Knabenliebe tief und gut war,
beweist, daß sie noch heute mit derselben Stärke in mir
lebt. Diese Liebe war's, die aus dem Pagen den Minister
gemacht und aus dem Nichts doch ein Etwas, einen
Mann, der sich Ihrer Freundschaft erfreuen durfte, dem
Sie sogar süßere Hoffnung gaben. Ich habe inmitten
eines Hofes, der gewiß die Toleranz in der Liebe im
weitesten Maße ausgeübt, gern und freudig die absolute,
oft eiserne Herrschaft einer einzigen Frau über mich an=
erkannt und bin, von dieser Liebe geleitet, das geworden,
was ich bin. Ich habe gegen Sulkowsky intrigiert, so=
weit ich es tun konnte, ohne den reinen Namen zu ver=
letzen, den ich der Dame meines Herzens als bestes Gut
zubringen muß. Ich habe verloren, weil ich liebte und
diese Liebe selbst mir gewisse Schranken im Handeln setzte,
die ich nicht überschreiten durfte, ohne gegen Sie zu
fehlen. Sulkowsky kennt diese Schranken nicht, ihm ist
der Ehrgeiz alles im Leben; mir ist der Ehrgeiz nur
Mittel zur Erfüllung meines Liebesglückes. Kein Wunder,
daß er weiter kam als ich!"

„Und wie wollen Sie das behaupten, Herr Graf?"
unterbrach ihn betroffen die Gräfin.

„Der Beweis ist einfach. Das, was ich geworden
bin, wurde ich durch die Liebe. Daher habe ich mich in
allen Dingen durch Sie, Antonie, leiten lassen. Sie
beherrschten mich. Sie sind für jetzt der Königin alliiert,
ich tat desgleichen, ich stellte mich freiwillig unter deren
Abhängigkeit und habe gerade dadurch vielleicht die größte
Klugheitsmaßregel verabsäumt. Ich habe Ihnen aber
dadurch den Beweis gegeben, daß Sie, ich mag steigen,
wie ich will, stets Herrscherin meiner Gefühle und Hand=

lungen sein, daß, wenn ich alleiniger Minister, Sie die Beherrscherin Sachsens werden würden.

Sulkowsky aber wurde das, was er geworden, nicht durch die Liebe, sondern durch den Egoismus und den bequemen Vorteil seiner Nationalität. Trotzdem daß Sie der Königin alliiert sind, hat er sich von Ihren Alliancen ganz losgelöst und ist auf die Seite des Königs getreten um jeden Preis, nur um die Geschäfte allein zu leiten. Er benutzt alles, um zu herrschen, ich alles, um zu lieben. Oder glauben Sie, Antonie, daß Sulkowsky die ganze Summe der Gewalt zusammengerafft habe, um sie Ihnen schließlich in den Schoß zu legen? Sind Sie dessen ganz sicher? — Reden Sie, es ist ja nur mein Todesurteil!"

Das schöne Weib war sichtlich betroffen. In ihrem Kopf wälzten sich plötzlich alle möglichen Zweifel umher, ihr ehrgeiziges Herz zitterte und war offen für den Verdacht.

„Aber gesetzt, Sie hätten in Ihrer Anschauung nicht ganz unrecht, Graf: woher wissen Sie, daß Sulkowskys Liebe nicht alles um meinen Besitz hingeben wird? Seine Versicherungen sind so glühend wie die Ihrigen, und — und —"

„Sie zögern, Antonie! Seine Versicherungen, ja, aber seine Handlungen."

„Was meinen Sie damit, Graf?"

„Ich meine, daß wer das Höchste im Leben erringt um seiner Liebe willen, diese Liebe eben als höchstes Gut allein in sich tragen muß, nicht daß er sein Herz teilt! Das ist der Moment, Antonie, wo die Knabenliebe, die komisch-treue, ehrwürdig wird."

„Graf!" rief die Gräfin mit flammendem Zorn, „Sie behaupten, Sulkowsky liebt eine andere neben mir? Sie begreifen doch, daß Sie das beweisen müssen?"

„Sulkowsky besucht dreimal in der Woche die

Valeria Gliphi, die kleine Tänzerin unserer Oper. Über=
morgen hat er mit ihr ein Rendezvous, und die Schöne
liebt das Gold so sehr, daß sie sich herabgelassen hat,
für ein honettes Geschenk zwei Männer in ihrem Kabinett
zu verstecken, ehe der Amateur kommt. Der eine der
beiden werde ich sein."

Das schöne Weib stand blaß und regungslos. Alle
Dämonen in ihr wüteten und bäumten sich unter diesem
flutenden Busen, dieser gerunzelten Stirn, und drohten in
einem Wetter aus dem lieblichen Mund hervorzubrechen,
der krampfhaft geschlossen im Schmerze zuckte. Brühl
trat zu ihr und faßte demütig ihre Hand. Da nicht mehr
länger Herrin ihrer Gefühle, sank sie Brühl laut weinend
in die Arme.

Das waren nicht Tränen gekränkter Liebe, nein,
Tränen des zum Tode verwundeten Ehrgeizes, einer
geschwundenen stolzen Hoffnung, der Scham und des
Zornes gekränkter Ehre.

„Heinrich, ich bin dein! Dein, ohne Rückhalt und
Bedingung! Aber den Beweis schaffe mir. Übermorgen
im Kabinett der Tänzerin! Du bist der eine Mann, ich
der andere!"

„Und wenn Sie sich von der Tatsache überführt
haben, darf ich dann wagen, die Königin um die Ge=
nehmigung zu unserer Verbindung zu bitten?"

„Ich selbst will es tun, Heinrich, und wenn ich dein
bin, so sei versichert, daß du den Polen stürzen sollst."

Auf schwellendem Diwan, Konfitüren und Wein vor
sich, saßen in seliger Umarmung Sulkowsky und die
lachende Valeria. „Und wollen Sie wirklich die lang=
weilige Kollowrat heiraten?" fragte die kleine Tänzerin.

„Ach, ich muß, ich muß ja, Kind. Teils um
meinen Gegner Brühl zu stürzen, teils um die Koterie

der Königin nicht aufzuhetzen. Es wird eine diplomatische Ehe werden."

„Du Grausamer! Hast du mir nicht versprochen, du wolltest nie heiraten und mich in dein Hotel aufnehmen?"

„Jawohl, Valeria, das hab' ich. Aber soll ich denn damit meinen Sturz erkaufen? Sieh, ich möbliere dich ganz neu und brillant aus, du bewohnst ein Haus in meiner Nähe, und ich werde so oft bei dir sein, daß du bald vergessen sollst, daß ich verheiratet bin!" — und der leidenschaftliche Pole preßte die Sylphide an sich und berauschte sich in ihren Küssen. — In diesem Moment verließen zwei Gestalten in Männerkleidern das Haus, Brühl und — die Gräfin Kollowrat.

Einige Tage später hielten Brühl und Antonie in einer Privataudienz bei der Königin um die Einwilligung zu ihrer Vermählung an. Königin Josepha war höchst betroffen, lächelte dann und machte ihr Jawort von einer geheimen Klausel abhängig, die sie dem Grafen in einem Nebenkabinett mitteilte. Der Graf kam sehr ernst zu Antonie zurück, die Königin gab ihren Konsens und versprach in liebenswürdigster Bereitwilligkeit ihre Verwendung beim König und ihre fernere dauernde Gnade.

Kurze Zeit darauf erfuhr Sulkowsky, daß er Antonie verloren habe!

Er wurde krank vor Wut und schwur Brühl bitterste Rache, denn er hatte Antonie ernstlich geliebt. Valerie war ihm doch nur eine Passade.

Brühl und Sulkowsky waren Feinde, aber keine „intimen Feinde" mehr.

7. Der neue Organist.

Brühl hatte Antonies Besitz errungen und im ersten Rausch der Flitterwochen vergessen, durch welche Mittel

er dazu gelangt, wieviel ihm von seinem inneren Men=
schen verloren gegangen war. Sein Blick war vorwärts
gerichtet, und wenn er hinter sich, die Sprossen der
Leiter hinabblickte, tief hinab in das Dunkel, dem er ent=
klommen, fuhr ihm ein abergläubisches Frösteln über den
Leib; denn Brühl war, bei aller Religionslosigkeit, höchst
abergläubisch.

Wir sind ein eigenes, unerklärliches Geschlecht! Nicht,
daß nicht Skepsis und Aberglauben sehr gut in uns
nebeneinander bestehen können. Gerade weil sie Anti=
poden sind, können sie das. Bei dem ewigen Wechsel
der Stimmungen und Situationen, in denen wir uns
befinden, können wir eher entgegengesetzte Zustände und
Leidenschaften in uns hegen als nebeneinanderliegende.
Man kann leichter volle Liebe und vollen Haß in sich
fassen, als volle Liebe und volle Freundschaft; die ersteren
ergänzen sich viel leichter, indes die letzteren in Konflikt
geraten, und es ist das Wesen unserer Seele, Konflikte
zu vermeiden, weil das unbehaglich und das Selbst=
behagen unserer Seele höchstes Lebensmotiv ist. Die
Psyche haßt überhaupt zusammengesetzte Zustände. —
Daß Brühl also irreligiös, zweiflerisch und doch aber=
gläubisch war, konnte um so weniger wundernehmen, da
ihm die Größe der Seele fehlte, das Leben, die Dinge
und sich selbst abstrakter anzuschauen; er war dazu auch
gegen sich selbst zuwenig ehrlich. Man kann aber
immerhin ein noch viel bedeutenderer Mensch als Brühl
sein, sich sein Glück durch redliches Streben und Talent
zehnmal ehrenhafter und reiner errungen haben, als er,
man wird doch zuzeiten etwas in sich fühlen, das einen
mit feuchtem Schauer überrieselt, vor der Zukunft bangen
und aus gegenwärtigen und vergangenen Dingen, die mit
der Zukunft oder Gegenwart sonst gar keine Verbindung
haben, jene ableiten und erklären läßt. Dies Gefühl,

dieser Zustand ist gerade bei ausgezeichneten Menschen, die viel gelebt und erstrebt haben, ein eigentümliches unbeugsames Faktum, und ob man es Aberglauben, Mystizismus oder anders nenne, es ist da. Dies Gefühl ist's aber ganz besonders, was uns den Beweis gibt, daß wir der alten Gewalt der Autorität noch nicht ganz ent= ronnen sind, daß hier ein unsichtbares ehernes Band da ist, das uns ewig ihr verbindet und sich immer straffer anzieht, je mehr wir versucht sind, es abzustreifen. In der alten Welt war das Fatum, „das über allen Göttern thronte", das, was jenen inneren Zustand erzeugte, den wir betrachtet haben, das Fatum, die Notwendigkeit, die alles erreichte Gute, alle Hoffnung, alle Lebensfreude durch eine unselige Minute, in der man das Geschick beleidigte, in Frage stellen konnte.

Wir sind Christen; wir vertrauen unsere Schicksale getrost unserer eigenen Tüchtigkeit und der Liebe über den Sternen an! Aber neben diesem Vertrauen haben wir doch meist alle noch ein Ding, vor dem wir einen ganz anständigen Respekt, vor dem wir immer Furcht haben, es könne sich gegen uns wenden. Es ist das, was wir unser „gutes Glück" nennen.

Das „Glück" ist unser modernes Fatum, das sich dem Glauben der Zeit gerade erst recht seit dem vorigen Jahrhundert eingeprägt hat und aus dem Mittelalter heraus, der antiken Welt und der Autorität, wenn auch nach anderer Seite hin, viel näher gebracht haben, als wir es ahnen mögen.

Glück ist das Ding, vor dem ein Rothschild bei der Börse Achtung hat, Glück entscheidet unsere Kriege, Glück ist's, was den grübelnden Forscher sich selbst auf einer Erfindung mit Staunen ertappen läßt, Glück ist's, wenn unter tausend Strebenden eine kleine Zahl es ermöglicht, ihr Talent zu entwickeln und anerkannt zu werden; Glück ist die Seele der Spekulation, Glück ist — alles! Mitten drin sitzen wir in der Autorität!! Und das ist gerade das allerbezeichnendste Attribut des Individualis= mus! Tretet doch einmal vor einen Börsenmann, einen Künstler, vor wen ihr wollt, und sagt: „Verfluche dein Glück!" und seht zu, was für ein Gesicht er macht. Darüber ist keiner hinaus, an Glück oder Unglück zu glauben. Man wende nicht ein, daß es irreligiös sei, sein Glück zu verfluchen. Das ist kein Einwand. Denn der Gott der Liebe, den wir anbeten, der alles, selbst den Irrtum zu seinen unendlichen Zwecken und uns selber zum besten wendet, ist kein Jupiter tonans, der eine Unbesonnenheit oder Borniertheit unsererseits zur Rache aufstachelt, und durch ihn kommt keiner ins Elend, der sich des Glücks oder Unglücks unfähig hält, ebensowenig wie er etwa deswegen nicht da ist, weil einer an ihn nicht glaubt. Will man anderseits aber der Logik dieses Glaubens an Glück oder Unglück nachspüren und den ver= ständigen Urgrund desselben finden, so findet man ihn wohl, aber man kommt dabei immer tiefer, ja, so tief in die Autorität hinein, daß die eigene freie Persönlichkeit geopfert wird. Dieser Zustand, den wir schlechthin Aber= glauben nennen, und der so überaus lächerlich werden kann, ist oft das Erbteil gerade der bedeutendsten Männer. Gibt es denn eine mystischere Formel als den allgemein gültigen Lehrsatz: „Es gibt einen Augenblick in jedes Menschen Leben, wo ihm das Glück die Hand reicht. Ist er ungenützt vorbei, nie kommt er wieder!"

Ein solcher Moment war's, wo Brühl seiner Ver= gangenheit auf den Grund sah, wo er sich seines Ursprungs erinnerte, wie er als Page mit Bach Freundschaft schloß: „— Hautevolee — Brühl und Bach, die Namen passen zusammen!" — Er fühlte ein leises Zittern über sich kommen. Wer steht, sehe zu, daß er nicht falle! Das

Glück stand mit drohend erhobenem Finger vor der be= sorgten Seele dieses Mannes, mahnte ihn an sein Ver= sprechen, fragte an, ob er denn nicht eher hätte an die Bachs denken können, und forderte ihn auf, sich mit des Geschickes parteiischer Gunst abzufinden. Bach, Bach! Ja, ja, das war's! Seit drei Jahren schon war die Organistenstelle in der Sophienkirche zu Dresden erledigt. Er wollte alles für Bach tun, und mit merkwürdiger Eile ging er ans Werk, wandte sich mit beredten Bitten an die Königin Josepha, an den König, an Quarini und Hennicke; denn Brühl, der durch Untreue, Intrige und Aufopferung seines guten Geistes alles, was sein war, erreicht hatte, fürchtete die Rache des Glücks und beschloß, einmal im vollsten Sinne des Wortes sein Wort zu halten und seiner Ehrenpflicht gerecht zu werden. Und er wurde ihr gerecht.

Die Bachsche Familie hatte davon keine Ahnung. In der Woche ward sie Tag um Tag von demselben Ebenmaß der Geschäfte in Anspruch genommen. Früh vereinigte der nun schon ältlich gewordene Sebastian die Seinen in der großen Wohnstube ums Klavier, und alles, jung und alt, sang dem Schöpfer ein fröhliches Morgen= lied. Auch die alte Hanne, die Köchin, so ein Stück Hausrat, brummte leise mit, denn laut wagte sie's nicht, weil, wie Sebastian meinte, sie das einzige Geschöpf im Hause sei, dem der Schöpfer jede Spur von Harmonie versagt hatte. War das Morgenlied zu Ende, so wünschten sie alle fröhlich einen „Guten Tag", und unter wechseln= dem Gespräch ward der Kaffee eingenommen. Entweder ging Sebastian dann nach der Thomasschule und gab Unterricht, oder, wenn seine Stunden auf Nachmittag fielen, gab er im Hause seinen eigentlichen Kunstjüngern in der Fuge und dem Generalbaß Lektion. Unter ihnen waren Friedemann und Emanuel seine Söhne, Doles,

Vogler als sein alterältester, Homilius, Franschel, Krebs,
Altnikol, Agricola, Kirnberger und Kittel die Vornehmsten.
Die jüngeren Kinder gingen in die Schule, die beiden
älteren Schwestern, besonders die sanfte Friederike, halfen
der Mutter in der Küche oder beschäftigten sich mit Hand=
arbeiten, bis das Mittagsessen alle wieder vereinte. Nach
Tisch ging Sebastian mit Friedemann gewöhnlich eine Stunde
vors Tor, und wenn er dann in der Thomasschule nicht zu
tun hatte, schloß er sich ein und komponierte. Friedemann
ging in seine Kammer und studierte für sich oder brachte
mit Doles, Altnikol und Krebs ein Quartett zustande,
wobei er die Violine spielte. Abends fand sich die
Familie wieder zusammen, musizierte, plauderte, ging im
Sommer spazieren, kurz, erholte sich, denn des Abends
durfte schlechterdings nicht gearbeitet werden. Friedemann,
der in der Nacht am besten seiner Phantasie Audienz zu
geben vermochte und mit der alten Hanne, die ihn närrisch
liebte, einen geheimen Pakt wegen Lieferung von Lichten
geschlossen hatte, setzte sich dann oft noch um zehn Uhr,
wenn alles schlief, in seine Kammer und schrieb bis spät
in die Nacht hinein, und selten hörte er auf, ehe die alte
Hanne noch einmal aufstand (ihre Kammer lag neben der
seinen), auf den Socken hereinkam und mit einem: „Sie
machen's auch wieder zu toll, Friedel!" das Licht aus=
blies und mitnahm. So verstrich ein Tag nach dem
andern. Sonntag aber feierte Sebastian und in ihm die
Kunst den höchsten Triumph. Da erschien er festlich ge=
schmückt mit all den Seinen in der Kirche. Magdalena
und die Töchter setzten sich unten ins Schiff, der Kanzel
gegenüber, damit ihnen kein Wort der Predigt entwische,
Sebastian und Friedemann gingen aufs Chor, wo die Kunst=
jünger die Orgel wie ein Palladium festlich umstanden.
Die Schüler der Thomasschule mit ihren Heften und die
Stadtmusizi warteten seiner, wie das Heer auf den Feld=

herrn. Alles war lautlos, wenn er kam. Sebastian trat
vor die Orgel, faltete die Hände und betete still ein Vater=
unser; dann schloß er die Orgel auf, winkte, der Balken=
treter sprang auf seinen Tritt und die Introduktion des
Kirchenlieds rauschte wie ein süßer Schauer voll und warm
herab auf die Gemeinde. Friedemann und Altnikol stimmten
das Lied an, und der Gottesdienst hatte begonnen. Wenn
der Pastor geendet hatte, das Schlußlied gesungen worden
war, und die Gemeinde unter dem Geläut der Glocken
und dem Nachspiel, das gewöhnlich Friedemann machte,
die Kirche verließ, auch die Chorknaben und Stadtpfeifer weg
waren, da begann das Fest erst recht, denn nun gab
Sebastian seinen Schülern und Verehrern einen sogenannten
Orgelschmaus, ein Konzert, in dem alle Geister seines
Innern in den Tonwellen wogten. Nach ihm kam Friede=
mann an die Reihe und dann die andern. Jeder mußte
eine Orgelkomposition, eine Variation über ein gegebenes
Thema, oder eine Art Extempore vortragen, über das die
anderen richteten. Danach ging's ans Mittagsmahl, und
der andere Teil des Tages war dem geselligen Vergnügen
gewidmet.

An einem solchen Sonntag, ehe Sebastian den
Sonntagsrock angelegt hatte, um in die Kirche zu gehen,
kam ein kurfürstlicher Bote aus Dresden und brachte einen
großen Brief vom Herrn Minister von Brühl.

„Lieber Meister Sebastian!

Ihr werdet mich gewiß schon für einen lauen
Freund gehalten und gemeint haben, daß ich Euer in
meinem Herzen vergessen. Dem ist aber nicht so, denn
ich entsinne mich wohl alles dessen, was ich Euch da=
mals, als Marchand das Hasenpanier ergriffen, gesagt
habe. Darüber ist wohl eine geraume Zeit vergangen,
aber es hat sich bis jetzt noch keine Gelegenheit geboten,
Euch was Rechts anzutragen. Jetzt ist sie aber da,

und weil Ihr bei unserm allerdurchlauchtigsten König und Herrn gut angeschrieben steht, hat er sich gemüßigt gesehen, Euch in dem beiliegenden Handbillett höchstselbst die Organistenstelle an unserer Hofkirche zu St. Sophien allhier anzutragen. Hoffentlich nehmt Ihr sie an, damit mein Gewissen des Vorwurfs ledig werde, daß ich Euch Wind vorgemacht und mein Wort nicht gehalten habe.

Euer guter Freund
Heinrich von Brühl."

„Hol's der Teixel!" rief Sebastian überrascht, „das hätt' ich doch nicht gedacht von Brühl. Laßt sehen, was der König schreibt." Lautlos hörten Magdalena, seine Frau, Friedemann und die Töchter zu, als Sebastian mit bewegter Stimme Augusts III. Brief vorlas. Der König trug ihm darin in herzgewinnendster Freundlichkeit die Oberorganistenstelle an, indem er sich dabei an die Marchandsche Affäre erinnerte. „Solltet Ihr aber", so schloß der Brief, „plausible Gründe haben, meinen Antrag auszuschlagen und in Leipzig zu verbleiben, so ersuche ich Euch, obwohl ich die Stelle mit Euch selbst am liebsten besetzt hätte, mir an Eurer Statt einen geschickten Musikus zu empfehlen, der meiner Kirche in Dresden sowie Eurer Rekommandation zur Ehre gereicht, und seid überzeugt, daß ich stets bleiben will

Euer wohl affektionierter König
August."

Eine minutenlange Pause erfolgte. Die Blicke der Seinen hingen an Sebastians Mund. „Nein, Kinder, nein! Ich tu's doch nicht! Von meinem lieben Leipzig geh' ich nicht wieder. Hier ist mir wohl und warm, ich hab' die besten Freunde, den schönsten Wirkungskreis hier, was will ich denn mehr? Ich bin nicht mehr jung genug, um mich in die neuen Verhältnisse zu schicken, die Thomas=

schule würde mir auch fehlen und ich müßte mich aus allem herausreißen. Nein, nein, Sebastian Bach ist hier ein freier Mann, der tun und lassen kann, was er will und nicht zu katzenbuckeln braucht. Ich bleib' hier; nicht wahr, Magdalena?" und er küßte sein Weib herzlich.

„Mir ist's gewiß recht, Bastian. Unsere Familie und der Haushalt kostet in Dresden mehr denn hier, und wenn du dein ganzes Einkommen berechnest, stehst du dich am Ende ebensogut als in Dresden." — „Ei, besser, Frau, besser, es wäre bloß der leidigen Ehre wegen — na, wer will wohl einem Künstler größere Ehre antun, als er sich selber. Ich bleibe, basta!" — Friedemann schüttelte den Kopf, und Sebastian setzte sich nieder, um dem König sogleich zu antworten.

„Dir ist's nicht recht, Friedemann", sagte der Vater, sich an ihn wendend. „Nun, nun, laß nur gut sein, du sollst drum nicht zu kurz kommen. Geh voraus in die Kirche, sag', ich käme gleich, und fange du statt meiner einmal das Lied an. Unser Herrgott wird's wohl aus=nahmsweise erlauben, will ihm ja auch zeigen, daß ich demütig sein kann und in Leipzig bleiben."

Friedemann ging. Sebastian aber schrieb dem König einen ganz ergebenen Absagebrief, in dem er alle Gründe, die ihn zur Nichtannahme bewogen, vortrug. „Wenn nun Euer Majestät gnädigst meinen Rat befehlen, mit wem an meiner Statt die besagte Stelle am würdigsten zu besetzen sei, so sage ich ganz offen, daß ich unter allen mir bis dato bekannten Musikern meinen Sohn Friede=mann, dessen sich Euer Majestät allergnädigst entsinnen werden, als den Geschicktesten dazu halten muß. Euer Majestät werden lachen, daß ein Vater seinen eigenen Sohn als den Besten lobpreiset, und denken, daß mich hierzu meine väterliche Liebe und Eitelkeit verleitet hat; aber wenn ich mich anders auf Musik verstehe, kann ich meinem Sohn Friedemann das Zeugnis geben, daß er mein bester Schüler ist und er einstmal gar leichtlich seinen eigenen Vater übertreffen mag, wenn ihm Gott Leben und Kraft schenket.

Damit nur aber Euer Majestät nicht durch mich selber, wenn auch in der redlichsten Meinung, hintergangen werden, so mache ich in aller Devotion den Vorschlag, zwischen Friedemann und allen meinen übrigen Schülern, deren Namen ich beifüge, sowie allen denen, so sich in Dresden vor diese Stelle als Kandidaten qualifizieren, einen Wettstreit auf der Orgel anzustellen und den Würdigsten mit dieser Stelle zu belohnen."

Unter nochmaliger Entschuldigung, daß er selbst nicht davon Gebrauch machen könne, schloß Bach, fügte ein Dankbillett an Brühl bei und sandte den Boten zurück. Wohl nie ist Bach mit ruhigerem Herzen am Arm seiner Frau, von seinen Kindern umgeben, ins Gotteshaus gegangen, wohl nie hat er inniger beim Spiel seinen Friedemann angeblickt, der heut das erstemal mit ihm zu schmollen schien. „Warte nur, Junge, du sollst mir schon noch lachen", murmelte Bach in sich hinein.

Sebastians Antwort war dem König unangenehm, und Brühl zuckte die Achseln.

Letzterer beruhigte sein Gewissen bald genug bei dem Gedanken, daß er nun quitt mit Bach, und daß es des letzteren Schuld sei, wenn es ihn später gereuen sollte, die Stelle ausgeschlagen zu haben. Brühl hatte sich, wie er meinte, mit seinem Glücke abgefunden, und das war ihm am Ende die Hauptsache. Der König aber, dem Bach einmal aus dem Nebel der Erinnerung heraufbeschworen war und der sich an den damals gehabten Genuß erinnerte, ging trotz seines Ärgers auf Sebastians Vorschlag ein, und Brühl erhielt Befehl, den Bach zu besagtem Orgelwettstreit nebst seinen Schülern einzuladen.

Den nächsten Sonntag, als der Gottesdienst beendet war, eröffnete Sebastian auf dem Chor seinen Schülern die erhaltene Einladung. Man kann sich die Bewegung unter den jungen Leuten denken. Alles war Feuer und Flamme, denn jeder hoffte, er könne doch den Preis, den der König selber verteilen wolle, möglicherweise davontragen. Friedemanns Augen glühten vor Ehrgeiz und Dankbarkeit, und als er mit dem Vater allein nach Hause ging, küßte er gerührt die gütige Hand und bat ihn um Verzeihung, wenn er ihn durch sein Schmollen betrübt habe; er habe wirklich nicht an sich gedacht, sondern nur gemeint, es sei unrecht vom Vater, den besten Moment, zur Ehre zu gelangen, unbenützt zu lassen. „Die Ehre kommt etwas spät, mein Sohn. Ich bin in einem Alter, wo einem der äußere Glanz und Ruhm nicht mehr viel anhaben kann und wo alles Dichten und Trachten darauf hingeht, sich in seinem Sohn fortgesetzt zu sehen und auf ihn alle die Ehre zu häufen, die er in seinen jungen Jahren, wo man noch frei und unabhängig ist, besser für sich und die Welt ausnützen kann. Du wirst, hoff' ich, den Preis erlangen, Friedemann, und die Stelle kriegen. Ich hätte dich ganz allein vorschlagen können, aber ich will, daß du dir die Stellung allein schuldig sein sollst; auch hätte der König glauben können, daß es mir bloß um Versorgung meiner Familie zu tun sei, nicht um einen guten Organisten für ihn."

Den Mittwoch darauf fuhren Meister und Schüler gen Dresden, und Brühl, den Sebastian sogleich aufsuchte, konnte beim Diner August III. melden, daß die Eingeladenen angelangt seien.

Der König bestimmte den nächsten Tag zum Konzert, zu welchem sich der Hof in der Sophienkirche auf dem der Orgel zunächst gelegenen Seitenchor einfinden sollte. Der König und die Königin, die Gräfinnen Ogilva und

Morsinska, Minister Sulkowsky, Hennicke und Brühl nebst Gemahlin, die Generale Klenzel, Rutowsky und eine Schar von Damen und Kavalieren fanden sich ein, ferner die Elite der Dresdener Musiker und Operisten, an der Spitze Hasse mit Faustina, und außerdem ein höchst ge= wähltes Publikum.

Der König und die Königin stellten die Themata, um welche heiß und mit allem Aufwande von Kunst ge= stritten wurde.

Unter allen, die bis jetzt gespielt hatten, waren Altnikol und Krebs die entschieden Befähigtsten, als Friede= mann auftrat und mit seiner Glut und Innigkeit und Melodienfülle eine solche Begeisterung hervorrief, daß der König aufstand und sagte: „Ja, Bach hat recht, der Friede= mann ist der echte Sohn seines Vaters, der muß die Stelle haben!"

Das Konzert war beendet.

Brühl führte Sebastian und Friedemann zum König, der Friedemann lebhafte Anerkennung und Dank für den ihm gebotenen Genuß zollte, die Stelle verlieh und in Besitz der Amtswohnung zu setzen befahl.

Wenn man Sebastian Bachs Bild anblickt und sich in diese edlen, mächtigen Züge, die stille Majestät dieses Kopfes versenkt, so muß man gestehen, daß er ein Mann von jener erhabenen Schönheit war, die sich um so seltener findet, als sie ebenso rein geistiger wie vollendet körper= licher Natur zu sein pflegt.

Denke man sich denselben Kopf, aber· von allen Grazien der Jugend umspielt, von schwarzen Haarlocken umwallt wie von einer Löwenmähne, empfinde man die dunkle unersättliche Glut eines schwarzen Auges, das zündend und verzehrend, schmachtend und drohend, geistig und sinnlich zugleich uns mit seinem magnetischen Glanze in einen Bann tut, dem wir nur mit dem teilweisen

Verluſt unſeres Selbſt entrinnen können, ſo ſteht Friede=
mann Bach vor uns. Was ihn aber in den Augen der
feinen Welt noch vor dem Vater auszeichnen mochte, war
die vollendete Grazie und Nobleſſe ſeines biegſamen
Weſens, eine Keckheit der Bewegung, die weder affektiert
noch nachläſſig war, ſondern urſprünglich; ein gewiſſes
ſorglos feuriges Hervortreten, das alles für ſich in An=
ſpruch nahm und beſtach. Er hatte mit einem Wort
mehr Geſellſchaftstugenden als der Vater, deſſen ſchlichte
Einfalt zu ſehr aus dem eigenen Leben, das er geiſtig
wie leiblich ſtets geführt, hervorging, und etwas von der
Ehrwürdigkeit des Kirchenſtils ſelber an ſich trug, dem
Sebaſtian ſich allein ergeben hatte. Dieſe Bemerkungen
über Vater und Sohn hatte, nach einer ſehr genauen
Okularinſpektion, der weibliche Teil des Hofes ſofort ge=
macht und manche Schöne mochte im ſtillen bedauern,
daß Friedemann bloß ein Muſikus und nicht ein Kammer=
junker oder Edelmann ſei.

Das Konzert war vorüber. Der König und der
Hofſtaat verließen mit allen Zeichen lebhafteſter Befriedigung
die Kirche. Haſſe und Fauſtina jubelten und beglück=
wünſchten Sebaſtian und Friedemann. Ein ſplendides
Mahl, das Haſſe veranſtaltete, verſammelte den glücklichen
Sieger mit ſeinen beſiegten, aber keineswegs neidiſchen
Freunden, und beim Klange der Gläſer ward auch der
Vergangenheit, des Marchand, vor allem aber mit einem
ſtillen Toaſte des guten alten Volumier gedacht, der
Friedemanns Zukunft prophezeit hatte, nun aber ſchon ſo
lange im Grabe lag. Nach geendetem Mahle, bei dem
natürlich auch das Patronat der Sophienkirche vertreten
war, führte Sebaſtian ſeinen Erſtgeborenen im Triumph
in ſeine neue Amtswohnung. Nach einem Urlaub von
ſechs Wochen ſollte Friedemann ſeine neue Stellung antreten.

Es kann nicht anders ſein: der größte Künſtler iſt

immer der größte Mensch. Drum ist es so erklärlich, daß,
wenn er alles Erringenswerte, Ruhm, Stellung, Ehre und
Vermögen auf sich ladet und im Durst des Ringens unersättlich ist, ein Kind, sein Kind plötzlich die Küste wird,
an der sich die Wellen seiner persönlichen Wünsche brechen,
daß gerade die allgemein menschlichste und gewöhnlichste
seiner Schöpfungen d i e ist, der er seine übrigen gern
opfert, und daß er willig auf alle Kränze verzichtet, um
sie dem ins Haar zu winden, der die Fortsetzung und
Erweiterung seines eigenen Selbst ist. Wie emsig läuft
nicht der alte Sebastian mit seinem Sohn durch alle
Räume, überschlägt und berechnet die Summe, die er zur
Einrichtung seines Lieblings braucht, des treuen Genossen
seines bisherigen Denkens und Fühlens, den er entbehren
lernen muß! „Ich werd' dir die alte Hanne als Wirt-
schafterin hergeben. Sie hat dich lieb, Friede, und wird
dir das Deinige ehrlich zu Rate halten, bis du dir einmal eine brave Frau nimmst." Friedemann sagte im
Rausche seines Stolzes, seiner Freude zu allem ja. Ihm
ging die Zukunft in lichtem Glanze auf und eine lange
Bahn der Ehre, der schöpferischen Freiheit und Größe. —
Eben waren sie zu den Freunden, die neugierig alles be-
schauten, in die Wohnstube zurückgekehrt, als der Läufer
des Grafen Brühl ein Billett brachte, in welchem Sebastian
Bach mit seinem Sohne zur Soiree und Nachtessen geladen wurden. Die Ministerin Brühl hatte die beiden
Bachs, namentlich Friedemann, in lebhafte Affektion genommen. „Dem jungen Bach fehlt auf Ehre nur ein
Titel, um vollendeter Edelmann zu sein, so weltmännisch
und fein, so geistreich ist sein ganzes Auftreten. Ich
glaube, daß er es wert ist, ihn in unser Haus zu ziehen,
unsere Soiree kann nur gewinnen." Brühl, abgesehen
davon, daß er den Bachs, aus dem schon angedeuteten
abergläubischen Grunde, wohl wollte, war ein zu ge-

fälliger Gatte, um seiner Gemahlin einen derartigen Wunsch zu versagen, auch schmeichelte es seiner Eitelkeit, den Mäcen zu spielen. Daher wurden Sebastian und Friedemann mit der größten Freundlichkeit aufgenommen, und da die Gräfin Friedemann besonders viel Aufmerksamkeit erwies, so folgte die Gesellschaft ihr darin um so williger, als in der Tat wenig dazu gehörte, den neuen Organisten höchst liebenswürdig zu finden. Sein Spiel auf dem Klavier entzückte dermaßen, daß man voraussehen konnte, der junge Bach werde in den hohen Zirkeln Dresdens bald eine sehr gesuchte Person sein. Kein Herz mochte aber wohl froher erzittern als das des Vaters, der die stolzen Wünsche alle, die er im Leben nie für sich zu hegen gewagt hatte, für seinen Herzenssohn hegte, der seinen Namen vergrößern, den Geist seiner Werke verewigen und seine alten Tage mit geistigen und leiblichen Enkeln verschönern sollte.

Die Soiree war zu Ende. Von der Augustusstraße, wo Brühls Hotel lag, wanderten Vater und Sohn spät abends hinunter zu Hassens Haus, wo ihre Wohnung war, und jeder träumte, jeder hoffte, jeder von ihnen war reich im Gedanken an die Zukunft.

Plötzlich umarmte Sebastian seinen Sohn, küßte ihn heiß und innig und legte seine Hand auf die glühende Stirn Friedemanns. „Gott, Herr der Welten, schütze mir diesen meinen Liebling, laß ihm zuteil werden, was mir nicht beschieden war! Du weißt's, wie sehr ich ihn lieb hab'!" — Friedemanns Augen quollen über, und ein leises Bangen in seinem Herzen mahnte ihn, daß er bald allein, ohne den Vater seinen Weg durch die Welt machen müsse. „Friedemann, das mußt du mir heilig und fest versprechen, daß du dich nie irre machen lässest von der Lobhudelei der Vornehmen, und in den vermaledeiten Opernsingsang und die Pinseleien fällst. Halt immerdar

in deinem Herzen fest, daß du ein Diener Gottes sein
sollst, weil du's sein kannst, daß die Orgel deine Stärke,
die Fuge deine Hauptkraft und die Anbetung Gottes in
Harmonien deine schönste und einzige Arbeit sein muß.
Laß dich vom Flitter nie verführen, einziger Friedemann,
daß du nicht unglücklich wirst!" — Des Vaters Herz war
übervoll, er hätte noch gar vieles sagen mögen, aber die
Gedanken und Gefühle drängten sich so, daß sie sich nicht
ausdehnen konnten voreinander. — „Nie, Vater, nie! Ich
bin dein Sohn und werde dir keine Schande machen!"

Sie reichten sich beide die Hände, umarmten sich
noch einmal mit einem innigen Kuß und gingen still weiter.

Ein wehmütiges Seufzen zog durch die stille Sternen=
nacht.

Was sind die Hoffnungen der Menschen?

8. Die Medaille.

Graf Sulkowsky, dem Antonie von Kollowrat, so=
lange sie noch zu erringen war, doch manche Rücksicht in
politischen Dingen abgenötigt hatte, kannte jetzt nach dieser
Seite hin keine Grenze, keine Schonung mehr, und sein
Haß, der nicht allein auf Brühl und Antonie, sondern
vornehmlich auch auf die Königin fiel, trat nun ganz
offenkundig in dem Bestreben auf, Josepha und ihrer
Koterie auch den geringsten Einfluß abzuschneiden.

Wenn die Liebe blind ist, dann ist es der Haß in
viel höherem Grade, und Sulkowsky, der nie die feinere,
ewig lächelnde Courtoisie der Intrige besessen hatte, warf
nun in einem ungeschickten Augenblicke der Königin und
ihrem Anhang mit plumper Faust den Fehdehandschuh hin,
indem er den König bearbeitete, die katholische Geistlichkeit
einzuschränken. So kann ein Minister auf die unschuldigste
Weise dazu kommen, liberal zu sein.

Die Königin war darüber außer sich, Pater Quarini und die Jesuiten spien Feuer und Flammen; Brühl lachte sich ins Fäustchen.

Aber noch ein ganz anderer Bundesgenosse und Freund erhob sich, um Sulkowsky zu Brühls Gunsten zu stürzen: es war einer jener dämonischen Freunde, die man verflucht, indem man sie benutzt, und die man sein lebelang nicht loswerden kann.

August der Starke, der sich wahrscheinlich mehr Lebensfähigkeit als dem Kaiser von Österreich zugetraut haben mochte, hatte auf Grund der Vermählung seines Kurprinzen mit Josepha unter Beihilfe und Einverständnis Sulkowskys und Rutowskys einen geheimen Teilungsplan für die Verlassenschaft Kaiser Karls VI. gemacht. Obwohl nun durch Legalisierung der Pragmatischen Sanktion das sächsische Kabinett äußerlich jede Befürchtung Karls gehoben hatte, so mußte derselbe doch zu gut, daß die heiligsten Papierversicherungen oft genug in der Geschichte der Kabinette zu Wasser und die geheimen Bündnisse gewöhnlich besser gehalten werden als die öffentlichen.

Diesen Teilungsplan abschriftlich zu erhalten, war ·des Kaisers steter Gedanke, und da das Kabinett zu Wien von Brühls Plänen Wind bekommen hatte, übernahm es eine vertraute, sehr hohe Person, ihn zur Aushändigung dieses Dokuments zu veranlassen. Brühl sollte das Geheimnis seines Königs verraten. Daß dies eine Infamie sei, fühlte er wohl und erbleichte, aber —— er willigte ein unter der Bedingung, daß Sulkowsky falle.

Fürst Lichtenstein erschien demnach zum Besuch am Hofe zu Dresden und trat mit Brühl wegen dieser Angelegenheit in Unterhandlung.

Um sicher zu gehen, ward vor allen Dingen eine geheime Zifferschrift verabredet, deren Schlüssel im Namen Lichtensteins und der Einschiebung der aus ihm hervor-

gehenden Zahlenreihe lag. Die Dublettenzeichen wurden
akzentuiert. Lichtenstein versprach schriftlich die Hilfe des
Wiener Kabinetts zum Sturze Sulkowskys.

Brühl fühlte wohl, daß er sich hierdurch eine lebens=
längliche Fessel schmiede, daß er dem Wiener Hofe eine
furchtbare Waffe gegen sich selber in die Hand spiele, doch
traute er sich, falls er nur erst das Heft allein in den
Händen hätte, Klugheit genug zu, jedem Schlage zu be=
gegnen, und wußte wohl, daß man in Wien nur im
Notfall von dem äußersten Mittel Gebrauch machen werde.

Ein Beamter des Staatsarchivs, der nachmalige
Kriegsrat Karbe, welcher einen luxuriösen Hausstand, viel
Schulden und ein weites Gewissen hatte und von Brühl
schon zu allerhand kleinen Indiskretionen benutzt worden
war, ließ sich für eine Summe Geldes und die schriftliche
Zusicherung einer Standeserhöhung bewegen, die Urkunde
aus dem Archiv zu stehlen und eines Abends in die
Mansarde Siepmanns zu bringen, die dieser nach wie vor
bewohnte.

Sofort benachrichtigte Brühl den Grafen Lichtenstein,
daß er mit Anbruch des Tages reisen müsse. Siepmann
aber übersetzte in der Nacht das Schriftstück in die Ziffern=
sprache.

Beim ersten Grauen des Tages hatte Karbe sein
Dokument von Siepmann wiedergeholt, um es unbemerkt
an seinen früheren Platz zu legen. Abschrift und Über=
setzung brachte Siepmann selbst in Form einer Bittschrift
zu Brühl, welcher damit sogleich zu Lichtenstein fuhr.
Nachdem er dem Fürsten die Abschrift des Dokuments
unter vier Augen vorgelesen, verbrannte er dieselbe und
legte die Übersetzung in Ziffern in Lichtensteins Hände.

Der Diebstahl, der gewissenloseste Verrat am Ge=
heimnis seines Königs, war geschehen, und Lichtenstein
eilte damit, wie von Furien gepeitscht, über die Grenze.

Diese Tat Brühls brachte über Sachsen namenloses Wehe: sie schmiedete das Kabinett zu Dresden an Österreichs Interesse und war der erste Grund, zwischen August III. und Friedrich II. eine Spannung und Gereiztheit zu erzeugen, deren schließlichen Ausbruch das arme Land auf das bitterste empfinden sollte. Dies fühlte Brühl. Er hatte um Antonies willen sein alles, Ehre und Selbstachtung, hingegeben. Die Mittel standen in keinem Verhältnis zu dem durch sie erlangten Preise.

Brühl fühlte geringere Befriedigung, als er gehofft. Er hatte, je höher er gestiegen war, eine desto tiefere Demoralisation an sich selbst wahrgenommen, die ihm kein Glanz und keine Sophistik vom Herzen wegzulügen imstande war.

Nach diesem Verrat glich er einem Menschen, dem keine Wahl mehr bleibt, als der eine Weg, den er einmal gewählt. Er ging ihn, und zwar mit vollem Bewußtsein. — Antonie indes fühlte sich als Gattin ungleich wohler. Sie wußte, daß nur Liebe Brühl zu dem allen getrieben, auch betrachtete sie ihn als eine Staffel für ihren Ehrgeiz. Er hatte schon zuviel gewagt, um nicht noch mehr zu wagen, und wenn Sulkowskys eiserne Konsequenz ihm abging, so konnte sie mit ihrem flammenden Geiste nachhelfen; denn daß er sonst in jeder Beziehung ungleich geschickter war als sein Gegner, davon hatte sie die mannigfaltigsten Beweise. — Obgleich nun Wien, die Königin und die Geistlichkeit den Sockel geschäftig unterminierten, auf dem Sulkowsky stand, so war ihm doch nicht leicht beizukommen, zumal jetzt, wo er die Seele des Polenkrieges war. August III. mußte einen zu großen Widerwillen gegen die Gelüste Josephas haben, denn er hielt Sulkowsky fester als je; ja hatte ihn sogar zum Fürsten gemacht, und ließ sich manches von ihm gefallen, zumal er die Ruhe über alles liebte und sich von seinen Gewohnheiten nur mit

äußerstem Widerstreben trennte. Er hatte nur einen
Dämon in der Brust, der, einmal geweckt, ihn wild empor=
stachelte, den Dämon verletzter Herrschereitelkeit.

Welcher Unsinnige hätte den aber wecken wollen?

Inzwischen begannen die ersten Szenen des Kriegs=
dramas in Polen, das den letzten Schatten seiner politischen
Selbständigkeit verlieren sollte.

Stanislaus Leszczynski, heimlich nach Warschau ge=
kommen, war von der nationalen Partei am 21. Sep=
tember 1733 durch den Primas Potocki zum König aus=
gerufen worden, als er durch die Macht einer Heersäule
von zwanzigtausend Russen unter Lascy aus Warschau
vertrieben wurde und nach Danzig eilte, um hinter den
Wällen dieser Festung eine günstigere Wendung der Dinge
abzuwarten. Schon am 5. Oktober wurde August III.,
sein durch die Österreicher und Russen begünstigter Neben=
buhler, zum König ausgerufen, nachdem derselbe dem Lande
umfassende Versprechungen gemacht und die pacta con-
venta unterzeichnet hatte, und am 17. Januar 1734
ward darauf derselbe vom Bischof Lipski zu Krakau feier=
lich gekrönt.

Das unglückliche Danzig, in dem der entthronte
Leszczynski Stunde um Stunde auf französische Erlösung
harrte, fiel der Rache der Russen und Sachsen unter
Mürich, Lascy und Adolf von Weißenfels anheim, und
mußte sich nach langem nutzlosem Kampfe im Februar er=
geben.

Stanislaus, ein irrender Richard Löwenherz der
Rokokozeit, gewann mit Lebensgefahr Königsberg, nachdem
ihn seine Anhänger aufgegeben hatten.

Ludwig XV., dessen Arm zu kurz war, um seinem
unglücklichen Schwiegervater zu helfen, stürzte sich nun
dafür mit aller Wut beleidigter Ehre auf Österreich, das
Sachsen seine Hilfe geliehen, und seine Kriegsvölker zogen

nach dem Rhein und Italien. Österreich kam um so mehr in eine verzweifelte Lage, als Fleury Sardinien und Spanien sich ihm zu verbinden und England und Holland zur Neutralität zu bestimmen vermocht hatte. Das einzige Rußland, welches dem Hofe zu Wien hätte beispringen können, war zu weit entfernt und hatte bei den fortwährenden inneren Unruhen seine Kräfte zu sehr in der Heimat nötig. Philippsburg fiel, die Franzosen, mit den Bayern alliiert, nahmen den Rhein, indes Habsburgs Unglück in Italien vollständig entschieden war. Kaiser Karl mußte sich zuletzt glücklich schätzen, daß er mitten im größten Unglück Fleury endlich geneigt zum Frieden fand. Die Partei der Königin nämlich, deren Drängen der Kardinal allein nachgegeben, hatte ihre Kriegsgelüste nachgerade gekühlt, und König Ludwigs laue Liebe zu Maria Leszcynska war inzwischen gänzlich erstorben. Die Chateauroux und Gramont nahmen den Herrscher ein, und so ward das Schäferspiel dem Kriegsspiel vorgezogen. Auf diese Weise kam der Friede zustande: August III. ward als Beherrscher Polens anerkannt, Stanislaus erhielt Lothringen und Bar, und die übrigen wurden ebenfalls rasch abgefunden.

Die polnische Nation im großen und ganzen hatte sich dabei beruhigt, zumal Leszcynski selbst den langen Kampf aufgegeben. Zur endgültigen Besiegelung seines Besitzes begab sich der Dresdner Hof nach Warschau, wo auf dem Pazifikationsreichstage die volle Anerkennung des Volkes erfolgen sollte. Mit Jubel ward August III. in Warschau empfangen; er hatte seine Versprechungen teils erfüllt, teils nochmals in einer geheimen Sitzung des Reichstagausschusses garantiert, auch war beschlossen worden, daß das sächsische und russische Heer bis auf tausendzweihundert Garden das Land räumen und dem Adel das Bewaffnungsrecht verliehen werden sollte.

Ein feierlicher Gottesdienst in der Schloßkirche, wo August als legitimer König nochmals proklamiert, die darauf folgende Reichstagsitzung, in welcher der Eid der Treue nochmals geleistet werden würde, und ein Ball, dem Adel des Landes gegeben, sollte die Feier beschließen.

Am Morgen dieses Tages war Warschau geschmückt wie eine Braut. Volksmassen in Nationaltrachten drängten sich fröhlich auf Straßen, Plätzen und um die Paläste, aus denen der konstitutionsstolze Adel brillantenfunkelnd nach dem Schlosse zog, um im Reichssaale sich zu sammeln. Brühl war eben bei der Toilette beschäftigt, als Siepmann eiligst gemeldet wurde.

„Mein Gott, was haben Sie denn?"

„Ich komme mit der Nachricht, Exzellenz, daß heute in der Schloßkirche auf Seine Majestät geschossen werden wird."

„Siepmann!" schrie Brühl und taumelte entsetzt einige Schritte rückwärts.

„Siepmann, das ist nicht möglich!"

„Verlassen sich Euer Exzellenz fest darauf. Ich kenne die Verschwörer, bin genau unterrichtet, und alle Beweise liegen in meiner Hand. Diese Nacht ward von den Re= bellen der letzte äußerste Beschluß gefaßt. Der, den das Los traf, der junge Ledekusky (Sie kennen den Vater, der nach seinem Widerstande endlich in Ketten starb) soll den Schuß tun.

Geben Sie mir Vollmacht an den Kommandeur der Garde, daß ich zwei Kompagnien zur Disposition erhalte; eine lege ich in die Sakristei, die andere diene zur Be= setzung der Haupttür. Der Polizeimeister ist bereits von mir in Kenntnis gesetzt; zwei Zeilen von Euer Exzellenz genügen, um mir die Polizeisergeanten in Zivil zur Hilfe zu geben, die in der Kirche verteilt und besonders um die gefährliche Gruppe postiert werden sollen. Wir werden ein prächtiges Geschäft bei dieser Verschwörung machen, Exzellenz!"

„Ein prächtiges Geschäft?"

„Natürlich. Niemand außer uns weiß von dem Attentat etwas, und es wird sich nicht fein anlassen, daß wir wachsamer als der Premier Sulkowsky gewesen sind."

„Ha, Ihr seid ein Edelstein, Siepmann. Rasch ans Werk!" — und mit fieberhafter Hast schrieb Brühl die Vollmacht.

„Einen Edelstein, Exzellenz, faßt man in Gold. Ich hoffe, daß man mich befördern und mir die teilweise Leitung des Prozesses anvertrauen wird. Und dann den versprochenen Adelstitel!"

„Alles, alles, Siepmann! Da, eilen Sie!"

„Bereiten Sie Seine Majestät vor, Exzellenz!" und mit der Vollmacht versehen, verließ Siepmann das Kabinett.

Die Schloßkirche war gedrängt voll. In einer Seitenstraße standen zwei Kompagnien sächsischer Garden, sächsisches und russisches Militär bildeten am Portal Spalier. Durch die Seitentür zwängte sich das Publikum. Kopf an Kopf harrte drinnen die lautlose Menge, und nur der mittlere Hauptgang war durch die polnische Krongarde freigemacht. Um eine Säule befand sich eine Gruppe von etwa zwanzig Polen, Edelleute zumeist, harrend der Zeremonien, unter ihnen Siepmann. Der ernste Beschauer hätte leicht in diesen stillen, bleichen Gesichtern etwas wahrnehmen können, das dem Festjubel feindlich zu sein schien.

Keiner sprach ein Wort. Mitten unter ihnen aber stand ein junger Mann, dessen aschfarbenes Gesicht, dessen stierer Blick, dessen inneres Gären, allein kenntlich am Arbeiten der geschwollenen Stirnadern, ihn als einen jener dunklen Dämonen des Volksgeistes bezeichnete, die der Schrecken aller Regierungen sind.

Es war der junge Ledekusky. Mit einem Druck seines Zeigefingers glaubte er das grauenvolle Ende seines Vaters rächen und die Republik Polen wieder erbauen zu können. Er wußte, daß er das Opfer seiner Rache sein werde, aber die Freunde um ihn, die Freunde draußen, die zahlreichen Anhänger der Freiheit im Lande würden den Moment ergreifen, die herrenlose Krone zu zertrümmern und die Demokratie als Siegerin in den blutigen Purpur hüllen. Exaltation bis zum Wahnwitz war's, welche dieses Häuflein junger Männer zu einem Entschluß trieb, dessen Folgen sie nicht berechneten; denn Verschwörer haben noch nie Berechnung, noch nie Logik gehabt. Daher ist eine Verschwörung für den Staat nie besonders gefährlich, da sie nur behufs eines momentanen Faktums, nicht zur Realisation einer Konsequenz möglich ist. Die konsequente Durchführung einer Meinung bezeichnet allein eine Partei, eine Partei aber konspiriert nicht. Es sind nur einzelne exaltierte Glieder derselben, die sich verschwören, dadurch aber sich selbst von der Partei ablösen und von ihr abgestoßen werden.

Die Glocken erklangen, die Kanonen erdröhnten, die Orgel intonierte, der König kam. „Der König kommt!" murmelten die Verschwörer, und bleicher ward ihr Antlitz. Langsam schob sich der junge Ledekusky durch die Schar seiner Genossen nach der vordersten Reihe, das Volk reckte die Köpfe und wogte hin und her. „Kommt er jetzt?" fragte Ledekusky. „Ja, die Geistlichkeit wird ihn sogleich empfangen!" sagte ein anderer.

Leise fuhr Ledekusky mit der Hand nach der Brust und schob sie unter den alten mit Schnüren besetzten Pelzrock.

In diesem Augenblick entstand von der Säule her ein Gedränge, welches ihn aus seiner Stellung schob, und als er sich umwenden wollte, um nach der Ursache zu sehen, hatten Stepmann und zwei Sergeanten ihn fest

umklammert, indes der dritte ihm mit großer Schnellig=
keit Brust und Arme mit vielfachen Stricken umwand.

Umsonst suchte der Überraschte loszukommen, umsonst
die Hand, die das Pistol gefaßt hielt, freizumachen; er
war gefangen, mit der Waffe in der Hand gefangen!
Wahnsinnig vor Schreck und Verzweiflung schaute er um
sich und sah, wie seine Genossen sich unter den Händen
der Soldaten und Sergeanten wanden, wie das Volk
nach allen Seiten zurückwich und murmelte: „Eine Ver=
schwörung!"

Unter Kolbenstößen nach dem Seitenschiff gedrängt,
wurden die Königsmörder aus der Kirche geführt.

Der letzte, von Siepmann selbst bewacht, war Lede=
kusky.

Da lohte noch einmal ein helles Glührot des
Jugendmutes durch des Armen zuckendes Antlitz. Noch
hielt er, wenn auch zusammengepreßt, das Pistol in seiner
Hand, auf seiner Brust. „Lebe wohl, mein Polen!" —
und indem er die Mündung einwärts drückte, schoß er
und brach blutend zusammen. Die Kugel war ihm durch
die untere Kinnlade ins Gehirn gegangen. Dem Henker
war eine Arbeit erspart. Wenige Minuten später, wäh=
rend der Bischof von Warschau den König bewillkommnete,
war alles vorüber. Das Volk stand wieder neugierig in
Reih' und Glied wie vorher. Die Verschwörer mit der
Leiche des jungen Ledekusky, den man auf einen Hand=
wagen gelegt und bedeckt hatte, schritten in der Mitte der
sächsischen Kompagnien und Polizeiagenten nach dem
Kriminalgefängnis.

August III. mit seinem Hofstaat, unter Vortritt des
Geistlichen, umgeben von Woiwoden, trat bei jubelndem
Volksruf in die Kirche. Er war bleich. Wohl hatte er
trotz des Bischofs Rede und dem Geläute der Glocken
den Schuß gehört, und als er an die Säule kam, wandte

er sich etwas gegen Brühl. Brühl neigte das Haupt und sah nach dem Pfeiler. Des Königs Blick folgte ihm. Da stand Siepmann, verbeugte sich lächelnd und wandte seinen Kopf nach der Tür, durch die die Gefangenen abgeführt worden. August III. Antlitz färbte sich wieder.

Die Zeremonie begann. ————————

Abends erschien Siepmann auf dem Kronballe und ward von Brühl „Geheimer Hof- und Ministerialrat" Siepmann angeredet.

————————————————

Brühl hatte zweifelsohne durch den ganzen Vorfall in August III. Augen sehr gewonnen und sich in seiner Gunst neuerdings so befestigt, daß Sulkowsky einsehen mußte, daß alle Manöver, die er in letzter Zeit angewendet hatte, um seinen Gegner mißliebig zu machen, nicht nur nichts nützen, sondern ihm selber schaden mußten, denn es schien nun einmal Augusts Beschluß zu sein, beide Gegner zu halten, um ihre Anmaßung zu neutralisieren. August III., herzlich froh, aus dem nie sehr geliebten Warschau zu kommen, das besonders nach diesem Ereignis sehr in seinen Augen sank, kürzte die Festlichkeiten trotz aller Ergebenheitsversicherungen des Adels möglichst ab, und war erst ganz beruhigt und heiter, als er die Türme seines lieben Dresdens wieder am Horizont emporsteigen sah.

Indessen nahm die Untersuchung des Komplotts ihren peinlichen Anfang. Siepmann ward Direktor einer geheimen Expedition zur Eröffnung der Briefe und bewährte wiederum sein Talent in Erfindung einer sicheren Methode, sich, ohne mindestes Verletzen oder Abbrechen des Lacks, in sehr kurzer Zeit in Besitz des Inhalts aller Korrespondenzen zu setzen. Der General-Kronpostmeister von Holzbringen, der Kronpostmeister Kahle, der Oberauditeur Jenisch und ein Jude, der alle Siegel mit

vollständiger Treue in Messing nachschnitt, besonders aber
der geheime Registrator Saul assistierten ihm. Wie das
aber meist zu geschehen pflegt, beschränkte sich die wirklich erwiesene Teilnahme am Komplott auf etwa fünfzehn
bis zwanzig junge Leute, die ihr patriotisches Unsterblich-
keitsfieber mit lebenslänglicher Festung und Kettenstrafe,
drei davon mit dem Tode, büßen mußten. Der Prozeß,
um den Adel und die Nationalität durch Milde zu
gewinnen, ward indes möglichst beschränkt, und August
vergaß schon am nächsten Karneval unter Karussell, Oper
und Schäferspielen die Sorge und Angst, welche ihm die
neue Würde bereitet hatte. Somit bewegte sich nun alles
wieder im gewöhnlichen Geleise, und Siepmann zeigte
schon seinem Chef an, daß binnen drei Wochen alles in
Warschau beendet sein und er zurückkommen könne.

Sulkowsky verhielt sich in bezug auf Brühl vorderhand ruhig, und auch letzterer, der wohl einsah, wie fest
August an seinem Gegner hielt, wie dankbar er ihm für
den geschickten Austrag der Polenangelegenheit sein mußte,
ging eine stille Waffenruhe ein, um die günstige Gelegenheit, ihm beizukommen, abzuwarten.

Das Abwarten! O, das Abwarten, das ist eben
das leidige Gespenst, das den Staatsmann wie den
Künstler, Völker wie Parteien umherzerrt und ihre Hoffnungen, ihre Sehnsucht auf die Folterbank der Zeit kettet!
Je brennender der Ehrgeiz, desto tiefer die Qual, die
sich oft so weit steigert, daß uns die Fieberglut gefesselter
Begierde zu einer raschen Tat reißt, die wir mit allen
Tränen nicht mehr abwaschen können. Dieser Folter
ward Antonie, Gräfin Brühl, zum Opfer, sie quälte der
Ehrgeiz und die Rache an Sulkowsky. Sie konnte die
Wunde nicht verschmerzen, die der Pole ihrer Eigenliebe,
ihrem Stolze geschlagen, und kein Mittel schien ihr zu
schlimm, kein Wagnis zu kühn, um über den Gegner zu

triumphieren. —— Die Macht beider Parteien war jedoch gleich groß; auf dem gewöhnlichen Wege schien nichts mehr zu verfangen. Es mußte zu etwas Außerordentlichem geschritten werden, zu einem Coup, bei dem entweder alles zu gewinnen oder zu verlieren war. Zu einem solchen Wagestück den Gemahl zu treiben, durch ihn den Triumph und Vorteil des Sieges zu genießen, war nun, wo das langweilige Einerlei des Hoflebens doppelt bleiern auf ihr lag, ihr einziger Gedanke. Auch Brühl war ehrgeizig, auch er wartete auf den Augenblick, der ihm den Feind unter die Füße geben sollte, doch ihm fehlte die Gelegenheit. Die Hauptursache, welche sein Streben bewegt hatte, war Antonies Besitz gewesen. Mit der Erlangung dieses Zieles hatte er einen großen Teil seiner Energie eingebüßt und schien nicht allzu große Lust zu haben, einer neuen Infamie den Sieg zu verdanken; hatte sein Gewissen doch schon genug an dem Urkunden-diebstahl und der Erinnerung an all die schmutzigen und versteckten Ränke zu tragen, die er um Antonies willen ausgebrütet. Gleichwohl hatten diese ihm den Besitz der schönen Kollowrat nur noch teurer gemacht. Er war so vollständig Sklave seiner Liebe geworden, daß er gern auf alles verzichtet hätte, um im ruhigen Besitze seines Glückes zu schwelgen. Der Tor, er glaubte durch all die Opfer seines Gewissens, seiner eigenen Selbstachtung, sich die tiefe und wahre Liebe seines Weibes erkauft zu haben, glaubte, daß sie sich in seinem Besitze ebenso glücklich fühlen und gleich ihm, nun ruhig des Erlangten genießend, der günstigen Minute harren könne, in der es dem Glücke gefallen würde, die Wünsche beider mit dem Sturze des Feindes zu krönen!

Er hatte sich in dem Charakter und der Natur des Wesens geirrt, das er liebte, er kannte sie nicht, aber sie ihn desto besser, und Antonie sah ein, daß sie ihn bis zu dem Äußersten dann treiben könne, wenn sie sein teuer erkauftes Glück selbst in Frage stelle.

Sie hatte ihren Angriffsplan und ging organisatorisch zu Werke.

Nicht damit begann sie, ihn durch Kälte abzustoßen oder stutzig zu machen, das wäre ein viel zu direktes Mittel gewesen.

Sie verfuhr heimlicher und sicherer.

Antonie von Brühl war nicht über mittlere Frauengröße, aber üppig gebaut, hatte schwellende Formen, einen zarten, weißen Teint, dunkles Haar, schwarze, feurige Augen und ein Profil, das, nicht majestätisch, aber voll reizender Linien und Flächen war, die einen ebenso sinnlichen wie geistigen Eindruck machten. Die kleine gerade Nase mit dem aristokratischen Buckel und den feinen leicht beweglichen Nasenflügeln, der keck aufgeworfene Mund mit den gekniffenen Winkeln, das Schelmengrübchen auf Kinn und Wange, kurz alles an dieser Frau war reizend. Sie konnte überaus feurig sein und wieder höchst elegisch, sie besaß die Kunst, mit einem Blick Unnennbares zu sagen und mit zwei Worten eine artige Sottise in einen Calembourg zu fassen.

Wer hätte dieser Frau zutrauen sollen, daß sie von August II. bis Brühl nie ernstlich geliebt hatte?

Sie begann, ihrem Plane gemäß, Brühl gegenüber damit, eine Art Sentimentalität oder besser eine Art stiller Melancholie zu heucheln. Sie tat, als wenn sie Brühl liebte, aber mit jener Passivität, die annimmt und nicht gibt. Es schien, als habe sie nach und nach alle Lebenslust, alle Energie verloren, und kein Geschenk des Gatten konnte sie erfreuen, keine Bitte ihr das Geheimnis dessen entreißen, was sie so verwandelt hatte. „Mein Gott, ich liebe Sie ja, Heinrich", sagte sie dann etwas matt, aber so süß und weich zu ihm, daß der gute Graf verliebter denn je wurde.

Oft aber, wenn er von dem stolzen Glücke sprach, als alleiniger Minister den König wie das Land zu be=herrschen, erglühte das schöne Weib in hellem Entzücken, ein Zittern, ein vulkanisches Aufbäumen aller Dämonen des Liebreizes und der verführerischen Zärtlichkeit, eine Art weiblicher Ritterlichkeit tat sich an ihr kund, die sie dithyrambisch mit der Glorie einer Majestät umstrahlte, vor der Brühl ins Knie sank, und sich eingestehen mußte, daß Antonie doch noch heißer, noch ganz anders lieben könne, als sie ihn je geliebt. Auch dies war in gewisser Beziehung Verstellung bei ihr, und sie wußte diese enthusiastischen Augenblicke immer seltener, das Sentiment immer gewöhnlicher zu machen, so daß Brühl, trotz seiner blinden Liebe, bald den Abstand von sonst und jetzt merken mußte. Anfänglich glaubte er, Antonie sei ihm heimlich untreu oder habe doch ihre Neigung einem andern par distance zugewendet. Die Furien der Eifer=sucht, die in ihm wütend aufsprangen wie Löwen, die man im Schlafe überrascht, ließen ihn mit Argusblicken nach allen Seiten umherspähen, um den Störer seines schwer erkauften Glückes zu entdecken. Umsonst! An der Kälte, die Antonie von Brühl gegen jedermann zur Schau trug, der liebenswürdigen Glätte des Hoftons, bei der sich ebensowenig denken wie empfinden läßt, und die mehr beweist, daß man da ist, als daß man fühlt; sie stand ihr so zu Gebote, daß Brühl bald seinen Irrtum einsah und sich selber etwas lächerlich vorkam.

Antonie hütete sich auch wohlweislich, ihren Gemahl eifersüchtig zu machen, denn sie wußte allzu gut, daß dies das ungeschickteste Mittel sein würde, ihre Pläne zu erreichen.

Brühl, um hinter die Veränderung seines Weibes zu kommen, ging auf sich selbst zurück, suchte in seinem Benehmen den Grund zu dieser Stumpfheit Antonies, machte sich tausend Gedanken, hatte manch schlaflose Nacht und faßte sich endlich das Herz, mit Antonie ernstlich darüber zu sprechen. — Die schöne Gräfin war in den letzten Tagen unpäßlich gewesen, mit wieviel Affektation, war schwer zu ermitteln.

Graf Heinrich von Brühl trat in ihr Boudoir und küßte ihre Hand.

„Wie befindet sich meine schöne Gemahlin, noch immer leidend?"

„Ach, ich kann es selbst nicht sagen, Graf. Leidend und auch nicht, wie Sie es nehmen. Ich wünschte, ich wäre ernstlich unwohl, dann hätte ich doch etwas von meiner Krankheit und könnte mich mit gutem Gewissen ins Bett legen. Aber mir fehlt eigentlich nichts oder auch alles vielleicht. Ich bin so leer, so öde, so lang= weilig. Ich sehe das selbst ein, ärgere mich über mich und bin doch unfähig, es zu ändern. — Es mag viel= leicht eine Krankheit meiner Seele sein, die ich nicht ver= stehe, da ich sonst immer geistig leiblich gesund gewesen. Ach, nicht wahr, ich bin recht unausstehlich, Heinrich? — Sie sehen zu spät ein, Lieber, daß Sie eine schlechte Akquisition mit mir gemacht haben, als Sie mich zur Frau nahmen. Mir tut es um so mehr wehe, als ich weiß, welchen Anstrengungen Sie sich meinetwegen unterworfen."

Wer jetzt in Brühls Seele hätte lesen können! — Er hatte sich auf das Sofa neben ihr niedergelassen, und seine Hand, mit der er die ihre umfaßte, zitterte leise.

„Antonie! wollen Sie mir versprechen, ehrlich und offen zu antworten? — Es ist etwas Fremdes zwischen mir und Ihnen, und ich fühle mit jedem Tage mehr, daß unser Glück sich untergräbt. Antonie, sagen Sie mir offen: lieben Sie mich nicht mehr?"

„Mein Gott ja, ich liebe Sie ja, Heinrich. Wem soll ich denn anders meine Zuneigung zugewendet haben

als Ihnen? Oder haben Sie irgend etwas bemerkt, was
Sie zur Eifersucht berechtigt?"

„Nein, Antonie, nein! Nicht das geringste. Aber
Sie sind seit einiger Zeit nach und nach — nicht kälter,
nein, stiller, trauriger, passiver gegen mich geworden, und
ich zerplage meinen Kopf umsonst, die Ursache davon zu
ergründen, die doch in meinem Wesen liegen, an der ich
doch zweifelsohne allein schuld sein muß."

Antonie schüttelte trübe lächelnd das Haupt und
drückte treuherzig des Gatten Hand. „Nein, lieber Hein=
rich, das glaube ich nicht. Sie überschütten mich mit
allen Liebesgaben, erschöpfen sich in Zartheit und Galan=
terie, und jedes Wort, das Sie zu mir sprechen, jede
Ihrer Handlungen beweist mir, wie sehr Sie's wert sind,
Liebe zu verdienen, das reinste Glück der Liebe zu ge=
nießen. Ich muß wohl selber schuld sein an meinem
Zustand, und warum ich's bin, was ich zu tun habe, um
anders, besser zu sein, das macht mir schlaflose Nächte,
denn ich kann's nicht ergründen, obschon ich meinen Zu=
stand erkenne! — Ich habe mich schon so oft und ernst=
lich gefragt: Liebst du deinen Heinrich denn nicht mehr?
Und tausend Stimmen riefen mir zu: Ja, ich liebe ihn!
Ich wüßte, bei Gott, keinen Mann, den ich irgend
gesehen, daß er auf mich mehr Eindruck machte als
Sie. — Denken Sie sich nun um Gottes willen meinen
Zustand. Ich weiß, daß ich Sie liebe, daß ich niemand
anders lieben kann, aber ich fühle, daß ich Sie nicht
genug liebe, daß jeder Beweis von Zuneigung, den ich
Ihnen spenden kann, mit jedem Tage matter ausfällt.
Ich liebe Sie und sehe mit Entsetzen, daß ich diese Liebe
unter den Händen zu verlieren im Begriff bin, und
nicht weiß, wie ich es anfangen soll, mich von dem
Schicksal loszukaufen, das meiner harrt, und dessen Elend
ich im Geiste voraussehe wie den Tag, wo Sie, an mir

9*

verzweifelnd, mir Ihr Herz entziehen werden. An dem
Tage, Brühl", — und das glühende in Tränen schwim=
mende Weib erhob sich wie ein gescheuchtes Reh —
„an dem Tage sollen Sie mich ins Grab legen, denn
keine Stunde werd' ich nach diesem Unglück leben!!" Und
wie sie Brühl um den Hals fiel, schluchzte sie: „Mein
Gott, mein Gott! wie beklagenswert bin ich doch!"

Brühl wußte nicht, wie ihm war. Bleich, verlegen,
verworren und erschreckt vermochte er keinen Gedanken zu
fassen, kein Wort zu sagen. Er umfing das schöne, un=
glückliche Weib, das krampfhaft über ihm zusammen=
gebrochen war, fühlte ihren kurzen, glühenden Atem seine
Wangen streifen und das weiche, schwellende Heben und
Senken dieser blütenweißen Brust. Brühl befand sich im
bedauerlichsten Zustande ehemännischer Unzurechnungs=
fähigkeit.

„O, mein süßes Weib, gibt es denn kein Mittel,
dich dir selbst und deinem alten Liebesglücke wiederzugeben?
Sinne doch nach, Antonie, sinne, und bei Gott dem All=
mächtigen, wenn es die schwerste Arbeit meines Lebens ist,
wenn ich dafür ins Elend gehen muß, ich tu's!"

„Ich weiß es nicht, Heinrich!" und sie glitt auf
seinen Schoß. „Komm, hilf mir alles erwägen. Laß uns
unsere Lage, meinen Charakter, kurz, alles besprechen. —
Es ist mir nur zu klar, wenn es zweierlei Arten von
Charakteren gibt, eine aktive, die sich in unersättlichem
Ringen und Streben betätigt, und eine passive, die im
Genießen, im Empfinden allein sich wohlfühlen kann,
so gehöre ich zu der ersteren. Es ist ein Dämon
in mir, der männlicher Natur ist, und den ich die
Sehnsucht des Strebens, des Tatendurstes, des Ehr=
geizes nennen würde. Du, armer Heinrich, fühlst dich
im Genießen, Empfinden vielleicht allein nur wohl.
Was nützt es, daß wir einander innig lieben, wenn die

Gesetze, die Lebensbedingungen unserer Charaktere ver=
schieden sind?"

„Ha! Nun begreif' ich dich, mein Weib! — Nein,
nein! Und doch hast du unrecht! Woher weißt du denn,
daß unsere Charaktere verschieden sein müssen? Woher
denn, daß ich deinen Ehrgeiz, den Tatendurst, die süße
Gier, zu herrschen, nicht ebenso stark in mir habe wie
du? Kannst du dich nicht in mir irren? --- O, sprich
nicht, ma mignone, ich weiß, was du sagen willst. Du
willst sagen: Wenn du dieselbe Charakterbasis, denselben
Ehrgeiz, dieselbe Herrschsucht wie ich hast, warum ist nicht
Sulkowsky schon gefallen? — Antonie, du kennst genau
die Lage der Dinge, und daß ich nichts tun kann. Sul=
kowsky und ich stehen jetzt hart aneinander, so daß wir
keine Waffen gebrauchen können, ohne uns selbst zu ver=
wunden. Nenne mir ein Mittel, den Polen zu besiegen,
ohne daß ich mich zum Banditen erniedrige. Du weißt,
daß ich dich zu erringen selbst die infam —! Antonie,
ich werde den Tag nicht vergessen, wo Lichtenstein ab=
reiste, vergiß auch du ihn nicht, süßes Weib, und ver=
traue mir!"

„Ja, Heinrich, ich vertraue dir! Das alte, selige
Gefühl der Liebesfülle loht wieder auf in mir, die Tat
ist's, die mich begeistert. Laß uns in ewigem Tatendurst
vorwärtsschreiten durchs Leben, wer will uns dann unser
Liebesglück zertrümmern? Sulkowsky soll und muß fallen,
wir haben es uns am Hochzeitstage zugeschworen!"

„Doch wie, Antonie?"

„Wag alles an seinem Sturz, Heinrich, selbst deinen
eigenen!"

„Meinen eigenen? Und du begreifst nicht, Weib,
daß du dich selber dadurch vernichtest!?"

„Gut denn! Wenn du in Sulkowskys Sturz ver=
wickelt wirst, werd' ich mit dir ebenso stolz die Armut

teilen als Sachsens Herrschaft. Komm in dies Kabinett, Lieber, ich habe einen guten Gedanken!" — — — —

Brühl blieb lange bei ihr. — Endlich trat er heraus, glühend und besiegt vom Liebreiz seines Weibes. Auf seiner Stirn stand ein kühner Entschluß, das va banque seiner Zukunft. — Mit einem langen, heißen Kusse, einem letzten, glühenden Blick entließ sie ihn. — Dann trat sie langsam vor den Spiegel. „Haha! Wir alle sind Komödianten, es kommt nur darauf an, seine Rolle wohl zu spielen!"

Denselben Abend schrieb Brühl im Kabinett seiner Gemahlin folgenden Brief:

Nr. 906.

Dem Geheimen Hof= und Ministerialrat Siepmann.
P. P.

Lassen Sie alles in Warschau stehen und liegen und reisen Sie auf beiliegenden Paß sofort nach dem Haag. Dort nehmen Sie Quartier und notifizieren mir's. Es gilt die Erwerbung des Adelstitels.

Ihr
118, 502, 712.

Mit Kurierpferden reiste Siepmann Tag und Nacht, bis er an Ort und Stelle war.

Vierzehn Tage nach Brühls Schreiben lief Antwort ein.

Nr. 907.
P. P.

Angelangt und einlogiert, wohnhaft am Huiste Kleef. — Harre auf Instruktion, die sofort realisiert wird.

Ergebenst
313121, 515981.

„Der Plan ist ganz untrüglich, lieber Heinrich", sagte an demselben Tage seine Gemahlin mit herzgewinnendstem Lächeln. „Rasch, noch heute senden Sie die Instruktion nach Holland, ich schreibe sogleich an den Antiquar nach Florenz."

Sie küßte ihn, schlug ihn leicht auf die Wange und lachte: „Was geben Sie noch für Sulkowskys Portefeuille, Premierminjsterchen? Ich nicht eine — Stecknadel!"

Zwei Monate verstrichen. Endlich kam ein Brief aus dem Haag.

Nr. 908.

P. S.
Alles besorgt. Wann soll ich kommen?
Ergebenst
313121, 515981.

„Sofort, sofort, Brühl, nun geht's an die Komödie!" rief Antonie mit leuchtenden Augen.

Siepmann kam sogleich aus Holland zurück. Als er bei Brühl eintrat, fragte ihn der Graf hastig:

„Haben Sie die Bestellung genau realisiert?"

„Ja, Exzellenz." Siepmann überreichte ein ganz kleines schwarzes Kästchen.

Brühl öffnete es und besah den Inhalt.

„Hahaha! Gut! Vortrefflich!"

„Ich begreife aber nicht, Exzellenz, daß Sie selbst —?"

„Ich aber begreife, daß ein kühner Mann alles wagt, sogar sich selbst!" und sich Siepmanns Ohr nähernd, setzte er hinzu: „Morgen abend bin ich entweder allein Minister oder ein Nichts von einem Menschen. Doch ich hoffe, es gelingt, denn der König, mein Lieber, hat eine Leiden= schaft wenigstens, die Eitelkeit des Herrschens. — Gehen Sie, Freund, Sie bleiben in dem kleinen Kabinett, das an mein Schlafzimmer stößt, bis die Geschichte vor= über ist."

Siepmann ging. — Brühl starrte auf das Kästchen. „Ha! — Es gibt Leute, die den Nimbus des Herrschens lieben, das Herrschen selbst aber vergessen. Es gibt auch

welche, denen der Flitter nichts ist, die Macht alles. ——
Ach, und beides ist doch so schön! — Morgen abend!"

Der Hof war zum Diner beim König versammelt.
Die Königin unterhielt sich mit Pater Quarini, der Gräfin
Ogilva und Ministerin Brühl. Graf Brühl plauderte
mit dem Grafen Hennicke, der König aber stand bei
Sulkowsky und befragte seinen natürlichen Bruder, den
Feldmarschall Grafen Rutowsky, über den Fortgang der
Armeereduktion. Graf Broglio, der französische Gesandte,
Gräfin Morsinska und Kammerherr von Lenke befanden
sich etwas weiter nach dem Hintergrunde, wo eine Flügel=
tür den Eingang in den Speisesaal bot. Der alte Klenzel
und mehrere Generale, einige Jesuitenpaters und ein Flor
von Damen vervollständigten das Ensemble, in dem man
noch die preußischen, österreichischen und russischen Ge=
sandten bemerkte, die sich am Fenster abseits unterhielten.

Brühl und Hennicke befanden sich dem Eingang des
Speisesaals zunächst und ganz abgesondert.

„Ich muß Ihnen gestehen, lieber Graf, daß mir die
Lage der Dinge auf die Dauer unerträglich wird", sagte
Brühl. „Ich sehe mit jedem Tage mehr ein, wie wenig
ich meinem Vaterlande, wie wenig ich dem Königshause
nützen kann. Ich bin endlich mit meinen Bedenken fertig
geworden und nach reiflicher Überlegung entschlossen, in
den nächsten Tagen um meine Entlassung zu bitten. Ich
glaube, auf Ihre Diskretion vertrauend, Ihnen diese
Notiz schuldig zu sein, damit Sie Maßregeln treffen können."

„Aber um Gottes willen, lieber Brühl, was tun Sie?"
flüsterte angstvoll Hennicke, „Sie lassen mich mitten ——
o Gott, Sie verstehen mich doch am Ende! Denken Sie
sich meine Stellung, nachdem mir der Anschluß an Sie
im Kabinett genommen wird!"

„Ich muß, Graf Hennicke, ich kann nicht anders!
Doch lassen Sie dies Gespräch jetzt, nach dem Diner

weiter davon. Treten Sie lieber ein wenig zu den Ge=
sandten, die einen sehr interessanten Gegenstand dort in
der Ecke zu verhandeln scheinen. Ich fürchte, man hat
etwas von unserem Gespräch gehört." Brühl wandte sich
und schlüpfte in den Speisesaal. Hennicke hatte nichts
Eiligeres zu tun, als Pater Quarini und der Ogilva
mitzuteilen, daß Brühl, des nutzlosen Zuwartens müde,
den Dienst quittieren wolle. Eine Minute später wußte
es der ganz Hof.

Brühl trat in den Speisesaal.

„Rasch, ehe Se. Majestät kommt, holen Sie den
silbernen Tafelaufsatz aus der Galerie!" Die Lakaien
flogen von dannen. Brühl war allein.

Er trat an das Kuvert des Königs, sah nach der
Versammlung, steckte rasch die Hand unter die Serviette,
zog sie im Moment zurück, und schritt dann langsam nach
dem anderen Ende des Saales, als eben die Lakaien ein=
traten und einen prachtvollen silbernen Aufsatz, den Brühl
aus Italien hatte kommen lassen, hereintrugen und auf
der Tafel postierten.

Als dies geschehen, ging Brühl nach dem Salon
zurück und trat ans Fenster zu den Gesandten Österreichs
und Rußlands, die ihn seit letzterer Zeit wieder auffallend
flattierten. Auf den Gesichtern lag der Empfang von
Hennickes unangenehmer Nachricht. „Ich habe soeben
gehört, daß ein Mitglied des Kabinetts auszutreten be=
absichtigt", sagte der Österreicher.

„Leider, meine Herren, ist die Nachricht verbürgt,
obwohl es nicht ganz diskret sein mag, das Faktum v o r
dem Faktum zu besprechen. — Die Majestäten betreten
den Speisesaal."

Man trat ein. Der König führte die Königin an
den gewohnten Platz in die Mitte der Tafel, die Minister

standen vis-a-vis, die Gräfinnen Ogilva und Brühl neben der Königin, der österreichische, russische und französische Gesandte neben dem König. Die anderen Herrschaften schlossen sich nach der Etikette an. Mit sichtbarem Erstaunen bemerkte der König den kostbaren Aufsatz.

„Wie kommt das hierher? Welche Überraschung!" und er betrachtete mit großem Vergnügen die wertvolle Arbeit, welche selbst die stolze Königin reizend fand.

„Die Überraschung dürfte erst dann ihren höchsten Wert erlangen, wenn wir den Urheber derselben kennen würden!" sagte August und blickte umher.

„Der ist vielleicht das wertloseste an der Sache, Majestät. Die Arbeit trägt insofern den größten Wert in sich, als ich aus guter Quelle versichern kann, daß sie von Benvenuto Cellinis Hand ist; ich hatte Gelegenheit, die Arbeit in Florenz zu sehen."

Der König und die Königin sahen Brühl angenehm überrascht an.

„Nun, da sich der Spender dieser Aufmerksamkeit nicht nennen will, lieber Brühl, müssen wir uns bescheiden, vergessen werden wir ihn darum nicht." Brühl verbeugte sich errötend. Die Majestäten nahmen ihre Plätze ein, der Hofstaat gleichfalls. Es wurde aufgetragen, der König griff nach der Serviette. Da gewahrte er auf seinem Teller ein Kästchen, das er neugierig öffnete. „Noch eine Überraschung?" — Alles war gespannt. Er nahm ein Medaillon heraus, stutzte und ward rot, sah es noch einmal an und zitterte heftig. Auf einmal sprang der Herrscher in furchtbarstem Ausbruche von Wut empor, schleuderte einen grimmigen Blick auf die ihm gegenübersitzenden Minister Brühl, Sulkowsky und Hennicke, und warf das Medaillon zornig zur Erde. Alles war entsetzt aufgestanden, und der König, heftig die Hand Josephas

faffend, verließ lautlos mit ihr den Saal. Gräfin Ogilva,
Quarini und Kammerherr von Lenke folgten. — — —

Jede Bewegung schien erlahmt. Langsam fand man
sich in die furchtbare Katastrophe, die angebrochen war,
und die bleichen Gesichter wendeten sich einander zu. Der
österreichische Gesandte, zu dessen Füßen das Medaillon
gerollt war, hob es auf und sah es an. Auf demselben
war die sächsische Krone abgebildet, die auf den Schultern
dreier Männer ruhte. Darunter stand:
„Wir sind unserer drei,
Zwei Pagen und ein Lakai.“
„Das ist eine Infamie!“ rief Puebla. „Man hat
es gewagt, Seine Majestät mit einer beispiellosen Frech=
heit zu beleidigen!“
Das Medaillon wanderte von Hand zu Hand.
Als es an Brühl kam, betrachtete er es mit großer
Kälte, zuckte die Achsel und gab es an Hennicke. „Das
ist die größte Schmeichelei, die man mir erweisen kann.
Sie ist nur unwahr, denn ich wenigstens trage die Krone
nicht.“
Eine Stunde, eine peinliche Stunde verstrich. Endlich
öffnete sich die Tür. Kammerherr von Lenke trat ein.
„Herr Graf von Brühl, Seine Majestät befiehlt Ihre An=
wesenheit.“
Brühl verschwand, eine feierliche Stille folgte. Sul=
kowsky und Hennicke sahen sich gläsern an.
Plötzlich flog die Tür auf und Brühl kam zurück.
Er war ruhig, als sei nichts geschehen; keine Muskel
zuckte, als er durch den Saal schritt. „Graf Sulkowsky
und Graf Hennicke, ich habe Ihnen im Namen Seiner
Majestät anzuzeigen, daß Sie sofort entlassen sind. Hier
ist das Kabinettsschreiben!“

9. Kunst ist Leben.

Ja, das ist's! — Das Leben in seinem Schatten und Licht, in seinen Reflexen zu fassen, es als große Manifestation einer Gottesidee, einer Uridee, und die Kunst als Prophetin, Predigerin dieser Uridee, im Leben zu verstehen, ist die Vollendung alles irdisch Schönen.

Groß, weit und reich, gesegnet in Ewigkeit ist der, dem diese Offenbarung geworden. Groß, weit und reich, gesegnet in Ewigkeit ist die Zeit, wo vielen diese Überzeugung ins Fleisch gedrungen, denn sie ist die Gewißheit des Unsterblichkeitstraumes, der unser sehnend Herz noch einmal ausgedehnt vor dem letzten Schlage.

Das schwerste Leben, das Leben, in dem die Kunst Odem und Zweck des Daseins ist, war Friedemann Bach, und zwar auf seltene Weise, zuteil geworden.

Wenig Strebenden ist es vergönnt, auf der spiegelglatten Fläche behäbigen Daseins dahinzugleiten, die Geheimnisse der Kunst in behaglicher Naxosruhe von dienstfertigen Offenbarungsstimmen zu vernehmen, in das volle Leben, in den duftigen Kranz der Phantasie mit kecker Hand zu greifen, und aus diesen doppeltfüßen Blumen einen Strauß zusammenzutändeln, den er in olympischem Vergnügen der Mitwelt als ein Kunstwerk reichen kann. Hart und sauer ist der Weg, den das Talent erklimmen muß, hart und sauer jeder Tritt, der ihm vorwärts zu gehen erlaubt ist, und bei dem die Frage ihn ewig quälen muß, ob es kein Fehltritt war. Hart und sauer erworben ist jedes Lorbeerreis, das ihm die Nachwelt auf die Stirne legt, in der der alte Gott die Zeit, der Sabak-Ra mit dem Krokodilshaupt den Kehricht seiner zerfallenen Puppe zusammenfegt. Und ehe er bis zum ersten Lorbeer gelangt, wie lang und beschwerlich, wie dornig und verwickelt ist sein Pfad. Wohl ist die Sehnsucht seine

Führerin, aber das Mißtrauen in sich selbst und die bleiche, schlotternde, heulende Entbehrung sind seine störrischen Begleiter, die ihm jedwede Tagereise vergällen. Die Täuschung und der Irrtum, der Mißgriff und die Unbesonnenheit, und das laue Interesse lauer Gönner sind die Gespenster, die am Kreuzwege seiner harren. Das ist das Leben der Kunst, des Künstlers.

So hart und sauer begannen Schiller, Lessing, Shakespeare, Sebastian Bach und die meisten geistigen Zierden des Menschengeschlechts. Wenigen nur war es gestattet, schon in der Wiege von Grazien umlächelt, von liebender, erfahrener Hand auf den unfehlbaren Weg geleitet zu werden, wie etwa Goethe, dessen riesigem Genie, dessen universellem Geiste das ewige Glück noch nicht schaden konnte, dem es nichts von seinem großen Wesen nahm. Und doch wissen wir nicht, ob der Altmeister Wolfgang nicht gar noch Größeres geschaffen, nicht nur die Höhe, sondern die Tiefe des Lebens auch ebenso schön erfaßt hätte, wenn es ihm in der Jugend ein bißchen sauer geworden wäre. Bewiesen ist's sicher, daß, wenn ein Geist wie Goethe nur alle fünfhundert Jahre aufsteht, auch ein solches Glück nur alle fünfhundert Jahre einem einzelnen Menschen erteilt wird. Unter den wenigen dieser Menschen, die von der Wiege auf Künstler sein dürfen und können, war auch Friedemann Bach. Sein erstes Lallen mischte sich schon mit des Vaters Akkorden, sein lauschend Ohr vernahm zuerst die Melodien seines Erzeugers. Spielend wurden die Organe der Tonkunst, das Gefühl für Harmonie und Disharmonie, das Gedächtnis für Verkettungen und Tonfolgen in ihm geweckt, und er konnte schon Fugen spielen, Akkorde und Harmonien zusammenstellen und auflösen, ehe er den Wert seiner eigenen Kenntnisse übersehen konnte, ehe er ganz begriffen hatte, was eine Fuge sei. Er wußte mit sieben Jahren

von seiner Kunst wenig, aber er fühlte alles, was falsch
und richtig, edel und unedel war, bis aufs Haar. Daß
er das konnte, lag aber hauptsächlich daran, daß die Musik
eine Kunst ist, die vornehmlich zuerst gefühlt sein will,
bei der die Empfindung Hauptsache und die Reflexion,
der Verstand, erst dann notwendig ist, wenn das Herz
die ganze Tonwelt und das mystische Reich der Stimmungen
beherrscht, und dieses beherrschte Friedemann schon damals,
da er in Dresden die Kanzonette Marchands spielte.
Dieses Glück, das seinem Talent schon an der Wiege
lächelte und ihm den Lorbeer spendete, ohne die Dornen=
krone aus seinen Locken lösen zu müssen, dies Glück ward
ihm im späten Alter, ja vielleicht gerade da ungetreu,
wo er, in Vollkraft seines Geistes, auf der Zinne des
Lebens, der lauschenden Welt das Süßeste, Größte bieten
sollte. Das Glück ist ebenso schwer zu halten, wie zu
erringen. Ob es uns an der Wiege lächelte, ob wir es
erst erobern mußten, ist gleich, denn eine Zeit kommt, wo
es treulos wird.

O seht den Künstler! Nun hat er die Sonnenhöhe
erreicht, er ist ein wahres Talent, vielleicht ein Genie.
Der Kranz des Ruhms thront um die schweißbedeckten
Schläfen, die holde Freude legt sich als bräutliche Maid
ihm an die keuchende Brust, die Anerkennung reicht ihm
die Palme und zieht ihn aus den Klauen der Entbehrung
an den Sardanapalstisch des materiellen Behagens. Jetzt
hat er es, die Welt ist sein!

Laut jauchzt die Seele im eigenen Tempeldienst, er
ist der König seines Glücks! Lüge! Verdammte, nichts=
würdige Lüge, verfluchte Täuschung! — Da tritt vor den
Spiegel, Triumphator! Bist du darum besser geworden
als in Lumpen, warst du vordem schlechter?

Die Arbeit hat tiefe Furchen geackert in dein Gesicht,
die Träne hat drinnen ihr Rinnsal gegraben, „wenn du

dein Brot in Tränen aßest, auf deinem Bette in dunklen Nächten!"

Und wehe dir, wenn du nun wohl gar die Not, die Träne, die Täuschung nie gekannt, dein Ruhm steht an einem Abgrunde! Doch sei, wer und wie du willst, dein Herz ist so frisch nicht mehr. Deine Kraft? — O wenn du deine Jugendkraft hättest mit der Klarheit und den Erfolgen des Alters!

Das Elend, das Selbstmißtrauen waren deine aller=treuesten Gesellen, sie verrieten dich nie. Halte sie fest, um Gottes willen, ein Fehltritt abwärts vom Sockel deines Ruhmes, und die ganze Welt wird zum Judas an dir. „Er hat sich schon ausgegeben, überlebt", sagen die Leute, und die Woge der Gegenwart und Zukunft rollt über dich hin, wie ehemals, als du noch auf dem Grunde saßest, mit deinem Elend und deinem Selbst=mißtrauen. Lade an deinen reichen Tisch das Elend und das Selbstmißtrauen, stolzer Liebling der Musen, gedenke des Ringes des Polykrates! Dann, ja dann magst du Frieden haben in deinem Herzen, dann bist du auch ein wahrer Künstler, dem das Leben eine Kunst ist. O das Leben ist eine doppelt große Kunst für d e n, dem die Kunst Lebenszweck ist, er sollte sich dieses Bewußtseins nie entäußern!

Friedemann war Oberorganist der Sophienkirche in Dresden.

Zu der geistigen und künstlerischen hatte er nunmehr die materielle Freiheit des Lebens erlangt. Im Hause des Vaters, so sehr er von demselben geliebt und als Genosse im Streben angesehen wurde, hatte er sich doch den Regeln, der Sitte, der Denkungsart des Hauses streng unterwerfen müssen, denn der alte Bach hielt in diesen Dingen unabweisbar an der Sitte der Väter, am ehr=

würdig Hergebrachten, und selbst die Freude trat in einer
Form auf, wo sie mehr ein Abglanz der Frömmigkeit
war, als jene sprudelnde Dithyrambe, die, in überquellen-
dem Glück der Minute, Zeit, Raum und sich selbst vergißt.
Diese unabänderliche Ordnung des Tages, der Geschäfte
und selbst der Erholung hatte in Leipzig für Friedemann
oft etwas recht Drückendes gehabt und ihm das Gefühl
der Abhängigkeit um so klarer gemacht, als er durch
seine Studienzeit in Merseburg den freien Flügelschlag
des akademischen Jugendlebens empfunden, als er durch
seine kecken skeptischeren Ansichten von der Welt und vom
Leben, schließlich aber durch seine feurigere Künstlernatur
zu einer größeren Ungezwungenheit geneigt war, als sich
mit dem Familienleben im elterlichen Hause vertragen
mochte.

Hier in Dresden hatte sich das geändert. Herr
seiner Zeit und Entschließungen, seines Hauses und Amtes,
hatte er sich plötzlich in eine Freiheit versetzt gesehen, die
ihm neu und ungewohnt war, und in der ihn niemand
beeinträchtigte, als die alte Hanne, die oft genug sagte:
„Nee, Friedel, nee, das is beim Herrn Vater in Leipzig
andersch, das geht nich!" — Diesem Argument bequemte
sich Friedemann anfangs um so lieber, als die plötzliche
Freiheit ihm doch ein gewisses Gefühl der Einsamkeit und
Bangigkeit gab. Daher frischte er auch häufig alle Erinnerungen aus dem Vaterhause auf. Seine Arbeitsstube
richtete er wie die des Vaters ein, seine Hausordnung
wurde der in Leipzig angepaßt und durch öftere Besuche
des Vaters, der Geschwister oder der jungen Künstler,
die seine Genossen beim Unterricht des Vaters gewesen
waren, sowie durch eifrigsten Briefwechsel mit den Seinen
war ihm die alte heimatliche Welt ziemlich hergestellt, und
so der Übergang in seine neuen Verhältnisse nicht allzu
schwer geworden. Sebastian Bach kannte seine Macht

über Friedemann und dessen Abhängigkeit sehr gut und
hatte andererseits ein zu tiefes Verständnis von dem
Charakter und Wesen seines Lieblings, als daß er nicht
allzu gut gewußt hätte, daß Friedemann ihn eher als
Künstler — als Sohn, als Mensch, der auf dem dornigen
Pfade der Kunst sein Menschenglück sich erbauen will, aber
noch gar nicht entbehren könne. Friedemann besaß über=
haupt Seiten des Charakters, Teile des Wesens und eine
Art des Temperaments, die ihm das Vorwärtskommen
auf eigene Hand schwerer machen mußten, als es dem
Vater geworden war, und um so schwerer, als Friede=
mann nicht, wie Sebastian, die Mühe, aber auch den un=
bedingten Vorteil gehabt hatte, sich mit seinem Talent
durchs dürre Leben zu schlagen und all die mannigfachen
Hindernisse überwältigen zu müssen, die doch die Kraft
stählen und zum ferneren Kampfe geschickt machen.

Bach, der Vater, war zweifelsohne cholerischen
Temperaments und hatte, namentlich in seinen Jünglings=
jahren, große Anlagen zum Jähzorn, aber das Leben, die
rastlose Arbeit des Strebens, die Erfahrung unter den
Menschen und die Erkenntnis, wie man sich schmiegen
und biegen, wie oft man, um Sebastians Ausdruck zu
gebrauchen „fünfe gerade sein lassen" müsse, hatten sein
aufwallendes Blut in die ebene Bahn des Gleichmuts
geleitet, und die Religion ihn gelehrt, daß alles seine
Berechtigung habe und durch die allwaltende Hand des
alten Hausvaters droben ausgeglichen und geordnet werde.
So hatten sich die Leidenschaften, die aus seinem Tempera=
ment entspringen mochten, besänftigt, oder waren nie er=
wacht, und als er selbst einen Hausstand hatte, war durch
die Liebe seiner Frau, die guten Anlagen seiner Kinder,
wenig Veranlassung zu einem Zornesausbruch, der eigent=
lich nur einmal in seiner ganzen Gewalt aufgetreten war.
Dies geschah nämlich, als sein Schüler Doles in dem

Überbewußtsein seiner Fähigkeit die Fuge als etwas Un=
statthaftes in der Kirchenmusik bezeichnete, und sich dadurch
ernstlich mit seinem Meister entzweite. — Sebastian Bach hatte
ihn, den dreiundzwanzigjährigen Menschen „Er dummer
Junge" genannt und mit einer Ohrfeige zum Teufel
geschickt. Doles war Friedemanns ältester, liebster Freund,
seit jenem Vorfall hatten sie sich nicht wieder gesehen, und
tief empfand der Sohn die Leere, die dadurch in ihm
erzeugt worden war. — Friedemanns Temperament hin=
gegen war sanguinisch, wie das seiner Mutter. Er war
wenig zum Jähzorn geneigt, seine leichtflüssige Psyche
konnte das Schlechte nie anders, denn einen Irrtum an=
sehen, der in sich selbst seinen Tod trage. Seine Leiden=
schaften waren nichts weniger als durch das Leben ge=
mäßigt, ja noch gar nicht zur eigentlichen Geltung gekommen,
weil das väterliche Auge sie niederhielt. Dabei war das
große, weite Reich der Einbildungen, der lustigen Utopien,
der sphärenrauschenden Begeisterung sein unbegrenztes
Eigentum, er war ebenso exzentrisch in seinen Ideen wie
Handlungen, und weil sein Geist sich stets auf Tonwellen
schaukelte, faßte er nur selten festen Fuß in der Wirklich=
keit. Alles, was er tat, das scheinbar Abgeschlossenste,
hatte immer noch etwas Fragmentarisches an sich.

Wohl war beim Sohn wie beim Vater die Religion
das Objekt, dem ihre Gedanken und Handlungen galten,
aber die Art ihrer Religiosität war von Hause aus ver=
schieden und bestimmte das innerste Wesen ihres Charakters,
die Gesinnung, nach zwei sehr abweichenden Richtungen.
Diese beiden Richtungen bewirkten auch im Laufe der
Zeit die Verschiedenheiten ihres künstlerischen Wirkens und
erklärten somit des Vaters selbstbewußte Festigkeit in
allem, was er schaffte, ebenso, wie bei Friedemann
das endliche Verflüchtigen und Verschwimmen jedes festen
Kunstzieles in kosmischen Ideen und Zwecken, die außer

dem Bereich seiner Kunst, seiner Zeit und Fassungskraft lagen.

Johann Sebastian Bach hatte nämlich die ganze Kirchenmusik des Mittelalters mit ihren vielgliedrigen, spitzfindigen Verschlingungen, diese kontrapunktische Scholastik des Tons in sich aufgenommen und war ihr Herr und Meister geworden. Er brachte sie nicht nur mit aller Feinheit des Verständnisses, aller Grazie virtuoser Routine zur Geltung, sondern hauchte ihr eine Seele, einen unvergleichlichen Geist ein, den sie vor ihm in diesem Maße nie besessen, nach ihm so glänzend nie wieder erlangt hat. Dieser Geist war nicht die Religion nur im allgemeinen, sondern insbesondere der strenge, tief innerliche, mit aller Kraft seines Gemüts und seiner schöpferischen Begeisterung erfaßte Evangelienglaube. In ihm lebte und schuf er dergestalt, daß er durch die Töne den heiligen Text Wort für Wort, Begriff um Begriff, nicht nur wiedergab, sondern interpretierte. All das Unendliche, was im Worte nicht zu erschöpfen, in seiner Weltfülle durch Begriffe nicht zu erklären war, erklärte und malte er in Tönen durch alle Schattierungen der Empfindung und Stimmung mit einer Hoheit, Tiefe und Unerschöpflichkeit, die noch heute den wenigsten verständlich ist.

Die ganze Fülle dieser seiner Kunst hatte Friedemann überkommen, sie, vermöge seines ungeheuren Talents, in sich aufgenommen und beherrschte die Form ebenso großartig wie der Vater. Alles, was Sebastian an Begabung, Kenntnissen, Ausbildung, Fertigkeit und Schöpferkraft sein nennen konnte, besaß auch Friedemann. Nur eins fehlte ihm und mit dem einen — alles. Ihm fehlte der eigentliche Inhalt, der allein diese unendlichen Tonmassen, die verwickelten Formen, die vielstimmige Dialektik dieser Tonweisheit zu der inneren, ihr allein natürlichen Harmonie des Geistes beleben, ihr die pulsierende Seele, den

Gotteshauch des eigenen Lebens geben konnte. Sebastian Bach konnte nie direkt aus sich selber heraus imaginieren. Ihm war jene Region der Phantasie, die sich aus sich selber erzeugt und ihr Ideal schafft, diese Region Friedemanns, gänzlich fremd. Er bedurfte des äußeren Anstoßes, er bedurfte der Bibel. Das Evangelium war der Boden, aus dem die Riesenpalme seiner dichterischen Begeisterung erwuchs und tausend Blüten trieb.

Daß Friedemann dies nicht konnte, daß ihm die Objektivität ebenso wie die demütige Strenge im Glauben fehlte, um sich mit dem Berufe, Erklärer der Bibel in Tönen zu sein, zu begnügen, und diesen Beruf allgewaltig zu erfassen, das war der Grund, warum mit der Zeit seine poetische Begeisterung sich von der religiösen immer weiter entfernte und zuletzt ebenso ins Mystische wie Philosophisch=Didaktische verlor. — Da Sebastian Bach dieses Unvermögen seines Sohnes nicht zu erkennen vermochte, weil er die absolute, aus sich selbst erstehende Begeisterung desselben für die Begeisterung der Schrift hielt, und, wenn auch etwas übergroß, doch demselben Boden wie die seinige entsprossen wähnte, so bestärkte er ihn oft gerade in dem, was er hätte niederhalten müssen, und Friedemanns Untergang war schon im Keim zu einer Zeit besiegelt, wo noch das ganze Leben ahnungsvoll vor ihm lag.

Wenn bei dem Vater alle Gefühle, namentlich Liebe und Freundschaft, still und sonnig wie ein Maienmorgen alles, Gott, Welt und die Seinen, umschlossen und darum sich immer neu gebären konnten, ja mußten, so hatten sie bei Friedemann eine verzehrende, vulkanische Gewalt, waren tief, eigensinnig, beharrlich, und weil sie so ausschließlich und selbstsüchtig ihr Objekt für sich allein in Besitz nahmen, nur einmal in ganzer Wahrheit möglich. — Des Vaters äußeres Auftreten in der Welt war herz=

gewinnend, ruhig, behaglich und von einer etwas pedantischen Einfachheit. Aus seinem ganzen Benehmen sprach etwas, was einem Prediger glich, und er schien sich darum den Menschen nur zu nähern, um sie an sich heranzuziehen. Sebastian Bach, außer wenn er komponierte oder vor dem Instrument saß, lebte wesentlich nach außen, so still er sonst auch scheinen mochte.

Wer hätte von Friedemann, wenn er den schönen Jüngling mit weltmännischer Glätte, mit Galanterie und kulanter Grazie der Unterhaltung, sich überall bewegen sah, glauben sollen, daß er fast nur nach innen lebe, daß alles bei ihm, was ihm auch Praktisches im Leben auf= stoßen möge, Stoff der Imagination sei und eigentlich nie ein Moment eintrete, wo in ihm das Sein von der Einbildung, die Wirklichkeit von der Phantasie, die Dichtung von der Wahrheit geschieden sei. Ihm waren alle Dinge Objekte, die er auf sein Subjekt, sein Ich, bezog, daher waren alle seine Handlungen, Gefühle, Bestrebungen und er selbst rein subjektiv. Er wurde, und dies prägte sich jetzt in Dresden, wo er sich selbst lebte, langsam aus, immer weniger objektiv, je mehr er es gerade als Künstler hätte werden müssen.

Der Unglückliche, er war noch nicht gefeit durch Er= fahrung, noch nicht geläutert in der Schule der Schmerzen.

Friedemann war als Sohn des großen Bach ge= boren, das war seine erste Klippe. Er war der Lieblings= sohn Sebastians, dem der Vater die Prophezeiung seiner Größe als Dogma eingeprägt, das war die zweite, größere Klippe, und wenn das rauhe Leben nun kam und in die Saiten seines Herzens griff und sie zerriß — die Saiten, aus denen allein seine Phantasie die Sphärensänge schuf? Hatte er denn ein Ideal, das außer ihm lag, zu dem er sich mit Sicherheit flüchten konnte, wenn er in Nöten war! Nein! Weil er es eben in seinem eigenen Geiste suchte, hatte er nichts, wenn sein Geist an sich selber irre wurde.

Lade an deinen reichen Tisch, stolzer Liebling der Musen, das Elend und das Selbstmißtrauen, dann magst du Frieden haben. — In jedem Charakter ruht ein Verhängnis, in jedem Talent die Entwickelung seines eigenen Könnens. Ich kann nicht über mich. Das ist die große Mechanik Gottes in der Menschenwelt.

———— ———— ———— ————

Friedemanns Leben und Stellung in Dresden war überaus angenehm und glänzend. Glänzender als bei einem Organisten der Jetztzeit. Getragen von dem Namen seines Vaters, seiner eigenen künstlerischen Genialität, die mit Phönixschwingen sich von Jahr zu Jahr gewaltiger ausbreitete, galt er für den höchsten Träger der Kirchenmusik, des ernsten großen Stils, in Dresden, und alle anderen, meist älteren Organisten drängten sich um ihn, als einen Stern, von dem sie verstohlen Strahlen borgten. Der Ruhm seiner Orgelkonzerte, in die der Hof, die Oper, kurz alles, was Dresden damals Glänzendes barg, zusammenströmte, drang bis Leipzig, wo er wohlgefällig ins Ohr des Vaters schlug, drang weit durch Deutschland und verkündete, daß Friedemann, selbst den Vater nicht ausgeschlossen, der König aller Orgelvirtuosen sei

So, im Vollgenusse seines jungen Ruhms, stieß er einst, als er von Holzendorf kam, auf — Doles, der, seitdem ihn Sebastian Bach fortgejagt, in Dresden lebte und sein gequältes, hoffnungsarmes Dasein durch Privatstunden fristete.

Er sah verhärmt und sehr herabgekommen aus.

„Herrgott, Doles! Bruder! Um Himmels willen, wo steckst du denn in Dresden, wie geht es dir?" — „Mir?" fragte jener mit einem krampfhaften Zucken der

Lippe. „Du willst wissen, wie mir's geht und siehst doch, wie ich aussehe?"

„Und warum, wenn du hier bist und Not leidest, warum bist du denn nicht zu mir gekommen?"

„Himmelwetter! was bildest du dir ein, Herr Oberorganist? Meinst, nachdem mich dein vornehmer Herr Vater wie einen Halunken behandelt hat, soll ich beim Herrn Sohne betteln?"

„Doles, Kerl, sei vernünftig! Waren wir nicht immer Freunde? Müssen wir uns denn voneinander wenden, wenn du dich mit meinem Vater entzweit hast. Du kennst mich doch genug, und solltest doch wissen, wie weh mir's tief hier drinnen ist, daß mein Vater so heftig gegen dich verfahren —"

„Du siehst also ein, daß ich mit der Fuge recht habe?"

„Nein, unrecht hast du! Wenn mich's auch noch so sehr schmerzt, daß mein Vater so streng gegen dich gewesen ist, wenn ich dich auch für einen achtbaren, tüchtigen Musiker halte, wegen der Fuge bist du ein Esel, und — nein, nein, renn' nicht weg, Doles, sei gescheit, ich kann doch für die Geschichte nicht! Laß uns über die ver ... Fugenzankerei still sein. Du bist mein Jugendfreund, dir geht's schlecht — willst du, daß dir dein alter Friedemann helfen soll?"

Zögernd stand Doles in einem schäbigen Kittel vor ihm, bittre Tränen rannen ihm übers Gesicht, er sah Friedemann starr an, und eine stille, tiefe Wehmut zog über des Armen bleiches Gesicht, und in dieser Wehmut zog die alte Freundschaft in sein Herz. Er legte seine Hand in die Friedemanns.

„Ja, hilf mir denn, aber —"

„Aber? Kein Aber, Doles. Ich helfe dir, damit ist's gut. Nur eine Bitte an dich hab' ich: versprich mir, daß du kein einziges Mal böse von meinem Vater sprechen oder über die Fuge schimpfen willst. Du schreibst keine, ich schreibe welche, basta. Und jeder mag sehen, wie er besser fährt. Willst du auf die Bedingung, daß wir die alten sind?"

„Gut, Friedemann, ja, wenn du's so willst! Aber das sag' ich dir, schenken laß ich mir von dir nichts, Friede, ich zahl' dir alles wieder, was du an mir tust, das bin ich mir, das bin ich dem Schimpf schuldig, den mir dein Vater angetan, hörst du? Und wenn dir Gott ein Unglück oder einmal sonst ein Elend schickt, dann bist du ein schlechter Kerl, ein Lump bist du, wenn du nicht zu Doles kommst, verstanden?"

„Ja, ja, dann komme ich auch zu dir, Doleschen!" lachte Friedemann, und Arm in Arm schritten beide zum Organistenhause.

So reich Friedemanns Phantasien, seine extemporierten Variationen und Fugensätze waren, so konnte man ihn bisher nicht bewegen, etwas Größeres zu komponieren.

Er wollte, wenn er etwas schüfe, ein Tonwerk hin=stellen, das an Größe der Idee, sowie an Größe der Ausführung, alles, was das Jahrhundert gegeben, hinter sich lassen müsse. Das wollte Friedemann, aber was? — Das wußte er nicht. Das „Was" zu finden war die Arbeit seiner einsamen Stunden, und indem er alle seine Geister im Innern zur Beratung rief, ließ er sie stets unbefriedigt wieder auseinandergehen. Er fühlte, wie schwer sein Wollen sei, fühlte zum erstenmal die tiefen, heißen Schmerzen des Gebärens, die gewagte und ge=heimnisvolle Arbeit, aus nichts sich eine Welt zu erbauen. Aus nichts! Das eben war sein Fehler, daß er nicht, wie sein Vater, die Schrift zur Idee seiner Schöpfung nahm, seine Begeisterung unter die einfache Hoheit des

Evangeliums stellte, sondern aus nichts, aus dem leeren Grunde der Phantasie, direkt aus dem kaleidoskopischen Schemenlande seiner Einbildungen, den Stein der Weisen, das blitzende Juwel erzeugen wollte, das er ins Gold der Töne zum Diadem für seine Stirn fassen konnte. Verzweifelt, wund gerieben an seinen eigenen Gedanken, gab er die Arbeit auf, bis ihm die Zeit, der Zufall den Schlüssel zu dem „Was" in die Hände spielte. — Ha, siehst du wohl, armer Poet? Ei, Zeit und Zufall! Also das große Ding da außer dir, das Leben, sag' lieber, das soll es machen?

Wie ernst ist diese Lehre! — — — — —

Die allgemeine Gunst, deren Friedemann sich erfreute, brachte ihn in die ausgesuchtesten Zirkel der Residenz. Außer dem Oberprediger Merperger, dem Stadtsyndikus Weinlich, dem Bürgermeister Vogler und dem Konsistorialpräsidenten von Loß, die seine Patrone waren, beeiferten sich die Räte von Gersdorf und Zeh, der Hausmarschall von Erdmannsdorf und der Kammerherr von Holzendorf, ihn in ihren Häusern zu empfangen. Die Männer fanden ihn geistreich und angenehm, die Frauen schön, poetisch und galant, er war im besten Zuge, Modeartikel zu werden. Was aber einen besondern Glanz auf ihn warf, war, daß er in Brühls Hotel wohl gelitten war, daß beide, Heinrich und Antonie, sich lebhaft für ihn interessierten, und daß er bei außerordentlichen Gelegenheiten mit höchstem Beifall bei Hofe gespielt hatte. Er stand auf der Zinne seines Glanzes, nur die Schöpfung eines großen Werkes konnte ihn über sich selbst erheben. — Einen stolzen Augenblick, ein hohes, strahlendes Glück hatte er aber eben erreicht — sein Vater war zum Hofkomponisten des Königs ernannt worden, er konnte dem, den er für sein Vorbild ansah, an den ihn die höchste, ja einzige Liebe und Verehrung knüpfte, die Nachricht selber bringen und den duftigen Zweig der

Anerkennung um des Vaters ergrauten Scheitel flechten. Mit tausend lerchenhellen Jubelstimmen, die alte Hanne mit sich nehmend, reiste er nach Leipzig mit dem kostbaren Diplom, und die Engel der Liebe und Sehnsucht flatterten vor ihm her zum Vaterhause. — — — — — — —

Zum Vaterhause! — Mehr denn vier Jahre hatte er es nicht wiedergesehen!

Wenn wir in tatendurstigem Jünglingsmut, von der heißen Sehnsucht nach Erfüllung unserer Wünsche und Pläne erfüllt, aus der Heimat getrieben werden in die große, schimmernde Welt; wenn uns nach manchem Kampfe, mancher Verkehrtheit endlich vergönnt ist, festen Fuß zu fassen und in mäßigem Grade das zu erreichen, was wir ersehnten, und wir uns nun wieder zur Heimat wenden, sei's für immer, sei's nur auf eine kurze Zeit, mit welcher Selbstbefriedigung und Wonne rollen wir die alte, wohlbekannte Straße dahin und lugen nach dem grauen Kirchturm, dem Leuchtturme am Gestade der Jugendspiele. Wie wird das alles aussehen zu Hause, wie mag sich so vieles verändert haben! Und wenn man sich die Heimat noch so verändert vorstellt, so anders, so ganz anders, als wie sie geworden ist, glaubt man sie doch nimmer.

Der Gedanke mag sich vorher mit jeder Verwandlung befreundet haben, das Herz, das Auge tut es nie und bemerkt zuckend jede leere Stelle, jede Verrückung der Dinge, die dem Hirne freilich keinen Skrupel mehr macht.

Ähnlich war es bei Friedemann. Er war mit den Vorgängen im Hause ziemlich vertraut, der Vater, Emanuel, sein zweiter Bruder, Altnikol, Krebs, hatten ihn in Dresden öfters besucht, und wöchentliche Briefe ergänzten das, was ihm etwa an Nachrichten fehlen mochte, und doch fragte er sich und die Hanne: „Wie mag nur alles aussehen?" — Eine trübe Wolke der Schwermut schlich über seine sonst so helle Stirn, denn er ging außer

den vielen Freuden auch manchem Trüben entgegen. Von
seinen Schwestern waren kurz nacheinander zwei während
dieser Zeit gestorben, die zweite und die letzte, ein paar
liebe Mädchen. — Die Familie hatte sich auch vergrößert
um drei Söhne. Abraham, den Magdalene Anno 33
geboren, war schon im folgenden Jahre gestorben, 1735
war Johann Christian geboren worden, den man nach=
mals den Englischen nannte, und vor einem Jahre David.
Aber David, der jüngste, letzte, war ein Schmerzenskind,
mit ihm war in das sonst gesegnete Haus Sebastians das
Unglück eingezogen, — der Knabe war von Geburt aus
blödsinnig. — Das Unglück war eingezogen in des alternden
Bach Haus, hatte seinen Wohnsitz in ihm aufgeschlagen
und sollte nicht mehr weichen, bis es den alten Sebastian
selber mit sich hinausnahm. Dann aber brach das Haus
zusammen, und die Lerchen, die sonst in ihm gewohnt,
zerstreuten sich in alle Winde. — — — — — — —

„Herr Jeses, da is Leipzig! Sehn Se, sehn Se
doch, Friede! Ich weeß och gar nich, Se sind e' junger
Mensch und sitzen so kienstöckig da!" — Und so aus
seinen trüben Gedanken über David und des Vaters Sorgen
gerissen, ging Friedemann, wohl oder übel, auf das gut=
mütige Geschwätz der Alten ein, die nicht zu begreifen
schien, daß ein Mensch oft am wenigsten allein sei, wenn
er allein ist.

Sie fuhren in Leipzig ein. Niemand ahnte ihre
Ankunft.

An der Post stiegen beide aus.

Es war an einem Wochentage und Friedemann wußte,
daß der Vater jetzt gerade zu Hause sein mußte. Anne
Magdalene, die Mutter, saß in der Wohnstube, wo der
zweijährige Christian zu ihren Füßen spielte, und besserte
mit der dritten Tochter Bachs aus erster Ehe, mit

Christianen, Kinderkleider aus. In der Schlafstube daneben lag der unglückliche David in der Wiege. Sebastian, der Vater, war in seiner Unterrichtsstube, die auf der anderen Seite des Flures lag, und als Friedemann leise vorbeischlich, hörte er den Vater laut und eindringlich sprechen, und ihm war's, als wenn Altnikol oder Krebs bei ihm sei.

Die alte Hanne hinter sich, huschte Friedemann in die Küche. Er hatte sich nicht betrogen, dort war seine älteste Schwester, Friederike, die nun, seit die alte, zuverlässige Hanne in Dresden war und die Stiefmutter mit den kleinen Kindern soviel Sorgen hatte, fast ganz allein die Wirtschaft führte. Das Mädchen stand, mit dem Rücken gegen die Tür, am Herd und besorgte den Kaffee, als Friedemann leise hinter sie schlich und ihr die Augen zuhielt.

„Ach Gott! — J was ist denn das? Sie sind's gewiß! — Lassen Sie doch los, Altnikol! — Was das für Dummheiten sind! — Mein Gott, wenn die Mutter das sieht!"

„Und was dann, Nickelchen?" und Friedemann lachte ihr ins Gesicht.

„Friedemann! — Ach Gott, du bist's? O sei mir tausend, tausendmal gegrüßt, Herzfried!!" und außer sich vor Freuden fiel sie dem langersehnten Bruder um den Hals und brach in solch jubelndes Entzücken aus, daß es in der Vorderstube lebendig ward und Christiane auf den Flur kam, um zu sehen, was los sei.

„Herr Gott, der Friedemann!" Und „der Friedemann ist da!" hallte es durchs ganze Haus. „Mein Junge, wo, wo ist er? Friedemann, Herzenssohn!" — Vater und Sohn lagen einander in den Armen.

Auch die Mutter war herbeigeeilt mit den andern, stand bewegt dabei und küßte ihren Stiefsohn Friedemann recht wacker, denn sie hatte ihn lieb wie ihren eigenen.

Emanuel polterte indes von seiner Kammer herunter, um
einzustimmen in den Willkomm, und der treuherzige Alt=
nikol, der beim Vater war, reichte ihm herzlich die Hand.

„Nun, laſſet mir meinen Friedemann nur ganz,
Kinder, ihr zerreißt ihn ja vor lauter Liebe!“ lachte
Vater Sebaſtian und zog den Ankömmling in die Wohn=
ſtube, indes die Mutter einen Boten nach der Poſt ſchickte,
um das Gepäck zu holen.

„Vor allen Dingen ſetzt euch nur rings um mich
her, ihr Lieben, und ihr, Herzvater und Herzmutter, ge=
rade vor mich hin, ich hab’ euch allen was Hochwichtiges
mitzuteilen!“ ſagte Friedemann.

„So? — Na, ſetze dich neben mich, Alte!“ ſagte
Sebaſtian und zog Magdalene zu ſich aufs Kanapee.
„Nun, Friedemann?“ — Die andern hatten ſich um die
Eltern und Friedemann gruppiert.

„Lieber Vater, ich und alle, ſo dich lieb haben, und
was noch mehr heißt, dich kennen als den größten Muſi=
kus, der je dem lieben Gott zu Preis und Ehre geſungen,
wir alle haben immer nur ſehnlichſt gewünſcht, du möchteſt
doch eine ſo hohe, vornehme Stelle in der Welt ein=
nehmen, wie ſie dir von Rechts wegen gebührt. Damals,
als die Stelle an der Hofkirche zu St. Sophien leer
war, wollteſt du nicht, und haſt lieber deinen Friede=
mann, der gegen dich ein Stümper iſt, die Stelle gegönnt,
um ſein Glück zu machen. Lieber Vater,“ und Friede=
mann trat das Waſſer in die Augen, „ſo du’s nicht un=
gütig nimmſt, iſt dein dankbares Kind nun zu dir ge=
kommen, um dir eine ebenſo große Freude zu machen,
wie du ihm damals gemacht. Unſere Königliche Majeſtät
von Sachſen hat dich mit ſechshundert Talern Gehalt zu
Höchſtihrem geiſtlichen Hofkomponiſten ernannt, und ich
ſoll dir mit ſeiner gnädigen Erlaubnis das Diplom geben,
und —“ der Sohn hielt das Dokument in der Hand,

das Wort der Freude erstarb auf seinen Lippen. Sebastian aber erhob sich, sein tränenfeuchter, stolzer und doch gerührter Blick überflog das Häuflein seiner jauchzenden Lieben, und Vater und Sohn drückten einander, zuckend in Wonnetränen, an das Herz. Das Dokument, welches Sebastian entglitt, hielt aber Magdalene wie eine Siegesfahne empor, und alles drängte sich um den glücklichen Vater und Künstler, ihm aus gerührtem Herzen Glück zu wünschen.

Der erste Moment des Jubels war vorüber, alle zahllosen Fragen, die das Erstaunen an Friedemann gerichtet hatte, waren erledigt, und Sebastian mit den Seinen genoß um so mehr die Freude der neuen, stolzen Stellung und der für damals bedeutenden Gehaltszulage, als sein neues Amt ihn nicht von Leipzig riß, sondern ihm nur die Verpflichtung auferlegte, die für die kirchlichen Hoffeierlichkeiten notwendige Musik zu komponieren und bei außerordentlichen Gelegenheiten die Leitung der Kirchenmusik in Dresden selbst zu übernehmen. — Man wird heute billig über die geringe Summe Geldes lächeln, für die der große Bach seine Schöpfungen dahingeben mußte; wenn man aber bedenkt, wie damals namentlich der musikalische Verlag und Vertrieb im argen lag, welche Anarchie überhaupt in der Kunst, welches Faustrecht in bezug auf geistiges Eigentum herrschte, so wird man finden, daß Sebastian Bach bei dieser Art der Schöpfung und Veröffentlichung sich noch ganz leidlich stand. Er hat früher und später weit Bedeutenderes hingegeben, ohne es so geehrt und bezahlt, ja ohne es nur beachtet zu sehen.

Nach dem ersten Austausch trug man alsbald für den lieben Gast Sorge, und, da er vierzehn Tage Urlaub hatte, räumte ihm der Vater oben seine Arbeitsstube ein, denn er wollte durchaus mit seinem Friedemann zusammen schlafen, damit sie abends vorm Zubettegehen noch miteinander plaudern konnten. Wohl nie war Sebastian so im tiefsten Herzen vergnügt, so dankbar gegen Gott, so selig unter den Seinen gewesen wie heute. Er schien auf jener höchsten Höhe der Lebenswonne zu stehen, wo man eigentlich zu wünschen aufhört und nur noch verlieren kann. Er saß neben Magdalene, hielt ihre Hand still lächelnd in der seinen und hörte auf das Geplauder der Kinder, die sich von ihm, von Friedemann und Dresden unterhielten und eben die alte Hanne ihre sämtlichen Neuigkeiten auskramen ließen, die, durch Kaffee und Kuchen begeistert, mit rhetorischem Pathos alle Falten ihres altjungferlichen Gewissens und Hirns aufschloß, um von der Ehre, die man Friedemann in der Residenz erweise und tausend Dingen zu berichten, die, wie sie glaubte, für Eltern und Geschwister von größter Wichtigkeit sein mußten. Friedemann und Friederike hatten sich inzwischen nach des Vaters Stube geschlichen. Die Schwester packte aus, und Friedemann entledigte sich des reichlich genossenen Staubes.

„Friederike, sag einmal, du bist dem Altnikol wohl ungeheuer gut?" fragte er die Schwester.

„Herr Jesus, Friede! — Mein Gott! — Ah, was du auch denkst! — Pfui, du bist recht garstig!"

„Aber recht herzlich gut bist du dem Altnikol doch, Friederike!" und er umfaßte sie und sah ihr lächelnd in das verschämte Gesicht. — „Keine Winkelzüge, Hand aufs Herz, bist du dem Nikol gut, Mädel?"

„Aber —"

„Kein Aber, ja oder nein?"

„Na ja, ja, ich bin ihm gut und er mir auch, daß du's nur weißt. — Er hat vor vierzehn Tagen einen

Antrag als Organist nach Naumburg gekriegt und weiß nicht, was er tun soll."

„Nu, zugreifen! Naumburg ist eine gute Stelle!"

„Ja, dann muß er von Leipzig weg! — — Dem Vater wagen wir's nicht zu sagen, und — Ach Gott, Friede, rat uns, was wir tun sollen."

„Ja, 's ist schlimm, Friederike. — Nun, Altnikol ist ein ganzer Kerl, dem gönnt' ich schon meine Lieblings= schwester! — Weißt du was? Pack hier oben ruhig weiter, ich geh' einmal 'nunter und seh', ob ich Altnikol sprechen kann."

„Ach Gott, daß der Vater nur nichts merkt."

„Nein doch, sei nur ruhig!"

Der Bruder überließ das geängstigte Mädchen ihrem Schicksale und ging hinab zu den andern. „Du, Nikol, weißt, wir wollen dem Vater heut abend ein Quartett machen, geh rasch, eh' er's merkt, und besorge das Nötige." — Altnikol winkte, nahm still den Hut und schlich sich fort.

„Lieber Vater, kann ich mit dir und der Mutter ein paar Worte allein reden?"

„Zehn für eins, Friede; komm darein." — Alle drei traten in eine Hinterstube, wo die Töchter zu schlafen pflegten. — „Lieber Vater, ich hab' eine recht große Bitte an dich."

„Na, nur 'raus damit."

„Du mußt mir aber versprechen, daß du nicht böse sein willst, wenn ich dir was sage, was du nicht gerne hast."

„Na ja, ich versprech' dir's. Heute kann ich gar nicht böse sein."

„Nun, lieber Vater, liebe Mutter, ich trete vor euch als ein Brautwerber für meinen Freund Altnikol, der die Friederike gar lieb hat. Er kann Organist in Naumburg werden, wenn er will, und hat's nur noch nicht zugesagt, weil er — na, er fürchtet sich, ihr möchtet ihn abweisen."

„I, ich hab' längst schon so was gemerkt," sagte die Mutter, „ich wollte dir nur nichts sagen, Bastian, denn du hättest doch nicht eher ja gesagt, als der Nikol eine Stelle hat."

„So? Das ist ja recht hübsch! Und du Spitzbube, du Schlingel kommst nach Leipzig, lauschst mir meine Fidelität ab und überrumpelst mich? Na wartet! Gerade, nun gerade zur Strafe soll die Friederike den Nikol — haben und heut abend ist Verlobung. — Still, ganz still, platzt nicht 'raus! Ganz ernst. Weiß Friederike, daß du mir was sagen willst?"

„Nein, lieber Vater. Als ich ins Haus kam und die Friederike in der Küche traf, hielt ich ihr die Augen zu. Da sie auf Altnikol riet, hab' ich gleich gewußt, wo der Has' im Pfeffer liegt, und sie hat mir's oben beim Auspacken gebeichtet. Da sie nun Angst hatte, du möchtest es ausschlagen, hab' ich ihr gesagt, ich wollte erst mit Nikol reden. Der ist aber gerade einmal nach Hause gegangen, und da hab' ich mir ein Herz gefaßt und bin vor die rechte Schmiede gezogen."

„Das ist gescheit. Hast du was gegen Nikoln, Mutter?"

„I bewahre, mich freut's von Herzen!"

„Na gut. Also ganz ruhig. Die Mutter besorgt einen Braten heut abend, ich gebe ein paar Flaschen Wein, und das andere findet sich. Nur seid ernsthaft und verderbt mir den Spaß nicht. Herrje, Magdalene, wo hast du denn dein Notenbuch, das ich dir damals geschenkt hab'. Da steht ein Lied drin, Friede, 's ist das einzige, was ich mein Lebtag komponiert hab'."

„Du hast also doch einmal ein Lied komponiert, Herzvater?" rief Friedemann überrascht.

„Ja, nicht bloß komponiert, sondern auch gedichtet, Friedemann, als ich und die Mutter Brautleute waren. Ja, ja, was du dir denkst! Na, einem Liebhaber, Sohn,

verzeiht man so was, und selbst wenn er die Kunst ein
wenig leicht nimmt. Aber sonst hab' ich nur für den
lieben Gott komponiert. — — Also such das Büchel,
Magdalene! Und das Lied soll heut abend die Friederike
zur Strafe singen, und der Altnikol muß begleiten."

„Ach prächtig, Bastian, du bist prächtig! Nein,
Friedemann, ich hab' den Vater mein Lebtag noch nicht
so lustig gesehen!"

———————————————————————

Der Abend kam, es war ein Abend voll Heimlich=
keiten. Jeder schlich herum und lächelte, als gält's einen
Spitzbubenstreich. Altnikol hatte alles zum Quartett be=
sorgt, hatte Krebs gerufen, und Emanuel war ins Geheim=
nis gezogen.

Der alte Bach war zum Weinhändler und Kuchen=
bäcker gegangen. Magdalene, die alte Hanne und die
Töchter rumorten in der Küche, wo das Feuer prasselte
und der leckere Braten sein erstes Aroma zu entsenden
schien. Nur die arme Friederike, der Friedemann gesagt
hatte, Nikol sei einstweilen weggegangen, sie möge sich
auf ein andermal gedulden, war traurig. Sie hatte ge=
meint, so eine schöne Gelegenheit wie heute komme nicht
wieder, und Liebe, Organistenstelle, Glück und Zukunft
gingen der Armen in Gedanken alle in den Küchenschlot.

Die Tränen traten ihr in die Augen, so daß es die
Mutter gewahr wurde. „Ach, der alte Rauch beißt mich
bloß in die Augen!" stotterte das Mädchen.

———————————————————————

Der Tisch war gedeckt. Braten, Wein, Kuchen und
Obst prangten darauf, und Vater und Mutter nebst den
Kindern allen saßen herum.

„Wo bleibt denn der Altnikol? Habt ihr ihm denn
nicht gesagt, daß er heute unser Gast ist?" sagte Sebastian
unruhig, und seine Augen hafteten auf Friedemann.

„Er wollte gleich wiederkommen," antwortete dieser, „ich will doch einmal sehen!" — und Friedemann ging hinaus.

„Und der Emanuel fehlt auch? Was das für eine Trödelei ist!" brummte der Vater. „Meiner Seele, das junge Volk wird heutzutage immer unakkurater. Da war ich ein anderer Kerl, ich —"

Und das Quartett, das draußen begann, schnitt seine Philippika ab.

Auf dem Flur saßen die vier alten Quartettgenossen und spielten des Vaters Lieblingssonate wie ehemals. Friedemann erste, Emanuel zweite Violine, Krebs Bratsche und Altnikol das schwermütig sonore Violoncell.

Der Vater war tief ergriffen. Lautlos hörte er und folgte jeder Passage, jeder Modulation mit lächelndem Neigen des Hauptes, grüßte jeden Ton wie einen alten lieben Bekannten, wie einen Sohn, der ins lang vermißte Vaterhaus zurückkehrt. Vor ihm saßen seine beiden Söhne, zwei Talente von seltener Größe. Der eine, dessen Ruf schon weit erklang im deutschen Land, der andere, Emanuel, reif, hinauszugehen, um seine erste Lanze zu brechen; dort seine beiden liebsten Schüler, der eine seinem Herzen seit wenig Stunden doppelt lieb. An seiner Seite das treue, fröhlich schaltende Weib, um ihn die Schar lieblicher Töchter, spielender Knaben. Er selbst geschmückt, heut das erstemal wahrhaft geschmückt mit dem Lorbeer des Ruhmes; — o stolzes, selig großes Künstlerglück! — Und doch — doch — o, daß nichts ganz rein sein darf, — daneben in der Kammer erhob sich ein quirlend greller Tiereslaut, die Stimme seines blödsinnigen David.

„Der Herr hat's gegeben, der Name des Herrn sei gelobt!" murmelte Sebastian und preßte Magdalenes Hand, die rasch aufstand und zu dem armen Kleinen ging, die Doppelträne der Seligkeit und Schmerzen zu verbergen.

Das Quartett war aus, alle saßen um den gast=lichen Tisch und ließen Hannes Kochkunst das gebührende Lob tatsächlich und mit Worten zuteil werden. Die Gläser kreisten, und bald ließ man die herrliche Frau Musika, bald den Altmeister Sebastian, die Hausmutter und Friedemann leben. Der Tisch war abgeräumt, die Gläser blieben.

„Nun, Kinder, aufgepaßt! Jetzt wollen wir den alten Ohrenschmaus der lustigen Thüringer halten, wer lacht, muß aufhören, wer gewinnt, dem schenk' ich ein Andenken an diesen Tag!"

Und nun begann ein ebenso seltsames wie ungewöhn=liches Schauspiel oder besser Ohrenspiel — oder doch Schauspiel, denn es war auch genug dabei zu sehen.

Bei Sebastian Bach war alles, selbst die aus=gelassenste Freude, das, was wir, wenn wir animiert sind, Blödsinn treiben nennen, Musik. Wenn er, was natürlich nicht gar oft geschah, so überaus fidel war, so wurde ein sogenanntes Quodlibet gesungen. Das war aber nicht, wie wir es kennen, eine Reihe Melodien, die, geschickt abgebrochen, harmonisch ineinander verlaufen, sondern etwas ganz anderes. Jeder Anwesende, und daß jeder musikalisch war, versteht sich hier von selbst, jeder Anwesende mußte etwas singen. Der eine ein Volkslied, der andere einen Choral, der dritte ein Menuett, der vierte ein Schelmenlied, etwa vom „Schneiderle, das sich Leba nahm, Leba nahm", und so jeder etwas anderes. Dies wurde nun wie ein Kanon gesungen.

Man kann sich von der Drolligkeit dessen wohl kaum einen Begriff machen. Lange dauerte es nicht, so platzte einer in herzliches Lachen aus und mußte aufhören, bis endlich der letzte herzhaft mit seiner Weise schloß. Heut war Altnikol Sieger und wahrscheinlich wohl nur darum, weil sein Herz gerade der Lustigkeit nicht sehr zugänglich war.

„Na, der Altnikol hat's also! Gut, eh' Ihr heimgeht, erinnert mich dran: ich hab's in meiner Stube oben, was Euch zugedacht ist. Hier sind noch drei Flaschen Wein, die wollen wir 'nüber zum Klavier nehmen, damit wir etwas Tastenschmalz haben. Hast du das Buch, Mutter?"

„Da ist's, Vater!" und Magdalene langte ein altes, geschriebenes Notenheft hervor und reichte es dem Alten.

Nun ging's ins Unterrichtszimmer, wo das Klavier stand.

„Jetzt paßt einmal auf, Kinder. In dem Buch da steht ein Lied, das hab' ich unserer Mutter gedichtet und komponiert, als wir Brautleute waren und seitdem keins wieder. Es ist eine artige Anweisung für Liebesleute, wie sie sich zu verhalten haben. Da, Friederike, sing's einmal; Altnikol mag dich begleiten."

Die beiden Liebenden waren wie vom Schlage getroffen.

„Nun, was ist's denn? Habt euch doch nicht, ihr seid ja keine!"

Friederike hätte zusammenbrechen mögen, aber sie durfte nichts merken lassen. Des Vaters ernstes „Ihr seid ja keine" gab ihr den Gnadenstoß. Sie mußte singen, wenn sie sich nicht unerhört bloßgeben wollte. Der bleiche Altnikol setzte sich ans Klavier, das Buch ward aufgeschlagen, und bebend begann Friederike:

> „Willst du dein Herz mir schenken,
> So fang es heimlich an,
> Daß unser beider Denken
> Niemand erraten kann.
> Die Liebe muß bei beiden
> Allzeit verschwiegen sein,
> Drum schließ die größten Freuden
> In deinem Herzen ein.

Behutsam sei und schweige
Und traue keiner Wand,
Lieb innerlich und zeige
Dich außen unbekannt.
Kein Argwohn mußt du geben,
Verstellung nötig ist,
Genug, daß du, mein Leben!
Der Treu' versichert —"

Da konnte die arme Friederike ihrer Tränen nicht Herr werden. Krampfhaft schluchzend fiel sie der Mutter um den Hals, Altnikol im tiefsten Herzen verwundet, erhob sich und wollte nach Hut und Stock greifen.

„Ach ja, Nikol, haltet doch noch! Wenn Ihr gehen wollt, muß ich Euch ja das Quodlibetgeschenk geben. Da, Herr Organiste von Naumburg, wenn's Euch nicht zu gering ist, da nehmt meine älteste Tochter Friederike. Ihr müsset sie mir nur noch ein bissel auf Borg lassen, bis Ihr in Naumburg eingerichtet seid!" — — — — —

„Hoch, Kinder, hoch! Heut ist Verlobung, daß Ihr's wisset!"

Der Freudentag war verrauscht, die Verlobten hatten, mit besserer Courage denn vorher, auf Friedemanns Bitte das reizende: „Willst du dein Herz mir schenken" zu Ende gesungen, der letzte Ton war verhallt, das letzte Glas getrunken. Nach einem seligen Kuß und dem lustigen „Gute Nacht, Herr Schwiegersohn!" Sebastians war Altnikol nach Hause gegangen und hatte versprochen, sofort nach Naumburg zu schreiben.

Die Familie Bach begab sich fröhlich zu Bett, und Sebastian, seinen Friedemann am Arm, ging hinauf in seine Stube.

Es war eine herrliche Maiennacht. Voll und groß goß der Mond sein taucht Silber auf die Straßen, laulich sächelte der junge Blütenwind durchs offene Fenster. Ach, es war ihnen beiden so wohl, sie dehnten sich vor Behagen!

„Lieber Vater," sagte Friedemann, als sie allein waren, „ich möchte dich auch um ein Andenken an diesen schönen Abend bitten, daß ich mich immer erinnern kann, wie glücklich ich heute gewesen bin. So ein Tag hilft über manches Herzeleid weg. Ich möchte dich nämlich bitten, mir zu erlauben, daß ich das schöne Lied nach Dresden mitnehmen darf, ich will auch gar nicht sagen, von wem es ist."

„Gut, Friedemann, nimm es mit, und wenn du einmal ein Mädchen gefunden hast, die für dich paßt, so ein braves, gutes, einfach schlichtes Herz wie unsere Mutter, dann sing es ihr vor, aber" — und Sebastian wurde sehr ernst — „versprich mir, daß du nie ein Liebeslied komponieren willst, Friede, — nie!"

„Nie, lieber Vater, ich komponiere niemals ein Lied!"

„Komm, setz dich ans Fenster zu mir her, Sohn, ins volle Mondlicht, daß ich dir ins Gesicht sehen kann. Der Wein hat mich so lebendig gemacht, daß ich noch nicht schlafen kann, ich möcht' halt den schönen Tag noch länger haben, als er lang ist; wer weiß, Friedemann, ob wir bald wieder so vergnügt sind?"

Vater und Sohn saßen einander gegenüber, das Licht in der Stube war ausgelöscht.

„Sag, Friedemann, hast du noch kein Mädchen gesehen, die dich gerne mag? Bist doch ein stattlicher Kerl; hast du kein Glück bei Weibern?"

„Na, soll ich denn das selber von mir sagen, lieber Vater? — Es gibt wohl genug, denk' ich, in Dresden, die mich gern sehen, aber ich wüßt' keine, die ich möchte. Wenn's wahr ist, daß einem Verliebten absonderlich zumute sein muß, dann bin ich gewiß keiner. Meine Zeit ist noch nicht da, Vater, ich muß erst was geschaffen haben, daß die Leute sehen, ich tauge was zum Erzeuger, eh' ich dran denk', eine Frau zu nehmen."

„Das läßt sich hören, Friedemann. Da denkst du ungefähr wie ich. Aber warte nicht zu lange, Sohn. Wenn man sonst sein Brot hat, kann man gar nicht zeitig genug heiraten. Weißt du, warum? — Erstens strebt man viel ernster, dann gelingt einem alles besser, und was man erringt, hat man zu zweien, das ist viel schöner. Wenn der Künstler auch noch so alt, noch so berühmt ist, er lernt doch nimmer aus; wer nicht mehr lernen kann, ist aber tot, Friedemann. Was man von seiner Frau lernt, ist gerade das Beste in der Kunst und im Leben, denn die Kunst des Lebens, die Weltklugheit, und das Leben in der Kunst, die Empfindung, ist das, was die Weiber immer besser verstehen. Warte nicht zu lange mit deiner Häuslichkeit, Sohn; gerade du, du brauchst eine Frau, denn du bist einer von den Geistern, die nur im Himmel oder in der Hölle Raum haben, solche aber müssen bald heiraten, daß sie fein auf der Erde gehen lernen. — Nein, nein, rede mir nichts ein, ich kenne dich gar zu gut! Du wirst ein großer Künstler werden, aber du kannst — nimm's mir nicht übel, Friedemann — du kannst auch ein großer Lump werden! Ich hab' manchmal schon recht mit Ängsten an dich gedacht, wie du bei dem noblen Volke unter den glattbusigen, lavendel=stänkrigen Weibsleuten in Dresden sitzest, und die Frau Ministerin hier und die Frau Gräfin da, und der Herr Kammerherr und der Herr Oberstallmeister tätscheln dich, zerren an dir und verhunzen dich; nicht als Künstler, das können sie gar nicht, als Künstler kannst du dich selber nur zuschanden machen, aber als Menschen können sie dich verschimpfieren. Halt dich zu deinem Pfarrer, Sohn, und nimm dir ein Weib; denn, so wahr mir Gott helfe, das Leben ist eine verteufelt schwere

Kunst! — Ein andermal weiter, Friedemann. Morgen ist auch ein Tag."

10. Geld!

„Sein oder Nichtsein, das ist nun die Frage."

So grübelt der armselige Hamlet, schwankend zwischen Tun und Lassen, Leben oder Tod!

Vor wieviel Tausende unserer Mitmenschen tritt diese Frage nicht hohläugig hin und wird durch Pistol, Strick oder Welle aufgelöst? — Ja, uns allen, leise oder laut, schüchtern oder frech, drängt sie sich zuzeiten auf, nur aber meist anders, als bei dem Dänenprinzen voll Wittenberger Scholastik.

Hamlet gehört, mit seinem Charakter, seinem ganzen Wollen, Fühlen und Können, seiner ganzen Dialektik, der Romantik an. Nur die Romantik fragt nach dem „Sein oder Nichtsein". Die moderne Zeit, die Zeit des Egoismus, erwähnt nicht mehr, ob sie i st, sondern ob sie h a t. „Haben oder Nichthaben, das ist die Frage", und wenn man h a t, so ist man. Die Frage des Besitzes, das Geld, ist der Angelpunkt der Existenz geworden, und wenn im Hamlet die ganze Romantik ruht, so ist die moderne Zeit der Shylock, der da wimmert: „Ihr raubt das Leben mir, wenn Ihr die Mittel nehmt, durch die ich lebe!" Und dieser scheußliche Jude, die moderne Zeit mit ihrem „Pfund Fleisch", wenn man ihr näher in die Augen leuchtet, ihr unparteiisch auf den Grund geht, welch tragische Figur ist sie doch, welch riesig großer Charakter mit einer Welt voll Weh: „daß man auf dem Rialto sie geschmäht um ihre Gelder und um ihre Zinsen!"

Es ist leicht, ein sittliches Entsetzen vor ihr zu affektieren und zu sagen: „Ich habe ein moralischeres Gefühl als meine Zeit, mir ist das Geld nicht Sein!"

Es ist auch leicht zu sagen: „Unsere Zeit ist nicht so egoistisch, sie hat Höheres und Edleres zum Inhalt als die Selbstsucht!" — Wer will es denn beweisen?

Die moderne Zeit, die mit der Reformation anbrach, hat drei verschiedene Elemente.

Klänge der alten, entwichenen Autorität hallen in ihr leiser oder lauter wider, und dazwischen ein ferner Gesang, ein nebelhaftes Traumbild, das keinen Namen hat und uns von Weltversöhnung und dem Bunde der Menschheit in der Zukunft plaudert. Es ist dasselbe leise Sphärenlied, das einst der Menschheit Haupt um= spielte, als die Antike zusammenbrach.

Der Grundton aber (und davon nur, von der leiten= den Idee, ist die Rede), der Grundton ist das Ich, das Subjekt. Die Sucht zu herrschen, zu haben, ist der oberste Lehrsatz des achtzehnten und neunzehnten Jahrhunderts, und Geld der allgemeine Kaperbrief für Güter jeglicher Art, denn jedes Gut ist mein für Geld.

> „Wenn ich sechs Hengste zahlen kann,
> Sind ihre Kräfte nicht die meinen?"

Es beschleicht uns ein peinliches Gefühl dabei, wie beim Anschauen des Shylock. Und doch, wenn die Existenz der Menschheit an dem Hamlet oder dem Juden hinge, ich würde doch den Juden nehmen, denn in ihm liegt die Lehre der Vergangenheit und die Lehre der Zukunft!

Die Kriege der Autorität, die Kämpfe um eines allgemeinen Gedankens willen hatten schon vor Beendigung des Dreißigjährigen Krieges aufgehört, seit jener Zeit sind nur individualistische Kriege bis zum Jahre 1813 geführt worden. Erst da, als sich das empörte Volk Europas erhob, den ländergierigen Alexander der modernen Zeit zu bekämpfen und den neuen Prometheus der Bourgeoisie an den Felsen St. Helena zu schmieden, leuchtete wieder ein Gesamtgedanke durch den Krieg. Der Gedanke nämlich, seine nationelle Persönlichkeit nicht durch die übermütige eines Fremden ersticken zu lassen. Selbst dieser Gedanke war nicht mehr ganz rein, weil sich die subjektive Richtung der ganzen Epoche nicht aus ihm fortleugnen ließ. Was auch an Aufopferung und spartanischer Tugend seit der Reformation im Kampfe zutage gekommen sein mag, der innere Nerv desselben, die Maxime, den materiellen Besitz zu sichern oder auszudehnen, ist, trotz aller Weltgedanken, die man zur Devise borgte, herrschend geblieben — bis auf weiteres. ———— —— —— ——

Brühl hatte die Zinne seines Strebens erreicht, er war alleiniger Minister! Im Moment der Entscheidung hatte die Königin samt der katholischen Partei sich auf den Monarchen geworfen, und aus dem Sturze der drei unglücklichen Kronenträger Brühl nicht nur gerettet, sondern ihn sogar auf das Staatsroß gehoben, indem sie alle diplomatischen und religiösen Beweggründe aufgeboten, um die Wahl des Lieblings in des Herrschers Augen plausibel erscheinen zu lassen. Gern hätte die Königin (vielleicht aus geheimem Vorgefühl) den guten Hennicke gerettet, aber „der Lakai, der Lakai!" „Zwei Pagen und ein Lakai", das hatte August III. doch zu furchtbar alteriert, und man mußte von Hennicke abstehen, wollte man nicht Gefahr laufen, daß der König sich ganz und gar beruhigte und aus Gnade auch noch Sulkowsky gar wieder in den Kauf nahm.

Brühl ward also alleiniger Minister!

Königin Maria Josepha jubelte, daß doch endlich die Stunde geschlagen habe, wo sie die Lilienhand an Sachsens Steuer legen könne. Quarini und die katholische Fraktion begannen mit unendlicher Behäbigkeit sich breitzumachen und träumten von der systematischen Katholisierung des Nordens, denn Brühl, der liebe Brühl, war höchst gefällig. Wer hätte in diesen ewig freundlichen Zügen

Undankbarkeit lesen, in diesen bis zum Übermaße höflichen Manieren nicht die personifizierte Dienstwilligkeit finden wollen? Für jeden hatte er einen „ergebenen Diener", ein bereites Versprechen, eine befriedigende Antwort, und wohl nie hat ein Hofmann eine geschmeidigere Rhetorik als er gehandhabt, um — nichts von alledem zu tun.

Der allergrößte Schritt zu seiner Befestigung war dadurch geschehen, daß er in einer geheimen Audienz bei August sofort aus dem Lager der Königin in das des Königs übertrat. Josepha und Quarini täuschte er dadurch, daß er katholisch wurde. Er operierte somit gegen die Königin beim König, operierte durch Einführung des strengen, altspanischen Zeremoniells gegen die Nebenbuhlerei des Hofes, und wenn Sulkowsky den König allein isolierte, so isolierte Brühl zuerst das Herrscherpaar vom Hofe, um es unter sich wieder durch gegenseitiges Mißtrauen zu trennen. Er allein wurde das einzige Band, welches das königliche Paar mit dem Lande und Hofe einte, das einzige Sprachrohr aller Interessen, der einzige Kanal, durch welchen alles zu= und abfloß. Antonie von Brühl, als Oberzeremonienmeisterin, teilte sich mit der ihr ergebenen Ogilva in den inneren und äußeren Dienst bei der Königin; die einzelnen Minister hatte Brühl zu einem Gesamtministerium vereinigt, in welchem jene nur Departements ausmachten, die einen Geheimen Ministerial-Direktor, das heißt einen Sekretär Brühls, zum Vorstand hatten. So kamen die Geschäfte in die Hände eines Sießmann, Saul, von Stubenberg, Hofrat Essenius, Kriegsrat Karbe, von Stammer, von Tritschler und anderer dieser Gattung.

Alle diese Leute hatten nur die Fähigkeit, den rücksichtslosen Willen ihres Chefs durchzusetzen, und wenn Brühl dem königlichen Begehr nach Geld durch diese Organe willfahrte, so kann man sich leicht einen Begriff machen, wieviel davon unterwegs hängen blieb, ehe es in den Schatz floß.

Brühls eigenstes und alleiniges Geschäft war's, sich durch die größten Vorsichtsmaßregeln vor jähem Sturze zu sichern, dem König stets Gesellschaft zu leisten und sich so aufs engste mit den Gewohnheiten des Monarchen zu verschmelzen, eines Monarchen, dem alles Gewohnheit und die Gewohnheit alles war. Von zehn Uhr vormittags bis acht Uhr abends war Brühl fast ununterbrochen um ihn, und während seiner Abwesenheit sorgte er klüglich, daß der König nur mit Leuten in Berührung kam, die von ihm ganz abhängig waren und um ihres eigenen Vorteils willen nichts fehlen ließen, was den neuen Minister in der Gunst seines Herrn befestigen konnte. Die verschärften Hofzeremonien begünstigten die Absicht des Grafen um so mehr, und er wußte sie so umständlich, so weitschweifig und luxuriös zu machen, daß der König und die Königin selbst ausnehmend damit zufrieden waren, und in diesem Bestreben ihres Premiers nur die Absicht sahen, die Heiligkeit der Majestät immer mehr zu erheben und zu wahren. Quarini, der aufs engste mit Brühl alliiert war und mit ihm alle Nachmittage arbeitete, referierte der Königin über die laufenden Geschäfte und holte ihre Meinung ein. Da aber Pater Quarini mehr eitel als herrschsüchtig, mehr geldgierig als hierarchisch, mehr Kasuist als Intrigant war, und Brühl ihn mit dem Ver=sprechen des Kardinalshutes, sowie mit lukrativen Ein=nahmen geschmeidig erhielt, machte er ihn ganz zu seiner Kreatur.

Das Brühlsche Ehepaar machte geflissentlich den König glauben, daß nur e r das Land regiere, brachte die Königin zu der Meinung, daß alles erst durch ihre Hände ginge, ehe es geschehe, machte Quarini glauben, daß er der Einflußreichste sei, kurz, war der ergebene

Diener von allen und — betrog alle! Daß Brühl ein gefährliches Spiel spiele und stets balancieren, redressieren und vorbeugen müsse, um nicht entdeckt zu werden, war er sich bewußt, und daß er das durch sein ganzes Leben konnte, das allein machte ihn zu einer interessanten Person.

Er war der größte Seiltänzer seines Jahrhunderts, das doch so reich an Salto mortales war.

Dafür führte er aber auch ein Leben der Angst und des Mißtrauens, der Furcht und Schlaflosigkeit, der ewigen Aufregung und töblichsten Spannung. Der ärmste Bettler der Erde hätte es verschmäht, also zu leben, und dies alles um — Antonie! Sie war der Dämon dieses Mannes.

Inzwischen hatte in Preußen Friedrich Wilhelm I. das Zeitliche gesegnet, und Friedrich II. bestieg den Thron, eine neue aufgehende Sonne unter den erbleichenden. Es war der junge Aar, der sich auf die nordische Eiche schwang und umsah nach ernsten Taten.

Um dieselbe Zeit starb Karl IV. Auf die Pragmatische Sanktion vertrauend, legte er seine Würde in Maria Theresias Hände.

Da zuckte es elektrisch durch alle Kabinette! Die Selbstsucht flüsterte zu süß von der Vermehrung an Land und Macht, als daß man hätte widerstehen können. Die Höfe sahen sich an und verstanden sich.

Ein Glück, daß die verschiedenen Kabinette selbst nicht einig und Nebenbuhler waren. Die einen wollten Österreich ganz für sich, andere wollten wenigstens noch teilen. Was kümmerte sie die Garantie der Pragmatischen Sanktion, die sich Kaiser Karl hatte so sauer werden lassen? Bayern, mit ihm Frankreich (das gar gerne seine Hände mit hineinsteckte, um durch den auswärtigen Skandal den inneren zuzudecken), Spanien, Rußland, Großbritannien, die Niederlande, das Deutsche Reich und Sachsen zumal waren lustig bei der Hand mit ihren An=

sprüchen. Unter allen schien Bayern insofern noch am meisten im Recht, als es die Pragmatische Sanktion nie gewährleistet hatte, die übrigen brachen aber schlechterdings ihre eigenen Zusagen.

Königin Josepha, als nächste Tochter Kaiser Karls, hatte, abgesehen davon, daß sie sich ihres Rechtes schon begeben, die ersten Ansprüche an Österreich, und die Seele dieser stolzen Frau jauchzte schon bei dem Titel „Kaiserin-Königin", Brühl und Antonie aber wurden viel zu sehr durch die Aussicht auf das Ministerium des Deutschen Reiches gekitzelt, als daß ihnen ein leidiger Schwur, ein bloßes Versprechen hätte Skrupel erzeugen sollen.

Der Ehrgeiz ist ein gefräßiges Ungeheuer!

Inmitten der Wetter, die sich um Österreich bildeten, im Augenblick der stillen Schwüle, die dem Orkan vor=herzugehen pflegt, erschütterte ein jäher Donner, ein zischender Blitz die elektrisch gespannte Welt.

Friedrich II. war in Schlesien einmarschiert, hatte bei Mollwitz gesiegt, war anerkannt in Breslau.

Unter all den lauernden Feinden war er der rascheste, kühnste und entschieden — ehrlichste. Ihm fiel nicht ein, erben zu wollen wie alle andern, er forderte nur den Besitz seiner Ahnen zurück, und zwar darum jetzt zurück, weil er ihn nicht erst die Beute lachender Erben Kaiser Karls werden lassen wollte.

Das aber war der Anlaß, daß sich nun jeder beeilte, seinen Löwenanteil an sich zu nehmen. Sachsen und Bayern forderten die ganze Erbschaft, und Frankreich half ihnen, Spanien wollte die Lombardei, Sardinien Mailand, kurz, die ganze Welt hatte Rechte in Österreich; war doch die Gelegenheit zu verführerisch! Was konnte es für Schwierigkeiten machen, mit einem Weibe fertig zu werden?

Die arme Maria Theresia schien wirklich verloren in den Augen ihrer Gegner.

Ja, wenn die Politik sich so berechnen, der Gang des Weltgeistes so herauskalkulieren ließe wie geometrische Verhältnisse!

Aus den Tiefen ihres Elends, aus dem Bronnen ihrer Tränen erstand der armen Bedrängten ein rettender Engel, ein Seraph, der in der Weltgeschichte ewig der letzte Hort der Fürsten gewesen ist, das Volk. Die Liebe des Volkes hielt den Medusenschild vor die Geängstigte, die Liebe des Volkes trat als St. Michael mit flammendem Schwerte vor ihr zerbrochenes Recht und — ein Hohngelächter schallt durch die Geschichte — Maria Theresia blieb Herrin ihres Reichs!

Die plötzliche Besitzergreifung Schlesiens, so hart an der Grenze Rußlands, hatte die Zarin Elisabeth stutzig gemacht, und da sie nicht wußte, wohin der junge Kriegsgott Preußens sein Auge richten würde, wünschte sie ihm in Deutschland ein verstecktes Paroli zu bieten. Sie legte darum ihren Groll gegen August III. beiseite und war geneigt, mit Sachsen, Bayern und Frankreich eine Allianz gegen Österreich zu schließen. Brühl und die Königin, auf sicheren Erfolg bauend, besonders da sie im schlimmsten Falle mit Bayern halbpart machen und dies durch eine Verheiratung mit der Prinzessin Anna besiegeln konnten, unterzeichnete den Allianzkontrakt.

Andererseits war August III. auch von Preußen um eine Allianz gegen Österreich angegangen und ihm Mähren zugesichert worden. Da dem Kabinett zu Dresden aber das Ganze erringenswerter war als ein Teil, der ihm wirklich der Lage wegen nicht viel helfen konnte, so lavierte es und suchte Berlin hinzuhalten.

Friedrich der Große war jedoch nicht der Mann, der mit sich spielen ließ, und er entschloß sich rund und nett, in Person zu wissen, woran er wäre.

Plötzlich ward der Dresdener Hof mit dem Besuch Friedrichs II., der in Begleitung des Prinzen Heinrich kam, überrascht. Der König, die Königin, Brühl, alles war verlegen, sehr verlegen! So empfing man ihn.

Dem jungen Herrscher genügte ein Blick, um die Situation zu erkennen. „Die Herren Sachsen haben sich schon versagt. Wir werden bald sehen an wen!" äußerte er zu Prinz Heinrich, als er zum ersten Male die Zimmer des Königs betrat.

Es war ein sonderbares Schauspiel. Friedrich II. und August III. Die Energie und das Phlegma symbolisch darzustellen, hätte man diese beiden Königsangesichter nehmen müssen.

Es war großer Empfang. Alles Zeremonie, alles Freundlichkeit. August III. sowie Brühl und Josepha lag alles daran, daß kein Wort Politik geredet wurde.

Josepha war doppelt überrascht worden, sowohl unangenehm vom preußischen Besuche, als angenehm von dem Eintreffen ihrer Erzieherin, dem Fräulein von Kling, einer schlanken, tabakschnupfenden Person, welche Bigotterie, unfreiwilliges Zölibat, Neid und Intrige zur Mumie zusammengetrocknet hatten. Sie hatte auf einem Gut an der sächsisch-böhmischen Grenze bei einer Freundin, einer ehemaligen Hofdame, verweilt, und war, von Sehnsucht ergriffen, nach Dresden geeilt, um einmal zu sehen, ob die Königin sich ihrer noch erinnere.

Es war Galaball, alles schwirrte durcheinander. Da nahm Friedrich II. Gelegenheit und zog seinen cher frère von Sachsen in eine Fensternische, — er wollte ihm auf den Zahn fühlen. Augusts Auge suchte lange verzweiflungsvoll nach seinem Brühl, der ihn aus der Affäre ziehen sollte, und endlich sah er ihn. Brühl, das Schlimmste fürchtend, wollte eben zu ihm und Friedrich treten, als eine Hand sich fest auf seinen Arm legte. Es war Fräulein von Kling.

„Herr Minister, ich muß Sie sprechen!" sagte die Dame leise.

„Meine Gnädige, Seine Majestät —"

„Spricht mit seinem hohen Besuch. Sie werden mir ein paar Sekunden Zeit schenken; denn was ich Ihnen zu sagen habe, wird Ihnen wichtiger sein als alle Allianzen. Wenn Sie mit mir gesprochen haben, dürfte es Ihnen leichter werden, den König von Preußen abzuweisen."

Es lag etwas im Ton der Dame, das Brühl wie Eis berührte. Die Gewißheit, die aus diesen grauen, stechenden Augen, dieser höhnisch gekniffenen Lippe sprach, zwang ihn zur Furcht. Lautlos folgte er ihr.

Sie führte ihn weit weg durch entfernte Säle. Matt klang der Schall der Musik zurück. Sie waren zur Stelle, in einem stillen, matt erhellten Foyer.

„Herr Minister von Brühl, ich komme direkt von Wien und grüße Sie vom Fürsten Lichtenstein. Wenn Sie nicht binnen vier Wochen den Allianztraktat lösen," und sie zog ein Papier aus der Tasche, „so läßt die Kaiserin-Königin dies Dokument drucken!"

Brühl hörte nicht, sah nicht, fühlte nicht, er öffnete mechanisch das Papier.

Es war eine Abschrift des Teilungsplans, die er für Lichtenstein dem Archiv entwendet hatte.

Brühl brach ohnmächtig zusammen. Fräulein von Kling hob das Pergament auf, den Minister ließ sie liegen, und ging in den Ballsaal zurück.

— — — — — — — — — — — — — — —

— — — — — — — — — — — — — — —

Brühl erschien nach einer Stunde wieder unter den Tanzenden. August stand noch immer in der Fenster-nische, vor ihm Friedrich II., der ihm seine Absichten aus-

einanderſeßte. Brühl ſchritt auf beide zu und blieb kurz
vor ihnen ſtehen, den Wink ſeines Monarchen abwartend.

„Ah, gut, daß Sie kommen, Graf“, rief Auguſt.
Brühl trat heran. „Ich habe mich bisher dringend bemüht,
unſerem hohen Gaſt das Schwierige unſerer Lage aus=
einanderzuſeßen, und daß wir uns nicht ſofort entſcheiden
können.“

„Ich meine, es ginge doch“, ſagte Friedrich und
warf lächelnd einen Blick auf Brühl. „Bei Staaten, die
nach feſtgeſchloſſenen Grundſäßen regiert werden, wie die
unſeren, kann man über das, was man in der Politik
tun will, kaum uneins mit ſich ſein, es kann nur auf das
Wie ankommen.“

„Sicher, Majeſtät!“ antwortete Brühl raſch. „Sachſen
kann ein Bündnis mit Preußen und den Seemächten nur
erwünſcht ſein, doch wie ſich das realiſieren mag, iſt eben
das Schwierige. Preußen ſteht Öſterreich gegenüber auf
anderem Boden als Sachſen. Preußen erkennt Maria
Thereſia als Kaiſerin=Königin an und verlangt nur das
von ihr, was es ſein altes Anrecht nennt. Wir be=
ſtreiten der jeßigen Herrſcherin von Öſterreich aber über=
haupt das Recht, Seiner Apoſtoliſchen Majeſtät, dem ver=
ſtorbenen Kaiſer zu ſukzedieren. Unſere Anſprüche ſind
älterer Natur, und es handelt ſich für uns um den Beſiß
Öſterreichs. Euer Majeſtät müſſen, mit Verlaub, zugeben,
daß wir in dieſer Frage auseinandergehen, und wenn es
Wien beliebt hätte, der Krone Preußen in ihren ſchleſiſchen
Anſprüchen gerecht zu werden, hätten wir vielleicht in
dieſem Augenblick ſchon einen vollſtändigen Bruch zwiſchen
Preußen und Sachſen zu beklagen gehabt.“

„Ah, nicht übel, Herr Graf, dagegen iſt eben ein
Bündnis das beſte Schußmittel!“ und Friedrich lachte.
Dann ſeine Augen ruhig, groß und ſonnenhaft auf Brühl
richtend, ſagte er mit ſchneidender Glätte: „Ich bin kein

Mann von Parenthesen und Schachtelsätzen, Herr Minister, und meine einfach, daß die Pragmatische Sanktion, die Theresien den Thron sichert, von allen Potentaten, außer Bayern. verbrieft und garantiert ist. Verstehen Sie, Herr Graf? feierlich garantiert! Nur Bayern hat ein moralisches und juridisches Motiv zum Kriege. Ich habe der Kaiserin Recht nie bestritten, sondern nur gefordert, was mein ist, und heilig ist mir mein Wort, selbst wenn ich es zu bereuen hätte. Sie haben recht, Herr Minister, wir stehen nicht auf demselben Boden der Anschauung und der — Begriffe. Wem von uns beiden es besser ansteht, seine Hände in Unschuld zu waschen und prüde zu sein, weiß ich nicht, aber gut, ich bescheide mich. Morgen werde ich mir erlauben, von meinem Königlichen Bruder von Sachsen definitive Entschließung zu erbitten."

Als Friedrich mit dem Prinzen Heinrich den Ball verließ, sagte er: „Wo Brühl aufhört ein Narr zu sein, ist er ein Spitzbube. Morgen nacht reisen wir."

— — — — — — — — — — — — — — — — — —

„Mein Gott, Brühl, wo waren Sie denn die ganze Zeit? Dieser preußische Furioso hat mir auf eine ganz unangenehme Weise zugesetzt."

„Ich habe eine wichtige Nachricht erhalten, Majestät. Während der König von Preußen hier scheinbar für eine Allianz mit uns wirkt, ist er mit Bayern, Frankreich und Rußland in geheime Übereinkunft getreten, und wenn Theresia überwunden ist, wird man sich auf uns werfen."

„Was? — — Mein Gott! wäre das denkbar? — Und woher haben Sie die Nachricht?"

„Von einem meiner geheimen und zuverlässigen Unterhändler."

„Aber mein Gott, was ist zu tun?"

„Rasch handeln, Majestät! Preußen muß man loswerden, die Bayrische Allianz sehr lau betreiben und

Österreich nie so feindlich behandeln, daß man nicht jeder=
zeit sich mit ihm versöhnen kann. Vor allem müssen wir
gerüstet sein. Ich werde mir erlauben, Euer Majestät
morgen definitive Vorschläge zu machen. Vor allem ge=
rüstet!"

„Gut, gut, Brühl! — Brühl, habe ich auch Geld?"

„Ja, Majestät."

Der König verließ das Fenster und trat, von seinem
Minister gefolgt, zur Königin, der er zu einer Polonäse
den Arm bot. Gräfin Brühl tanzte mit dem Kammer=
herrn von Lenke. Brühl engagierte das Fräulein von Kling.
Der Tanz begann.

„Haben Sie sich von dem Schreck erholt, Herr
Minister?" fragte die Kling spöttisch.

„Wie Sie sehen, meine Gnädige!"

„Und bei Ihrem Geiste und der Elastizität Ihrer
Denkart, Herr Graf, haben Sie zweifelsohne auch schon
einen heilsamen Entschluß gefaßt."

„Wohl möglich, und ich hoffe, daß er heilsam ist.
Gesetzt nun aber, ich ließe es auf das Übel, welches Sie
mir angedroht, ankommen, was dann? Man hätte dann
nur in Wien die Freude, mich losgeworden zu sein, an
meine Stelle würde aber die Königin selbst treten, würde
in meinem Geiste weiter handeln, und da ich, mein Fräulein,
nie etwas Gewagtes unternehme, ohne daran das Schicksal
anderer — höherer Personen zu knüpfen, so begreifen Sie
leicht, daß ich so tief nie fallen kann, ganz einflußlos zu
werden. Sehr leicht wär's also, daß die ganze Drohung
auf den mit doppelter Wucht zurückfiele, der sie aus=
gestoßen."

Die Kling sah ihn mit großen Augen an.

„Ha. Sie sind unendlich vorsichtig, Graf. Nun
wohl, ich will Ihnen eine Alternative stellen. Im Falle
Sachsen gegen uns ist, Veröffentlichung des Bewußten,

falls Sachsen mit uns, erhält Ihre Frau Gemahlin eine
Grafschaft in Böhmen im Betrage von zwei Millionen."

„Ah, nicht übel. Nun, verehrtes Fräulein, ich bin
ein Mann, der Vernunft annimmt. Sie können nach Wien
melden, daß ich mit Freuden tun will, was in meiner
Macht liegt. So auf einmal können wir nicht heraus=
kommen aus unseren Beziehungen. Sobald die Schenkungs=
urkunde der Grafschaft in meinen Händen ist, soll der
Kaiserhof einen Alliirten mehr haben."

„Habe ich Geld?" Das war der leitende Gedanke
Augusts III. Hatte er die Beruhigung, Geld zu haben,
so war ihm wohl, dann fühlte er sich sicher und zufrieden.
Einmal kein Geld zu haben, oder nicht genug, das war
seine ewige Sorge, das versetzte ihn in eine Angst, die
schwer zu beschreiben ist. Mitten im Taumel des Ver=
gnügens, bei der ernsthaftesten Zeremonie, im Garten oder
bei der Jagd, überall verfolgte ihn der Gedanke. Dann
fuhr er empor, sah seinen Minister an und fragte: „Brühl,
habe ich Geld?" Und stets antwortete dieser: „Ja,
Majestät!"

Ebenso wie der Monarch dachte nun auch der Minister,
und: „Habe ich Geld?" war die Frage, die er sich eben=
sooft vorlegte und dank seiner Geschicklichkeit immer mit
„ja" beantworten konnte. Er sorgte natürlich vorerst für
sich, legte ungeheure Kapitalien in Grundstücken, aus=
ländischen Banken usw. an, um, im Fall eines Sturzes,
wenigstens nicht mit leeren Händen zu scheiden. „Habe
ich Geld?" so dachten auch alle die, welche an Brühls
Stern ihre Existenz geknüpft hatten, und seine Sekretäre
scharrten in der Zeit zusammen, was sich zusammenscharren
ließ, um in der Not gedeckt zu sein. Unter ihnen waren
namentlich Siepmann, Saul und Karbe die hervorragendsten.
Ihre Beschäftigung war, besonders was die ersten beiden

anbetraf, weniger an ein spezielles Departement geknüpft, sondern Brühl verwendete sie in außerordentlichen Ge=schäften. Siepmann namentlich bewies, daß diese außer=ordentlichen Geschäfte weniger ehrenvoll als gewinnreich waren. Siepmann! Wie eng war er mit Brühls ganzem Leben verflochten!

Und dieser Mensch war unersättlich ehrgeizig und geldgierig.

Aus der Hefe des Volks entsprungen, hatte er sich durch seine ungeheure Verschlagenheit dem Grafen Brühl unentbehrlich und furchtbar gemacht, und der Minister hatte nichts verabsäumt, was den Wünschen dieses Bitt=stellers genügen konnte. Er hatte Siepmann reich gemacht, ihn aus einem bloßen Schreiber zum Ministerialdirektor, zu einer Art Unterminister erhoben, und nur der Adels=titel war ihm bisher noch immer vorenthalten worden. Eine Art von Scham und Stolz hielt Brühl ab, diesen Menschen mit sich in eine Linie zu stellen. Er suchte ihn hinzuhalten.

Eines Tages aber trat Siepmann vor ihn hin und erinnerte ihn wieder an den Adelstitel.

„Ich warte nun schon so lange auf diese Gunst, habe sie, wie mich dünkt, zehnfach erkauft, und möchte endlich nun ganz ernstlich darauf dringen, mir den ver=sprochenen Rang gütigst auszuwirken.“

„Siepmann! seien Sie vernünftig. Lassen Sie doch endlich die alte Marotte fahren. Nehmen Sie lieber Geld. Ich will Ihnen die Adelsforderung abkaufen. Was haben Sie denn an dem Titel?“

Siepmann fuhr zurück. „Ah, das ist schön, Exzellenz! Diese ganze Reihe von Jahren haben Sie mich hingehalten, um mir jetzt eine Gunst zu verweigern, die durch die aufopferndste Tätigkeit ein Recht geworden ist!“ Und das Gesicht des kleinen Kerls ward purpurrot.

„Ihr Recht?“ Und Brühl fuhr auf. „Ihr Recht, Herr? — Sie haben Dienste geleistet und sind dafür mit Geld und Ämtern überreich bezahlt worden, ja, haben sich meiner besonderen Gunst zu erfreuen gehabt. Ist das für einen Menschen Ihrer Gattung nicht genug? Beim Himmel, das fängt mir an, etwas arg zu werden! — Den Adelstitel verleiht man nur Männern von großen Tugenden und unbefleckter Ehre, nicht —“

„Leuten, welche die Spitzbübereien eines Kammerherrn unterstützen, daß er Minister werden kann. Hahaha! Und Sie entsinnen sich nicht mehr, was ich alles für Sie getan? Wer hat denn Sulkowsky gestürzt? Ich! — Wer hat Ihnen denn zur Frau Ministerin verholfen? Ich! — Wer ließ denn die Medaille in Holland machen? Ich! — Wer schützte denn den König vor Ledekuskys Kugel? Ich! — Wer schrieb denn das Dokument für Lichtenstein ab? Ich! Ich! Herr von Brühl, ich habe Sie zu dem gemacht, was Sie sind! Ich kann Sie wieder stürzen, wenn ich will! — Oder glauben Sie nicht, daß, wenn ich Seiner Majestät die Rechnung des Medailleurs in Holland, wenn ich ihm die Kopie der Lichtensteinschen Depesche zusende, Sie nicht um die Ecke sind? — Was geht das Sie an, wieviel und wie wenig mir an dem Adel liegt? Ich will von Siepmann heißen, Herr Graf. Wenn ich Minister machen kann, könnt' ich ja wohl auch selber einmal einer werden!“

Bleich, zitternd vor Wut, traten beide Männer einander gegenüber. Sie waren endlich dahin gekommen, daß sie sich im offenen Kampfe befanden.

Brühl fühlte, wie sein Verderben vor ihm stand, und Siepmann, der in der Hitze zu weit gegangen war, gestand sich selbst, daß sein ganzes Sein an einem Faden hing.

Ein Augenblick des Stillschweigens, der Überlegung

trat ein, wo beide einander anstarrten und sich gegenseitig die Gedanken aus der Seele zu saugen schienen.

Endlich ging Brühl langsam an seinen Schreibtisch. Ein Druck an einer verborgenen Tür genügte, und die beiden Türen des Zimmers schnappten in den Riegel, ein Griff, und ein Pistol glänzte in seiner Hand.

Siepmann erbleichte und taumelte zurück.

Brühl trat an eine verborgene Tapetentür.

„Da wir uns so ehrlich ausgesprochen haben, Siep= mann, können wir auch ebenso glatt handeln. Wenn Sie sich rühren, schieße ich Sie zusammen. In einer Stunde werden Sie unterwegs nach dem Lilienstein sein, Bester."

„Und was haben Sie denn davon, Herr Minister? Alle Dokumente sind in der Hand eines dritten, der die Order hat, daß, wenn ich plötzlich verschwinde, das Paket an den König gesendet wird."

„Aber es muß doch erst in des Königs Hände kommen, Herr Siepmann? Wenn Sie von hier fort= gebracht werden, soll es meine Sorge sein, die Lakaien des Königs durch andere zu ersetzen. Sie sehen, daß meine Waffen den Ihrigen mindestens gleich sind."

Siepmann, der seine Übereilung schon bereute, anderer= seits aber an der ganzen Art und Weise Brühls merkte, daß er es nicht zum Äußersten kommen lassen wolle, sagte kleinlaut: „Ja, ich seh's ein, ich bin Ihnen nicht gewachsen, Exzellenz."

„Das ist vernünftig, Siepmann. Ich könnte mich jetzt leicht genug von Ihnen befreien, ich wünsche es aber nicht, weil ich Ihr Talent ungern entbehre. Wir wollen einmal vernünftig miteinander reden. Nach dem, was vorgegangen ist, können Sie unmöglich glauben, daß ich zu Ihnen wieder Vertrauen fassen kann, wenn Sie mir nicht alles das ausliefern, was Sie als Waffe gegen mich gesammelt haben."

„Es käme ganz darauf an, was Sie mir dafür ge=
währen wollen.“

„Nennen Sie den Preis.“

„Den Adelstitel und das Schloß Ubigau, was dem
Fürsten Sulkowsky gehörte.“

Brühl fuhr zurück. Endlich sagte er: „Nun gut,
Siepmann. Sie sollen den Adel und Ubigau haben.“

„Wann, Exzellenz?“

„Ich werde Ihnen den Karbe mitgeben. Mit ihm
gehen Sie zu der Person, die das Paket hat, und fordern
es. Sie können denselben wieder hierher begleiten und
mit ihm speisen. Inzwischen komme ich vom könig=
lichen Diner zurück. Sie geben mir das Paket, ich
Ihnen den Adelsbrief und die Ubigauer Schenkungsakte.
Wollen Sie?“

„Mit Vergnügen! Ich bin wie immer Ihr treuer
Siepmann, Exzellenz, und wenn ich den Adelstitel und
Ubigau habe, will ich Ihnen etwas erzählen, was für Ihr
ganzes künftiges Leben wichtig werden kann.“

Brühl sah den Sprecher forschend an, er konnte
in dem glatten, ruhigen Gesicht des Menschen nichts
lesen. Er klingelte, befahl Karbe, instruierte denselben
und ließ ihn mit Siepmann nach dem verhängnisvollen
Paket gehen.

Kaum hatten diese beiden aber das Hotel verlassen,
als Brühl Saul rufen ließ.

Saul kam.

„Saul, Sie sind Siepmanns Feind. Nein, nein,
keine Geschichten. Sie sind’s, Sie beneiden ihn. Wollen
Sie seine Stellung haben?“

„Exzellenz!“

„Ja oder nein?“

„Nun, bei meiner armen Seele, ja!“

„Folgen Sie mir ins Nebenzimmer, dort will ich

Ihnen zeigen, wie Sie die Stelle binnen einem Viertel=
jahr haben können."

Brühl kam vom Diner des Königs zurück, im Vor=
zimmer warteten Karbe und Siepmann, der das Paket trug.

„Kommen Sie in mein Kabinett."

Alle drei traten in das bekannte Zimmer, dessen
Räume schon so viel Intrigen gesehen hatten. Die Lakaien
nahmen dem Minister die Cuirée ab, aus deren Falten
er zwei Pergamentrollen zog, die mit gewichtigen Siegeln
behängt waren.

„Geben Sie mir das Paket, Herr von Siepmann."

Siepmann überreichte es ihm lächelnd.

„Verlassen Sie uns, Karbe."

Karbe ging.

„Herr von Siepmann, hier ist das Adelsdiplom und
die Ubigauer Schenkungsakte. Ich werde Sie am nächsten
Courtage Seiner Majestät vorstellen. Ich hoffe, da nun
Ihre Wünsche erfüllt sind, daß Sie bis dahin über Ihren
neuen Rang schweigen werden. Sie könnten durch Vor=
eiligkeit den König sehr beleidigen, namentlich in betreff
Ubigaus, das er dem Grafen Rutofsky schenken wollte.
Nach der Vorstellung soll Ihnen der Besitztitel zugefertigt
werden."

„Gewiß, o gewiß warte ich die Audienz ab!" Und
zitternd vor Freude schnappten seine Hände nach den er=
sehnten Urkunden. Er rollte sie krampfhaft auf. Vor
seinen Augen schwamm's. Da stand's, daß er adlig war,
da stand's, daß das königliche Ubigau ihm gehörte. „O,
nun werden sie mir nicht mehr aus dem Wege gehen,
werden sich um den Herrn von Siepmann drängen, wenn
er auch häßlich ist!"

Inzwischen hatte Brühl das Paket geöffnet und warf
alle gefährlichen Dokumente in die flackernde Flamme

des Kamins. Als er fertig war, sah er Siepmann lächelnd an.

„Nun, Herr von Siepmann, sind wir wieder Freunde?"

„Ja, Exzellenz! Was ich irgend tun kann, Ihnen zu gefallen, Sie sollen mich stets bereit finden! Und damit Sie sehen, wie ich mit Argusaugen Ihr Interesse behüte, will ich Ihnen sofort etwas mitteilen, was seltsam klingen mag und doch wahr ist."

Und sich Brühl nähernd, flüsterte er ihm leise eine Nachricht zu. Es hatte etwas Beängstigendes, dieses Flüstern!

Brühl stand starr, atemlos. Alles Blut strömte in siedenden Wellen zum Herzen.

„Das ist nicht wahr, Siepmann! Das darf nicht wahr sein!" schrie er, und seine Hand griff nach einem Stützpunkt.

Siepmann führte ihn in den Lehnstuhl. „Es ist wahr, Exzellenz, und wenn Sie Vorsicht anwenden, sollen Sie sich bald selbst überzeugen. Gehorsamer Diener." Siepmann ging.

Brühl saß im Lehnstuhl. Starr sah er nach der gegenüberliegenden Wand, wo das Bild Antonies hing, ballte die Hand krampfhaft vor die Stirn und — schluchzte bitterlich.

Geld, Macht, Ehre! Alles hatte dieser Mann in Fülle, und doch saß er da, inmitten des ausgesuchtesten Luxus, weinte und rang die Hände. Unter seinen Fenstern vorbei ging jetzt vielleicht ein Bettler, schaute hinauf und dachte: Was so ein Kerl es doch gut hat!

Nach langen Stunden des dumpfen Brütens stand Heinrich von Brühl auf. Er trat kalt und stolz vor den Spiegel. „Hahahaha! Sie hat recht, wir alle sind

Komödianten, es kommt nur darauf an, daß jeder seine
Rolle gut spiele. Geld, ja Geld! Das ist der Schlüssel
irdischen Glückes! Für Geld ist alles käuflich im Leben!“

11. „Willst du dein Herz mir schenken?“

Friedemann Bach war nun bald acht Jahre an der
Sophienkirche. Sebastian Bach, den man zum Unterschied
von seinen Söhnen jetzt nur noch den alten Bach nannte,
war schon recht greisenhaft geworden, und die alte Hanne,
die ihrem „Musje Friede“ jahraus, jahrein die Wirtschaft
führte, hatte längst die Äquatorlinie ihres Lebens hinter
sich, wo die Keuschheit noch eine Tugend ist. Friedemann
war jetzt im dritten Jahrzehnt seines Lebens, und noch
hatte er keine Frau. Wie oft hatte ihm der Vater gesagt,
daß er heiraten sollte, wie oft hatte er es sich selber schon
vorgenommen, aber nie ausgeführt. Glaube man ja nicht,
daß er unempfänglich für Frauenschönheit gewesen wäre.
Oft genug schon hatte er sich verliebt, aber er gestand sich
stets, daß es nur eine Tändelei und nicht das tiefe, wahre
Glück sei, welches den Besitz der Geliebten zum Herzens=
bedürfnis macht. Er flatterte von Blume zu Blume,
ohne tiefere als Schmetterlingsgedanken zu haben, daher
galt er auch in der Dresdener beau monde für einen
galanten Mann, der jedem hübschen Lärvchen was Liebes
zu sagen wisse, dem es aber nie Ernst sei. Bei alledem
war Friedemann grundrechtlich. Er erschöpfte sich nie in
wirklichen Liebesbeteuerungen oder gab sein Wort, das er
dann hätte brechen müssen. Er spielte nur das galante
Schäferspiel jener Zeit, das sich im schwülstigen Stil der
asiatischen Banise, dem schlüpfrigen Pays de Tendre, in
Myrthil und Daphnes, der glücklichen Insel Felsenburg,
oder der Weise des Menantes und Philander von der
Linde bewegte, einer Lektüre, die halb Klaurensche Sen=

timentalität, halb Paul de Kockſche Schamloſigkeit atmete,
welche, durch ſelbſtgefällig pedantiſche Schreibart verhüllt,
nur noch ſchädlicher wirkte, weil man unter der Hülle
zehnmal Pikanteres ſuchte, als die nackte, rohe, aber ehr=
liche Wahrheit bieten konnte.

Da Friedemann ſich bewußt war, nur ein galanter
Mann zu ſein, lebte er in dem Wahn, daß die Damenwelt
nun auch keine ernſteren Anſprüche an ihn mache, als er
an ſie, und da ihm nicht einfiel, auch nur eine von ihnen
allen heiraten zu wollen, ſo meinte er, könne ſich auch keine
einbilden, Frau Bachin zu werden. Hierin ging Friede=
mann aber ungeheuer fehl, denn die Mütter waren damals
ebenſo eifrig bemüht wie heute, ihre Töchter unter die
Haube zu bringen, und die Töchter nicht um ein Haar
weniger empfänglich für Schmeicheleien. Dies ſollte Friede=
mann Bach endlich da erfahren, wo es ihm ebenſo
ſchmerzhaft wie unangenehm war.

Unter den mannigfachen Bekanntſchaften, die Friede=
mann unterhielt, war der Oberprediger Merperger eine
der ausgezeichnetſten. Merperger war ein Mann, der
ſeiner hohen Tugend wegen im allgemeinen Anſehen ſtand,
deſſen tiefes Wiſſen ihn zu einem höchſt wertvollen Freunde
Friedemanns machen mußte. Er war ein entſchiedener
Anhänger der Wolfiſchen Doktrin, und der Disputiergeiſt,
durch den Langeſchen Streit in ganz Deutſchland geweckt,
war auch in Dresden, namentlich in Merpergers Hauſe,
das Mittel, durch welches die jungen und chaotiſchen Ideen
ſich aneinander abrieben. Durch ſeine Stellung war
Friedemann in der Familie Merpergers heimiſch geworden,
und der dort herrſchende philoſophiſche Geiſt, der ihm die
ſchöne Merſeburger Studienzeit wieder naherückte, hatte
ihn an dies Haus gefeſſelt. Was aber den Abend=
geſellſchaften des Predigers noch mehr Anziehungskraft
verlieh war ſeine Tochter Ulrike, die ſeit dem Tode der

Mutter dem Hauſweſen vorſtand. Sie war ein liebliches Mädchen, ſchlank und klein, von nicht allzu üppigen Formen. Still, faſt ſchüchtern Fremden gegenüber, gab ſie ſich, wenn ſie erſt ihrer natürlichen Befangenheit Meiſter geworden, doch in ſo reizender Sinnigkeit, zeigte ſo einfach kindliche und dabei kluge Begriffe, brachte ſolch ſeelenvolle, tief innerliche Wärme in das Geſpräch, daß ſie einen unauslöſchlichen Eindruck bei jedem hinterließ, der ſie länger zu kennen die Freude hatte. Dabei hatte ſie eine nicht zu verachtende muſikaliſche Bildung.

Dies arme Mädchen ſah Friedemann, liebte ihn, und jede Galanterie, die er arglos an die unglückliche Ulrike richtete, war eine Wunde mehr für ihr krankes Herz.

Der alte Merperger ſah es zu ſpät, und da er ſein Kind innig liebte und zugleich bemerkte, wie wenig ernſtliche Neigung Friedemann hatte, beſchloß er, dem ganzen Verhältnis ein Ende zu machen.

Eines Tages beſuchte er den jungen Bach. Er war ernſt und höchſt bewegt.

„Störe ich Sie, mein junger Freund?“

„Nein, Hochwürden, ich ſtehe ganz zu Dero Befehl.“

„Gut denn. Laſſen Sie mich alſo offen mit Ihnen reden, wie ein älterer mit dem jüngeren, wie ein ehrlicher Mann mit dem anderen es muß. Hören Sie mich ruhig an und ſehen Sie in der Veranlaſſung zu dieſem Geſpräch nur das Pflichtgefühl, welches mich zu reden treibt. Sie ſind ein Menſch', dem der liebe Gott alle Erdengaben in reichſter Fülle verliehen hat. Sie ſtammen aus einer Familie, deren Ruhm durch die ganze Welt geht, und ſind ſelbſt ein großer Künſtler, der die Gnade und Gunſt unſeres Regenten und aller ausgezeichneten Menſchen genießt und verdient. Zu dem allem hat Ihnen der Schöpfer ein liebenswürdiges Äußere und Weltton geſchenkt, durch welche Eigenſchaften Sie ſich überall Freunde

machen müssen. Ich denke also, daß Sie Ursache haben,
dem himmlischen Vater recht dankbar zu sein. Als Ihr
Patron und zeitlicher Seelsorger habe ich das Recht, Ihnen
zu sagen, daß Sie verpflichtet sind, diese großen Glücks=
gaben nie zu mißbrauchen, daß Sie sich immer fragen
müssen, ob Sie Ihren Nebenmenschen nie mit diesen Vor=
zügen wehtun und dieselben nicht wünschen müssen, Gott
hätte Ihnen weniger Liebenswürdigkeit und mehr Lebens=
ernst und Seelentiefe gegeben."

Merpergers Stimme zitterte hier, indes Friedemann
sprachlos und erstaunt vor ihm stand.

„Ihr Erstaunen, lieber Bach, sowie Ihr sonstiges
Benehmen zeigt mir klar genug, daß bei Ihnen nicht von
bösem Willen, von einem absichtlichen und ehrlosen Spiel
mit Gefühlen und Neigungen die Rede sein kann, aber
so innig lieb ich Sie habe, so muß ich doch Sie bitten,
künftig mein Haus zu meiden. Ich bitte Sie darum
als Vater. Als wohlmeinender Freund aber sage ich
Ihnen, seien Sie haushälterisch mit Ihrer Galanterie,
damit man Sie nicht für einen schoflen Menschen hält,
während Sie nur unbedacht sind, und Ihnen nicht einstens
gerade da mißtraut, wo die echte Flamme der Liebe Ihrem
Munde Worte eingibt, die Gewicht und Wahrheit haben
sollen! Gott erhalte Sie, junger Freund!"

Friedemann war wie vom Blitz getroffen.

Ulrike liebte ihn, und er in seiner chevaleresken
Leichtfertigkeit war schuld, daß sie glaubte, er empfinde
gleichfalls Neigung für sie. Inniges Mitleiden und tiefe
Reue bemächtigten sich seiner, denn sein Herz war zu groß
und edel, um bei fremdem Leide ungerührt zu bleiben,
besonders wenn er, obschon willenlos, Ursache davon war.
Er machte sich die bittersten, schwersten Vorwürfe, sah im
Geiste das leidende Mädchen und beschloß zu tun, was

in seinen Kräften stehe, das Übel, welches er bereitet, gutzumachen, doch — Ulrike wahrhaft zu lieben, lag nicht in seiner Kraft. Voll Beschämung entschloß er sich, an Merperger zu schreiben, ihm seinen Kummer, seine Reue auseinanderzusetzen, und indem er sein Benehmen bitter anklagte, ihm als seinem Seelsorger Besserung zu geloben. — Mehr konnte er nicht tun. — Leider ging aber aus seinem Schreiben für Merperger und Ulrike nur hervor, wie wenig er für das Mädchen empfand. Die Kluft blieb.

O wenn die Jugend es verstände, mit weniger Plänen und mehr Reellität an die Zukunft zu denken!

Friedemann war dieser Vorfall eine schwere, sehr schwere Lehre gewesen. Der lecke Jüngling ahnte noch nicht, daß sich die verschmähte Ulrike an seine flüchtige Sohle heften, in seinem Leben eine ernstere Stellung einnehmen sollte, als in der gedankenlosen Schäferidylle von Cleobis und Python, daß sie die tränenvolle Echo war, die über des Narzissos Grabe seufzte.

Jenem Zufalle war die Veränderung zuzuschreiben, welche plötzlich mit Friedemann vorging. Die weltmännische Glätte war geblieben, aber das Seelenvolle, Dithyrambische, was sonst mit einer Art Romantik seine Unterhaltung durchglühte und der treue Abglanz seines phantasiereichen Innern war, verschwand. Es hatte ihn zuerst schmerzlich ergriffen, dann aber beleidigt, daß man ihm die freie, ungezwungene Art, mit der er sein ganzes Wesen hingab, als Liebelei, als Leichtsinn, als Seelenflachheit auslegte. Sein Wesen bekam daher bei aller Glätte eine äußere Kälte und Starrheit. Er schien voll Mißtrauen erst die Seele des mit ihm Redenden geistig zu betasten und war gewillt, von jedem zu glauben, daß er ihn für einen Fadin halte. Wenn seine Umgebung nun, namentlich die Damenwelt, erstaunt über diese Umänderung, ihn durch Entfaltung aller Liebenswürdigkeit in seinen alten Ton bringen wollte, sah er darin nur Schlingen, welche die Heiratslust der Mädchen ihm stellte, und wurde oft unartig. — Das Mißtrauen, welches sich seiner nunmehr bemächtigt hatte und ihn gesellschaftlich entschieden zu seinem Nachteil veränderte, begleitete ihn durch sein ganzes ferneres Leben und nahm mit den Jahren nur um so mehr zu, als das Leben selbst sein Mißtrauen gerechtfertigt erscheinen ließ.

Vorerst vermied er nur das weibliche Geschlecht, von dem er jetzt keine allzu glänzende Meinung hegte, beschränkte sich meist auf männlichen Umgang oder zog sich auf sich selbst zurück.

Alle seine Freunde bemerkten dies, doch keiner kannte den eigentlichen Grund, außer Merperger und Doles, die vor der Willenskraft Friedemanns und seinem sittlichen Stolz gerechte Bewunderung empfanden, aber auch zu ihrem Bedauern sahen, wie er in ein Extrem verfiel, das seinem inneren und äußeren Leben nur gefährlich werden konnte. Der gute Prediger hätte ihn gern auf diesen Fehler aufmerksam gemacht, aber fühlte nur zu lebhaft, wie wenig er in diesem Falle einschreiten konnte. Doles, dessen rücksichtslose Freundschaft eines Tages ohne alle Umstände diese Mission übernehmen wollte, lief bei Friedemann schief an. „Sei still, du kennst die Frauenzimmer den Teufel! Wenn du alle heiraten willst, werd' ich meinetwegen für dich die Cour schneiden. Friedemann Bach hat aber Besseres zu tun, und wenn ich dich liebhabe, geht dich's gar nichts an, wem ich sonst den Rücken wende. Ich, will's so!"

Friedemann wohnte gleich hinter der Sophienkirche, an der großen Brüderstraßenecke, und Doles etwa drei Häuser in die Straße hinein. Merperger sah Bach nur noch in der Kirche oder bei einem kleinen Abendzirkel von

Herren, der sich allwöchentlich einmal bei ihm zusammen=
fand, und den der Prediger gern besuchte, weil er den
geistreichen Künstler, der ihm in seinem Amte so nahe=
stand, nicht missen wollte. Außer ihm und Doles bestand
die Gesellschaft noch aus dem Stadtsyndikus Weinlich,
einem alten musikalischen Hagestolz, Homilius, der zurzeit
noch privatisierte, und Transchel, der Klavierspieler und
Musiklehrer war. Letzterer war ein alter Mitschüler
Friedemanns bei Sebastian gewesen. Diesen Kreis beschloß
der Hofmathematikus und Kommissionsrat Walz, ebenfalls
ein alter Junggeselle, bei dem Friedemann seine mathe=
matischen Studien, besonders Algebra und Physik, sowie
Philosophie fortsetzte. Man kann sich denken, wie lehr=
reich und unterhaltend diese Versammlung war, in der
die Wolfsche Philosophie mit den lettres philosophiques
und den Elements de la philosophie de Newton von
Voltaire alle Köpfe inflammierte, und die Musik mit
Leibnizens Theorie abwechselte. Wenn nun Hasse mit
seiner schönen, mannweiblichen Faustine gerade nicht in
der Oper zu tun hatte und vorsprechen konnte, war auch
das leicht italienische Melodiengetändel als gefällige Ab=
wechselung wohl gelitten. — Von Gesellschaften außer dem
Hause hatte sich Friedemann, bis auf die notdürftigsten,
zurückgezogen, und unter diesen nahm natürlich das Hotel
Brühl und die Familie der Herrn von Schemberg die
erste Stelle ein. Herr von Schemberg, der bei Hofe höchst
beliebt war, hatte für Friedemann eine herzliche Freund=
schaft gefaßt. Besonders seine Frau hatte den jungen
Künstler gern, und da sie älter war als er, nahm sie sich
rücksichtslos die Freiheit, ihn oft wegen seiner Arroganz
und Flatterhaftigkeit, später wegen seines Starrsinns zu
schelten. Da sie nun eine höchst gebildete und geistreiche
Frau war, ließ sich Friedemann gern alles von ihr ge=
fallen, besonders da er in ihrem Hause keine Verführung

fand. Frau von Schemberg war auch das einzige Weib, dem er seine Angelegenheiten offen mitteilte.

Im Hause des alten Bach zu Leipzig war es indessen recht still geworden. Friederike war ihrem Altnikol nach Naumburg an den eigenen Herd gefolgt, Friedemanns Lieblingsbruder Emanuel vor einem Jahr durch den musikliebenden König Friedrich zum Hofzimbalisten ernannt worden. Auch Graun war in Berlin und hatte sich ganz auf die Oper geworfen. Durch seine Rodelinde war das neue Opernhaus mit ungeheurem Pomp zum Karneval eröffnet worden.

Friedrich und Christian Bach gingen noch in die Schule, David blieb blödsinnig. Auch der alte Bach, dem das Reisen schon schwerer wurde, kam seltener nach Dresden und wurde durch den Hof weniger denn sonst dazu veranlaßt, weil man mit den Kriegsgeschichten genug zu tun hatte. — Zeit und Umstände erweiterten also die Entfernung zwischen Vater und Sohn, und manche innere Differenz, die zutage kam, trug dazu bei.

Friedemann, der sonst gelächelt hatte, wenn ihn der Vater zum Heiraten anspornte, fand, nach den gemachten Erfahrungen, die ewigen, mit der Zeit dringenderen Ermahnungen abgeschmackt und unangenehm. Es war alles doch gar nicht mehr wie sonst!

Das Hotel Brühl!

Wer heute vor diesem gewaltigen Bau mit seiner stolzen Fassade steht und von der Terrasse den Wallgarten hinabsieht, dessen Perspektive vom Silberspiegel der Elbe links, rechts vom Palaste begrenzt wird, über den der Frauen- und Sophienturm herüberschaut, wird eine schwache Ahnung von dem großartigen Effekte jener ungeheuren Pracht haben, mit der dieses Quodlibet von Kunst, Luxus und Natur damals ausgestattet war, als noch alles einem Besitzer gehörte, dem Minister Heinrich von Brühl.

Im Sommer entfaltete ſich hier alle Phantaſterei
damaliger Gartenkunſt. Die Hecken en berger, die ver=
ſchnittenen Alleen, die Springbrunnen und Marmorgruppen,
die Traillagen, das herrliche Belvedere, von dem man
rings die ganze Gegend ſah, dieſe heimlichen Lauben,
Bosketts und Irrgänge, gemacht zum Schäferſpiel für
Amor und Daphne, dort der funkelnde Himmel, der
rollende Strom und die Berge und Dörfer in der Ferne,
es war ein Anblick, wie wenige im Leben. Wenn nun
der Winter, wie eben jetzt, ſeine Schneedecke auf all dieſe
Wunderdinge warf, funkelten die Fenſter des Miniſters
allabendlich im zauberiſchen Schimmer, und wer zu den
Bevorrechteten gehörte, welche dieſe Herrlichkeiten ſchauen
und genießen durften, der wußte nicht genug zu erzählen.
  Zu dieſen Glücklichen gehörte Friedemann.
  Er war faſt die einzige Privatperſon, die Brühl
aus ſeinen früheren Jahren mit herübergenommen hatte,
und wenn die Furcht vor der Rache des Glücks anfäng=
lich daran ſchuld war, hatte Brühl doch nach und nach
ſo reges Intereſſe an dem jungen Manne genommen,
daß er ihn um ſeiner ſelbſt willen gern und oft bei ſich
ſah. Friedemann war, außer Antonie, wirklich auch der
einzige Menſch, mit dem Brühl ehrlich umgehen konnte
und wollte, in deſſen Geſellſchaft ſich der Miniſter menſch=
lich frei und wohl fühlte, wo er ſich beſſer vorkam, als
ſonſt im Leben. Und das war Brühl dann auch wirklich.
In dieſen traulichen Geſprächen, dieſem engeren Familien=
leben enthüllte er wahrhaft liebenswürdige Seiten, eine
tiefe, ſolide Neigung, ein Herz, empfänglich für Einfachheit,
was ihn ſo edel und gut erſcheinen ließ, daß man ihn
wenigſtens in ſolchen Momenten alles Böſen, das ihm
ſonſt nachgeſagt wurde, für unfähig hielt. Man findet
das gar oft im Leben. Männer, welche ſich als Beamte,
Staatsdiener oder in ſonſtigen öffentlichen Stellungen den

schlechtesten Ruf erworben haben, sind innerhalb ihrer
Familie oft die besten, liebevollsten Menschen, und meist
gerade diejenigen, welche im öffentlichen Leben von einer
Art Allerweltsliebenswürdigkeit sind, sind im Familien=
leben elend, zerrissen und fremd.

Antonie von Brühl, die Frau, um derentwillen der
Graf alles das auf sein Gewissen geladen, was ihn jetzt
mit Schlangenstichen quälte, Antonie von Brühl, der ehr=
geizige Dämon dieses Mannes, mußte doch nun wohl
endlich am Ziel ihrer Wünsche stehen, mußte auf der
höchsten Zinne des Glücks innehalten und zufrieden sein,
daß nun der Moment gekommen war:

„Wo sie was Gut's in Ruhe schmausen könne."

Doch nein! Dies Weib war keine der elegischen oder
bequem beharrenden Seelen, die im Genusse des Erlangten
schwelgen und so sich für reich und befriedigt erklären.
Sie nahm mit der Hoffnung des zu Erstrebenden schon
den Genuß desselben im Geiste für sich vorweg, kein
Wunder also, daß diese heißblütige Frau, wenn der
Augenblick des Genießens da war, die Wirklichkeit stets
unendlich unter der Erwartung fand. Sie war auch einer
von den Charakteren, die nur leben können, wenn sie ewig
an die Sehnsucht geschmiedet bleiben.

Antonie von Brühl mußte plötzlich von ihrer Höhe
gerissen werden, mußte ein entsetzliches Unglück erfahren,
wenn von ihrem menschlichen Ich in diesem tosenden
Drange etwas gerettet werden sollte. Um endlich Ruhe
zu finden, mußte sie stranden, damit sie wenigstens
als Wrack am grünen Gestade der Hoffnung ausruhen
konnte. Von ihrer Mutter, der Fürstin Kollowrat,
Oberhofmeisterin unter der Königin Eberhardine, streng
erzogen, war sie in eine ländliche Pension bei Dresden
gebracht worden, um vor dem leichtsinnigen Leben
des Hofes behütet zu bleiben. Aber das gerade, was

ihr Schutz sein sollte, ward ihr zur Falle. Kurfürst August der Starke, der es oft liebte, den romantischen Abenteurer zu spielen, traf (ob mit, ob ohne Vitzthums Vermittlung, der die Oberhofmeisterin haßte, ist unklar) die junge Antonie im Garten bei Tharand und begann das Schäferspiel von Pyramus und Thisbe mit ihr, dem die leicht Erregbare nicht widerstand, und dessen Folgen sie erst einsah, als sie nicht mehr zu ändern waren. Dies erste, allzu ernst ausgefallene Debüt der Liebe erfuhr bald genug die arme Mutter sowie auch die Königin, und beide waren höchst beleidigt und erzürnt — doch was konnte man tun?

Die arme Antonie ward aufs innigste bemitleidet, und Eberhardine zog sie in ihre nächste Umgebung, nach= dem die Unglückliche eines Mädchens genesen war, das ihren Namen führen sollte. Als nun die alte Kollowrat starb, nahm sie bei der Königin sowie bei der Kurprinzessin Josepha die Stelle ihrer Mutter und das Recht einer Vertrauten in Anspruch.

Der Ehrgeiz, der frühe schon in ihr geschlummert und gerade durch dies Unglück zu lichten Flammen empor= lohte, trieb dies liebenswürdige, verführerische Geschöpf nun vorwärts zur Erlangung der Macht, und sie war dessen, der ihr dieselbe erringen mochte, sicher.

Die eigentümliche Art ihres Unglücks, der Umstand, daß sie eine verführte Unschuld und keine Mätresse war, erwarb ihr die Achtung, das Mitleid und die Liebe der Männerwelt, vor allem Brühls, der, bei der ohnehin damals leichten Anschauung von weiblicher Ehre, in der Ver= bindung mit ihr um so weniger Skrupel fand, als die Liebe selten skrupulös ist.

Ministerin von Brühl hatte nun alles, was an Macht, Ehre, Reichtum, Luxus und Lebensgenuß zu er= langen war. Die ewige Hetzjagd der Intrige, das

spannende, aufregende und unterhaltende Schachspiel der
Nebenbuhlerschaft war jetzt, nachdem auch die letzten Vor=
sichtsmaßregeln fest und dauerhaft getroffen worden, vorüber.
Nach langjähriger Flut der Gefühle und Beschäftigungen
trat für Antonie die spiegelglatte Windstille der Lange=
weile ein.

Sie sah von der erreichten Höhe hinab, umher und
fragte sich, was nun in ihrem Leben folgen sollte, und
sie gestand sich: „Nichts!“ — Sie fühlte sich entsetzlich
unglücklich, doch war sie klug genug, das ihrem Gemahl
nicht zu zeigen. Sie suchte umher nach dem, was ihr
fehlte, ging zurück in die Vergangenheit und fand, daß
sie, wenn sie auch geliebt hatte, von der Liebe doch ziemlich
äußerlich und gewaltsam überrascht worden war und nie
die wahre, tief innerlichste Neigung, so wie sie sich diese
Leidenschaft dachte, empfunden hatte. Diese Frau, die,
obwohl man's ihr nicht ansah, immerhin dreiunddreißig
Jahre zählte, deren Ehe mit Brühl außerdem ziemlich
gesegnet war, die eine schon siebzehnjährige Tochter neben
sich hatte, diese Frau empfand wahre, echte Liebessehnsucht.
— In dieser ihrer neuen Situation mag etwas Komisches
liegen, aber es war doch ein sehr ernster, bitterer Kern
dahinter. Sie war nach jahrelangem, rastlosem, unersätt=
lichem Streben dahin gekommen, alles Erlangte für nichts
zu achten und einzusehen, daß der wahre Genuß des
Lebens im Einfachen bestehe, wenn es nur von echter,
tiefer, opferfähiger und heiß erwiderter Liebe geboten werde.
Sie geriet in Schwärmereien, in lyrische Träumereien, die
um so verführerischer für sie waren, als sie dieselben vor
dem Gatten verbergen mußte. Sie war dabei ordentlich
froh, daß sie doch wieder etwas gefunden hatte, was einem
Streben, einer Intrige ähnlich sah. Es fehlte ihr nur
an einem Objekt zu ihrer Liebe, und dieses Objekt —
wurde Friedemann Bach.

So sehr sich auch Friedemann den öffentlichen Ge=
sellschaften gegenüber geändert hatte, so legte er doch im
Hotel Brühl die Schroffheit ab und war an Galanterie
der alte, weil er hier seines Bedünkens kaum in den
Verdacht kommen konnte, Herzen erobern zu wollen, und
auch für seine Pflicht hielt, aus Dankbarkeit und Klugheit
alles zu tun, was angenehm sein konnte. Er gab seinem
funkelnden Witz, seiner romantischen Schwärmerei, seinem
musikalischen Genius die freiste Audienz und merkte zu
seinem großen Unglück nicht, daß er die Ministerin und
sich dazu bis über die Ohren ins Sentiment hineinzog, in
ein Sentiment, auf dessen Höhe eine Kluft lag, die er
nur mit seinem gebrochenen Dasein füllen konnte.

Es ist eben das alte, viel belächelte Märchen von
der Potiphar. Ein Doppelmärchen, geschickt zur Posse
wie zur Tragödie, es kommt nur auf den Ausgang an.
Einer läßt den Mantel, der andere das Leben. — O
Friedemann, hättest du des Vaters mahnendes Wort be=
folgt, dir wäre besser! Von den Schlingen der Gesell=
schaft draußen hattest du dich zurückgezogen, um frei zu
sein und deinem Herzen zu folgen, und liefest hier in
eine zehnfach ärgere Falle, zehnfach ärger darum, weil
du arglos warst, weil du, einmal in diesem Netze, dich
nach keiner Seite hin je wieder rehabilitieren konntest.

Die Ministerin liebte Friedemann namenlos, glühend,
wenigstens glaubte sie es, und je mehr sie sich ihm zu
nähern suchte, je vorsichtiger sie dabei zu Werke gehen
mußte, desto mehr reizte sie diese Liebe.

Brühl war jetzt besonders viel bei Hofe, und Antonie,
wiewohl auch sehr beansprucht, hatte doch mehr Muße=
stunden, die sie nicht unbenutzt ließ. Es kam für sie vor
allem darauf an, Friedemann an ihr Haus zu fesseln, ihn
durch öftere, regelmäßigere Besuche stets in ihrer Nähe zu
halten und doch jeglichen Schein zu vermeiden. — Da

kam ihr ein glücklicher Gedanke! Friedemann sollte ihrer
siebzehnjährigen Tochter täglich eine Musikstunde geben. —
Das Mädchen war noch so kindlich, so unbedacht, so er=
fahrungslos. Welch bessere Gelegenheit gab's denn, als
die, mit der Dummheit der Tochter die Pläne der Mutter
zu verbergen?

Brühl war mit den Propositionen seiner Gemahlin
ganz einverstanden, die Musikstunden begannen.

Friedemann Bach trat achtlos, keck und lächelnd an
den Abgrund, der ihn von seiner Zukunft trennte, und
jeder Tag, jede Stunde konnte den Augenblick bringen,
der ihn hineinstieß.

Wohl war es ein sanfter, seliger Engel, der den
armen Friedemann vor jähem Fall behütete, der freund=
liche Genius der wahren, heißen ersten Liebe, die endlich
für ihn auferstanden war, mit Frühlingsdüften seine
Schläfe umfächelte und mit den jungen, duftenden Rosen
höchster Lebenswonne die unstet pochende Brust dieses
Jünglings schmückte. Friedemann Bach liebte das Kind der
Liebe, liebte Antonie von Kollowrat und ward wiedergeliebt!

Da war's, als wenn zur rechten Zeit noch ein Engel
vor ihn hinträte und ihn warnte. Da war's, wie wenn
eine Stimme ihm zuflüsterte: „Steh still, rühre dich nicht!“

Nach der vierten oder fünften Stunde, die er der
jungen Antonie, Komtesse von Kollowrat, gab, wurde
nämlich Friedemann auf einmal still, verlegen, einsilbig
und begann sich strenger an die Pflicht des Unterrichts zu
binden. Nicht, daß er in die störrisch exklusive Manier
gefallen wäre, die er sonst angenommen. Nein, er war
liebenswürdig wie immer, nur stiller.

Wie war das möglich gewesen? — Und unter den

Arguskaugen einer ſtets anweſenden Mutter, die ſelber den Geliebten der Tochter in ihr Herz geſchloſſen?

Die ſiebzehnjährige Antonie liebte Friedemann ſchon ſeit zwei Jahren, — ja ſchon, ſeitdem er ins Haus kam, hatte ſie ſich dieſe Liebe geſtanden, in ihrem jungfräulichen Herzen groß gezogen, und als er ihr die erſten Muſikſtunden gab, war ſie hocherrötend vor ihn getreten, und ſcheu, ängſtlich und ſchüchtern hatten ſich beide das erſtemal näher berührt, waren in innige Beziehung getreten. Und welche Beziehung kann, außer derjenigen zwiſchen Mann und Weib, Mutter und Kind, inniger ſein, als die zwiſchen Lehrer und Schüler? Jede größere Freiheit wird durch den Zweck beſchützt, jede innigere Verſchmelzung durch ihn entſchuldigt.

Ein ſchöner, ſtrahlender Blick, in dem ſie in einer unbeobachteten Sekunde ſich glühende Wechſelgrüße geboten, hatte über ihr beiderſeitiges Schickſal entſchieden, hatte ſie glücklich und ſtill gemacht. Sie wurden zurückhaltender gegeneinander. Dies mußte die Miniſterin bemerken, und wäre ſie vorurteilsfrei und unbefangen geweſen, ſo hätte ihr der eigentliche Grund wohl kaum entgehen können.

Daß dies dennoch geſchah, lag daran, daß ſie ſelbſt Friedemann liebte, daß dieſe Liebe ſie ihrer mütterlichen Beobachtungsgabe und Zurechnungsfähigkeit beraubte. In der Stille Friedemanns ſah ſie das unzweideutigſte Zeichen der Gegenliebe, und dieſe Bemerkung kitzelte ſie ſo, erfüllte ſie mit ſolch geheimer Wolluſt, daß ſie vor Eitelkeit und Liebe blind für jede andere mögliche Eventualität war. Wenn die Miniſterin bei der Tochter gleichfalls keine Veränderung bemerkte, oder deren Zurückhaltung gegen Friedemann nur für die natürlichen Folgen ſeines Benehmens und ihrer Mädchenhaftigkeit hielt, ſo war daran auch die Vorſicht der jungen Kollowrat ſchuld.

Das andere Geſchlecht iſt von Natur aus mit dem

ganzen Kodex der Liebe zu sehr vertraut, als daß die Un=
schuldigste, Kindlichste, Ungelenkste nicht den erfahrensten
Mann überflügeln könnte, und eine Bauerdirne bezeugt
oft in diesem Stadium eine taktvolle Grazie und sinnige
Weise des Benehmens, vor der der gesittetste Mann scheu
und erschrocken stillstehen und seine Knie beugen muß.

Dies junge, siebzehnjährige Mädchen hatte nicht nur
in dem heißen Blicke Friedemanns die süße Gewißheit
seiner Liebe erraten, sie hatte auch, zu ihrem Schrecken,
gerade seit jenem Momente in der Seele ihrer Mutter
gelesen und war erbebt. Die Liebe selbst hatte die Ge=
fahr, die Liebe hatte ihren eigenen Tod geschaut!

Es war ein reizender Wintertag. Ende März, und
noch so tiefer Schnee! — Es sollte weiße Ostern geben.

Die helle Morgensonne spiegelte sich in den brillantenen
Zapfen, die an Dächern und Simsen der Häuser hingen.
Friedemann machte Toilette, er wollte ins Hotel Brühl,
um Stunde zu geben.

Friedemann war bleicher als gewöhnlich. Er hatte
die letzten Nächte schlecht geschlafen.

„Und wenn sie mich liebt, das engelschöne Mädchen,
wenn sie mich wahrhaft liebt, warum soll ich schmachten
und mich verzehren, warum soll ich nie das süße ‚Ja‘
von ihren Lippen hören? Bin ich denn so elend, so gering,
daß ich meine Augen nie zu ihr im Wunsche des Besitzes
erheben soll? Bei Gott, ich tu's! Ist nicht die Ministerin
mir Gönnerin und Freundin, wie's nie eine gab? Und wenn
ich ein Gigant in meiner Kunst werde, wenn ich die Be=
wunderung der Welt auf meinen Scheitel häufen kann, bin ich
zu schlecht, der Sohn des Grafen Brühl zu heißen, der auch
nur ein armer, unbeachteter Page war, als er zu streben
anfing? Ich bin Friedemann Bach und des großen Sebastians
Sohn! Ich wag's und wenn zehnmal Maman dabeisitzt!

Doch nein! Ich könnte ſie verletzen. Ich will ihr Gefühl nicht beleidigen.

Langſam, ſicher und zart will ich gehen, und dann — muß ich erſt etwas Größeres geſchaffen haben, was mir den Ruhm des ſchöpferiſchen Künſtlers ſichert, was mir ein Recht zu meiner Werbung gibt!

Und doch warten, warten!

O, wenn ich ihr ein ſichereres Zeichen geben könnte, als dieſen ſtummen Blick, der einmal nur gegeben, ein= mal nur empfangen ward! — Ha, recht! das iſt ein diplomatiſch Mittel und unverfänglich. Die Miniſterin hat mich ſo oft erſucht, ihr ein Lied zu komponieren, ich hab' es ſtets umgangen. Da, — das alte Lied: ‚Willſt du dein Herz mir ſchenken‘, will ich ihr ſingen, und wenn ich dann Antonie von Kollowrat verſtohlen anſehe, wird ſie mich wohl verſtehen!“

Er nahm das alte Notenblatt, ſchloß es in ſeine Muſikmappe, kniff den Chapeaubas unter den Arm, rückte den Degen zierlich auf die Seite und eilte hinweg.

Tor, was tuſt du! O ſchweige, Verblendeter, ſchweige! Die Liebe iſt ein Myſterium, ein Symbol, ſie verehrt man am reinſten mit Schweigen!

Und wie das Leben eigen ſpielt! Wie manchmal in entſcheidenden Augenblicken alte Mahnungen gleich Äolsharfen klingen, und man bleibt verwundert ſtehen, horcht auf, zuckt die Achſel und geht weiter!

Als Friedemann die Sophienkirche vorbeiging, da, an der bekannten Ecke der Wallſtraße und des Sophien= platzes, wo Merpergers Haus lag, kam eine wohlbekannte, dunkel gekleidete Geſtalt bei ihm vorbei. Sie wendete ſich. Es war Ulrike! Friedemann ward purpurrot und grüßte. Das arme Mädchen mit dem bleichen Geſicht und dem ſtillen, ſchmerzlich lächelnden Zug um die Lippen grüßte ihn wieder und schritt vorbei zum Hause des Vaters. Friedemann stand still. Ein Krampf packte ihn bei der Brust, er mußte hoch aufatmen, daß er nicht schrie, — dann ging er vorüber. — So nahe liegen die Scheide- wege! Wer nur den rechten wüßte!

Friedemann Bach und Komtesse Antonie saßen am reich vergoldeten Klavier und spielten eine jener leichten sogenannten Morceaus, Übungsstücke, die vierhändig von Lehrer und Schüler gespielt wurden, um letzterem die Melodie, welche er zu spielen hatte, und die meist einfach war, angenehm zu machen und das Ohr an Harmonie zu gewöhnen. Die Ministerin saß auf einem Sessel, den sie ans Instrument geschoben hatte, so daß sie den beiden jungen Leuten ins Gesicht sah. Friedemann war, aus leicht begreiflicher Ursache, heut bleicher, aufgeregter und verlegener als sonst, und Antonie Kollowrat, die, der Gazelle gleich, welche den Jäger wittert, mit ahnungs- vollem Schreck an der Bewegung, in den Zügen des Ge- liebten, an seiner zitternden Hand, die sie im Spiel be- rührte, merkte, daß er heut ganz in der Verfassung sei, eine Torheit zu begehen, beschloß, streng über sich zu wachen und durch ihre Geistesgegenwart die Gefahr abzuwenden, die der Unbedachtsame etwa heraufbeschwören sollte. Die Übungsstunde war vorbei, der theoretische Unterricht begann. In ihm gerade konnte Friedemann durch Lehre und Beispiel den ganzen Schatz seines künstlerischen Innern entfalten, und da ihm selbst darum zu tun war, der Geliebten von der Würde und Weihe der Musik die allerhöchste Meinung beizubringen, ihr seine Kunst als die edelste Art der Dichtung darzustellen, und er so selbst im Lehren Dichter wurde, riß er heut wie nie seine Zuhörerinnen hin. — „Ja, Komtesse, die Musik ist die Sprache, die Unnenn- bares sagt, die da lebendig wird und unser Ohr mit süßem Schmeichelton umplaudert, wo der Verstand umsonst nach Worten hascht, wo das Herz, die innerste Seele selbst in einer Zunge redet, die wir nicht verstehen, sondern allein fühlen müssen, wenn wir des heiligen Geistes voll sein wollen. Die Musik ist die Sprache des Herzens, die Sprache der Liebe und die Sprache Gottes, weil alle drei im höchsten Entzücken eins sind. Drum ist auch jede Melodie ein Gedanke und jeder Ton ein Wort."

„Und die Harmonie, lieber Bach?" warf die Ministerin zärtlich verstohlen hinüber.

„Die Harmonie, Exzellenz, wollte ich nun hieraus erklären. Denke man sich die schönste Melodie der Welt, die seelenvollste," und seine rechte Hand schlüpfte mit einem süß flüsternden Adagio über die Tasten, „sie wird, solange sie allein steht, stets eintönig sein, wird trotz aller lieblichen Verschlingungen nie so verständlich, sich selbst so klar werden, ebenso wie ein Mensch, der nur allein lebt, allein fühlt, allein sehnt, nicht verstanden werden kann und elend sein muß. Tritt aber zu der einen Melodie, zu der einen Stimme, welche die Melodie gibt, eine zweite, die den Gedanken wiederholt, neu beleuchtet, gewissermaßen als ein anderes Ich mit anderen Augen anlächelt, dann erst beginnt das wahre Leben des Tons, dann wird er zur eigentlichen Musik, und die einfachste Form, die des Liedes kann erstehen. Es ist bei zwei solchen Stimmen wie bei zwei Menschen, die ein Gefühl durchglüht, eine Stimmung beseelt, ein Gedanke entzündet. Zwei Menschen, die in ihrer individuellen Freiheit dieses vereinte Gefühl, den Gemeingedanken, zur höchsten Vollendung bringen, sich umflattern, durchdringen, gegenseitig wiederholen und ergänzen, sich umschlingen und küssen und selig zusammenrinnen. Und je mehr Stimmen dazukommen, desto höher wird die Wonne, desto reicher der Gedanke, und die Sehnsucht dehnt sich aus zum Himmel und wird unendlich weit und allmächtig, wird Welt und Seligkeitsgedanke, der Gedanke Gottes!!"

Flammend war der schöne Jüngling aufgestanden, hielt den schwellenden Arm der Schülerin in überschwenglicher Glut gepreßt, hatte die andere Hand mit Begeisterung erhoben und sah die Ministerin mit verzehrendem Blicke an. Fast wäre er im Geständnis der Mutter der Geliebten zu Füßen gesunken, als die junge Kollowrat hastig aufstand und ihn aus der Illusion riß. Er ließ ihren Arm los, errötete und bat stotternd um Entschuldigung. — Ministerin Brühl, die dem schönen Mann mit fieberischem Pulsschlag zugehört, war fast ungehalten über die scheinbare Prüderie der Tochter. Sie faßte sich aber noch rasch genug und sagte: „Wenn Sie von uns volle Verzeihung für Ihre dichterische Kühnheit finden wollen, müssen Sie uns den längst erbetenen Beweis geben, daß Sie auch mit solch großem Gefühl zu schaffen vermögen, und uns ein Lied komponieren. Ja, wollen Sie das? So ein Lied, wo zwei Stimmen sich begegnen, ein Liebeslied vielleicht, Friedemann." Und seine Hand in der ihrigen haltend, sah ihn die Ministerin mit einem seltsamen Blick an.

„Jetzt ist der Augenblick oder nie!" so tönte es in Friedemann wieder, und ihr einen langen Blick zurückgebend, setzte er sich ans Klavier. Ministerin Brühl stand vor ihm.

Antonie von Kollowrat war, ängstlich und bleich, leise hinter die Mutter getreten und hatte, im Instinkt der kommenden Katastrophe, seinen Blicken wenigstens das Verräterische genommen, indem sie die Mutter zur Ägide machte. Die Ministerin merkte nicht, was Antonie tat, sie war in Friedemanns Anschauen verloren und lauschte des kommenden Sanges, der, wie sie meinte, auch ihr ein Liebesbote werden sollte. Friedemann griff in die Tasten.

Ein kurzes Vorspiel. Sein braunes, schwärmerisches Auge erhob sich, sah hinter dem Antlitz der Mutter das der Geliebten, — und er dankte ihr mit einem Glührot für die Schalkheit. Plötzlich ward er bleich, sehr bleich, er stand an der Schwelle seines Schicksals.

Es war der arme David Rizzio, der vor seiner Königin Maria in Liebessehnsucht sang und nicht ahnte, daß draußen Darnley stand, ihr Gemahl, mit Ruthven und seinen Gesellen.

Und er begann:

> „Willst du dein Herz mir schenken,
> So fang es heimlich an,
> Daß unser beider Denken
> Niemand erraten kann.
> Die Liebe muß bei beiden
> Allzeit verschwiegen sein,
> Drum schließ die größten Freuden
> In deinem Herzen ein.
>
> Behutsam sei und schweige,
> Und traue keiner Wand;
> Lieb' innerlich und zeige
> Dich außen unbekannt.
> Kein Argwohn mußt du geben,
> Verstellung nötig ist,
> Genug, daß du, mein Leben,
> Der Treu versichert bist.
>
> Begehre keine Blicke
> Von meiner Liebe nicht,
> Der Neid hat viele Tücke
> Auf unsren Bund gericht'.
> Du mußt die Brust verschließen,
> Halt deine Neigung ein,
> Die Lust, die wir genießen,
> Muß ein Geheimnis sein.

Brachvogel (B. 501-507).   **14**

Zu frei sein, sich ergehen,
Hat oft Gefahr gebracht,
Man muß sich wohl verstehen,
Weil ein falsch Auge wacht.
Du mußt den Spruch bedenken,
Den ich vorher getan:
Willst du dein Herz mir schenken,
So fang es heimlich an."

Außer sich, nicht Herr seiner Sinne, sprang er auf!

„Pardonnez, Maman, mon mouchoir!" und Antonie eilte hinweg, ihre Bewegung zu verbergen und den Unsinnigen vor dem Schlimmsten zu behüten.

Ihr Weggehen hatte Friedemann die Besinnung wiedergegeben. Die Ministerin aber, das vergessene Tuch der Tochter segnend, trat hastig zu ihm, packte krampfhaft seine Hand und wollte dem schönen, glühenden Sänger eben das Herz in ihrer Art etwas erleichtern, als Antonie wieder eintrat und einen fragenden Blick auf beide warf. Die Ministerin fuhr zurück und warf ihr einen wütenden Blick zu.

Friedemann war ernüchtert. Ja, er begann auf einmal zu ahnen, an welcher Doppelklippe er stand. Er faßte sich, nahm seine Mappe, verbeugte sich und ging. Noch einmal schien er gerettet!

12. „Fang's heimlich an."

Heimlich! Heimlich und in nächtlicher Stille entsprießt die Lotos, die heilige Blume der Liebe, der Nacht und öffnet ihren keuschen Schoß dem entzückten, sehnsucht=zitternden Mondstrahl; doch wenn das erste Frührot leise auftaucht und der Tag mit seinem ersten Dämmern die träumende Flut in den Schmelz des Zwielichts hüllt, sinkt die Verschämte zurück ins kristallene Haus des ewigen

Ganges, der silberglänzende Geliebte droben zieht seine
Strahlenpfeile ein und verrinnt im auflohenden Morgen=
himmel.

Nicht in glühender Sehnsuchtshaft, leise geküßt will
die Rose sein, leise getrunken der Becher der Liebe; denn
ist er leer, was nützen die goldenen mit Juwelen besetzten
Scherben? Die süße Hathor, die einst zu Memphis stand,
das Urbild der Venus, war nicht nur die Göttin der
Liebe, sondern auch die Göttin der Nacht. Aus feuchter
Nacht ward in Liebe die schöne Welt, das Urei, geschaffen,
aus dem der Phtha, die Urweltssonne, sprang. Liebe,
Nacht und Schweigen sind die Gebärerinnen des Daseins!

Schämige Nacht war's, als Romeo am Fenster die
Geliebte grüßte, schämige, verschwiegene Nacht war's, als
Friedemann Bach, gehüllt in den weiten Mantel, aus
seinem Hause schlich. Er eilte über den knisternden Schnee,
und einzelne Flocken fielen nieder. Er wollte zum Hotel
Brühl. Am Montag war jene verhängnisvolle Stunde
gewesen, Dienstag war er nicht ins Hotel gegangen, die
große Schlittenfahrt nach Sedliß, welche die Königin dem
Hofe gab, nahm alles in Anspruch, darum fiel gestern
und heute die Stunde aus. Dagegen erhielt Friedemann
von der verliebten Ministerin eine Einladung zum heutigen
Abend, wo Brühl dem Hofe eine sogenannte Schäfer=
oder Bauernwirtschaft gab. Der eigentliche Karneval war
vorüber, die großen Redouten und Maskenfeste des Hofes
beendigt, doch pflegte man in jenen Zeiten bis zum grünen
Donnerstag hin den Karneval auszudehnen, und, da
man aus Pietät nicht gerade offiziell zum Zweck des
Tanzes sich vereinen wollte, so gab man luxuriöse
Schaustellungen, in denen Opern mit Karussells und
Schäferfesten abwechselten und auch wohl nebenbei getanzt
wurde. Heute war der Kehraus der Karnevalsfreude,
man durfte nun nicht zögern, ernste Gesichter zu machen,

denn dahinter stand schon der stille Karfreitag mit seiner Dornenkrone.

Friedemann, als er so langsam an der Sophienkirche vorbeiging, sah mehrere Leute, die aus Merpergers Haus gingen. „War da Gesellschaft? Die Fenster sind doch nicht beleuchtet!" Er kehrte um, ging zurück, an seinem Hause vorüber und von der anderen Seite bei der kleinen Brüderstraße an der Kirche vorbei — er wollte keinem begegnen.

Er überdachte seine Lage. Wohl war er sich der doppelten Gefahr bewußt, in die er hineinschritt. „Brühl ist heute im Hause! Die Ministerin ist in mich verliebt, das ist kein Zweifel! Wie soll ich ihr entgehen und doch Antonie sprechen? — Wie mich Brühls Blicken entziehen? Mein Verstand rät mir sehr ab, überhaupt hinzugehen."

Wie er so zögernd bis zur Ecke des Prinzenpalais gekommen war, scheuchte ihn der Tritt zweier Menschen aus seinen Gedanken. Er fuhr auf. Sie kamen gerade von Merperger her, dessen Haus er jetzt wiederum sehen konnte, und oben in des Mädchens Kammer brannte Licht, das einzige Licht in dem stillen Hause. Er mußte, wenn er vorwärts ging, gerade mit den Kommenden zusammentreffen. Er blieb im Schatten des Palais stehen und ließ sie vorüber. Es schien ein Doktor zu sein. Die Köchin Merpergers leuchtete ihm nach Hause.

„Heute ist der zweite Tag; das Fieber ist weg=geblieben, ich denke, die gute Ulrike ist nun außer Gefahr," sagte der Arzt.

„Gott sei Dank! Aber die Angst, die wir aus=gestanden haben, Herr Doktor! Und daran ist weiter keiner schuld, als der schlechte Kerl, der Bach!" und keifend verlor sich der Ton mit den verhallenden Schritten. Friedemann stand unbeweglich und schaute hinauf nach dem einsamen Fenster. Es war ihm doch recht wehe!

Wenn ihn sein Vater Sebastian hätte da stehen sehen, im Schnee, wie er emporstarrte und der zurück=geschlagene Mantel das amarantfarbene Schäferkleid zeigte! „Was tust du hier, Friedemann? Was tust du hier, der Sänger des Herrn, in den bunten Lappen der Narrheit, und übermorgen ist doch der Tag, da der Heiland ge=kreuzigt ward!" Das alles, alles rauschte durch seine Seele, aber das verzehrende Feuer der Liebe war stärker, und herb klang ihm der lieblose Schimpf des Dienstboten, offen preisgegeben den Ohren eines fremden Mannes und dem Mißbrauch der Fama. Das zog sein Herz zu, so zu, daß das Mitleid für die Arme da drüben in ihm keinen Raum mehr fand.

Es gab ein Ding in Friedemann, das hieß Störrig=keit, wer die weckte, machte den sonst edlen, weichmütigen Menschen zu Eis und Stein.

Er ging, den Taschenberg vorbei, um die alte bau=fällige Hofkirche und erblickte das prangende Portal Brühls, vor dem eine lange Reihe glänzender Karossen stand.

„Ha, der Hof ist also da, Gott sei Dank! Brühl und die Ministerin können sich so weit vom Herrscher=paare nicht entfernen, daß ich nicht einen Moment un=beachtet mit Antonie sprechen könnte. Sowie ich das getan, gehe ich wieder."

Er betrat das Hotel, dessen Vorhalle mit Blumen geschmückt, mit Teppichen belegt war, gab seinen Mantel ab, präsentierte seine Einladung und ward von einem als Faun mit Bocksohren und Thyrsus geschmückten Zere=monienmeister in die zweite Halle gewiesen. Sie war ganz in eine ungeheure Laube, einen künstlichen Blüten=wald verwandelt, der magisch durch bunte Lampen erhellt war und sich nach hinten gegen den großen Hof des Hotels öffnete. Über diesem Ein= oder Durchgange hing eine Transparentschrift:

„Wenn meine Wirtschaft ist auch klein,
Kommt all ihr Schäfer nur herein,
Der Gott, des Füllhorn froh uns nährt
Und meiner Hürde Glück beschert,
Naht selbst mit des Olympos Schar
Und wird in Gnaden offenbar,
Weil ihm der Seinen Lust gefällt,
Die hergeströmt aus aller Welt.
Drum labt und liebt euch, das ist Brauch
Von Nymph' im Bach und Sylph' im Strauch."

Friedemann trat unter dies zweite Portal und sah hinab in den ungeheuren Hofraum, der in der ganzen Höhe des Palastes künstlich durch eine Überdachung vor der Nachtluft geschützt war. Ein Teil des Hofes, der als Seitentrakt gelten konnte und in die Augustusstraße mündete, war durch eine Glaswand gegen dieselbe gesperrt, vor welcher sich eine Masse Volks drängte, die doch auch etwas Herrlichkeit mitgenießen wollte. Die Seiten des Hofes waren mit einer Fülle künstlichen Laubes und Blumenwerks, soweit das Auge reichte, tapeziert, aus welchem weiße Büsten auf Säulen, Obelisken und etliche Nymphengruppen hervorleuchteten. Den ganzen Raum, zu dem abwärts eine Blumentreppe führte, hatte man gedielt und mit Teppichen belegt. Hin und her standen Buden, wo Zigeuner, Ägypter und allerlei phantastisches Volk tausend Nippes und Galanterien feilboten; auch ein Quacksalber, mit seinem unvermeidlichen Hanswurst, pries seine Waren an und erregte unauslöschliches Gelächter. Gegenüber dem Haupteingange war ein Thron von Muscheln, buntem Gestein, Korallen, Laub, Blumen und ausländischen Raritäten erbaut, auf dessen oberster Stufe zwei Sessel mit schwellenden Kissen bereits August III. und Josepha aufgenommen hatten, die in phantasiereichem, halb mythologischem Kostüm den Mittelpunkt des Festes bildeten. Rings um sie, im strahlenden Gedränge, wogte der Hof, der die letzte Karnevalsfreude ausbeutete, in bunten Schäfer-, Sylphen- und Amorettengewändern. Die ganze Szene wurde von Tausenden bunter Ballons und Ampeln erleuchtet, die an den Seiten hingen oder in großen Girlanden über den weiten Raum gespannt waren, während der mangelnde Duft der Blumen durch Wolken von Odeurs ersetzt ward, die umherschwebten, wogegen kleine Springbrunnen die Temperatur frisch erhielten. Aus diesem Hauptfestraume liefen zahllose, grottenartig verhüllte Türen nach den innern Gemächern des Palais, wo die Büfetts, der Tanzsaal, Bosketts und Laubengänge, Orakel und tausend Dinge, die nur das phantastische Raffinement dieser Zeit ersinnen konnte, zum Genusse, zum Tête-à-tête oder zu fröhlichem Lachen einluden. Dabei erhöhte eine unsichtbare Musik die ohnedies erregte Stimmung zu einem wahren Taumel des Vergnügens. Kurz, es war ein Fest, das, außer dem Könige, nur ein Brühl geben konnte.

Dies alles bemerkte Friedemann kaum flüchtig, und indem er sich in die unbeachtetste Ecke zurückzog, war er bemüht, die Ministerin mit ihrem Gemahl zu erspähen, und höchst erfreut, sie zunächst um den König und die Königin zu finden. Wenn erst der Umgang des Königs und des Hofes erfolgte, wenn gar das eigentliche Karnevals-mêlée eintrat (was bei diesen Schäferfesten das Haupt-vergnügen war, weil dann jeder nach seinem Gout tun und lassen konnte, was ihm gefiel), so war Friede-mann verloren. Ein Glück, daß er in seiner Stellung kein Anrecht am dramatischen Teile des Festes, an den Aufzügen, Quadrillen und allegorischen Szenen hatte.

Ebensowenig war dies aber bei Antonie der Fall, die noch nicht bei Hofe eingeführt war, denn nur, was

offiziell zu ihm gehörte, nahm an dem eigentlichen, so=
genannten Schäferspiele teil.

Friedemanns Augen glitten von einer Schönheit zur
andern, er sah Antonie nicht. War sie denn gar nicht
zugegen? Endlich blickte er empor nach den verschiedenen
Fenstern des Palais, die durch das Laub in dem prangenden
Hof mit hellen Gesichtern hinabschauten. Dort, an jenem
dunklen Fenster stand sie und sah ihn an, ja schien ihm
zu winken. Alles war nur mit dem eigenen Vergnügen
beschäftigt.

Friedemann kannte die Räume des Hotel Brühl sehr
genau; trotz der Veränderungen fand er sich bald zurecht.
Allem Geräusch ausweichend, ging er die einsamsten
Galerien, und gelangte auf Umwegen in jenen Teil des
Gebäudes, wo das bewußte Fenster liegen mußte. Er
kam zu einer Tür, die nur angelehnt war und öffnete sie
leise. Da stand, wie vorhin, die Liebliche und sah hinab.
Er trat ein, das Herz schlug ihm bis an den Hals. Er
hustete. Antonie fuhr zusammen und wendete sich.

„Friedemann!“

„Antonie!“ — und er wollte ihr mit offenen Armen
entgegeneilen.

„Um Gottes willen, Friedemann, machen Sie sich,
machen Sie mich nicht elend! Sie haben mich durch Ihre
Unbesonnenheit schon in so entsetzliche Gefahr gebracht!
Lassen Sie sich doch erbitten! Seien Sie doch überlegter!“

„Antonie, nur ein Wort!“

„Kein Wort, Friedemann, kein Wort! Nehmen Sie
den kleinen Schlüssel und verlassen Sie sofort das Hotel.
Sie kennen den Gang, der von uns hinüber nach dem
Wallgarten geht, dorthin gehen Sie. Im Schwibbogen
ist eine kleine Tür, öffnen Sie dieselbe, und Sie sind im
Gange, dort erwarte ich Sie.“

„O, nur ein Wort, Antonie!“ und er drückte einen

Kuß auf die Hand des Mädchens. „Willst du dein Herz mir schenken?"

Da sah ihn dieses Engelsantlitz mit einer namenlosen Mischung von Liebe, Mitleid, Furcht und Beschämung an: „Fang's heimlich an, Friedemann!"

13. Karfreitag in der Nacht.

Man mag sich noch so sehr dagegen sträuben, mag alle Beispiele und Gründe, die sich hin und her verstreut finden, mit Gewalt ans Licht ziehen; es ist einmal eine unabweisbare Tatsache, daß jene Zeit, wo der einzelne Mensch sein Glück allein im großen ganzen, in der Natur, in der Religion, im Staate fand, jener Zustand, wo er, mit vollständiger Unterordnung, Drangabe, ja Verzichtleistung seiner Persönlichkeit, nur in, durch und für die Außen= welt lebte, vergangen ist. Tot und begraben, ihrem Inhalt wie ihrer Form nach, ist die Kinderzeit des Menschen= geschlechts, die ich, um ein einzig Wort zu finden, die Ära der Autorität nennen will, begraben von dem Drange des Subjektivismus, dem Bestreben, an und für sich zu sein und so glücklich zu sein. Die Menschheit hat das Kleid der Unschuld ausgezogen, ist von dieser großen, gewaltigen Mutter, die über ihr und außer ihr thronte, abgefallen, hat vom Baume der Erkenntnis ge= gessen und erwachte zum Gefühl der Individualität. Das ist ihr Jünglingsalter. Was von der alten Welt des Selbstverzichts, der Aufopferung, noch etwa übrig, ist nur ein Hauch, eine Ahnung, ist die schwache Idee von der Idee des Ideals. Sie ist scheinbar vollständig untergegangen, und weil das lebende Geschlecht sich dessen immer bewußter wird, meinen auch viele, sie könne nimmer wieder erstehen. Sie ist wohl gestorben, und zwar den tragischen Tod der Selbstvernichtung. Was von ihr noch träumerisch umherirrt auf Erden, sind die bunten Fetzen ihres Daseins, in die der Subjektivismus gleißend sich kleidet. Aber sie selbst, in ihrem Riesengrabe, schläft nur, es geht ein Reinigungsprozeß mit ihr vor, aus dem sie geläutert auf= erstehen wird und muß, denn sie ist ewig, weil sie Uridee ist. Wie Barbarossa im Kyffhäuser, muß sie warten, bis die Raben schreien. Sie muß harren, lange, öde Tage des Grams, bis der Subjektivismus auch den letzten ge= stohlenen Fetzen ihres Herrschermantels nicht des Tragens mehr wert hält, in nackter Keckheit einhertritt, aus der Welt nur ein Kredit und Debet gemacht hat und die Menschen bei ihm nur eine Zahlenreihe, der Schweiß der Arbeit ein zinstragend Papier geworden. Dann, wenn er wird sitzen, der blinde Faust auf dem Söller, neben sich den alten, verfluchten Buchhalter, die Zahlenlogik, die drei= beinige Gedankenprogression, den Mephisto, und wird's scharren und graben hören unter sich von Millionen ächzender Arbeiter, wenn er wird träumen, er raube dem Meer den Boden, dem Himmel die Luft und die Sterne, der Sonne den Glanz, und alles sei sein, sein, —

Wenn erst der Tag gekommen ist: „Da er sich selbst gefallen mag, Und er zum Augenblicke saget: Verweile doch, du bist so schön;" —

dann werden die vier Schattenschwestern kommen und klopfen mit eisernen Fingern:

„Ich heiße der Mangel."
„Ich heiße die Schuld."
„Ich heiße die Sorge."
„Ich heiße die Not."

Da, hintendrein kommt — der Tod! der Tod!
Der hebt ihn mit eisernem Griff empor vom goldenen Stuhle, wirft ihn in sausendem Schwunge hinab unter die Lemuren in sein Grab, haha, in das enge Land, das er dem Meere abgezwungen, und das Paradies kommt wieder,

das alte, und ist jung, ist dasselbe und doch anders, ist Herrscher und dient doch, ist Mutter der Selbstsucht und doch ihr Kind, ist von ihr erschlagen und doch wieder durch sie auferweckt.

Dann aber —! Das sind Fernen, in die das prophetische Auge nicht mehr dringt, wo es sich schließen muß, denn der Aberwitz klopft an die Hirnschale.

Jene Zeit der antiken Welt und dann des ersten Christentums, wo mit der aufgehenden Sonne unser Geschlecht sich erhob und zuerst dem ungeheuren Urwesen über Raum und Zeit ihr Danklied sang, wo jede Form des menschlichen, staatlichen, gesellschaftlichen Daseins, jede Tätigkeit, jedes Gefühl, jede Leidenschaft, Essen, Trinken, Arbeiten, Schlaf, Wachen, Ehe, Liebe, Geburt, Tod, Krieg, Friede, Königtum, Republik, Freiheit und Sklaverei, kurz, alles, nur Kultus, eine Form der Gottesverehrung war, diese Zeit liegt so weit hinter uns, daß wir sie nicht mehr verstehen.

Warum erschüttert uns die Antigone, der Ödipus nicht mehr? Weil uns das Verständnis der Uridee jener versunkenen Tage abhanden gekommen, weil wir kein Gefühl, die frommen Kinderaugen nicht mehr haben, mit denen man jene Werke betrachten muß, weil uns die ehernen Schauer abgehen, die das alte Publikum überrieselten, wenn Ödipus begann:

„O, meine Kinder, ihr, des alten Kadmäerstamms" —

und das tränenschwere, hochklopfende Herz fehlt, mit dem das alte Auditorium die Arena verließ, wenn, in Antigone, nach dem Fall von Creons Haus, der Chor schloß:

    — — — — „Nie frevle darum
An der Götter Gesetz! Der Vermessene büßt
Das vermessene Wort mit schwerem Gewicht,
Das den Trotzigen lehrt,
Noch weise zu werden im Alter!" — —

Wird man es glauben, daß das Drama damals die Menschen besser machte, daß der Hausvater, die Hausmutter nie frommer war, nie inniger ihre Hände erhob und betete:

> „Sieh herab, Allvater Zeus,
> Und auch du, allwaltende Schicksalsherrin,"

als nach dem Schauspiele?! — — — — — —

Es soll ja nicht gesagt sein, daß nicht viele unter uns noch von jener tiefen, anspruchslosen, echten Frömmigkeit wären, daß nicht manche Schar stiller Genossen das alte Paradies in engem Kreise behütete, aber im großen und ganzen nicht mehr. Wenn wir heute fromm sind, sind wir's subjektiv, nur der allerhöchst gebildete und erfahrungsbewußte Mensch ist teilweise noch objektiv fromm.

Doch nein, nein! In einem machen wir alle, wie wir sind, eine Ausnahme von unserer eigenen Zeit, ein Moment tritt ein, wo wir mit all den alten, heiligen Schauern auf ein paar Stunden zurückfallen in die Arme unserer alten Mutter, weinend in seligem Weh uns an sie klammern, in langen, durstigen Zügen aus ihren Brüsten trinken, mit neugierig staunenden Kinderaugen in ihr runzliges und doch gar so liebes Gesicht sehen und uns wohl fühlen, glücklich, frei und groß in der Kindschaft dieser Minute. Wissen wir doch, daß der nächste Tag das erbärmliche Zahlendasein wiederbringt!

Dieser kurzen Stunden, wo die Vergangenheit über uns Herr wird, gibt es zwei im Jahre, ein Fest der Freude, eins der Tränen. Weihnachten und Karfreitag. Das ist der Rest des alten Paradieses, der Rest, der uns begleiten wird durchs Jetzt zur Zukunft, die Pforte, durch welche die alte Mutter der Welt, jung und neu geworden, wieder eintreten wird ins Herz der Menschheit!

Karfreitag ist's. Der öde, trübe Himmel spannt sein

Leichentuch über die stille Welt, und schwarze Wolken, wie verlorene Posten, sind hin und her zusammengeballt, in sich gekauert, wie Klageweiber, als Wächter der Trübsal.

Der Abend hat sich herabgesenkt auf das große Dresden und die langen, finsteren Häuserreihen begraben die Straßen in dämmernde Schatten. Hier und da entglimmt eine trübe Laterne und wirft ihren ungewissen Schein auf die Scheitel der Vorübergehenden; der Mond aber, fahl und gläsern, der sich mühsam durch die Wolken gerungen, schwankt um den alten Turm der Sophienkirche. Es ist so öde und unheimlich leer, so kahl und kalt auf den Straßen. Der rauhe Wind fegt eisig um die dürren Baumkronen, die noch keine Knospe schmückt. Ist's doch, als wenn die ganze Natur traure und der Frühling sich erst ausweinen müsse, ehe er sich schüchtern ins Grün der Hoffnung hüllt. Eine unsichtbare Hand hat sich auf die Herzen der Menschen gelegt und preßt sie zusammen, Andacht ruht auf den stillen Häusern, und langsam, mit zitternder Stimme, liest das alte Mütterchen die große Tragödie des Herrn, des ewigen Liebesboten, der sein volles Herz der Menschheit gab und, an der Tücke der Zeit zerscheiternd, still lächelnd starb: „Sie wissen nicht, was sie tun!"

Das ist der Tag, wo die Herzen schreien und weinen, nicht aus eigenem Weh, sondern im Andenken an ihn, in der Erinnerung, daß der Held der Befreiung erschlagen ward und die Menschheit noch sitzt am Bach unter den Weiden und klagt, wie die Juden in der Gefangenschaft zu Babel, gefesselt von eigener Verblendung!

Im Kantorhause der Sophienkirche zu Dresden, oben im einsam entlegenen Stübchen, außer der alten Hanne allein, geht Friedemann nachdenklich still auf und ab.

Wohl bewegt sein Herz die selige Liebeslust erst kürzlich verrauschter Wonnestunden, wo er Antonie in seinen Armen hielt und den ersten Liebesschwur im Kusse besiegelte, aber auch der Kummer, die marternde Qual, ob er und wie er das Glück für ewig an sich fesseln möge, das ihm das gütige Geschick geboten. Die Tochter eines allmächtigen Ministers! — „Oho, und ich bin Sebastian Bachs Sohn! Wenn Brühl längst nicht mehr gekannt ist in der Welt, wird man vor Bachs Marmorstatue noch das Knie beugen in Gedanken. — Nein, nicht allein vor ihm! Hat mein großer Vater nicht selbst gesagt, daß ich ihn überstrahlen werde? — Auf, Friedemann, du sollst, du mußt, du wirst! Schaff etwas, das dich deines Vaters wert macht, ein Werk, dem sie sich alle begeistert zuwenden, und das den stolzen Brühl zur Achtung zwingt. Wer nicht ringt, darf nichts haben!"

Er steht gedankenvoll am Fenster, tiefe Grabesruhe liegt um ihn her, Schauer der Nacht flattern um seine Glieder. Der Wind, der durch das offene Fenster schweift, fächelt die Flamme des dämmernden Lichtes und blättert mit geisterhaftem Finger in der aufgeschlagenen Bibel.

„Ja, das ist's, das ist's. Graun hat in Merseburg schon immer davon geträumt! Er hätte es ausgeführt, aber er hatte keinen Text. Ich kenne seinen Plan zum Oratorium, er ist schön, erhaben, aber das will ich nicht, etwas anderes, Gewaltigeres muß es sein, was den Gedanken tiefer faßt. Ich will mir selbst den Text schreiben. Ich exponiere gleich. — Ha, ich hab's!" Er faßt begeistert die Bibel, deren Blätter plötzlich geheimnisvoll ruhig liegen. „Da, da steht's! Die Stelle hat mir der liebe Gott selber aufgeschlagen! Mit seinem Rate sei's begonnen!" Er zündet noch ein Licht an und stellt es hin, legt die Bibel zwischen beide Kerzen, daß es aussieht wie ein Altar.

Ein Geräusch! — „Ach, es ist schon spät," murmelte er, „die alte Hanne kriecht gewiß auf die Dachkammer in die Federn." — Er setzt sich an die Arbeit. Nicht wild bacchantisch erregt, in fieberhafter Überschnappung Noten und Gedanken hinwerfend, sondern ruhig, ernst, andachts= voll. Auf seinem schönen, jugendfrischen Antlitz, welches das volle, losgebundene Haar in schwarzen Locken um= flattert, glänzt die strahlende Majestät der sich gebärenden Idee, die in prophetischer Glut und Klarheit aus dem Gedankenmeer seines Hirns emportauchte und sich mit der Siegesgewißheit auf dieser breiten, kühnen Stirne, ihrem Throne, niederließ. — Beuget euch, ihr Menschen, vor dem Künstler, dem Propheten des Herrn, wenn er erfüllt ist von hoher Offenbarung. Wehe leiser, spitzer Nachtwind, denn Friedemann schreibt den Entwurf des Oratoriums: „Der Tod des Erlösers". — Indes die Feder auf dem Papier hinschweift, dehnt sich seine Phantasie weithin über die Erde, zurück in die Tage der Vergargenheit, die ihn mit Sonnenklarheit umrauschen. Und er versinkt ins Schauen.

Er sieht den Heiland stehen vor der palmen= umrauschten Hütte, der im Scheidegruß die Hand Maries an sein Herz gepreßt. Sein blaues Auge schimmert feucht, seine zitternde Lippe sagt der Armen Lebewohl.

Gebrochen, tränenleer, ein bleiches Marmorbild, ein Idol der Erdenentsagung, steht das Mädchen, des hohen Liebreiz nur Liebe schildern kann, und schwere Seufzer ringen sich von ihrem Busen los, Kinder der Liebe und Schmerzen, die der Morgenwind aufhebt zum Throne des ewigen Vaters. Die Schwester Martha und Lazarus, der wiedererstandene Bruder, sind bei ihr, und Tränen des Mitleids fallen ihnen verstohlen aufs Gewand. Des Menschen Sohn soll alle Menschenschmerzen tragen, soll alle Erdenbitternisse schmecken, so will's sein Vater, und auch des Erdenleides tiefstes, das Weh der Liebe, den Kelch der Entbehrung. Er soll verkünden das neue Reich der Liebe und Brüderschaft im Himmel und auf Erden, von seinem Worte soll auferstehen der Sklave und Bedrängte und sich schmücken mit dem Blütenzweige der Freiheit. Vor ihm sollen fallen die unsaubern Tempel mit ihrem prangenden Gold, ihrem wüsten Götterdienste, ihren blutigen Opfern, ihrem verfluchten Gedankenhandel. Was hat er zu schaffen mit irdischer Liebe? — Und doch ist er ein Mensch, doch liebt er das blasse Weib, und wenn schon das Volk jauchzend schreit „Hosianna!", wenn die Pharisäer, die politischen Theologen jener Zeit, murmeln: „Ha, das ist der Maschiach, das ist der Juden König, der uns löset vom Römerjoch", durch Palmenwedel und Blumen, trotz Freudensängen und Volksstimmen, sieht er das einsame Galgenholz da droben, weiß, daß sie alle, die Hoffenden, sich gegen ihn wenden werden in der Stunde der Gefahr, denn er bringt ihnen nicht, was sie wollen, er bringt ihnen Wahrheit. Aber die Wahrheit muß untergehen, wenn sie phönixgleich sich neu erheben will. Sein leuchtend Prophetenauge sieht, wie die Völker der Zukunft in seinem Namen wallen, wie in sein Blut gekleidet die ewige Wahrheit, das Reich der Liebe, durch die Erde schreitet.

Ein Liebesblick, ein Blick der stummen Bitte zum Vater, und er eilt hinweg, besteigt die Eselin und ziehet ein in Jerusalem — in den Tod. Des Volkes gärende Menge, der Leviten eifernder Chor wälzt sich vor ihm, um ihn, hinter ihm her, wächst zum riesigen Strom, der sich drohend aufstaut gegen die Römerburg der Antonia, an den Höhen von Zion brandet und wie ein Wetter sich endlich lagert um Salomonis stolzen Bau. Die römische Soldateska hält sich zagend still und erwartet das Feldgeschrei der Empörer. Die Leviten, die Sadduzäer stacheln die Menge, und die Siccarier halten die Waffen unterm Gewande. Der Herr besteigt des Tempels Stufen und

tritt mit den Jüngern hinein, wo aus goldenen Schalen
Weihrauch strömt, wo das blutende Opfer verbrennt auf
dem Altar, und im Vorhof die Priester verhandeln das
Opferfleisch. Der Wechsler zählt sein wucherisch Gold,
Kauf und Verkauf, List und Trug, Tränen, Fluch, Ge=
meinheit und Gebet — alles, alles zieht empor in wilden
Wirbeln des Opferrauchs.

Da ist die Stunde kommen! Mit den Sandalen=
riemen peitschet der Herr in die Massen, der Mammon
rollt klirrend zur Erde und kollert ins Opferblut, es
brechen die Tische und Schragen, und mit übermenschlicher
Hand reißet der Messias den Opferaltar nieder und den
Götzenprunk, heulend fliehen die Priester, und das Volk
steht starr und bleich. „Mein Haus ist ein Bethaus, ihr
aber habt es zur Mördergrube gemacht!!" — Er sinkt
betend auf die Knie, geht von dannen, und das Volk
weicht scheu von ihm, denn sie haben ihn nicht ver=
standen. — Das war der Tag, wo prasselnd die alte
Welt zusammenbrach und die neue Zeit, das Christentum,
emporstieg aus den reineren Opferstätten. Die Zeit der
Befreiung, der Bruderliebe, die Hoffnung des Jenseits im
Schoße des ewigen Vaters, nun war sie da! — Und das
Volk stand stier und schlich schüchtern weg. — Vor die
Stadt hinaus schreitet der Herr, und sein Herz ist schwer,
sein Auge weint, er verzagt an seinem eigenen Werke,
denn er zaget als ein Mensch. Im Garten zu Gethsemane
wirft er sich weinend nieder und vertraut seinem Vater
sein tiefes Leid, und die Jünger schlafen im Grunde.
„Vater, ist's möglich, daß dieser Kelch an mir vorüber=
gehe?"

Aus den seligen Höhen der Freude taut's hernieder
wie Engelgesang, Gottes Seraph bringet ihm den Labe=
trunk, zeigt ihm in der Ferne das große Reich, das sich
aus alter, wüster Zeit erbaut, die Himmel öffnen sich und

der Ewige streckt ihm seine Arme entgegen. Die Ver=
heißung der Liebe, die in Milliarden Bronnen durch
Welten und Himmel dringt, deckt ihn mit seligem Kusse
zu, läßt ihn Erdentäuschung, Erdenlust und Erdentod
vergessen. Und wie er begeistert und gestärkt daliegt in
brünstiger Danksagung, allein im Dunkel der Nacht, da —
da — schleicht's heran, und ein rieselnder Frost schlüpft
ihm mit Krötengebein über den Leib, und kommt näher, —
der Judas mit den Levitengesellen, mit den rohen Knechten
der Macht! — Noch ein Atemzug! — Ah! o! — — —
Ein Ringkampf beginnt, wie von höllischen Dämonen!
Ein Schrei, ein dumpfes Gebrüll! Lichter, Bibel, Tinten=
faß, die begonnene Arbeit, alles stürzt zur Erde!

In diesem Dunkel, Karfreitags in der Nacht, vollzieht
sich ein namenloser Greuel, ein Diebeswerk ohnegleichen!

———————————————————

Es wird stiller. Schwere Fußtritte von drei oder
vier Männern, die einen Gegenstand fortschaffen. Man
entfernt sich — die Treppe hinab — auf die dunkle
Straße. Da steht ein Wagen. Vier Männer heben
einen fünften, ob lebend oder tot, wer weiß es, hinein.
Der Schlag klappt zu, ein kurzes Rädergerassel, das alte
Kantorhaus steht öde, seine Tür gähnt in die Nacht wie
der offene Mund eines Gestorbenen im Todeskrampfe.
Die alte Hanne verkriecht sich tief unter das Deckbett und
erwartet klappernd vor Grauen den Tag.

———————————————————

Bleich taucht aus trüben Nebeln der grämliche Morgen.
Stiller Sonnabend. Die alte Hanne schleicht wie ein
Gespenst hinab in des Herrn Stube. Da liegt im Chaos
der Zerstörung die Bibel, beschüttet mit schwarzer Flut,
ein paar beschriebene Blätter verstreut in den Winkeln.
Alles zertrümmert und öde. Friedemann Bach ist ver=
schwunden. Das alte Weib stürzt schreiend auf die

Straße. „Mein Herr ist fort, Friedemann Bach ist weg, sie haben ihn tot gemacht, Hilfe, Hilfe!“ Die Arme bricht zusammen. Die Nachbarn füllen klagend das Haus. Doles und Merperger kommen, nehmen entsetzt die beschriebenen Blätter und eilen auf die Polizei. Man wartet bis zum Abend — er kommt nicht. Alles Forschen ist vergebens. Friedemann Bach ist verschwunden!

14. Weiße Ostern.

Stiller Sonnabend! Sei's, daß der Ernst des Karfreitags, die tragische Stille, die der Erinnerung an den Leidenstod des Messias geweiht war, daran teil hatte, Sebastian Bach in Leipzig war am Abend mit schwerem Herzen zu Bette gegangen. Eine tiefe Traurigkeit, ein Etwas wie Ahnung, ein beklemmend ängstliches Gefühl, das er, bei dieser krampfhaften Stärke, kaum dem Gefühl des Tages anrechnen konnte, hatte ihn getrieben, im Schlafe Ruhe zu suchen, um so über diese Stunden hinwegzukommen. In der Nacht aber war er plötzlich aus unruhigem Schlummer emporgefahren, ein jäher Schrei hatte ihn geweckt. Er war aufgestanden und hatte Licht gemacht. Alles schlief um ihn her. Er horchte auf den Flur, hielt das Ohr an die Fensterlade — alles still. Nur der David schien unruhig zu liegen, er schnaufte so. Der alte Sebastian trat an das Bett des Kleinen. Es schlug eben ein Uhr. „Friedemann, Friedemann! Ja, da bist du ja! Hihu, wir sind beisammen!“ Es lag etwas Entsetzliches in diesem spitzen, kindischen Flüsterton. Plötzlich, halb aufgerichtet, mit offenen Augen sah der arme Knabe stier nach jener Ecke und nickte, dann fiel er schlaff um und schlief weiter. Sebastian Bachs graues Haar sträubte sich empor, er zitterte wie Espenlaub.

„Dem Friedemann in Dresden ist was passiert", murmelte
er, zog sich notdürftig an, fuhr in seinen alten Schlafrock
und griff nach der Bibel.

„Rufe mich an in der Not, und ich will dich
erretten, und du sollst mich preisen."

Er nahm die Feder, die dort bei dem Schulzeug der
Kinder lag, und indem ihm die Tränen in die Augen
traten, begann er jene herrliche Motette in Noten zu
setzen: „Fürchte dich nicht, ich bin bei dir! —"

Mit gepreßtem Herzen rief er zu seinem Gott, und
der half ihm.

Die Arbeit machte ihn ruhiger. Er sprach noch ein
Gebet, und als es vier Uhr schlug, legte er sich wieder.

Den andern Morgen bestellte er eine Postkutsche.

„Ich muß nach Dresden, den Friedemann einmal
sehen und Orgel spielen hören, ich hab' gar so große
Sehnsucht nach ihm."

Weiße Ostern. Herrlich war die Sonne emporgestiegen und beleuchtete mit hellem Glanze den Schnee,
der noch nicht weichen wollte. Die Leute in Dresden
putzten sich zur Kirche, zum Fest der Auferstehung. —
Minister Brühl saß in seinem Kabinett; ein feiner,
schlanker, bläßlicher Herr, etwas jüdisch, aber voll Turnüre,
stand vor ihm. Das schwarze, advokatenartige Kleid, die
weißen Spitzen und Krausen, der ganze Mensch war wie
geleckt. Es war Saul.

„Erzählen Sie mir also die Affäre genau!" sagte
Brühl und lächelte kalt.

„Ihro Exzellenz Befehl zufolge hatte ich meinen
Wagen am Pirnaschen Schlage postiert. Meine Instruktion
in der Tasche, begab ich mich zur bestimmten Zeit nach
der Großen Brüderstraße und strich an besagter Kutsche
vorbei. Sie waren noch oben. Ich trat hinter die Kirche
und wartete. Siepmann und drei andere brachten ihn

und stiegen ein. Als die Pferde anzogen, ging ich rasch
durch die Schloßergasse über den Altmarkt die Große
Frohngasse entlang und aus der Großen Schießgasse auf
den Pirnaschen Platz. Richtig, kaum war ich da, so kam
der Wagen in vollem Gerassel die Pirnasche Gasse her=
unter und an mir vorbei. Ich ging langsam nach und
fand meinen Lohnkutscher am Schlage. Ich fragte ihn,
ob der Wagen vorbeigekommen sei. ‚Der ist schon weit
voraus‘, sagte er. Ich stieg ein und wir fuhren langsam
hinterher. Höchstens eine Viertelstunde konnten sie ge=
wonnen haben. Wir kamen an. Ich ward auf meine
Order eingelassen und kam zum Kommandanten. Siep=
mann und die andern waren richtig bei ihm, sie schienen
ihr Geschäft abgetan zu haben. Siepmann fuhr auf:
‚Teufel, was wollen Sie hier?‘ rief er mich an. ‚Ich
habe auch Geschäfte,‘ sagte ich und gab Euer Exzellenz
Brief an den Kommandanten. Er erbrach ihn, sah mich
an und klingelte. ‚Führen Sie diese vier Delinquenten
hier nach Nummer zwölf, morgen werden sie eingekleidet
und in die Bausektion gesteckt.‘ Siepmann sprang wie
ein Besessener empor, doch die Stockknechte warfen sich auf
ihn und seine Begleiter, und eine Sekunde später war die
Gesellschaft im Käfig!"

„Gut, Saul, ich bin mit Ihnen zufrieden. Sie
haben Siepmanns Stelle. Sehen Sie zu, daß nicht Ihr
Hintermann einst auch in Ihre Lücke tritt. Meine Justiz
ist kurz!"

Die Frau Ministerin saß am Putztisch, als ihr Ge=
mahl sich melden ließ. Sie war höchst unruhig, weil sie
Friedemann drei Tage nicht gesehen, und schmollte zugleich
ernstlich, daß er sich ihr beim Hoffeste entzogen hatte.

Graf Brühl trat ein und drückte mit unnachahmlicher
Grazie ihre Hand an die Lippen.

„Ach, Sie bringen mir den Ostergruß, lieber Heinrich!" und sie hielt die Hand des Gemahls fest und sah ihn herausfordernd an.

„Gewiß, teure Antonie. Sie haben mich aus langem Schlaf befreit, und ich bin auferstanden. Und damit Sie's wissen, daß ich es bin, grüße ich Sie heut!"

„Das klingt entsetzlich sibyllinisch, Lieber; Sie müssen das meinem armen Verstande schon faßlicher machen."

„Wenn Sie mir versprechen wollen, Ihre Morgen= toilette dabei nicht im Stich zu lassen, so will ich Ihnen von meiner Auferstehung plaudern."

Sie nickte lächelnd, er klingelte; die französische Kammerfrau trat ein und begann die Ministerin zu fri= sieren, indem sie ihr die Papilloten auswickelte.

„Da die ganze Plauderei, liebe Antonie, unsere kleinen schalkhaften Privatangelegenheiten anbetrifft, so wollen wir deutsch konversieren, damit diese französische Haarkünstlerin nicht in gar zu große Versuchung kommt."

„Ei, das wird also sehr interessant sein?"

„Sehr, meine Gemahlin! Wenn ich heute meine Auferstehung feiere, muß ich geschlafen, geträumt haben, und wenn ich träume, kann ich's nur von Ihnen, und das ist doch gewiß sehr interessant."

„Aber damit das Interessante ewig bliebe, müßte ich ja wünschen, Sie wären gar nicht auferstanden, Heinrich, sondern schliefen und träumten noch. Befinden Sie sich denn in Ihrer Auferstehungssituation besser? Das wäre eben kein Kompliment für mich."

„O doch, doch, Teuerste. Ich fühle mich jetzt un= endlich freier und wohler als sonst, und das verdanke ich Ihnen. Ich lebe nun das Leben der Wirklichkeit, der Illusionslosigkeit. Alles, was ich besitze, habe ich dadurch fester, genieße es mehr, und daß ich das nun kann, weil ich erwachte, verdanke ich Ihnen,

teuerste Antonie!" und fast inbrünstig drückte er ihren
blendenden Arm.

Die Ministerin überkam ein Frösteln.

„Und wie meinen Sie das, ich verstehe Sie wirklich
nicht?" und die schöne Frau wurde bänglich verlegen.

„Ich werde mich deutlicher machen. Es ist wohl
schon lange her, liebe Antonie, daß ich ein sehr unbedeuten=
des Individuum, ein Nichts von einem Menschen war.
Ich erinnere mich dessen noch ganz gut, um so besser,
meine Daphne, als dieses Nichts von einem Menschen
damals einen ehrenvollen Namen, ein fröhliches Herz und
ein leichtes Gewissen hatte. O, lassen Sie nur das
Mädchen weiter frisieren, sie stört mich gar nicht. — Wie
gesagt, ich erinnere mich noch lebhaft jener Zeit. Da sah
ich eine Wunderblume, die stolzeste, süßeste in des Königs
Garten, obgleich sie schon etwas fleur deflorée war. Ich
warb um sie in verblendeter Liebe, preßte sie an mein
Herz und entschlief. Sie hatte mich in einen Traum
gezaubert, wo sie mir ihren Besitz verhieß, wenn ich ihr
meine Seele gäbe. Ich gab sie ihr. Schlafwandelnd ging
ich, von der Blume geführt, die Wege der Ehrlosigkeit,
die aber zum Ruhme führten. Je höher ich stieg, je lieb=
licher mir die Blume erglühte, desto schwerer ward mein
Weg durch die Last meines Gewissens. — Restez donc,
restez donc! Faites votre service! — Da erwachte ich
plötzlich zur guten Stunde, meine Kloe, ich fand, daß ein
anderer eben dabei war, sich die Blume ans Herz zu
legen, und die Knospe dazu. Wissen Sie, was ich tat?
Ich nahm meine verratene Seele zurück, nahm die Blume,
die ich eben zu verlieren im Begriff war, und steckte sie
fein zierlich wieder ins Knopfloch, weil sie mir gar so
gut kleidet, und der arme, süße Zymbelspieler, der ‚es
gar so heimlich anfängt, wann er sein Herz verschenken
will‘, der sitzt seit Karfreitag nacht auf dem Königstein in

der Züchtlingsjacke, meine Phyllis! Das ist die Geschichte von meinem Auferstehungsmorgen. In drei Tagen reist meine liebe Pflegetochter, die sich auch ‚sein Herz schenken ließ‘, zu einem Freunde aufs Land, wo sie so lange bleiben wird, bis sie die Schäferpoesie vergessen und einen Mann von trockener, solider Prosa geheiratet hat. Wir aber bleiben wie immer gute Freunde!“ Er ergriff der Ministerin Hand, die aufgesprungen war und bleich, keuchen= den Atems zuhörte, und wollte sie mit satanisch lächelndem Gleichmut an sein Herz drücken.

Mit einer verzweifelten Bewegung riß sie sich von ihm los.

„Elender Bösewicht, sei verdammt dafür!“ und sie wollte ihm ins Gesicht schlagen, um ihn vor der Dienerin zu entehren. Er fing ihre Hand ab und preßte sie, daß sie blau wurde.

„Wir sind alle Komödianten, es kommt nur darauf an, daß jeder seine Rolle gut spiele!“ Er ging.

Mit einem furchtbaren Schrei brach die Ministerin zusammen. Heftige Krämpfe, wahnsinnige Tobsucht rüttelte diesen schönen, entstellten Leib.

Die Diener eilten zusammen. Der Arzt kam.

„Exzellenz haben ein Nervenfieber!“

Kein Mensch im Hotel wagte ein Wort zu sprechen, denn der Minister hatte gesagt: „Wer den Namen Bach je über den Mund bringt, den setz’ ich aufs Zuchthaus!“

Drei Tage nachher reiste, unter Eskorte eines er= probten Kammerdieners, die arme Antonie, bleich, ver= weint, ohne jemand sehen zu dürfen, ab. Wohin, wußte niemand. Sie ging unter fremde Menschen, fremd und heimatlos. Ihr Herz hatte nichts mehr. Dresden sank hinter ihr zurück in Nebel, sie wendete sich nicht um. Nur da drüben den dunklen Bergkegel grüßte sie mit einem Todesseufzer — den Königstein! — · · · — · · · —

An selbigem Ostermorgen, als Saul vor Brühl stand und die Glocken der Sophienkirche klangen, fuhr durch das Leipziger Tor eine Kutsche in Dresden ein.

Der Alte drinnen ist Sebastian Bach; er kommt zu seinem Friedemann.

Es war die höchste Zeit, wenn er das Präludium noch hören wollte, denn die Leute strömten schon in die Kirche.

In einer Ausspannung in der Fleischergasse (Gasthöfe in unserm Sinne kannte man damals nur wenig) stieg er aus, brachte seine Kleider ein wenig in Ordnung und eilte rasch über den Markt am Kommandantenhause vorbei, überschritt die Elbbrücke und den Schloßplatz, bog um die Ecke des Prinzenpalais und trat in die Sophienkirche, als eben der letzte Glockenton verhallt war. Er stellte sich dem Orgelchor gegenüber. Die Intonation begann.

Tiefe Frömmigkeit lag auf der ganzen Gemeinde, nur Sebastian war nicht recht andächtig. Er hörte immer und hörte, — trippelte hin und her, hörte wieder und schüttelte den Kopf.

„Sollte das Friedemann sein, der da spielt?" murmelte er, es klang ihm so fremd, so anders. Er trat dicht unter den Chor und sah hinauf, ob er seines Sohnes Gesicht nicht durch den Orgelspiegel erkennen möge. Er war gar so entfernt. Einige bekannte Gesichter auf dem Chor mußten ihn bemerkt haben, sie fuhren zurück. Sebastian trat langsam hinter den nächsten Pfeiler, ging leise durchs Seitenschiff und nach der Chortreppe. Da trat der alte Prediger Merperger aus der Sakristei in vollem Ornat, winkte ihm und zog ihn zu sich hinein. — „Gott grüße Sie in Dresden, Meister Bach. Sie wollen zu Ihrem Sohne, nicht wahr?"

„Ja, Hochwürden. Aber der da oben kann doch mein Friede nicht sein? Ich hatte in Leipzig solche Sehn sucht nach ihm, und nun fürcht' ich, er ist krank, und 's hat mir nicht mit Unrecht geahnt!"

„Meinen Brief, lieber Herr Bach, haben Sie also noch nicht erhalten?" — „Nein. Haben Sie denn an mich geschrieben, Hochwürden?"

„Ja, liebster Herr Bach. Ich wollte Sie auf etwas vorbereiten. Sie sind stets ein wackerer Christ gewesen, der mit Gottvertrauen im Dienste des Herrn gestanden. Nehmen Sie all Ihren Glauben, Ihre Hoffnung, Ihren Mut zusammen, denn Gott hat Ihnen eine große Trübsal bereitet."

„Herr Jesus! Hab' ich's doch geahnt, daß dem Friedemann was begegnet ist! Mein Sohn ist krank, oder — oder hat ihn mir der liebe Gott genommen?" — und dem alten Mann liefen die Tränen über die Wangen.

„Ihr Sohn, Vater Bach, ist nicht krank noch tot. Gott wird gnädig sein in seinem Ratschluß. Hören Sie mich ruhig an. Ihr Sohn ist bei Brühl ein und aus gegangen, und in letzter Zeit mehr als je, mehr als für einen Organisten paßte und dem Friedemann gut sein mochte. Ich weiß, er hat sich einmal gegen Doles geäußert, daß er mit der ältesten Tochter des Ministers ein Verhältnis habe. Ich fürchte, da ist etwas Schlimmes vorgegangen, denn Karfreitag nacht ist er in der Stille arretiert worden und, wie man sagt — auf den König= stein gebracht."

Der alte Sebastian fiel dem Prediger jammernd um den Hals. Merperger preßte ihn krampfhaft an sich, und beide Greise weinten Tränen des Schmerzes und des Herzeleids. Draußen durchs Kirchenschiff brauste die Orgel in mächtigen Akkorden, und die Stimmen des Volkes stiegen rauschend empor zum Dome:

„Was Gott tut, das ist wohlgetan,
Es bleibt gerecht sein Wille,

> Wie er fängt meine Sachen an,
> Will ich ihm halten stille."

„Ja, Herr, mein Gott, ewiger Vater, wie du fängst meine Sachen an, will ich dir stille halten in Ewigkeit!" — und mit hocherhobenen, gefalteten Händen lag der alte Bach auf den Knien. Merperger aber breitete seine Hände über ihn aus und sagte: „Der Herr hilft dem Schwachen, er wird ansehen dein Leid und dich trösten wie Hiob. Er wird sich freuen deiner Geduld und dich erheben aus deiner Trübsal. Amen!"

„Auferstehen, ja auferstehen!" jauchzte die Oster=hymne aus tausend Kehlen, und der ewige Sonnenschein küßte den grauen, zitternden Scheitel des armen Vaters, wob ihn in goldenen Duft — und Sebastian ward stiller.

Merperger, der auf die Kanzel mußte, ließ Doles rufen, und Lehrer und Schüler standen, das erstemal seit jener unglücklichen, für Doles so beleidigenden Trennung, einander gegenüber. Sebastian Bach trat zu ihm.

„Doles, Ihr seid meines unglücklichen Jungen Freund gewesen, und wenn Ihr mir auch gram seid, hoffe ich doch und bitt' Euch, Ihr wollt so viel christliche Liebe haben, einem armen Vater zu erzählen, was Ihr von seinem Sohne wisset, und ob der Friedemann wissentlich einen Halunkenstreich begangen hat, daß er eine so ent=setzliche Strafe verdient, die ihn zu einem unglücklichen, geschändeten Menschen auf Lebenszeit macht."

„Vater Bach," und Doles nahm seinen alten Lehrer bei der Hand und sah ihm treuherzig unter die Augen. „Vater Bach, Gott mög's an mir heimsuchen, wenn ich Euch etwas nachtrage in dieser Stunde! Friedemann ist mein Freund und bleibt's in alle Ewigkeit, denn so gewiß, als Gott über uns ist, Euer Sohn hat keinen schlechten Streich begangen, das ist nun und nimmermehr wahr!

Er hat sein Herz freilich wohl an des Ministers Tochter gehängt, aber in aller Ehr' und Sitte, und das ist keine Schande und verdient solche Strafe nicht, wenn's auch unüberlegt war. Die Liebe überlegt nicht. Der Brühl hat eine vermaledeite Schlechtigkeit an Friedemann getan, nur weil er die Gewalt dazu hat. Denn wenn der Minister in seinem Rechte war, so waren die Gerichte da; weil er aber den Friedemann hat heimlich wegbringen lassen, und niemand sich getrauen soll, davon zu reden, ist's klar, daß der Brühl unrecht hat, und der arme Friedemann unschuldig ist!"

„Ja, ja, das ist er! Herr Gott, wie dank' ich dir im Staube, daß du mir den Trost geschenkt hast! Friedemann hat vielleicht eine Torheit begangen, aber seinen Namen nicht verunehrt. Doles, Gott mag Euch das segnen. Lebet wohl, ich komm' bald wieder!"

„Wohin wollt Ihr denn gehen, Vater Bach? Tut nichts Unüberlegtes, nehmt mich mit!"

„Wollt Ihr mir als ein rechter Freund in der Not meinen Sohn wiederfinden helfen? O, kommt her, lasset Euch die Wange küssen, Doles, die ich Euch geschlagen habe!"

Da beugte sich Doles nieder und küßte dem zitternden Sebastian die Hand. „Lasset immer meinen Backen brennen, Vater Bach, jetzt ist von Musik keine Rede, sondern nur von Eurem Sohn. Kommt!" — Beide Männer eilten hinweg.

Geraden Schrittes begab sich Sebastian Bach mit Doles ins Ministerhotel. Doles mußte warten, Bach trat ein und ließ sich melden. Nach einigen Minuten kam der Lakai zurück.

„Seine Exzellenz sind so ohne weiteres nicht für Leute jeder Gattung zu sprechen. Wenn Sie ein Gesuch haben, kommen Sie schriftlich ein!"

Sebastian Bach wankte hinaus.

„Umsonst? — Das hab' ich mir gedacht, Meister Bach. Und eh' Ihr die Bittschrift beantwortet kriegt, härmt sich Friedemann in seiner unseligen Klause zu Tode!"

Beide Männer standen ratlos, verhärmt auf dem weiten Platz. Bitterliche Tränen der Angst und Wut rollten über Sebastians Gesicht, seine Hände waren zusammengepreßt und bewegten sich krampfhaft! — Da schien's, als wenn etwas Blitzendes zu Bachs Füßen fiele. Er sah unwillkürlich hin. Der Brillantring war's, den ihm August damals als Kurprinz geschenkt, der so glänzte. Magdalena hatte ihm das Kleinod aufgesteckt, als er abfuhr. Rasch hob ihn Bach auf.

„Doles, Gott gibt mir einen letzten Weg ein! Ich geh' stehenden Fußes zum König. Der König muß ihn mir freigeben!"

15. Die Audienz.

Der Gottesdienst war beendet, und der Hof, der am ersten Ostertage die Kirche stets zu besuchen pflegte, in die Gemächer zurückgekehrt.

Sebastian Bach betrat das Portal und meldete sich beim Offizier der Schloßwache, einem jungen, liebenswürdigen Manne, der, als er den Namen des Bittstellers hörte, ihm sogleich einen Gardesergeanten mitgab, welcher ihn die große Treppe hinauf nach dem Flügel geleitete, wo sich die Zimmer des Königs befanden. Doles war an der Wache zurückgeblieben. — Im Vorsaal traf Bach den alten Kammerdiener Augusts, den er seit Jahren kannte, und er trug ihm seine Bitte um dringende Audienz vor.

„Ja, Meister Bach, 's geht nicht, ich darf keinen Fremden zur Audienz bei Seiner Majestät vorlassen, der sich nicht beim Herrn Minister Brühl, Exzellenz, erst ge= meldet hat.“

„Ich muß aber Seine Majestät sprechen, lieber Freund, ich muß! Als Seine Majestät noch Kurprinz war, hat er mir den Ring da geschenkt, und wenn ich ihm den Ring zeige, hat er mir gesagt, kann ich mir zu jeder Zeit eine Gnade ausbitten. Wenn Sie mich nicht melden, Herr Oberkammerdiener, dann mach’ ich Sie für das Unglück verantwortlich, das entsteht!“

„Hm! Ja! ’s is schlimm! — Na, ich will sehen, was zu machen ist.“

Einige Minuten später trat Sebastian Bach ins Zimmer des Königs. — August III. ging auf und ab, die Hände auf dem Rücken.

„Ei, Gott grüße Sie in Dresden, Bach! — Nun, was bringen Sie mir Gutes?“

„Majestät, ich bringe Ihnen was recht Schlechtes, Elendes und Unglückliches. Ich bringe Ihnen ein zer= schlagenes Vaterherz, das um Gerechtigkeit schreit!“

„Herr Gott, was ist denn? — Wahrhaftig, Sie sehen ganz desolat aus!“

„Majestät, der Herr Minister Brühl hat meinen Sohn Friedemann heimlich Karfreitag nacht aufheben und nach dem Königstein bringen lassen. Ich hab’ ihn eben fragen wollen, warum? — er hat mich aber nicht an= gehört.“

August stand erschrocken still. Eine Glühröte, wie von gekränkter Majestät, fuhr über sein Gesicht, dann wurde er ruhig.

„Das tut mir weh, lieber Bach. Wissen Sie be= stimmt, daß dem so ist?“

„Dem ist so, Majestät!“

„Lieber Bach, da muß sich Ihr Sohn wohl etwas sehr Schweres haben zuschulden kommen lassen, denn Brühl ist ein rechtlicher Mann und hat überdies den Friedemann liebgehabt."

„Majestät, wenn mein Sohn Friedemann einen Halunkenstreich begangen hat, so sind die Gerichte da, die ihn verurteilen können. Wenn aber der Herr von Brühl meinen Sohn, weil er so unbesonnen gewesen ist, sich in Seiner Exzellenz älteste Komtesse zu verlieben, in der Nacht heimlich überfallen läßt und ihn fortschleppt, wie die Zigeuner ein gestohlen Kind, dann, Majestät, ist der Minister Brühl kein rechtlicher Mann, sondern ein Spitzbube!!"

„Bach!" fuhr der König auf, trat erzürnt an den Tisch und faßte die Schelle. — „Was untersteht Er sich, Mensch! Auf der Stelle aus meinen Augen, oder ich werde Ihn Räson lehren!"

„Klingeln Sie nur, Majestät, rufen Sie Ihre Leute, lassen Sie den alten Sebastian zu seinem Sohn sperren! Mich, Majestät, wird es nicht schänden, ebensowenig wie meinen Sohn, wenn wir auf der Festung sitzen, aber Gott im Himmel wird vergelten jede Missetat, der wird fordern von Ihnen das Pfund, das er Ihnen anvertraut hat mit der Krone, und das Leben und die Ehre und das Recht jedes Untertans, das Sie in den Staub getreten; und wenn Sie tot sind, Majestät, und Tausende an Ihrem Grabe weinen, da wird es doch heißen: er hat den Sebastian Bach mit seinem Kinde unschuldig ins Elend gebracht! — Lassen Sie mich nur nach der Festung bringen, Majestät, ich werde immer noch der Musiker Sebastian Bach bleiben, dessen Freundschaft sich der Kurprinz August einst angelegen genug sein ließ! — Da, hier ist Ihr Ring wieder, Majestät, damit Sie nicht Ihr Wort zu brechen brauchen, wenn Sie mir die einzige Bitte, die ich je an Sie gestellt, die Bitte um Gerechtigkeit, verweigern!!"
Und Sebastian Bach warf den Ring auf den Tisch, wandte sich um und trat ans Fenster.

Eine lange Pause entstand.

August III. erwiderte nichts. Zorn, beleidigte Majestät und Verlegenheit kämpften in ihm. Die Hände geballt, ging er im Zimmer auf und nieder.

Brühl hatte einen gewaltsamen Akt der Selbsthilfe und Rache vollstreckt, und an Bach, der dem König über alles wert war. Der funkelnde Ring, den ihm der Musiker auf den Tisch geworfen, rief ihm sein eigenes Versprechen zurück und zwang sein mildes Herz zum Mitgefühl des Schimpfes und Schmerzes, der den alten Sebastian durchtobte.

„Bach," und der König trat zu ihm, „Bach, Er hat schwere Worte gegen mich gesprochen, und wenn ich sie als gekränkter Monarch nicht ahnde, mag Er daraus erkennen, daß ich Sein Benehmen auf Rechnung des armen verwundeten Vaterherzens setze. Brühl hat Ihm und Seinem Sohn unrecht getan, und ich mag geneigt sein, soviel sich eben gutmachen läßt, gutzumachen, denn ich habe Ihn lieb, und Er tut mir von Herzen leid. Daß Sein Sohn aber ein ganz unbesonnener, leichtsinniger Mensch ist, steht fest, und Er kann weder verlangen noch glauben, daß ich meinen Minister, dem ich mein Vertrauen schenke, der an der Spitze meiner Geschäfte steht, um Seines leichtsinnigen Schlingels willen kompromittieren, Seinen Sohn öffentlich von der Festung zurückrufen und wieder in seine Stelle setzen soll. — Damit Er aber sieht, daß ich als König nicht den Kurprinzen vergessen hab', wie Er meint, und daß ich alles Leid und alle Schmerzen meiner Untertanen gern lindere, wo's geht, so will ich Ihm Seinen Sohn wiedergeben, wenn Er mir verspricht, daß der Friedemann sich nie mehr in Dresden sehen läßt, daß Er ihn ohne Ostentation nach Leipzig nimmt und dort in Räson setzt, damit er sich die ver=
liebten Grillen aus dem Kopf schlägt und seinen Geist

auf seine Kunst allein richtet. Will Er mir das ver=
sprechen, Bach?"

Sebastian Bach beugte sich über die Hand des Königs
und küßte sie. „Ich verspreche es Ihnen, Majestät!"

„Und Er will über den ganzen Vorfall schweigen?"

„Ja, ich will schweigen, Majestät."

„Nehm Er Seinen Ring wieder, nehm Er ihn
wieder, Sebastian, und — wenn wo eine gute Stelle leer
wird, soll sie der Friedemann haben!"

Sebastian Bach steckte den Brillantring wieder auf
und bat den König aufrichtig um Verzeihung.

August III. reichte ihm die Hand. „Schon gut,
Bach!" — ging an sein Bureau, schrieb eine Order und
klingelte.

Der alte Kammerdiener trat ein.

„Den wachthabenden Offizier!"

Der Offizier erschien.

„Wie heißen Sie?"

„von Tacker, Majestät."

„Gut, Leutnant von Tacker, wenn Sie heute
abend neun Uhr abgelöst sind, fahren Sie mit diesem
Manne hier nach Königstein. Unten im Walde lassen
Sie die Kutsche mit dem Herrn zurück und begeben sich
allein zum Kommandanten. Auf diese Order erhalten
Sie einen jungen Menschen, den Sohn dieses Mannes.
Den bringen Sie seinem Vater zurück und sehen darauf,
daß er sofort die Straße nach Leipzig weiterfährt. Der
ganze Vorgang bleibt Geheimnis, auf Ihr Ehrenwort.
Ich erwarte Rapport. Verabreden Sie untereinander das
Nähere, meine Herren. Guten Morgen."

Bach wollte noch einige Worte des Dankes stammeln,
doch der König nickte bloß und verschwand hinter der
Portiere.

16. Im Walde.

Bach hatte den Rest des Tages im Hause Merpergers zugebracht und von Doles alle Vorgänge der letzten Zeit, Friedemanns Benehmen gegen Ulrike, seine Änderung, das immer engere Anschließen an Brühl und alle die Nebenumstände erfahren, die Sebastian Licht über seinen Sohn geben konnten. Die alte, halbkranke Hanne, mit sämtlichen Sachen Friedemanns, wurde nach Leipzig dirigiert, und unter Unruhe kam die ersehnte Stunde. Es schlug neun Uhr. Der Tambour trommelte auf der Schloßwache zum Abendgebet, die Ablösung erfolgte. Eine Viertelstunde später erschien Herr von Tacker im Feldmantel. Die Kutsche fuhr vor, und Sebastian stieg mit Doles und dem Offizier ein. Merperger reichte dem alten Bach und Doles noch einmal die Hand, Ulrike preßte ihr verweintes Gesicht an das Fenster, um nur noch einmal die Gestalt des Vaters ihres Friedemanns zu sehen, — der Wagen fuhr ab. —— —— —— ——

Der Schnee glänzte und verbreitete eine dämmernde Helle über die Landschaft. Die Reisegesellschaft war sehr still. Doles wollte den alten Sebastian nicht in seinen Betrachtungen stören, der Offizier, zartfühlend genug, mochte das Gespräch auch nicht eröffnen und beschäftigte sich mit seiner Pfeife. In den Wagen zurückgelehnt, saß Sebastian und starrte hinaus in den Schnee. Tränen des Harms, der Entsagung, der gebrochenen Hoffnung rollten langsam und schwer über sein vergrämtes Gesicht. Wo waren all die Träume des Vaterstolzes?

Von dem Gipfel des Glücks, seiner Ehre, seiner Stellung war Friedemann gesunken, weil er Ideelles und Reelles im Leben nicht geschieden. Sebastian machte sich selbst die heißesten Vorwürfe, daß er ihn nach Dresden gelassen, daß er seine Eitelkeit selbst bestärkt, daß er den

Menschen in ihm nicht ebenso wie den Musiker erzogen
habe. Was sollte nun mit Friedemann werden? War
er denn ein Kind, das sich für dies oder jenes noch
entscheiden konnte? Ein dreißigjähriger Mann war er,
und sollte von neuem den mühseligen Pfad der Kunst be=
ginnen, weil er das Leben nicht verstanden hatte! — So
wälzten sich qualvolle Gedanken, bittere Schlüsse, grauen=
hafte Prophezeiungen in der Seele des Vaters umher,
indes seinen Blicken langsam ein dunkler, riesiger Gegen=
stand näher und näher rückte — es war der Königstein.
Wie ein schwarzer Sarg auf einem weißen Bahrtuch, lag
der Koloß da. Oben glänzten ein paar ungewisse Lichter. —
Im Städtlein Königstein schlug es zwei Uhr. — Sie
fuhren in den Wald hinein, der damals weit und breit
den Berg mit mächtigen alten Birken, Ahorn und Eichen
ringsum bedeckte.

„Wir sind zur Stelle!" Das war das erste Wort,
welches der Offizier auf dem ganzen Wege gesprochen hatte.
„Halt, Kutscher!"

Der Offizier stieg aus, Doles und Bach gleichfalls.

„Meine Herren, Sie erwarten mich also hier. Seien
Sie von meiner Sorgfalt und Rücksicht für Ihren Sohn
fest überzeugt, lieber Herr Bach!"

„Ich danke Ihnen von Herzen, mein Herr; Gott
geleite Sie!"

Die Gestalt des Offiziers verschwand unter den
Bäumen. Es war bitterlich kalt. Bach und Doles
mußten auf und ab gehen, um sich warm zu halten.

Eine Stunde verging und wieder eine, kein Tritt
war hörbar.

„Herr Gott, wenn er nur nicht gar wo anders
hingebracht ist und man uns betrogen hat!?" schrie
Sebastian auf.

„Nein, Vater Bach. Daß er auf dem Königstein

16*

sitzt, ist gewiß, der Kutscher hat mir's bestimmt erzählt, der ihn hingefahren hat."

In demselben Augenblick hörte man entfernte Stimmen und das Geklirr der Waffen.

„Mein Sohn, mein Sohn! Friedemann!"

Ein Gebrüll, ein kreischender Ton antwortete ihm, und aus dem Kreise der Soldaten stürzte der Sohn auf den Vater zu.

„Hihi! So lustig im Mondschein? — Hahahaha!!"

Sebastian Bach hatte seinen Sohn wieder, aber er war wahnsinnig!!

17. Das Predigerhaus.

O du unendliches Kaleidoskop des Daseins, das uns mit tausend Farben und Formen, Gedanken und Empfindungen, Entbehrungen und Genüssen umgibt! Wie oft breitet es sich nicht in riesiger Perspektive vor uns aus, und uns wird, als ständen wir auf Bergeshöh' und sähen hinab in ein neues Jerusalem. Und dann mit eins schrumpft's wieder zusammen, so eng, so entsetzlich eng und kalt und trübe, wie das letzte, schmale Bett, in das wir den Totensprung tun, um auf der Küste des Jenseits niederzufallen, in jenen anderen Zustand, zu dem unsere Hoffnung hinüberschweift, vor dem unsere Einbildung zerbricht!

Wem von uns ist's nicht widerfahren, daß sich vor ihm das Leben zu einem engen Punkt zusammenzieht, zu jener Hamletsminute, wo man nichts hofft, nichts liebt, und beim Entweder=Oder nur noch erwägt, „was edler im Gemüte sei!"

Auf einen so engen Punkt hatte sich Sebastian Bachs Leben zusammengedrängt. Er, der groß für alle Zeiten dastand, war ein armer, alter Mann, ein gebrochenes

Vaterherz, das über dem Liebling verblutete, welcher, halb Tier, halb Dämon, in der Methodik seines Wahnsinns die Frage wie eine Fuge variierte: „Willst du dein Herz mir schenken?"

Unter namenloser Angst und Mühe, nicht ohne Gewaltmaßregeln hatte Sebastian mit seinem unglücklichen Sohne die Rückreise angetreten, und Doles wie Tacker waren ihm ein liebreicher Beistand gewesen.

Friedemann in diesem Zustande bis Leipzig zu schleppen, war unmöglich, und doch war ihm Dresden verboten.

Das Gebot mußte übertreten werden. Als Friedemann, nach einem furchtbaren Paroxysmus, erschöpft eingeschlafen war, verständigten sich die drei, was zu tun sei. Tacker beschloß auf alle Gefahr hin, seine Instruktion in diesem außergewöhnlichen Falle zu überschreiten.

Es war verabredet, in einem einsamen Wirtshause kurz vor Dresden Halt zu machen und den nächsten Abend zu erwarten. Tacker wollte vorauseilen und Merperger die Sachlage mitteilen, dann dem König Bericht erstatten und, wenn der Bescheid günstig ausfiele, Friedemann in einem stillen Teile Dresdens unterbringen, um zu sehen, ob er noch zu heilen sei, oder wie man die Weiterreise ermögliche.

Tacker lieh sich vom Wirt einen Klepper, ließ die drei Unglücksmenschen zurück und eilte nach Dresden.

Er trat zu Merperger ein und verlangte ihn allein zu sprechen. Ulrike fuhr zusammen, als sie ihn sah. Tacker teilte dem Prediger alles mit.

Der greise Diener Gottes wollte schier verzweifeln, als er das Entsetzliche vernahm. Krampfhaft zog er das Käppchen vom kahlen Scheitel, kniete nieder und betete. Dann stand er hastig auf und sagte: „Ich will meine Tochter rufen, Herr Leutnant."

Ulrike trat ein, sie zitterte heftig. — „Mein liebes Kind, ich habe dir etwas mitzuteilen, das dich sehr erschüttern wird. Gott hat dir aber eine edle Seele, ein großes, weiches Herz und einen Lebensmut gegeben, der dir über alle Trübsal hinweghilft. Wer aber ein großes Gemüt empfangen hat, dem gibt der Herr auch viel zu tragen und bürdet ihm Lasten auf, welche andere zerschmettern würden. Der arme Friedemann ist an dem schlimmen Orte — gemütskrank geworden!"

Ein greller, entsetzlicher Schrei dröhnte durchs Zimmer. Sie stürzte in des Vaters Arme. „Er ist wahnsinnig, Gott, er ist wahnsinnig!" murmelte sie. — „Ja, mein Kind. Aber vielleicht wird's besser mit ihm, wenn eine liebevolle Hand ihn pflegt."

„Ja, ja, Vater!" und das Mädchen erhob sich mit einer Energie, einem Adel, einer Begeisterung, die ihr ganzes Wesen mit Ätherschwingen hob. Die Glorie der Samariterliebe, das unverwelklich große Christentum der Tat, machte sie schöner als alle Weiber, die je Tackers Auge erblickt.

„Ja, lieber Vater! Nimm ihn in dein Haus, wir wollen ihn pflegen! Er muß gesunden! Ach, wenn ich ihn pflege, wird er gesund, der Herr mein Gott wird mir diese Gnade gewähren, ich begehre sonst nichts mehr im Leben!" — Der alte Merperger umschlang sein Kind unter Tränen.

„Sieh, du hast's erraten. Nach Leipzig kann doch jetzt der Arme nicht. Wir wollen ihm das massive Gartenhaus einräumen, das du so sehr liebst. Ja? — O bringen Sie ihn, Herr Leutnant. In meinem Hause ist er sicher und ungefährdet, ich werde ihn schützen vor dem Brühl; Gottesdienst geht vor Menschendienst!"

„Ich danke Ihnen in des armen Vaters Namen, lieber Herr Pastor. Bereiten Sie alles vor. Ich bringe dem König meinen Rapport und glaube, er wird unsere Bitte gewähren. In der Nacht treffen wir ein."

Tacker eilte, mühsam seine Rührung verbergend, hinaus; er ging zum König.

August III. saß eben beim Diner.

Der Kammerdiener wollte den Offizier nicht an=melden, aber finster, mit militärischer Schärfe, sagte Tacker: „Er wird mich melden! Wenn Seine Majestät meinen Namen hört, wird er mich sprechen, ich komm' in geheimem Dienst, verstanden?"

Er riß ein Blatt aus der Brieftasche und schrieb darauf:

„Ich muß meine Instruktion überschreiten, der Arrestant ist wahnsinnig.   von Tacker."

Brühl saß dem König gegenüber. Der Kammer=diener präsentierte zögernd auf silbernem Teller dem Monarchen das Papier. Argwöhnisch blickte August auf das unzeremonielle Schreiben.

„Dringend, Euer Majestät!" flüsterte der Lakai.

August III. nahm den Zettel, warf einen Blick darauf, und die Hand entsank ihm. So bleich hatte er nicht aus=gesehen, als ihn die Preußen später aus Dresden trieben, denn August hatte ein Herz.

Erschrocken sahen sich die Anwesenden an, und Brühl zitterte.

Langsam hob der Regent sein Auge, heftete es durch=dringend auf den Minister und wendete sich verächtlich ab.

„Der Mann wartet?" fragte er matt.

„Ja, Majestät."

Sich leicht gegen Josepha verbeugend, stand er auf: „Dringende Geschäfte, Majestät!"

Er schritt hinaus.

Bewegt hörte er den Bericht Tackers, der ihm die Unmöglichkeit schilderte, den Kranken nach Leipzig zu bringen, und dringend bat, daß es Merperger gestattet sei, Friedemann still und ohne Aufhebens in sein Haus aufzunehmen.

„Versteht sich, versteht sich! Sagen Sie dem Pastor, daß ich ihm meinen Leibarzt schicken werde und eine Anweisung auf zweihundert Reichstaler, damit er nichts spart. Wenn das Geld alle ist, soll er's mich durch den Medikus wissen lassen. Aber ohne Ostentation!"

„Das verbürge ich als Edelmann und auch, daß der junge Bach gleich abreist, wenn er gesund ist."

„Das ganz besonders! Gehen Sie, ich danke Ihnen!"

Tacker ging.

Der König schellte. „Brühl soll kommen!"

Der Minister trat bleich und ungewiß vor ihn.

„Brühl, am Ostertage habe ich ja Friedemann Bach nicht gesehen. Wo ist er denn?"

Eine kurze Pause erfolgte.

Der Minister nahm alle Geister der Intrige zusammen. Sollte er noch gar durch einen erbärmlichen Musikanten fallen? Die Frechheit ist ein sieghafter Gefährte.

„Auf dem Königstein, Majestät!"

„Und das wagen Sie mir zu sagen, Herr? Ohne Fug und Recht, ohne Richterspruch machen Sie einen Menschen ehrlos, der höchstens nur leichtsinnig gewesen ist und dessen Eitelkeit Sie und Ihre Frau selber flattiert haben? Das ist ein ehrloser Streich der Selbsthilfe, Herr von Brühl, und ich sage es Ihnen ins Gesicht, von diesem Augenblicke an haben Sie meine Achtung verloren! Bei Gott, in all seiner Eitelkeit, allem Verkennen seiner Stellung hat Sulkowsky das doch nicht gewagt. Wenn er auch eigenwillig war, ehrlos gehandelt hat er nie!"

„Majestät, darauf ausführlich zu antworten, ziemt mir nicht. Ich habe den Friedemann Bach heimlich aufheben lassen und wußte, daß ich damit einen Akt der

Gewalt beging. Nicht weil er sich meiner Tochter in unerlaubter Weise genähert, hab' ich's getan. Mir hätte es genügt, ihm mein Haus zu verschließen, aber er hat sich an königlichem Blute, in seinem verblendeten Ehrgeiz an der Majestät selbst versündigt!"

„Was? Was sagen Sie da?"

„Ich sage, Majestät, daß er nicht meiner Tochter den Hof gemacht, sondern sich in entweihender Weise dem Sprößlinge meines in Gott ruhenden Fürsten genähert hat, und ich noch in diesem Augenblicke nicht weiß, ob die Tochter König Augusts II. nicht in neun Monaten einen Musikantensprößling haben wird!"

„Brühl! ist das wahr?"

„Majestät, ich weiß es nicht, ich ahne es nur! Wenn aber dem so ist, mögen sich Eure Majestät selbst fragen, ob die Strafe zu groß für das Vergehen war. Ich habe die junge Dame aufs Land geschickt, um das Faktum abzuwarten. Daß ich den Menschen sans façon aufheben ließ, liegt in der Sache selbst und dem not= wendigen Schleier, den ich auf die verunglimpfte Majestät werfen mußte. Wenn Eure Majestät mir es als Ent= ehrung anrechnen, daß ich in übergroßer Sorgfalt und Pietät die Heiligkeit der Majestät selbst in ihren verloren= sten Zweigen verehre und schütze, nun — ich bitte um meine Entlassung. Dieses Vergehens hatte sich der Fürst Sulkowsky allerdings nie zu rühmen!" Brühl schwieg. Seine Gestalt war von Selbstgefühl gebläht, sein Auge ruhte mit kühner Sicherheit auf dem Könige, der sinnend vor ihm stand.

„Sie haben recht, Brühl! Ja, die Heiligkeit unseres Bluts muß selbst in seinen traurigen Abirrungen geehrt werden. Sie sind ein rechtschaffener Mann, gewiß! Ich bin zufrieden. Sehen wir die Sache als nicht geschehen an. Ich nehme mein Urteil über Sie zurück." Und

August reichte Brühl die Hand, welche dieser an seine Lippen drückte.

„Und Sie glauben, daß das Mädchen“ — und der König stockte.

„Ich hoffe, daß meine Befürchtungen trügen. Sie ist wenigstens den Blicken der Welt entzogen, und wenn es irgend gelingt, Majestät, eine anständige Partie von Distinktion für sie zu finden —“

„Versteht sich, sofort soll sie heiraten, sofort! Sie wird königlich dotiert werden. Denken wir nicht mehr dran, lieber Brühl, ich bin zufrieden mit Ihnen.“

Brühl ging. „Es kommt nur darauf an, seine Rolle wohl zu spielen!“ murmelte er.

„Ich habe ihm unrecht getan,“ flüsterte der König, „bitteres Unrecht. Er ist exzentrisch in seiner Liebe zu mir, zu exzentrisch! Der alte Bach tut mir leid! Nun, ich denke, ich habe getan in der Sache, was ich konnte!“ und er kehrte zum Diner zurück.

* * *

Tacker benachrichtigte Merperger sofort vom Erfolge seiner Bemühungen, eilte zu den Bachs zurück und beendete seine Mission. Dieser edle Mensch hatte außer den Dankestränen des alten Sebastian nichts als — Kassation.

Brühl erfuhr, was er getan, und als die Sache sich nach einem Jahre beim König verblutet hatte, suchte und fand man auch ein Vergehen, demzufolge der Offizier entlassen wurde.

In der Nacht langte der alte Bach mit seinem kranken Sohne, Doles und Tacker bei Merperger an. In einem massiven Gartenhäuschen, welches Zimmer, Kabinett und eine kleine Sommerküche enthielt, heizbar war und mitten im dichtbelaubten, ziemlich großen Pfarrgarten lag, ward der Kranke untergebracht, und Sebastian

beschloß, seinen Zustand acht Tage in Dresden zu beobachten.

Als Friedemann Karfreitag nachts, mitten in seiner
künstlerischen Apokalypse wie von dämonischer Hand erfaßt,
wehrlos, gebunden, mit verhülltem Haupt, nach über-
menschlichem Kampfe ohnmächtig in der Hand seiner Feinde
lag, hatte der Schreck, die Angst, das Gespenstische seines
Geschicks ihn jäh in den Rachen des Wahnsinns geworfen,
eines Wahnsinns, der sich um so tiefer mit seinen Klauen
ins Gehirn des Armen senkte, als er nicht eine Spanne
Zeit hatte, sich auszutoben. Wie dem Feuer der Rauch,
ist dem Wahnsinn Raum zur Manifestation nötig, er
muß abdampfen.

Die Folge davon war, daß, als man Friedemann
auf dem Königstein in seine Zelle brachte, die Tobsucht
mit dämonischer Wut losbrach. Seine Peiniger flohen
scheu vor ihm und überließen ihn hinter Schloß und Riegel
seinem Schicksal.

Vom Augenblicke seiner Arretierung bis hierher war
sein Wahnsinn ein verworrener gewesen, das heißt, er
war ein wildes Wüten, Schreien, Rasen, das jede Spur
menschlicher Existenz entbehrte.

Fast war's, als ob der Arme an den Pforten des
Todes stände, wie wenn das Geschick selber das Blei-
gewicht des Nervenschlages auf seine zuckenden Fasern
werfen wollte zu der ewigen Kirchhofsgenesung. Aber
nein! Die Urkraft des Leibes und der Seele in diesem
Manne war zu groß. Unterstützt von strotzender Jugend,
siegte sie über den Tod. Der bloß tosende Wahnsinn,
der zweck- und inhaltlose, bekam nun Methode, Inhalt.
Der Inhalt jedes Wahnsinns ist Monomanie. „Willst
du dein Herz mir schenken? Ja? — O bitte, schenk es
mir! Fang's heimlich an! — Heimlich! Heimlich!" Bald
sprach er es, bald sang er es. Er plauderte mit Antonie,

küßte sie, dann fürchtete er sich, daß die Ministerin käme und Brühl. Er sprang empor, er verteidigte die Geliebte gegen die Feinde, die Gespenster der Karfreitagsnacht, er raste wieder. Aber diese Raserei ließ nach, sobald das momentane Spiel der Einbildungskraft ihm andere Visionen durchs Hirn trieb.

Das Gräßlichste beim Wahnsinnigen ist das Alleinsein!

Wenn seine abnorme Lage andere Verhältnisse nötig macht, so macht sie nicht andere Menschen nötig, und die Sorgfalt der Seinen, die opferfähig und geneigt sind, das Amt des Seelenarztes zu vollziehen, wird ihm die alte Welt wiedergeben, ihn leise in sie zurückführen. Sein Geist wird sich leichter befestigen, selbst sich seiner Lage bewußt werden und in der Zeit vielleicht Mittel finden, aus ihr herauszukommen.

Als Friedemann von Tacker abgeholt wurde, war er ruhiger, er hatte infolge übergroßer Erschöpfung geschlafen, nachdem er einen Paroxysmus gehabt.

Tacker erzählte ihm freundlich: sein Vater, Doles und Merperger kämen, ihn zu holen.

Der Offizier hatte mit gutem Takt das Rechte getroffen.

Ein neuer Gedanke stieg in Friedemanns Hirn auf: sein Vater, seine Freunde. Er dachte ihrer das erstemal wieder nach seinem Unglück, und zwar mit Kinderfreude, mit jener blöden, verschleierten Seligkeit, die noch tragischer ist als das Tosen. Zwischen den Soldaten, die Angst hatten, war er an Tackers Seite vom Königstein herab=getanzt.

Je weiter sie schritten, desto toller wurden seine Possen, desto phantastischer sein Geschwätz. Schon klang das „Willst du dein Herz" aufs neue wieder, und Tacker begann lebhaft Sorge zu empfinden, als sie aus dem Gehölz traten und die gramvolle Vaterstimme an des Unglücklichen Ohr schlug.

Wie eine Katze setzte er durch den Kreis der Sol=
daten, die auseinanderstoben, und stürzte brüllend zum
Vater mit grinsender Grimasse. Dann, wie wenn's einen
Ruck in seinem Gedächtnisse gäbe, fühlte er das tiefe Weh
dieses Wiedersehens und brach ohnmächtig zusammen. So
hoben sie ihn in den Wagen, und als er sich einiger=
maßen ins Bewußtsein wiederfand, hatten ihm der Vater
und Doles von Hause erzählt, ihn mit tausend kleinen
lieben Dingen beschäftigt und vom Grundgedanken ab=
gezogen. Wenn er auch närrisch und verworren ant=
wortete, so war er doch ruhig. Nur im Wirtshause, wo
sie auf Tacker warten mußten, war er wieder in den
Paroxysmus geraten, und zum erstenmal hörte der
schaudernde Sebastian die Bedeutung seines armen Liedes.
Nun erschloß sich ihm der ganze Vorgang im Hotel Brühl.
Da kam in Doles ein Gottesgedanke. Mitten im Tosen
Friedemanns, als er eben wieder das Lied sang, schrie
Doles wie unsinnig auf, stürzte zu ihm und sagte: „An=
tonie stirbt, Antonie stirbt! Friedemann, singe nicht mehr,
der Tod hat mir diese Nacht gesagt: ‚Will sie ihr Herz
dem Friedemann schenken, so soll er's gerade nicht haben,
dann mach' ich, daß Antonie stirbt!‘" Zu Eis wurde
der Kranke. Seit der Zeit murmelte er und dachte nur
noch das Lied.

Es kam mitunter vor, daß er pfeilschnell zur Mono=
manie zurückkehrte, aber es bedurfte dann nur eines
Winkes von Doles, so erschrak er und ward still. Die
Wut ward langsam gebrochen.

So finden wir den Armen wieder. Von Doles und
Ulrike, dem Vater und Merperger stets gepflegt und um=
geben, hatte er nie Zeit, sich Reflexionen zu überlassen,
und wenn er wirklich betrachtete, ward sein Gedanke sofort
von ihnen erfaßt und in einer Richtung weitergeführt, die
gefahrlos war.

Es wäre ein Irrtum, zu glauben, daß Friedemanns Krankheit dadurch leichter gehoben worden wäre.

Nein, nur langsam und schwer, um so schwerer, da er, je vernünftiger er nach und nach wurde, um so mehr das Entsetzliche seiner gesellschaftlichen Lage, den Ikarus=sturz seiner ganzen Hoffnung, den Tod seiner Liebe, seines künstlerischen Wollens, empfinden mußte. Er blieb gemüts=krank. Und aus dieser Gemütskrankheit hob in einzelnen Momenten der Wahnsinn immer wieder sein Haupt empor und schüttelte die Nattern aus der Mähne.

Merperger konnte nur in einzelnen Stunden um ihn sein, da die Berufsgeschäfte ihn unausgesetzt in Anspruch nahmen. Er gehörte noch zu jener alten, nun fast ausgestorbenen Zahl von Predigern, denen der Dienst des Herrn weder bloßes Handwerk, noch theokratisches Agitationsmittel war. Einer jener letzten Reste aus der verklungenen Zeit Melanchthons, Luthers und Paul Ger=hards, lebte er in und mit dem Volke, war gewissermaßen der Kern des Gemeindelebens, hatte sich noch jenen un=abhängigen, freien Geist der Reformationsprediger er=halten, der in Frankreich im Jansenismus, in England in den Independenten so drohend gegen die starrköpfige Romantik der Regenten aufgetreten war.

Da sich der Zustand Friedemanns nach außen hin scheinbar gebessert hatte und Sebastian Bach sein Amt an der Thomasschule nicht länger vernachlässigen durfte, reiste er, den Sohn in Merpergers Obhut lassend, schweren Herzens nach Leipzig zurück. So waren denn Doles und Ulrike fast ausschließlich die Umgebungen des Kranken. Der Zustand desselben hatte sich aber nicht nur seit jenem Gewaltmittel des Freundes, sondern namentlich auch seit dem Augenblicke gebessert, da er Ulrike wiedergesehen. Er war erschrocken, hatte mehrere Stunden in nachdenklichem Brüten zugebracht, und die Folge davon war, daß er wenigstens auf Augenblicke heller zu werden begann. Doles schlief bei ihm, und wenn er, der auf Merpergers Bitte die Funktionen Friedemanns übernommen hatte, in der Kirche war, blieb Ulrike allein bei ihm. Die übrige Zeit teilten sie sich in die schwere Pflicht der Samariterliebe.

Recht schwer war sie und forderte namentlich von Ulrike eine Kraft der Aufopferung und Entsagung, eine Zähigkeit im Tragen der bittersten Schmerzen, die einer Heiligen würdig gewesen wäre, da sie keine Belohnung verhieß, es sei denn — jenseits des Grabes.

Kein Putz, kein Schimmer kleidet das Weib so schön, als wenn sie sich mit der Glorie der Mutterliebe oder Krankenpflege schmückt, und eine Rührung, die wohltätig durch die Adern zittert, überkommt den Leidenden, auf den ihr ewig sorgsamer Liebesblick fällt. Diese Rührung empfand Friedemann in seinen hellen Stunden und zugleich das bittere Gefühl, dies Mädchen verkannt zu haben, diesen Opfermut nicht belohnen zu können. Ach, im Herzen des Armen brannte ja unauslöschlich das Bild der fernen Antonie, und sein Geist blieb in jener öden Melancholie, aus der grinsend das entsetzliche Lied heraufkroch.

Auf diesem Punkte drehte sich die Krankheit im Kreise. Ohne Aussicht auf weitere Besserung verging ein halbes Jahr.

Wenige von den vertrautesten Freunden Friedemanns hatten bestimmte Nachricht von ihm und seinem Unglück. Fast niemand wagte es, sich der Rache Brühls auszusetzen und nach dem Leidenden zu fragen, außer dem biedern Stadtsyndikus Weinlich und Frau von Schemberg.

Letztere namentlich besuchte ihn wöchentlich mehrere Male und erschöpfte sich in Liebesbeweisen für den Unglücklichen, aus um so größerem Pflichtgefühl, als sie auf ihn, wenn auch ohne großes Glück, doch den meisten Einfluß geübt hatte und außer Doles seine einzige Vertraute gewesen war.

Frau von Schemberg war eine jener resoluten, geist=
reichen und charaktervollen Frauen, die, ohne Frömmelei
und Sentiment, eine strenge, stolze Sittlichkeit besaß und
im Gefühl ihrer weiblichen Würde die Sicherheit fand,
mit einem Manne wie Friedemann zu verkehren, ohne
Anlaß zur Zweideutigkeit zu geben.

Die Liebe zu ihrem Manne, ihren Kindern war der
höchste Schmuck ihres Lebens, und da ihr Geist und
Gemüt, ihr Auge und Ohr offen für jedes Schöne war,
hatte sie sich bei Friedemann zuerst mit aller Wärme für
den Künstler, dann für den Menschen interessiert.

Sie war somit eine der wenigen gewesen, die von
seinem Unglück erschüttert wurden, und die heimliche Ver=
achtung, die ihr gerades Wesen gegen Brühls Katzennatur
empfand, das Rechtsgefühl, welches in dem Minister den
selbstsüchtigen Unterdrücker, in Friedemann den schuldlos
Leidenden sah, impfte ihr den tiefsten Haß gegen Brühl
ein, ja, sie betrachtete es mit ihrem Manne als eine ihrer
Lebensaufgaben, den armen Freund zu rächen und wie sie
sagte, „die größte Canaille, die je einen Thron um=
wedelt, mit einem Tritt in die alte Dunkelheit zurück=
zustoßen!“

Sie ging hierbei systematisch zu Werke, wie sie
meinte, doch sei es, daß die erste Nachricht von Friede=
mann sie so aufs höchste alteriert, daß sie sich gegen
fremde Personen zu unverhohlen ausgesprochen, Brühl
bekam Wind davon und erfuhr, daß Friedemann bei Mer=
perger stecke.

Die Anwesenheit seines Opfers in Dresden schien
ihm bedrohlich, sowohl für seinen Ruf als auch für seine
Gemahlin. Besonders aber war es der tiefe Haß, den er
gegen Friedemann empfand, welcher ihm eingab, den ohne=
dies Elenden noch mehr zu quälen. Daher erschien
eines Tages Saul in Merpergers Haus und verlangte

den Prediger zu sprechen. Er ward in dessen Studier=
zimmer gewiesen, wo ihn der alte Theologe empfing.

„Kennen Sie mich, mein Herr?“

„Habe nicht die Ehre“, erwiderte der Prediger.

„Ich bin der Ministerialdirektor Saul!“

„Ah, besondere Ehre! Was wünschen der Herr
Ministerialdirektor Saul denn?“

„Ich habe Ihnen von höherer Stelle mitzuteilen,
daß es im höchsten Grade befremdet und fernerhin un=
statthaft erscheint, daß Sie als Religionslehrer einen
Taugenichts und bereits bestraften Menschen, den Friede=
mann Bach, in Ihr Haus aufgenommen haben. Um Sie
vor höchst unangenehmen Folgen zu sichern, die bei
längerem Verbleiben dieses Subjekts in Ihrem Hause
notwendig für Sie entstehen müssen, rate ich Ihnen, den=
selben sofort zu entfernen.“

„Mein Herr Saul!“ und Merperger trat dicht vor
den Agenten des Ministers. „Ich begreife die Ursache
nicht, welche mich Ihrer nie erbetenen Sorgfalt und
Warnung teilhaftig macht. Ich begreife aber, daß die
Anwesenheit dieses armen, kranken Menschen in meinem
Hause gewisse vornehme Personen beunruhigt, die sich in
ihrem Gewissen sehr wohl der schlechten und unmenschlichen
Tat bewußt sind, welche sie an dem Armen begangen
haben. Das Ansinnen, welches Sie mir stellen, und das
mir ein Selbstbekenntnis dieser schoflen Tat zu sein
scheint, weise ich als Diener der göttlichen Barmherzigkeit
und Liebe zurück! Sagen Sie denen, so Sie gesendet
haben, daß ich der weltlichen Gewalt nur als Beamter
des Staats untergeordnet bin. In der Ausübung meiner
geistlichen Pflicht der Barmherzigkeit aber, als Diener
Gottes, hat mir niemand etwas zu sagen. Ich werde den
kranken Friedemann Bach so lange in meinem Hause be=
halten, als ich und der Arzt es für Menschenpflicht halten.

Wenn er gesund ist, soll er zu den Seinen zurückkehren. Bis dahin aber warne ich jeden, bei der Heiligkeit meines Amtes als Priester, dieses Haus mit Absichten zu betreten, die dem Friedemann Bach feindlich sind, sonst werde ich an ihm, es sei, wer es wolle, ein öffentliches Beispiel statuieren und ihn öffentlich zur Rechenschaft ziehen über die Schandtaten, die er sich gegen Gott und Vaterland, gegen Fürst und Volk zuschulden kommen ließ, unbeirrt, ob man mich entsetzt und vertreibt. Es gibt überall auf der weiten Welt Herzen, in die meine Worte der Barm= herzigkeit und Liebe fallen und Segen stiften werden! Sagen Sie das nur denen, die Sie geschickt haben!“

Saul entfernte sich, verdutzt, daß es noch freie Herzen gäbe, die irdischem Schreckmittel gewachsen sind.

An demselben Tage erschien er aber noch einmal und versicherte Merperger mit widerlicher Freundlichkeit, daß es so ernst damit ja nicht gemeint gewesen sei, daß gewisse unangenehme und bedauerliche Vorfälle aber in die Öffentlichkeit dringen und schief beurteilt würden.

„Durch meinen Mund dringt nichts in die Öffent= lichkeit, Herr Saul, solange ich es irgend vermeiden kann. Wenn auch nicht aus Menschenfurcht, schweige ich doch um des armen Opfers selbst willen. Darüber kann man sich beruhigen. Wie wenig bei gewissen Leuten auch mit der Reue getan ist, so überlasse ich dieselben doch ihrem eigenen Gewissen; vergessen Sie aber nicht, nur unter der Bedingung, daß man mich nicht in Ausübung meiner Liebespflicht hindert! Ergebener Diener, Herr Saul.“

Brühl war eingeschüchtert. Friedemann blieb fortan ungestört im Predigerhause.

Es war ein eigentümliches Band, das diese vier Menschen umflocht. Ein Band innigster Zuneigung, die mit Wehmut, heißer Liebe, die mit Opfermut gepaart war.

Merperger konnte von Brühl des Schlimmsten ge=

wärtig sein, und obwohl er von der ganzen Unterredung mit Saul gegen seine Tochter schwieg, so hatte doch er für den Fall der Not seinen äußersten Entschluß gefaßt.

Doles, der seine Zeit zwischen der Pflicht des Interimsdienstes und der Überwachung des Freundes teilte, war der entschieden Glücklichste von allen. Eine Art Genugtuung erfüllte ihn, daß er am Freunde, der ihm im Unglück beigesprungen, am alten Bach, der ihn gekränkt, die ganze Fülle seiner Großmut beweisen konnte. Wenn er dadurch seiner Eitelkeit auch schmeichelte, war doch das Maß der Liebe zu Friedemann so groß und schön, daß sich Doles oft selbst Vorwürfe machte und innerlich ab= kanzelte, wenn er sich auf einer Schwäche ertappte. Was seine Freundschaft für Friedemann aber ganz besonders dartat, war, daß er fühlte, wie sehr er Ulrike zu lieben begann und dennoch eifersüchtig und streng über seine Gefühle wachte, damit die schöne Harmonie unter ihnen auch nicht durch den leisesten Hauch von Selbstsucht getrübt werde.

Weder Ulrike noch Friedemann ahnten das Geringste von dem, was in ihm vorging.

Es war an einem Sommersonntage. Merperger und Doles waren in der Kirche, Friedemann und Ulrike allein. Er hatte diese Nacht gut geschlafen und mehrere Tage keinen eigentlichen Anfall gehabt. Der warme Sonnenschein drang durchs offene Fenster zu ihm herein, er blickte hinab in den prangenden Garten, und leise tönten verworrene Klänge der Orgel zu ihm herüber. Heute hatte er noch kein Wort gesprochen, und seine Seele schien in sich gar sehr beschäftigt. Ulrike saß am andern Fenster und nähte, die Stille war ihr peinlich. Sie sah ihn mehrmals schmerzlich an und bemerkte, wie ihm eben Tränen über die Wangen liefen. Besorgt legte sie die Arbeit fort, trat zu ihm und faßte seine Hand.

„Kommen Sie vom Fenster, lieber Friedemann, die Orgel greift Sie an. Plaudern Sie lieber ein wenig, das leitet Sie ab.“

Friedemann wendete sich zu ihr. Durch sein Gesicht zuckte es hin und wieder. „Ulrike, ich habe mir's eben überlegt, ob es wohl recht ist, daß ich bisher gegen Sie schwieg. Ach, wenn ich“ — und er faßte an seinen Kopf — „hier nur erst recht klar würde!“

„O, das sollen Sie werden, Friedemann! Wir pflegen Sie so lange, bis Sie ganz wohl sind. Und welche Freude für Ihren Vater, wenn Sie wieder musizieren werden. Gewiß, Sie erreichen in einem Vierteljahr, was Sie versäumt haben.“

„Nie, Ulrike, das erreiche ich nie wieder!“

„Nicht doch! Wie kann ein Künstler, wie Sie, so sprechen? Was Sie sind und leisten, kann doch niemand von Ihnen nehmen?“

„Aber die Ehre, den Jugendmut! — Ulrike, Sie vor allen andern sind meiner Bewunderung wert! Kommen Sie, hören Sie mich an! Ich will ganz ruhig sein und mich nicht erregen, aber ich muß endlich einmal mit Ihnen sprechen, damit Sie sehen, daß der arme Friedemann nicht undankbar ist.“

„Aber Friedemann!“

„O bitte, lassen Sie mich!“ Und er zog die Widerstrebende zu sich aufs Kanapee.

„Ulrike, ich bereue mein ganzes Leben. Es nagt an mir, daß ich so leichtsinnig gewesen bin und mich in die große Welt gestürzt habe. Der Künstler, wenn er noch so bedeutend ist, muß nur für seine Kunst und den engsten Kreis seiner Freunde leben! Ich hätte mit mir mehr haushalten sollen. Wäre ich nicht wie ein Irrlicht umhergeflackert, hätte ich weniger Eitelkeit gehabt und mehr Sinn fürs Schlichte, ich hätte Sie lieben müssen,

Ulrike! So engelgut, so schön im Erbarmen und Ent=
sagen habe ich noch kein Weib gesehen. Aber ich ver=
säumte meine gesegnete Stunde, kostete von dem verbotenen
Trank der Eitelkeit und des Schimmers, ich sah Antonie,
wir liebten uns, und, es ist entsetzlich, ich kann von
dieser Liebe nicht lassen, so sehr ich sie bereue! Ich
kann nicht aufhören, mich nach diesem Mädchen zu sehnen
und zu ringen, und weiß doch, daß ich sie nie besitzen
kann! Ulrike, können Sie mir verzeihen, so von Herzen
verzeihen?

Ach, wenn ich Ihr Bruder wäre, wie wollte ich
Sie herzen und anbeten! Glauben Sie mir, der Tag,
wo ich wüßte, daß Sie einen besseren als mich so recht
von Herzen lieben könnten, von ihm wieder geliebt würden,
wäre der glücklichste meines Lebens!"

Er umarmte das in Tränen zerfließende Mädchen,
preßte sein Gesicht an ihre Schulter und schien seinen
Schmerzen erliegen zu wollen.

„Lieber Friedemann", und mit aller Energie der
Seele bezwang sie sich, erhob das Haupt und sah ihn an.
„Lieber Friedemann, das glaube ich Ihnen, Sie sind edel
und gut. Sie müssen Antonie ungeschwächt lieben, ich
weiß es, aber Friedemann, nun, wo Sie langsam genesen,
müssen Sie auch von dem ewigen Nachhängen Ihres
Fühlens, Träumens und Sehnens frei zu werden suchen
und männlich handeln! Gebrochene Liebe ist ein großes
Unglück im Leben, aber Sie, der Mann, sind nicht allein
zur Liebe gemacht. Die Menschheit, Gott und Welt sind
die größeren, noch edleren und schöneren Ziele, die Sie
zum Dienst aufrufen. Vielleicht hat es der liebe Gott
haben wollen, daß Sie erst recht groß und schön sein
sollen in Ihrer Kunst, wenn Sie die Trümmer Ihres
Herzens zum Sockel Ihrer Taten nehmen. Glauben Sie
mir", und das Mädchen stand gleich einer Seherin vor

ihm, „mit Freuden will ich mein armes Herz drum geben, und Ulrike wie Antonie sind nichts mit ihrem Einzel=schmerz, wenn Sie fähig werden, wie David zu sein ein Königssänger für Gott und Menschheit!“

„Ja, Ulrike, du einzige, erhabene Dulderin, an deiner Hand will ich's tun, — von dir geleitet!“

„Wollen Sie das, Friedemann?“

„Ja, ja, ich will's! Sag mir, wie ich's kann?“

Da faltete, wie um Kraft und Segen bittend, Ulrike ihre zitternden Hände. „Gott, mein Vater, laß es ge=schehen!“ Sie führte Friedemann ans Klavier und hieß ihn sitzen.

„Friedemann, ich unterwerfe Sie als Künstler, als Mann, als Gottes Diener der schwersten Prüfung. Haben Sie meinen starken Willen und kaltes Blut?“

Friedemann sah sie an. „Ja, nun hab' ich's, Ulrike!“

„So spielen Sie mir das arme, trübe Lied: ‚Willst du dein Herz mir schenken‘ und fugieren Sie es!“

Friedemann war starr und bleich. Der freie, stolze Wille und sein ächzendes Herz kämpften mit dem Paroxysmus.

Die Tür öffnete sich leise. Durch die schmale Fuge zeigten sich die bleichen Gesichter des Predigers und Doles'.

Friedemanns befestigter Wille siegte.

Er begann das Thema leise und ernst, modulierte es in Moll, aus dem Diskant in den Baß, durch alle Um=kehrungen und Verschlingungen.

Es war, als wenn die Liebesklage kämpfte mit der freien Kraft des Mannesstolzes, und aus Liebeslust und Liebesleid ward ein Choral, ein hohes, freies Gotteslied, ein Dankopfer der Selbstbefreiung!

Friedemann stand auf. „Ulrike, das ist die Krone Ihrer Edeltat!“

Er weinte Dankestränen.

„Er ist genesen!“ hauchte das bleiche Mädchen und

sank, übermannt von ihren Qualen, an des herzueilenden Vaters Brust, Doles aber schloß den Freund jubelnd in seine Arme.

Das große Werk der Aufopferung und Liebe war vollendet.

Ulrike hatte mit Selbstverleugnung und Heldenmut, mit kaltblütiger Besonnenheit, die nur die Liebe ohne Selbstsucht geben kann, den wirren Geist Friedemanns gezügelt und ihn mit Sanftmut und Energie, durch unermüdetes Einwirken in das natürliche Bett geleitet, wo er, selbst in hastiger Springflut aufzischend, doch dahinglitt, ohne mehr über die Ufer zu treten und an sich selbst zu zerschellen.

Friedemann hatte endlich Selbstvertrauen gefaßt und erkannt, daß das Nötigste vor allem sei, sich die verlorene Stellung wieder zu gewinnen, daß es töricht sei, vor seine verlorene Liebe hintreten zu wollen, ohne sich ihrer wert gezeigt zu haben. Die Liebe ward ihm von nun an ein fernes Idol, die Kunst aber das, wodurch er sich ihrer würdig machen wollte.

Er war aber eine so eigene, zum Unglück bestimmte Natur, daß er nie den einfachen Weg, der zum Glücke führte, zu gehen verstand.

Wie nahe hatte ihm nicht hier bei seiner Genesung die Siegespalme echter Liebe gestanden, wie mußte ihn nicht der Liebreiz Ulrikes, des rettenden Engels seines Daseins, entwaffnen und an das Herz führen, das ihm so nahe, so vernehmlich entgegenschlug. Er fühlte die Luft des Glückes nicht, das ihm mahnend gegenüberstand, fühlte es darum nicht, weil das Bild der schönen Brühl zu lebhaft vor seiner Seele stand. Er mußte die Verlorene lieben, weil er wußte, sie liebe ihn wieder, wußte, daß sie leide. Ein Glück für ihn, daß seine allgewaltige Herrin, die Kunst, wieder ihre Rechte an ihn geltend machte, daß sein Stolz, sein Ehrgeiz ihm vorschrieb, sich erst vor sich selber und der Welt zu rehabilitieren.

Der Arzt, sichtlich verwundert über den günstigen Verlauf der Krankheit, beobachtete ihn noch vier Wochen unausgesetzt und erklärte dann, daß er, obwohl Friedemann geheilt sei, einen Wiederausbruch des Wahnsinns für leicht möglich halte, sobald sein Gemüt einen neuen Stoß erleide; dann aber sei kaum mehr zu helfen. Das mußte man dem gütigen Geschick überlassen.

Merperger setzte demnächst den Vater vom Geschehenen in Kenntnis. Friedemann selbst schrieb an ihn, daß er sich stark genug fühle, wieder seinem Berufe zu dienen.

Sebastian, hoch erfreut, von neuen Hoffnungen gehoben, aber nur seiner eigenen Einsicht trauend, beschloß, den Sohn bei sich in Leipzig zu beschäftigen und seinen ferneren Weg zu regeln, um alles, was Friedemann versäumt hatte, nach Kräften zu ergänzen und ihn für die Stürme des Lebens geschickter zu machen.

Der alte Bach holte den Liebling von Dresden ab, und Friedemann schied mit tiefer Bewegung des Dankes, des Mitleidens und der Freundeszärtlichkeit von Ulrike. „Ob wir uns wiedersehen im Leben? — — Verzeihen Sie mir und behalten Sie mich lieb!"

Doles begleitete Vater und Sohn eine Strecke Wegs, dann ging er zu Fuß zurück.

Jetzt erst glaubte er ein Recht erhalten zu haben, die von Friedemann zwiefach Verschmähte zu lieben.

Da der Freund nun aber fern war, hatte er weniger Grund, so unausgesetzt in Merpergers Haus zu verkehren, und mit Zartheit trat er zurück und beschränkte sich auf seine Amtspflicht.

Plötzlich indes leuchtete dem guten Doles endlich die Sonne des Glücks. Der Ruf seines Orgelspiels, während er Friedemann im Dienst vertreten, verschaffte ihm die Organistenstelle in Freiberg.

Er teilte Merperger seine geänderte Lebenslage mit, und der alte Mann sah ihn mit innigem Bedauern scheiden.

Das Predigerhaus sollte wieder so still werden wie ehemals.

Als Doles Abschied nehmen kam, war Merperger nicht zu Haus, er traf die Tochter allein.

„Liebe Ulrike, erlauben Sie, daß ich Sie, vielleicht das letztemal, so nennen darf. Liebe Ulrike, ich möchte mit Ihnen so recht aus tiefster Seele sprechen, wenn ich wüßte, daß Sie's mir nicht übelnehmen wollen. Ich bin ein schlichter, etwas hölzerner Patron, aber Gott weiß es, ich mein's ehrenwert!"

Ulrike lächelte matt. „Reden Sie immer, lieber Herr Doles, Sie sind ein so edler Mensch, daß man Ihnen nichts übelnehmen kann."

„Nun gut. Sehen Sie, wenn ich den Friedemann nicht gar so lieb hätte, ich müßte sein bitterster Feind werden. Aber wenn ich ihn auch noch so sehr hassen würde und ihm Übles gönnte, soviel wie er sich selbst Böses zufügt, aus Verblendung zufügt, kann ihm kein anderer jemals antun! Ulrike, ich kann nicht viel Worte machen, und heute wird mir's erst recht schwer. Ich hab's mit ansehen müssen, wie schlecht sich Friedemann damals gegen Sie benommen hat, wie er selbst jetzt nie die Tiefe Ihres schönen Gemüts, die Größe der Aufopferung und Qualen, die Sie um ihn erdulden mußten, begriffen hat. Sie sind mit Ihrem Herzen voll Lieb und Wehe nicht verstanden, nicht wiedergeliebt worden. Das schmerzt mich tief. O, einer wenigstens im Leben, einer versteht und liebt Sie, liebt Sie maßlos, und wenn er auch nie auf Gewährung hoffen darf, Sie werden doch ewig in seinem Herzen sein, und das ist der mürrische, trockene Doles,

Ulrike!   Wenn Ihnen das eine schwache Genugtuung
geben kann, so ist's alles, was ich vom Schicksal verlange!"

Ulrike war sprachlos, starr, erschrocken! Sie, sie
war also doch nicht so ohne jeden Liebreiz? Es gab
wirklich jemand, der mit aller Macht der Seele an ihr
hing, den sie ganz und ungeteilt besaß?! Sie reichte
Doles zitternd die Hand: „Ich danke Ihnen, lieber, mürrischer Doles, Sie haben mir unendlich wohl getan!"

Doles reiste ab. Er schrieb öfter. Nach zwei Jahren
hielt er bei Merperger um die Tochter an. Ulrike folgte
ihm zur neuen Heimat.

Eine Blume war verschwunden von Friedemanns
Lebensweg. Er war zu oft achtlos über sie hinweggeschritten.

18. „Drozdzian; ich trotze!"

Als vormals die kriegerischen Wenden mit Pfeil und
Bogen, Speer und Schleuder ihre Nationalität gegen das
siegreiche Christentum verteidigten, das welterobernd von
Süd und West heranzog, und den Eichenhainen alle Poesie,
dem Czernebog seine Fruchtbarkeit rauben wollte, nisteten
sie sich an beiden Ufern des Elbstroms fest, da, wo er
aus dem vielfach zerrissenen Sandsteingefels tritt und die
Weiseritz in sich aufnimmt, bauten ein verschanztes, stehen=
des Lager mit einer Burg aus Sandstein und Lehm, mit
Wällen, Gräben und Vorhauen und nannten sie, kühn dem
Feinde in die Zähne lachend: „Drozdzian, ich trotze!"

Aus dieser Niederlassung entstand das heutige Drozdan
oder Dresden, dessen kecke Devise sich oft im Reformations=
kriege bewährt hatte; Moritz von Sachsen machte selbst
einen Kaiser vor ihr zittern. Auch August der Starke
war der Mann dazu, wenigstens für seine Person diesem
Wahlspruch Ehre zu machen. Wenn aber schon unter
ihm das „ich trotze" sein ehemaliges politisches Gewicht

verloren hatte, handelte es sich unter August III. eigent=
lich nur darum, ob Sachsen mehr von Österreichs oder
Rußlands Freundschaft abhänge. Nichtsdestoweniger schien
aber Brühl diese Devise zur Regel seines ganzen Ver=
haltens ausersehen zu haben. Trotz seines bebürdeten
Gewissens, seines gefährlichen Spiels, trat er sicher einher,
schüttelte die Locken, stampfte den Kothurn und sprach
seine Sentenz, ein Kulissenreißer der Weltgeschichte! Er
war nicht von vornherein schlecht, hatte ein Herz, das
weich genug war für alles Schöne. Nun war's freilich
kalt, langweilig und hohl. Die Intrige, die er einst
gebraucht hatte, um sein Lebensziel, Antonie von Kollowrat,
zu erlangen, war nun nicht mehr Mittel, nein, Zweck
seines Daseins, war ihm Belustigung und Freude, half
ihm über sein eigenes maliziöses Leben hinweg.

Der Mann wußte genau, daß er über sich ewige
Tränen weinen müsse, darum ließ er andere welche ver=
gießen, um doch rechtschaffen lachen zu können. Selbst
der Haß und Neid, die Ränke seiner Feinde taten ihm
wohl, denn sie ließen ihn über des Augenblicks Erregung
seinen alten Schmerz vergessen. Hätte dieser Mann die
Intrige nicht mehr gehabt, er hätte sich eine Kugel
durchs Hirn gejagt. So erklärt sich bei ihm auch seine
maßlose Verschwendungssucht, sein raffiniertes Außenleben.
Vielleicht wäre Sachsen nie so unglücklich geworden, wäre
Heinrich von Brühl nicht innerlich so zerrissen gewesen.

Indes er nun, mit heiterer Stirn allen Gefahren
trotzend, bei Hofe verkehrte, lag die Ministerin, von
bezahlter Lakaiensorgfalt gepflegt, schwer krank da=
nieder. Sie mochte nicht leben und konnte nicht sterben.
Das Schicksal machte tabula rasa im Gemüte dieses
Weibes.

In den Augenblicken, wo die wirren Fieberträume
sie verließen, in welchen Friedemann vor allem eine Rolle

spielte, und ihre Sinne mühsam sich zusammenfanden, be=
gann sie ernsthaft und tief ihr ganzes Leben zu bereuen.

Dieser außerordentlichen Erschütterung hatte es be=
durft, um sie endlich umzuwandeln, um die guten Geister,
welche in der Seele jedes Menschen schlafen, auch in ihr
zu erwecken. Es war freilich zu spät, um aus der
Reinigung ihres Innern noch im Leben Segen zu ziehen
und glücklich zu werden, aber gerade in dem Gelöbnis
der Entsagung alles Glückes lag die Bürgschaft der
Besserung. Sie hatte keinen Vertrauten als ihren Arzt,
den Doktor Skrop, einen wahrhaften Helfer des Körpers
und der Seele. Er reichte dieser Frau ein Heilmittel,
welches sie nie gekannt, gab ihr, was sie nie im wahren
Sinne besessen, Religion, und sie genas langsam. Von
nun an trug sie sich in dunklen Farben. Bleich und
ernst trat sie wieder in die Welt, die ihr fremd geworden.
In ihr aber lebte eine wahre, inbrünstige Frömmigkeit;
und ein liebendes Erbarmen für die Leiden ihrer Mit=
menschen, eine ruhige Entsagung halfen ihr über den
ferneren Rest ihres Lebens hinweg. Der Hof, die Welt
stutzte.

„Ei seht doch, sie hat eine neue Maske", zischelten
die Leute; man nannte sie „die verheiratete Nonne". O
infame Fama! — Antonie ertrug alles, das Gespött der
Leute, die hämische Kälte des Gemahls, das matte Mit=
leiden gewisser Freundinnen. Sie hatte Brühl sogar ver=
ziehen, ja duldete es, daß er sie mit seiner Galanterie
offiziell schikanierte, um zu beweisen, wie glücklich er lebe.
Ihre schon ziemlich zahlreiche Familie vermehrte sich fast
jedes Jahr, denn Brühl hatte ihr mit Skandal einer
Scheidung und einer öffentlichen Konkubine gedroht.

Namenlos litt diese Frau und ward im Schmerze
edler und schöner. — Was aber am entsetzlichsten an
ihrem Herzen nagte, war Friedemanns Schicksal, den sie

noch immer auf dem Königstein glaubte. Da sie aus Scham nicht wagen durfte, bei Hofe um seine Freilassung zu bitten, wendete sie sich heimlich an die Königin, daß ihr alle Karfreitage ein Sträfling vom Königstein losgegeben werde. Der Monarch lächelte still und gewährte es. Die zweite Sehnsucht war nach der Tochter, die ihr entrissen.

Sie hatte es an sich zu schwer erlebt, was frühe Verderbnis der Seele sei und wollte ihr Kind vorm Straucheln im Leben bewahren. Auf den Knien lag die arme Mutter vor Brühl: „Sagen Sie mir, wo mein Kind ist.“

„Sie werden sie wiedersehen, wenn ich sie verheiratet habe!“

Antonie beklagte sich beim König, daß man ihr die Tochter vorenthalte. August aber sagte kurz: „Ich kenne die Maßnahmen Brühls und billige sie, man belästige mich nicht weiter!“

Die Ministerin mußte sich auch dies letzte Glück versagen. Sie wendete die Zeit, welche ihr der Dienst des Hofes ließ, zu einsamen Studien, zum Umgang mit ihren anderen Kindern und zur Wohltätigkeit an. Das war das Programm ihres ferneren Lebens.

Da sie nun aller Politik entsagt hatte, mußte Brühl allein seinen Weg gehen, der täglich dornenvoller wurde. Unter einer riesigen Verschwendung, unter den ausgesuchtesten Vergnügungen, in die er sich und den Hof hineinlog, so die öffentlichen Einnahmequellen plünderte und den Bankrott der Steuerkasse herbeiführte, suchte er sein eignes Elend wegzuschwatzen, und die Tränen der betrogenen Witwen und Waisen, der ruinierten Familien waren der Mohnsaft, aus dem ihm Vergessenheit seiner selbst floß.

Wie sich nun täglich der Einfluß vermehrte, den er

auf seinen Herrn, den König, übte, so vermehrten sich seine Feinde und rückten ihm drohend näher. Dem Volke längst bis in den Tod verhaßt, ward er vom Adel ver= achtet, von den Prinzen Xaver und Christian über die Achsel angesehen, und auch die Königin, die endlich merkte, daß Brühl sie narre und betrüge, daß ihr geträumter Einfluß Einbildung sei, begann ihn anzufeinden. Keiner aber war von so unersättlich giftigem Hasse erfüllt, als Frau von Schemberg, die alte Freundin Friedemanns, welche der Gräfin Orzelska, Augusts III. Stiefschwester, Vertraute war.

Rastlos trommelte sie Brühls Infamie in jedermanns Ohr, ersann hundert Spitz= und Stichworte der Rache, und arbeitete mit einer Ameisenbeharrlichkeit an seinem Fall. Brühl, der sonst nichts fürchtete, empfand doch Grauen vor diesem Weibe, und zwar um so entsetzlichere Furcht, als er bemerkte, daß sie sich auf die alte Kling warf und sie auszuhorchen strebte. „Das ist die tötende Schlange in meinem Leben!" rief er verzweifelnd. Wie sollte er sie loswerden?

Überall hatte er seine Spione, es war niemand bei Hofe, der nicht in irgend einer Art von ihm abhing, den er nicht kontrollierte, dessen Glück er nicht in Händen hielt. Er hatte einmal August III. auf die ganze Welt, außer sich, argwöhnisch gemacht. Dem Herrscher war allein nur mit den gestohlenen Dokumenten beizukommen. Brühl wußte das und beeilte sich, die Kling immer mehr an sich zu locken, sie mit Geschenken zu überschütten und an der Erfüllung ihres Begehrs zu arbeiten. Durch sie wußte er auch Frau von Schemberg in sein Haus zu ziehen, und diese ergriff die Gelegenheit um so eifriger, den Erzfeind in seiner Höhle aufzusuchen, als sie hoffte, dort noch viel mehr von seinen Schwächen zu erlauschen und sie dann als Waffen gegen ihn zu gebrauchen. Die

„tötende Schlange" war also hinfort sehr oft bei Brühl und schloß sich namentlich mit diabolischer Liebenswürdigkeit an die Ministerin. So erfuhr die schwergeprüfte Antonie auch, daß Friedemann längst vom Königstein entfernt sei, doch wohin — sagte die Schemberg nicht.

Indem „die Schlange" nun so den Sockel des Ministers unterwühlte und sich von der Oberfläche der Dinge entfernte, hatte sie Brühl unschädlich gemacht. Frau Schemberg war entsetzt, plötzlich nach ein paar Wochen zu sehen, daß man sie am Hofe, in ganz Dresden verachtete und wie das Feuer floh. — Was war denn vorgegangen?

Jedermann wußte, daß Brühl sich bezahlter Spione bediene. Der Minister hatte die tötende Schlange in sein Haus gelockt, und als sie sich da warm gebettet, wußte er durch seine Leute geschickt überall aussprengen zu lassen, daß sich die gute Dame mit ihrem Leumund gegen ihn nur verstelle. Sie sei ja seine bezahlte Spionin, die nur darum auf ihn schimpfe, um andere zu gleichem Tun aufzustacheln und sie dann anzugeben! — Die tötende Schlange war tot. — Entehrung, Verachtung jagte diese arme, unklug kühne Frau vom Hofe und aus Dresden.

O, Brühl wußte, welche Waffe die Verleumdung sei!

Doch nicht genug, daß er diese Frau moralisch in der öffentlichen Meinung gemordet, er wußte sie auch auf alle Art, besonders da sie nicht vermögend war, samt ihrer Familie in der Existenz zu kränken, und nur ihre schließliche Zurückgezogenheit, besonders der rasch folgende Krieg machte ihren Leiden und der Rache Brühls ein Ende.

Der Krieg! Mit all seinen wilden Greueln, seinen Schrecknissen sollte er sich über Sachsen ergießen.

Friedrich II. hatte bei seiner Durchreise in Dresden die Dinge leicht durchschaut und auf die sächsische Freundschaft wenig Wert gelegt. Brühl jedoch war vorsichtig

genug, vorderhand wenigstens keine offenbaren Schritte zu
tun, um Friedrichs Zorn nicht allzu schnell zu reizen.
Nur gezwungen hatte der Minister einen Teil des sächsischen Heeres zu den Alliierten nach Böhmen rücken lassen.
Da aber die Kling, so sehr sie Brühl mit Galanterien
zu ködern bemüht war, nicht mit sich spaßen ließ, mußte
das sächsische Korps eine rückgängige Bewegung machen,
und August, allen seinen sonst eingegangenen Verbindungen
zum Trotz, schloß eilig zu Warschau und später zu Leipzig
mit der „Königin von Ungarn“ gegen Preußen einen
Allianz- oder Partagetraktat, in welchem die Beschränkung
Preußens auf engere Grenzen als notwendiges Ziel ausgesprochen wurde. Ein feierlicher Besuch der Erzherzogin
Maria Anna von Österreich in Dresden beschleunigte noch
dies Bündnis.

Zweiundzwanzigtausend Sachsen machten sich nunmehr
bereit, zum Heere Theresiens zu stoßen.

Obwohl alles möglichst heimlich betrieben wurde
und Friedrich zuwenig positive Beweise hatte, erwachte
doch sein Zorn, sein namenloser Haß ob sächsischer Zweideutigkeit, und rücksichtslos, wie es ihn hinterging, wollte
er Sachsen den Entgelt geben.

August III. schlief auf Rosen, aber gerade sein
treuer Wächter Brühl war's, der, aus Not zum Achsel-
träger gemacht, seinen Fürsten und sein Vaterland ins
Verderben riß.

Friedrich II. machte nach seinem Siege bei Czaslau,
von den Bewegungen seiner verdächtigen Alliierten gezwungen, zu Breslau Friede, doch war's nur eine Waffenruhe, eine Windstille, die dem Orkan vorherging, der
Sachsen verwüsten sollte.

Die Weltlage hatte sich inzwischen sehr geändert.
Der größte Nebenbuhler Theresiens, der Prätendent der
Kaiserkrone, Karl VII., war gestorben, nachdem er seine

bayerischen Erblande von den wütenden Ungarn und
Kroatenhaufen Trenks und Bärenklaus vernichtet sehen
mußte. Durch Fleurys Tod stockte die französische Ein=
mischung in deutsche Interessen, und ein Atemholen im
Kampfe erfolgte, welches von England benutzt wurde, um
Österreich mit Preußen dauernd zu versöhnen, da der
Breslauer Friede von beiden Seiten gehalten worden war.
Friedrich II. schien auch bereit dazu, nachdem er seinen
Kriegesruhm durch die Siege von Prag, Hohenfriedeberg
und Sorr über Sachsen und Österreich glänzend behauptet
und seine schlesischen Besitzungen gesichert hatte.

Da war es wiederum Brühl, der als leibhaftige
Zwietracht jede Vereinbarung unmöglich machte und den
kaum matter gewordenen Haß Österreichs und Sachsens
gegen Friedrich aufstachelte. Jetzt gerade gab's das Schick=
sal in seine Hand, die Parteien durch Mäßigung einander
näher zu bringen, und zweifelsohne hätte er es getan,
wenn nicht die fatalistische Ruhelosigkeit seines jetzigen
Lebens, die Wollust des politischen Hasardspiels, besonders
aber der Haß in ihm Triebfeder gewesen wäre.

Durch sein häusliches Unglück, die allgemeine Feind=
schaft und Mißachtung innerhalb Sachsens selbst, war er
ebenso mißtrauisch wie eitel und an seinem Stolze leicht
verletzlich geworden. Je mehr er fühlte, wie wenig
Ehre er wirklich besaß, um so eifersüchtiger wachte er über
dem letzten Reste derselben. Brühl haßte Friedrich II.,
weil dieser ihn offen verachtete und sich über ihn als
den größten Hanswurst seiner Zeit in zahllosen Witz=
worten erging, die ihr Echo im In= und Auslande fanden
und selbst in Dresden ein homerisches Gelächter hervorriefen.

Jetzt war der Augenblick gekommen, wo Brühl dem
Preußenkönig, dem brandenburgischen Markgrafen, beweisen
konnte, daß er eine wichtige und gefährliche Person sei.
Dies tat Brühl nun auch in so borniert gehässiger und

unangenehm arroganter Weise, daß England beleidigt, Friedrich II. aufs höchste erzürnt und Maria Theresia mit Preußen ärger als je verfeindet wurde.

„Wen Zeus vernichten will, macht er erst wahnsinnig!" das konnte man mit Recht von Sachsen und Brühl sagen, und geschäftig zog das Verderben heran, das die Eitelkeit eines einzigen heraufbeschwor.

Friedrich II. hatte um so mehr guten Grund, sich über die Hinterhaltigkeit und Arglist seiner Gegner zu beklagen, als er bereits von ihren Plänen gegen ihn Wind bekommen hatte. Vor allen aber war es Sachsen, auf das sich in voller Bitterkeit das gekränkte Preußen warf, um es nun alle Schrecknisse der Kriegsnot im eigenen Schoße empfinden zu lassen.

Schon am 26. November desselben Jahres rückten die Preußen in die Oberlausitz, und obwohl sich die Sachsen gut verschanzt hatten, griff sie doch Fürst Leopold von Dessau bei Kesselsdorf an, verlockte durch künstliches Zurückweichen viele Grenadierbataillons zu hitzigem Ausfall, drang bei ihrem Rückzuge mit in die Schanzen und nahm unter furchtbarem Blutvergießen Kesselsdorf. Zehntausend Mann büßte Sachsen an diesem Tage ein.

Heulend drang die Schreckensnachricht nach Dresden und zugleich die Gewißheit, daß der Feind gegen die Hauptstadt heranzog. Die Stadt, der Hof waren in grenzenlosester Verwirrung, die Gesetze der bürgerlichen Ordnung begannen zu wanken.

Den einzigen Schutz Dresdens bildeten sechstausend Mann Landmiliz unter Kommandant Bose und die österreichischen Hilfsvölker, die einen Teil der Vorstädte, namentlich die Pirnaer Seite und die Gegend von Plauen, besetzt hielten, um sich den Rücken nach Böhmen frei zu halten. Flüchtiges Militär, Wagen mit Verwundeten bedeckten die Straßen, und vergebens wendete sich die

entseßte Bürgerschaft an die Regierung um Abwendung
der Not. Brühl und der Hof waren zu sehr auf eigene
Sicherheit bedacht und selbst nicht mehr in der Lage, die
keck herausgeforderte Rache des Gegners zum Halt zu
bewegen.

Es gibt Verhältnisse im Leben, wo jede Maske fällt,
und der Mensch, von den Schauern der gewaltigen Minute
gepackt, das Komödiantentum vergißt und sich zeigt, wie
er wirklich ist, feig oder seelenstark. In eine solche Lage
war Brühl gekommen, und wenn er jetzt selbst von seinem
Fürsten nicht durchschaut, in seiner Jämmerlichkeit nicht
erkannt wurde, hatte er sich nur bei dem Hasse zu be=
danken, der zwiefach in August III. und namentlich in
Josepha loderte. Das Königspaar sah in Friedrich nicht
den durch ihre eigene Schuld aufgestachelten Feind, son=
dern einen raub= und ländergierigen Abenteurer, einen
ketzerischen Länder= und Kronbanditen, und hüllte sich ihm
gegenüber in die Resignation vermeinter Unschuld und
gekränkten Rechts.

Wie oft hatte August III. in ruhigen Stunden ängst=
lich seinen Mandatar Brühl gefragt: „Habe ich Geld?“
Und immer konnte es Brühl ihm triumphierend bejahen.
Jetzt, im Momente der höchsten Not, wo jeder Streiter
Gold, jeder Taler eine Waffe war, stand der Minister
vor ihm, bleich und verworren, zuckte die Achseln und
sagte: „Jetzt im Augenblick nicht, Majestät, doch werde
ich's schaffen.“

Drozdzian, ich troße! — Das stolze Dresden war
kleinmütig geworden und verzagt. „Der König samt dem
Kurprinzen und Brühl sind in der Nacht nach dem König=
stein!“ hieß es, und die Menge stand murrend auf
Plätzen und Gassen. „Der König ist fort, nun kommen
die Preußen und mit ihnen die Plünderung, die Massaker!“
Eine schwache Hoffnung erwuchs den Dresdnern aus der

Nachricht, daß die Königin Josepha mit den Prinzen Xaver
und Karl zurückgeblieben sei. „Seht, es ist wahr! Da,
im offenen Wagen zeigen sie sich der verzagten Menge,
der mutlosen Miliz!“ Ja, die stolze Josepha, die wenig
geliebte Königin, hielt aus in fester Treue, hatte ihre
Stirn mit dem echten Diadem irdischer Regentengröße
geschmückt, mit Hoheit im Leiden; — sie litt mit dem
Volke! Tausende, die sie sonst gehässig anblickten, beugten
in Rührung vor ihr das Haupt, und nie ist Josepha
mehr geliebt und verehrt worden als in ihren Tränen-
tagen. Es war jener Heroismus, jene stolze Verachtung
der Gefahr, jenes Märtyrertum, wo in den Herzen der
Mit- und Nachwelt der Mensch stehen bleibt in seiner
Schöne, wenn die traurige Tiara fällt. Das hat Karl I.
und Ludwig XVI. groß gemacht, die Tragik königlichen
Leidens, sie sollte auch Josephas Ruhm sein.

Die Preußen rückten an. Die Landmiliz unter Bose
war eine gar zu klägliche Gegenwehr. Friedrich II. zog
am 18. Dezember in Dresden als Sieger ein.

Die Österreicher, Sachsens liebwerte Bundesgenossen,
hatten nichts Eiligeres zu tun, als über Plauen ihren
Rückzug anzutreten, nachdem sie, als Zeichen der Tapfer-
keit, die Vorstädte Dresdens, das Feldschlößchen und Plauen
selbst angezündet. Friedrich, der Feind, löschte die brennenden Straßen, Friedrich, der Feind, verteilte achtzehn-
tausend Stück Brote unter die Armen, Friedrich, der
Feind, zeigte sich liebreich und rücksichtsvoll gegen die
zurückgebliebene Königin und die Prinzen. Nie hätten
seine Schlachten allein ihm den stolzen Namen „der
Große“ errungen, denn auch Karl, der Schwedenkönig,
war ein Haudegen, und wer nennt ihn noch? Doch
Friedrichs Siege ohne Waffen, die Idealität der freien
Menschenschöne, das göttlich Schöpferische in seinem Geiste,
welches zur Ehrfurcht zwingt, und das die Geburt nicht

spenden kann, machte ihn zum „einzigen", eroberte ihm ein großes und unvergänglich schönes Land, das Herz der Menschheit!

Im Palais Lubomirsky residierte der Held, trocknete die Tränen der Bedrängten, hörte die Klagen der Menge. Auf der höchsten Zinne des Königsteins aber stand in sich versunken der Minister Brühl, schaute hinüber nach dem verlorenen Dresden und murmelte Verwünschungen.

Unweit von ihm fuhr ein Sträfling seinen Karren vorüber.

„Hehe! Auch einmal bei uns zu Besuch, Herr? — Ja, ja, wir sind alle Komödianten, manche spielen nur schlecht, das ist der Teufel!"

„Siepmann!!"

19. Weihnachten.

Während die Kriegswetter sich über dem armen Dresden entluden und Sachsen für den Augenblick herrenlos schien, blieb Leipzig doch vor dem Ärgsten bewahrt. Der Stoß des Feindes hatte mehr den östlichen, Preußen angrenzenden Teil Sachsens betroffen und war gerade auf Dresden geführt worden. Daß Leipzig sowie alle übrigen Teile des Landes in bedeutende Mitleidenschaft gezogen wurden, bedarf keiner Erwähnung. Der Handel, der Hauptnerv von Leipzigs Existenz, war gelähmt, die Kapitalien flüchteten sich vor der Kontribution in heimliche Truhen und Keller, und jeder machte ein doppelt klägliches Gesicht, damit nur niemand merken sollte, daß er noch etwas besitze, zumal die uckermärkischen Grenadiere große Magen und weite Gurgeln hatten.

Das Schlimmste war der Schreck und die Unsicherheit der nächsten Stunde, welche trostlos finstere Bilder bevorstehender Übel heraufbeschwor. Man ahnte mit Recht, daß nun erst die Not recht losgehe und hatte an Dresdens rauchenden Vorstädten und den verheerten Dörfern der Sächsischen Schweiz die befreundeten Österreicher noch mehr als die Preußen fürchten gelernt.

Inmitten dieses allgemeinen Zagens, welches die Bürger zu wehmütiger Kannengießerei über vergangene bessere Zeiten vereinte, blieb Sebastian Bach mit den Seinen eng auf sich beschränkt und ziemlich teilnahmlos. Einesteils war er, so wenig er sich's gestehen mochte, dem Dresdner Hof herzinniglich gram und sah das hereinbrechende Unglück als eine Art Vergeltung an, anderenteils aber hatte er mit seinem eigenen Schmerz so überviel zu tun, daß er für allgemeines Leiden weniger empfänglich war. Es berührte ihn überhaupt auch als Künstler nicht. Da er nun sein Familienunglück geflissentlich vor Leipzigs Augen zu verbergen suchte, mürrisch und wunderlich gegen seine Kollegen geworden war, fühlte sich auch die Außenwelt weniger als sonst zu ihm hingezogen. Der einst so große Kreis seiner Freunde war durch die Wechselfälle des Lebens enger geworden, und außer Geßner, Gellert und Mizler verkehrte niemand mit den Bachs.

Diese wenigen hielten aber in Treue bei Sebastian aus, der ihnen mit reichem Herzen Liebe und Freundschaft zu vergelten wußte.

***

Friedemann war ins Haus der Eltern zurückgekehrt. Er war genesen, aber welche Zukunft hatte er?

Wenn man über dreißig Jahre hinaus ist, beginnt man schwer eine neue Bahn; was bis dahin der Künstler nicht errang, wenn er, bis dahin, dem Irrlichte gleich, umherschwankte, was will er noch erringen, wenn der Stern des Lebens zum Niedergange sich schon wendet? Sebastian Bach hatte für den Sohn keine wahre freudige Hoffnung mehr. Die hohen Voraussetzungen alle, die er von seinem Talent gehegt, die Prophezeiung: daß er in ihm sich größer, prächtiger am Abend seines Lebens wieder erstehen sehen würde, hatte er längst aufgegeben. Sebastian wäre schon glücklich gewesen, ihn etwa, wie Altnikol, ehrenvoll plaziert zu wissen.

Friedemann hatte sich, nach Leipzig zurückgekehrt, mit allem Eifer auf die Musik geworfen, den Vater unterstützt und selbst einiges komponiert. Doch die Freiheit des musikalischen Gedankens, die Begeisterungsglut, fehlte. Er arbeitete korrekt, geistvoll und mit Geschmack, aber weil sein Herz ohne Poesie der Liebe, ohne Größe der Entsagung, ohne jenen lächelnden Schmerz war, der uns am Ende über uns selbst erhebt und schöner macht, mangelte seinen Tongebilden der Duft, die Weihe, jene glühende Seele, die das Kunstwerk zu einem leibhaftigen Individuum macht. Ätzend und bitter waren seine Gefühle, glühend und verzehrend seine Wünsche geworden, und nicht der hohe Enthusiasmus, sondern der wunde Stolz war's, der ihn zum Schaffen trieb. Friedemann wollte mit Gewalt sein verlorenes Leben wieder erobern, wollte den Lorbeer erstürmen — darum brachte er es zu nichts. Wenn es ihm schon früher nicht möglich gewesen war, sich, gleich dem Vater, in kindlich frommer Unterordnung an den Evangelientext mit orthodoxer Strenge anzuklammern, wenn schon in den Tagen des Glücks seine Imagination der Schranke des Bibelworts spottete, wie wollte er jetzt, wo seine ganze Stimmung ein empfindliches Sonderleben erzeugte, die Objektivität und Selbstentäußerung erlangen, die vor allen Dingen erforderlich war, wenn er dem Vater nur annäherungsweise ähnlich werden wollte. Er brachte es zu nichts.

Oder doch ja! Es gab noch einzelne Momente in ihm, wo der Vater aufjauchzte vor Entzücken, Momente,

wo aus der Tiefe seiner verschleierten Seele Geister stiegen
und durch die Lüfte schritten wie Boten einer namenlosen
Welt. Geister des Lichts, Dämonen der Nacht, lächelnde
Freudenlaute, dumpf grollender Schmerz. Friedemann
Bach war noch auf der Orgel groß, groß in der Im=
provisation. Es waren Goldkörner, in die Luft ge=
streut, blitzend im Sonnenstrahl, ins Leere verweht von
der entflatternden Minute. Und selbst diese kurzen Augen=
blicke der Weihe wurden immer seltener, hörten bald ganz
auf, denn der Oberorganist in Leipzig, „das musikalische
Hornvieh", wie ihn Sebastian nannte, ohnehin eifersüchtig
auf des „Kantor Bachs" Ruf, geriet über Friedemanns
Orgelspiel außer sich, und wußte diesen zweiten Konkur=
renten durch allerlei kleinliche Scherereien endlich ganz
vom Chor zu treiben. So lächerlich an und für sich, war's
für Friedemann doch schlimm genug, denn auch der Ent=
husiasmus will geübt und gepflegt sein. Kann der Geist
sich nicht auf allen seinen Bahnen ausbreiten, so wird er
leicht kurzatmig und verliert die elektrische Frische und
Vielfarbigkeit der Einbildung. Auch die Psyche wird am
Ende eintönig und tritt ins Greisentum. Dies alles sah
der Vater sehr wohl und stimmte seine Anforderungen
sehr herab. Wie nun leider die Sachen einmal standen,
war's also nicht zu verwundern, daß, trotz der engsten
Berührung, das ehemals so glücklich bestandene Verhältnis
zwischen Vater und Sohn litt. Friedemann, der wohl
fühlte, daß er nicht mehr der Stolz des Vaters sei, war
leicht verletzlich geworden, und so sehr Sebastian seinen
Ältesten liebte und dessen Fehler entschuldigen mochte, so
war er doch viel zu sehr Künstler, als daß sich sein Herz
nicht unbewußt vornehmlich nun zu Emanuel, seinem
zweiten, sonst für weniger begabt gehaltenen Sohne, wenden
mußte, welcher hochgeehrt und geachtet den Hof Friedrichs II.
schmückte und sich neben einem Quanz, Graun und Salim=

beni zu behaupten verstand. Friedemann fühlte, daß er den Vater täglich mehr verlor, und das machte ihn noch elender und zerrissener. Einen Engel hatte er indes zur Seite, Anna Magdalena, seine Stiefmutter, die seine wunde Seele liebend an sich preßte, alle Unebenheiten zwischen Vater und Sohn auszugleichen suchte und so einen offenen Zwiespalt verhinderte. Die peinliche Schweigsamkeit im Hause, die gedrückte Stimmung konnte sie nicht verbannen. Die fröhliche Friederike, die emsig schaltende Christiane waren verheiratet, von den Knaben die meisten gestorben, und außer dem dreizehnjährigen Friedrich und dem elf=jährigen Christian nur noch der blödsinnige David am Leben. Die alte Hanne war auch tot. Sie hatte sich seit jenem Unglückstage nicht mehr erholen können und starb an den Folgen der Karfreitagnacht.

Das Häuschen, sonst zu eng für das bunte Durch=einander lieber Wesen, wurde jetzt erstaunlich weit. Es war, als müßte man enger zusammenrücken, um sich nicht zu bangen.

So eng saßen sie nun auch immer, und trotzdem war das Gespräch nicht mehr leicht flüssig wie ehemals. Um sich vor dieser fremden Unheimlichkeit ringsum zu schützen, arbeitete Sebastian rastlos, fast übermenschlich. Nie hat er mehr komponiert als in dieser Zeit, und so=eben begann er sein ewig schönes Werk, das allein eine ganze Unsterblichkeit wert war: die Kunst der Fuge. In ihr legte er alle Erfahrungen seines Tonlebens nieder, und wenn Lessing in seiner Dramaturgie der Lehrer aller Dichter geworden, ward Sebastian allein schon in diesem Werke der Vater der deutschen Musik.

In diesem stillen Hause bestand aber noch ein anderes Verhältnis, das die Eltern weder stören wollten noch konnten, ob es gleich für sie etwas Grauenhaftes hatte.

Friedemann, der sich innerlich so entsetzlich verwaist fühlte und doch etwas haben mußte, um nicht zu verzweifeln, widmete seinen ganzen Rest von Liebe dem armen blödsinnigen David, der nun zehn Jahre alt war, und das unglückliche Kind, sonst stumpf und trübe, sonst zu jeglicher Fähigkeit des Lernens, jeder Regung menschlicher Selbsttätigkeit ungeschickt, hing mit fanatischer Liebe an dem älteren Bruder.

Friedemann füllte seine Freistunden damit aus, das Kind auf seinem Schoß zu halten, mit ihm zu spielen, und wenn er ihm ein Lied vorsang oder auf dem Instrument spielte, verklärte sich das Antlitz des blöden Kleinen, und sie traten zusammen in eine Art magnetischen Rapports, der wunderbare Resultate lieferte. David sprach wenig und sehr verworren, wenn aber Friedemann mit ihm verkehrte, seine flackernde Psyche in die Stimmung des Liedes bannte, schien in dem Knaben ein anderer, ekstatisch-geistiger Zustand zu erwachen, wo die Brüder sich durch die Empfindungen zu verstehen schienen, wo sich die Sehnsucht des Kindes mit der des Mannes vermählte und eine Vernunft ausstrahlte, die nicht von dieser Welt zu sein schien. David konnte die einfachsten Elemente des Lebens nicht fassen, begriff weder Lesen, Schreiben noch Rechnen, eigentlicher Musikunterricht schien unangewendet bei ihm, und einige einfache Akkorde waren alles, was ihm Friedemann mit vieler Mühe beibringen konnte. Und doch, ohne Kenntnis der Musik, ohne alle Technik leistete David Dinge auf dem Instrument, die den Zuhörer mit Erstaunen und Entsetzen erfaßten.

Wenn Friedemann mit ihm getändelt, ihn geherzt hatte und gewissermaßen eine gemeinsame Stimmung in ihnen lebte, führte er ihn ans Klavier und schlug ein paar Akkorde oder Tonfiguren an. Es war, als wenn er eine Frage an das Kind richtete. Dann, ihn starr ansehend, lächelnd, nickend, brachte David die kleinen Hände auf die Klaves und suchte das Gegebene zu haschen. Verworren, unklar zitterten dissonierend die Töne durcheinander, aus deren Chaos sich aber eine Melodie als Antwort schwang, die die Herzen der Hörer zittern machte. Und wieder fragte der Bruder durch den Ton, und wieder antwortete der Kleine, modulierte das Thema, kehrte es um, sprang in Moll und Dur über und plauderte in nie gehörten Zungen mit dem Freunde seiner Seele. Eine neue, geister=hafte Sprache war's zwischen beiden, ein Verständnis, das über die Logik irdischen Verstandes ging, dem die Eltern mit zitternden, erschrockenen Herzen lauschten und zum Gebet flüchteten, weil ihnen dies Rätsel unerklärbar blieb.

Es war am Morgen des Weihnachtsabends. — Die Tage sind noch erstaunlich kurz. Eh' man recht in die Arbeit hineinkommt, ist's schon finster, und doch brauchen Vater und Sohn das Tageslicht gar nötig zu ihrer Arbeit.

In der Wohnstube saßen Friedemann und Sebastian an einem Tisch, der ans Fenster gerückt war. Jeder von ihnen hatte eine glänzende Kupferplatte vor sich, der ein altes Fensterkissen zur Unterlage, gewissermaßen zum Dreh=punkt diente, und der blanke stählerne Stichel grub, rast=los hin und her fahrend, nach dem vorliegenden Manu=skripte Noten auf Noten, Takte, Intervalle und Kadenzen auf die vorgerissenen Notensysteme. Sebastian Bach, zu arm, um die Arbeit von einem Graveur anfertigen zu lassen, zuwenig der modernen Musik huldigend, um einen Verleger zu finden, Sebastian Bach sticht mit seinem Sohne seine Kunst der Fuge mühevoll selbst in Kupfer, damit die große Arbeit seines Lebens nicht vergehe.

Ein bitterer Zug schwebt um des Alten Mund. Ha ja, er ist kein Hasse, kein Rameau, kein Couperin oder Chiabran, der Opern schreibt oder süße Kanzonetten, da

ist's kein Wunder! Wer Teufel soll Kirchenmusik kaufen
oder anhören? Das Jahrhundert schickt sich langsam an,
den Herrgott aus dem Weltall zu streichen, wo soll da
Geschmack an seinen Hymnen herkommen?

Der Alte trägt eine grüne Brille. Siehst du, wie
ihm die Augen tränen? Der grellblendende Schein des
Kupfers brennt ihm in die Augen und ehe es ihm ge=
lingen mag, seine flüchtigen Tongeister für die Nachwelt
in Erz zu fesseln, wird er blind.

Die stille Anna Magdalena putzt in der Unterrichts=
stube den Christbaum auf. Friedrich und Christian sind
noch in der Schule, David sitzt auf der Erde und spielt
mit Papierschnitzeln, die er in die Luft wirft. Er läßt
„Täubchen fliegen".

„Wie mag's dem Altnikol und der Friederike in
Naumburg gehen?" sagte der Vater, der seine Arbeit
unterbrach, die Brille wischte und dann das stumpfe In=
strument schliff.

„Sie haben lange nicht geschrieben, ich hab' schon
gedacht, daß sie zu Weihnachten nach Leipzig kommen
würden."

„J, wie soll's denen anders als gut gehen", sagte
Friedemann, ohne aufzusehen. „Die haben ihren eigenen
Herd, ihre gute Stellung, sie mögen sich's wohl sein lassen!"
Der Vater sah ihn an, und das Gespräch war schon
wieder zu Ende. Jedesmal, wenn von was anderem die
Rede war, als von der Arbeit, schlossen die Geister des
Neides und Schmerzes, die heulend im Sohne aufstiegen,
dem Vater die Lippen. Selbst der unschuldigste Austausch
ward dadurch verbittert. Der Vater legte endlich mit
einer entschlossenen Gebärde den Stichel weg.

„Friedemann, das geht nicht länger! Dein Unglück
macht dich neidisch und schlecht. Du hängst deiner trüben
Stimmung zu störrisch nach und wirfst dich immer mehr

deinen Mitmenschen entfremden. Wenn du die rechte Religion hätteſt, würdeſt du wiſſen, daß Gott am Ende alles wohl macht und man ſein Kreuz ruhig tragen muß. Wenn du wirklich fromm wäreſt, würdeſt du im Gott=vertrauen Kraft finden, dich erheben aus deiner Betrübnis zur Hoffnung, und die würde dir Kraft geben, fröhlich zu arbeiten!"

„Aber, lieber Vater, geb' ich mir nicht möglichſt Mühe? Was ſoll ich denn noch machen, in aller Welt!?"

„Das bloße Mühegeben, Friedemann, hilft dir nichts. Du quälſt dich ab und willſt die Arbeit erzwingen, darum glückt dir's nicht. Ohne innere Freudigkeit, ohne Hoffnung iſt jedes Kunſtwerk ſchon in der Geburt tot. Ach, ich ſeh's immer klarer ein, daß dir der eigentliche Grund und Boden der Gottesgläubigkeit fehlt, der freudige Knechtesgeiſt, der aus der eigenen Demut Kraft zum Schaffen gewinnt. Heut iſt unſer Heiland geboren, der das arme Menſchengeſchlecht erlöſt hat. Ach, wenn mir Gott die Freude ſchenkte, daß in dir auch ſo ein Heiland aufſtände, der dich von dir ſelber frei machte, der dir ein neues Herz gäbe und einen neuen Mut, dann, lieber Sohn, würd' es auch gehen, glaub' mir's. Wir alle und du ſelber würdeſt Freude an dir haben!" Ihm trat un=willkürlich das Weinen an, und er preßte den Sohn ſtumm an ſich. Es war ein letzter Notſchrei des Vater=herzens. Friedemann wollte es die Bruſt ſprengen. Sanft ſchob er den Alten beiſeite. „Wart einen Augenblick, lieber Vater, ich komme gleich wieder." Er eilte hinaus, um ſeine ausbrechende Bewegung zu verbergen. — Sebaſtian blieb mit ſeinen wehmütigen Gedanken allein. David ſpielte ſorglos und ſtill zu ſeinen Füßen, und wie zum Gebet der Verzweiflung preßte der alte Mann die Hände zuſammen und richtete ſeinen brennenden Blick durch das Fenſter auf den grauen Himmel, in dem Schneeflocken ſpielten.

Kurz darauf trat Friedemann leise ein. Er war sehr blaß und hielt ein Notenblatt in der Hand.

„Lieber Vater, ich hab' einen letzten Versuch gemacht. Ich wollt dir's eigentlich heute abend schenken, aber da dir und mir so weh ist, denk' ich, ist's jetzt vielleicht besser." Sebastian drückte ihm die Hand. Zitternd und gepreßt nahm er die Komposition, argwöhnisch entrollte er das Papier. O Gott, die Furcht vor falscher Hoffnung lag in seinen Zügen.

Das Auge des Sohnes hing an seinem Gesicht, wie wenn ein Todesurteil von den Lippen des Vaters fallen solle. Sebastian ward feuerrot. Bald blickte er auf Friedemann, bald das Papier an, als träumte er.

„Ach, 's ist wohl schlecht, Vater?"

„Schlecht?! Bist du toll? Nein, Herzensjunge, gut ist's! So gut und schön ist's, daß ich, nimm mir's nicht übel, noch gar nicht begreife, daß du das gemacht hast!!" und eine selige Freude, der alte Stolz auf seinen Friede=mann zog wieder mit Jubelsängen in Sebastians Herz. Wie ein Kind lachend und schluchzend, preßte er den Sohn an sich und stürmte, das Notenblatt hoch emporhaltend, hinüber zur Mutter. Friedemann war wie neugeboren. Die Sonne des alten Selbstvertrauens schien wieder auf sein wundes Gemüt, und leise öffnete die Hoffnung ihre Tempelpforten, durch die verstohlen und schämig seine zitternde Seele trat. Er folgte dem Vater. Da, in der Unterrichtsstube, saß schon der Alte am Klavier und spielte die Introduktion, und Mutter Magdalena sang mit ihrer lieben Stimme die Hymne, die wie ein Gebet emporzog zum Allvater.

> „Kein Hälmlein wächst auf Erden,
> Der Himmel hat's betaut,
> Und kann kein Blümlein werden,
> Die Sonne hat's erschaut.

Wenn du auch tief beklommen
In Waldesnacht allein,
Einst wird von Gott dir kommen
Dein Tau und Sonnenschein.
Dann sproßt, was dir indessen
Als Keim im Herzen lag,
So ist kein Ding vergessen,
Ihm kommt ein Blütentag."

Die Mutter war außer sich vor Freude, lachte und weinte zusammen, und der Vater spielte und summte die Hymne immer wieder und konnte sich nicht zufrieden geben. Endlich sprang er auf. „Sag', Herzenssohn, wo hast du in aller Welt das schöne Gedicht her? Und wie herrlich die Musik ist!"

„Ich hab' das Gedicht auch selber gemacht, lieber Vater!"

„O, siehst du wohl, Mutter, es ist doch noch die alte Kraft in ihm. Das ist ihm so recht aus der Seele ge= kommen, ist so ein Stück von ihm selber, drum ist's so prächtig und mächtig geworden! J, nun sei auch wieder unverzagt, Herzensfriede, und nicht mehr mürrisch, der alte Herrgott lebt immer noch und hat dir heut' das echte, schönste Christkind geschickt, den innern Erlöser, ohne den wir im Leben einmal nicht bestehen können."

Und so war es auch. Friedemann lächelte wieder, die alten seligen Geister der Liebe, das rosige Selbst= vertrauen mit seinem zaghaft lächelnden Blick war in ihm eingezogen. Christfest ist heute, jubelte es wieder im Hause, wie ehemals. „Christfest!" ertönte es mit be= freundeten Stimmen, und die liebe Friederike, zwei blonde Rangen an der Hand und den fröhlichen Altnikol hinter sich, stand an der Schwelle.

„Herein, herein!" rief der selige Sebastian, „daß mein Haus voll werde!" Und Gruß und Kuß, Jubel und Tränen mischten sich in eins; denn es war doch wieder einmal wie sonst. Die Tage des Leides sanken ins Vergessen vor den Stunden der Freude, vor dem Hoffen auf glückliche Tage. Und noch einmal tat sich die Tür auf, und herein trat Wietzler mit einer Deputation der Sozietät der musikalischen Wissenschaften und überreichte ihm das Ehrenmitgliedsdiplom im Namen der gesamten Musiker.

„Weiß Gott, Mutter, wenn einem der Himmel einmal Freude schickt, tut er's auch gleich recht, und ich muß ihm danken dafür und den Tag loben und preisen, wo ich, nach langem Kummer, wieder einmal so aus Herzensgrunde selig sein kann. Und du sollst auch helfen, Friedemann. Komm, sinn' nach. Wir wollen ein Christlied machen, und das soll die Sozietät gleich von mir haben, damit sie doch weiß, was sie für ein Mitglied kriegt. Komm, Herzenssohn!"

Es war Abend. Der Christbaum flammte in buntem Märchenschimmer, die holde Sage von der Liebe, die aus dem Himmel niederstieg zur Welterlösung und Befreiung, zum Brudertume der entzweiten Welt, wob ihre goldenen Netze wieder um die schmachtenden Herzen der trüben Menschenkinder. Da, am Instrument, unter dem magischen Glitzerschein des Tannenbaums, in flammender Begeisterung saß der greise Sänger, rings um ihn Weib, Kind und Kindeskind, und alle sangen das Christlied:

> „Vom Himmel hoch, da komm' ich her,
> Ich bring' euch neue frohe Mär,
> Der guten Mär bring' ich so viel,
> Davon ich singen und sagen will.
> Euch ist ein Kindlein heut geboren."

Der alte Christussänger schläft längst im Lande des

Friedens, und noch immer rauschet sein unvergängliches
Lied, und unsere Herzen werden jung und neu, wenn's
in der Christnacht von der Orgel braust:
„Vom Himmel hoch, da komm' ich her."

20. Dringende Einladung.

Seit diesem glücklichen Weihnachtsabend war ein
segensvoller Umschwung im Hause Bachs, besonders aber
bei Friedemann eingetreten. Er begann auf seine künstlerische Schöpfungskraft zu vertrauen und mit Freudigkeit
zu arbeiten, hielt jedoch stets dabei den kritischen Argwohn
gegen sein Können in sich rege. Was aber besonders
günstig auf ihn wirkte, war das allmähliche Vergessen
seines Liebeskummers. Antonies Spur blieb ihm seit
jenem ersten und letzten Zusammensein vollständig verloren.
Er warf ihr daher grollend, in verwundetem Stolze vor,
daß sie nicht den leisesten Versuch gemacht habe, sich ihm,
der ihretwegen so schimpflich gelitten, zu nähern und in
seine Jammernacht das Licht des liebenden Mitgefühls zu
tragen, und an die Stelle der Liebe trat der Haß. „Sie
ist eine herzlose Komödiantin, wie alle Glieder ihrer
Familie! Es lohnt sich nicht, ihr eine Sekunde des Lebens
zu weihen. Wieviel Gastfreunde hat wohl indes ihr
Herz aufgenommen, wie mag sie nicht mit ihren Reizen
in pikanten Schäferspielen des Hoflebens Luxus getrieben
haben, indes ich um sie ein Narr gewesen bin! Pah, zum
Kuckuck mit allen Weibern! Die Kunst sei meine Geliebte!" — Und das wurde sie ihm denn auch wirklich.

Auch der übrigen Welt schien der vergangene Christ-
abend Segen spenden zu wollen. August III. und seine
Alliierten, zum Tod erschreckt durch die Affäre von Kesselsdorf und der furchtbaren Schlagfertigkeit des kühnen
Friedrich, in dem ihnen schreckensvoll der wiedererstandene

Riesengeist Alexanders entgegentrat, beeilten sich, mit ihm Frieden zu schließen, der auch binnen einigen Wochen glücklich zustande kam, allerdings nicht ohne die empfind=lichsten pekuniären und politischen Verluste, namentlich für Sachsen. August III. und Brühl kehrten nach Dresden zurück, und die preußischen Truppen sollten, wenn die Kriegsentschädigung beigetrieben sei, Sachsen verlassen.

Wie leicht wäre nicht jetzt für August und den Hof die Einsicht in Brühls verderbliches Spiel gewesen! Lagen nicht seine Fehler offen auf der Hand? Aber nein, August III. war sehend blind, und selbst die Königin, welche doch Brühls Treulosigkeit an sich selber erfahren hatte, versöhnte sich unbegreiflicherweise wiederum mit ihm. Und warum, in aller Welt? Weil sie den Preußenkönig zu sehr haßte, den Ketzerfürsten, den sie in der Nähe ge=sehen, dessen Herrschergröße sie beneiden mußte, und der ihr stolzes Kaiserblut durch die leutselige Liebenswürdigkeit empört hatte, mit der er die Bevölkerung Dresdens zu seinen Füßen riß.

Josepha hätte es Friedrich verziehen, wenn er un=barmherzig, wie ein kalter Eroberer, in Sachsen gewirt=schaftet hätte, aber daß er als Feind des Volkes Herz eroberte, welches nur mit Abscheu bei Betrachtung der ver=ödeten Vorstädte und Dörfer an die „verfluchten Österreicher" dachte, das konnte sie ihm nie vergeben. Brühl, welcher die Gesinnungen der Königin schon von weitem witterte, benutzte dies. Er räumte ihr auf einmal klugerweise das ganze Gebiet der äußeren Politik ein. Das hieß aber den Kampf mit Preußen verewigen.

Durch den Dresdener Frieden hatte auch Österreich vor Preußen Ruhe. Wiewohl es in Italien noch arg leiden mußte und Mailand an Spanien und Frankreich verlor, zog doch Philipps V. plötzlicher Tod, sowie der Umstand, daß dessen Nachfolger, Ferdinand VI., ein

Franzosenfeind war und Spaniens Bündnis mit ihnen
brach, für Maria Theresia die Wiedererlangung ihrer
sämtlichen italienischen Länder nach sich. Die Krone ihrer
Wünsche erreichte sie aber durch die Erhebung ihres Ge=
mahls zum Deutschen Kaiser, welcher nach dem Tode des
bayrischen Prätendenten nur noch Sachsen zum Neben=
buhler hatte. Frankreich ließ zwar durch den Marquis
Valori August III. heimlich hierzu „seine guten Dienste"
anbieten, doch Josepha wußte, mit Brühl vereint, dies zu
hintertreiben, um ja die österreichische Allianz nicht aufs
Spiel zu setzen und Sachsen in die gehaßten Arme
Friedrichs zu treiben.

So, also erstarkt und kühn gemacht, empfand die
Kaiserin doppelt schwer den Verlust Schlesiens und be=
nutzte die Zeit des Friedens, um ihr Heer zu ergänzen,
Vorräte zu sammeln und sich auf etwaige Erneuerung
des Kampfes vorzubereiten. Vor allem aber hoffte sie
auf Allianzen.

Der Friede und die Versöhnung Josephas mit Brühl
hatte inzwischen wieder zwei verschollene Personen aufs
Welttheater gebracht. Der eine war Hennicke, den Brühl
schon längst als seine Kreatur im Ministerium beschäftigt
hatte und welchen die Königin als Dritten im Bunde
wünschte. Dafür erhielt Brühl den Titel eines Premier=
ministers, oder wie er sich gerne nennen hörte, Minister=
regenten, ferner ward ihm durch eine geheime Kabinetts=
order zugesichert, daß sein Testament unantastbar, sein
Vermögen keinerlei Kontrolle je zu unterwerfen und von
allen fiskalischen Anforderungen befreit sei.

„Habe ich Geld?" das war die Kardinalfrage dieses
Mannes.

Der zweite, welcher wieder auftauchte, war Siepmann.
In tiefster Nacht kroch er aus der Züchtlingsjacke und
schlüpfte in das farblose Kleid eines Privatunterhändlers,

der unter Josephas Vorwissen mit geheimen Kommissionen nach Wien ging und die neue Koalition gegen Friedrich II. einfädeln half, die bald ihren ersten geheimen Notenwechsel beginnen sollte.

Das leichtsinnige Dresden schien inzwischen die erlittene Not rasch genug zu vergessen. Mit der Wiederkehr der Aristokratie und des Hofes erstanden wieder jene kostspieligen und prunkvollen Feste, die Brühl so geschickt zu bereiten verstand.

Besonders suchte man bei der dreifachen Vermählung der Prinzessin Maria Josepha, Maria Anna und des Kurprinzen, wodurch Sachsen mit Österreich, Frankreich und Bayern sich für immer zu verketten hoffte, alle Kräfte des Landes bis zum Äußersten anzustrengen, um den übertriebensten Grad von Pracht und Verschwendung drei Monate lang vor der Welt zu entfalten. Zu dieser Zeit entstand auch die Sitte der Leberreime, eine Art hausbackener Epigramme, in denen der Volkswitz an der Schwelgerei und französischen Überfeinerungssucht der Großen Rache zu nehmen suchte.

Wer Sachsens Residenz zur Zeit der Eroberung und dann wieder in diesen Tagen mit ihren Illuminationen gesehen hätte und diese lachenden Gesichter, die Sarabanden und Giguen, die Maskenspiele und Karussells, der hätte zu träumen geglaubt. Ein hungriger Bettler, welcher plötzlich das große Los gewonnen, könnte in seinem Äußeren keine größere Verwandlung erleiden. Selbst das Volk schien sich in seiner Fröhlichkeit an der Trübsal vergangener Tage rächen zu wollen und ihm der Glanz des Hofes jetzt um so mehr zu gefallen, je tiefer Dresden durch die Eroberung gedemütigt worden war.

Unter dem leuchtenden Kleide des zügellosen Vergnügens aber vermählte sich in der Stille neues Unheil mit alter Torheit. Josepha und Brühl arbeiteten emsig an einer europäischen Koalition gegen Preußen, und kein Mittel der Intrige blieb unangewendet, wenn es zum Sturze Friedrichs beitragen konnte. Österreich, Rußland und Sachsen hatten in tiefster Stille ein Bündnis geschlossen, das direkt auf Preußens Teilung abzielte. Auch Bayern und Frankreich wurden für das Projekt interessiert und versicherten je nach der Tunlichkeit ihre guten Dienste.

Siepmann aber ward, damit man von Friedrichs II. leisester Bewegung unterrichtet sei, mit einer Kommission beauftragt, die in der Geschichte der Diplomatie bis dahin unerhört war. Er erkaufte nämlich den preußischen Gesandtschaftssekretär Rothe, und dieser den Kammerdiener des Gesandten. Letzterer stahl für zweihundert Dukaten die Chiffre seines Herrn, und so gelangte Siepmann zum Schlüssel der preußischen Gesandtschaftsdepeschen. Von nun an wurden alle Briefe, die Herr von Klinggräff, der außerordentliche Bevollmächtigte Friedrichs, empfangen sollte, durch den Postmeister von Hayn per Estafette an den Dresdener Postmeister H†† gesendet, ein Offizier beim Kadettenkorps, Baron von Soh††, schrieb die dreifach kuvertierten und verkleisterten Depeschen ab, kuvertierte sie neu, und so gingen sie bis zu Hayn zurück, der sie nun direkt an ihre wahre Adresse schickte. Siepmann entzifferte sie. Friedrich II. sollte sich nicht regen, ohne verraten zu sein.

Wie das Schicksal komisch spielt. Brühl selbst war Verräter seiner Intrige. Sei's, daß er seiner Sache Preußen gegenüber zu sicher war oder ihm der Teufel sonst einen Streich spielte, er war gegen den französischen Gesandten in seinen Äußerungen unachtsam, und ein dritter hatte es gehört, kurz, mit einem Schlage ward die Chiffre sämtlicher preußischer Depeschen verändert. Brühl erschrak.

Die neue Chiffre aber ward wiederum gestohlen.

Klinggräff schien von den Dingen, die um ihn geschahen, nichts zu wissen, er spielte den liebenswürdig sorglosen Mann — nach seiner Instruktion. Preußen hatte aber in Dresden dafür ein Paar Augen, die mit Argusschärfe Wache hielten. Das war der Herr von Maltzahn, und Friedrich II. ließ sich die sächsischen Spione ruhig gefallen, denn seine Mine lag noch tiefer und ging ins Herz des Feindes. List gegen List. Er ahnte lange das Bündnis, welches sich gegen ihn erheben wollte. Der sächsische geheime Kanzlist Menzel ward durch den preußischen Legationssekretär Pleßmann für Maltzahn erkauft und gab Abschrift aller Unterhandlungen, die Dresden mit den übrigen Höfen pflog. Als Friedrich alle Dokumente hatte, ließ er von Herzberg das bekannte Memoire machen und schlug los. Das war der Siebenjährige Krieg.

Das düstere Gewölk, welches sich am Rande der Zukunft türmte, ward indes nicht gesehen, der blaue Himmel der Gegenwart lachte ja so hell auf die gedankenlos fröhliche Welt hernieder, und man lebte furchtlos dahin, solange es eben gehen wollte.

Friedrich II., der Sieger von Kesselsdorf, war längst nach Berlin zurückgekehrt, zu seinem Volke, das ihn jubelnd feierte. Statt des Kommandostabs ergriff er die geliebte Flöte, statt des Degens die Feder des Philosophen, und wenn sonst Karten und Schlachtpläne ihn beschäftigten, war's nun die Justizreform. In dieser Zeit gebar sich der Kodex Friedrichs, sowie die erste Spur des Landrechts, und wenn in diesem Streben Arnim dem helleren Sterne Coccejis unterlag, war die Niederlage so ehrenwert wie der Sieg.

Wenn große Männer, gewaltige Geister gleich der Sonne ihre Zeit durchstrahlen, wenn sie, als Werkzeuge der Weltordnung, ihre Nation, die Menschheit weiter führen

und den Pulsschlag der Geschichte beflügeln, so haben sie
auch mit dem Gestirn des Tages das gemein, alle aus=
gezeichneten Größen ihrer Zeit an sich zu ziehen, die sich
um sie zum Sternenreigen schlingen. So Friedrich II.
— Was das Jahrhundert Großes bot, was es Förderndes
in seinem Schoße hatte, eilte in seine Nähe, trat in Be=
ziehung zu ihm, und wir sehen um ihn einen Kreis der
seltensten Männer, groß in allen Zweigen des mensch=
lichen Seins, um ihre Namen mit dem seinen unvergäng=
lich zu machen für alle Zeiten. Die größten Krieger des
Jahrhunderts: Winterfeld, Leopold von Dessau, Seydlitz,
Keith, Zieten, Schwerin, Prinz Heinrich, der Herzog von
Braunschweig waren die Wächter seines Throns, Uhden,
Arnim, Cocceji, Herzberg, Gotter, Redern, Hoym, Görz,
die großen Organisatoren von Preußens innerem Volksleben.

Das Wehen des neuen Zeitgeistes, welcher, von Frank=
reich ausgegangen, keine andere Funktion höchster mensch=
licher Tätigkeit gelten ließ als den Verstand, und der das
grelle Gegenteil jener früheren Ära war, wo nur das
Herz regierte, brachte es nichtsdestoweniger dahin, daß die
Verstandestätigkeit in einer Weise, mit einem Glanze aus=
gebildet wurde, wie es in der Geschichte bisher noch nie
geschehen. Und je langsamer, reifer, tiefgehender dies
gerade in Deutschland stattfand, um so schneller läuterte
sich auch hier der Verstand und setzte die Empfindung,
die Mitregentschaft des Herzens, eher fester und selbst=
bewußter in ihr natürliches Recht ein. Darum kam
Deutschland der absoluten, menschlichen Vollkommenheit
näher als irgendein anderes Land irgend einer Epoche der
Geschichte.

Keine der philosophischen Größen blieb Friedrich fern.
Voltaire, Rousseau, Diderot, d'Alembert, Raynal, La Mettrie,
Holbach, alle waren seine Freunde. Die dramatische Kunst,
die Musik, die Malerei und Plastik sproßten unter seinen

Händen in Deutschland auf, und unter den Musen stand der
blauäugige Sohn der Götter, Apoll, als Genoß des Strebens.

> Herbei! du, des Vergnügens muntre Schar*),
> Ihr Götterkinder, seid mir heut' zu Willen,
> Mit Wollusthauch die Sinne zu erfüllen,
> Erschließt euch, Lebenspforten, wunderbar,
> Die Glut, die mir im Innern tobt, zu stillen.
> Arabien sende seine Düfte
> Und Ungarn sende seinen Wein.
> Dann töne durch bewegte Lüfte
> Bezaubernd Melodie zu mir herein.
> Des Herzens zitternde Organe
> Berührt allmächtigste Magie,
> Gleich Ledas holdbetrügerischem Schwane,
> Umschmeichelt süß uns bald Melancholie,
> Bald reißt uns, in der Freude Hochgefühl,
> Der Wahnsinn fort zu ungemeßnem Ziel,
> Dann endlich wird in sich die Seele still.
> Die Sorge sinkt tief in den Staub zurück.
> Und wir genießen mit Entzücken,
> In übersel'gen Augenblicken,
> Der Götter unvergleichlich Glück.
> Herbei, du Schar der Lust, und du, der Künste Schar,
> Erbauet euch bei mir unsterblichen Altar!

Was damals Berlin zu werden begann, was es jetzt
ist, ist hauptsächlich Friedrichs Werk.

Ein großer Übelstand war dabei das Franzosentum,
welches namentlich durch der Könige Gunst in Deutsch=
land um sich griff. Es gibt aber notwendige Übel, die
mit der Zeit schwinden und deren demantener Kern sich
schimmernd erschließt, wenn die Schlacken erst von den
Generationen ausgeschieden worden.

Wie glücklich sich Emanuel Bach in diesem Brenn=
punkt auserlesenster Geister fühlen mußte, welche Gelegen=

---

*) Friedrichs Verse an Algarotti.

heit er hatte, sich auszudehnen, wie schwer's ihm anderer=
seits aber werden mußte, sich mit Ehren zu behaupten,
wird jedem einleuchten, der eine Ahnung davon hat, welch
Großes es um eine edle Nebenbuhlerschaft ist. Daß
Emanuel ein bedeutender Mensch war, beweist, daß ihn
Friedrich persönlich lieb hatte. Zugleich ward ihm auch
das Glück zuteil, daß Graun, in seiner liebevoll edlen
Weise, ihn mit väterlicher Freundschaft umschloß. Quanz
sowie Salimbeni konnten auch den kleinen sächsischen Zim=
balisten gut leiden und konzertierten mit niemand lieber
als ihm, weil er das große, das schwerste Talent eines
Künstlers, die Gabe, „sich unterzuordnen", hatte.

Der Karneval war dies Jahr in Berlin ganz be=
sonders glänzend ausgefallen. Die Oper Lucio Papirio,
mit dem Heros Salimbeni und der Perle aller Tänze=
rinnen, der Barbarina, ebenso Hadrian in Syrien und das
Singspiel: der Traum des Scipio, von Graun auf Fried=
richs Sieg in Dresden komponiert, waren unter ungewöhn=
lichem Beifall wiederholt worden. Voltaire war in Sans=
souci, und der große König teilte zwischen ihm und der
Musik seine Erholungsstunden oder suchte in den Armen
der schönen Barbarina Vergessenheit für sein sonst so
liebeleeres Leben. Die Jugendzeit mit ihrem Druck, vor
allem das mitleidslose Vernichten seiner ersten Liebe, hatte
sein Herz für häusliche Freuden stumpf gemacht. Er
achtete die Königin hoch, aber liebte sie nicht. Er liebte
überhaupt kein Weib aufrichtig und suchte nichts bei ihnen
als Vergnügen. Vielleicht machte ihn dies gerade um so
tüchtiger zum Vater seines Volkes, zum Helden seiner
Zeit. — Daß er mit der Barbarina ein Verhältnis hatte,
war bekannt. Erschien er doch mit ihr auf den Opern=
hausbällen und soupierte in ihrer Gesellschaft in der Loge.
Sie war ein schönes, blühendes Weib mit dunklen, feurigen
Augen. Wenn sie die Bacchantin im Scipio tanzte, waren

die Berliner rasend. Noch hängt ihr Bild im Schlosse zu Potsdam, und mancher staunt dies schöne Weib an, ohne es zu kennen. Wer es aber kennt, wird dem großen König die kleine Sünde gern verzeihen und leicht begreifen, wie ärgerlich Friedrich sein mußte, als „diese verführerische Kreatur" ihm treulos geworden war. Große Männer müssen kleine Fehler haben, sonst werden sie uns gar zu unähnlich. Gerade menschliche Schwächen, wenn sie nicht unedel sind, machen uns das Genie um so lieber, als sie die Seiten bezeichnen, wo wir mit ihm verwandt sind. Die arme Barbarina hat lange genug dafür büßen müssen, daß sie ihren Gönner erzürnt, doch bewies Friedrich schließlich, wie groß er, selbst in kleinen Dingen, dachte. Jetzt indes stand sie noch in vollem Genuß seiner Gnade und mochte es ihrem hohen Liebhaber gern verzeihen, daß er sie dem Senat von Venedig geraubt hatte, wie weiland Pluto Proserpine. Emanuel Bachs Bemühungen war es inzwischen gelungen, durch Grauns Hilfe die Aufführung der hohen Messe seines Vaters durchzusetzen. Der König hatte die Musik gehört, war ganz begeistert und ließ Emanuel zu sich bescheiden.

„Hör Er, Bach, Sein Vater hat da eine kostbare Musik gemacht! Wenn ich ihn nur einmal bei mir in Berlin hätte!"

„Majestät!"

Friedrich hatte die Flöte ergriffen und wiederholte Emanuel einige Motive aus der Komposition.

„Ist's so richtig, Bach?"

„Gewiß, Majestät haben sehr genau gehört."

„Er kann Seinem Vater schreiben, daß ich ein Verehrer von ihm bin, hört Er. Wenn er aber nach Potsdam kommen wollte, würd' ich ihn viel lieber haben. Sag Er mir zum Teufel, warum kommt denn Sein Vater nicht? Ich hab' Ihm das nun schon zweimal gesagt, hat Er nicht geschrieben?"

„Wohl hab' ich das, Majestät, aber der Vater hat mannigfach Unglück in der Familie gehabt, so daß er nicht weg konnte, und dann erhält er keinen Urlaub, Majestät."

„Ja, von der bösen Geschichte mit Seinem Bruder Friedemann hat Er mir erzählt. Das ist schlimm. Er soll ein guter Orgelspieler sein. Sein Vater sollte ihn mitbringen!"

„Majestät, es ist nur wegen des Urlaubs."

„Ach was! Ich will haben, daß er kommt! Wenn Sein Vater mich böse macht, laß ich ihn von einem Pikett Husaren holen, schreib Er ihm das, und wenn ihm der Rat zu Leipzig auf den Brief nicht Urlaub gibt, werd' ich's den Herren Senatores gedenken, wenn ich wieder einmal nach Sachsen komme!"

„Verzeihung, Majestät," stotterte Emanuel, „an mir liegt die Schuld gewiß nicht, wenn — —"

„Nein, nein, Herr Hofzimbalist, ich weiß, an Ihm liegt's nicht", und lächelnd klopfte ihm Friedrich auf die Schulter. „Geh Er nur und schreib Er, ich bleib' Ihm schon geneigt!"

Mit einer Handbewegung entließ ihn der König.

Emanuel hatte natürlich nichts Eiligeres zu tun, als einen fulminanten Brandbrief nach Leipzig zu schreiben und namentlich das Pikett Husaren als Nemesis im Hintergrunde darzustellen. Er wußte, daß Friedrich nicht mit sich spaßen ließ, und schon die eigene Sehnsucht nach dem Vater trieb ihn an, alles aufzubieten, daß endlich einmal der Einladung Folge geleistet werde.

Der Brief Emanuels verfehlte auch nicht, seine Wirkung in Leipzig zu tun. Sebastian, von der erschreckten Magdalene angespornt, legte den Brief seines Sohnes dem Rat vor, und dieser hatte in seiner Bestürzung nichts Eiligeres zu tun, als dem Kantor Bach nach einer so „dringenden Einladung" Urlaub zu erteilen. Friedemann,

auf persönlichen Wunsch des Königs, sollte den Vater begleiten.

Es ist eine bewiesene Tatsache, daß die Stimmung
im Menschen, als Erzeugnis der Lebenslage, seine Ent=
schlüsse und Handlungen größtenteils bestimmen hilft und
uns dasselbe heut angenehm und erwünscht erscheint, was
uns bei anderen Gelegenheiten höchst unangenehm war.
So erging es Sebastian jetzt mit Berlin. Er hatte sich
sonst immer gegen die Reise gesträubt, doch nun hoffte er
viel von ihr, namentlich für Friedemann. Nicht daß er
daran dachte, der König von Preußen werde seinem Lieb=
ling eine glänzende Stelle geben, das wünschte er nicht
einmal, aber er hoffte, daß in der Ehre dieses Besuchs
Friedemanns künstlerischer Aufschwung gefördert werden
dürfte. Abgesehen davon, war aber das Husarenpikett
eine Alternative, gegen die sich nichts machen ließ.

Sebastian Bach und Friedemann reisten eine Woche
darauf ab.

21. Das königliche Thema.

Friedrich der Einzige stand in seinem Kabinett und
starrte hinab in die blütengeschwängerten Büsche des
Parkes zu Potsdam, schaute sinnend der scheidenden Sonne
nach, die in den waldbekränzten Westen tauchte und wie
flüssiges Gold auf den Wassern des großen Bassins spielte,
aus dem der steinerne Neptun mit dem Tritonengespann
sich erhob.

Der Einzige war einsam. Das ist das tragische
Geschick jeder Größe, und Friedrich fühlte, wie sehr er
gerade jetzt einsam war. Leise zog die Dämmerung
herauf. Diese Stunden, wo Tag und Nacht zusammen=
rannen, waren seine größten und seine traurigsten. Das
schöne, königliche Herz war leer. Die echte Frauenliebe,

das Gefühl des Heimischseins, des Herdes, ging ihm ab.
Die höchste Blüte des Lebens war gebrochen, im Mai der
Jugend. Die Freundschaft? Sie mochte wohl in seinem
Herzen einen Teil der Liebe innehaben, deren er fähig
war, aber der bleiche, liebe Jordan war tot. So hat er
keinen mehr geliebt seit Suhm und Katte. Zu seinem
Gott allein konnte er sich nicht wenden, er war ein echter
Sohn des Jahrhunderts. Ohne Logik kein Glauben, und
Gott ist für den Verstand unlogisch, das ist seine erste
Wesenheit.

Wäre er's für unsern Verstand, so wären wir ihm
gleich, das Sein hätte kein Rätsel mehr, und der Tod
wäre überflüssig. Wenn aber Friedrich für sein Herz
nichts hatte, ward nicht sein Geist befriedigt durch die
Umgebung großer Denkgenossen? Voltaire, Algarotti und
all die Philosophen Frankreichs, welche ihm persönlich oder
im Schriftverkehr nahestanden, schätzte er, aber seine
Seele war viel zu kosmisch, als daß er ihre Einseitigkeit
nicht schmerzlich hätte erkennen müssen. Nicht Voltaires
zynische Gedankenblitze, nicht La Mettries scharf deduktives
Wesen; weder Diderots liebenswürdige Klarheit, noch
d'Alemberts rhetorische Grazie, oder Rousseaus schwer=
mütiger Idealismus füllten ihn aus. Es waren Bau=
steine zum geistigen Dom der Zeit, und so nur schätzte
er sie. Ach, niemand vielleicht hat mehr als Friedrich
gefühlt, wie unfertig sein Jahrhundert war, und als die
Revolution herankam und es fertig machte, zuckte der edle
König empfindlich zusammen und starb. Sein Volk war
seine letzte Liebe und sein letzter Seufzer.

Friedrich schien heute besonders schwermütig. Er
hatte schlechte Nachrichten aus Paris empfangen. Die
Marquise de Pompadour war dame du palais geworden,
hatte die königliche Familie aufs tiefste gedemütigt und
zog mit dem König in den Krieg.

„Ha, dieses schöne Frankreich, wie sein Leib fault, indes die freie Seele sich emporschwingt! Wohin soll das führen, als zum Verderben? Le roi pauvre et misérable, un siècle des cotillons! Fi donc!!"

Er fuhr auf und schellte. Die Audienz, die er sich selbst gegeben, war vorüber. Das Kammerkonzert, welches er allabendlich hielt, wartete auf ihn. Ja, die Musik war noch das einzige, worin er ganz mit Herz und Geist aufging, und wer den königlichen Philosophen für kalt und gemütlos halten konnte, mußte ihn sehen, wenn er im Konzertsaal stand, um seiner Meinung sich tiefinnerlichst zu schämen.

Die Pagen leuchteten voran, und als Friedrich dem Saal zuschritt, aus dessen offener Tür ihm der Kerzenstrahl fröhlich entgegenwinkte, spielte ein Lächeln um seine Lippen. Er trat ein und grüßte die Versammlung.

„Schon lange beisammen, Quanz?"

„Na ja, 's geht!" brummte der Alte.

Friedrich lachte. Er gab einen Wink, und jeder begab sich an seinen Platz. Es war eine glänzende und doch trauliche Gesellschaft. Vom Abendkonzert hatte der König die Etikette verbannt, und jeder durfte sich ungezwungen bewegen. Die Prinzen und Prinzessinnen des Königshauses waren zahlreich vertreten, denn Gefühl für Musik zu haben war die beste Art, sich dem König in günstigem Lichte zu zeigen. Quanz oder der König spielten die Flöte, Emanuel Bach das Klavier oder Cello, Graun hatte die Violine prime oder dirigierte das Orchester, Kirnberger und Benda führten die zweite Violine und Agricola die Bratsche. Salimbeni und die Astrua übernahmen die Gesangspiecen und wurden von einigen anderen Gliedern der Oper unterstützt. In wenigen Tagen sollte Grauns neue Oper, Cinna, gegeben werden, und der König wollte heut' etwas davon hören.

Mit einem Blick überflog er den Saal. Alles ordnete sich, Noten und Instrumente wurden zurechtgerückt, endlich trat eine tiefe Stille ein, und alles erwartete das Zeichen des Königs.

Eben schlug die Schloßuhr neun, und von der Wache her wirbelten die Tambours den Zapfenstreich.

Durch die gegenüberliegende Tür trat der Offizier du jour, und steif militärisch, den Hut im Arm, die Hand am Degen, überreichte er dem Könige den Tages= rapport.

Bei der ungeheuren Genauigkeit in allem, was der König tat, bei der strengen Einteilung der Wochentage sowie der Tagesstunden, wo jede Spanne Zeit ihren eigenen Wert, ihre besondere Bedeutung hatte, entging der Aufmerksamkeit des Königs nichts, und selbst das, was bei ihm wie eine kleinliche Philisterei aussehen mochte, hatte seine Wichtigkeit, die oft eben nur Friedrich ein= sehen konnte. Im Tagesrapport, um eins zu erwähnen, mußte auch eine genaue Liste der angekommenen Fremden, ihr Zweck, ihr Stand, die Dauer ihres Aufenthalts und so weiter umfassend angegeben sein. Der König hatte viele Feinde, er wußte, wie die anderen Mächte gegen ihn gesonnen waren, wie man Unterhändler und Aufpasser aller Art in seine Nähe schickte, und dies war ein Mittel, die Leute kennen zu lernen, die sich seiner Atmosphäre nahten.

Der König, die Flöte in der Hand, hatte den Bericht kaum in die Hand genommen, als er zusammenschrak. Dann mit einer Art Beklemmung und Unruhe sich an die Musiker wendend, sagte er: „Meine Herren, der alte Bach ist gekommen!"

„Mein Vater?!" rief halblaut Emanuel und sprang vom Stuhl auf. Doch, das Unziemliche seines Benehmens innewerdend, trat er, verlegen errötend, zurück.

„Ja, es ist Sein Vater, und der Bruder auch. Sie sind in Seiner Wohnung abgestiegen. Na, Er braucht sich Seiner Freude nicht zu schämen. Geh Er zu ihm, er soll gleich aufs Schloß kommen, hört Er? Gleich! Ich muß ihn sehen!" und während Emanuel forteilte, legte Friedrich die Flöte weg und ging unruhig auf und nieder, wie ein Mensch, an den ein großer Augenblick herantritt.

Kirnberger und Agricola standen beieinander, und ihre glühenden Gesichter verkündeten die Bewegung, welche sie beim Wiedersehen ihres alten Meisters vorempfanden. Die Gesellschaft war wie umgewandelt. Die Musiker flüsterten unruhig vor Erwartung und verhaltenem Enthusiasmus, die Prinzen und Prinzessinnen blickten erstaunt und fragend nach dem Monarchen.

„Nun, Ihr freut Euch beide auch wohl recht, daß der Alte kommt?" fragte der König Agricola und Kirnberger.

„Ach gewiß, gar sehr, Majestät!" riefen beide.

„Ich bin neugierig auf den Friedemann und was aus ihm geworden ist. In Merseburg versprach er viel", sagte Graun.

„Verspitz Er sich nicht auf zu Großes. Der Friede=mann ist irritiert, er tut mir leid; es soll ein guter Organiste sein." Der König schritt sinnend auf und ab, alles war wieder still.

„Graun, wir müssen ihm auch aus dem Cinna was zum besten geben, sonst denkt er, wir können gar nichts. Das Terzett im dritten Akt, hört Er?"

„Zu Befehl, Majestät!"

Graun legte still die Noten auf und instruierte das Orchester.

Da rauschten die Flügeltüren auf, und alles wendete sich nach dem Eingange. Emanuel Bach führte freude=strahlend seinen Vater an der Hand herein. Friedemann folgte blaß und etwas angegriffen. Das Auge des greisen Musikers begegnete dem Blick des Königs. Sebastian verneigte sich.

Friedrich ging hastig auf ihn zu und reichte ihm die Hand: „Pfui, ist Er schlecht, daß Er so lange auf sich warten läßt! Weiß Er denn gar nicht, wieviele Freunde und Anbeter Er hier hat?"

„Majestät, daß ich nicht eher kam, war gewiß nicht meine Schuld."

„Ja, ja, meine war's, ich hätte Ihm eher die Husaren auf den Pelz schicken sollen!"

Sebastian lächelte. „Nicht doch, Majestät! Der liebe Gott war auch ein wenig schuld, der hat mir so mancherlei geschickt, daß ich nicht weg konnte."

„Ja, ja, ich weiß. — Das ist also der Friedemann?"

„Ja, Majestät!"

Friedemann trat schüchtern vor und verbeugte sich.

„Er hat Unglück gehabt? Nun, Dresden ist nicht die Welt. Bedenk Er auch, daß der Schmerz den Künstler wie den Menschen erst reif macht. Er wird uns doch auch was von Seiner Geschicklichkeit sehen lassen?"

„Soviel ich vermag, Majestät!"

„Nun, Meister Sebastian, wenn Er von der Reise nicht allzusehr ermüdet ist, möcht' ich Ihm gleich die neuen Silbermannschen Pianofortes zeigen, und wohl wissen, wie Er sie findet."

„Zu Befehl, Majestät. In seiner Kunst darf man nimmer müde sein."

„Das ist prächtig! Seh Er, ich habe mich auf Ihn auch schon gar so lange gefreut und Er ist nicht gekommen. Jetzt soll Er dafür auch herhalten. Allons, Messieurs!" und Friedrich nahm Sebastian am Arm, und der Hof, die Kapellisten, der ganze glänzende Zug folgte den Voran= schreitenden, dem größten Künstler und dem größten König.

So schritten sie, begleitet von den Pagen, welche die
Kerzen trugen, von Zimmer zu Zimmer. Wo eins von
Silbermanns berühmten Pianos stand, bildete sich ein
Kreis und Sebastian prüfte durch seine schönen Variationen,
die alle Zuhörer entzückten, die Güte des Instruments.
Der König lachte selig vor Behagen. Als sie sämtliche
Silbermanns geprüft hatten, sagte Sebastian: „Das im
grünen Pavillon, Majestät, ist das beste!"

„Wahrhaftig. Graun und Quanz meinen's auch!"

„Ein Beweis, daß die Herren Graun und Quanz
gewiß keine schlechteren Ohren haben als ich. Die In=
strumente sind alle so schön, wie ich noch keins gesehen
habe, und da gehört ein eigen Gefühl dazu, vom Besten
das Beste, rauszuhören. Wenn Majestät befehlen, wollen
wir nun in den Pavillon zurückgehen, damit ich was
Besseres spielen kann, wir haben doch nur probiert."

„Ei, wenn Er das bloß probieren nennt, gnade uns
Gott, wann Er ordentlich spielt, da werden wir bald ein=
packen müssen."

„O, nicht doch! Die Berliner Musika verfolgt nur
ein anderes Feld als meins. Beide Künste sind groß
für sich. Ich werd' keine Oper schreiben wie Meister
Graun, das weiß ich, Majestät. Dazu gehören andere
Dinge, die ich nicht habe und nimmermehr erlangen kann!"

„Das ist gewiß ein Künstler, der alte Bach, meine
Herren, denn er ist bescheiden!" und des Königs Auge
glitt sprühend durch die Versammlung, ruhte mit Wohl=
wollen auf Sebastian.

„Laß Er uns also nun hören, was Ihn von
Graun unterscheidet." Und man begab sich in den
genannten Pavillon zurück. Der Hof ließ sich auf den
bereitstehenden Sesseln nieder, die Kapellisten stellten
sich in verschiedenen Gruppen beiseite, Quanz, Graun
und Salimbeni traten hinter Bachs Stuhl, und der

König, hart an der Tastatur stehend, beobachtete den alten Musiker.

„Majestät sind selbst ein großer Musiker. Darf ich ergebenst bitten, daß Sie mir ein Fugenthema geben?"

„Ei, ei, Er ist ein Schalk! Will Er mich aufs Glatteis führen? — Na, wart Er einen Augenblick! — Quanz, die Flöte!"

Der König nahm das Instrument aus Quanzens Hand und besann sich. Dann, lächelnd, mit einem unbegreiflichen Gefühl, wie in feierlicher Rührung und liebevoller Ehrfurcht, brachte er das Instrument an seine Lippen und gab das Thema:

„b—a—c—h!"

Das war der einzige Friedrich, der zauberische Held seiner Zeit, welcher, entkleidet alles äußeren Scheins, den größten Tondichter seiner Zeit auf unnachahmlich stolze Weise ehrte. „bach!" — Erschrocken starrte der alte Sebastian den Monarchen an, und ein leises Flüstern, wie ein Windhauch, ging durch die Reihen der Musiker.

Nach und nach belebte sich das starre Gesicht des Alten. Fieberhaft erglühte es und ward durchzuckt von den Blitzen innerer Bewegung, indes Tränen unaussprechlicher Wonne über seine Wangen rollten.

„Und das soll ich spielen, Majestät?" fragte er stammelnd.

„Spiele Er mir das, Er ist's wert!" — — — bach! — und Sebastian begann.

Es war wie sein eigen Leben, was er in Tönen malte, sein Streben, sein Traum vom Höchsten und das tragische Erkennen, daß doch alles hienieden, selbst das Schönste, nie ganz erreichbar ist. Die alte Memnonsklage zur Mutter Sonne war sein Gesang. O, was wären die Ideale, wenn man sie erreichte! — Da hebt das sehnsuchtsvolle, bescheidene Herz sich auf und fliegt über des Daseins enge Schranke hin zu der Uridee des Idealen und ruht im Allschoße des Wissens, Tuns und Könnens; — doch hier? — ein Bach? — ach!

Wie zündende Lohe fuhr's durch die Versammlung. Der König war außer sich. Tiefe Rührung zuckte über das Heldenantlitz, und, Sebastians Hände heftig schüttelnd, sagte er zitternd: „Ich danke Ihm, Er ist doch der König unter uns allen! Bei Gott, das Instrument soll kein Mensch mehr spielen nach diesem Tage, als nur der alte Bach. Ich schenke es Ihm, das soll Er von Friedrich als Andenken an diese Stunde behalten."

„O, tausend Dank, Majestät, Sie ehren mich gar hoch!"

* * *

„Wir wollen's jetzt gut sein lassen, Bach. Er hat mir viel gegeben für heute. Ich werd' lange brauchen, eh' ich einschlafe. — Morgen mehr. Guten Abend, meine Herren!"

Der König gab der Prinzessin Amalie den Arm und verließ den Salon.

22. „So ist kein Ding vergessen".

Am nächsten Tage war Sebastian Bachs Ankunft das Thema des Hofes, und die gute Stadt Potsdam konnte nicht genug Wunderdinge von der Aufnahme erzählen, die der König dem sächsischen Meister bereitet hatte. Selbst die nächste Umgebung des Regenten, welche doch seine Eigenheiten kannte, versuchte vergebens den Grund der gewaltigen Bewegung zu enträtseln, die sich des sonst so in sich abgeschlossenen Monarchen bei Bachs Ankunft bemeistert: die tiefe Sympathie, welche diese beiden so verschiedenen Naturen vereint hatte. Alle Argumente traten jedoch vor der Spannung zurück, mit welcher man dem heut und in den nächsten Tagen stattfindenden Orgelkonzert entgegensah. Wollte doch der König selbst den Meister in die verschiedenen Kirchen Potsdams führen, um ihn spielen zu hören.

Während dieser ganzen Zeit hatte Potsdam den Anstrich des Festlichen, Sonntäglichen. Die Leute strömten schon am frühen Morgen in die Kirche, um sich eines guten Platzes zu versichern. Sogar die Königin-Mutter und die Königin mit ihrem Hofstaat waren von Berlin und Schönhausen auf besondere Einladung des Königs gekommen.

Um zwei Uhr sollte das Orgelkonzert beginnen, und die Elite der Tonkünstler: Quanz, Kirnberger, Agricola, Benda, Salimbeni und die Astrua waren bei Graun versammelt, der dem alten Bach und dessen Söhnen ein Dejeuner gab, von welchem man sich zur Kirche begeben wollte.

Nie in seinem Leben war Sebastian so selig, so frisch gewesen, als heute. Es war, als ob des Greises jugendliche Urkraft noch einmal in ihrer vollsten Größe sich entfaltete.

„Meister Graun, ich habe mir sagen lassen, daß ich Euch in der Aufführung verschiedentlicher Stücke aus Eurer neuen Oper Cinna gestört hab', als ich kam. Wann denket Ihr sie herauszubringen?"

„Nächsten Sonntag, Meister Sebastian."

„Das sind freilich noch sechs Tage, und die Leipziger werden schimpfen. Schadet nichts, ich bleibe so lange hier, ich muß sie doch auch hören und Euern Triumph mit feiern helfen! Meine Herren, der Cinna soll leben und sein Vater, der gute, vortreffliche Graun! Hoch! Vivat hoch!"

Jubelnd tönte das Hoch zehnfältig wider, die Gläser klangen, und Graun, außer sich vor Freude, küßte den Alten, und: „Lange lebe und dichte der alte Meister Bach!" scholl's in der Runde. Wenn ungeschminkte Liebenswürdigkeit und Herzensgüte eine Zierde jedes tüchtigen Menschen sind, so wird gerade der Künstler um so mehr durch sie verklärt, je größer sein Talent, je weiter mithin der Abstand zwischen ihm und den meisten seiner Mitmenschen ist.

Die Zeit verging bei wechselndem Gedankenaustausch, frohen Scherzen, Erinnerungen aus alter Zeit und mancher kleinen Piece, die der eine oder andere aus freiem Antrieb auf dem Klavier zum besten gab. Quanz spielte ein kleines Flötensolo, welches Emanuel und Kirnberger begleiteten. Salimbeni sang eine Canzonetta, die Agricola komponiert hatte, und Graun begleitete. So tat jeder das Seine, den Papa Bach zu erfreuen.

„Kinder," sagte er, „ihr macht doch teuflisch schöne Musik hier! Mir scheint, als ob in Berlin ein tüchtiger Kern säße, der nicht bloß dem Rameau oder den Italienern nachbetet, sondern ein Stück eigene, deutsche Musik machen kann. Ich bin auf den Cinna neugierig, sehr neugierig! Wenn ich mir nicht den Geschmack zur Aufführung verdürbe, könnt' ich die Mamsell Astrua schon bitten, daß sie mir etwas davon zeigt, aber — nein, nein, lassen wir's. Doch Ihre Goldstimme, Signora, möcht' ich wohl hören. Haben Sie nichts Leichtes, was meinem alten Ohr glatt eingeht? — Oder halt, mir fällt was ein! Wollten Sie wohl einmal ein kleines Stück probieren, das ich in der Tasche habe? Ich hab' mir's heute früh schon überlegt, Sie darum anzugehen!"

„O, gebt her!" rief Graun.

„Mit Vergnügen, lieber Herr Bach!" sagte die Astrua lebhaft, nahm das Notenblatt und eilte ans Instrument.

Alles schwieg atemlos.

Unter der lauten Freude des Weins, wo Sebastian, als Brennpunkt des allgemeinen Interesses, alle Aufmerksamkeit für sich zu erschöpfen schien, saß Friedemann bei=

seite, zurückgelehnt in den Sessel, und starrte vor sich hin, über die Gruppe der Zecher hinweg, ins Leere. Sein Herz war befriedigt, daß endlich dem Vater doch die höchste Huldigung zuteil geworden war, aber er hätte nicht Künstler, nicht gerade Friedemann Bach sein müssen, wenn ihm nicht die eigene Unbedeutenheit zu nahe gerückt und der Gedanke klar geworden wäre, wie weit er von dem Ruhme seines Vaters entfernt sei. Jener finstere Geist von ehemals kam wieder über ihn. In diesem Becherklange, diesem Stimmengesumme kam er sich doch recht einsam vor. Alles wendete sich zur Astrua, nur des Vaters Auge ruhte auf ihm. Plötzlich horchte er hoch auf, sein Auge wandte sich gleichfalls zu der Sängerin. Astrua war ein schönes Weib, in der vollen Bedeutung des Worts. Ihr edles, etwas männlich streng geschnittenes Profil mit den großen dunklen Augen ward gemildert von der reizenden Lieblichkeit ihres Mundes, von der durchsichtigen Röte ihres vollen Nackens wie ihres blendenden Arms, und ihre volle, plastisch schöne Brust hob und senkte sich in stolzen Schlägen unter dem Zauber des Tones, der, wie ein Morgenstrahl über die Hügel, ihr über die purpurnen Lippen floß. Friedemann sprang auf. Was war das? Er ward bald bleich, bald rot und zitterte heftig.

„Kein Hälmlein wächst auf Erden!"

Sie sang sein Lied, das Kind seiner Sehnsucht, seiner Schmerzen! Und das Auge des schönen Weibes erhob sich und lag, wie ein flackernder Stern der Nacht, feucht schimmernd auf dem Antlitz Friedemanns, und eine herzzerreißende Traurigkeit zog mit der Ahnung eines ungeheuren Glücks in seine Seele.

Emanuel aber, sein Bruder, wandte sich rasch. Einen finsteren Blick warf er auf die Sängerin, auf Friedemann und eilte hinaus. Ein stummes, namenloses Schauspiel war's, kurz und traurig. Es schleppte das Elend hinter sich her.

Das Lied war beendet, laute Bewunderung quoll von allen Lippen, und sie galt Friedemann. Astrua aber trat erglühend zu ihm, faßte ihn innig bei der Hand, die sie an ihre Brust preßte, und sah ihm tief ins Auge, ins arme verkommene Herz hinein.

„O, lassen Sie mich dies Engelslied abschreiben als Angedenken an Sie, und daß wir von heute an Freunde sind, ja?"

„Wenn Sie es wünschen, Sennora, wer könnte es Ihnen weigern!" und sein Auge senkte sich. Aus dem tiefsten Grunde der Seele stieg eine wollüstige Träne ihm empor, die erste Libation, der Freude gewidmet.

„Die königlichen Wagen sind da, 's ist gleich zwei Uhr!" rief rauh der eintretende Emanuel, und seinen Hut nehmend, eilte er voraus. Man erhob sich, ordnete rasch die Toilette und eilte hinab.

<hr>

Alle Teile der weiten Kirche waren dicht besetzt. Der Hof, die Minister, die ganze Aristokratie saßen bereits in den Logen, und der alte Bach mit seinen Söhnen und dem glänzenden Stabe der übrigen Musiker betrat die Kirche. Kurze Zeit nachher erschien der König allein, kam auf den Orgelchor und eilte flüchtig grüßend zu Bach.

„Lieber Bach, kann Er nun beginnen?"

„Jawohl, Majestät, es fragt sich nur, was in Dero Allerhöchstem Belieben steht, ich bitt' um eine Aufgabe, aber — eine bessere als gestern."

„Das wird schwer sein. Sag Er mir, kann Er wohl so ex tempore eine Fuge mit sechs obligaten Stimmen machen?"

„Wollen mir Eure Majestät verstatten, daß ich mir selber ein Thema wählen darf, so will ich's versuchen; denn nicht jedes ist zu solcher Vollstimmigkeit geschickt."

„Tu Er das! Ich hab' mir da eine einsame Ecke

ausgesucht, wo ich Ihn sans gêne hören kann. Wenn
ich was von Ihm will, werd' ich Ihm meinen Adjutanten
schicken.“

„Zu Befehl, Majestät.“

Der König ging. In einer dunklen Ecke des Seiten=
chors, der für ihn leer geblieben war und wo er von
niemand beobachtet werden konnte, ließ er sich nieder, den
Adjutanten weit hinter sich. Tiefe Ruhe war in dem
weiten Raume. Der König winkte mit der Hand, der
Adjutant gab das Zeichen zum Anfang.

Bach begann nun jenes Wunderwerk der Polyphonie,
das in der Geschichte des Orgelspiels bis heute noch un=
erhört ist. Den Hörern war, als lägen sie in einem
holden, unvergänglich süßen Traume, hörten die Stimmen
der Seligen und Engel, die die Himmelsleiter auf= und
abwärts steigen, sich neigen und grüßen, sich umarmen
und hinaufziehen in das grenzenlose All, um in einem
Brudertum, in einem Liebesreigen, in einer großen, alles
durchdringenden Harmonie anbetend vor dem Unendlichen
niederzusinken. Der Meister hatte längst geendet, und noch
immer glaubte man unterm Zauber der Töne zu sein.
Wie ein Jammer drang's plötzlich durch das Herz der
Hörer, daß der Ton so flüchtig verhallt, daß diese Welt
der Geister nicht faßbar, so vergänglich war.

Was in des Königs Seele vorging, verschleierte der
dunkle Chor. Als er nach einer langen Pause den Sitz
verließ, sagte er zu dem Adjutanten: „Die Stunde ist
mir heilig, hört Er, und ich will nicht, daß ein anderer
lebender Mensch weiß oder gesehen hat, wie mir zumute war.“

„Majestät kehrten mir den Rücken zu.“

„Es ist auch gut so. Geh Er hinüber und sage dem
Friedemann, daß er nun auch versuchen solle.“

Der König setzte sich wieder, und gewaltigen Schwunges
rauschte eine jener Rhapsodien, in denen Friedemann groß

war, durch den weiten Bau, und wenn des Vaters Spiel
die Hörer in eine süße Verzückung, in die selige Stimmung
eines holden Maimorgens gesenkt, versetzte sie Friedemann
in einen Wechsel von Erstaunen, Lächeln, Schauder und
Enthusiasmus. Sein Spiel, die Art seiner Themen, die
Behandlung des Instruments konnte man, wenn die des
Vaters ruhig, klar, charaktervoll und plastisch war, paradox
und effektvoller, geistreicher nennen. Er spielte heute
namentlich glänzender als jemals, denn das Ohr Friedrichs
lauschte seinen Tönen, das strahlende Auge Astruas ruhte
auf ihm. Als er geendet, brach das Auditorium in jenes
Beifallssummen, jenes verhaltene Erstaunen aus, das unter
allen Arten des Triumphes dem Künstler immer die liebste
bleibt. Der König aber, aufspringend, murmelte: „Cet
homme est un génie, mais de l'enfer! Sagen Sie
dem alten Bach, daß ich ihn gleich sprechen will. Den
Wagen!"

Eine Stunde nachher trat Sebastian Bach in das
Kabinett des Königs.

Friedrich eilte ihm mit ausgebreiteten Armen ent=
gegen, preßte ihn an sich und küßte ihn.

„Bach, wenn Er immer bei mir wäre, ich glaube,
ich könnte ordentlich fromm werden!"

„Majestät!"

„Nun, kurz und gut, ich hab' Ihm nichts zu sagen,
sonst wüßt' ich nicht, wo ich anfangen soll, aber ich will
Ihn bitten, daß Er in Preußen bleibt und in meine Be=
dienstung tritt. Fordre Er, was Er will, mir ist alles
recht, aber bleib Er. Und Sein Sohn, das ist ein
Teufelskerl, nur weiß er noch nicht, was er will, brillant,
aber ohne eigentlichen Stil. Na, den werden wir auch
placieren. Entscheid' Er sich!"

„Majestät, ich wünschte bloß, Sie könnten jetzt in

mein Herz einen ordentlichen rechtschaffenen Blick tun. Wenn das möglich wär', würden Sie mir alles verzeihen, was ich jetzt antworten will!"

„Ah, Er schlägt mir's ab, Er will nicht!"

„O nein, der Geist ist willig, aber das Fleisch ist schwach. Ich bin alt, Majestät, und an meinen sinkenden Kräften merk' ich's, daß ich nur noch wenige Jahre zu leben habe, Majestät würden mich also nicht mehr viel gebrauchen können. Die Spanne Zeit, die mir aber der liebe Gott noch lassen will, möchte ich in Leipzig hin= bringen, wo ich mich einmal eingebürgert und meine alte Thomasschule hab'.

Majestät, wenn ich hier engagiert wär' mit meinem Friedemann, würde ich am Ende meinen eigenen Sohn, den Emanuel, in Schatten stellen, der so glücklich be= dienstet ist bei Euer Majestät. Das kann ich doch nicht. Auch die andern Musici, die mich lieb haben, wie Graun, Quanz und so weiter, möchten scheel sehen, und doch sind diese Leute Euer Majestät langjährige Diener und nützlicher als ich. Um Verzeihung, daß ich's sage, ich habe von damals her für meinen Friedemann eine unverwindbare Angst vor dem Hofleben gekriegt, und wenn mich Euer Majestät sonst in gutem Andenken behalten wollen, wird's mich auf meinem Todbette noch freuen!"

Friedrich ergriff tief bewegt die Hände des alten Mannes: „Er mag in Seiner Art recht haben, Alter. Die Höfe sind nicht der beste Boden für arglose Menschen. Ganz abschaffen läßt sich aber die Sache nicht. Er tut mir weh, daß Er nicht bleibt. Kann ich Ihm nicht sonst noch was gewähren?"

Da, in ahnungsvoller Angst, mit einem Schmerz, dessen Erinnerung nie aus Friedrichs Gedächtnis wich, sagte Sebastian zitternd: „Wenn ich tot bin, du großer König, du Adler, der zur Sonne zieht, nimm dich meines

Friedemann an und beschütz ihn, denn mir ist's, als
wenn er untergehen würde! — Er ist mein Lieblings=
sohn! — Er wird untergehen," murmelte der Alte, „er
wird untergehen!"

„Nein, er soll nicht untergehen, Bach, darauf mein
königliches Wort, ich werde für ihn sorgen!"

Die rechte Hand auf Sebastians Achsel, die linke in
des Alten umklammernde Hände gedrückt, stand der König.
Eine finstere Ruhe, ein schmerzvoller Zug, wie Wetter=
leuchten, breitete einen Schleier über sein schönes, edles
Gesicht. Er dachte nach über die Rätsel im Menschenleben!

Die Tage der Triumphe für Sebastian Bach und
Friedemann waren zu Ende. Der Reisewagen stand zur
Abfahrt im großen Hofe des Stadtschlosses zu Potsdam
bereit, und man war beim König versammelt, um Abschied
zu nehmen. Nach mehrfachen Konzerten, die Sebastian
und Friedemann auf den Orgeln Potsdams und auf den
Silbermannschen Instrumenten im königlichen Schloß ge=
geben und allseitige Beweise der Bewunderung erhalten,
hatten sie auch Berlins Merkwürdigkeiten, namentlich das
neu erbaute Opernhaus, besichtigt und gestern abend
der ersten Aufführung des Cinna beigewohnt. In dieser
Oper hatte Friedemann nun Astrua in ihrem ganzen Lieb=
reiz, im Nimbus ihres eigentlichen Künstlertums gesehen,
und ihr Bild war ihm mit doppelter Gewalt ins öde
Herz geschlichen. Er sah sie jetzt zum letzten Male, ohne
ihr, unter all den glänzenden Leuten, bewacht von hundert
Augen, sagen zu können, was er fühle.

„Streben Sie recht, seien Sie rastlos und unermüdet
in Ihrer Kunst, und kommen Sie wieder, Friedemann,
ich erwarte Sie!" Das war alles, was sie ihm sagen
konnte, vielleicht auch wollte, aber in diesen wenigen
Worten, in diesem kurzen Druck der Hand, diesem einzigen

Blicke lag für Friedemann eine Welt, und wenn er nur
errötend, abgebrochen: „O, ich werde, Astrua, ich werde!“
stammeln konnte, so stand in ihm doch der Entschluß fest,
durch die Kunst zur Liebe siegreich aufzusteigen. Er hatte
das erlangt, was ihm gefehlt seit jener Schreckensnacht,
ein Ideal, das wirklich zu erringen war.

Indessen stand Bach, der Vater, bei Graun und hatte
die Hand vertraulich auf seinen Arm gelegt.

„Ihr haltet also den Cinna wirklich für eine gute
Arbeit, Sebastian?“ — und das Antlitz Grauns glühte
in stolzem Entzücken.

„Das ist sie, bei Gott, gewiß! Eins nur wünscht'
ich, Graun. Daß Ihr mir nämlich den Gefallen tätet,
einmal ein Stück guter Kirchenmusik zu schreiben. Etwas
Großes. Dann wäret Ihr nicht bloß ein guter Opern=
komponist, sondern überhaupt ein Lumen in der Musik,
und ein Mann, wie Ihr, muß das sein.“

„Das ist schwer, Bach, sehr schwer!“

„Ach was, versucht es! Ihr, mit Eurer Lerchenart
in der Melodie, müsset ganz gut die Englein im Himmel
nachahmen können, wenn sie lobsingen. Nur anfangen
müßt Ihr einmal!“

„Nun gut, hier ist meine Hand drauf, ich tu's! Auf
Eure Gefahr, ich tu's!“

In demselben Augenblick trat der König ein. Er
ging auf Bach zu, und indem er ihm eine goldene
Tabatiere in die Hand schob, sagte er: „Er schnupft ja
wohl, nehme Er das. Gott erhalte Ihn der deutschen
Musik noch lange. Sei Er überzeugt, ich vergesse nicht
mein Versprechen!“

Der alte Bach wollte dem König die Hand küssen,
Friedrich aber zog ihn an sich, und nach einer kurzen Um=
armung wendete er sich und ging. Wie er unter der Tür
stand, winkte er Friedemann zu sich:

„Wenn Er irgend einmal einen Wunsch hat, wende Er sich an mich, ich helf' Ihm. Er ist von heute an Oberorganist und Musikdirektor an der Marienkirche in Halle. Sein Diplom werde ich Ihm nachschicken!"

Ohne eine Antwort abzuwarten, grüßte der König und ging hinaus, die Kavaliere folgten.

Wenige Augenblicke später rollte der Reisewagen aus dem Hofe. Aus dem Fenster seines Kabinetts sah Friedrich den Scheidenden nach. Er hielt die Hand aufs Herz gepreßt, als ob es ihn schmerze.

Emanuel, der den Vater ungern, um so lieber aber Friedemann scheiden sah, wendete sich am Portal um und begegnete der Astrua, die das Schloß verließ.

„Signora, Sie lieben mich nicht mehr, Sie lieben meinen Bruder!"

„Ich liebe ihn, Emanuel, weil ich Sie liebe. Ringe jeder von euch um mich, ich gehöre dem Besten!"

Als Vater und Sohn im Wagen saßen, sagte Sebastian mit überquellenden Augen:

„Siehst du, so ist kein Ding vergessen, ihm kommt ein Blütentag!"

Schluchzend wie ein Kind lag der Sohn an seinem Herzen.

23. Auf dem Lande.

Wenn der sonnige Mai träumerisch heraufzieht, die weißen Blüten an den Bäumen hangen und duftend des Schnees spotten, der entflohn, wenn die Lerche über die aufkeimenden Saaten, die grünen Matten hinflattert und singend nach dem Walde zieht, dann dehnt sich unsere Seele mit unbegreiflicher Wollust der Sonne, dem Vogelgesang, dem jungen Grün entgegen, und wir sind selig, ohne Wunsch, glücklich, ohne Eigennutz; denn es ist Frühling! O, ein tiefer, heilig schöner Sinn lag schon in jenen Blütenfesten, mit denen die Alten das Erwachen des Adonis feierten, und unsere Auferstehungsostern tragen davon einen süßen Zauber, der von der Erde auf zum Himmel zieht und uns unsichtbare Flügel der Sehnsucht leiht, daß wir aufflattern möchten gleich der Lerche und über die Gründe und Wiesen ziehen, nach dem Süd, nach unbekannten Zonen, in ein Paradies, zum Baume des ewigen Lebens. Wir vergessen dann nur zu leicht, daß der Baum der Erkenntnis mit seinen ernsten dunklen Zweigen mahnend dabeisteht.

Das Leben der Stadt, mit dem knarrenden Räderwerk der Industrie und des Handels, seinem Drängen und Treiben, seinen Leidenschaften und Interessen, lenkt unseren Sinn fortwährend nach außen hin. Wir haben zur Reflexion nur so viel Zeit, als nötig ist, den Eindruck der Minute zu erfassen, die Dinge praktisch und schnell abzutun und selbst, wenn wir genießen, geschieht's im Fluge; denn auch am Vergnügen klebt noch eine Art Geschäftsstil. Sich in sich dauernd zu versenken, ist unmöglich, und Stimmung zu haben, jenen inneren Zustand, wo die Seele mit ihrem Aufatmen, ihren Flügelschlägen das einzig Tätige ist, wo das Beschauen des eigenen Wachsens, das Gefühl des Selbstgenügens uns erquickt, ist uns fern.

Aber auf dem Lande, im Freien, kaum, daß wir den engen Schlund des Stadttors verlassen und die letzten Häuser hinter uns wissen, strömt die reine Gotteswelt, die Natur, wie ein belebender Odem in uns ein, wir werden selig und still; denn die Seele feiert ihren Sonntag. Aber um uns ist es um so lauter, und wir vernehmen alle jene kleinen Geisterstimmen, die uns unter der Wucht jener zurücksinkenden Häusermassen fast ganz unbekannt blieben. Wir lernen in der Stadt unsere

Mitmenschen, auf dem Lande lernen wir uns selbst kennen.

Ach, welche Rundsicht von diesem Hügel dem lachenden Blicke sich erschließt! — Wenden wir uns zurück, um den Weg zu überschauen, den wir gekommen. Es ist ja eine so vernünftige Gewohnheit strebender Menschen, daß, wenn sie im Leben eine Höhe erklommen, erst die Vergangenheit mit den Augen in der Perspektive messen, ehe sie sich zur Zukunft wenden, zu dem, was — hinter der Höhe kommt.

Wir stehen auf einem breiten, etwas schroffen Hügel, einer Porphyrerhebung, die, von üppigem Laub bewachsen, sich mit Gesträuch und Rasen vor uns abwärts senkt und den Weg überblicken läßt, den wir genommen. Weiterhin dehnen sich Äcker und Weideplätze, und der Boden, in Wellenhügeln, senkt sich nach allen Seiten allmählich nieder, bis er im Mittelgrunde wieder jäh zu einem Berge gehoben wird, den einige Rudera des Mittelalters krönen, indes, mehr nach links, das Land sich immer tiefer senkt und in einer langen Fläche verrinnt, die von den bläulich hegerichten Umrissen der fernen Stadt begrenzt wird. Rechts, hinter dem mit Ruinen besetzten Berge, seinen dichtbewaldeten Fuß benetzend, kommt mit stillem Rauschen aus der Ferne der Fluß und drängt sich zwischen seinen felsig hohen Ufern hindurch, rechts an uns vorbei. In ihm spiegeln sich die Dörfer, der tiefe Schatten der Wälder, die seine jenseitigen Ufer krönen, und weithin im Westen, am Rande des Horizonts, im blaugrünem Schimmer sich verlieren. Was soll man länger heimlich tun! Erkennt ihr nicht der Saale „grünen Strand“, wie's im Liede heißt? Die Burg so „stolz und kühn“ ist der Giebichenstein, hinter dem hervor aus blauem Duft das alte Halle sich gravitätisch ausbreitet.

Beim Giebichenstein spaltet sich die Saale und um-

spannt eine Insel mit ihrem Arm, die ein paar Dörfer
trägt. Das Dörfchen, links vom Giebich weiterhin, ist
Ternau, rechts, jenseits am Saalufer, ehe sich der Fluß
biegt und um die zweite Insel spaltet, liegt Cröllwitz.
Mitten im Walde, rechts hinten, leuchten die Häuser von
Lettin und der alte Kirchturm zu Döhlau. Unwillkür=
lich lächeln muß ich aber, wenn ich auf die zweite Insel
rechts unter uns sehe. Mitten im Grün, hart am Wasser,
liegt die Mühle. Da wohnt der lustige Müller von
Trotha mit seinem lustigen Weib. Jung von auswendig
sind sie freilich nicht mehr, aber das Herz kann ihnen
nicht grau werden. Jenseits, über dem Kamm der hüge=
ligen Insel sichtbar, ist Neu=Trotha, und das erste Haus
am Waldrand ist das Jagdhaus mit dem Antagonisten
des Müllers, dem unverheirateten melancholischen Förster.

Zu unseren Füßen aber, diesseits des Flusses, liegt
Alt=Trotha, und seine Häuser klimmen traulich den Hügel
herauf. Wenn wir uns nun ganz umwenden, sehen wir
das Herrenhaus von Trotha, auf einer Art Terrasse
liegend, unsern Hügel wie ein kleines Sanssouci schmücken,
das rings von Gärten umgeben ist. Wir treten durchs
offene Parktor und gelangen nach einigen Krümmungen
an eine künstliche Grotte, vor der ein kleiner Kupido von
Sandstein in einem Blumenrondell steht und uns mit
seinem Pfeil bedroht.

Von hier aus führt ein gerader, breiter Kiesweg,
der links und rechts Seitengänge ins Laubdickicht absetzt,
auf die Terrasse des Hauses, von der eben ein Herr und eine
Dame herniedersteigen. 's ist ein geheimnisvolles Paar,
nicht für uns allein, sondern auch für alle Leute in Alt=
und Neu=Trotha. So wenig Außergewöhnliches auch
darin liegt, daß ein alter Herr mit einer jungen Dame
allein spazieren geht, hat die Art und Weise des Umgangs
dieser beiden doch etwas Eigenes.

Es waren nicht Vater und Tochter, denn abgesehen von der Unähnlichkeit beider, schloß ein gewisses Zeremoniell, die halb liebevolle, halb zurückhaltende Galanterie, welche der alte Papa dem schönen und bleichen Mädchen erwies, jede Verwandtschaft aus. Selbst der Titel „teure Cousine" schien mehr angenommene Form, denn zum Kinde seines Bruders ist man weder so galant noch so subtil in seinen Ausdrücken! Unzweifelhaft hätte man sich drüben in der Stadt die equivoquesten Voraussetzungen angemaßt, doch den Leuten in Trotha lagen sie fern. Sie liebten ihren Gutsherrn, denn er war es viel zu sehr, als daß sie von ihm schlecht denken sollten. Andererseits war Herr Abraham von Eichstädt verheiratet und hatte zwei erwachsene Söhne, war also bereits über die Jahre hinaus, wo das Blut einem noch Unruhe macht. Gleichwohl schien er, trotz der zeremoniellen Galanterie, nicht nur ein Interesse an dem Mädchen zu nehmen, das sehr der Zuneigung glich, sondern auch eine Macht über diese kalte, schwermütige Schönheit auszuüben, der sie ohne Murren gehorchte, die sie mit mattem Lächeln anerkannte. Sie war augenscheinlich viel kälter und verschlossener gegen ihn als er gegen sie, und schon dies mußte jeden törichten Gedanken, den etwa eine unüberlegte Neugier hegen mochte, verbannen.

Was aber die Dörfler und das Gesinde am meisten zur Nachforschung reizte, war die Art, wie die junge Dame nach Trotha gekommen war.

Vor vier Jahren nämlich, um Ostern herum, kam ein fremder Reitknecht von Halle her nach dem Herrenhofe. Er hatte dem alten Herrn von Eichstädt ein großmächtiges Schreiben gebracht und nach einstündiger, geheimer Unterredung mit dem Edelherrn und der Frau den Hof verlassen, ohne dem Gevatter Kutscher, ja selbst dem ältesten Sohn des Hauses, Herrn Georg von Eichstädt,

Rede zu stehen. Darauf hatte der alte Herr Abraham Georg angekündigt, daß er fortan die Wirtschaft in Trotha allein bestreiten wolle, und ihn Hals über Kopf in die Nähe von Potsdam geschickt, wo er ein zweites Gut besaß, das von nun an der Sohn allein verwalten sollte. Georg, streng nach den Grundsätzen des Gehorsams jener Zeit erzogen, die sich auf dem Lande namentlich in ganzer Reinheit erhalten hatten, reiste ab. Wenige Tage darauf erschien, mitten in der Nacht, ein schwerer Reisewagen, von demselben Reitknecht eskortiert. Ihm entstieg dieselbe junge Dame, welche dort im Garten an des Gutsherrn Seite einhergeht, nur daß sie damals noch blasser war. Sie wurde von Herrn und Frau von Eichstädt liebevoll empfangen und lebte seit dieser Zeit im engsten Kreise der Familie. Der Wagen verließ noch in der Nacht den Edelhof, ohne daß Kutscher und Bedienter jemand Aufklärung gaben.

Der geheimnisvolle Besuch war Antonie von Brühl, und Trotha ihre Verbannung.

Minister Brühl und Abraham von Eichstädt waren Pagen am Weißenfelsschen Hofe gewesen und hatten in steter Freundschaft gelebt. Eichstädt, dem Hofleben später entfremdet, lange Jahre Offizier in Meißen, hatte durch Brühls Hilfe, besonders nachdem dieser Minister geworden, das Gut Trotha gekauft, war durch Glück und Klugheit vermögend geworden, brachte dann noch ein Gut bei Potsdam an sich, kurzum, verdankte dem Minister seinen ganzen Wohlstand.

So verschieden auch Gemüts- und Charakteranlagen beider Jugendfreunde sein mochten, je mehr es Eichstädt beklagen mußte, daß Brühl nach und nach dem allgemeinen Haß verfiel, um so dankbarer gedachte sein schlichtes, einfaches Herz der Wohltaten, die ihm Brühl in freier Zuneigung erwiesen, und alle Schmähungen, welche die Welt

auf den Minister häufen mochte, fanden in seinem Herzen
um so weniger Widerhall, da er es an sich selbst erfahren,
daß Brühl edler Freundschaft und warmer Liebe nicht
bar und ledig sei. Die Dankbarkeit ist einmal eine
egoistische Leidenschaft, und wir können im Leben nie so
objektiv werden, über einen Menschen, dem wir unser
Glück schulden, von uns abgesehen ein ganz unbefangenes
Urteil zu fällen.

Brühl und Eichstädt waren die letzten Jahre nicht
mehr zusammengekommen, und selbst der Briefwechsel
schien abgebrochen. Als Brühl an seinen Freund nun
plötzlich per Estafette das schriftliche Verlangen stellte,
seine Stieftochter Antonie in sein Haus aufzunehmen,
leistete Abraham von Eichstädt demselben um so mehr
Folge, als Brühl in dieser Gefälligkeit die einzige Art der
Wiedervergeltung zu suchen schien. Brühl schrieb folgendes:

„Lieber Herr Bruder!

Ich schreibe per Expressen. Du wirst also be=
greifen, daß die Angelegenheit, welche diesen Brief ver=
anlaßt, höchst wichtig ist. Wenn ich Dich bitte, den
Inhalt nicht einmal Deiner Ehefrau mitzuteilen und
die Epistel, wenn Du sie gelesen, zu verbrennen, so
denke, daß die ganze Angelegenheit geheim ist. Ich
weiß, daß mich die Welt haßt, weiß, daß mein Leben
in Wahrheit mühevoll und elend ist, und überlasse Dir,
meinem einzigen Freunde, das Urteil: ob ich all die
Schmach verdiene, die man mir antut. Zu den viel=
fachen Kränkungen, die ich erdulde, den Intrigen, die
ich bestehen muß, um über Wasser zu bleiben, kommt
mein häusliches Elend. Es ist so groß, daß ich Dir's
nicht einmal sagen, dem Papier gar nicht anvertrauen darf.

Kurz und gut, ich bin gezwungen, tyrannisch zu
sein. Meine Pflegetochter Antonie, deren Vater Du
kennst, hat sich eines schweren Vergehens schuldig ge=

macht. Deswegen soll sie sogleich aus Dresden und nicht eher in meine Nähe kommen, bis sie mit einem honetten Mann verheiratet ist. Ich kann und will sie aber niemand anvertrauen als Dir, einmal um mein Geheimnis nicht bloßzugeben, anderenteils, weil ich weiß, daß Du sie am besten behandeln wirst. Ich fordere diesen Dienst von Dir als einzigen Beweis Deiner Liebe. Vor allem muß ich Dich bitten, ihr jede Gelegenheit zu benehmen, Briefe abzusenden. Sie hat weder an mich noch an ihre Mutter zu schreiben; mag sie in Euch so lange ihre Eltern erkennen, bis ich sie rufen werde. Dies ist mein strenger Wille. Gib ihr auch keine Bedienung, der sie sich etwa mitteilen kann. Wenn sie einst so weit zur Einsicht ihres Fehlers gekommen ist, daß sie sich selbst durchaus mitteilen muß, um ihr Herz zu erleichtern, so mag sie es vor Dir und Deiner Ehefrau ausschütten. Ihr werdet die Angelegenheit für Euch behalten und daran erkennen, daß nicht wirkliche Schlechtigkeit, sondern ihr überspannter Sinn, ihre einseitige Erziehung an allem schuld ist. Sollte etwas Besonderes passieren, so melde mir's sogleich durch einen Boten!

In etlichen Wochen ein Mehreres.

Dein alter, treuer

Heinrich von Brühl."

Eichstädt, der nach Lesung des Briefes nur mit großem Mißtrauen Antonie empfangen konnte und nur darum seinen Sohn Georg nach dem Gute bei Potsdam geschickt hatte, um ihn nicht in den Besitz des Geheimnisses zu bringen, oder gar ein Verhältnis zwischen ihm und der Verbannten hervorzurufen, führte die Wünsche des Freundes mit großer Energie durch, so daß, trotz aller Schonung im Umgange, Antonie wie in der Klausur lebte.

Das arme Mädchen, dessen Herz zusammengepreßt war von dem erlebten Unglück und krampfhaft unter der ewigen Erinnerung an den Geliebten, der um sie auf dem Königstein schmachtete, ächzte und ohne Liebe für die Eltern war, ja selbst ohne Achtung, glich anfangs einer wandelnden Leiche, ließ still über sich die Strenge ergehen, die ihr der alte Herr von Eichstädt als eine Pflicht, welche er ihrem Vater schulde, angekündigt hatte. Sie blieb verschlossen und starr, und sowohl der Herr wie die Frau des Hauses schienen ebenfalls keine Lust zu zeigen, sich wider ihren Willen in ihr Vertrauen zu drängen.

Man überließ sie sich selbst.

So verging Antonie, mitten in der Einsamkeit des Landlebens doppelt einsam, das erste Jahr unter ewigem Sinnen über den eigenen Schmerz, in selbstquälerischem Wiederholen aller furchtbaren Einzelheiten des Erlebten. Wäre ihre Seele nicht so stark gewesen, dies ewige Hindämmern hätte sich leicht zur Monomanie, zum Wahnsinn gestalten können, aber sie hatte etwas von der Energie ihres königlichen Vaters und ward so vor geistigem Zusammenbruch bewahrt.

Jeder Schmerz wird mit der Zeit matter, die Seele erlahmt im ewigen Wiederholen eines Gedankens und legt ihn endlich resigniert beiseite, wenn sie fühlt, daß sie doch nicht mit ihm fertig werden kann. Antonie mußte sich nach allem Grübeln doch gestehen, daß sie am wenigsten schuld am Elende des Geliebten hatte.

Die ruhige Überlegung, der sie nach und nach Raum gab, reifte ihren Geist, und sie sah ein, daß diese Jugendliebe doch nie zu realisieren gewesen wäre, daß sie als Brühls Pflegetochter, als königlicher Sprößling nimmer das Weib des Musikers Friedemann Bach geworden wäre. Sie wurde mit dieser Idee, getragen von dem immer mehr erwachenden Gefühle ihrer gesellschaftlichen Stellung,

nach und nach so fertig, daß sie sogar schon glücklich ge=
wesen wäre, wenn sie nur Friedemanns Befreiung er=
fahren hätte, so glücklich, wie man eben noch werden
kann, wenn eine erste, schöne Blüte im Leben geknickt ist.
Sie begann sich dem alten Ehepaar von Eichstädt zu
nähern, nahm an Geschäften des Hauses teil, entfaltete
ihren natürlichen Liebreiz, und man vergalt ihr das mit
Teilnahme, Liebe und Milde, so daß mit der Zeit die
Fesseln loser wurden, die man ihr aufgelegt hatte. Gleich=
wohl hörten sie nie ganz auf. Antonie hatte mit der
Außenwelt nur sehr geringe Beziehungen, und ihre näch=
sten dienenden Umgebungen vermieden absichtlich jede Be=
rührung, denn der Herr von Trotha hatte gesagt: „Wer
sich um Fräulein, meine Cousine, mehr bekümmert, als
sein Dienst nötig macht, den schicke ich gleich fort!" Das
schreckte die Leute, denn der Dienst auf Trotha war der
beste weit und breit.

Antonie blieb also, trotz des wachsenden Anschlusses
an die Familie, in bezug auf ihr Geheimnis, ihr inneres
Weh kühl und zurückgezogen. Eine Ausnahme machte sie
aber, und zwar mit dem Müller in Trotha, mit dem
lustigen alten Burschen, der seit Jahren da unten wirt=
schaftete.

Ihm gegenüber machte sie, von seiner Zutraulichkeit
gefesselt, ihrer Stimmung oft Luft und ließ ihren Klagen
verstohlene Worte.

Mit dem Müller war's nämlich eine ganz eigene
Geschichte.

Man wußte seit undenklichen Zeiten nichts anderes
von ihm, als daß er lustig und des Herrn von Trotha
einziger intimer Freund war. Freund von einem alt=
adeligen Herrn?! Ohne Scherz, er war ihm mehr als
Freund, war ihm Bruder, und komisch genug sah's aus,
wenn er auf den Edelhof kam, die Mütze in der Hand

und fröhlich lachend dem alten Eichstädt die dargereichte
Hand drückte: „Schön guten Morgen, Herr Bruder! Ich
wollt' dir bloß sagen, es wird Zeit, daß wir einmal
Treibjagen halten, denn die Hasen kommen uns allerweil
in die Saaten!" oder was er ihm sonst wohl zu sagen
hatte. Weil er nun mit dem Herrn so gut stand, wählten
ihn die Dörfler in Neu= und Alt=Trotha zu ihrem Schult=
heißen, denn was kein anderer Mann durchsetzte, kostete
dem lustigen Müller nur einen Gang und es geschah.

Diese abnorme Freundschaft stammte von der Mutter=
milch her.

Der Müller und der Gutsherr waren Milchbrüder
und wie Zwillinge aufgewachsen. Als Herr von Eichstädt
Page ward, wurde der Müller sein Bursche und blieb's
auch in Meißen.

Fest für die Ewigkeit aber knüpfte sich das Band,
als der Müller seinem „Herrn Bruder" einmal beim
Hochwasser das Leben mit eigener Gefahr gerettet hatte.
Er mußte ferner für Eichstädt auch alle die geheimen
Liebesepisteln bestellen, die der alte Herr schrieb, als er
lange hoffnungslos um seine Ehefrau werben mußte.
Diese und tausend andere kleine Dienste hatten beide
mit jedem Jahr unzertrennlicher zusammengekittet. Der
Müller besaß aber seinen Takt genug, in seinem „Herrn
Bruder" nie den Gebieter zu vergessen und kannte die
Grenze genau, welche zwischen gutmütiger Vertraulichkeit
und Frechheit liegt.

In seinem Busen, unter seinem ewig lächelnden Ge=
sicht lagen die Geheimnisse Eichstädts in sicherer Hut, und
sein eigen Weib hätte sterben müssen, wenn er ihr Leben
mit einer Indiskretion an seinem Wohltäter hätte erkaufen
sollen.

Das wußte die Mutter Sabine auch gar gut und
handelte danach.

Als Eichstädt später Trotha kaufte, schenkte er dem Milchbruder die Mühle und die Insel nebst Vieh und Ackerwirtschaft. Was es mit der „Mamsell Antonie" für eine Bewandtnis hatte, wußte der Meister Müller mithin auch ganz gut, er war der einzige, dem es nicht verschwiegen war. Da aber Antonie nicht ahnte, daß ein Mann aus so untergeordneter Sphäre von ihren Verhältnissen einen Begriff haben könne, war sie mit diesem unbefangenen Menschen auch unbefangener als mit Eichstädt selber.

Letzterer, der in der ersten Zeit geglaubt hatte, daß Antonie wohl gar einen geschlechtlichen Fehltritt begangen, den sie nun in der Stille büßen solle, war verwundert, nach einem Jahr davon nichts zu spüren.

„Ich glaube, Du hast dem armen Kinde groß Unrecht getan," schrieb Eichstädt an Brühl, „denn, was mich Dein erster Brief von ihr argwöhnen ließ, ist nicht eingetroffen. Sie ist zwar noch immer kalt und wenig zugänglich, aber ein sittiges, gutes Mädchen, das man hegen und pflegen muß, damit ihr Gemüt nicht ganz abwelkt."

Demgemäß war auch Eichstädt im zweiten Jahr viel herzlicher zu Antonie, und nach und nach lebten sich die Menschen immer mehr ineinander ein.

„Sie sehen, mein liebes Kind, nach allem, was ich Ihnen eröffnet, daß ich, obwohl ungern, dem Willen Ihres Stiefvaters genau nachkommen mußte, denn ich verdanke ihm das Glück und den Wohlstand meiner Familie. Daß ich Ihnen nun nach vier Jahren das offen sage, als alter Mann sage, mag Ihnen ein Beweis sein, wie lieb ich Sie habe. Ich sehe jetzt ein, daß Ihre Eltern Sie viel zu streng beurteilt haben, daß der Fehler, den Sie begangen haben mögen und den ich nicht zu wissen brauche, nicht von der Art war, daß Sie so hart bestraft werden mußten. Gleichwohl bin ich's meinem Freunde Brühl schuldig, noch immer nach seinem Willen zu handeln, und werde es künftig tun. Eins sollen Sie aber von heute ab wissen, daß ich es nämlich mit schwerem Herzen tue!"

Antonie richtete einen dankbaren, heißen Blick auf den alten Mann.

„O, ich habe es längst gewußt, daß Sie alles nur gezwungen taten, und glücklich macht es mich, daß Sie's mir nun sagen. Ach, Sie wissen nicht, wie leer mein Herz ist, wie wohl mir wäre, einmal ganz zu fühlen, wie einem Kinde ist, das Eltern hat. — Ich habe nie welche gehabt!

Wenn ich Ihnen meinen Fehler nennen, wenn ich Ihnen gestehen könnte, warum ich nie Eltern hatte! —"

„Lassen Sie es, mein Kind. Die Schamröte auf Ihren Wangen sagt mir genug. Behalten Sie für sich, was Ihnen zu entdecken schwer wird. Wir lieben Sie wie unser Kind! Sehen Sie uns also als Ihre Eltern an, Antonie! Vielleicht kommt bald die Zeit, wo sich Ihre Lage ändert, ohne daß ich meine Pflicht zu verletzen brauche. Und nun noch eins, meine Liebe. Ich habe um Ihretwillen meinen Sohn Georg vor vier Jahren fortgeschickt und auch meinen Sohn Friedrich, der am Kammergericht in Berlin ist, seit der ganzen Zeit nicht gesehen. Sie kommen zum Besuch, und ich denke, sie werden heut' eintreffen. Ich sage Ihnen das bloß, damit Sie die Anwesenheit der beiden jungen Leute nicht miß= verstehen. Die Söhne besuchen die Eltern. Ich bin von meinen Kindern überzeugt, daß sie nichts tun werden, was meine kleine Gastfreundin verletzt."

Gerührt wollte Antonie die mageren Hände des alten Papas an ihre Lippen ziehen.

„Nein, nein, meine kleine Gefangene, ich küsse Sie

lieber auf die Stirn! Mut, Mut, Kind, die bösen Tage im Leben gehen ja auch vorbei!"

Beide schritten der Terrasse zu.

Die Mühle von Trotha klapperte, daß es eine Lust war, und der Meister Müller mit seinen zwei Gesellen sang, daß die Wände wackelten, man wußte nur nicht, war's vom Mahlen oder vom Singen!

„Frau, mach mir ja meinen Schulzenrock gut rein und kram deinen Kirchenstaat 'raus. Wir müssen heut' nobel aussehen, wenn wir auf den Herrenhof 'nübergehn!"

„Ja, ja, tu nur deine Arbeit, ich tu' schon meine!" scholl's aus der Wohnstube herüber.

Der Herr war lustig samt der Frau, und die Gesellen waren's, weil's der Meister war. Das war er nun zwar alle Tage, aber so kreuzfidel wie heute, das kam doch selten vor.

„Sechs Uhr! Feierabend! Hebt aus! Schützt das Rad! — Wir tun keinen Zug mehr!"

Das Klappern hörte auf. Die Gesellen wischten den Staub aus den Augen und sahen den Meister verwundert an.

„Ja, ja, wir hören eine Stunde eher auf! Ihr wollt wissen, warum? Na, meines Herrn Bruders Herren Söhne kommen heut' zum Besuch! Sind seit vier Jahren nicht in Trotha gewesen! Da muß ich doch auch sehen, wie sie sich ausgewachsen haben seit der Zeit!"

„Herr Jeses! — Ach du meine Güte!" — schrie und zeterte es drüben in der Stube.

„J du Herr meines Lebens, was ist denn?" schrie der Müller und stürzte, die Gesellen hinter sich, hinüber in die Stube.

Da stand, wetternd und atemlos vor Schreck und Schelten, die alte Sabine, und zwei junge, elegante Männer küßten und herzten sie, und einer schob sie nach einem kräftigen Schmatz dem anderen zu, kurz, es war ein Skandal und Gelächter, ärger, als wenn die Mühle mit zehn Gängen rasselte!

„Alle Hagel, ihr Jungens, da seid ihr ja! Wollt ihr mir wohl meine Alte in Frieden lassen? Ihr verschimpfiert ihr ja alle Falten im Gesicht!"

„Hurra, das ist der Alte!" und beide lagen dem Müller um den Hals, und herüber und hinüber ging's, bis der Müller ebenso atemlos war wie seine Ehehälfte.

Eine Pause! Alle standen einander keuchend gegenüber und brachen dann in ein schallendes Gelächter aus.

„Aber reitet euch denn der Teufel, Jungens? Wie kommt ihr denn hierher?"

„Nun," sagte der ältere, „wir ließen in Zöbritz Papas Wagen mit dem Gepäck und gingen zu Fuß.

Da hörten wir die Mühle noch klappern. ‚Ha, der Alte arbeitet noch, wollen wir ihms Handwerk legen?‘ fragte ich. ‚Richtig, wir nehmen ihn dann mit hinauf,‘ sagte Friedrich. Hallo, einen Kahn geliehen, und da sind wir!"

„Das is gescheit, Kinder! Hab's doch gleich gesagt, der Müller ist der erste, den sie sehen müssen! Und was die Bengel groß geworden sind, Mutter! Sieh nur, wie fein der Friede ist!"

„Das gestickte Kleid, ach! Das ist gewiß alles Gold!" sagte Sabine und betrachtete den jüngeren der beiden Ankömmlinge.

„Gewiß, Sabine, und das ist auch welches!" und damit schob er ihr ein Etui in die Hand.

„Ach, du meine Welt! und das ist mein?" und die Alte nahm eine kurze goldene Halskette mit einem Henkeldukaten aus der Schachtel.

„Gewiß!" lachte Friedrich, „das schenk' ich dir zur

Mitbringe! Da, Alter, hier ist eine Tabakspfeife mit Silber beschlagen! Das alles ist aus Berlin, damit ihr seht, daß der Friedrich immer an euch gedacht hat, und wie ihr ihn auf euern Knien geschaukelt und mit ihm gespielt habt!" und eine frohe Rührung zog über das Gesicht des jungen Mannes.

„Hier ist auch von mir etwas, daß ihr nicht denkt, ich bleib' hinter dem Friedrich!" und der ältere brachte aus der Tasche ein schönes Tuch für die Müllerin und sechs Pfund Tabak für den Müller.

Die Freude war übergroß. Alle Erinnerungen an die Knabenzeit der beiden jungen Leute, an die alten Schnurren und Schwänke wurden wach, und was der eine nicht wußte, das wußte der andere.

Die beiden Mühlknechte entließ man nunmehr mit einem Zechgroschen ins Wirtshaus, und das würdige Müllerpaar begann eiligst Toilette zu machen, deren letzter, dezentester Teil in Anwesenheit der beiden Brüder vollendet ward.

Ehe der Müller aber nach dem Dreistutz und Stock griff, trat er plötzlich vor die jungen Männer hin, schaute sie prüfend von oben bis unten an, und sein Gesicht wurde starr.

„Kinder, eh' ihr ins Vaterhaus tretet, hab' ich euch noch etwas zu sagen. Ihr werdet auf dem Edelhause ein junges Mädchen finden oder vielmehr eine Dame. Ich mein's gut mit euch, wenn ich euch warne, daß sich keiner von euch in sie vergafft, denn es würde doch zu nichts helfen und Elend und Gram über die Familie bringen. Forschet nicht nach, ich sag' euch nicht mehr. Es betrifft aber ein Geheimnis, bei dem eurer Eltern ganzes Glück auf dem Spiele steht, und je weniger ihr euch um die Mamsell bekümmert, desto besser wird's für uns alle sein. Nu kommt, Kinder!" Ohne

auf das Erstaunen der beiden jungen Leute Rücksicht
zu nehmen, ging der Müller voran, machte den Kahn
los, und bald befand sich die kleine Gesellschaft am jen=
seitigen Ufer.

In den sonst so überaus stillen Herrenhof zu Trotha
war plötzlich durch die Anwesenheit der beiden jungen Männer
ein neues Leben gekommen, und es war niemand, von
den Eltern bis zum ärmsten Dörfler, der sich nicht über
die Liebenswürdigkeit der beiden Brüder gefreut hätte.

Georg, der ältere, eine kräftige, lebensfrische Natur,
war Landwirt, und wenn ihm auch eine gewisse Derbheit
anklebte, so ward sie doch durch die fast kindliche Herzens=
güte gemildert, mit der er alle Lebensverhältnisse angriff.
Es lag eine urkräftige Fülle und Frische in ihm, die ihn
jünger erscheinen ließ, als er war. Obwohl ihm das,
was wir heute Bildung nennen, wesentlich fehlte, so er=
setzte sich dieselbe durch Mutterwitz, Weltklugheit und
Unternehmungsgeist. Er galt außerdem für einen der
tüchtigsten, betriebsamsten Landwirte. Sein Bruder Friedrich
war der gerade Gegensatz, und die Ähnlichkeit der Brüder
bestand nur in der gleich großen gegenseitigen Neigung
und in ihrer Liebe zu den Eltern, sowie darin, daß beide
gleich heiter und herzlich waren.

Friedrich, der jüngere, war weniger derb und kräftig,
doch entschieden der Hübschere. Er besaß viel Grazie der
Bewegung, große Leichtflüssigkeit der Unterhaltung, Zier=
lichkeit und gedrungene Schärfe der Sprache und ein edles,
geistvolles Antlitz. Seine Bildung war die ausgesuchte
seiner Zeit. Ein besonderer Freund der Künste, musi=
zierte er vorzüglich, kannte die Literatur, namentlich
die französische, und wie sehr er als Jurist für be=
fähigt galt, bewies, daß er, bei kaum dreißig Jahren,

schon Rat beim zweiten Senat des Kammergerichts zu
Berlin war*).

Nach langer Zeit war die Familie nun wieder ein=
mal so recht vergnügt beisammen, und da der Aufenthalt
der Söhne vier Wochen dauern sollte, so hatten die glück=
lichen Eltern Zeit genug, sich an ihren Kindern recht satt
zu sehen und zu plaudern.

Papa Eichstädt hatte, obwohl er wußte, daß der
Müller schon sorgsam vorgebaut, am Morgen nach der
Ankunft, als er mit seinen Söhnen die Äcker besichtigte,
ihnen das gemessenste Benehmen gegen Antonie zur Pflicht
gemacht und angedeutet, daß das Mädchen ein seiner Ehre
anvertrautes Pfand sei, und er es für ein schweres Un=
glück ansehen würde, wenn es einem seiner Söhne einfiele,
in ihr mehr als den Gast des Hauses zu betrachten.

Wie es mit Verboten geht! Das ist das Geschick
jedes Gesetzes, daß es umgangen werden kann. Der wahr=
haft vollendete Mensch lebt äußerlich gesetzlos, weil er das
Gesetz in sich trägt. Wie schwach aber, besonders in
Sachen des Herzens, Gebote, Warnungen oder Bitten
sind, wie sie oft geradezu noch auf die Frucht aufmerksam
machen, die um so mehr reizt, als sie nicht zu erlangen
ist, bewies sich auch hier. Georg, der den Liebreiz
Antonies wohl erkannte, dem aber die Art des Mädchens
nicht anstand, kostete es wenig Überwindung, den elter=
lichen Wünschen nachzukommen. Friedrich aber, der doch
in der Residenz Gelegenheit genug hatte, in galantem
Umgange sein Herz an die Frau zu bringen, verlor es
gerade hier in der Einsamkeit an ein Mädchen, das ihm

------

*) Damals war für wirklich wissenschaftlich gebildete Juristen
von Judiz das Avancement ungleich leichter und wurde erst später,
nach der vollständigen Organisation des Gerichtswesens, erschwert,
als der Andrang zur Karriere größer wurde.

als etwas Unerreichbares erschien. Antonie, die sich be=
sonders gern mit ihm unterhielt, ahnte gleichwohl nichts
von dem, was in ihm vorging, und Friedrich hütete sich,
irgend etwas merken zu lassen.

Je mehr er aber seine Zuneigung zu ihr unterdrückte,
desto heftiger wurde sie, und er beschloß daher abzureisen,
ehe sein Benehmen ihn bloßstellen könne. Er eröffnete
dem Vater also, daß er, Briefen zufolge, Trotha verlassen
müsse. Der Vater war höchst bestürzt.

„Aber ich fasse das nicht! Ich glaube dir das nicht,
Friedrich — du kannst mir nicht offen ins Auge sehen,
Sohn! Wo sind die Briefe, die dich abrufen?"

„Lieber Vater! Ach wie gern bliebe ich recht, recht
lange noch bei dir und der Mutter; aber — es ist wirk=
lich besser, wenn ich reise!"

„Doch warum denn? Ich, dein Vater, werde doch
wohl wissen können, warum es besser ist, wenn du reisest?"

„Befiehlst du wirklich, daß ich's sage?"

„Ja, ich will's wissen!"

„Nun, ich muß abreisen, lieber Vater, wenn ich dich
nicht betrüben will. Ich kann nicht dafür, daß mein Herz
gegen dein Gebot rebellisch wird, aber wenn ich länger
hier bleibe, und Antonie merkt, daß ich sie liebe, dann
ist's zu spät. — Darum reise ich!"

Der alte Eichstädt war durch diese Nachricht aufs
höchste erschreckt. Lange stand er sinnend da, dann reichte
er dem Sohn die Hand und küßte ihn.

„Du bist ein braver Junge! —- Aber nein, nein!
Fünf Jahre fast hab' ich dich nicht gesehen und soll dich
nun wegschicken?" und der alte Herr blickte recht weh=
mütig drein.

„Hör, Friedrich, ich hab' eine Auskunft. Du ziehst
einstweilen auf acht Tage hinüber zum Müller, was dann
weiter wird — na, wir wollen's abwarten! Da bist du

doch bei uns, und wir können dich sehen, ohne daß du immerwährend das Mädchen vor Augen hast."

„Du willst doch wegen Antonie nichts unternehmen, lieber Vater?"

„Nein, nein! Also du bleibst noch, Friedrich?"

„Ich ziehe zum Müller und bleibe noch."

So geschah's denn. Abraham von Eichstädt setzte sich aber sofort hin und schrieb an Brühl.

Nach Mitteilung der Sachlage sagte er ihm schließlich: „Ich stelle es Deinem guten Willen anheim, ob Du verordnest, daß mein Junge sofort Trotha verlasse. Erkenne wenigstens aus diesem Briefe, daß ich ein treuer Wächter Deines Gutes bin. Für jetzt weiß das Mädchen noch nicht, daß mein Friedrich für sie Zuneigung hat; doch wie Du denkst. — Es wird mir schwer werden, ihn wegzuschicken, ehe ich ihn ordentlich gehabt habe, ich bin Dir aber auch dieses Opfer schuldig."

Ein reitender Bote ging damit sofort nach Dresden.

Nach acht Tagen kam derselbe mit einem Brief des Ministers zurück.

Begierig eröffnete Abraham das Schreiben.

„Du treue Seele!

Hast mir durch Deinen Brief einen wahrhaften Beweis Deiner aufopfernden Freundschaft gegeben. Herzlichen Dank dafür! Ich antworte Dir darauf kurz und bestimmt folgendes: Wenn Dein Sohn Friedrich Antonie heiraten will, so soll er's tun. Dann ist ihre Prüfungszeit aus, und ich werde ihr zeigen, daß ich auch ein gütiger Vater sein kann.

Sobald's nun dahin kommt, schreib mir's!"

Abraham von Eichstädt war außer sich vor Glück und Freude, denn er hatte Antonie herzlich lieb.

Friedrich bezog wieder das elterliche Haus, und der Vater sagte ihm:

„Friedrich, der Vater des Mädchens hat nichts gegen dich, wenn das Mädchen dich nur wieder liebt."

Der Sohn fiel dem Vater jubelnd um den Hals.

Ungezwungen überließ er sich nun seiner Neigung, doch mit all der schlauen Zartheit und Taktik der Liebe, die erobern will, und Antonie schien nicht unempfindlich für die Galanterie zu sein, die ihr auf die ausgesuchteste und dezenteste Weise erwiesen wurde. Das arme Mädchen mochte sich nach Freiheit sehnen, und diese fand sie im Umgange mit Friedrich. Alle drückenden Fesseln fielen unter seinen Händen von ihr ab, und das Zutrauen, welches beide einander einflößten, wuchs um so mehr, je rücksichtsvoller Friedrich es vermied, nach Dingen zu forschen, die sich auf ihre Vergangenheit bezogen. Gleichwohl blieb in Antonies Wesen eine Zurückhaltung, ein leiser Rest von Kälte und Traurigkeit haften, die sich auf Friedemann bezog und Friedrich von einem Geständnisse abhielt, das so wenig erwartet zu werden schien.

Auf der anderen Seite begann der alte Herr von Eichstädt den Schritt bei Brühl zu bereuen und sah mit einer gewissen Ängstlichkeit die Annäherung der jungen Leute.

So lieb ihm Antonie geworden war, so wußte er doch nicht, welcher Art das Vergehen war, dessen sie sich gegen ihre Eltern schuldig gemacht hatte, und die rasche Bereitwilligkeit Brühls, das Mädchen unter die Haube zu bringen, schien ihm nun, nach reiflicher Überlegung, etwas verdächtig. Er versank in ein Heer selbstquälerischer Gedanken, machte seiner Übereilung die heftigsten Vorwürfe und wußte doch gleichwohl nicht, wie er die Sache erledigen sollte, ohne eine noch größere Ungeschicklichkeit zu begehen.

* * *

Die Familie Eichstädt war eines Abends in dem kleinen Pavillon versammelt, der mit Hirschgeweihen dekoriert war und nach der Terrasse zu lag.

Die Abendsonne vergoldete die Zinnen des alten Giebichenstein und warf eine tiefe Glut auf die bronze= farbene Oberfläche seiner Porphyrfelsen.

Antonie und Friedrich hatten mehrere Piecen auf dem Cimbal gespielt, und das Gespräch drehte sich um französische und deutsche Musik. Friedrich, der in Berlin so reiche Gelegenheit hatte, die größten Meister zu be= wundern, erzählte von der Graunschen Oper, und wie die Astrua vergöttert werde. „Schade!" setzte er hinzu. „Wenn ich gewußt hätte, welche Musikenthusiastin auf Trotha weilt, ich hätte Emanuel Bach um einige gute Stücke gebeten, die wir hätten exekutieren können."

„Sagen Sie, Herr Kammergerichtsrat," und Antonies Stimme zitterte leise, „sind Sie mit dem Herrn Bach bekannt?"

„Ei, mehr als das, meine Gnädige, ich bin sogar mit ihm befreundet!"

„So? — Nun, gesetzt, Ihre Freundschaft zu ihm hätte Ihnen noch ein freies Urteil gelassen, halten Sie ihn für ein ebenso großes Genie wie seinen Vater?"

„Nein, das nicht! Er ist ein bedeutender Künstler, aber seinem Vater kommt er nie gleich. Das könnte man eher von seinem älteren Bruder, Friedemann, sagen, wenn derselbe nicht von zu unstetem Charakter und zu exzentrischer Natur wäre!"

„Mein Gott! — Ach, das habe ich gar nicht gewußt, daß er einen älteren Bruder hat! — Kennen Sie ihn?" — Tod und Leben rang mit der erbleichenden Antonie, die mit dem Aufbieten aller Mittel die gewaltsame Be= wegung in ihrem Innern unterdrücken wollte.

„Was man so kennen heißt, mein Fräulein, nein. Aber ich habe ihn gesehen, als er vor zwei Jahren mit seinem Vater, auf Befehl des Königs, in Potsdam war. Ich werde mich ewig des Orgelkonzerts erinnern, wo er unseren großen König hinriß, so daß man nicht wußte, ob dem Vater oder dem Sohne der Lorbeer gebühre!"

Ohnmächtig glitt Antonie vom Sessel, kaum, daß Friedrich sie noch auffangen konnte. Alles sprang herzu! Das arme Mädchen wurde von Frau von Eichstädt zu Bett gebracht. — Vater und Sohn sahen sich erstarrt an, niemand wußte den Vorfall zu deuten. Antonie mußte mehrere Tage das Bett hüten, und hier war's, wo endlich ihr gequältes Herz sich vor ihrer mütterlichen Freundin ausschüttete. Als sie unter Tränen geendigt, bat sie um eine Unterredung mit Friedrich. Der junge Mann, dem man inzwischen mitgeteilt hatte, wer Antonie sei, betrat ihr Gemach und fand sie im Sessel am Fenster.

Sie war sehr blaß und reichte ihm bewegt die Hand.

„Herr von Eichstädt, ich danke Ihnen, daß Sie kommen. Ich bin überzeugt, daß es Ihr edles Herz verschmähen wird, dem Grunde meines neulichen Benehmens sowie meines Leides nachzuspüren. Ich habe nur eine dringende Bitte an Sie, und Gott mag es Ihnen lohnen, wenn Sie mir dieselbe gewähren!"

„Mein Fräulein, ich bin zu jeder Antwort bereit."

„Nun, so bitte ich Sie, mir nach Pflicht und Gewissen alles zu erzählen, was Sie von Friedemann Bach wissen, und nehme hierüber Ihr edelmännisch Wort zum Pfande!"

„Mein liebes Fräulein, das kann ich nicht. Zürnen Sie nicht, ich will Ihnen sagen, warum! Mir ist's klar geworden, daß Friedemann Ihnen teuer ist, oder doch — war. Wenn ich alles von ihm sagte, würde ich Ihrem Gesundheitszustand wie Ihrem Herzen zuviel zumuten. Schließlich kann ich darum nicht offen sein, weil ich selbst Partei in der Sache bin."

Antonie sah ihn fragend an.

„Sie selbst Partei in der Sache?"

„Ja, Antonie. Und da ich sehe, daß es keinen

anderen Grund gibt, der Sie bewegen würde, mir fernere Mitteilungen über Friedemann zu erlassen, will ich Ihnen sagen, warum mein Herz Partei ist. — Ich liebe Sie, Antonie! Ich hätte vielleicht nie den Mut gehabt, es Ihnen so offen zu sagen, doch ich tu's, damit Sie mich nicht zwingen sollen, Ihnen etwas zu erzählen, das Ihnen Friedemann entfremden muß. Eins kann ich Ihnen aber sagen, nämlich, daß Friedemann Bach ganz in Ihrer Nähe lebt. Er ist Oberorganist und Musikdirektor in Halle, es geht ihm also gut; das andere erlassen Sie mir."

Es erfolgte eine lange Pause, in der beide einander stumm gegenüber saßen. In Antonies Innern flutete es auf und ab, endlich wurde sie stiller und faßte die Hand des blassen, traurigen Friedrich.

„Sie sind ein Ehrenmann, Friedrich, und meine innige Verehrung haben Sie. Die wenigen Wochen, die ich Sie kenne, habe ich Sie hochachten gelernt. Ob ich Sie lieben kann, Friedrich — weiß ich nicht, ich muß erst wieder leben — atmen lernen. Nach Ihrem offenen Geständnis kann ich Ihnen nur entgegnen, daß mir Friede=mann einst sehr teuer war. Es war eine Kinderliebe, unüberlegt, aber doch tief und wahr. Mein Vater zerriß das Verhältnis, und Friedemann Bach mußte das Ver=brechen, mich geliebt zu haben, mit entehrender Haft büßen. Ich kam nach Trotha. — Seit jener Zeit habe ich einsehen gelernt, daß diese Liebe eine unbesonnene war und — ich liebe ihn nicht mehr. Aber sein Schicksal nagte an mir, und über das beruhigt zu sein, danke ich Ihnen. Als ich neulich zusammenbrach, Friedrich, war der letzte Rest meines Gefühls, das Mitleid mit ihm, er=tötet, denn nun er frei ist, fühle ich erst, wie weit wir nun voneinander entfernt sind. Je mehr er steigt und glänzt, je beruhigter werde ich sein; denn das Glück hat ihn dann schadlos gehalten. Mein Wunsch ist nur der, daß er ein Mädchen finden mag, das für ihn paßt und gegen die Schranken dieser Welt nicht zu freveln braucht, wenn es sein Weib wird."

„Können Sie mir das mit allem, was heilig ist, versichern, Antonie?"

„Das kann ich, Friedrich! Sagen Sie mir daher alles von ihm und beobachten Sie mich, ob ich davon ergriffen werde."

„Nun, so sei es. — Emanuel Bach liebt die Primadonna der Berliner Oper, die berühmte Astrua, welche ebenso groß in der Kunst ist wie schön als Weib.

Als Friedemann vor zwei Jahren mit seinem Vater in Potsdam war, verliebte er sich auch in die Astrua, welche nun Emanuel vernachlässigte und Friedemann, wegen seines größeren Talentes, begünstigte. Ich hab' es aus Emanuels eigenem Munde, der sich oft bitter über beide beklagte. Sie steht in intimem Briefwechsel mit Friedemann, auch haben sie sich, wie es scheint, schon einige Male wiedergesehen."

Antonie von Brühl stand langsam auf, — wie eine Königin, stolz und doch lächelnd in Liebreiz, sie glich dem Vater. Sie legte den weißen, vollen Arm auf die Schulter Friedrichs, sah ihm tief ins Auge, und eine Träne fiel auf seine Hand.

„Das war das letzte Opfer für ihn, Friedrich. Ich achte ihn nicht mehr! — Morgen werde ich wieder ganz wohl sein und meinem lieben Freunde dann nicht mehr ohnmächtig werden."

Friedrich ging, sein Herz war von tausend Gefühlen zerrissen.

„Die Astrua! — Und ich habe um ihn so lange geweint! Ah, er wird im Liede um sie geworben haben, er hat ja die Schablone!"

Durch die Eröffnungen, welche Antonie der Edelfrau von Trotha gemacht, durch das, was sie selbst Friedrich mitgeteilt, war, für den engsten Kreis der Familie wenigstens, der geheimnisvolle Schleier gefallen, welcher ihre Vergangenheit verhüllt hatte, mit ihm war aber auch jeder Verdacht in der Seele des alten Abraham von Eichstädt gewichen. Der gutherzige Herr bat ihr in der Stille tausendmal alle unlauteren Gedanken ab, die er, durch Brühls Strenge verführt, sich über die Art ihres Vergehens erlaubt hatte, und vereinigte sich stillschweigend mit Frau und Söhnen, um sie alles Trübe vergessen zu machen und sie wieder in das heitere, lachende Leben einzuführen. Abraham betrachtete sie wie seine Tochter, nicht nur insofern, als er hoffte, sie dem Sohne zu gewinnen, sondern in dem redlichen, liebevollen Bemühen, ihr den Vater, die Heimat zu ersetzen.

Antonie hatte, wie soviele Töchter vornehmer Leute, nie das eigentliche Gefühl der Familie gehabt. Die ebenso engen wie menschlich schönen Beziehungen zwischen Eltern und Kind, die Wechselwirkung, durch welche sich beide Teile glücklich in der Liebe fühlen, waren Antonie ein unbekanntes Paradies, vor dem ihre zitternde Seele oft genug sehnend gestanden, dessen Schöne sich ihr wohl in kurzen Augenblicken gezeigt, aber in Wahrheit nie erschlossen hatte. Die illegitime Art ihres Ursprungs, und daß die eigene Mutter so oft im Außenleben ihre Mutterschaft verhüllt hatte, war ganz geeignet, Antonie das Gefühl der Verlassenheit einzuimpfen und alle reichen Eigenschaften ihres Herzens unentwickelt zu lassen; sie wurden stille, heimliche Grundpfeiler, auf denen ihre schmachtende Hoffnung sich eine Traumwelt des Glückes erbaute, welches ihr das Leben von Geburt an versagen zu wollen schien. Diese ideale Welt des Glückes, der Freiheit und Liebe, die sie später jede Täuschung im Leben doppelt schwer

empfinden ließ, schützte sie gleichwohl im Hause Brühls
vor der Gefahr, in der Oberflächlichkeit des vornehmen
Formwesens unterzugehen und durch die laxen Begriffe
der Moral und Tugend, die jenen Sphären eigen waren,
vergiftet zu werden. Durch das Hofleben und die In=
trige, welche die Eltern rastlos beschäftigte und ein Fami=
lienleben unmöglich machte, stets auf sich beschränkt, bildete
sich Antonies Charakter nach einer Seite namentlich fest
und entschieden aus. Sie erlangte zeitig eine individuelle
Selbständigkeit, eine Reife des Denkens, eine gewisse kalte
Abgeschlossenheit nach außen hin und, wenn auch keine
eigentliche Lebensklugheit, so doch eine Klugheit des Be=
nehmens. Ihre Handlungen hatten eine für ihre Jahre
seltene Entschiedenheit, ihre Aussprüche eine kernige Straff=
heit, und so heiß glühend, ja fast kindlich die Gefühle
ihres Herzens auch waren, so imponierte sie in ihrem
äußeren Wesen jedem, der ihr entgegentrat. Obwohl sie
ihre Eltern nie recht lieben konnte, so schenkte sie ihnen
doch Achtung und Ehrfurcht. Als ihr nun durch Friede=
mann die erste Ahnung aufstieg, daß wahres Glück und
freie Liebe im Leben kein bloßer Traum sei, durchzitterte
ein froher Jubel ihre Seele, und alle Dinge färbten sich
mit dem Rosenschimmer der Zufriedenheit. Sie überließ
sich zuerst ganz dem Gefühl der ersten glücklichen Wirklich=
keit ihrer Wünsche und bedachte weder die Kluft des
Ranges und der Abkunft, die sie von dem Musiker trennte,
noch die Wandelbarkeit der menschlichen Zustände. Sie
hatte noch keinen Begriff, daß die schönste Blume ver=
welken kann.

Ein tödliches Entsetzen befiel sie daher, als sie be=
merkte, daß die eigene Mutter ihre Nebenbuhlerin werden
wollte. Sie liebte Friedemann zu tief und wahr, um es
einen Augenblick für möglich zu halten, daß er sich von
ihr zu ihrer Gebärerin wenden könne, aber eine tödliche

Verachtung, die das ehrfurchtsvolle Kindergefühl abstreifte,
war die Folge davon, und wenn sie diesen Umschwung
ihrer Denkungsart verheimlichte, so geschah es, um nicht
die Eifersucht der Gegnerin zu wecken, denn sie fühlte
plötzlich mit aller Klarheit, an welchem Abgrunde ihr
Glück stehe. Da erfolgte die Katastrophe, die ihren Traum
vernichtete, den Geliebten in schimpfliches Elend, sie in
den tiefsten Schmerz stürzte, und sie verließ Dresden wie
der Schiffbrüchige ein ödes, verdorrtes Eiland, sich der
Flut überlassend, die sie an einen andern, gleichgültigen
Ort tragen sollte, den sie weder hoffte noch fürchtete.
Wenn sich nun auch ihr Wesen einigermaßen in Trotha
wieder emporraffen mochte, ihr Herz blieb auf dem Königstein.

Als sie jetzt plötzlich von Friedrich den Umschwung
im Leben Friedemanns erfuhr, wie er von Friedrich II.
geehrt und wieder rehabilitiert worden, bemächtigte sich
mit jähem Hauch eine gerechte Genugtuung, aber auch
eine Kälte ihres Herzens, die ihr nur zu sehr den Beweis gab, daß jene alte Liebe ihre reine Seligkeit verloren habe. Dem Leidenden konnte sie noch mit aller
Innigkeit anhangen, dem Freien, dem stolz auf der Bahn
der Ehre Dahinschreitenden nicht mehr. Ohne zu erwägen,
wie die Dinge bei Friedemann sich gestaltet hatten, überkam sie eine Bitterkeit bei dem Gedanken, daß er frei und
geehrt war und keinen Versuch gemacht hatte, ihre Einsamkeit zu erforschen, ihr wenigstens zu sagen: „Härme
dich nicht mehr, ich bin frei!" Sie sagte sich, daß in
ihm derselbe Prozeß wie in ihr vor sich gegangen sei,
daß er die Unmöglichkeit und Unbesonnenheit dieser Liebe
erkannt, die Kunst allein zu seiner Braut erwählt, und
so Ruhmespalmen erlangt habe, die sie sich weit größer
vorstellte, als sie in Wahrheit waren.

Friedemann und Antonie befanden sich beide in einem
großen Irrtum übereinander, und weil Antonie von dem

Wahnsinn, sowie allen anderen Vorgängen im Leben Friedemanns keinen Begriff hatte, letzterer aber von dem Exil
der Geliebten nichts ahnte, so warfen sie sich beide Treulosigkeit vor, die in Wahrheit in der ersten Zeit nicht bestand. Das ist das Wesen der Jugendliebe, daß sie ebenso
unbesonnen wie schön, ebenso schrankenlos glühend wie
leicht vergänglich ist; denn nicht das Herz allein, ebensowenig wie der Verstand, ist fähig, dauernde Liebesketten
zu schmieden. Das vermag nur jenes höhere dritte Sein
im Menschen, jenes Gefühl, das zugleich erkennt, jenes
Denken, welches zugleich empfindet, kurz die ganze Seele
des Menschen muß bei der Liebe sein, wenn sie dauern
und Früchte tragen soll.

Antonies Liebe für Friedemann war tot; als sie
aber die volle Wahrheit erfuhr, konnte sie ihn auch nicht
mehr achten. Er war in ihrem Leben eine jener Ruinen,
jener Leichensteine der Erinnerung, die man gern sobald
wie möglich hinter sich läßt, und froh ist, zu wissen, daß
sie sich immer weiter ins Grau der Ferne verlieren, je
rüstiger und unaufhaltsamer man vorwärts schreitet. Es
kommt aber einst eine Zeit, wo wir nicht mehr vorwärts
schreiten, die Höhen des Lebens hinter uns haben, und
nur noch verlieren können. Dann wenden wir uns zögernd
um, schauen die lange Perspektive hinab bis an die
Wiege, und die Ruinen beleben sich, die begrabenen Erinnerungen steigen aus ihren Särgen, halten einen necken-
den Geistertanz, und tiefe Traurigkeit, die nie ganz frei
von Reue, umschleiert unser Herz, und spöttisch winken
die versäumten Stunden. So gelebt hat keiner, daß er
nicht etwas Unvergeßliches doch vergaß. Ach, das Alter
betrauert am meisten die — Unterlassungssünden! Was
wir Fehlerhaftes getan, durch bessere Taten verlöschen wir
es sorgsam, was wir aber vergaßen, holt sich nie ein!

Antonies Zustand war jetzt in jeder Beziehung besser.

Sie fühlte sich im Prüfungsfeuer gereinigter fürs Leben,
hatte namentlich in der ländlichen Einsamkeit eine Freiheit, die sie bisher nie gekannt, und in ihr erstand unter
diesen lieben, herrlichen Menschen das erstemal der reine,
höhere Begriff der Heimat, der Familie.

Friedrich hatte seine Urlaubszeit verlängert erhalten,
und, sich keiner Falschheit bewußt, verfolgte er mit aller
Zartheit und Emsigkeit seine Werbung. In diesem liebenswürdigen, geistes- und herzensgroßen Manne trat Antonie
ein schöner, klarer, vollendeter Charakter entgegen, der das
Leben mit heiterer Klugheit, sinniger Liebenswürdigkeit
beherrschte und, ganz geeignet zum Leiter und Gefährten
eines Weibes, Antonie die Welt, die Menschen, die Berechtigung jedes Dinges in der Natur kennen und schätzen
lehrte. Sie verehrte und liebte ihn, ehe sie sich dessen
bewußt ward, und erst, als sie eines Morgens im Garten
vor dem zielenden Kupido standen, und Friedrich, sie um-
armend, das schüchterne „Ja" von ihren Lippen stahl,
erwachte sie zur seligen Gewißheit ihrer neuen Bestimmung.

Vierzehn Tage später empfing sie von des Vaters
Hand folgenden Brief:

„Mein Kind!

Mein alter Freund von Eichstädt hat bei mir
angefragt, ob ich in die Werbung seines zweiten
Sohnes, des Kammergerichtsrats Friedrich von Eichstädt, um Deine Hand willige. Darauf antwortete ich:
daß ich meinerseits damit ganz einverstanden bin und
von Herzen meinen Konsens gebe, Dir jedoch die Disposition vollständig frei lasse. Ich bin überzeugt, daß
Dein gesundes Urteil über gewisse Dinge und Personen,
die ich nun gern vergesse, gerichtet hat und Du ein-
siehst, daß meine anscheinende Härte aus meinem
Pflichtgefühl entsprang. Entscheide darum in eigener
Wahl über Deine Zukunft. Zu Deiner Verlobung werde

ich nicht kommen, Geschäfte verhindern mich; am Hoch=
zeitstage jedoch will ich nicht fehlen. Durch Allerhöchste
Munifizenz, und das, was Dir aus dem Privat=
vermögen Deiner Mutter gewährt ist, wirst Du in den
Stand gesetzt sein, ein Deinem Stande gemäßes Haus in
Berlin käuflich an Dich zu bringen. Ich werde dafür
sorgen, daß Du es Deinem Zukünftigen als Mitgift zu=
bringen kannst. Was die sonstige Aussteuer betrifft, so
magst Du hierzu jede erforderliche Summe bei mir in
Anspruch nehmen.

Dein aufrichtiger Vater
H. v. Brühl."

Dieser Brief bestätigte Antonie die Ansicht, zu welcher
sie nach und nach über den Charakter ihres Pflegevaters
gekommen war. Nicht unbekannt mit den vielfachen und
gewagten Mitteln, die er angewendet hatte, um in den
Besitz ihrer Mutter zu kommen, lernte sie endlich einsehen,
daß seine Strenge weniger der Tochter galt als der Be=
friedigung seiner verletzten Ehre. Sie erkannte in diesen
Zeilen die tiefe Kluft zwischen ihm und ihrer Mutter, und
eine Art Achtung für Brühl gewann in ihr Raum, inso=
fern jede strenge Konsequenz, die einen sittlichen Boden
hat, Achtung einflößen muß.

Kein Gedanke ist wohl schöner als ein Fest der Liebe
auf dem Lande, wenn Lenz und Sonne, Blütenschnee und
Waldesgrün die Herzen einsegnen, die sich einander für
alle Zeiten zu eigen gegeben. Denke man sich nun dabei
die glücklichen Gesichter geliebter Eltern, die fröhliche Schar
der Dienstleute und Dörfler von Trotha, den Müller mit
seinem Weibe an der Spitze, die in gutmütiger Verlegen=
heit und breitspuriger Naivität gratulieren kamen und das
junge Paar in Frühlingsblumen hüllten, so fühlt man
recht, daß solche Augenblicke zu schön sind, um nicht selten
zu sein.

Die Verlobung der beiden Liebenden ward also an
einem freundlichen Sonntage gefeiert. Mit ihr sank für
Antonie die Vergangenheit ins Grab und ließ sie viele
Jahre des Glücks und der Liebe ahnen. Die erste Träne
der Dankbarkeit seit langer Zeit netzte am Abend ihr
Kissen, ehe sie unter süßen Traumbildern einschlief.

24. In der Stadt.

Zu Halle auf dem Markt,
Da stehn zwei große Löwen
Ei, du hallischer Löwentrotz,
Wie hat man dich gezähmet!

Zu Halle auf dem Markt,
Da steht eine große Kirche,
Die Burschenschaft und die Landsmannschaft,
Die haben dort Platz zum Beten.

Heinrich Heine hat sie treffend und einseitig ge-
schildert, eben so, wie die gute Stadt in Wahrheit ist.

Wie altersgrau sie uns anblickt mit ihrem roten
Turm, der in greisenhafter Langeweile auf die junge
Generation herabgähnt! Die verräucherten Häuser, in
fabelhaftem Mischstil, begrenzen krumme, enge und winkelige
Gassen, und wer wissen will, was schlechtes Pflaster und
Kot ist, gehe nach Halle. Dem Mangel an Straßen-
reinigung steht die Straßenbeleuchtung würdig zur Seite,
denn der melancholische Schein der spärlich verteilten
Laternen ist nur dazu da, das Dunkel ringsum recht
erkennbar zu machen. Das Dunkel, in dem keine Keuschheits-
lampe vorm Munkeln schützt, und das den schwergeladenen
Musensohn mütterlich umschleiert, wenn er, ein verstohlenes
Lied auf lallender Zunge, nach Hause wankt und den
Affen zum Kater trägt. Es gibt keinen Ort, für den der
Ausdruck Rokokoromantik besser paßte.

> Zu Halle auf dem Markt,
> Da stehn zwei große Löwen,
> Die Burschenschaft und die Landsmannschaft,
> Die haben dort Platz zum Beten.

In keiner Universität, etwa Wittenberg, zur Zeit der Reformation, ausgenommen, haben die streitenden Ideen der Zeit enger und länger Leib an Leib gewohnt als hier. Das alte Halle ist seit langer Zeit Tummel= platz der abstrakten Prinzipien gewesen, und in ihm hat sich ein gutes Teil deutschen Geistes zer=, aber auch ver= arbeitet. Es sind noch immer die beiden guten alten Löwen: Burschenschaft und Landsmannschaft, Philosophie und Theologie, die bei der alten Kirche stehen und da Platz zum Beten haben. Heinrich Heine mochte, als er diese Verse schrieb, mit wehmütigem Spott an die „Schwarzen" denken, die guten Squenze, die das erstemal den Marquis Posa spielten und es der Mainzer Unter= suchungskommission so bitter bezahlen mußten. Nun ist er selbst tot und gezähmt, der wilde deutsche Löwe, das große Herz, das königlich freie mit der Katzennatur. Gesunken ist das stolze, mähneumwallte Haupt voll törichter Weisheit, voll weiser Torheit, erlahmt der Flug seiner Gedanken, das vulkanische Beben seiner Brust voll Liebeslava. Auch er war ein Schwarzer, ein Unbedingter, der sein heimliches Utopien hatte. Die St. Simonisten, Prosper Enfantin und die George Sand wissen es noch! Mit dem großen deutschen Rhapsoden sank der letzte Rest der politischen Romantik, der letzte trotzigstolze Rest des kontemplativen Subjektivismus ins Grab. Und noch stehen zu Halle auf dem Markte

> Die beiden großen Löwen,
> Die Burschenschaft und die Landsmannschaft
> Haben da Platz zum Beten.

In diesen engen Gassen hat die Wissenschaft ein gutes Stück deutscher Geistesgeschichte geschrieben, und der Hallesche Löwentrotz ist noch nicht tot, er zuckt manchmal sehr merklich mit der Klaue. Es gab aber eine Zeit, wo er noch jung war, noch keine Zähne verloren hatte und ihm allgemach die Mähne wuchs; eine Zeit, wo er von politischen Träumen und Weltschmerz, so gut wie von den Skropheln der Menschheit nichts wußte.

Die Universität war mit Glanz durch Thomasius, ihren ersten Rektor eröffnet worden, Newtons und Leibnizens Ideen waren Manna für die Jugend, und Wolf warb für die freie Forschung, für die Kritik des Daseins mit allen Mitteln seiner Philosophie, seiner funkelnden Beredsamkeit. Auf der anderen Seite stand August Hermann Francke, der stille Mensch des Gebets und der Tat, der Waisenhausstifter. Sein Leben war Mühe und Schweiß, mit fast nichts begann er das Wunderwerk seiner Stiftung und führte es mit fanatischer Konsequenz, mit gottseliger Zähigkeit aus. Er hatte in sich und seinem Leben die ewige Liebe erkennen und heilig halten gelernt, weil er selbst ewiger Liebe voll war. In ihm trat die Menschheitsidee in hyperfrommer Weise auf. Die Form lag in seiner Zeit, der Inhalt, die Idee war ewig! Francke, gleich feindlich der kasuistischen Theologie wie der analysierenden Weltweisheit, Freund der Beschaulichkeit und Askese, die unter Zinzendorf ihr dogmatisches Panier entfaltete, war ein Vorkämpfer des Pietismus und der erste, der sich mit all der Omnipotenz, die ihm seine Stellung verlieh, dem „Disputierer" Wolf entgegenstellte. Er tat es mit dem reinen Willen, der der Schmuck seines ganzen Lebens war, tat es mit der heiligen Entrüstung, die ihn am Lebensabend überkam, als er sehen mußte, daß das „Wortwissen" sich da breit machte, wo seiner Meinung nach der stille Glaube allein herrschen sollte. Zu ihm gesellte sich

Lange, dessen Waffen schärfer, dessen Mittel zum Kampf
gemeiner waren, weil der schwarzgallige Neid, der hohle,
wahnwitzige, pfäffische Zelotismus, die bornierteste Eitel=
keit, seine ganze Innerlichkeit ausmachten. Wer kennt
nicht jenen wütenden Kampf damaliger Zeiten zwischen
Theologie und Philosophie, den Kampf, der sich zwischen
Naturwissenschaften und Theologie in unseren Tagen zu
verjüngen scheint? Wolf ward von Halle aufs schimpf=
lichste verjagt, und während Francke ins Grab sank, ohne
seine reinen Hände mit dem Fluch des Anteils an dieser
Tat besudelt zu haben, sank Lange, nunmehr seines großen
Gegners bar, in hohle Nichtigkeit zurück.

Als aber Friedrichs II. Stern über Preußen auf=
ging und Wolf auf sein Geheiß aus Merseburg, seinem
Exil, als Großkanzler der Universität, 1740, in Halle
einzog, da wallfahrtete die akademische Jugend, in vollem
Wichs, mit wallendem Stürmer, leuchtender Schärpe und
gezogenem Schläger, durchs Leipziger Tor ihm entgegen,
führte ihn jubelnd durch die Stadt und introduzierte ihn
feierlichst. Die Theologie, die unumschränkt geherrscht
hatte, war aus dem Sattel gehoben und die Philosophie
der Leitstern der neuen Universitätsepoche. Eine Regsam=
keit und Freiheit der Gedanken, wie man sie nie gekannt
hatte, durchzündete die Jünglinge. Die bisher schwach
besuchten Hörsäle der Weltweisheit, Naturgeschichte und
Mathesis füllten sich mehr denn je, und binnen wenigen
Jahren entfaltete das alte Halle einen Glanz und Ruf,
der durch ganz Europa strahlte. Die in den Hintergrund
getretene Theologie, ihrer Hauptstützen, Lange und Francke,
beraubt, grollte und wurde zehnfach blinder und zäher in
ihrem Kampf, da sie unter Friedrich II. nicht hoffen durfte,
ihr beanspruchtes Vorrecht wiederzuerlangen.

Wie hoch Wolf in Friedrichs Gunst stand, wie sehr
es letzterem Gewissens= und Ehrensache dünkte, den ge=

kränkten Mann alle Unbill vergessen zu machen, betätigte
er dadurch, daß er denselben fünf Jahre nach seiner
Wiedereinsetzung zum Freiherrn von Wolf machte.

1748, als das akademische Leben zu Halle gerade
in seinem höchsten Flor war, erschien, vom König besonders
dazu ernannt, Friedemann Bach als Musikdirektor und
Oberorganist der Marienkirche zu Halle. Von Wolf, als
einer seiner geliebtesten Schüler während seines Exils in
Merseburg, mit offenen Armen empfangen, durch sein
Wissen, sein einnehmendes, wieder elastisch gewordenes
Wesen, besonders aber durch seine Kunst alles bezaubernd,
ward er bald der Abgott der Studenten!

Hell funkelte wieder sein guter Stern, der Stern der
Kunst und Liebe. Noch einmal trat mit lächelndem Antlitz,
mit offenem Füllhorn das Glück zu ihm und fragte ihn,
ob er es dauernd fesseln könne. — Sein Wille war gut,
die Erfahrungen, die er gesammelt, hatten ihn zweifelsohne
vorsichtiger, behutsamer gemacht. Er wußte nun, welch
schwere Kunst das Leben sei und wie wenig Zeit er habe,
wenn er das Versäumte nachholen wolle. Er hatte sich
gleich in der ersten Zeit einen festen Plan seiner Tätigkeit
gebildet und begann ihn mit ebenso regem Eifer wie
glücklichem Erfolge durchzuführen.

Sein Ideal war, den musikalischen Teil der Stu=
dentenschaft in Instrumental= und Vokalmusik weiter aus=
zubilden und einen großen Sängerchor mit Solis, sowie
ein bedeutendes Orchester aus ihm zu schaffen. Für diesen
wollte er komponieren und so alle Träume, die er von
der Macht und Vielseitigkeit der Musik hatte, verwirklichen,
durch ihn den Ruhm, die Zinne seines nagenden Ehrgeizes
erklimmen und die alte Prophezeiung seines Vaters: „Der
wird einst größer als ich!" wahr machen. Es war wohl
kein Wunder, daß er sich zu seinem geliebten Lehrer Wolf
und dessen geistiger Richtung hingezogen fühlte und, bei

aller Achtung, die er seinen geistlichen Vorgesetzten erwies,
dem Philosophen in menschlicher Beziehung wie in seiner
Denkart viel näher stand, zumal ihm sein Superintendent
und die Unterprediger mit kaltem Argwohn begegnet waren,
da sie sich zu einer Amtsbesetzung, die strikte von König
Friedrich ausgegangen war, nichts Gutes für sich versahen
und Friedemann erst sondieren wollten.

Er war einst bei Wolf, und sie hatten lange dis=
kutiert. Einige Professoren und Studiosen, aus denen die
Gesellschaft bestand, waren eben fortgegangen.

Friedemann, der letzte, griff nach Hut und Stock, als
ihn Wolf noch eine Weile zurückhielt.

„Lieber Bach, noch ein Wort! — Sie sind erst kurze
Zeit hier, Sie kennen Halle und seine Verhältnisse zu=
wenig. Hören Sie auf den Rat eines alten Freundes.
Sie wissen, wie lieb ich Sie habe und wie gern ich's
sehe, wenn Sie mich recht oft besuchen und der Welt=
weisheit Ihre Vorliebe schenken. Aber eben weil ich Sie
so lieb habe, bitte ich Sie jetzt, besuchen Sie mich nicht
mehr so oft, es möchte Ihnen schaden. Halten Sie sich
lieber, aus Klugheit wenigstens, etwas mehr zur Theologie,
zu Ihren Vorgesetzten an der Marienkirche. Gottesgelahrt=
heit und Weltweisheit liegen einander in Halle ewig in
den Haaren, und Sie werden, zumal jetzt, wo die Theo=
logie im Schatten steht, sich alle die auf den Hals hetzen,
die sich ohnedies schon gekränkt wähnen und doch nun
einmal Ihre Behörden sind, die Ihnen das Leben ver=
bittern können.“

„Illustrissimus, Sie haben wohl recht, aber was soll
ich denn machen? Ich kann doch den Leuten nicht das
Haus einlaufen, wenn sie mich kalt und scheel ansehen
und bei sich aufnehmen, als käme irgend ein Hans Narr
und nicht der Mann, den der König in sein Amt ein=
gesetzt hat!“

„Ei ja, das ist ganz gut! Sie sollen ja auch nicht den Speichellecker machen und dem Pietismus und Mysti= zismus die Schleppe tragen, das verlange ich am wenigsten von Ihnen, aber Sie sollen klug sein und sich die Leute nicht verfeinden. Man muß es dummen und brutalen Menschen, wenn man einmal mit ihnen leben muß, gar nicht zeigen, daß man ihre Narrheiten und Bosheiten merkt. Ist der Superintendent grob, so seien Sie freundlich, ist er hochfahrend, seien Sie gelassen, ohne devot zu sein. Tun Sie im übrigen Ihre Schuldigkeit, seien Sie ein Philosoph für sich und besuchen Sie, wie gesagt, den alten Wolf nicht zu oft, es könnte Ihnen wirklich schaden, Bach. Jeder muß sich nach der Decke strecken!"

Das tat Friedemann doch recht weh.

Seinem geraden Sinn kam es wie Heuchelei vor, daß er Wolf meiden und sich Leuten nähern sollte, die ihn schon abgestoßen hatten, für die er, ihres ganzen Wesens wegen, keine rechte Neigung fassen konnte. Dennoch suchte er, seiner Stellung zuliebe, diese Annäherung zu bewirken, war in jeder Beziehung freundlich, gefällig, und bemerkte absichtlich nicht die scheelen Blicke, welche die Pastores der Marienkirche auf ihn richteten. Vor allem war es der Superintendent Spex, ein Schwiegersohn Langes, der, einseitig theologisch und brutal dumm, ganz und gar im Fanatismus des Wolf=Langenschen Streites untergegangen war.

Um ihn gruppierte sich Franckes Sohn und Schwieger= sohn Freylinghausen nebst dem Lehrerkollegium des Waisen= hauses, zwei ältere Professoren und die Unterprediger.

Was Friedemann aber ganz besonders peinlich sein mußte, war, daß der Unterorganist Schnabel, der Langes zweite Tochter, die bucklig war, aus Spekulation geheiratet, infolgedessen sein Amt erlangt und bereits schon auf die Oberorganistenstelle gehofft hatte, gegen ihn, als glücklichen

Konkurrenten, mit der Wut und Galle, deren sein hämi=
scher Charakter fähig war, Feuer spie. Durch Schnabels
Verschwägerung mit Spex ward Friedemanns Stellung
noch mehr beunruhigt, und wie er sich auch biegen und
schmiegen wollte, sah er doch bald einen unvermeidlichen
Bruch herannahen.

Was den kleinen Schnabel, dessen dürre Schenkel
sich in der engen Manchesterhose und den schwarzseidenen,
wadenlosen Strümpfen wie Spinnenfüße ausnahmen, an
Friedemann am meisten ärgerte, war dessen künstlerische
Überlegenheit, und Tränen der Wut und Verzweiflung
schlüpften ihm aus den Augen, als er Friedemanns erste
Phantasie auf der Orgel mit anhörte und die Kirche von
den Halleschen Honoratioren vollgedrängt war, die ihre
Begeisterung kaum mäßigen konnten.

Schnabel war gar kein so schlechter Organist, er hatte
den strengen Stil los und manches Anerkennenswerte
komponiert. Wäre der kleine Kerl kein neidischer und
frömmelnder Parteimensch gewesen und hätte sich mit
Friedemann besser zu stellen gewußt, beide hätten vonein=
ander profitieren und nebeneinander ohne Schaden bestehen
können. Statt dessen suchte Schnabel die Stellung Bachs
auf jede Art zu untergraben, und sein Augenmerk war
vorerst, Friedemann die fatalen Orgelkonzerte zu verleiden,
die so rasenden Zulauf hatten.

An einem Sonnabendnachmittag hatte der junge
Bach wiederum seinen Freunden ein solches Orgelfest be=
reitet, und Spex, durch Schnabel aufgestachelt, beschloß,
„troß dem König" diesem „Unwesen" ein Ende zu machen.
Er ließ den Organisten Bach denselben Abend zu sich be=
scheiden und empfing ihn in Anwesenheit Schnabels.

„Herr Organist Bach, ich habe schon zu mehreren
Malen bemerkt, daß Ihr das Haus des Herrn dazu benußt,
sogenannte Orgelkonzerte oder Phantasien zu exekutieren

vor einer Masse Menschen, die sonst das ganze Jahr unseren Herrn nicht anzusehen pflegen und nur hinein= gehen, wenn Ihr Eure Tonspektakel loslaßt. Das ist bisher nie in unserem ehrsamen Halle Sitte gewesen, und ich erkläre Euch kurz und gut ein für allemal, daß ich nicht dulden werde, daß unsere liebe Kirche zu Sankt=Marien solchem heidnischen Divertissement und Zeitvertreib diene. Ich untersage Euch hiermit den Gebrauch der Orgel, außer zum Gottesdienst. Ihr seid ein Diener und Knecht der Kirche, auf deren Geheiß Ihr zur Verherrlichung des Höchsten beitragen dürft, die Euch aber verbietet, Allotria zu treiben!"

Alles Blut wich Friedemann aus dem Gesicht. Seine Orgel, seine geliebte Orgel wollte man ihm nehmen, er sollte weiter nichts sein als ein Musikant, der begleitet, wenn die Menge singt? — und neben ihm stand, höhnisch lächelnd, der kleine Schnabel!

Noch nie war ihm so intolerant, so giftig gemein ein Priester des Höchsten entgegengetreten.

Von Jugend auf hatte er sich gewöhnt, diesen Stand zu achten und zu verehren, eine Art heiliger Scheu vor ihm zu empfinden. Wenn ihm auch die pietistische Richtung, deren dumpfes Treiben er erst in Halle so recht in der Nähe sah, längst zuwider war, so ehrte er selbst in dieser übertriebenen Form den Diener Gottes und war geneigt, immer noch an die Lauterkeit seiner Absichten zu glauben. Aber in diesem Moment sank die Würde der Gottes= gelahrtheit unendlich tief vor ihm. Nach einer Pause, in der er alle seine Fassung zusammennahm, antwortete er ihm ruhig und einfach:

„Mein Herr Superintendent! Ich weiß wohl, daß Sie mein Vorgesetzter sind und daß ich Ihnen in allen meinen Amtsverrichtungen Achtung schuldig bin und Folge zu leisten habe. Soviel ich weiß, ist das bis dato auch

pünktlich geschehen. Außerdem aber, daß ich an der Kirche
hier den Gemeindegesang zu akkompagnieren und die Prä=
ludien zu besorgen habe, bin ich noch — Künstler, Herr
Superintendent, der nicht nur seine übrige Zeit verwendet,
wie ihm ansteht, sondern auch in der Zeit, wo kein Gottes=
dienst stattfindet, die Orgel verwendet, wie ihm beliebt!
Mein Vater, der große Bach, gibt Orgelkonzerte, soviel
ihm gutdünkt, und hat vor Potentaten gespielt. Ein
Orgelkonzert vor Seiner Majestät war's, welches mir diese
Stellung hier eingetragen hat, und solange ich lebe, werde
ich Orgel spielen, wann und vor wem ich will, oder ich
rühre keine Taste mehr an! Was ich auf der Orgel spiele,
ist weder eine Sarabande noch ein Menuett, sondern das,
was der Würde des Instruments und der Heiligkeit des
Orts angemessen ist. Dabei bleibt es!"

„Nein, dabei bleibt es nicht!" polterte außer sich der
hochrote Theologe. „Wenn die Wolfianer, das philo=
sophische Gesindel, auch ungestört den Atheismus und die
gottverdammte Afterweisheit predigen darf, so weit sind
wir noch nicht, daß die Kirche zum Baalsdienst, zum
Sinnenkitzel gebraucht wird! Da fehlt nur noch, daß man
die Bänke hinausschmeißt, drinnen tanzen läßt und säuft,
das wäre wahrhaftig keine größere Schändung als Seine
Satansmusik! Ob Er vor Potentaten spielt, ob Er's
Seinem Vater nachmacht, geht mich nichts an, und fängt
Er so was wieder an, dann laß' ich Ihm die Kirchentür
durch die Polizei schließen, das sag' ich Ihm!"

„Und daß Er ein Narr ist, das sag' ich Ihm!"

„Was?!! Schnabel, meint der mich?!"

„Ja, er meint Dero Hochwürden!!"

„Mensch!!!" schrie Spex.

„Mensch!!!" schrie Friedemann.

Eine Pause erfolgte.

„Ich bin Superintendent und Ihr Vorgesetzter, Herr!"

„Ich bin Oberorganist und Musikdirektor zu Halle durch Seine Majestät, und bin Künstler!"

„Ich werde mich in Berlin über Sie beklagen! Sie spielen keinen Ton mehr in meiner Kirche!"

„Klagen Sie, ich spiele keinen Ton mehr in Ihrer Kirche!"

Aufs höchste empört und erregt, erzählte Friedemann noch denselben Abend Wolf die ganze Sache, und obgleich ihm dieser zur Mäßigung riet, so erkannte der Professor doch zu gut die Quelle des ganzen Streites, um nicht von der Unheilbarkeit desselben überzeugt zu sein, und sagte schließlich Friedemann seine Hilfe bereitwilligst zu, falls irgend dieselbe Speren gegenüber notwendig werden sollte.

Friedemann Bach, dadurch ermutigt und beruhigt, beschloß, dem „Pietistengesindel" zu zeigen, daß er nicht mit sich spaßen lasse, und schlenderte, sich in seinen Groll verbeißend, von Wolf, der in der Universität wohnte, durch die Barfüßergasse der Marienkirche zu; denn dicht daneben, im Talhause, hatte er seine Amtswohnung. An der Ecke der Brüdergasse liegt am Markt ein vielbesuchtes Wirtshaus, der goldene Ring, in jenen Tagen aber un= ästhetischerweise „das Saufloch" genannt, ein Spitzname, den ihm die durstigen Musensöhne verliehen hatten. Es war das besuchteste Bierlokal der Stadt und hatte eine Reihe enger Stuben, von Tabaksqualm gefüllt, wo gut und viel gespeist und noch weit mehr gezecht wurde. Das vordere Zimmer nahm der Plebs ein, die sogenannten Laufgäste, die eben vorbeipassierten; das nächste größere Zimmer hatten die ehrsamen Bürger, Beamten und Stadt= honoratioren inne, die drei letzten Räume waren Auf= enthalt der Musensöhne. Hier erscholl, bis tief in die Nacht, Gläser= und Liederklang, und mancher gute Mutter=

pfennig löste sich hier in „Tabak und in Cerevis" auf. Hier pflegte Friedemann mittags zu essen, und obwohl er sich abends, in Anbetracht seines Standes, fern hielt, so trat er doch heut' hinein, weil entweder sein Magen durch den Ärger rebellisch gemacht war oder er sich nach der gehabten Aufregung zerstreuen wollte. Vielleicht war's auch ein heimlicher Kitzel, der ihn dabei beschlich, über die theologische Pedanterie seiner exklusiven Stellung hinwegzugehen. Er betrat also das „Saufloch" und fand in der „Bürgerstube" eine Masse Verehrer, z. B. den Postmeister, den Syndikus und andere, die ihn jubelnd empfingen und sich in begeisterten Lobeserhebungen über sein Orgelkonzert ergingen.

Bald genug gewahrten auch die nebenan weilenden Studiosen seine Anwesenheit, und ehe er sich's versah, war er mitten im Schwarm seiner fanatischen Anhänger, die ihn in Wort und Lied, vor allem aber im Trinken feierten.

Man ist oft in Stimmungen, wo jedes Lob entgegengesetzt wirkt; wo es, statt uns einer erlittenen Kränkung zu überheben, dieselbe stark empfinden läßt und uns um so mürrischer macht. Dies war desto mehr bei Friedemann der Fall, je neuer ihm die Art der erfahrenen Unbill war, je scheußlicher sie ihm erschien, da sie von den Lippen eines Mannes geflossen war, der nur Versöhnung, Liebe und Hoheit atmen sollte, dessen Stand Friedemann bis jetzt so hoch gehalten hatte.

Je mehr nun die Gesellschaft im „Saufloch" Friedemann lobte und sich's angelegen sein ließ, seine mürrische Stimmung zu verbannen, desto verstimmter wurde er, bis plötzlich sein verhaltener Ärger, der Schmerz über den Verlust seiner Orgel, sich in der Erzählung dessen Luft machte, was ihm von Spex und Schnabel widerfahren war. Ein Schrei der Wut brach als Antwort

hervor. „Der verdammte Duckmäuser! Der Lump!“ —
und ein Hagel nicht zu wiederholender Schimpfworte fiel
von allen Seiten. In der ersten Hitze wollten die em=
pörten Musensöhne dem Spex vors Haus ziehen und die
Freigabe der Orgel verlangen, und nur die Bitten des
Syndikus, nur das Argument: daß man dadurch Bachs
Stellung noch mehr gefährde, schließlich aber Friedemanns
Äußerung, „daß er mit den Herren zu Sankt=Marien
allein fertig werden würde,“ brachte die jungen Leute
zur Vernunft.

„Ich gebe ihnen mein Wort, daß der Pastor Spex
schon morgen froh sein soll, wenn ich seine Orgel wieder
spiele!“ — Damit ging er.

Wie ein Lauffeuer ging die Erzählung des Vorfalls
durch die ganze Stadt.

Am nächsten Morgen, es war Sonntag, konnte in
der Marienkirche kein Apfel zur Erde. Friedemann war
frühzeitig vom Hause fortgegangen.

Die Glocke läutete zur Kirche, Friedemann Bach
erschien, aber unten im Schiff, und setzte sich mitten unter
die Gemeinde.

Alles sah ihn erstaunt an!

Ein Haufe Studenten stand in seiner Nähe, man
flüsterte und harrte erwartungsvoll der Dinge. Wohl nie
hatte sich eine Gemeinde mit geringerer Andacht in der
Marienkirche zusammengefunden als heute. Die Zeit, den
Gottesdienst zu beginnen, war schon vorüber, den Leuten
wurde ordentlich ängstlich und viele schüttelten die Köpfe.

„Ich bin bloß neugierig, wer heute die Orgel
spielen wird!“ sagte Friedemann halblaut zu ein paar
Studenten, die ihm zunickten und lächelten.

Inzwischen war Spex in größter Verlegenheit; die
Kirche sollte beginnen, und noch fehlte Bach. Wenn man
nur die Orgelschlüssel gehabt hätte, würde Schnabel schon

die Begleitung und das Präludium übernommen haben. —
Endlich entdeckte der Küster den überall Gesuchten im
Schiff der Kirche und bat ihn zu spielen.

„Ich? — Nein! Ich will auch einmal zuhören.
Spiele, wer Lust hat!"

„Aber, mit Verlaub, Herr Oberorganist, der Herr
Schnabel hat ja die Orgelschlüssel nicht!"

„Das weiß ich wohl, ich hab' sie in der Tasche!"

„Wollen mir der Herr Oberorganist die Schlüssel
nicht verabfolgen?"

„Ich denke gar nicht dran. Mag der Herr Schnabel
sehen, wie er fertig wird!"

Der Küster ging.

Nun schickte Spey den Küster und ließ Bach zu einer
Unterredung bitten. Friedemann erschien in der Sakristei.

Zitternd vor Wut und Ärger, doch alle Kraft auf=
bietend, um sich nicht noch mehr bloß zu geben, empfing
ihn der Prediger.

„Herr Oberorganist Bach, ich bitte mir den Orgel=
schlüssel aus!"

„Herr Superintendent Spey, die gebe ich nicht. Die
Orgel ist unter meinem Verschluß!"

„Und Sie weigern sich, im Hause des Herrn an Ihre
Amtsverrichtungen zu gehen?"

„Ich weigere mich, weil Sie mich selbst derselben ent=
hoben haben, und ich damit einverstanden bin. Mein
Amt hat mir Seine Majestät der König gegeben, das
können Sie mir nicht nehmen, Herr Prediger. Den Ge=
brauch Ihrer Orgel können Sie mir zwar entziehen, aber
ich, als von Seiner Majestät bestallter Oberorganist der
Marienkirche zu Halle, werde dafür sorgen, daß kein
Pfuscher mir ins Amt gerät!"

„Aber ich bitte Sie um Gottes willen, was soll denn
geschehen?"

„Das weiß ich nicht!“

„Wollen Sie denn die Orgel gar nicht mehr spielen?“ sagte Spex, der vor Angst und wachsendem Haß zitterte.

„Nein! Entweder habe ich über die Orgel zu befehlen und spiele sie, wann und wie mir gefällt, oder gar nicht!“

„Nun, so spielen Sie in — — — Himmels Namen, wann und wie Sie wollen, ich gebe mich drein!“

„Das ist was anderes. Sie haben's gehört, meine Herren!“ sagte er zu den übrigen und verließ die Sakristei.

Wenige Minuten später dröhnte die Orgel im Präludium herab auf die Gemeinde.

Spex, besiegt und dem Spott der akademischen Jugend anheimgegeben, fühlte, was ihn dieser Vorfall kostete, fühlte, wie tief seine Autorität bei der Gemeinde sinken mußte, und beschloß, auf der Stelle etwas dagegen zu tun. War einmal der Skandal öffentlich geworden, so wollte er wenigstens die Genugtuung haben, denselben auf das Haupt Friedemanns, ja auf die ganze Philosophie und ihr Treiben in Halle zurückzuwerfen. Er bestieg die Kanzel mit diesem Vorsatz, und, indem er das Evangelium von den „anvertrauten Pfunden“ und dem „unnützen Knecht“ zum Grundtext der Predigt nahm, überschüttete er, in wütender Kapuzinade, den armen Friedemann Bach mit seinem ganzen Haß und verlieh dem Streit, der bis jetzt noch den Charakter eines Geheimnisses getragen, eine schrankenlose Öffentlichkeit, die der Rücksichtslosigkeit eines Abraham a Santa Clara Ehre gemacht haben würde.

Das Opfer seines Grimmes saß indessen regungslos im Orgelstuhl und hörte, bitter lächelnd, dem Sermon zu. Es ging in ihm in diesem Augenblicke eine furchtbare Umwandlung vor. In seiner Seele brach der Thron, den die Theologie, die Kirche von Jugend auf innegehabt, zusammen, er erkannte, daß der reine Glaube ein Ideal, ein Gosen sei, das nur im Herzen liege, nur von wenigen Dienern Gottes mit wahrhafter Reinheit geübt, meist aber entstellt, zu irdischen und unlauteren Dingen, vor allem zur Herrschaft dieser Welt, und zwar im gemeinsten Sinn des Wortes, gebraucht werde. Sein schmerzlich bewegter Geist wandte sich der Weltweisheit zu, in der er wenigstens Redlichkeit zu finden glaubte.

Nicht genug aber, daß Spez in seinem Zelotismus Friedemann öffentlich angriff, er schweifte von ihm auf den „unnützen irdischen Stolz, das dumme Weltwissen und die hohle, verächtliche Weltweisheit" über, und nun, im eigentlichen Lieblingsfahrwasser seiner Rhetorik, wälzte er alle Schmach, alles Unglück, alle Verkehrtheit dieser Erde auf die unglückliche Philosophie, die da drüben in Gestalt des Kanzlers Wolf, in den vielfachen Gruppen von Studenten, ihm gegenübersaß. Glühenden Auges, mit geballter Faust sandte er, gleich dem Jupiter tonans, die Wetter seines Anathemas herab auf sie, die er für jeden Hallenser merklich genug charakterisierte, und überschritt jedes Maß der Rücksicht, Klugheit und Schonung. „Und wollet ihr wissen, wer schuld ist an dem Elend und der Herzenshärtigkeit dieser Zeit? Ich will's euch sagen. Das ist jener Newton, jener Leibniz, in denen Satan und Luzifer dem zehnfachen Höllenpfuhl entstiegen, um die Welt zu füllen mit allen Greueln des Unglaubens und der Verderbnis! Das ist jene französische Mode und Gesittung, die alte Buhlerin von Babel, deren Mund voll ist von Atheismus und Lästerung! Aus ihrem Becher haben getrunken die eitlen Kinder dieser Welt, aus ihrem Becher getrunken die Könige dieser Zeit, die den Unglauben und Afterwitz in Schutz nehmen und der reinen Lehre und Gottseligkeit ein Bein stellen! Sie sind's, die, weil sie selbst unnütz sind, unnützen Knechten das Pfund anvertrauen, das ihnen Gott gegeben, und —" Das war zuviel!

Lautlos, bleich und ängstlich hatte die Gemeinde die Rede vernommen, keiner rührte sich, sondern schielte nur verstohlen zu Wolf und den Studenten hinüber oder hinauf auf den Orgelchor. Wolf und den Studiosen schien es Ehrensache, auszuhalten, und kein Zucken der Wimper veriet, was in ihnen vorging.

Friedemann tat desgleichen.

Als er aber die Philosophie angegriffen, die geheiligten Namen Newtons und Leibniz' besudelt sah, als sogar ganz unzweideutig auf Friedrich II. angespielt wurde, da brach seine verhaltene Wut los, und indem er alle Register zog, fiel er mit erderschütterndem Orgelton dem triumphierenden Spex in die Rede, daß sie erstickte. Umsonst bemühte sich der Redner, durchzudringen. Nach einem kurzen, peinlichen, entwürdigenden Kampfe mußte er die Kanzel, fast ohnmächtig vor Schreck, Scham und Wut, verlassen! Unterm Rauschen der Orgel erhob sich die wieder vom Bann befreite Versammlung und verließ die Kirche, vor deren Türen sich nun dichte Gruppen gestikulierender Musensöhne und kopfschüttelnder Bürger versammelten. — Wolf, ein ebenso einsichtsvoller wie weltkluger Mann, schritt eilig durch eine Nebentür aus der Kirche, lehnte die Begleitung seiner jungen Freunde ab und begab sich nach Hause. Auch Friedemann, von einer Schar Enthusiasten empfangen, verließ diesen peinlichen Schauplatz, nur Spex, voll Angst vor der Rache der Studenten, wagte nicht, die Kirche zu verlassen. Letztere hatten allerdings nicht übel Lust, den Apokalyptiker ihres verdorbenen Jahrhunderts einige Liebesbeweise zu verabreichen. Nachdem sie über eine Stunde gestanden hatten, erschienen, vom Kanzler Wolf entsendet, die Pedelle in ihrer Amtstracht, mit Mantel und Stab, und ersuchten die Studierenden, im Namen des Senats, sich durch keinen Zornausbruch zu entehren und den rein geistigen Streit nicht in die Wirklichkeit hinüberzuziehen. Dies wirkte. Die Studenten verließen den Kirchplatz und legten sich im Saufloch vor Anker, um zu beraten, was gegen die „Pietistenbande" zu tun sei. Es wurde ein Fackelzug für Wolf und Friedemann, ein „Pereat mit obligatem Randal" für Spex beschlossen.

Friedemann Bach ging in seinem Zimmer auf und nieder. Er hatte mit der Theologie, mit dem Glauben der Kindheit, welcher alles in Bausch und Bogen anerkennt, Abrechnung gehalten. Trotzdem überkam ihn ein stilles, tiefes Weh über diesen Verlust. Etwas wie Reue oder wie das Bewußtsein, nicht ganz vernünftig gehandelt, die Kunst des Lebens wiederum einmal nicht recht begriffen zu haben, versetzte ihn in einen gemischten Zustand von Ärger, Schmerz, Genugtuung und einer Art Verlegenheit, die nicht ohne Beimischung von Unruhe und Kummer für seine Lage war. Er hatte sich in einen Skandal verwickelt, dessen Art und Weise ihm schmachvoll für beide Teile erscheinen mußte, dessen Öffentlichkeit er besonders fürchtete, wenn er an seinen Vater dachte. Er hätte ihm die Affäre gern verheimlicht. Das aber war ihm selbst ein schlechtes Zeichen für sein Recht in dieser Sache, und doch konnte er nicht finden, daß er irgendwie unrecht gehandelt habe.

Friedemann hatte keinen Begriff davon, was eine Parteisache, ein Parteistreit sei, welche Folgen und Beziehungen dergleichen für und zu dem einzelnen habe.

Es ging aber in diesem Streit zwischen Theologie und Philosophie, wie es in jedem Kampf der Parteien zu gehen pfleget.

Beide Teile hatten in ihrem Grundprinzip, im innersten Kern ihres Wesens recht, aber die Formen, in denen sie sich kundgaben, gerieten miteinander in einen Kampf, der sich ja heute noch, wiewohl in anderer Weise fortsetzt.

Dieser hartnäckige Kampf trägt aber die Reinigung beider Ideen von ihren formellen Schlacken, trägt ihre endliche Versöhnung in seinem Schoße. Dies zu begreifen, vermochte Friedemann nicht, denn er war, gleich nach seiner Ankunft in Halle, in das Getriebe hineingezogen worden. Wäre er nur seinem rein künstlerischen Instinkte gefolgt, hätte sich sein Augenmerk allein auf Erringung seines musikalischen Ziels gerichtet, so hätte ihn dies Streben schon an und für sich davon ausgeschlossen.

Der Mangel an Weltblick und an der zähen Ausdauer: nur eins im Leben, seine Kunst, zu wollen, hatte ihn wieder an jene Klippe geführt, wo das Straucheln gar so leicht war.

Hieran war auch seine im gewissen Sinne zu vielseitige Bildung schuld. Musik und Philosophie — welcher Antagonismus! Sein menschliches Ziel in der Kunst allein zu finden, verstand er nicht, er suchte es noch anderswo. Früher hatte ihm die Liebe einen Streich gespielt, nun tat's die Wissenschaft.

Beide Parteien in Halle hatten sich in den alten Streit seit jenem Tage verbissen, wo Thomasius den Pietismus verließ. Im Laufe der Zeit war die Erbitterung und Starrköpfigkeit beider Gegner gewachsen, hatte sich durch Privatneigungen und Vorteile befestigt, und so war es kein Wunder, daß es einmal zu einem eklatanten Skandal kam, in welchem Friedemann zum Sündenbock gemacht wurde.

Dies alles fühlte er instinktiv, aber es fehlte ihm die klare Erkenntnis desselben.

Mit sich selbst uneins, nahm er Hut und Stock und ging zu Wolf, seinem alten Mäcen.

Er fand denselben keineswegs in so rosenfarbener Laune, wie er gehofft hatte.

„Das ist ein schlimmer Handel, lieber Bach! Ist

mir sehr unangenehm, und kann für Sie Folgen haben,
die wir uns nicht träumen lassen."

„Aber, mein Gott, habe ich denn Übles getan? Habe
ich denn nicht das Recht, die Orgel wie mein Vater zu
gebrauchen? War es denn länger zu ertragen, die Wissen=
schaft, Sie selbst, die Namen der beiden größten Männer
unserer Zeit, ja sogar einen Fürsten beschimpft zu sehen,
dem wir alles verdanken?!"

„Mein Gott, wer bestreitet denn das, Freund, daß
uns unrecht geschehen ist? Aber ist denn das ein Grund,
selbst ein solches zu begehen? Sie in Ihrer Stellung
als Künstler, als Diener der Kirche durften sich unter
keiner Bedingung, wenn Sie die Wissenschaft auch noch
so sehr lieben, in deren Streitigkeiten mischen! Geben
Sie nur acht, was nun geschieht! Die Studenten werden
nicht ruhig sitzen; ich kenne das, und ich werde alle Hände
voll zu tun haben, um Exzesse zu unterdrücken.

Ob Spey die Philosophie von der Kanzel herab
beschimpft oder nicht, bleibt sich doch gleich. Solange
unser Monarch regiert, sind die Frömmler uns nicht ge=
fährlich, und wenn der Theologe sich gegen unseren König
vergißt, mag er seine Haut nur in Obacht nehmen, uns
geht's nichts an. Sie werden aber die Geschichte aus=
baden müssen, verlassen Sie sich drauf. Er wird Sie in
Berlin beim Konsistorium denunzieren, und wenn Sie da
nicht sehr gute Freunde haben, können Sie leicht ums
Amt kommen. Sie haben einmal die Subordination dem
Vorgesetzten gegenüber, die Ehrfurcht vor der Kirche ver=
gessen; ob Sie dabei recht haben, danach fragt kein Teufel!"

Nun erst eröffnete sich Friedemann die ganze Reihe
seines unklugen Benehmens.

„Aber, mein Gott, Illustrissimus, was soll ich denn
tun, was hätte ich denn vermeiden sollen?"

„Sie wissen, bester Bach, wie lieb ich Sie habe. Ich

achte Sie als Künstler wie als Mensch und schätze Ihre
wissenschaftliche Reife. Was Ihnen aber fehlt, ist Lebens=
klugheit. Des Brot ich esse, des Lied ich singe. So
sehr Sie Philosoph sind, so müssen Sie sich doch sagen,
daß Ihre Kunst allein in der Theologie, im kirchlichen
Ritus seine Wurzel hat, wo nicht die Spekulation, das
Wissen, sondern der Glaube, das kindlich stille Ver=
senken in die Form und den Inhalt des Kirchen=
tums allein Geltung hat. Als Musiker können Sie gar
nicht fromm genug sein, aber sehr leicht zu spekulativ,
das müssen Sie sich klarmachen. Da das Geschehene nun
nicht zu ändern ist, muß wenigstens alles vermieden
werden, was den Skandal noch weiter ausdehnen kann.
Da Sie nun leicht in den Fall kommen können, für die
Wissenschaft bluten zu müssen, und Spex nichts versäumen
wird, Sie in Berlin anzuschwärzen, so werde ich meiner=
seits, sobald Sie erfahren sollten, daß Spex etwas gegen
Sie im Schilde führt, eine ausführliche Darlegung der
Tatsache an die Behörde senden, um Sie vor den Folgen
zu schützen. Sie sind durch Ihr übereiltes Benehmen nun
einmal in der öffentlichen Meinung auf unsere Seite ge=
treten, so sehr Sie auf die andere gehören: und solange
Sie sich in Ihrem Amte und sittlichen Wandel nichts zu=
schulden kommen lassen, mag Ihnen der Haß des Spex
und Schnabel am Ende nicht gar viel anhaben, aber
versehen Sie es darin, so sind Sie verloren, und
selbst ich kann Ihnen nicht mehr helfen. Folgen Sie
meinem Rat, und wenn sich irgend eine Gelegenheit bietet,
zu beweisen, daß Sie kein Gegner dieser Leute sind, so
versäumen Sie sie nicht. Die Wahrheit der Wissenschaft
siegt ohne Sie. Wenn Sie in Ihrer Stellung für sie
kämpfen wollen, so wird Ihnen wie der Sache nur ge=
schadet. Nehmen Sie das als aufrichtige Meinung eines
alten Mannes, der Ihnen wohl will!" — Noch klein=

lauter, aber um vieles klarer als er gekommen war, verließ Friedemann des Kanzlers Wohnung.

Niedergeschlagen ging er nach Hause und setzte sich
ans Cimbalum, um die mannigfachen sorglichen Gedanken
seiner Seele zu verscheuchen.

Wie es bei allen Parteikämpfen geschieht — die
einmal durch beliebigen Anstoß in Fluß gebrachte Leidenschaft geht immer weiter, als die Urheber beabsichtigen,
und der Fanatismus einzelner übertreibt dann die Dinge
und gibt der ganzen Sache zuletzt ein Ansehen, welches
sie selbst und ihren Ursprung entstellt.

Die guten Hallenser waren lange Jahre gewöhnt,
den Kampf beider akademischen Disziplinen anzusehen,
und hatten daran ihr Gaudium, aber ein solches Schauspiel wie das heutige war ihnen noch nicht geboten worden,
und die meisten klüger und ruhiger denkenden Leute gestanden sich, daß das doch etwas zu arg sei. Der Vorfall war ganz angetan, auf den Pietismus wie auf die
Wolfianer ein schiefes Licht zu werfen, besonders aber fiel
der öffentliche Tadel auf Friedemann. So groß einerseits
nun der Anhang Wolfs und demgemäß Friedemanns war,
so hatte doch auch Spex seine Freunde, die ihr Hauptlager
im Franckeschen Waisenhause hatten und aus der nicht
geringen Zahl der Theologie studierenden Akademiker be-
standen.

Die Korps oder Landsmannschaften, deren Verbindungen auf deutschen Universitäten schon im Mittelalter
gang und gäbe waren, behaupteten zu Halle seit Wolfs
Rückkehr bei weitem die Majorität, und die Saxonen,
Borussen und so weiter hatten ihre offenen Abzeichen,
Farben, Standquartiere und wachten mit eifersüchtiger
Konsequenz über ihren sogenannten Vorrechten. Von ihnen
abgesondert, namentlich seit der Herrschaft Langes, der sich
eine Leibgarde bilden zu wollen schien, standen die Theo-

logen, die aus allen deutschen Gauen zusammengesetzt
waren, keine Sonderung nach Landsmannschaften kannten,
keine Farben und Zeichen führten und deswegen von jenen
„die Schwarzen" genannt wurden. Nichtsdestoweniger
nannten sie sich nach dem mittelalterlichen Namen der
Universität: Bursa, Barsen oder Burschen und hatten die
theokratische Fraktion unter sich gebildet. Sie waren die
Idealisten der Universität. Aus ihnen bildete sich die
nachmals so berühmt gewordene Burschenschaft und, ähnlich
den Geusen, wurden die damals noch unschuldigen
„Schwarzen" jene politische Verbindung, der Sand ent=
wuchs, dessen Tat zu den Verfolgungen Anlaß gab, welche
nach dem Wartburgfeste über das junge akademische Deutsch=
land hereinbrachen und manchem Tell, manchem Posa und
Brutus fürs ganze Leben nur Unglück und transzenden=
talen Weltschmerz eintrugen.

Es war dunkel geworden, aber die Straßen waren
ungewöhnlich belebt.

„Die Studenten bringen Wolf und Bach einen Fackel=
zug, der Spex kriegt ein Pereat", flüsterten die Leute und
standen erwartungsvoll vor den Türen. Auf dem Markt,
um des Pastors Amtswohnung, ums Talhaus und beim
Saufloch lagerten dichte Massen und warteten der kommen=
den Dinge.

Spex, der von dem, was ihm bevorstand, Wind be=
kommen, war von den „Schwarzen" umgeben, die nicht
versäumt hatten, zum Schutze der Theologie die Schläger
mitzubringen.

Wer hat nicht schon im Leben die Achsel gezuckt und
lächelnd den Kopf geschüttelt, wenn er den Musensohn „in
halbem Wichs", mit Peitsche, Koller und Kanonen, durch
die Straßen „strolchen" und pathetisch den Varinas in
vollen Strömen aus seiner langen Pfeife blasen sah?
Wer hat nicht eine philiströse Gänsehaut bekommen, wenn

er jemals einem Kommerse, einem Fuchsritt, einer Taufe, einem Hoftage oder einer Spritzfahrt beigewohnt? Welch eine utopische Anschauung, welches Champagnerblut gehört nicht dazu, an solchem Firlefanz Geschmack zu finden!

O, seid nur alle ruhig und laßt sie gewähren! Erkennt vielmehr unter dieser derben, zügellosen und barocken Form den wahren Inhalt dieser kurzen, schäumen= den Zeit der Freiheit, des Genusses.

Ein Student in seiner tollsten Laune hat immer etwas Trauriges für mich. Er ist das Symbol der sterbenden Kindheit!

So muß man ihn verstehen und achten, und heilig sei uns die letzte Kindesträne, die ihm beim Scheiden aus diesem Mai des Lebens, „wo alle Knospen sprangen", ins letzte Glas rinnt. Mag er immerhin etwas Bocks= beutelei treiben, die Jugend hat ein Recht, so zu sein. Jene dünnen Kamele mit doppeltem Magen aber, die um Freitische wedeln, sollt ihr verachten; denn aus ihnen werden jene Lumpen, welche die Wissenschaft feilbieten und deren ganzes Leben Sykophantrie ist!

Im vorigen Jahrhundert mischte sich weder Zivil= noch Militärbehörde in studentische Demonstrationen, und die akademische Freiheit, der junge hallesche Löwentrotz, kannte nur zwei zwingende Gewalten: den Pedell und den Manichäer.

Auch Wolf erhielt Kunde von dem, was sich vor= bereitete, und zwei Pedelle gingen nach dem Saufloch, die Herren Seniores zu einer Unterredung zu bitten.

Obwohl überrascht, so leisteten dieselben doch augen= blicklich Folge, und wenngleich ohne Fackeln, so wurden sie doch von den Kommilitonen, die den Skandal schon nicht mehr erwarten konnten, zum „Illuftrissimus" geleitet. Wolf empfing die Korpsbrüder damit, daß er von der Ehre gehört habe, die man ihm zugedacht. Er nehme sie

aber für empfangen an, und, wohl wissend, daß die Lands=
mannschaften der beste Hort der Wissenschaft seien, danke
er, bitte sie aber, gleich dem Löwen in der Fabel, des
Hasen zu schonen, ihm zuliebe sich all und jeder Demon=
stration zu enthalten und zu bedenken, daß die Philosophie
sich selbst entehre, wenn sie nicht Stolz und Großmut an
dem Feinde übe. —— Seinem eindringlichen Ermahnen ge=
lang es denn auch, die erhitzten Gemüter zu beruhigen
und es dahin zu bringen, daß die beabsichtigte Kundgebung
unterblieb. Vergebens hofften die „Schwarzen" auf die
Gelegenheit, eine Lanze für den würdigen Spex einlegen
zu können.

Ganz beruhigten sich die Landsmannschaften indes
nicht. Sie sahen es als eine Blamage an, die Geschichte
so hinzunehmen, und wollten wenigstens dem Mann, der
sich so mutig und entschieden der Sache der Wissenschaft
angenommen, eine Anerkennung zollen. Wie erschrak
Friedemann, als die Korps ihm vors Haus rückten, eine
Deputation an ihn sandten, ihm zu danken, und ein
donnernd Vivat nebst solennem Ständchen brachten. Ver=
legen stammelte er ein paar Dankesworte und ließ sich
gefallen, was eben nicht zu ändern war.

Zum Unglück wohnte aber nebenan der Unterorganist
Schnabel.

Als er gehört hatte, daß es mit dem beabsichtigten
Charivari nichts werden würde, schwoll ihm der Kamm,
besonders da er wußte, daß die Schwarzen nicht weit
seien. Es gelüstete ihn, seinerseits gleichfalls zu zeigen,
daß er ein Ritter ohne Furcht und Tadel sei. Er wünschte
seinen Namen doch auch in den Annalen dieses Kampfes
zu wissen, überdies erbitterte ihn die neue Ehre, die
seinem Feinde soeben widerfuhr.

Sein Haus war fest verschlossen, das wußte er.

Als die Studiosen nun eben im besten Singen und

Vivatrufen waren, öffnete er das Fenster und rief hinab:
„Ich verbitte mir hier jede Ruhestörung und ermahne
Sie, wie sich's für anständige junge Leute geziemt, nach
Hause zu gehen!"

Alles wandte sich rasch nach dem verwegenen Sprecher,
und eine Totenstille trat ein.

„I, das ist ja der krummbeinige Schnabel! Haut
doch dem Kerl das Leder voll!" — Ein rauschendes Ge=
lächter tönte durch die Straße, und man schickte sich an,
die Haustür zu erbrechen. Jetzt aber zeterte und lamen=
tierte die entsetzte Ehegenossin auf den aschfarbenen Gatten
los, der da gewagt hatte, den halleschen Löwentrotz zu
wecken. Wäre es nach dem Sinn der Mehrzahl gegangen,
so hätte Schnabel nie mehr den Schnabel gegen einen
Studenten erhoben, aber die Senioren beschwichtigten ihre
Korpsbrüder, und besonders Friedemann war es, der, alles
befürchtend, das Schlimmste von dem Haupte seines
Gegners abwendete. Ungestraft jedoch sollte er nicht davon=
kommen, man wollte sich mit ihm wenigstens einen Spaß
machen.

Unter furchtbarem Geschrei und Gepolter wurde der
„Kopf" dieses „Elenden" gefordert!

„Schnabel 'raus! Raus mit 'm Schnabel! Will er
wohl 'raus, alter Storchschnabel!" und so weiter heulte
es ringsumher.

Fast blödsinnig vor Entsetzen, beschworen von seiner
jammernden Frau, erschien zähneklappernd der arme
Schnabel am Fenster.

„Meine Herren, ich — "

„Hurra, da ist der verdammte Kerl!"

„Ach, du mein Gott, meine Herren!"

„Maul halten, altes Kamel!" brüllte der Präses
der Versammlung.

Eine Totenstille trat ein.

„Ach, verzeihen Sie mir, meine Herren, in der Hitze —"

„Ja, ja, verzeihen Sie meinem Manne, meine Herren, er versteht nicht mit Dero Hochgeboren umzugehen!" rief angstvoll die Ehefrau dazwischen, die den Sprecher bei= seite gedrückt hatte.

„Hurra!" ertönte es von unten.

„Bravo! Die Mutter Schnabeln ist eine kluge Frau, sie hat die Hosen an!" rief der Präses, und alles lachte. „Will Sie die Wache über Ihren krummbeinigen Gatten übernehmen, daß der Schnabel künftig den Schnabel hält?"

„Ach ja, gewiß, er soll's nicht wiedertun!"

„Gut. Lasse Sie ihn ans Fenster treten und bringe Sie eine Schlafmütze und einen Kochlöffel!"

Die Dame verschwand, Schnabel erschien wieder und harrte zitternd, wie Heinrich IV. in Kanossa, der Absolution.

Seine Frau erschien mit dem Verlangten.

„Setze Sie ihm die Mütze auf!"

Es geschah.

„Nun halte Sie als sein Vormund und Herrscher den Löffel wie ein Schwert über seinem Haupt. Er aber, unwürdiger Schnabel, scheußlichster aller Schnäbel, die je in Neid und Dummheit geöffnet wurden, spreche Er nach, was ich Ihm sage:

‚Ich bekenne hiermit, daß ich ein grenzenloser Esel bin, der größte mente captus meiner Zeit!'"

Unter wieherndem Gelächter sagte in dieser possier= lichen Stellung der Gemarterte die Formel her.

„‚In Anbetracht dessen und meiner Unzurechnungs= fähigkeit gelobe ich, nie etwas zu sagen, als was mir meine Ehefrau, die das Zepter führt und die Hosen an= hat, vorspricht!'"

„— vorspricht!"

„‚Amen!‘“

„Amen!“

„So sei denn frei, wackerer Schnabel, sehr werter Hauptesel der Theologie. Es lebe die Landsmannschaft!“

Und unter furchtbarem Hallo verzog sich die jugendliche Volksjustiz.

Die Affäre war hiermit beigelegt und hatte außer einigen Paukereien, die die „Schwarzen“ nachträglich kontrahierten, keine weiteren äußeren Folgen.

Der Fluch der Lächerlichkeit und Gemeinheit, der aber seit jenem Tage auf Spex haftete, war zu groß, als daß er ihn nicht zur Rache hätte anspornen sollen. Trotzdem er nun wußte, daß er in Berlin nicht gerade leichtes Spiel hatte, setzte er, mit Schnabels Hilfe, eine voluminöse Klageschrift auf, die er einsendete. Der Postmeister von Halle, Friedemanns Freund, roch aber den Braten, benachrichtigte Bach, und so ging wenige Tage nach Spex' Lamentation eine „wahrhafte Darstellung der Sachlage“, von Wolf verfaßt, und mit Zeugenunterschriften bedeckt, nach Berlin ab. Das Landeskonsistorium zu Berlin getraute sich nicht, über Friedemann abzuurteilen, da er von Friedrich selbst ins Amt gesetzt war, und referierte es dem König. Diesem war aber auf näherem Wege das Wolfsche Schreiben bereits zugegangen, und seine Resolution lautete: „Dem Bach stehe allein die Verfügung der Orgel zu, doch rate er ihm, sich nur um seine Kunst und sein Amt zu kümmern, sonst werde er ihn zum Teufel schicken. Dem Spex aber sei zu bedeuten, daß, wenn er die Kanzel noch einmal zu Allotrien gebrauche, er ihn zum Zuchthausprediger in einer Festung machen werde.“

Als Spex diese Resolution empfing, wollte er in die Erde sinken. „O, nur abwarten!“ sagte er zu Schnabel, „es kommt doch noch eine Zeit, wo dem Herrn Bach ein Bein zu stellen ist.“

Von dieser Zeit an behandelte er Friedemann auf das zuvorkommendſte und liebreichſte. Bach, ſo wenig Gutes er hinter dieſem neuen Benehmen wittern mochte, vergalt es doch mit Artigkeit, um ſeiner Stellung willen.

So vergingen einige Jahre, in denen Friedemann ſich ernſtlich auf ſeine Kunſt allein warf, einige große Orgelkonzerte gab und einen vortrefflichen Chor ſowie ein gutes Orcheſter, meiſt aus akademiſchen Kräften, bildete, für die er auch einzelne Piecen komponierte.

Was aber der Quell ſeiner ſtillſten, heimlichſten Freuden, der Stolz und Glanzpunkt ſeines Lebens werden ſollte, war eine Art Oratorium, das er heimlich ſchrieb.

Nicht der Tod Jeſu war es, wie damals in Dresden, nein, etwas, was ihm noch tiefer und ge= waltiger deuchte.

Das Oratorium führte den Titel „Luzifer". Es war nicht eigentlich ein Oratorium, nicht eigentlich eine Oper, es ſollte beides werden: eine religiöſe Oper, die aber über den Raum der Bühne hinausginge und nur in der Kirche zu exkutieren ſei. Hierin gerade zeigte ſich der tiefe und nicht zu verwiſchende Abfall Friedemanns von dem rein religiöſen Kunſtſtandpunkt des Vaters, daß er das Thema nicht rein kirchlich halten wollte, ſondern mehr in abſtrakt philoſophiſcher Form. Er wollte in dieſer rieſigen Ton= tragödie die Entſtehung der Verneinung, des Schattens aus dem Licht, den furchtbaren Kampf beider Gegenſätze, die tragiſche Vernichtung Luzifers durch den Herrn, der Finſternis durchs Licht, und die endliche Harmonie und Verſöhnung beider Prinzipien darſtellen.

Er hatte ſich eine Aufgabe geſtellt, die, obwohl ſie im Gefühl der Zeit lag und ſich in der Dichtkunſt ſpäter durch Goethes Fauſt, Byrons Kain, Manfred, Himmel und Erde, und Immermanns Merlin verwirklichte, doch zu den inneren und äußeren Mitteln, die er beſaß, in gar keinem Verhältnis stand, übrigens auch in der Sphäre der Musik gar nicht zu erreichen war.

Selbst wenn ihm das Unerhörte wirklich gelingen mochte, wer im Publikum wollte es so verstehen, wie er, der Autor, es gefühlt hatte, der Schwierigkeiten bei der Ausführung vollends nicht zu gedenken. Der schlimmste Fehler eines Künstlers ist: ein falsches Ideal zu haben, noch schlimmer ist's, wenn das Ideal schön, aber un=ausführbar ist. Das Verderblichste aber ist, wenn der Gedanke des Dichters von der Verkörperung so ver=dunkelt und aufgehoben wird, daß das Werk einen rätselhaften Charakter trägt. Da bleiben die Herzen stumm, und der Verstand grübelt, wo er genießen sollte. Die Empfindung zu fesseln und zu bestimmen ist die erste Arbeit des Künstlers; nichts darf dem Be=schauer im Kunstwerk verborgen bleiben, sonst ist die Arbeit nichtig.

Das Leben ist eine schwere Kunst, aber noch schwerer ist's, das Leben mit seiner Wahrheit, seiner Fülle in der Kunst zu verkörpern, mit Kindlichkeit das Höchste abzu=schildern, daß es dem gemeinen Mann, wie dem Weisen, gleich warm und klar ins Herz strömt. O Friedemann, Friedemann, denke zurück ans Haus des Vaters, zurück an jenen mondhellen Abend, wo du, Auge in Auge, dem alten Bastian gegenübersaßest und er dir sagte, was Kunst, was Leben sei!

Mit jener alten Knabenstarrheit ist die alte Eitelkeit in dich zurückgekehrt und treibt dich ins Verderben! Seht ihn da sitzen an seinem Pult, wie die Feder übers Papier fliegt. Bald dichtet er (er schreibt sich selbst den Text), bald komponiert er, bald rauscht seine Hand über die dämonisch erklingenden Saiten!

Es hat etwas Entsetzliches, sich einen Menschen emsig, mit fast wahnsinniger Begeisterung, in einsamer Kammer

ein Werk schaffend zu denken, das seinen Untergang herbei=
führen wird.

Er gleicht dem Schreiner, der einen Sarg macht, ihn
prunkvoll vergoldet und nicht weiß, daß es sein eigener ist.

Friedemann war vollständig vernarrt in sein Thema,
und da niemand um seine Arbeit wußte, konnte ihn auch
niemand warnen. Jetzt wäre es ohnedies zu spät gewesen,
wem hätte er auch geglaubt!

Und wieder bildete die Liebe, jene Liebe zur Sängerin
Astrua, die noch törichter war als die erste Neigung für
Antonie, den Hebel seines Strebens. Er wollte mit
diesem Werke seinen Bruder Emanuel, Graun, Händel,
selbst seinen Vater überstrahlen, mit ihm die Astrua und
eine hohe Stelle an Friedrichs Hof gewinnen! Astrua
schrieb ihm oft und er ihr gleichfalls. Sie hatte ihm
gesagt, daß sie ihn liebe, daß er aber nie ihre Hand er=
langen werde, wenn er nicht etwas geschaffen habe, was
ihn zum bedeutendsten Künstler seiner Zeit mache. „Ich
bin zu sehr Künstlerin, um nicht im größten Musiker den
liebenswertesten Mann zu sehen." Das wollte er werden.

Es war Ende 1749, als er mit der ersten Abteilung
des Luzifer fertig war, er hatte die schöne Italienerin
mit Übersendung der Partitur überrascht und wartete mit
Spannung auf das Antwortschreiben, das ihn zum glück=
lichsten Mann, zum größten Künstler machen sollte.

Die Antwort kam, mit ihr die Partitur zurück.

„Mein Bester!

Anbei erfolgt der erste Teil Ihres Werkes ‚Luzifer‘,
dankbarst zurück. Ich würde es für ein Verbrechen an
der Kunst wie an Ihnen halten, unehrlich mit Ihnen
umzugehen und Sie mit Schmeicheleien zu betrügen.
Das Werk enthält große Schönheiten, Schönheiten, deren
Größe mich erschreckt, aber, wie ich sie nach meinen
Begriffen in der Kunst nicht wünschen kann. Ich be=

kenne, daß ich die ganze Tondichtung mit dem, was sie abzweckt, nicht verstehe, selbst nachdem Sie mir in Ihrem Begleitschreiben den Plan des Ganzen auseinandergesetzt haben. Das ist gar kein musikalischer Stoff, denn selbst wenn man ihn verstände, müßte man ihn nie gehört zu haben wünschen. Ich beklage Sie aufrichtig, daß Sie sich künstlerisch so verirrt haben. Und nachdem mir die Überzeugung geworden, daß Sie von dem, was ich von Ihnen erhoffte, weiter entfernt sind als je, scheide ich von Ihnen mit dem Wunsche, daß Gott Sie in seinen Schutz nehmen möge.

Leben Sie wohl!

Ergebenst

Astrua."

Mit einem Schrei der Verzweiflung brach er zusammen!

—————————————————————————

Es war Nacht, als er sich vom Boden erhob, todesmatt und verlassen! Mühsam zündete er Licht an und sah sich wirr um in der öden Stube.

Auf dem Boden lag der Luzifer. Er hob ihn auf, schritt nach dem Ofen und warf das Manuskript auf die halbverloschene Kohle.

Als die Flamme hell aufloderte und die Schöpfung seiner Nächte, das Kind seiner Träume verzehrte, kicherte er, vor dem Ofen hockend, laut auf, und beim Scheine der zuckenden Flamme, in welcher Luzifer sich knatternd wand, sang er gebrochen, in näselndem Tone: „Willst du dein Herz mir schenken?"

„Dem Friedemann Bach ist's nicht richtig im Kopf!" sagten seitdem in Halle die Leute und hatten recht.

Er war nicht eigentlich wahnsinnig, aber wenn er auf einen bestimmten Gedanken verfiel, auf eine Ideenkombination, die kein anderer begreifen konnte, machte er

so tolle Streiche, daß man ihn endlich für amtsuntaug=
lich erklären mußte.

Spex und Schnabel lachten.

In dieser furchtbaren Zeit empfing er plötzlich, zu=
folge seines bisherigen Rufes, das Patent eines Hessen=
Darmstädtischen Kapellmeisters. Er zerriß es!

Eines Abends schritt er, wie er ging und stand,
zum Leipziger Tor hinaus. Niemand in Halle sah ihn
wieder.

„Ei du hallescher Löwentrotz,
Wie bist du doch gezähmet!"

25. „Dich grüßen die Sterbenden."

Es gibt Tagewerke, die uns über uns selbst erheben,
Tagewerke, die, sogar fehlerhaft getan, ja unvollendet,
uns in uns selber Befriedigung gewähren und Achtung
verdienen, wenn man sie auch nur gewollt hat. In
solchen Stunden, so ihres Zweckes sich bewußt, zieht
die Seele ihr schneeiges Feierkleid an, das Herz hüllt sich
tief in die Schauer der Andacht, und ernste Erinnerungen
scheinen das einzige Band zu sein, das uns an Irdisches
kettet. Ein solches Tagewerk ist heute das meine, ein
glühendes Opfer, dargebracht vor Gott und der Welt der
Erinnerung an einen heilig großen Toten!

Sammle du, der mit mir den stillen Ernst dieses
Augenblicks durchfeierst, deinen Geist, nicht um dieser armen
Zeilen, sondern um dessentwillen, dem sie gelten, denn der
Hauch eines Sterbenden, das Echo eines Verstorbenen
grüßt dich aus ihnen! Leise trete die Erinnerung zu dir
und öffne flüsternd den Sarkophag deiner Vergangenheit,
dem deine abgeschiedenen Lieben, Eltern, Gatten, Kinder,
Geschwister und Freunde, entsteigen und dir ihr bleiches,
süßes Bild zeigen, das Bild ihrer letzten Stunden, ihres

letzten Seufzers, den letzten Eindruck ihres Erdendaseins, den zu erhaschen und zu bewahren dir vergönnt war!

Im Kreise dieser hohen, heiligen Versammlung von Schatten laß uns ins Knie sinken, und tiefe Wehmut soll eine stille Totenmesse halten.

Gesegnet sei das Andenken der geschiedenen Menschheit! Gesegnet die geweihte Asche, der wir entwuchsen! Gesegnet vor allem seist du, ewiger Sänger und Gottesknecht, dem drüben im Land der Verheißung ein schönerer Tempel des Ruhmes steht, als mein Lied dir bauen kann!!

———————————————————

Im Jahre 1750, am Abend des 30. Juni, starb Johann Sebastian Bach, der Unvergleichliche!

———————————————————

Hundertundzweiundzwanzig Jahre sind seitdem über die Erde gezogen und, außer bei wenigen edleren Geistern, ist sein Andenken in der drängenden Masse der Generationen verschüttet. Seine Werke erscheinen uns wie ein Geistespetrefakt. Wir verstehen die Seele jener gottessicheren Frömmigkeit nicht mehr, die er besaß und in sie legte.

Wir sollten uns tief schämen, wenn wir an den toten Bastian denken, schämen und ihn samt seiner ewig schönen Tonwelt gleich den Schatten unserer Liebe emporheben aus dem Grabe, ihn an unser Herz legen und erwecken für die ganze Welt wie einen anderen Lazarus!

———————————————————

In den Tagen des alten Roms, wenn die harrende Menge beim Kampfspiele saß, in jenem Riesentrichter, auf dessen Grund die blutigen Todeswürfel fielen, lief vom Kaiser bis zum Sklaven ein Schauer durchs Gebein der Menge, wenn die Gladiatoren paarweise aus dem Zwinger traten, den Kreis umschritten und, sich beugend, sagten: „Morituri te salutant, Caesar!"

Ein solcher Gladiator ist jeder Mensch in seiner Zeit. Mit dem gierigen Panther der Existenz, der Hyäne des Neides und der Unersättlichkeit, mit all jenen lungernden Ungeheuern der Gesellschaftslaster ringend, sinkt er end= lich in den Staub. „Moriturus salutat, fratercule!" Die Versammlung überrinnt eine flüchtige Gänsehaut, daß wieder einer hin ist, und das Schauspiel geht weiter! Im allerstrengsten Sinne ist aber der ein Gladiator, der sein Leben durchkämpft um des Schönen, Wahren, Guten willen, der der zuschauenden Menschheit unvergänglich Hohes eröffnet und es mit dem Tode besiegelt. Wenn er zum letzten Male in die Arena tritt, da zittert die Achse dieser Erde, durchs große Herz Gottes zuckt ein jähes Weh, und geschwinder streckt er die Arme nieder und zieht den sterbenden Fechter empor in seinen Schoß, ihn zu schmücken mit den ewigen Kränzen der Liebe.

O, gewöhne dich, nicht nur jeden Sterbenden, nein, jeden im Kampf der Zeit Lebenden so anzusehen und mache ihm den Sieg nicht allzu schwer! Bedenke, daß auch du sterben mußt, Crassus, auch du, Cäsar, auch du, lächelnder Epikur!

Dann liegt der duftige Kranz von Weinlaub und Rosen vertrocknet um deinen welken Kadaver, und der leidige Archimimus, die Meinung der Überlebenden, schreitet hinter deiner Bahre und parodiert dich; du aber liegst still und kannst nicht sagen, daß er gelogen hat!

———————————————————————

Unsere Gedanken verlassen das enge, finstere Halle mit seinem Streit und eilen den wirren Schritten jenes Armen nach, der da am Kreuzweg steht und in die Gegend schaut, in die weite, leere Welt, als wenn er ein Fremder wäre auf Gottes Erde.

Auch das liebe, freundliche Trotha bleibt wie eine verwelkte Blume zurück, denn die Vögel sind ausgeflogen über Nacht. Wohl steht da noch die geschwätzige Mühle im Grunde, und in ihr hauset der lustige Müller mit seinem lustigen Weib, aber alle Leute in Trotha will es bedünken, als sei er und die Sabine um ein groß Teil weniger lustig als sonst, und jede Schnurre kommt so heraus, wie wenn sie eben im Kopf gemacht und nicht dem Herzen entsprudelt wäre. Die letzte Zeit hatte viel geändert. Friedrich von Eichstädt und Antonie von Kollowrat-Brühl waren verheiratet, hatten ihr schönes, neues Haus in Berlin bezogen, und nach wenigen Monaten war der alte Herr Abraham samt Ehefrau vor Sehnsucht nachgefolgt, hatte George die Verwaltung von Trotha überlassen und das zweite Gut bei Potsdam übernommen.

Darin hatten sich die Trothaer schlecht finden können, am wenigsten der Müller. Wie der Hund seinem Herrn nachheult, so jammerte in ihm die Sehnsucht nach seinem „Herrn Bruder Abraham", und wenn seine Sabine und der Junker George nicht gewesen wären, bei Nacht und Nebel wäre er davongelaufen.

Auch unser Weg geht weit hinweg, an jenem armen, blassen Träumer am Kreuzweg vorbei, nach Leipzig. Ob er uns folgen wird? O ja! Ja, er kommt! Nichts hat er mehr in der Welt zu suchen, nichts hat er mehr in sich, was klar und rein ist, als die Sehnsucht nach der Heimat. Der verlorene Sohn will wieder zu seinem Vater. Unsere Gedanken schweifen voran, ihm den Eingang zu erbitten.

Sebastian Bach war seit drei Jahren blind. Der anhaltende Fleiß, mit dem er in jüngeren Jahren Tag und Nacht studiert, besonders aber die Anstrengung, mit welcher er in jener Zeit, wo Friedemann, nach der Dresdener Katastrophe, im Hause war, an der Kunst der Fuge gearbeitet und sie, Platte für Platte, in Kupfer gestochen, hatte sein Gesicht geschwächt und ihm schon im

Jahre 48 seine Amtsverrichtungen an der Thomasschule aufs höchste erschwert, bis im Jahre 49 eine so schmerzhafte Augenkrankheit daraus entstand, daß er seine Tätigkeit als öffentlicher Lehrer einstellen und sich auf den Privatunterricht seiner vorgeschritteneren Schüler im Hause beschränken mußte.

Wird man es glauben, in unserer Zeit glauben, daß von einem solchen Werke, welches die Geheimnisse der Harmonie enthielt, von einem Werke, das seinen Urheber, den eigentlichen Vater deutscher Musik, aufs Krankenlager, ja in die Arme des Todes schleuderte, in Deutschland nicht einmal so viel Exemplare abgesetzt wurden, als nötig waren, die Kupferplatten zu bezahlen?

„Euch grüßt der Sterbende!"

Ja, ein fast zwei Jahre hindurch langsam Sterbender, der, in immer tiefere Nacht versinkend, sich von der Erde Tag für Tag mehr ablöste, der, außer den Stimmen seiner Lieben und der Tonwelt in seiner Brust, nur noch einen süßen Glauben hatte: daß sein Friedemann nun, gereift im Sturm des Lebens, jene Sonnenhöhe des Ruhms und der Künstlergröße erklimmen werde, die er von ihm erhofft und erwartet hatte. O, dieser einzige, süße Erdenglaube, der dem Vater blieb, war eine Täuschung. Derselbe Ruf, den Friedemann sich in den ersten Jahren in Halle gegründet und welcher ihm auch den Titel eines Hessen-Darmstädtischen Hofkapellmeisters eingetragen, derselbe Ruf hatte den Vater betört.

Er ward blind in diesem wohltätigen Wahn und sah daher nicht, was nachträglich geschah, sah nicht die bangen, warnenden und anklagenden Briefe, die Wolf und einige Hallenser Freunde an ihn schrieben, und die ihm Anne-Magdalene verheimlichte. Er sah nicht an seines Weibes tränenroten Augen, daß sie auf sich allein die Bürde dieser Schmerzen nahm, daß sie, um ihn nicht in Unruhe

zu versetzen, sich sogar entschloß, einigemal Briefe zu
fingieren, in denen es Friedemann „ganz wohl" ging.
O heilige Lüge der allerteuerſten Liebe, die eher das
eigene Gewiſſen beſchwert, als dem Gatten des Lebens
Dunkel noch düſterer macht! Alle Glieder der Familie,
alle Freunde unterſtützten Magdalene, um Sebaſtian in
einem Wahn zu erhalten, der ſein Lebensodem war.

Auf vielfaches Anraten der Profeſſoren Klauſing,
Hebenſtreit, Wollen und Geßner, die ihn öfters beſuchten
und auf die Geſchicklichkeit eines aus England in Leipzig
angekommenen Augenarztes großes Vertrauen ſetzten, wagte
er es, ſich einer Operation zu unterwerfen. Sie ver=
unglückte zweimal. Der Vorgeſchmack des Grabes war's,
die ewige, unerhellbare Nacht, die ihn umfing. In dieſer
Nacht ging der Tod an ihm vorbei und nahm den armen,
unglücklichen David von ſeiner Seite. Der blinde Vater
am Bette des ſterbenden blödſinnigen Kindes! Das war
in jener Nacht, als der „Luzifer" zurückſank in ſein
Element, die Flamme! „Der arme Junge macht mir
Quartier bei unſerm Herrgott!" ſagte Baſtian.

Nach der unheilvollen Doppeloperation war aber
auch Sebaſtians bisher dauerhafte Geſundheit durch den
Gebrauch vielleicht ſchädlicher Arzeneien völlig zerrüttet,
und ſeit 1750 verſchlimmerte ſich ſein ganzer Zuſtand.

Hiervon hatte Friedemann in Halle keine Ahnung,
denn der alte Bach hatte ſtreng befohlen, daß ihm von
niemand hierüber Nachricht gegeben werde, der nicht ſeine
Liebe verlieren wolle: „denn nichts ſoll mir den Friede=
mann auf ſeiner Ehrenbahn irritieren."

Später, als Bachs Zuſtand ſich als unheilbar erwies,
beſtand er um ſo energiſcher auf ſeinem Befehl, den man
auch um ſo ſtrenger befolgte, weil man Friedemanns nun=
mehrigen Zuſammenbruch erfahren hatte und fürchtete,
daß er nach Leipzig kommen könne, wenn er des Vaters

Zustand wisse. Man täuschte sich gegenseitig, um sich nicht noch elender zu machen. Außer Magdalene waren Mizler, Klausing, Geßner und Gellert viel um Bach und vertrieben ihm die Zeit. Als es aber im April 1750 schon sehr bedenklich mit ihm wurde, schickte Altnikol seine Friederike mit den beiden Kindern von Naumburg hinüber.

Es ist das Los der meisten Künstler, arm zu sein und viel Kinder zu haben. So weit Sebastians Name strahlte, wenngleich er sich rühmen konnte, Könige zu Freunden gehabt zu haben, was seine ewig schönen Werke, die große Messe, die Passion, die chromatische Phantasie, die berühmte A-Mollfuge und all der reiche Schatz seiner hohen Gotteslieder, ihm, außer der Ehre, eingetragen hatten, war so gar wenig, daß er, ohne sein Amt, dabei hätte verhungern müssen. Und auch das Honorar für sein Amt, das er in den letzten Jahren nicht mehr ver= walten konnte, und welches man, aus Zartheit und Achtung gegen ihn, nicht sogleich besetzen wollte, konnte man nur teilweise seinem Ehrgefühl aufdrängen. Wenn er bei der kostspieligen Kur seines Leidens mit den Seinen nicht wirklich Mangel litt, so kam es daher, daß alle seine Kinder versorgt waren und August III. ihm sein Gehalt als Hofkomponist, obwohl er nicht mehr aktiv war, teil= weis fortgewährte. Bisher hatte Sebastian noch immer mit einer Art Zuversicht auf seine körperliche Genesung gebaut und seinen älteren Schülern in Kontrapunkt und Fuge Unterricht gegeben, nun aber war ihm langsam die schmerzliche Überzeugung gekommen, daß es doch mit ihm zu Ende gehe. Auch seine Umgebungen fühlten das, und Altnikol nahm Anfang Juni Urlaub und kam von Naum= burg nach Leipzig. Die Anwesenheit seines Schwieger= sohnes tat ihm unendlich wohl, er sah in ihm eine Stütze seiner letzten Tage, einen Mitarbeiter an der Vollendung seines größten didaktischen Werkes „Die Kunst der Fuge",

von welcher nur der erste Teil herausgegeben war. Das
ganze Werk bestand aus Variationen im großen. Bach
wollte zur Anschauung bringen, was möglicherweise über
ein Fugenthema gemacht werden könne. Der noch un=
vollendete Teil der Arbeit, die vorletzte Fuge, hatte drei
Themata, deren letztes, als stilles Andenken an Potsdams
schöne Tage, den letzten, höchsten Glanzpunkt seines Lebens,
die Königsfuge B—a—ch enthielt. Sie wurde durch
seine Augenkrankheit unterbrochen, und nun, da Altnikol
bei ihm war, wollte er sie vollenden.

Es ging nicht mehr! Tränen rollten aus seinen
lichtlosen Augen. Dem Sonnenaar waren die Schwingen
erlahmt, die ihn emportragen sollten in Begeisterung!

Auf dem Tisch an seinem Bett lag die Bibel. Aus
ihr und Klopstocks Messias, der eben die Welt entzückte,
lasen ihm die Seinen vor, und er ward gestärkt im Leiden.
Du tapferes Herz, du hast so viel gestritten und gelitten,
hast der Menschheit so viel Erhabenes auferbaut, du hast
ein Recht, zu sterben, ein strahlendes Recht auf die Ruhe
im Schoße der Liebe, ein Recht, daß deinen letzten Augen=
blicken jedes irdische Weh fern bleibe, tief hinter dir
zurück — unten — auf der Erde!

Es gibt ein so tiefes Geheimnis in der Natur und
ist doch auch wieder offenbar! Es predigen's die Blumen,
es reden's die Sterne, der Lenz und der Herbst, der Wurm
und der Mensch, und dennoch wird's so wenig verstanden!
Wann die Sonne am höchsten steht, muß sie sinken, wann
die erstandene Welt am reichsten sich vollendet, muß sie
erkalten, zerstieben; der Tag der Blumenliebe gebiert den
Blumentod, daß die Frucht reif werde!

„Das ist das Los des Schönen auf der Erde", es stirbt.

Aber es stirbt nicht um nichts, sondern vielmehr,
weil der höchste Augenblick, die größte Tat des Lebens,
ob sie bejahend oder verneinend ist, eine Idee zu ver=

wirklichen strebt, die im einzelnen sich nicht verwirklichen kann, weil diese Idee, das Unsterbliche an uns, das Fazit unseres Lebens, die Hülse zersprengt, die Puppe durch= bricht, den Leib tötet, um aufzuflattern in die Harmonie der Sphären, in den Makrokosmos des Alls, zur absoluten Vernunft, Freiheit und Seligkeit, zur Einheit im Welt= und Gottes=Ganzen!

Das ist der Trost, das die Stärke, die den echten Menschen, der sich selbst erkennt, aufrechthält am Bette des Geliebten, des blassen Streiters, der zum letztenmal euch grüßt im Staube der Lebensarena. Wohlauf! Im letzten Strauß die letzte Kraft! Drüben winken die Palmen!!

„Über ein kleines werdet ihr mich sehen und aber über ein kleines, so werdet ihr mich nicht sehen!"

Am 27. Juni 1750, wenige Tage vor seinem Ende, erwachte Sebastian Bach nach langem und süßem Schlummer, und — war's ein Wunder? — er sah auf einmal wieder!

Ein Augenblick überwältigenden Entzückens ward den Seinen gegeben. Alle waren voll seliger Hoffnung. Freude= schluchzend bebte ein brünstig Gebet durch die sonnig er= hellte Stube.

Nur einer war, der sich in keine Träume wiegte. Einer, der gar zu gut wußte, daß dieser kurze Wunder= glanz, der das Auge noch einmal belebte, nicht mehr von dieser Welt war: Sebastian Bach selber. Mit mild ver= klärtem Lächeln die Teuren zu sich ziehend, sprach er mit einer Engelsliebe, die schon der Widerschein des anderen, in ihm erwachenden Daseins war: „Täuschet euch nicht, Kinder! Der liebe Gott vergönnt mir, euch noch einmal zu sehen. Jetzt sterbe ich auch gewiß bald! Nein, nein, weinet nicht, macht mir mein armes Herz nicht schwer. Der Ewige wird sich über euch erbarmen, und der Nikol wird dich nicht verlassen, Mutter! Nicht wahr? Du bist ein guter Sohn!“

„Darüber härme dich nicht, lieber Vater, ich will die arme Mutter zu mir nehmen, sie soll keinen Mangel leiden!“

„Das hab' ich wohl gewußt! Laßt uns nicht unnütz klagen, daß unser Herrgott mich abruft, ihr könnt noch genug trauern um mich, wenn ihr mich nicht mehr habt. Seht, ich bin ruhig und zufrieden, einmal muß doch der Tag kommen, wo wir scheiden, wir finden uns ja alle wieder zusammen!“

Er küßte sein Weib, die Kinder und Enkel, segnete sie und bat sie, die Stube zu verlassen.

Er blieb mit Altnikol allein.

„Mein Sohn! Du bist ein Mann, und darum sei dir der letzte Seufzer vertraut und der letzte Gram, den ich auf Erden habe: mein Friedemann!

Mag er in Halle noch so geehrt sein, Friedemann kommt zu nichts, es ist ihm einmal nicht auf die Dauer beschieden. Eine innere Stimme jammert und klagt mir's zu und läßt sich nicht betäuben. O, ich bin auch schuld dran, Nikol, ich hab' ihn gar zu sehr geliebet, guter Nikol, und das hat ihm Unglück gebracht! — Gott wird mir's verzeihen und ihn in seinen Schutz nehmen!

Das letzte Exemplar der Fugenkunst, welches in meinem Pulte liegt, hab' ich ihm lange zugedacht und mit Glossen versehen. Schickt es ihm, wenn ich tot bin. Ach, ich hätte das Werk gar zu gern beendet! Mir wird recht angst, mein Sohn! Ruf die Mutter!“

In wenig Augenblicken, während der Schweiß von ihm rann und er in sich erschauerte, waren die Seinen atemlos um ihn versammelt.

„So, nun ist mir wieder wohl, da ihr um mich seid! Grüßt mir den Emanuel ja recht und den Christian. Meinen armen Friedemann auch!“

Er griff, wie von peinigenden Gefühlen zerrissen, hilfesuchend nach dem Gebetbuch auf dem Tische und schlug es auf. Mit zitternder Stimme begann er laut zu beten:

„Wenn wir in höchsten Nöten sein
Und wissen nicht, wo aus noch ein,
Und finden weder Hilf' noch Rat,
Ob wir gleich sorgen früh und spat:
So ist dies unser Trost allein,
Daß wir zusammen insgemein
Dich rufen an, o treuer Gott,
Um Rettung aus der Angst und Not —“

Und wie die Herzen und Lippen sich vereinten, stieg herab der Geist des Friedens und nahm den letzten Schmerz vom Herzen des Vaters, den Schmerz um seinen Sohn.

„Kein Hälmlein wächst auf Erden,
Der Himmel hat's betaut,
Und kann kein Blümlein werden,
Die Sonne hat's erschaut.“

„Wenn's Friedemann traurig geht, bittet für ihn beim König Friedrich, der verläßt ihn nicht! Ja, das ist meine Zuversicht!“

Frisch gestärkt, fand er nun die alte Freudigkeit, die Erinnerung glücklicher Tage, wieder, und er beschloß, das Lied, welches ihm Ruhe gegeben im letzten Augenblick, zu verherrlichen. Und einmal noch die Begeisterung in sich entzündend, diktierte er Altnikol den vierstimmigen Choral: „Wenn wir in höchsten Nöten sein“ in die Feder.

„Der soll die Kunst der Fuge schließen.“

Nach dieser Anstrengung ward er sichtlich matt. Man legte ihn zurück in die Kissen. Die Hände Magdalenes in den seinen bergend, dämmerte er vor sich hin. Zwei Stunden später überfiel ihn ein Schlagfluß, der ein

hitziges Fieber nach sich zog, welchem sein Körper nun
nicht länger widerstehen konnte.

Den dritten Tag darauf war Johann Sebastian
hinübergeschlummert, ins Land des Friedens.

Die Welt schrie auf bei der Nachricht seines Todes,
und Friedrich II., als er's hörte, stand starr vor Schreck,
schloß sich im Zedernzimmer ein, und seine Flöte klagte
und weinte den ganzen Tag und hielt ein einsam Toten-
amt um den Verblichenen!

Jetzt erst begriffen die Menschen, was sie an ihm
verloren. Aus seiner Asche stiegen seine Werke; die
Stimmen seiner Schüler, seiner Kunstapostel, wurden laut
und predigten seinen Ruhm. Wie Minerva aus dem
Haupt des Zeus, so entsprang Sebastian Bach die glänzende Reihe von Tondichtern, die Deutschlands Ruhm
wurden und ihm den Namen eines musikalischen Landes
eintrugen. Jeder dieser sonst so verschiedenen Geister hat
Sebastian Bach zum Sockel seiner Entwickelung, ist aus
ihm erwachsen zu eigenster Persönlichkeit. Der letzte
dieses Reigens, in dem sich's am klarsten abspiegelt, daß
Bach der Vater seines Genius war, heißt Mendelssohn-
Bartholdy.

Er setzte, in dankbarer Verehrung, dem Andenken des
stillen Meisters vor der Thomaspforte zu Leipzig einen
hohen, leuchtenden Denkstein. Zu ihm wallen die wenigen,
die seinen echten Wert erkannt, und grüßen den Toten.

Sebastian Bachs Musik ist wie ein Tempel, zu dem
der Glaube gehört, um hineinzugehen, und weil es schwer
ist heutzutage, Glauben zu haben, darum gehen so viele
Laien und leider auch Musiker an dem Tempel vorbei,
verbeugen sich in scheuer Ehrfurcht und reden sich mit ihrer
Unwürdigkeit aus, um nur nicht einzutreten. Der Alte ist ihnen
zu zopfig, sie vermissen die Melodie in ihm, das, was sie Seele
nennen! O, sie aber, sie haben die Seele des Gesangs!

Ein altes Märchen kommt mir in den Sinn: von Apollo, der einst den Marsias geschunden!

—————————————————————————

— Morituri te salutant!

—————————————————————————

Seit den letzten Jahren fängt man endlich an, im großen Publikum so etwas davon zu wittern, daß der alte Bastian doch nicht so ohne Ideen und Melodie war.

—————————————————————————

Es war Ende Juli 1751, als ein Mann in mittleren Jahren, bestäubt, gebückt vor Mattigkeit, eine Violine unterm Arm, durchs Gerbertor nach Leipzig kam. Er schritt um den Wall, der Geisterpforte vorüber, nach der Thomaskirche, als schäme er sich, in die Stadt zu kommen.

Es war alles so verändert. — Am Kantorhause zögerte er; dann, sich zusammenraffend zu einem letzten Entschluß, klopfte er an.

Niemand öffnete.

Er klopfte stärker.

Alles still.

Eine entsetzliche Angst überkam ihn, und laut dröhnte die Tür unter seinen Schlägen.

Der Sohn will hinein zu seinem Vater.

Der Lärm machte die Leute in der Straße aufmerksam. Der Küster kam von der Kirche herüber.

„Mein Gott, Herr Friedemann! Ach, das ist ein rechtes Unglück, nicht wahr?"

„Was, was ist ein Unglück?!"

„Na, haben Sie denn den Brief von Herrn Altnikol nicht gekriegt?"

„Brief? Altnikol?"

„Mein Gott, da wissen Sie gar nichts? Erschrecken Sie nur nicht! Ihr Herr Vater ist tot! Die Mutter ist nach Naumburg zu Altnikol gezogen, das Haus ist leer?"

„Tot! — Fort! — Leer!" lispelte Friedemann.

Starr, regungslos stand er vor der verödeten Stätte seiner Jugend. Er hörte nicht, wie ihm der Küster sagte, daß er ihm etwas zu übergeben habe, sah nicht, daß jener hinwegeilte und mit einem Päckchen wiederkam, welches er in seine Hände legte: die Kunst der Fuge, sein Erbteil.

Ohne Laut, ohne Seufzer, ohne Tränen wendete sich der Sohn und ging hinweg.

Auf dem Kirchhof finden wir ihn wieder, er sucht die letzte Stätte seines Vaters.

Ein Schrei, ein langes, krampfhaftes Jammern tönt durch den Gottesacker. Friedemann liegt auf dem Grabe des Vaters und hält die Erde umschlungen!

Mein Tagewerk ist aus!

26. Daimon.

In einem wahren Eden, zwischen Bergen, Wäldern und Triften, liegt in seliger Ruhe, in fast selbstsüchtiger Glückseligkeit, das liebe, sonnige Arnstadt im Thüringer Wald und schert sich nicht viel um den Wechsel der Zeiten. Die Leute sind da noch so kindlich naiv, so natürlich einfach, wie es eben nur ein Gebirgsvolk sein kann, zumal in der Zeit, von welcher ich rede, im vorigen Jahrhundert. Da war noch keine Armut, keine Konkurrenz, kein Luxus und kein Bedürfnis. Im Schoße des Glaubens nicht nur, nein, im platten Aberglauben, in all den mystischen Fiktionen, dem Abhub des Mittelalters, waren die Leute zufrieden. Alle Menschen sind fast verschwägert und verwandt, und Taufe, Trauung oder Begräbnis, Gerichtstag und Erntefest scheinen die höchsten und alleinigen Dinge, welche die öffentliche Neugierde beherrschen, weil eben nichts Wichtigeres passiert. Selbst das Prozessieren ist noch nicht recht an der Tagesordnung.

So geflissentlich sich nun auch einer um den andern be=
kümmert und ihm in die Schüssel schielt, so hat doch das
auch seine Grenzen in der Einförmigkeit, und trotz allen
Glücks verfehlt dies Paradies nicht, recht von Herzen lang=
weilig zu sein.

In solch langweiligen Stunden begannen die Arn=
städter oft mit frevelndem Mut, sich vom Schicksal etwas
Skandal zu erbitten, irgend ein Objekt, das ihr Interesse
recht erregen, ihnen Stoff zur Unterhaltung geben möchte.

Ach, die listigen Götter erhören die Wünsche der
Menschen zu ihrem Verderben!

Die Göttin der Bosheit legte also über Nacht den
guten Arnstädtern ein Kuckucksei in die Wirtschaft.

Eines Tages nämlich kam von Erfurt herauf ein
wackliges Wägelchen, in ihm saß ein vertrockneter, hagerer
Mann, etwa ein Vierziger, schäbig angezogen, und stieg
im Gasthof zur goldenen Henne ab. „Es wird ein Leine=
wandhändler sein“, sagten die Leute, denn sie verfuhren
viel Leinen= und Wollenfabrikate nach Erfurt, ja, weit in
den Norden hinein, bis nach Hannover. Der Fremde
sprach gar nicht thüringisch, sondern so schön hochdeutsch,
„so vornehm“, wie's die Leute nicht gewohnt waren. Er
machte auch gar keine Anstalt, Einkäufe zu besorgen,
sondern flanierte in der ganzen Stadt und Umgegend
umher und bekümmerte sich nicht um die Maulaffen, die
ihm nachstierten. So waren ein paar Tage vergangen,
als plötzlich vor dem Bürgermeister und Amtmann der
Fremde mit einem Obstgärtner erschien, der auf dem
ersten Berge ein Häuschen und einen Garten hatte, welcher
seine Terrassen von Obst, Wein und Hopfengeländen rings
um den Berg streckte. Der Fremde hatte das Grundstück
des Gärtners angekauft und wollte nun „die Sache ge=
richtlich machen“. Dies geschah, und von nun an wußten
die Arnstädter, daß er Doktor Cardin hieß. Er bezog

sofort sein Besitztum, das der Gärtner Hals über Kopf räumen mußte, und etwa drei Wochen später langten Bücher, Kisten und Gerätschaften aller Art, von denen die Arnstädter keinen Begriff hatten, auf mehreren Wagen an. Was Wunder, daß sie ihn für „sehr reich“ erklärten?

Die Neugier machte die sonst so gelangweilten Arn= städter etwas unverschämt, und da Cardin nicht der Mann war, sich das gefallen zu lassen oder in den kordialen Ge= vatterton einzustimmen, war er bald der „gröbste Kerl zehn Meilen in der Runde“.

Der einzige, der versicherte, „daß der fremde Doktor ein komischer Kauz, aber sonst ein ganz netter Mann sei“, war der Amtmann, welcher zugleich der einzige Architekt des Städtchens war, denn Cardin begann sofort, nach eigener Zeichnung bauen zu lassen, und stellte eine kleine Villa, ein Schlößchen, wie aus Tausendundeiner Nacht hin, daß die Leute vor Verwunderung toll wurden.

Er war nun nicht bloß „unsinnig reich“, sondern mußte „mindestens ein verkappter Prinz“ sein.

Die innere Einrichtung entsprach der äußeren, und die kostbaren Möbel, welche anlangten, bestätigten die Mei= nung der Leute. Doktor Cardin war eingerichtet und nahm die beiden Knechte des vorigen Besitzers in Dienst, um den Garten zu pflegen, ließ ihnen sogar noch an den beiden Eingängen des Gartens zwei Häuschen erbauen, die sie mit ihren Familien beziehen durften. Außer seinem Terrain ließ sich aber der Doktor wenig sehen, ging grundsätzlich nie in die Kirche, trug überhaupt solche Ver= achtung gegen die Religion zur Schau, daß nach kurzem das ganze gottesfürchtige Arnstadt in offener Fehde mit ihm stand. Man hatte entdeckt, daß er oft die Nächte hindurch Licht habe, ferner, daß er sogar die Tochter seines einen Knechts, Trude, die für ebenso hübsch als leichtsinnig galt, zu sich ins Haus genommen und mit

ihr in wilder Ehe lebe, daher es denn nicht zu ver=
wundern sei, daß seine Knechte „eben solche Herren spielten
wie er". Da nun der Doktor die üblen Nachreden der
Leute mit um so größerer Grobheit, Rücksichtslosigkeit und
Verachtung vergalt, ihre Neugierde wie ihren Aberglauben
mit allerlei Schreck und Possen kitzelte, um sie dann zu
verhöhnen, so wurde er von Tag zu Tag mehr der
Gegenstand des Abscheues und abergläubischer Furcht.

„Er ist Goldmacher."

„Er steht mit dem Teufel im Bunde!" sagten die
Leute.

Ach, aller Friede schien aus dem armen Städtchen
gewichen, und da der Amtmann (weil der Doktor immer
wieder etwas zu bauen hatte), mit seiner Sippschaft für
ihn Partei nahm, drang der Streit sogar in die Familien
selbst und entzweite sie, zumal Cardin, dem Stadtbader
zum Trotz, die ärmeren Leute, die sich trotz des Geredes
an ihn wandten, umsonst kurierte und so die Zahl seiner
Freunde vermehrte.

„Seit der verdammte Doktor da ist, muß aller Friede
aus Arnstadt gewichen sein!"

„Natürlich, er hält's mit dem Erzfeind, da ist's nicht
schwer, uns zu entzweien!"

Darüber verging ein Jahr ums andere, die Arn=
städter hatten weniger Langeweile, aber dafür zehnfach
mehr Ärger.

Sie hatten, was sie wollten!

<hr>

Im August des Jahres 1751 kam die staubige
Straße von Ichtershausen her ein Mann gegangen, dem
man es ansah, wie weit er gewandert war. Er hatte
eine Geige unter dem Arm und ihm schien wenig daran
gelegen, wie bald er sein Ziel erreiche, wenn er überhaupt
eins hatte. Bei den ersten Häusern angekommen, fragte

er, wo der Organist Vogler wohne, und als er dessen Haus gefunden, trat er ohne Umstände ein.

„Kennt Ihr mich noch, Vogler?"

„Herr, erhalte mir meine fünf Sinne! Seid Ihr's oder nicht? Friedemann Bach!"

„Richtig. Und komme von Leipzig! Mein Vater — ist tot, in Halle haben mich die Pietisten fortgejagt, meinem Schwager in Naumburg mag ich nicht zur Last fallen, er hat meine Mutter schon auf dem Halse, da hab' ich gehört, daß Ihr an zwei Kirchen Organist seid. Könnt Ihr mir vielleicht Beschäftigung geben?"

„So weit seid Ihr also heruntergekommen? Habt doch in Dresden und Halle so ein schönes Amt gehabt, und nun wollt Ihr in Arnstadt handlangern?"

„Das geht Euch alles nichts an! Ich frage Euch, ob Ihr mir Arbeit geben könnt. Ja oder nein, Almosen brauch' ich nicht!"

„Nein!"

„Hol Euch der Teufel, Halunke! Alles, was Ihr jämmerlicher Kerl geworden seid, dankt Ihr den Bachs. Wenn Ihr Ehr' im Leib hättet, müßtet Ihr mir helfen und nicht fragen! Haltet 's Maul, ein Halunke seid Ihr!"

Damit trat er hastig aus dem Hause, und zwischen den gegenüberliegenden Häusern und Gehöften hindurch klomm er den Berg empor. Der Wahnsinn sprach wiederum heimlich lachend aus seinen Zügen, und wie er so dahinschritt auf dem schmalen Weg, nicht achtend, wo er ging, tönte seine Violine in so furchtbarer Weise, daß die Leute erschreckt aus den Häusern fuhren und dem Unhold nachstierten. Immer weiter ging er, immer mehr sank die Sonne, immer einsamer ward's um ihn. Plötzlich, etwa vierzig Schritt vor ihm, trat ein Mann unter den Bäumen hervor und winkte ihm. Er folgte mit dem Instinkt des Tieres, indes sein Geist wie seine Töne im Wesenlosen

flatterten. Er trat in ein kleines Zimmer, von Kerzen
erhellt, mit seltenem Luxus ausgestattet. Matt sank er
auf den ihm gebotenen Diwan. Vor ihm standen Früchte
und Speisen, und mit der Hast eines begehrlichen Kindes,
dem Hunger eines Verschmachtenden griff er zu, und die
Violine glitt auf den Boden.

„Mich dürstet!"

Der Fremde reichte ihm ein Glas mit einer duften=
den Flüssigkeit. Friedemann leerte es in einem Zuge.

Wenige Minuten später war er zusammengesunken:
er schlief.

Der Fremde schellte.

„Bringt ihn zu Bett nach meinem Zimmer. Heut'
nacht wacht einer von euch. Vorwärts!"

———

Wenige Tage später hatten die Arnstädter wieder
etwas Neues. „Der verrückte Kerl mit seiner Violine ist
bei dem Alchimisten oben verschwunden; der fing für den
Satan eine arme Seele!"

Die Dreizahl, die Trias, von alters her im Genusse
besonderer Verehrung, ist unauslöschlich dem Wesen aller
Dinge eingeprägt, und wir finden fast alles in der Natur,
sei's Qualität, Quantität=, Raum=, Zeit= oder Formver=
hältnis, auf diese Dreiheit zurückgeführt und aus ihr her=
geleitet.

So ist auch im Menschen, dem Gipfelpunkte irdischer
Wesen, die Dreizahl in körperlicher und geistiger Be=
ziehung, wie in der Lebensentwicklung, ausgeprägt, und
diese Verhältnisse entsprechen sich gegenseitig. Wenn Herz,
Kopf und Arm wie Keim, Pflanze und Frucht sich ver=
halten, so verhält sich Gemüt, Verstand und Vernunft wie
Kindheit, Mannheit und Alter, und sie bedingen einander.
Ebensowenig wie wir diesen letztgenannten Phasen unseres
Lebens entgehen können, wie wir sie vielmehr ganz und

nach allen Seiten hin durchmachen müssen, ebensowenig können wir uns den Ansprüchen derjenigen organischen Entwicklung, derjenigen natürlichen Erscheinung entziehen, die das Gemüt, der Verstand, die Vernunft an uns erheben.

Der äußere Mensch ist einmal Objekt seiner Seele, und dies ist vielleicht der allerstärkste Beweis, daß letztere doch noch ein wenig mehr ist als eine Quantität Alkohol, die aus unserer übrigen Materie nach innen abdampft. Möglich, daß einer keine sogenannte Jugend gehabt oder kein Gemüt zu haben vorgibt, wahrscheinlich, daß er sich seiner Jugend wie seines Gemütes zur natürlichen Zeit wenig bewußt werden konnte, daß sie in ihm zurückgedrängt wurden. Die Natur aber läßt sich nie Rechte verkümmern, pflegt gerade dann ihre Ansprüche zu erheben, ihr gekränktes Gesetz nachzuholen, wann es uns am wenigsten gelegen und ach! nicht ohne tiefe, nachteilige Folgen für unsere gegenwärtige Lebensepoche ist.

Friedemann Bachs Jugend war verraucht, nicht nur in seinem äußeren Menschen, sondern hauptsächlich in seinem Inneren. Mit seinem Vater hatte er sie begraben und zugleich den besten Teil seines Gemüts. Er hatte bisher sein Leben allein von der Seite des Herzens erfaßt, sein Verstand war nur der sehr abhängige Knecht seines Gemüts gewesen, zu lange gewesen, und Friedemann trug die Kinderschuhe der Seele noch immer, als er dem Alter nach hoch im Mittag seiner Tage stand. Selbst reine Verstandesobjekte, wie Philosophie und andere strikte Wissenschaften, hatte er mehr mit dem Gemüt abgetan, daher lebte er in einer Welt von Phantasien, in der ewigen Sonne der Gefühlsschwärmerei, in der die dünnen Nebelflecke des Verstandes vor übergroßer Helle nicht zu sehen waren. Zwischen Liebe, Ehrgeiz, Selbstsucht, Haß, Selbstmißtrauen und Tönen schwamm seine Psyche umher und, obwohl durch die Katastrophe in Dresden tief er-

schüttert, erhob sie sich, vermöge der riesig zähen Natur
Friedemanns, nicht nur vollständig immer wieder, sondern
setzte sogar ihren verderblichen, durchs Schicksal vergebens
unterbrochenen Lauf auf stärkere, eigensinnigere Weise fort,
und erst als mit einem Ruck alles in ihm zerbrach, als
Kunst und Liebe und sein letzter Anker, der Vater, ins
Grab sank, erst da erwachte Friedemann-Ikarus zu anderem
Sein. Ob zum besseren?

Eins war ihm klar: daß er seine Jugend verloren
hatte. — — —

Friedemanns Leben war, wie bei allen Träumern
und Phantasten, ein Schlafwandeln gewesen, und wie er
sich selbstsüchtig einer Welt der Einbildung hingegeben, die
Kunst des Lebens versäumt hatte, so war es kein Wunder,
daß er in der Karfreitagnacht wahnsinnig geworden war.

Durch die treue Pflege der Seinen hergestellt, wäre
es besser für ihn gewesen, die Musik ganz an den Nagel
zu hängen, sie wenigstens nicht als ausschließlichen Lebens=
zweck zu behandeln oder aber — zu heiraten.

Da ersteres aber doch geschah und letzteres nicht, so
kam er allmählich in die alte Lebenslage, mithin die alte
Welt der Einbildung und Empfindelei zurück. Alle seine
Entschlüsse, sich zu ändern, alle seine neuen Pläne blieben
deswegen unerfüllt und haltlos, weil er sie auf Anschau=
ungen baute, die dem gemeinen Leben feindlich waren,
dem Leben, das er doch einmal lebte. Deshalb war er
der an sich schon schwierigen Stellung der Parteien in
Halle nicht gewachsen, deshalb glaubte er, getragen von
seinem erneuten Ruhm und dem Beifall seiner Verehrer,
im Luzifer etwas Unerhörtes zu leisten. Wäre die Welt
geborsten, er hätte nicht entsetzter sein können, als durch
Astruas Brief, der in ihm Kunst und Liebe bankerott er=
klärte. Der alte Wahnsinn regte über ihm wieder die
grauen Schwingen, doch in anderer Art, und erzeugte

andere Wirkungen. Nicht jene alte Raserei, nicht jene
längere Geistesgestörtheit war's, wie ehedem. Seine mit
den Jahren stärker gewordene Seele, die trotz aller Phan=
tasterei aus der Philosophie mehr Realität gesogen hatte,
als man erwarten durfte, leistete stärkeren Widerstand,
und was sonst permanenter Wahnsinn war, wurde jetzt
momentane Tollheit, die aber dann ungeschminkter hervor=
trat. Der „tolle“ Friedemann verdarb sich so seine Stellung
in Halle, aus der er mit einer gleichgültigen Stumpfheit
schied, die andere nicht begreifen mochten. Für gewöhnlich
war er träumerisch, vollzog aber die Verrichtungen des
Lebens mit einem verständigen Instinkt, so daß man
gelten lassen konnte, was er tat. Kam aber irgend eine
Erregung, Schmerz, Zorn, Verzweiflung über ihn, so
konnte seine Nähe gefährlich werden, denn rücksichtslos
zertrümmerte er das Gesellschaftsgesetz, die Sitten und
Rechte seiner Umgebungen. Furchtbarer als alles übrige
packte ihn der Tod des Vaters, aber aus ihm erwuchs
ihm auch eine Veränderung seines Wesens, die wenigstens
für den Augenblick heilsam zu wirken schien. Mit diesem
äußersten Schmerz schien aller Schmerz von ihm gewichen.
„Der Vater ist tot!“ heulte es in ihm. Er schien von
nun an nicht mehr allzu starker Erregungen fähig zu sein,
und die auf dem Grunde seiner Seele lauernde Skepsis
gab ihm eine verrückte Lustigkeit, die hin und wieder von
einem jähen Paroxysmus des Wehs unterbrochen wurde,
ihn aber weniger schreckhaft erscheinen ließ.

Durch seine Tollheit hindurch vollendete die Natur
ihr Werk und zog ihm das rosenrote Kinderkleid des
Gemüts mit Gewalt aus. Er trat ins Stadium des
Verstandes, aber um so krasser und greller, und dies
machte ihn langsam zu dem, was er durch sein ganzes
übriges Leben vornehmlich geblieben ist. Das rhapsodische
Produkt seines Gemüts war der Wahnsinn, das rhapso=

dische Produkt seines Verstandes wurde die Tollheit, die lustige Tollheit, die einen Totenknochen zum Spazierstock nimmt.

So kam er nach Arnstadt, und das lieblose Benehmen Voglers, der ihn abwies, gebar noch eine letzte Wut aus dem Schoße seiner Erinnerung.

Er rannte geradezu ins Leere.

Doktor Cardin fand ihn, wie man einen verlaufenen Hund findet.

———————————————————————

In Arnstadt unten gärte von nun an eine furchtbare Verschwörung.

Die Leute hatten so lange danach getrachtet, dem Doktor was am Zeuge zu flicken, und jetzt hatten sie's gefunden.

Zahlreiche Zeugen sahen Friedemann in Cardins Garten verschwinden, und er kehrte nicht mehr zurück. Einer raunte dem anderen das Schlimmste zu.

„Der Doktor hat den tollen Fremden gemordet, er braucht Menschenfleisch und Blut, um Gold zu machen!" hatte der Bader gesagt.

„Er hat den Armen dem Teufel verschrieben, damit er selber noch Frist erhalte!"

„Er ist ein Seelenverkäufer, nichts anderes!"

„Ein Hexenpater, ein Satanspriester ist er!"

Nachdem man sich ein halbes Jahr mit den tollsten Konjekturen geplagt, sich gegenseitig erhitzt und Cardin mit einem Heere Spione umgeben hatte, erhob man sich einmütig und forderte trotz der Gegenreden des Amt=manns tumultuarisch, daß das Gericht einschreite.

Der Amtmann mußte es mit schwerem Herzen ge=schehen lassen, daß die Gemeinde den Cardin bei der Regierung verklagte. Doch besuchte er ihn und stellte ihm die Gefahr seiner Lage vor

Die Sache war ernster als sie schien, denn die Tortur, obwohl in Preußen unter Friedrich II. durch Cocceji abgeschafft, war in Süd- und Mitteldeutschland noch in schönster Blüte.

Doktor Cardin schrieb einen Brief an den Fürsten nach Sondershausen, und indem er Aufschluß über sich gab, bat er selbst um Untersuchung.

Zum Jubel seiner Feinde trafen auch endlich drei Kommissarien des hochpeinlichen Halsgerichtes in Arnstadt ein, und schon spitzte man sich darauf, den armen Doktor mindestens gevierteilt zu sehen.

Die Kommissarien wählten den Amtmann zum Bei=sitzer und vernahmen die Zeugen. So ausgerüstet, eine Legion von Angebern hinter sich, begaben sich die wohl=weisen Kommissarien samt dem Amtmann nach Cardins Grundstück, ließen sich genau den Weg zeigen, den Friede=mann gegangen, die Stelle, wo er angeblich verschwunden war, und von den bärbeißigen Knechten geführt, rückte das Belagerungskorps vor die Residenz des „Satans“. Die prächtigen Anlagen erweckten trotzdem die Bewunde=rung der Eindringlinge, und niemand konnte sich enthalten, diesen reizenden Feensitz laut zu preisen. Das Haus hatte nur einen Eingang, welcher verschlossen war. Man zog die Schelle. Nach einigen Minuten ward geöffnet, und das feiste Gesicht der korpulenten Trude ward sichtbar.

„Was wollen Sie?“

„Die Kommissarien des Kriminalgerichts wollen Doktor Cardin sprechen.“

„Treten Sie ein und warten Sie.“ Sie kamen in eine Vorhalle, die leer, ohne Fenster und von oben er=leuchtet war. Drei Türen von schwarzglänzendem Holz lagen nebeneinander ihnen gerade gegenüber und starrten schreckhaft aus der weißen kahlen Wand. Über der Mittel=tür stand mit griechischen Lettern „Daimon“. Mitten in der Halle lag aber ein steinernes Ungetüm, halb Löwe, halb Weib, und hielt einen Spiegel in der rechten Klaue. Entsetzt ließen die guten Arnstädter einen weiten Kreis um dasselbe frei, denn sie hatten noch keine Sphinx gesehen.

Ehe die Versammlung aber imstande war, diese Dinge näher zu betrachten, trat Cardin in einem eleganten seidenen Schlafrock, mit wohlgepuderter Perücke, lächelnd, mit graziöser Handbewegung, herein, empfing die Kommissarien und fragte nach ihrem Wunsch.

Feierlich ward das Protokoll der Zeugenaussagen verlesen, doch während die Arnstädter vermeinten, der Doktor müsse vor Schreck zu Boden sinken, verbeugte er sich ruhig und sagte:

„Meine Herren, ehe wir weitergehen, erlauben Sie mir zwei Fragen:

Hatten sich die Zeugen fest versichert, daß der Fremde wahnsinnig war?"

„Das hatten sie!"

„Und er ist hier bei mir verschwunden?"

„Gewiß!"

„Dann muß er auch wohl noch da sein. Laffen Sie uns nachsehen."

Mit diesen Worten öffnete Cardin die Mitteltür, und in einem mit Tapeten und vergoldeten Möbeln luxuriös ausgestatteten Kabinett lag in einem Sessel, hinter einem Tisch mit Papieren, behaglich ausgestreckt, gehüllt in einen prächtigen Schlafrock, Friedemann Bach und las in einem Buche.

„Friedemann, komm doch einen Augenblick herein!"

Friedemann, das Buch beiseite legend, stand auf und trat mit einem Blick des Erstaunens näher.

„Was soll das bedeuten, Doktor?"

„Die guten Leute in Arnstadt glauben, daß ich dich an mich gelockt und dann ermordet, oder dem Teufel ver=

kauft habe. Dies sind die Herren Kriminalkommissarien von Sondershausen, die sich überzeugen wollen."

„Hahaha! Danke für gütige Nachfrage! Sagen Sie der weisen Sondershausener Regierung, meine Herren Kriminalrichter, daß es in der ganzen Welt keine größeren Ochsen geben kann als die Bürger von Arnstadt. Ich aber sage Ihnen, daß Doktor Cardin mich nicht bloß aus dem Elende und der Armut gerissen, sondern mir auch meinen Verstand wiedergegeben hat! Ich befinde mich hier ganz wohl und werde mit meinem Willen gewiß nicht fortgehen. Guten Morgen!"

Die Tür hinter sich schließend, verschwand Friedemann.

Der Doktor begleitete die um Entschuldigung bittenden Kommissarien bis zur Tür, die sich unterm Gelächter der feisten Trude schloß. Die Arnstädter entfernten sich mit langen Gesichtern, und die Herren Kriminalisten, welche auf Cardins Kosten ein reiches Diner im Gasthof fanden, reisten ab, nachdem sie die Arnstädter bedeutet hatten, in Zukunft „das Maul zu halten".

Cardin hingegen war zu Friedemann ins Tapetenzimmer zurückgekehrt.

„Willst du noch einen besseren Beleg für die Erbärmlichkeit der Menschen? Sieh, ich wußte, was mir bevorstand, wußte, daß der spanische Bock und die Daumschrauben meiner warteten und sagte dir nichts, um dich den vollen Eindruck dieser Erbärmlichkeit empfinden zu lassen. Nicht der Beweis, was ich an dir getan, war's etwa, was mich allein gegen dumme Bosheit geschützt hat; nein, weil ich Geld habe, weil ich an die Regierung von Sondershausen einen Brief Diderots und Voltaires, die der mächtige Preußenkönig liebt, geschickt habe, Briefe, die meinen Charakter ins Licht setzen, darum haben sie mich in Ruhe gelassen."

„Aber der Haß dieser Menschen ist unerklärlich!"

„Mir, mein Sohn, ist er's nicht. Daran ist die Erbsünde schuld, die Dummheit, die sie mit sich umherschleppen. Dummheit und Langeweile brachten den Menschen von jeher dazu, die Freiheit anderer zu gefährden. Weil es ihm an Kraft fehlt, sie für sich selbst zu beanspruchen, will er sie auch andern nicht gönnen. Dieses erbärmliche Ding, das die Leute ihre Religion, ihre Tugend nennen, bringt sie zu solchem Benehmen. J, Plato verdammt ja die Atheisten sogar zum Tode, wie gefällt dir das? — Bah, die Tugendhaften sind von jeher die größten Canaillen in der Welt gewesen! Sie bekümmern sich um unsere Moralität, unser Seelenheil, um das, was wir tun und unterlassen sollen, aber um sich selber bekümmert sich keiner. Das ist eben die Narrheit unseres Geschlechts! Ich sage dir: je weniger du dich um andere Menschen bekümmerst, desto freier bist du. Ob du sie beherrschest oder von ihnen beherrscht wirst, ist gleich, du hast immerhin mit ihnen zu tun; das ist genug, dir das Leben zu verleiden!"

„Es ist wahr, je mehr man mit sich allein ist, je enger man sich vor der Welt ins Gehäuse seiner Selbstgenügsamkeit zurückzieht, desto glücklicher ist man. Ich wünschte, ich hätte das früher tun können."

„Ein Glück für dich, daß du's nun kannst. Dieser empfindelnde, weiche Sack hier drinnen, den die Menschen Herz nennen, auf dessen edle Qualität sie sich so große Stücke einbilden, hat in Wahrheit den ganzen Jammer der Erde zu verantworten. Dies dumme Herz ist's, was unseren grübelnden Gedanken mit besseren Welten, besseren Zeiten, kurz mit Hoffnungen, die sich nie erfüllen, abspeist, uns in überirdischen Träumen unsere Zeit verschwenden läßt, während wir genießen sollten, und was unseren Verstand, der uns allein vom Tiere unterscheidet, stets hindert, sein alleiniges Herrscherrecht auszuüben. Was wir denken und erkennen, Friedemann, sind wir, was wir fühlen, ist unser Tieranteil. Du hast bisher nur gefühlt, das war dein Unglück, das hat dich unfähig ge= macht, dem Leben draußen und diesem gemütvollen Ge= sindel deiner Mitmenschen zu widerstehen. Sie haben dich elend und wahnsinnig gemacht, weil sie dich beherrschen wollten, und da du's warst, haben sie dich liegen lassen! Du wurdest geisteskrank, weil du Herz hattest, jetzt bist du gesund geworden, weil ich den eigentlichen Menschen in dir, deinen Verstand, geweckt, dich gelehrt habe, dich an und mit dir selbst zu vergnügen. Gegen dich habe Herz, meinetwegen, mit dir tue schön, hörst du? Vor allem gewöhne dich, den kalten, klaren Kalkül walten zu lassen. Selbstgenügsamkeit ist die Freude, Ruhe und Kälte der Welt gegenüber sind der Stolz des Weisen!"

„Wenn Sie nun aber kein Herz haben und allein den Verstand walten lassen, wie kamen Sie darauf, mich, den Bettler, den Wahnsinnigen, aufzunehmen?"

„Weil ich an dir ein Objekt fand, mir selbst die Wahrheit meiner Doktrin zu beweisen, weil es für den freien Menschen ein Selbststolz ist, wieder freie Menschen zu machen. Ich freue mich über mich, wenn ich dich belehre, und dein Umgang beweist mir, daß der Verstand doch wieder einen Repräsentanten mehr auf der Welt hat.

Ich bin ein Egoist, ein Ichmensch, ich bin selbst= süchtig und sehe nicht ein, was ich Besseres tun könnte, aber ich habe die Anständigkeit, das, was ich bin, frei zu sagen, weil ich mir dessen klar bewußt bin."

„Glaubst du, alle andern tun's nicht?"

„Es lebt kein Mensch, der nicht ein Egoist wäre! Entweder weiß er's nicht und hält für eine süße Herzens= tugend, was platte Selbstsucht ist, oder er weiß es recht gut, schiebt aber sein Herz, seine Uneigennützigkeit, seine

Aufopferungsfähigkeit vor, um seinen Profit nicht sehen
zu lassen. Das sind aber die Nichtswürdigen, die Be=
trüger und Halunken! Auf Galgen und Rad mit ihnen!

„Du ziehst ein schief Gesicht, Friedemann, daß ich
dich nicht aus Edelmut und Großherzigkeit aufgenommen?
Das beweist, daß du noch immer so eine Art Herzens=
schwächling, kurz, noch nicht ganz geheilt bist. Nenne mir
doch um Himmels willen eine Großtat dieser Erde, das,
was dir so recht wie Herzensadel vorkommt. Du weißt
nicht einen, von dem ich dir nicht die platteste Selbst=
sucht nachweisen kann. Selbstsucht im Gewande des
Gemüts!"

„Nun, zum Beispiel die Märtyrer?"

„Profit, da kommst du schön an!

Was sind Märtyrer? Leute, die aus Liebe zu ihrer
Sache in den Tod gehen, um deren vorgebliche Wahrheit
zu besiegeln. Ei, was ist denn ihre Sache? Weißt du
das? Meine Sache ist nur das, was mir angehört, was
ich in meinem Verstande als wahr und richtig erkannt
habe. Diese Sache breite ich in der Welt aus, daß sie
von andern auch erfaßt werde, und zwar so, wie ich sie
erfasse. Ist das nicht Selbstsucht? Suche ich mich da
nicht auch in den andern?

Nun wird mir meine Sache angefeindet, ich kämpfe,
auf die Gefahr hin, zu unterliegen. Ist mir nun diese
Sache nicht so wichtig, daß ich mit ihr zugleich zugrunde
gehen muß, so lasse ich die Toren laufen; ist meine Sache
aber so mit mir eins, daß ich an und für mich aufhören
muß, wenn sie fällt, so falle ich mit meiner Sache.
Das ist doch klar. Rechne nun die Eitelkeit dazu, die
jeder öffentliche Schauspieler hat, er sei Philosoph, Herrscher,
Ringkämpfer oder Mime, dann hast du das historische
Ding, Märtyrer genannt, fertig."

„Ein solcher ist Euch verächtlich!"

„Natürlich. Denn es gibt gar nichts außer mir, was meine Sache wäre, was sich des Kampfes lohnte.

Nur ich bin meine Sache. Um mich brauch ich nicht zu sterben, denn ich bin nur mein, insofern ich lebe. Gelebt zu haben, ist meine Sache. Ich okkupiere für mich die Freiheit, zu sein, wie ich mag, und das kann jeder. Was mir nicht gefällt, lasse ich; wen ich nicht mag, den stoße ich ab. Wenn du mich nicht magst, so geh!"

„Wenn ich nun auch so ohne Gemüt, so selbstsüchtig antwortete, wie dann?"

„Antworte!"

„Nun gut, wenn ich nun sagte: Ihr habt mich geheilt, gepflegt, Eure Philosophie aber gefällt mir nicht? Obgleich mein Verstand sie billigt, engt sie mir das Herz ein. Ich würde von Euch gehen, denn die Überschrift an Eurer Tür ist wahr; Ihr seid ein Daimon. Aber ich kann nicht gehen, denn ich kann nicht, wie früher, darben, dulden, den Bänkelsänger spielen, damit mein Magen voll werde. Wäre das nicht auch egoistisch?"

Eine Pause erfolgte, Cardin trat ans Fenster, um die plötzliche Bewegung zu verbergen, die sich seiner bemächtigte. Dann wandte er sich an Friedemann.

„Das kannst du, mein Sohn. Ich will dir aber, damit du nicht an den Magen zu denken brauchst, eine gute Summe geben. Dann versuch es wieder draußen, in der schönen Menschenwelt, wo die warmen Herzen schlagen. Geh aber nicht zu weit von hier, denn ich sage dir, wenn ich dir heute einen Krösusreichtum gäbe, du lebst mit deinem Gelde nicht ein Jahr unter dem Gesindel — und du stehst wieder mit deiner Geige vor meiner Tür und spielst deinen wahnsinnigen Reigen! — Dann aber — könnt' ich tot sein! — Willst du's wagen?"

Mit großen Schritten ging Friedemann auf und ab. Dann zu Cardin tretend, legte er seine Hand in die des Doktors:

„Nie wieder, Cardin! — Ihr habt recht: der Egoist allein ist glücklich, ich will es sein!“

„Hahahaha! Siehst du, mein Junge, siehst du? Es lebe der Daimon über unserer Tür! Denke und genieße für dich, und allein nur dich, das ist der Nerv des Lebens! — Wein her und einen Kranz von Rosen für unsere Schläfe!“

Die jetzige Lage Friedemanns war ebenso gänzlich verschieden von der seines früheren Lebens, wie entscheidend für seine ganze Zukunft.

So ehrenhaft und gewinnbringend einzelne vergangene Epochen für ihn gewesen waren, so sehr er auch den Luxus und Komfort der vornehmen Welt, namentlich in Dresden, kennen gelernt hatte, so absolut wohl wie jetzt hatte er sich noch nie gefühlt. Das Drängen und Treiben seines Ehrgeizes, seiner Liebe hatte ihn in einer ewigen Erregung erhalten, und sein Gemüt schwankte und zitterte stets auf den Wogen des Stolzes, der Begierde und Hoffnung, und hatte ihm nie Zeit gelassen, über sich nachzudenken. Plötzlich, im allerwildesten Wirbel, wo der Nachen seines Daseins schon im Zerschellen war, warf ihn das Schicksal auf einen ruhigen Strand, eine einsame, unbekannte Insel, wo ein Paradies des Wohllebens, Behagens und Friedens ihn umfing, das er nie gekostet, und seine Seele ward zum erstenmal auf sich selbst angewiesen, in sich versenkt zur Selbstliebe, Selbstanbetung. Durch die beständige Sorgfalt Cardins und die eigene Art seiner Behandlung zum zweitenmal der Seelenzerrüttung entrissen, genas er um so rascher, als Cardins doktrinärer Spott ihn gewöhnt hatte, sich aller Herzensaffektionen, seiner Er-

innerungen und Hoffnungen zu schämen. Dadurch erreichte
sein Körper und Geist eine solche Ruhe und Stetigkeit,
ein zufriedenes Beharrungsvermögen im Genuß der Gegen=
wart, daß er nicht nötig hatte, eine Wiederkehr des Wahn=
sinns zu befürchten. Das köstliche Landhaus, in dem er
wohnte, aus dessen Fenstern er verächtlich herabblicken
konnte auf die verlassene Welt, die sich dahin dehnte und
in den Himmelsrand verlor, dieser duftende Garten, der
ihn umgab, der echt französische Komfort, der ihn in den
Zimmern umfing, die Feinheit der Speisen und Weine,
die geistreich schimmernden, verstandeskalten Gespräche mit
dem Doktor, das immer individualistischer werdende Denken
über sich selbst, über das, was er in der Philosophie auf
seinem Büchertisch gelesen hatte, dies alles ward für ihn
ein Zauber, der unermeßlich, unzerstörbar schien, und seine
Wangen, angeweht vom frischen Bergwind, erglühten wieder
rosig wie einst, und die wilden Falten der Stirne, jene
erstarrten Wogen alter Orkane, glätteten sich leise wieder
unter der Windstille des Selbstbehagens, und süße Faul=
heit, der Menschen höchstes Sehnen, zog wollüstig prickelnd
durch seine Glieder.

Ohne Wunsch, ohne Begierde, allein dem Genusse
des reichen Luxus einerseits, andererseits der Freude seiner
Selbstbeschauung und der reichen philosophischen und natur=
historischen Lektüre lebend, glitt ihm Tag um Tag, Jahr
um Jahr vorbei.

So entfremdete er sich immer mehr dem bürgerlichen
Leben, dem Begriff der Familienexistenz. Die Sehnsucht
nach Weibesliebe ging in dieser starren Verstandesrichtung
unter, und die heiligsten Empfindungen seiner Brust er=
schienen ihm schal und hohl.

Cardin hatte ihm klargemacht, daß die Liebe eine
eingebildete Herzensaffektion sei, die aus dem Geschlechts=
trieb entspringe, Tierisches aus Tierischem.

Die Liebe als Herzensaffektion sei an sich eine er=
bärmliche Schwäche, andererseits habe sie die praktische
Folge, daß sie nicht Stich halte, den Wechsel bedinge,
mithin den Konflikt, den Kampf und das Weh der Ge=
sellschaft. Weiber seien treulos, noch treuloser als die
Männer.

Darin liege der Beweis, daß die Liebe an sich ein
Unglück ist, denn das Glück muß dauernd sein, sonst ist
es keins. Dem Menschen zieme es nur, zu denken, nicht
zu lieben, wenn nicht sich selbst.

„Daimon“ lautete die Überschrift an Cardins Türe,
und Daimon, der Sondergeist, der Geist, der sich vom
All ablöste, um für sich das All zu sein, „er lauert über
dieser Pforte“, wie die alte Schlange Tek=ho der Ägypter.

———————————————————

Cardin war ein feiner, witziger Kopf, ein tiefer
Denker, der die extremsten Konsequenzen verfolgte.

Wie weit er damit kam, werden wir später sehen.
Er war unzweifelhaft Franzose, aber einer, der vollkommen
schön Deutsch sprach, was damals sehr viel sagen wollte.
Er war ein Franzose, der Frankreich bis aufs Blut haßte.
Trotzdem liebte er aber die französische Literatur nicht
allein, sondern stand mit dem Bureaux d'Esprit in Paris,
den Salons der Frau von Tencin, Madame Geoffrin,
Deffant, Julie l'Espinasse und besonders mit Holbach in
beständigem Verkehr, erhielt brühwarm das Neueste, was
am doktrinären Himmel des großen Babel jener Tage
auftauchen mochte, und Voltaires, Diderots, Rousseaus,
d'Alemberts, Turgots, Grimms, Helvetius und vieler
anderer Großgeister Briefe waren unablässige Besucher
seines Hauses, so daß Cardin scherzhaft sagte, er sei stets
in „ausgezeichneter Gesellschaft“. Daß Friedemanns Ach=
tung vor Cardin dadurch unendlich wuchs, ist begreiflich,
und mit allen Fühlfäden seines Geistes heftete er sich an

den rationellen Individualismus, der ihn mit allen Schauern der stolzesten Eigenliebe überströmte. Cardin war außerdem ein bedeutender Naturhistoriker und Sammler, von tiefem Wissen in der Mathematik, Physik und Antike, und indem er aus allen diesen Disziplinen den Extrakt seiner Philosophie zog und Friedemann mitteilte, erhielt dieselbe eine unbedingte Unumstößlichkeit für letzteren. Alle Zweifel, die noch auf dem Grunde von Friedemanns Seele lagen und durch momentane Herzkrämpfe emporgetrieben wurden, taten sich nach und nach in seinem Geiste ab.

Seine eigene Seele war ihm nur eine besonders potenzierte Qualität seiner Materie, ihr Spritgehalt, die Welt eine unendliche Kombination sonst verstreuter, durch eigene Schwere vereinter Atome, und der Tod ein chemischer Zersetzungsprozeß. Vor einem Begriffe noch stand seine zagende Seele still und zögerte, ihn zu zersetzen, vor „Gott".

Er hatte ihn vom ersten Hauche an geglaubt. Alles andere zu bezweifeln, war ihm erlaubt, denn er hatte alles verloren, aber den Glauben an seinen Gott, wie die kindliche Verehrung und Erinnerung an seinen Vater, war ihm geblieben, und wenn ihm Zweifel über beide kamen, flüchtete er sich, ohne hierin Cardins Urteil zu fragen, auf sein Zimmer und hielt dort sein eigenes Mysterium.

Sein eigen Mysterium? — Ja! — Es gab zwischen diesen beiden Männern etwas, was sie nicht miteinander teilten, worüber sie sich nie miteinander verständigten. Natürlich war es nur die Konsequenz ihrer eigenen Lehre, wenn sie sich gleichfalls momentan voneinander absonderten, um für sich zu sein. Deswegen hatte jeder von ihnen im Hause ganz entgegengesetzt ein Zimmer, wohin der andere nie kam, was sonst von niemand betreten wurde. Sie hatten das unter sich ausgemacht, und hierher flüchtete

auch Friedemann, wenn in seinem Sondergeist die qual=
volle Frage entstand:

„Gibt es einen Gott?

Ist dein Vater auch nur, troß seines großen
Herzens, ein Egoist gewesen, dessen Liebe zu dir nur
Selbstsucht, engherziger Eigennuß war?

Ist er, der so Herrliches geschaffen, so namenlos
gelitten für dich, nun nichts weiter als ein Haufen zer=
seßten Stoffes und vergessen, verweht im Weltall?“

Mit diesen alten, ewig wiederkehrenden Gedanken,
die er an Cardin nimmer richten mochte, um nicht un=
heimliche Antwort zu empfangen, trat er jedesmal in das
heimliche Zimmer, wo er allein atmete, dessen tiefe Stille
von keinem Ton gestört ward, wo er nichts hörte, außer
dem eigenen Herzschlag, dem fernen Gezwitscher der Vögel,
oder dem linden Rauschen der Bäume.

So oft er auch eintrat, um sich diese Frage selber
zu beantworten, er konnte es nie. Ein anderes kam dann
allgewaltig über ihn, ein anderes, das er ganz begraben
wähnte, das er erröten mußte, Cardin zu entdecken: die
Erinnerung!

Ein kleines Zimmer war's, dessen Fenster hinausging
in die Weite nach Westen, wo die Abendsonne die Zinne
der drei Gleichen fernab vergoldete.

Ein alter hölzerner Tisch stand da an der kalten
Wand, darüber hing seine alte Violine und sah vorwurfs=
voll auf ihn nieder, auf dem Tische lag aufgeschlagen das
letzte, süßeste Vermächtnis seines Vaters, die Kunst der
Fuge, deren Titel und Seiten vollgeschrieben waren mit
Bemerkungen und Liebeslehren an den Sohn.

Auch zwei vergilbte Notenblätter lagen da:

„Willst du dein Herz mir schenken?“

und

„Kein Blümlein wächst auf Erden.“

Hier sank oft er nieder in die Knie, — das Herz zitterte in ihm und maß die Dauer seines Lebens mit schallendem Hammerschlag. Verweht war die kecke Frage nach Jenseits, Gott und Vater, verweht von der Erinnerung. Die Vergangenheit mit all ihren Schmerzen, mit all ihrer Lust trat zu ihm und preßte ihn an sich.

Wohl fehlte ihm der Glaube, wohl wußte er, daß diese Stunden die „kranke Stelle", wie der Doktor sagte, in ihm war. Er wußte es, ja, — aber konnte nicht anders. Den Glauben an seinen Vater, ach! an ein Wiedersehen, er wollte ihn nicht lassen.

„Wenn's Trug, wenn's Narrheit ist, es zu glauben, so sei's! Ich muß es haben, um zu leben, und wenn mich Trug und Narrheit glücklich macht, wer will meine Selbstbestimmung zähmen?"

In diesen heiligen Stunden versenkte er sich ganz in gewesene Zeit, und mit der Andacht eines Mönches hockte er über den alten Papieren, sog den Inhalt dieser Blätter ein, und ein Sehnen, ein Schmerz, unsäglich, unvertilgbar, bemächtigte sich seiner. Dann öffnete er das Fenster, nahm die alte Violine in die Hand, und der scheidenden Sonne nach tönten seine tiefen, melancholischen Klagen, Tonseufzer einer ächzenden Seele, hinausgesendet als Tauben, ob sie vielleicht das Ölblatt aus der Sündflut brächten, den Zweig des Friedens!

Vier Jahre hatten beide Männer so gelebt, ihre Doktrinen erschöpft und wie Bienen den Gedankenhonig aus den literarischen Blumen gesammelt, die immer in neuen, mannigfaltigen Formen von den Geistesgenossen Frankreichs an sie gesendet wurden. Sie hatten sich immer mehr ineinander eingelebt, waren immer vertrauter geworden. Trotzdem waren sie in letzter Zeit immer öfter in ihre Heiligtümer geschlichen, ohne dies gegenseitig be-

merken zu wollen. Auch Cardin hatte sein Heiligtum.
— Was er hier trieb, welcher Art die Feier seiner ein=
samen Stunden war, wußte nur er. Cardin hatte nie
nach Friedemanns Vergangenheit gefragt, sich nie um sein
Geheimnis, oder was er in seinem Zimmer trieb, be=
kümmert. Ebensowenig machte er über sich Mitteilungen.
Friedemann bemerkte wohl, daß Cardin, ebenso wie er,
jetzt öfter in seinem Museum allein war, daß er, ebenso
wie Friedemann, sehr ernst gestimmt war, wenn er heraus=
trat, aber sonderbar genug war es gerade ein Tag im
Jahre, wo sich des Doktors Wesen merklich veränderte.
Es war der 25. August. Mehrere Tage vorher war er
schon einsilbig und meist für sich in seinem Zimmer oder
machte einsame Spaziergänge. Den bezeichneten Tag selbst
sah ihn niemand, erst am anderen Morgen erschien er
wieder, bleich, matt, und es dauerte eine ganze Zeit, ehe
er sich in den alten Ton fand.

Friedemann war keineswegs neugierig, aber, obgleich
er sich, gegenüber der Doktrin, seiner „kranken Stunden"
wohl bewußt war und, oft bespöttelt von Cardin, sich der
eisernen, spiegelklaren Konsequenz im Denken und Handeln
dieses Mannes mit Beschämung beugen mußte, und ob=
gleich, wie's Friedemann schien, nichts in der Welt die
ruhige Weisheit Cardins trüben, die glatte Fläche seiner
Seele bewegen, noch das Gemüt desselben, wenn er je
eins besessen, erschüttern konnte, hätte der Schüler doch
gern den Meister auf einer Schwachheit des Herzens
ertappt, um die eigene zu entschuldigen, und war daher
aufmerksamer als sonst, wenn der August herannahte. So
sehr sich Friedemann nun auch Mühe gab, irgend eine Be=
wegung zu entdecken, wenn Cardin wieder nachher zum
Vorschein kam, konnte er nichts an ihm entdecken als Ab=
spannung. Der Doktor hatte ihm einmal auf seine sorgliche
Frage geantwortet:

„Ach was! Ich habe angestrengt gearbeitet, daher kommt's!"

So war das erste Viertel des fünften Jahres ihres Zusammenseins beendigt, und der rätselhafte August nahte heran. Etwa acht Tage vorher ließ Cardin den Amtmann von Arnstadt, seinen alten Baumeister, rufen und pflog eine lange Unterredung mit ihm, auch sah Friedemann, daß der Amtmann etwas wie ein Dokument mit sich forttrug. — Je näher der Fünfundzwanzigste kam, desto einsilbiger ward Cardin. Er schrieb viel Briefe philosophischen Inhalts nach Paris, und wenn er auch mit Friedemann zusammen im Studierzimmer war, schien doch einer um den anderen sich wenig zu bekümmern. Friedemann kam es aber vor, als wäre sein alter Freund innerlich nicht sehr ruhig.

Es war am 24. August. Strahlend leuchteten Himmel und Flur, die ganze Natur schien sich in Wollust zu dehnen. Daher erwachte Friedemann zeitig und war erstaunt, den Doktor, zum Ausgehen angekleidet, vor seinem Bett zu sehen, wie wenn er ihn betrachtete. Cardin schrak zusammen.

„Mein Gott, was wollen Sie, Doktor?"

„Dich zu einem Spaziergang wecken, du schliefst aber so schön, daß es mir ordentlich leid tat. Steh auf, ich erwarte dich vor dem Hause!"

Cardin ging, Friedemann kleidete sich an.

„Sonderbar! Was will der Alte? Er erschrak ja? — Sollte er öfter so zu mir kommen, wenn ich schlafe? — Manchmal in der Nacht ist mir's, als wenn noch jemand in der Stube wäre, ich kann mich nur nicht ermuntern!"

Dieser Gedanke, der ihm, er wußte nicht warum, peinlich, ja gespenstisch vorkam, begleitete ihn vors Haus und machte ihn ernst. Auch Cardin war's, und sie gingen beide die Bergalleen hinunter aus dem Garten und wen

deten sich rechts durch die Schlucht, um in die Ebene zu
gelangen, die von der Stadt durch Cardins Grundstück
getrennt wurde. Sie gingen durch die Felder und atmeten
die würzige Morgenluft in allen Zügen.

„Friedemann," begann Cardin, „ich habe dich nie
gefragt, was du in deinem Zimmer treibst, dazu hab' ich
kein Recht und keine Lust. Ich wünsche dir nur, daß es
deiner jetzigen Erkenntnis und Glückseligkeit nicht schade.
Du hast mich gleichfalls meinen einsamen Stunden über=
lassen und mein Recht geehrt, ich danke dir. Nach den
Gesetzen der Natur aber wirst du mich überleben und
so hinter das Geheimnis meines Sonderlebens kommen,
ohne meinen Wunsch und mein Zutun. Was du da sehen
wirst, wenn du es recht und nach unserer Denkweise be=
trachtest, wird dir die Wahrheit unserer Philosophie und
zugleich die Ursache angeben, die mich zur Erkenntnis der
Wahrheit geführt hat. Dies sei dir jetzt genug. Ich will
mich aber mit dir über ein paar Fragen verständigen, die
noch unerörtert zwischen uns liegen, damit sie dir nicht
etwa Qual machen, wenn du sie für dich allein einmal
solltest behandeln müssen."

Friedemann erbebte innerlich.

„Gott! Ewigkeit! Vater!" tauchte es in ihm auf.

„Glaubst du an einen Gott? — Nun, nun, du
schämst dich? Du glaubst an ihn. Bist du feige, was du
denkst zu verhehlen?"

„Nein! Ich glaube an ihn!"

„Siehst du! Nun, ich glaube ihn nicht. Weiß du,
warum?"

„Nein."

„Weil ich ihn nicht weiß. Ich kann aber nur glauben,
was ich weiß."

„Ebensogut können Sie aber auch nicht sagen, daß
er nicht ist, denn das wissen Sie ebensowenig."

„Ja, das weiß ich. Ich kann sagen, daß er nicht ist. Seine Gegenwart kann ich nicht beweisen, aber seine Abwesenheit, folglich kann ich nicht glauben."

— — — — — — — — — — — — — —

Friedemann erschauerte in sich. Die Überzeugung, im Kampfe zu unterliegen, hinderte ihn, zu widersprechen. Er hätte, um sich zu schützen, sagen müssen: Schweige, ich will ihn glauben, das ist mein individuelles Recht. Doch das hielt er für eine Feigheit, sein Stolz trieb ihn, zu sagen:

„Wie beweisen Sie das?"

„Höre zu, es ist für dich von unendlicher Wichtigkeit, ist der Schlußstein aller Weisheit, und ich benutze dies Gespräch, um an diese Frage anlehnend noch einmal unsere ganze Doktrin zu wiederholen.

Alles andere zunächst beiseite gelassen, wollen wir Gott an sich betrachten. Auf den ersten Blick mußt du einsehen, daß er sich nur in zwei Verhältnissen befinden kann, die einander ausschließen.

Gott ist entweder innerhalb der Welt oder außer=halb derselben.

Ist er innerhalb der Welt, so kann er nicht an einem bestimmten Punkte derselben, sondern muß überall, in jedem Dinge sein, sonst wäre er ja nur ein Teil der Welt. Kann er aber ein Teil dessen sein, was er selbst ganz erschaffen? — Er ist also überall, in jedem Dinge. Er ist folglich das All selbst. Begreifst du nun nicht, daß von einer Persönlichkeit Gottes nie die Rede sein kann, daß er daher als solche schlechthin nicht ist?"

„Auf diese Art muß ich's wohl!"

„Aber gesetzt, Gott wäre nicht in den Dingen, er stände außerhalb derselben, als Schöpfer, etwa wie der Künstler außerhalb seines Kunstwerks, so ist doch klar, daß er sonst keinen Zusammenhang mit ihr hat, als daß er ehemals die Veranlassung zu ihr war, daß er sie so,

wie sie nach dem Ausdruck der Theologen mit allem Guten
und Bösen, mit all ihren Konsequenzen, kurz so, wie
sie ist, gemacht hat. Das Kunstwerk ist aber vom Künstler
nur so lange abhängig, als er daran schafft. Mit der
Vollendung wird es Individuum an sich, geht ihn nichts
mehr an. Für das vollendete, daseiende Kunstwerk ist
der Schöpfer selbst nicht mehr existierend, ist fortan zu
entbehren, denn es lebt an und für sich und nach dem
Gesetz, das er hineingegossen; es ist da! Die Entbehr=
lichkeit Gottes für die daseiende Welt ist Tatsache, mit=
hin haben wir uns nicht mehr um ihn zu bekümmern,
denn die Welt ist eben da! —— Laß uns nun, nachdem
wir seine Entbehrlichkeit bewiesen, zum Letzten schreiten
und die Unmöglichkeit seines Daseins als außerwelt=
licher Gott beweisen. Daß er in der Welt, im All nicht
ist, haben wir bereits gesehen. Außer dem All aber ist
nichts, denn das All ist zugleich alles. Folglich, da
nichts außer dem All ist, kann auch Gott nicht außer
dem All sein. Mithin ist Gott, da er weder in noch außer
dem All ist, gar nicht!"

Friedemann fühlte sich grenzenlos elend. Seinen
Verstand nahm die Logik Cardins gefangen, aber sein
Herz krümmte sich jammernd unter der Geburt des Re=
sultats. Ein Grauen überkam ihn, ein schreckhaftes Ge=
fühl der Öde, die Welt schien ihm ihres Schimmers,
ihres ganzen Inhalts beraubt. Seine innere furchtbare
Bewegung verhinderte ihn daher, zu bemerken, in welcher
Aufregung Cardin selbst war, wie alle Muskeln seines
Antlitzes krampfhaft zuckten und er, mit sich selbst in furcht=
barem Kampfe, den innern Streit in der äußeren Dis=
kussion erstickte.

Mit Verzweiflung raffte Friedemann sich auf und
sagte: „Und wie soll das Glück der Menschen sich ge=
stalten? Wenn auch der einzelne, der Weise, in sich und

der Natur Befriedigung finden kann, sind einer denn alle? Sieh die Not, die Armut, den Geiz, alle Laster und Schmerzen der Menschen: sollen sie denn ewig währen? Im Himmel kein Gott, das Jenseits ein Traum, auf Erden nur Jammer! Ich kann das nicht fassen und verstehn!"

„O ich will dir sagen, warum es so ist! Weil die Menschheit noch nicht den alten Deus überwunden hat, weil das Herz ihr noch Umstände macht. Laß jeden erst in sich ehrlich die Selbstsucht erkannt und verstanden haben, dann ist die Menschheit glücklich. Aus Selbstsucht werden die Menschen sich vereinen und es redlich bekennen. Aus Selbstsucht werden sie lieben, arbeiten, hassen und müßig gehn, kurz alles tun und lassen, und so aus Selbstsucht zur wahren Freiheit, kommen. Das aber wird geschehen. In der Luft dieses Jahrhunderts liegt die Wiedergeburt der Menschheit!"

„O, ich verstehe. Ihr meint, weil außer der Welt nichts ist, werden wir auf sie selber um so ernster angewiesen? Gut, gut! Laßt aber diese Lehre unter die Massen dringen, unter die rohen, darbenden, in Lumpen gehüllten Massen — was dann?"

„Dann werden sie die Tyrannen verjagen und den Mammon! Es gibt nichts, was über mich geht, die Monarchie ist eine Priestererfindung."

„Doch das Geld, der Besitz?"

„Ist eine Usurpation! — Lies Locke, lies Morelly, lies alle die Weisen, den Stolz ihrer Zeit!"

„Und was folgt daraus, mein Gott?"

„Daß die Welt republikanisch wird und die Güter der Erde allen ganz gleichmäßig zu eigen gegeben werden. Dann aber ist die Menschheit glücklich!"

„Ich erstarre!"

„Warte noch ein Menschenalter, mein Sohn, und

du wirst Wunderdinge sehen. Die morschen Gesellschaften, die alten Staaten brechen schon allgemach zusammen, aber die echte Weisheit schreitet vorwärts, das ist mein Trost! Laß uns zurückkehren."

Sie wendeten um und schritten lautlos ihrem Asyl zu. Betäubt, überwältigt vom Gedankenatlas, der ihm auf Kopf und Herzen lastete, setzte sich Friedemann an die Mahlzeit. Er konnte nicht essen. Auch Cardin genoß wenig. Ein Glas Wein tranken sie „Aufs Wohl der Selbstsucht!"

Cardin zog sich in sein Kabinett zurück, auch Friede=mann flüchtete in sein Heiligtum.

Er konnte heute nicht lesen in der Kunst der Fuge. Vergebens sah die alte Vertraute seines Grames, das Barbiton, von der Wand auf ihn hernieder, vergebens pochte Erinnerung leise an sein verschlossenes Herz. Er saß am offenen Fenster und starrte in die Landschaft, dachte an das, was er vernommen, und versuchte die Ein=drücke zu ordnen. Ach, es war doch so öde, so leer ihm im Gemüt, was half es, daß sein Kopf brannte in flackernden Gedanken!

Er saß lange so. — Die Sonne ging unter, der Mond kam herauf, er saß noch immer so. Es mußte schon spät sein, als er auffuhr, ihm war, als habe jemand die Tür geöffnet. — Es war finster. Er ging aus dem Kabinett, stieg die Treppe hinab in sein Schlafzimmer. Die Uhr zeigte auf zehn. Er entkleidete sich, verlöschte das Licht und ging zu Bett.

Das Haus Cardins, wie wir wissen, lag einsam auf der Höhe des Berges.

Die beiden Knechte mit ihren Familien wohnten jenseits und diesseits am Eingang des Grundstücks, am Fuße des Berges. Niemand bewohnte sonst die Villa als Cardin, Friedemann und Trude.

Der Raum war für die drei Menschen viel zu groß.

Wenn man durch die Tür, welche, von Arnstadt aus gerechnet, an der westlichen Seite des Hauses lag, eintrat, stand man in der Sphinxhalle, die wir schon kennen. Die mittlere Tür, mit der Aufschrift Daimon, führte in das gemeinsame Studier= und Wohnzimmer, welche links und rechts nach den Flügeln des Gebäudes führte.

Die linke Tür ging in Cardins Privatgemächer. Das erste enthielt seine Sammlungen, im zweiten schlief er. Aus dem ersten Zimmer führte aber eine Treppe hinauf nach dem oberen Teil des Gebäudes, einer turm= artigen Fortsetzung der Sphinxhalle. Dieser Teil des Gebäudes hatte zwei Zimmer, ein größeres und ein kleineres. Das erste war Cardins, das andere Friedemanns Schlupf= winkel. Aus Friedemanns Kabinett ging, wie schon ge= sagt, eben eine solche Treppe hinab nach dem rechten Flügel, wo sein Schlafzimmer lag. Im Raum daneben, dessen Aus= gang durch einen engen Korridor nach der Vorhalle führte, lag die fast zimmerartig eingerichtete Küche. Hier schlief und wohnte Trude.

Friedemann zwang sich umsonst, einzuschlafen. Ein Gefühl persönlicher Bangigkeit und Furcht, wie er es nie gekannt, bemächtigte sich seiner.

Die tiefe Stille, die ihm sonst doch so wohlgetan, peinigte ihn, und die wilden, verworrenen Gedanken des Tages kreuzten sich im Fluge, ohne ihn zu verlassen. Je länger er lag, je aufgeregter wurde er, je lebhafter wuchs das Gefühl der Furcht oder Vorahnung.

Über seinem Bett hing der Kavalierdegen, den er zu tragen pflegte, wenn er ausging. Er nahm ihn leise herab, untersuchte Spitze und Schneide, und ihn neben sich legend, fühlte er sich ruhiger.

Plötzlich hörte er oben ein Schluchzen und Wimmern, ein Rumoren seltsamer Art. Wie ein Blitz durchzuckte

es ihn, daß um zwölf Uhr der 25. August beginne, der geheimnisvolle Tag Cardins. Fast hatte er es im Ge=
dankenwust des Tages vergessen. Was ging da oben vor? War jemand bei dem Alten? Konnte Cardin nichts geschehen?

Schon wollte er, den Degen in der Hand, aus dem Bette springen und durchs Studierzimmer nach des Doktors Treppe eilen, um nachzusehen, als er über sich die Tür seines Zimmers — seines Mysteriums — sich öffnen hörte. War's Geisterspuk, war's Traum? Wie konnte man hineingelangen, ohne durch sein Schlafzimmer zu gehen, ohne seine Treppe zu passieren!

Dieser Gedanke füllte ihn mit Wut!

Auf einmal fiel ein Lichtstrahl durch die Öffnung der Treppe, und das Schluchzen, obwohl leiser, kam näher, und eine Gestalt, die das Licht trug, begann die Treppe zu ihm herabzusteigen.

Friedemann, dessen Adern zu springen drohten, be=
schloß, sich schlafend zu stellen und nur, sobald er feindliche Absichten merke, aufzuspringen und zuzustoßen. Die blanke Waffe an sich gepreßt, lag er still und schielte durch die geschlossenen Wimpern.

Der nächtliche Besuch hatte die letzten Stufen der Treppe erreicht und wendete sich zu dem Schlafenden.

Es war Cardin. — Ja, Cardin leibhaftig, aber so, wie Friedemann ihn nie gesehen!

Totenblaß, in ein langes Kleid, wie ein Trauer=
gewand, gehüllt, mit erhobener Leuchte, die sein Gesicht gespenstisch mit krassen Lichtern und tiefen Schatten über=
zog, stand er da vor ihm. Schluchzen hob krampfhaft seine Brust, Tränen rollten über sein Antlitz.

„O verzeihe, verzeih mir, Friedemann! Ach, ich liebe dich ja so sehr und wollte dich machen, wie ich bin, um dich gegen das Leben zu stählen! Ich habe nur noch deinetwegen Liebe zum Leben! — Verzeih mir!"

Und eben wollte er sich ihm nähern, ihn mit einer grenzenlosen Wehmut und Innigkeit noch einmal ansehen, als es ihn jäh mit krassem Entsetzen durchschauerte.

„'s ist zwölf, 's ist zwölf! Sie ruft mich! — Ach!!“ und mit einem kurzen Schrei floh er aus dem Zimmer, die Treppe hinauf!

Die Tür von Friedemanns Zimmer droben flog zu — ein ferner entsetzlicher Schrei — ein dumpfer Fall!

Hier galt kein Zaudern mehr. Mitleid und Entsetzen rissen Friedemann vom Lager auf. Den Degen in der Hand, schlug er Feuer, hüllte sich in den Rock und, ahnend, daß sich da droben etwas Furchtbares begeben, ein tiefes Rätsel lösen müsse, eilte er die Treppe empor und betrat zögernd sein Zimmer. Ein flüchtiger Blick belehrte ihn, daß es leer, daß nichts von seinen Heiligtümern entwendet oder von der Stelle gerückt sei. Tiefes Schweigen rings um ihn. Er trat an die Wand, die an das Zimmer Cardins stieß, und ein plötzlicher Zugwind, der die Flamme seines Lichts in Gefahr brachte, zwang ihn, die Hand vor dasselbe zu halten, so daß die Wand im Schatten lag.

Da bemerkte er einen Lichtschimmer, der durch eine Fuge fiel.

Er trat näher. Es war eine Tapetentür, die nicht ganz fest zugezogen war.

Drinnen regte sich gar nichts.

Er faßte sich ein Herz, drückte die Tür leise auf und trat ein.

Ein furchtbarer Anblick bot sich ihm dar.

Das Zimmer war schwarz tapeziert. Ein Kronleuchter mit sieben Kerzen brannte an der Decke. Auf einem Tisch, der altarähnlich schwarz verhangen, flammten zwei Wachskerzen. Zwischen ihnen in einem schwarzen Kasten, wie ein Bild aufgestellt, stand der bleiche Kopf eines schönen Weibes, das gewaltsam gestorben war. Der Schädel schien über der rechten Schläfe eingeschlagen und blutig.

Das Ganze war nur ein Wachsmodell nach der Natur, aber mit scheußlicher Virtuosität nachgeahmt.

Auf diesem Tische, mit dem Kopf auf ein Buch, wie zum Gebet niedergefallen, lag Cardin. Der Stuhl, auf dem er vermutlich gesessen, war umgeschlagen.

Cardin regte sich nicht.

Mit fast bewußtlosem Instinkt legte Friedemann die Hand auf des Alten Achsel, um ihn wegzuziehen.

Cardin schwankte und rollte zu Friedemanns Füßen.

Er war tot!

Sein Gesicht war blaurot; ein Gehirnschlag hatte ihn getroffen.

Ein satanisch verzerrter Zug voll namenlosen Hohns lag auf dem Antlitz des verstorbenen Daimon.

Das Buch, auf dem sein Haupt gelegen, als er starb, war die Bibel!

In ihr war eine Stelle vielfach unterstrichen.

„Alle Sünden sind den Menschen vergeben, aber die Sünden wider den Heiligen Geist sind den Menschen nicht vergeben!"

Das Entsetzen gebot Friedemann, zu fliehen. Das Gefühl der Dankbarkeit und des Mitleids für den Mann, der ihm alles gewesen, zwang ihn, zu bleiben.

Langsam erst gewöhnte er sein Auge, das Schreckliche zu ertragen.

Er setzte Cardins Leiche in den Stuhl und bedeckte ihr Gesicht mit den Falten des Gewandes; er konnte es nicht ansehen. Noch furchtbarer aber dünkte ihn gerade in seiner Schönheit das wächserne Frauenbild mit seiner blutigen Stirn.

Er ermannte sich und wandte es um nach der Wand.

Neben der Bibel lag ein versiegelter Brief mit der Aufschrift: „Mein Testament, an Friedemann, meinen lieben Sohn." Darunter: „Verflucht seist Du, so Du nicht tust, was ich hier drinnen will. Vor allem laß mich und um mich alles, wie Du's findest, nur dies Testament ist Dein!"

Friedemann steckte es hastig zu sich, und treu seiner Pflicht, obwohl mit schauderndem Widerwillen, brachte er den Toten in die vorige Lage, wendete das Medusenhaupt wieder auf ihn zu, ergriff schnell das Licht und wie von Furien getrieben, eilte er aus dem Zimmer, dessen Tapeten=tür er schloß.

Alles Liebe, was sein kleines Eden barg, nahm er hastig mit sich, und als könne Cardin wieder erwachen und ihm nachkommen, schob er den Tisch vor die geheime Pforte, schloß sein Zimmer zweimal ab und gelangte, Angstschweiß auf der Stirn, hinab in seine Stube.

Hier kam er zur ersten Reflexion.

„Cardin, der Egoist, hatte ihn — von Herzen geliebt!"

„Cardin, der Egoist, war über der — Bibel — gestorben!"

„Cardin, der Egoist, hatte ein Weib geliebt im Gemüt, und liebte sie bis zum letzten Schlage, obwohl sie tot war!"

Friedemann erbrach zitternd das Testament.

„Mein lieber Sohn!

Letzter, einziger Mensch, den ich liebend besessen, in dessen Umgange ich glücklich war! Höre mich an und tue, was ich Dich bitte!

Von meiner Vergangenheit teile ich Dir nicht mehr mit, als Dir zur Erklärung dessen nottut, was Du gesehen.

Ich war, wie Du schon weißt, lange Jahre Arzt

in Paris und reich; daher meine philosophischen Bekannt=
schaften.

Ich hatte ein Weib. — Sie betrog mich. — Ich
behandelte sie infolgedessen hart; denn ich war in der
Jugend geplagt von unseligem Jähzorn. Ich reiste
mit ihr in die Provinz, wo ich ein Gut hatte. Ihr
Liebhaber kam ihr nach, und als ich von einem Aus=
flug nach der nächsten Stadt früher wiederkam, als sie
meinte, fand ich — beide. — Er entfloh! Ich erschlug
sie am 25. August um Mitternacht!

Ich machte mein Vermögen in Paris flüssig und
ging nach Deutschland.

Laß mich schweigen von dem, was ich tat, um
den Mord geheimzuhalten, schweigen von dem, was in
mir vorging!

Ich hatte eine Totenmaske von Gips von ihr
genommen; in Deutschland fertigte ich das farbige
Wachsbild und stellte es mir ewig gegenüber.

Das hatte ich mir fürs Leben auferlegt!

Ich habe sie geliebt und außer ihr nur Dich!

Denke von mir, was Du willst, denke, meine
Doktrin sei Lüge, denke, mein ganzes Leben war ein
Trugschluß, Du kannst es, denn Du bist schuldlos.
Ich kann an Gott und Ewigkeit nicht glauben; denn
wäre beides wahr, so“ — — — — — — —

„Eine Kopie dieses ganzen Schriftstücks liegt in
des Amtmanns Hand.

Alles, wie Du es findest, wie es im Hause steht
und geht, bleibt so; Du rührst nichts an. Die Arn=
städter haben sich so lange über mich geärgert, sie sollen
doch endlich recht behalten. Ja, ich bin der Daimon!

Der Schlüssel, den Du angeheftet findest, öffnet
den Schreibtisch meines Schlafzimmers. Dort liegt mein

augenblicklich noch bares Vermögen: es sind tausend Dukaten und zehntausend Taler in Papieren, deren Liste beigefügt ist. Nimm sie, sei Egoist und verwende sie nur für Dich.

Das Haus und der Berg gehören Niklasens Tochter, der Gertrud.

Verlaß sofort Arnstadt und, wenn Du's kannst — vergiß mich!

Wäre ich fromm, würde ich Dich segnen!

Cardin.“

Friedemann saß lange stumm und brütete über dem Wechsel der Dinge, über das geheimnisvolle Hasard des Lebens. Die Nacht rückte vor. Es war zwei, als Friedemanns Augen zufällig auf die Uhr fielen. Er raffte sich auf und kleidete sich vollständig an. Aus Cardins Schlafzimmer nahm er das Geld, steckte es in eine Ledertasche, die er vorfand und unter die breiten Platten seiner Weste verbarg, und eilte in sein Zimmer zurück. Die Kunst der Fuge, seine Brieftasche, die beiden teuren Notenblätter barg er sorgfältig in den Taschen seines Rockes, nahm die alte treue Violine unter den Arm und verließ das Haus.

Hinab den Berg, über die Mauer des Grundstücks kletternd, erreichte er die Fahrstraße nach Erfurt. Noch einmal wandte er sich mit klopfendem Herzen um.

Da lag das stille Arnstadt in arglosem Schlummer.

Oben aber auf dem Berge glänzte vom Turm das gespenstische Licht aus dem heimlichen Zimmer des Daimon. Dort lag der Mörder vor seines Opfers Bild, der tote Egoist vor der Bibel, unbegraben und allein.

Wie ein schwarzer zusammengekauerter Riese mit einem glühenden Auge an der Stirn sah der Berg geisterhaft auf den Wanderer her.

Nachtfrost schüttelte die Glieder des Hinwegeilenden.

27. Kehraus?

Und wieder dehnte sich vor ihm aus die weite, un=
endliche Welt. Es war ihm, als sei er dem Leben zurück=
gegeben und der Freiheit. Er begrüßte die menschliche
Gesellschaft nach fast sechs Jahren als ein neuer Mensch.

Den seltsamen Ausgang, den seine letzte Lebensphase
gehabt, die fast tatsächliche Widerlegung, welche Cardins
Negation Gottes und der Ewigkeit in der Art seines
Todes gefunden, hatte auf das Gemüt Friedemanns einen
tiefen, schauerlichen Eindruck gemacht. Trotzdem aber, und
obgleich er sich sagen mußte, daß Cardins Doktrinen die
Grundsätze eines Mörders waren, fand er doch in seinem
Herzen zuviel Gründe, das Verbrechen, obwohl nicht zu
rechtfertigen, doch mit dem verzeihenden Auge der Dankbar=
keit anzusehen. Ferner war ihm die Lehre der Selbst=
sucht in den letztverflossenen Jahren so zur anderen Natur
geworden, paßte so zu seinem ganzen Individuum, schien
seinem Verstande so klar und logisch, daß er sie, da er
dieselbe an sich für wahr hielt, deswegen nicht aufgeben
konnte, weil sie von einem Verbrecher kam.

Das Ende des französischen Arztes hatte für sein
Herz wie seinen Geist das Resultat, daß er in seinem
Glauben an Gott und Jenseits nicht erschüttert wurde,
aber dem einen wie dem andern die Selbstsucht inne=
wohnend und die Notwendigkeit als über Gott und
Ewigkeit thronend und sie bedingend voraussetzte. Er
unterdrückte die Regungen seines Herzens, die Erinnerung
an seinen Vater, an Cardin und so weiter nicht, aber
diese Gefühle bezogen sich eben auf seinen inneren Menschen
und die Vergangenheit allein. Seine Zukunft, die Außen=
welt und sein Verhalten zu ihr, ward um so strenger
nach den Dogmen seiner Selbstsucht gemessen. Sie war
das allein Bewußte in ihm, und der Genuß der Gegen=

wart sein Motto. Er kümmerte sich weder um die nächsten Stunden, noch gelüstete es ihn, zu sterben. Dieser Entschluß entwickelte sich nach und nach immer mehr in ihm, und je weiter er sich von Arnstadt entfernte, je heller der junge Tag heraufstieg, desto schneller sanken die furchtbaren Erlebnisse der letzten Stunden unter in seiner Seele, und er beruhigte sich bei der Überzeugung, daß der gigantische Heroismus, mit welchem Cardin sich dem ewigen Anblick des geliebten Weibes jahrelang aus=gesetzt, Gottes Allerbarmen gewiß erstritten habe. Als die Sonne bei Ichtershausen ihm strahlend aufging, hatte er, gen Arnstadt gewendet, für die verlorene Seele seines Wohltäters ein leises Gebet getan.

Zu Ichtershausen im Gasthofe nahm er das Frühstück ein, und der Wirt besorgte ihm einen Wagen nach Erfurt. Von Erfurt fuhr er nach Weimar. Hier, wo seine Jugend ihn grüßte, wo so manche Stelle ihm traulich zuwinkte und Bilder aus dem tiefen Nebel der Jahre auftauchten, ging er das erstemal mit sich zu Rate, wohin er sich denn eigentlich wenden solle. Seine bisherige Reise hatte einer Flucht geglichen, einer Flucht aus Verhältnissen, die für ihn nur Unheimliches haben konnten. Jetzt, an Thüringens Grenzen, mußte er für sein künftiges Wollen, sein Ziel einen Plan fassen.

Von Jugend auf war für Friedemann gesorgt worden. Geraume Zeit hatte er im Hause des Vaters gelebt, ohne von den Bedürfnissen des Lebens einen eingehenden Be=griff zu haben. In Merseburg war es der Säckel des Vaters gewesen, der seine Ansprüche bestritt, und wo letztere jenen überstiegen, half die kommunistische Güter=gemeinschaft seiner Kommilitonen.

Später in Leipzig wieder der eigenen Sorge ent=hoben, war er in Dresden zum erstenmal zu äußerer

Selbständigkeit, zu einer Art Hauswesen gelangt. Ge=
nügsam im Genusse und ganz seinem ehrgeizigen Streben
hingegeben, überließ er der alten Hanne das Regiment
über sein Gehalt, und da dasselbe für jene Zeit höchst
anständig war, blieb genug übrig, um sich, ohne Schulden
zu machen, in allen ihm zugänglichen Kreisen standes=
gemäß zu bewegen. Während und nach der Krankheit
wiederum der Sorge des Vaters anheimgegeben, hatten
in Halle gleichsam seine Bedürfnisse nie seine Einkünfte
überstiegen, und erst später gerieten seine pekuniären An=
gelegenheiten mit seinem Geist zugleich in Verfall, und
in der Art eines Bänkelsängers hatte er sich mit dem
Barbiton nach Leipzig, von dort nach Arnstadt durch=
geschlagen. Oft war er in Gefahr gekommen, unterwegs
zugrunde zu gehen, aber dem Sprichwort gemäß, daß
Kinder und Betrunkene nie Unglück haben, leitete ihn
immer eine Art unsichtbarer Fürsorge, ein glücklicher
Zufall oder Instinkt, und führte ihn endlich in Cardins
Haus. Hier war er an die Bequemlichkeit, an die Faul=
heit, an das Raffinement des sinnlichen Genusses gewöhnt
worden, hatte des Meisters Lehre gleich praktisch gemacht,
und nun, wieder hinausgeworfen auf den hohen Markt
des Lebens, ohne Führer, als die errungene Weisheit und
seinen Sonderwillen, fand er sich im Besitz eines Kapitals,
einer Summe blitzenden Goldes, die für seine damaligen
Verhältnisse allerdings ein ungeheurer Schatz war, ihm
aber bei seiner Unerfahrenheit und Ungeschicklichkeit, mit
Geld umzugehen, noch zehnmal größer, ja als eine nie
versiegbare Quelle der Existenz, des Genusses, erschien.
Er glich aufs Haar dem unreifen Mutterkinde, das mit
straffem Beutel freiheitstrunken in die Weite zieht und
für „sein gutes Geld“ die ganze Welt einzuhandeln meint.

In Weimar also machte er den ersten Plan zur
Fortsetzung seiner Reise. Wohin wollte er? Nach Naum=

burg zu Altnikol und der Mutter? — Nein! Was sollte er dort? Bei ihnen leben? Seine Unabhängigkeit verlieren? Sich scheel ansehen lassen? Und mußte er dort nicht etwas tun? — In dieser Umgebung, die an ihm, wie er sich sagen mußte, jetzt keine Freude mehr haben konnte, wäre ihm nur das Herz schwer geworden, und er hatte gewiß wenig Lust, sich neuen Gefühlskujonaden auszusetzen, oder seine Unabhängigkeit zu verlieren, die er durch Cardins Geld so gesichert sah. Nach Dresden? Hm, warum nicht? Ei, er konnte ja auftreten! Wie, wenn er die stolze Antonie träfe und ihr zeigen könne, wie gleichgültig ihm die Frauenzimmer seien? Das kitzelte ihn! Und von da nach Berlin! Dort wollte er als unabhängiger Künstler einmal seine alte Kraft und Virtuosität zeigen, beweisen, daß nun erst, seiner gewonnenen Weisheit zufolge, sein wahrer Künstlerstern aufgegangen sei!

Hätte er die falsche Astrua beschämt, welcher Triumph!

Doch wozu so weit hinausdenken? Hatte er nicht Zeit? Was konnte er denn Wichtigeres versäumen, als den Genuß der Minute?

Vor allen Dingen wollte er reisen und genießen. „Das Zukünftige findet sich“, dachte er.

Er nahm ein neues Fuhrwerk und verließ Weimar. Aus der stillen Abgeschlossenheit des Thüringer Waldes kam er langsam in die breite Strömung der Zeit und ihrer Verhältnisse, betrat die Bühne des großen historischen Dramas, wo der einzelne nichts, das Geld aber eine Seifenblase ist, geschaffen, um zu verschwinden im Nichts!

Das große historische Zeittheater!

O, noch hatte das neue Drama nicht begonnen, das die Welt erschüttern sollte, noch war der Vorhang geschlossen, vor dem die ahnungsvolle Menschheit lauschend saß. Man hörte nur von fern hinter der Gardine die Akteurs flüstern, die diplomatischen Regisseure umher-

schleichen und hin und wieder einen ungeschickten Statisten
mit dem Schwerte rasseln. Das geheime Vorspiel, nur
den Eingeweihten erkennbar, war begonnen, die dramatische
Voraussetzung entwickelte sich erst, bis plötzlich jäh die
Sturmglocke des Krieges ertönte, der trügerische, gemalte
Lappen, der die Leidenschaften verbarg, emporrauschte und:
Blutiges Kampfspiel füllte die dröhnenden Schranken.

Blutiges Kampfspiel! — Zarte Frauenhände woben
voll geschäftigen Hasses ringsum ein gewaltiges Netz, in
welchem sie den preußischen Aar zu fangen meinten. Vier
Weiber, die sonst wohl nie im Leben ein Plan vereint
hätte, erhoben sich gegen Friedrich, um ihm die blitzende
Krone vom Haupte zu reißen, seine Gewalt wie seinen
Besitz auf den kleinsten Raum einzuschränken und den
Markgrafen von Brandenburg unschädlich zu machen.
Diese vier Frauen waren Elisabeth von Rußland, Maria
Theresia von Österreich, Josepha von Sachsen und die
Marquise de Pompadour. Sie alle hatte Friedrich erzürnt,
hatte nicht nur ihre Herrschereitelkeit, sondern auch ihren
Frauenstolz mit manch witzigem Schlagwort verletzt, und
Maria Theresia setzte selbst ihren monarchischen und sitt=
lichen Stolz beiseite und nannte die kleine Poison „chère
cousine“, um Frankreichs Heere gegen ihren Erzfeind,
den Ketzer, den Räuber Schlesiens, zu bewaffnen. Ihr
einte sich die russische Zarin, die, eifersüchtig auf Preußens
Wachstum, mit tiefstem Zorn ihr allzu liebebedürftiges,
veränderliches Herz von Friedrich bewitzelt sah. Keiner
schürte aber den Funken der Rache mehr als Josepha von
Sachsen mit ihrem nunmehrigen Schildknappen Brühl.
Und nicht genug, daß Siepmann den Zwischenträger ge=
spielt hatte, es war auch noch ein förmliches geheimes
Komitee in dem Grafen von Loos, Kanzler von Stammer,
Herrn von Globig und der Gräfin Sternberg konstituiert

worden, um in Wien namentlich die Flamme des Krieges anzufachen. Österreich rüstete, Frankreich und Rußland rüsteten, und Sachsen — wie Josepha meinte — rüstete auch. Hatte ihr nicht Brühl auf dem Papier dreißigtausend Mann gezeigt und die Summen, die Vorräte, welche ihm zu Gebote standen? Lüge war's! Um so furchtbarere Lüge, als sie das Königspaar in seinem kriegerischen Vorhaben sicher machte, es in übermütige Ruhe wiegte. Durch die maßloseste Verschwendung Brühls und des Hofes, vor allem durch die grenzenloseste Unordnung in der Verwaltung, die in den schuftigsten, geldgierigsten Händen lag, waren die Finanzen Sachsens seit lange im Grunde zerrüttet, das Heer gänzlich vernachlässigt und das Land, statt mit barem Gelde, mit Steuerscheinen überschwemmt, die der Not, von welcher der Hof allerdings nichts ahnte, abhelfen sollten.

Brühl, der die äußere Politik nun einmal in die Hände der Königin gegeben hatte, behielt das innere Regiment für sich, und hatte dazu um so mehr Ursache, als er den Einblick fremder Augen hier am meisten fürchten mußte. Niemand durchschaute bei Hofe die Verhältnisse, außer dem Kurprinzen Christian und dessen Brüdern Xaver und Karl. Doch sie waren durch Brühls Maßnahmen so im Schach gehalten, so bedeutungslos, daß ihre Stimmen, wie selten auch erhoben, nutzlos verhallten.

Josepha und August brauchten, um Krieg zu führen, viel Geld und Soldaten, und — das Papier ist geduldig. Brühl machte ihnen vorläufig eine brillante Berechnung über die vorhandenen Geldmittel, in der Hoffnung, bis zum Ausbruch des Krieges alles Versprochene beschafft zu haben. Rüstete man denn in Wien nicht auch noch immer? So viel Zeit wie andere hatte Sachsen doch auch? Wohl sah der Herr „Ministerregent" den Bankerott der Steuerkasse vorher, aber wenn erst der Krieg da war, ließ sich das leichter entschuldigen, wenn man nur jetzt Soldaten und bar Geld in der Hand hatte!

Leider ahnte niemand im entferntesten, daß Friedrich alles wußte, was vorging, daß er bereits im japanischen Häuschen bei Sanssouci den Kriegsplan entwarf und nichts versäumte, sein ohnedies schlagfertiges Heer noch furchtbarer zu machen.

Die Tage des fröhlichen Berlin waren verrauscht. Vorbei das glänzende und holde Jugendspiel der Grazien und Musen. Der königliche Apoll war ernster geworden und, nach den rings sich erhebenden Wettern schauend, legte er leise die Leier weg, um sich in den Schmuck des Mars zu kleiden.

Der große König hatte in den letzten zehn Jahren manche bittere Täuschung erfahren, die seinen Charakter, seine Denkweise noch abgeschlossener gemacht hatten. Der heitere Lebensgenuß in der Umgebung seiner Lieblinge, der, eine Fortsetzung des Rheinsberger Jugendtraums, oft die Herrschersorgen von seiner Stirn gescheucht hatte, war ihm mannigfach vergällt. Wohl mochte es seine große Seele verschmerzen, daß ihm Barbarina treulos geworden war, daß in seiner eigenen Familie so mancher tiefe Miß= klang widertönte, so manche Kluft sich erweiterte. Mochte er sich auch endlich in das gemeinsame Schicksal aller großen Männer, mitten unter Menschen stets allein zu sein, gefunden haben, das konnte er nie verwinden, sich in Voltaire getäuscht zu sehen, konnte nie vergessen, daß ein Mann, der ihm als geistiger Träger der Zeit galt, von dem man Adel und wenigstens teilweise Überwindung seiner Schwächen hätte erwarten sollen, daß dieser Mann ebenso gemein wie schmutzig, ebenso Scharlatan wie Neid= hart sein konnte und mit der Schärfe eines Sokrates die Eitelkeit, Bosheit, Undankbarkeit und Frechheit eines Affen wie die zynische Jämmerlichkeit eines Satirs verband und

sich in sinnlicher Sklaverei seiner Köchin unterworfen
hatte. Friedrich II. hielt Voltaires Geist unendlich hoch,
aber die Kränkungen, welche die unverschämte Arroganz
des Franzosen ihm bereitete, die öffentlichen Skandale, die
derselbe mit dem Juden Hirsch, in der Diatride de Doctor
Acacia gegen Maupertius sowie gegen die Prinzessin
Amalie veranlaßt hatte, weckten nicht nur die Verachtung
des Monarchen gegen die Menschen mehr und mehr,
sondern ließen ihn schmerzlich den lieben Jordan ver=
missen, den einzigen Menschen, mit dem er den innersten
Herzschlag geteilt. Die Blume der Liebe war ihm nie
freudig erblüht, um so mehr hatte er sich am Duft der
Freundschaft gelabt, und als auch dieser welkte, zog sich
der einzige in die steinerne Feste seines königlichen Ichs
zurück, in den Panzer seiner individualistischen Weisheit.
Er fühlte, daß das Leben für ihn keine Reize mehr hatte,
daß er nur da war, um zu herrschen, da war um des
Volkes und der Zukunft derer willen, die nach ihm
kommen sollten. Sein Wesen nahm immer mehr die
Einsamkeit und eiserne Hoheit antiker Heldengestalten an,
und kein Fürst war jemals mehr als er sich bewußt, daß
er nichts sei als der Faktor der Geschichte, ein Werkzeug
zur notwendigen Entwickelung der Menschheit. Dies sein
zu müssen, zu wollen und zu können, war die Aufgabe
seines Lebens. Es gibt eine innere, unblutige Tragik,
die still in der Glorie des Erhabenen durch die Zeiten
schreitet. Friedrich der II. war einer ihrer Repräsentanten.

Alle Fäden der Konspiration, welche die Kabinette
von Wien, Paris, Petersburg und Dresden vereinte, lagen
in Friedrichs Hand, der Plan des Krieges war fertig, er
mußte reinen Tisch mit seinen Feinden machen. Alles
stand wider ihn auf, und Englands laue Freundschaft
schien nur ein schwacher Anker in dem Orkan, der schon
mit seinen ersten Wetterzeichen sich erhob.

Nur die Flöte war's, der er sein Innerstes enthüllte, die Musik, in der ihm die Sonne des eigenen Gemüts selbstleuchtend und erwärmend aufging. Graun und Emanuel Bach, Kirnberger, Kittel, Benda und Quanz waren die Genossen seiner lyrischen Stunden, und auch diese wurden um so seltener, je mehr das Kriegsgewölk emporzog, ja sie dienten dann gerade oft als Maske, um sein eigentliches Vorhaben zu verbergen. Unter die mannigfachen Veränderungen im Kunstleben des Hofes und der Residenz gehörte auch das Verlöschen von Astruas Stern. Dies allbewunderte, schöne, angebetete Weib, das sich 1747 wie ein strahlender Meteor erhoben, sie, die so ganz Künstlerin, so vollständig in der Musik aufgegangen war, daß ihr der größte Tondichter auch der liebens= werteste Mann war, sie, die zwei Brüder zum Wettkampf der Doppeleifersucht in Kunst und Liebe spornte, um beide hoffnungslos zurückzulassen, verlor plötzlich ihren ganzen künstlerischen Besitz: ihre Stimme. Aus den Höhen des Olymps geschleudert, fand sie sich auf der prosaischen Erde wieder und war nichts mehr als jede andere, ein ver= lassenes, schönes Weib, dem Liebe nottat!

Ihr Unglück bewegte die ganze Residenz, und nie= mand war, der sich nicht der schönen Stunden erinnerte, wo sie ihn entzückt hatte. Friedrich, dem Graun in ver= zeihlichem Selbstbetrug Hoffnung gemacht haben mochte, sie geheilt zu sehen, schickte sie unweit Pankow aufs Land, um eine Milchkur zu gebrauchen. Vergebens! Mit einer Pension von tausend Reichstalern verließ die einst Ver= götterte den preußischen Staat und trug ihre Tränen nach dem heimischen Italien. Zwei Jahre später starb sie, als die Berliner längst — eine neue Sängerin hatten, die — „doch unvergleichlich!" sang.

Krieg mußte sein, denn zuviel des Hasses war ein=

mal vorhanden, das fühlte Friedrich. Seine Sorge war
also, den Kampfplatz auf anderen als preußischen Boden
zu verlegen.

Gleichwohl ward von Preußen nichts versäumt, was
zu gütlicher Ausgleichung beitragen konnte. Man erkundigte sich beim Kabinett zu Wien, was denn die Rüstungen
zu bedeuten hätten. Die Antwort war derart, daß man
kaum über die Absicht Österreichs unklar bleiben konnte.

Friedrich bot hierauf Sachsen eine Neutralitäts-
erklärung an. Man machte darauf in Dresden leere
Ausweichungen. Man wollte um jeden Preis Krieg!
Gut denn, Friedrich war gefällig, er ging seinen Wider-
sachern entgegen, aber nur etwas zu früh für sie, das
war das Unangenehme!

„Die Preußen sind wieder da!" tönte es angstvoll
durch Sachsen. Die geträumten Soldaten und Gelder
Brühls standen auf dem Papier. Der Zustand der Steuerkasse, deren Kupons niemand mehr nehmen wollte, mußte
nun an den Tag kommen, Brühl sah seinen Fall voraus.

Ein neuer Coup mußte helfen.

In der Stunde der höchsten Gefahr tat ein Schlacht-
opfer not, ein Sündenbock, der den Fluch der Finanz-
organisation auf sich nahm.

Kriegsrat Karbe, einer der ausgesuchtesten Schurken,
der langjährige Steuerexekutor seines Herrn, welcher, fett
und frech geworden im Betrügen, als Mitwisser aller
Intrigen dem Minister gefährlich zu werden begann, ward
plötzlich an Brühls Geburtstag nach heftigem Zank fest-
genommen, des riesenhaftesten Unterschleifs der Staats-
gelder angeklagt, von Brühls Kreaturen, dem Oberamt-
mann und Hofrat Essenius unter Sauls Assistenz verhört,
durch die Tortur zum Geständnis gebracht, zum Strange
verurteilt und aus besonderer Gnade zeitlebens aufs Zuchthaus nach Leipzig gebracht.

Der verdammte Narbe, der hatte alles getan! Doch die Zeit war zu kurz, um zu klagen, Brühl war ja nicht schuld, der liebe Brühl, der so dienstfertig war, den man ja jetzt brauchte!

Hals über Kopf bezogen nun am 1. September 1756 statt der dreißigtausend Mann siebzehntausend Sachsen mit achtzig Kanonen ein Lager bei Pirna. August III. nebst Brühl und den beiden Prinzen Xaver und Karl folgten den Truppen nach, in unbegreiflicher Verblendung auf Österreichs Hilfe rechnend, die man doch bei Kessels= dorf kennen gelernt hatte, wo nicht ein Mann zum Sukkurs geschickt wurde.

Wieder übernahm es die heldenmütige Josepha mit mit dem Erbprinzen Christian, dem heranstürmenden Feinde die Stirn zu bieten, und erkannte — jetzt, in einer freien Stunde vom Kurprinzen und den wenigen Treuen, die zurückgeblieben waren, endlich überzeugt — zu spät die ganze Tiefe der Brühlschen Schuld, zu spät das Elend, welches der Minister und seine Handlanger über das Land gebracht hatten.

Jetzt freilich war keine Zeit zur Anklage, aber die Königin und ihre Umgebung beschlossen, alle Beweise gegen den Verhaßten zu sammeln, um seinen Fall bei geeigneter Zeit recht ausgesucht zu machen.

Inzwischen schritt das Unglück unwiderstehlich heran, Dresden glich einem Chaos von Wut, Schrecken, Jammer und Verwirrung. Zum zweitenmal, mit doppelter Er= bitterung, kam Friedrich, und man wußte, daß er diesmal keine Schonung üben werde.

Von dem großen Drama, das auf dem Welttheater bevorstand, wußte Friedemann nicht das mindeste. Er hatte ein Fuhrwerk genommen und fuhr aus Weimar mit aller Behäbigkeit, die ihm sein Geldbeutel gestattete.

Er vermied wohlweislich Naumburg und verließ die

große Heerstraße, um über Jena, Gera, Greiz, Zwickau, Chemnitz, Freiberg und Tharand nach Dresden zu gehen.

Es hat einen besonderen Reiz, mit dem Bewußtsein der Unabhängigkeit und des vollen Beutels bei herrlichem Wetter allein im Wagen zu sitzen und einsamen Weges durch die bunte, stille Landschaft dahinzurollen! Wenn wir nun hinter uns weder Heimat noch Freunde, oder sonst etwas Liebes zurücklassen, daß unsere Gedanken in die schwindende Ferne zurücklenkt, wenn wir nicht einmal etwas dergleichen da, wo wir hinsteuern, anzutreffen hoffen, kurz so alles, was wir besitzen: Gedanken, Gefühl, Geld, Eigenliebe, bei uns haben, wird uns eine engherzige, satanische, selbstzufriedene Wollust durchziehen und ordentlich eine Vornehmheit geben, die uns kitzelt!

„Omnia mea mecum porto!“

Aus dem Blauen ins Blaue!

Das war der innere Zustand Friedemanns.

Er konnte nichts im Leben bereuen, so tausendfältige Ursachen er auch dazu hatte. Um das zu können, hätte er sich selbst besser erkennen müssen und fühlen, daß es an ihm allein lag, wenn er bisher ewig Schiffbruch gelitten. Jeder Egoist hält sich für absolut gut, seine Handlungen für unfehlbar, und wird der „erbärmlichen Welt“ zehnmal eher sein Unglück zur Last legen als sich selbst, und da die Selbstsucht, wenn sie gewisse Grenzen überschritten, nie auf ihr vernünftiges Maß zurückzuführen ist, verbeißt sie sich so in sich selbst, daß nur die außergewöhnlichsten Ereignisse eine wahrhafte Umkehr möglich machen.

Den luftigen Gebilden seiner Phantasie oder seinen skeptischen Gedankenspielen schrankenlose Audienz gebend, rollte er sorglos seine Straße, die sich, je näher er nach Chemnitz kam, desto stärker belebte. In den Orten, die er unterwegs berührt, hatte man schon Bedenkliches vom Anmarsch der Preußen gemunkelt, so daß dem sorglichen Kutscher, als sie auch von Chemnitz fort waren, doch angst wurde und er wacker auf die Gäule hieb, um Freiberg sobald als möglich zu erreichen.

Keinem war diese Kriegsnachricht wohl gleichgültiger als unserem Friedemann. Im Gegenteil freute er sich auf den Tumult, und Friedrich erschien ihm willkommen als Nemesis für Brühl und das Dresdener Gelichter.

In Freiberg aber war ganz und gar der Teufel los, und was an Lüge und Übertreibung möglich war, wurde von der erhitzten Einbildungskraft der Leute erfunden. Aus dem Chaos aller widersprechenden Gerüchte erfuhr Bach wenigstens so viel, daß die Preußen noch nicht in Dresden seien, der König und Brühl aber sich ins Lager bei Pirna begeben hätten. — „Ha, die Alte mit der Tochter sind gewiß allein in Dresden! Gut, wenn der preußische Fritz in der Residenz aufräumt, will ich den Kehraus dazu spielen!" — Alle Furien des Hasses, der Schadenfreude und Rachewollust bemächtigten sich seiner.

Er wollte gleich weiter nach Dresden, der Kutscher aber schwor bei allen zehn Geboten, daß er nicht einen Schritt fahren werde.

Endlich gelang es dem Gastwirt, einen armen Teufel von Knecht zu bewegen, daß er einen erbärmlichen Karren anspannte. „Wenn du mich nach Dresden bringst, ehe die Preußen drin sind, geb' ich dir einen Dukaten Trink=geld! Vorwärts!"

Hastig füllte er seine leergewordene Börse aus dem unerschöpflichen Vorrat mit zehn Dukaten und eilte zum Wagen.

Wie die wilde Jagd ging's gen Dresden, und die Bilder der Verwirrung und Angst wuchsen mit jedem Schritte. Die bisherige behäbige Ruhe war Friedemann

entwichen, und wie mit den Gefühlen des Hasses die Er=
innerungen mächtig in ihm wurden, ergriff ihn mit
bacchantischer Gewalt das Gelüst, sich je eher, desto lieber
in das Kriegsdrama zu stürzen. Es war ihm, als müsse
sich in Dresden mit ihm etwas begeben, was so oder so
seiner Zukunft einen neuen Anstoß, einen Hintergrund
geben würde.

Friedemann war bereits unweit Tharand. Es mochte
etwa fünf Uhr nachmittags sein, er konnte somit Dresden
erreichen, ehe ihn die Dunkelheit überfiel.

Hier wurde es stiller. Weder feindliches Militär
noch Fliehende waren zu sehen! War das die Ruhe der
Verzweiflung? Waren die Preußen schon in die Haupt=
stadt eingezogen? Ohne sich lange zu besinnen oder die
Zeit durch leere Fragen zu vertändeln, trieb Friedemann
den Kutscher vorwärts und passierte einen Abhang, an
dessen Fuße sich Unterholz und junger Baumwuchs hin=
zog und sich rechts mit den dunklen Waldungen verband,
die fernab die Elbe einschlossen.

Der Weg durchschnitt das Gehölz, und aus jenem
richtigen Instinkt, der gemeinen Leuten eigen ist, murmelte
der Kutscher: „Hier ist's nicht geheuer," und trieb sein Tier
zu doppeltem Eifer an. Wirklich bemerkte Friedemann,
dessen innere leidenschaftliche Erregtheit seine Sinnentätig=
keit doppelt entflammte, verdächtige Gestalten, die hier
und da im Laube verstreut waren, mit glotzendem Blick
dem vorbeieilenden Fuhrwerk nachschauten und für den
einsamen Reisenden keine wünschenswerte Staffage zur
Landschaft sein mochten.

„'s sind Zigeuner, Herr! Wir müssen machen, daß
wir aus dem Holz kommen! Sicher ist der Feind nicht
weit, denn das Teufelsvolk liegt auf der Lauer, ob's nicht
wo Nachlese gibt auf einem Schlachtfeld!"

Plötzlich trabte ein zerlumpter Bube neben dem

Wagen her, streckte die Hände empor und bettelte. Eben raunte der Kutscher: „Geben Sie nichts!“ als Friedemann schon ein Geldstück auf die Straße geworfen hatte, um sich von dem widrigen Kobolde zu befreien.

Kaum hatte sich dieser aber seines Fanges versichert, als schon drei bis vier Gestalten, Weiber, Männer und Kinder in fast ekelhafter Nacktheit sich links und rechts erhoben und in greulichem Bettelchorus eine Hetzjagd begannen, die in Friedemann doch ernstliche Sorgen erregte. Da er nicht wußte, ob die Leute von Bitten zu Drohungen übergehen würden, und das ohnedies ermattete Pferd die schnellfüßigen Jäger nicht zu überholen imstande war, warf er eine Handvoll Münzen links und rechts aus dem Wagen, um die Gesellschaft zum Stillstand zu bewegen. Das war Öl ins Feuer! Achtlos ließ das Gesindel die Geldstücke liegen, welche von einer nacheilenden Arrieregarde aufgelesen wurden, und: „Gib uns von deinem Reichtum! Gib uns!“ brüllte der infernalische Haufe. Plötzlich in einer Biegung des Weges scheute das Pferd.

Mit einem Ruck stand der Wagen. Ein Baumstamm lag quer über der Straße. Man konnte nicht weiter. Ringsum mit Blitzesschnelle drängte sich ein phantastischer Haufe schmutziger, barocker Gestalten, deren lederfarbene Haut das Abendlicht mit Bronze färbte. Auf einem buschigen Hügel stand eine Gruppe älterer Männer und Frauen, die die Horde zu leiten schienen.

Friedemann, wütend und ohne die Gefahr der Minute zu beachten, erhob sich im Wagen.

„Was wollt ihr von mir? Hab’ ich euch nicht gegeben?“

„Gib uns mehr! Du bist reich!“

„Her mit deinem Gelde!“

Friedemann verlor den Kopf nicht.

„Ruhig! Hört mich an! Ich muß nach Dresden.

Wenn ihr den Stamm dort wegnehmt, will ich euch mehr Geld geben. Wer mir aber zu nahe kommt, mag sich vorsehen!" Er zeigte drohend den entblößten Degen.

Eine Pause erfolgte.

Ein kurzer Ton, wie aus einem Kuhhorn, erscholl vom Hügel.

Der Baumstamm ward hinweggenommen, und ein alter Kerl, in einen Fetzen Zeug gewickelt, kam von der Er=höhung herunter und streckte die dürre Hand in den Wagen.

Friedemann gab ihm eine Handvoll Silbermünzen.

„Mehr!"

„Da! Nun ist's genug!"

Der Alte ging.

„He, der hat Geld! Gib mir auch, schöner Herr!" kicherte es von der anderen Seite.

Friedemann wendete sich. Ein Frauenzimmer hielt ihm die Hand hin.

Sei's, daß Friedemann von der frischen Jugend der schwarzäugigen Schönen angezogen, oder von Mitleid für diese übergroße Armut erfüllt ward, sei's Übermut oder galanter Kitzel, kurz, er gab ihr drei Goldstücke.

Das Frauenzimmer sah ihn fragend an und dann das blitzende Metall.

„Hu, schmeißest du so viel Geld weg? Oho, wirst's noch brauchen!" und indem sie sich von ihm wandte, stieß sie einen kurzen Pfiff aus. Das Gesindel wich zurück, der Wagen rollte weiter.

Betroffen und beleidigt starrte Friedemann der betteln=den Schönen nach. Als der Wagen im Gehölz ver=schwunden war, trat der Alte und die Schwarzäugige zu den übrigen, sie unterredeten sich lebhaft. Wenige Minuten später ertönte ein geller Schrei, und die ganze Sippschaft war wie Spreu im Walde zerstoben.

Friedemann war froh, so davongekommen zu sein.

Er machte sich zwar über seinen Leichtsinn im Geldaus=
geben Vorwürfe, doch er besaß ja noch genug, und wirk=
liche Reue war seine Sache nicht. Wie er gehofft hatte,
war es. Der Feind war noch nirgends zu sehen, Dresden
frei, und wie der Abend graute, fuhr er durchs Leipziger
Tor in die Residenz ein. Er hatte keinen Paß, doch da
er sich über seine Person im ganzen legitimieren konnte
und geachtete Männer nannte, die ihn rekognoszieren
würden, ließ man ihn passieren, nachdem man ihn ver=
nommen hatte, ob er vom Feinde etwas wisse.

Er nahm in einer Ausspannung in der kleinen
Meißnergasse Quartier und zog über seine alten Bekannten
Erkundigungen ein.

Das von der Nähe der Preußen geängstigte Dresden
war jetzt sicher kein Vergnügungsort, und unter den bleichen
Gesichtern, den erschreckten Menschen, die trostlos hin und
wieder rannten, war niemand zu finden, der Friedemann
Bach Auskunft erteilen mochte.

Er machte sich daher selbst auf den Weg und lachte
schadenfroh über das mutlose Treiben der stolzen Residenz.

Alles atmete Verteidigung. Die Elbbrücke hatte einen
Verhau erhalten, zwischen dem sich Fußgänger mühsam
hindurchschleichen konnten, und Kanonen starrten vom jen=
seitigen Ufer. Das Brühlsche Palais war von Milizen
besetzt, das königliche Schloß von der Schweizer Kronen=
garde. Alle öffentlichen Gebäude schienen verrammelt und
bewacht. Wer wollte in dieser Verwirrung und Dunkel=
heit noch einen Bekannten finden?

Friedemann kehrte zum Gasthof zurück.

Er verstand sicher nichts von der Kriegskunst, aber
sein gesunder Verstand sagte ihm, daß nur die Verzweif=
lung und der Wunsch, doch etwas gegen den Feind zu
tun, zu Maßnahmen Veranlassung geben konnte, die, an
sich betrachtet, nur einen eingebildeten Schutz boten.

Als er im Gasthof in sein Zimmer trat, das einzige, welches damals für anständige Gäste bewohnbar war, fand er es zu seinem höchsten Erstaunen von zwei Fremden eingenommen. Er widersetzte sich dieser Okkupation aufs heftigste und versprach sogar dem Wirt eine besondere Gratifikation, wenn er ihn von dieser Schlafgenossenschaft befreie. Doch da beide Fremde erklärten, sie könnten nicht unter den Fuhrleuten und anderem Volk in der Wirts=stube übernachten, da sie Geld bei sich hatten, und schließ=lich dem Wirt dasselbe wie Friedemann boten, mußte Bach sich bequemen, eine Nacht in ihrer Gesellschaft zuzubringen. Einer der Fremden war eine hohe, schlanke Gestalt, reise=mäßig gekleidet, von gutem Benehmen und viel Lebensart. Mit ihm ließ sich allenfalls aushalten, doch der andere war ein jüdischer Handelsmann, und vor Juden hatte Friedemann einen ungeheuren Abscheu. Wohl oder übel mußte er sich dennoch in den Zwang des Augenblicks schicken.

Der Hebräer benahm sich zum Glück höchst bescheiden, setzte sich beiseite allein an einen Tisch, verzehrte still sein Abendbrot und legte sich angekleidet aufs Bett.

Er wollte frühzeitig weiter: „Eh' de schene Herren Preißen können besehen meinen Beutel!"

Indes der kleine, verschrumpfte Sohn Israels, die Hand auf der festgeschnallten Geldkatze, entschlummerte, saßen Friedemann und der Fremde, welcher im Kontroll=buch als Hans von Schackwitz, Fechtmeister aus Prag, stand, beim Abendbrot und einer Flasche sächsischen Weines, der höchst sauer war, und machten notdürftige Bekannt=schaft. Namentlich war von dem neuen Kriegsunglück vielfach die Rede, und der Fremde zeigte Lust, seine Dienste der Sache Sachsens anzubieten. Friedemann Bach hütete sich wohl, nähere Auskunft über seine Person zu geben. Die Anstrengungen der hastigen Reise und schließ=lich der dumme Wein hatten ihn müde gemacht. Nach lauer Unterhaltung und lebhaften Zeichen des Schlafes gingen beide zu Bett. Friedemann, der außer dem Rest in seiner Börse seine übrige Barschaft nebst seinen Papieren in der Ledertasche hatte, knöpfte behutsam den Rock über derselben zu und legte sich angekleidet nieder.

Am andern Morgen, es war der für Dresden so verhängnisvolle 9. September, erwachte er etwas spät und war sehr zufrieden, den Juden nicht mehr vorzufinden.

Dem Fechtmeister, der eben aufstand, schien die Verminderung der Gesellschaft ebenfalls sehr angenehm.

Friedemann betastete heimlich von außen seine Tasche und fand, daß sie in Ordnung sei. Gern hätte er seine Barschaft gezählt, doch sein Genosse hätte das für eine Beleidigung nehmen können. Andererseits wollte er das Gold nicht gern blicken lassen. Sie frühstückten zusammen, und Friedemann begab sich auf den Weg, um Homilius, Herrn von Schemberg, Holzendorf und wen er sonst noch in Dresden glaubte, aufzusuchen.

Der Fechtmeister begleitete ihn in die Stadt. Am Brühlschen Palais trennten sie sich.

Elf Jahre waren vergangen, seit Friedemann am letzten Karnevalsabend auf dieser Stelle stand, elf Jahre und welcher Umschwung der Dinge! Damals lag die Welt golden vor ihm, durchduftet von dem Schimmer der Liebe, den Wonnen des ersten Kusses, und jetzt? Dort stand der ehemalige Tempel seiner Seligkeit, das Palais Brühl, und sah ihn spöttisch mit öden Augen an. Da, fast drohend, mahnte ihn der graue Riesenbau der Sophienkirche an das, was er besessen und verloren. Dabei stand die stille Klause, in der er gewohnt, an jener Ecke das Haus Merpergers. Ob sie noch drinnen wohnen mag? Oben an ihrem Fenster prangen noch Blumentöpfe wie einst, und es dünkt ihn, als sehe ein blasses, liebes Gesicht auf ihn herab. Er grüßt! Eine Frauengestalt beugt sich

nieder, haftig tritt er näher! O nein, eine Fremde! Errötend eilt er vorüber. An der Ecke fragt er einen
lungernden Buben, ob Merperger noch das Haus bewohne.
Staunend sieht ihn der Junge an. „Nein, mein Vater
wohnt hier und heißt Seifing!"

Heulend zog das alte Weh in ihm herauf, heulend
alle bitteren Klagen seiner Seele, und — heulend wälzte
sich ein Volkshaufe plötzlich heran!

„Sie find da, die Preußen! Sie werden sengen,
plündern und morden!" Und durch das Getöse knatterte
in der Ferne das Gewehrfeuer, und der erste Kanonen-
schuß dröhnte durch die Luft. Ein wahrer Hexensabbat!

Umdrängt, umgarnt, rettete sich Friedemann durch
die Willsdruffer Gaffe nach dem Altmarkt, eilte der Kreuzkirche zu und trat ins Kantorhaus, als eben die dies-
seitigen Kanonen an der Elbbrücke ihr höllisches Feuer
begannen.

Wie sollte Homilius den Freund begrüßen, der mit der
Kriegsnot zugleich ins Haus trat, in einer Minute, wo
jeder nur auf der Seinen Heil bedacht war? Friedemann
fühlte, daß er hier übrig war. Er war ärgerlich, daß er
erst gekommen, und doch wollte ihn Homilius nicht von
sich lassen, nicht der Gefahr auf den Straßen ausseßen.
Nach langem Disput vermochte jener den Gast, zu bleiben,
bis das Drama draußen entschieden sei.

Der Entscheid war kurz. Wenige Stunden genügten,
das fast ganz entblößte Dresden zu nehmen, und das
preußische Militär ergoß sich in alle Straßen.

Es war am nächsten Tage, den 10. September, als der
erzürnte Preußenkönig zum zweiten Male Dresden in Besitz
nahm und den Palast Morsinska bezog. Hierher eilte der
Magistrat und alle Standespersonen, um den Eroberer zu
erweichen, der geschworen hatte, diesmal „auszukehren".
Er kannte keine Gnade, keine Rücksicht mehr, an Sachsen

wollte er für alle seine Feinde ein Exempel statuieren. Dresden ward in der Eile befestigt, und Hennicke, zur Zeit an der Spitze des Dresdener Magistrats stehend, war der erste, welcher die strengen Forderungen des Königs ent= gegennehmen mußte.

Auf Friedrichs Befehl besetzten seine Truppen die Wachen, die Tore und zur Hälfte mit den Schweizern das Schloß, bemächtigten sich der Kriegsgerätschaften, Artillerie und Munition, versiegelten die Kanzleien und schnitten alle Verbindung zwischen Dresden und dem Pirnaer Lager ab. Die Garde ward entwaffnet, das Münzamt aufgehoben, alle königlichen Kassen in Beschlag genommen und endlich zu Torgau ein Kriegsdirektorium errichtet, wohin alle Einkünfte Sachsens entrichtet werden mußten. Bekannt genug ist die peinliche Stunde, in der Königin Josepha das geheime Staatsarchiv, dessen Ver= schluß sie hatte, mit ihrem Leben verteidigen wollte. Dem Kommandanten Wylich und Obersten Wangenheim war das undankbare Los zugefallen, die Königin mit Gewalt von der Tür desselben zu entfernen. Die Beweise aller Verbindungen zum Untergange Friedrichs fielen in Preußens Hand, und mit brechendem Herzen sah die stolze Frau ihr alles verloren. Bald darauf wurden sämtliche hohe Chargen ihrer Dienste entlassen und wenige Tage später alle Schuß= waffen des geleerten Zeughauses, zweihundertfünfzig Stück Kanonen und Mörser, zu Schiff nach Magdeburg geschafft und die eisernen Geschütze (ebenfalls über zweihundert an der Zahl) auf die Wälle Dresdens und Torgaus gepflanzt. Nur auf Bitten der Bürgerschaft entging das Japanische Palais dem Schicksal, in die Elbe geworfen zu werden, ward aber durch Maquire in ein Strohmagazin verwandelt.

Gleich nach der Besitznahme Dresdens hatte König Friedrich den Belagerungszustand proklamieren lassen, in= folgedessen Jurisdiktion und Polizei den Händen des

preußischen Kommandeurs von Wylich übergeben werden
mußten, der sofort den Befehl erließ, daß alle Fremden,
die nicht genau die Notwendigkeit ihres Verbleibens in
Dresden nachweisen und einen preußischen Logierschein
lösen würden, bei Strafe des Stranges Dresden binnen
vierundzwanzig Stunden verlassen sollten.

Zu diesen Unglücklichen gehörte Friedemann.

Wohl einsehend, daß ihm hier keine Verwendung
nützen und nur Homilius in Gefahr kommen würde,
schieden beide Freunde ohne Schmerz, wie sie einander
ohne große Freude wiedergesehen hatten. Es war Friedemann, als sei die Welt verkehrt und keiner Gefühls-
äußerung mehr fähig, als wäre nur der Haß, der Raub
die bewegende Ursache des Menschenlebens.

Er kam nicht ohne Schwierigkeiten nach seinem Wirtshaus, wo ihn auch gleich zwei uckermärkische Grenadiere
in Empfang nahmen, um ihm den Weg aus Dresden zu
weisen. Er zog seine Börse und bezahlte seine Zeche. Er
bemerkte, daß er nur noch wenige Münzen bei sich hatte.
„Sobald ich allein bin, will ich den Beutel wieder füllen“,
dachte er. „Vorwärts!“ schnaubten die Grenadiere, und
ehe er sich’s versah, war er aus Dresdens Mauern, von
Posten zu Posten transportiert, bis man ihn hinter Räcknitz
auf freiem Felde losließ. So, seine Violine im Arm,
schimpfend und fluchend über diese Behandlung, gänzlich
dem unbequemen Leben durch den Komfort des Daimon
entwöhnt, machte er sich bittere Vorwürfe, überhaupt nach
Dresden gekommen zu sein. Was wollte denn die ganze
Reise heißen?

Der gute Friedemann hatte halb wie ein Kind, halb
wie ein Kunstgenie ins Blaue gehandelt; das hatte er
davon! Das einzige, was ihn tröstete, war seine volle
Tasche. Für Geld ist alles zu haben!

Er war allein auf dem weiten Felde.

Er ging abseits, wo Gesträuch ihn deckte, und warf
sich ins Gras, um die Tasche zu untersuchen und neue
Energie aus dem Anblick des Goldes zu saugen. Er
schnallte ab.

Richtig, da waren seine Kunst der Fuge, seine Noten=
blätter, seine Brieftasche und der Beutel, rund und schwer.

Triumph! Lächelnd öffnete er ihn.

Blei, Nägel und Scherben!

Er glaubte rasend zu werden. Hastig fuhr er nach
der Börse, die er erst heute geöffnet hatte, um zu be=
zahlen. Leer! Leer bis auf ein paar Groschen! Ein
Bettler fürs ganze Leben, und nobel gewöhnt! Da hilf
dir, Menschenkind!

Wer hatte ihn bestohlen? — Der Kutscher? —
Wohl kaum! — Homilius? Nicht denkbar! Er hatte
doch, solange er in Dresden war, die Tasche nicht geöffnet,
hatte alles aus der Börse bezahlt, die er in Freiberg mit
zehn Dukaten versehen. Im Gasthof? — der Jude! der
Fechtmeister! — Ha, einer von beiden mußte ihm auf
unerklärliche Weise das Geld gestohlen haben! — Hätte
er wenigstens noch die drei Dukaten gehabt, die er leicht=
sinnigerweise der Zigeunerdirne hingeworfen!

Da stand er, der wie ein Kavalier in Dresden und
Berlin einziehen wollen und die Weiber verhöhnen, die
ihn betrogen! Da stand er bleich, in sich zusammen=
geknickt, allein, wiederum arm, nein, tausendmal ärmer
und elender denn je, auf weitem Felde!

„Und wenn ich dir Millionen gäbe und ließe dich
von mir, nach einem Jahre ständest du wieder mit deiner
Violine vor meiner Tür, hungrig und wahnsinnig, dann
aber könnte ich tot sein!“ hatte Cardin gesagt.

Er hatte recht!

„O Gott, allbarmherziger Gott, erhalte mir wenigstens meinen Verstand!" betete Friedemann unter Tränen.

Lade an deinen reichen Tisch das Elend und das Selbstmißtrauen, stolzer Liebling der Musen, dann wirst du Frieden haben!

„Scherben und Blei!"

„Kehraus dieser Welt! Verflucht und verdammt sei jedes Menschenantlitz in alle Ewigkeit! Es gibt nichts Heiliges im Himmel und auf Erden, nichts Heiliges im Herzen! Vermaledeit sei jegliches, was gewesen; ich habe nichts mehr zu verwetten als dieses lumpige, zersetzte Leben, dieses elende, fadenscheinige perpetuum mobile meines Ichs, das mich anekelt und nur wert ist, daß man's zertrümmere! — Verstumme, wimmernder Herz= schlag, verhauche, bange, entmutigte Seele! Ein kurzer Stoß und frei bist du von dir selber!"

Er riß den Degen heraus und zückte ihn gegen seine Brust, sie zu durchrennen.

Da — vor seinen starren, verschwimmenden Blicken stand plötzlich das gebrochene Bild Cardins, zusammen= gefallen über dem heiligen Buch, und zwischen den Kerzen grinste das Bild des erschlagenen Weibes!

„Jede Sünde ist dem Menschen vergeben, aber die Sünde wider den Heiligen Geist ist dem Menschen nicht vergeben!!"

Glühend brannte die Stelle auf dem Grunde seiner Seele und rettete ihn vom letzten, furchtbarsten Schritte — dem Selbstmord!

„Hahaha, gut denn! Meinetwegen! Will doch sehen, wie lange dieses dumme Uhrwerk, das in mir zuckt und hämmert, nach den Gesetzen der Notwendigkeit halten wird!" Er warf die Waffe verächtlich weit von sich. Zischend fuhr der funkelnde Stahl durch die Luft. Wie eiu kurzes Gelächter scholl's hinter ihm. Er wendete sich um: es war nichts.

Friedemann nahm die leere Tasche, steckte sein letztes Heiligtum, die Notenblätter, die Kunst der Fuge, wieder hinein, ergriff die Violine, und wie er so dahinschritt, tönte wieder das alte:

„Willst du dein Herz mir schenken?" Höhnisch lachte er dazwischen.

Der abermalige Fall Dresdens scheuchte bald genug die Österreicher auf, und — was August III. und Josepha so sehr ersehnten, ein Hilfskorps unter Brown rückte von Böhmen heran, um den bei Pirna verschanzten Sachsen zu Hilfe zu eilen, Friedrich hatte das vorausgesehen und seine Dispositionen danach getroffen. Er eilte den Kaiserlichen bei Lowositz entgegen und schlug sie am 1. Oktober dermaßen aufs Haupt, daß sie sich eiligst über die Grenze zurückziehen mußten. Nach diesem großartigen Siege, welcher in Dresden von vierzig Postillionen austrompetet wurde und das Schicksal Sachsens entschied, schloß Friedrich das Lager bei Pirna ein.

Das Lager! — „Wie glücklich", schreibt ein Chronist jener verhängnisvollen Tage, „wäre Sachsen gewesen, wenn es die von Friedrich angebotene Neutralität angenommen hätte und seine Truppen auseinander gehen laßen, dann hätte sie nicht der Hunger zu schimpflicher Übergabe gezwungen, da sie, Fluch der Erbärmlichkeit Brühls, nur fünfzehn Tage Brot hatten und schon drei Tage ohne Nahrung bei der entsetzlichsten Witterung Tag und Nacht unterm Gewehr stehen mußten." — Sachsen war am Rande des Verderbens, sein Schicksal kam den Österreichern zugute, die die vierunddreißigtägige Sperrzeit bei Pirna benutzen konnten, ihre zerstreuten Kräfte zu sammeln und Böhmen vor der Überrumpelung zu schützen.

Von den siebzehntausend Mann, die das Lager bezogen hatten, erlagen nach und nach fünftausend Mann dem Hunger und dem Feinde. Die übrigen zwölftausend Mann, eingekeilt in die eigenen Schanzen, durch Not und Wut schon fast zur Desorganisation gebracht, mußten, nachdem die versuchte Retirade über die Elbe an der Entkräftung der Armee gescheitert war, ihren Befehlshaber Rutofsky an der Spitze, am 15. Oktober die Waffen strecken.

Der König samt den Prinzen und Brühl retteten sich auf den Königstein.

Auf dem Felde bei Pirna mußten die sächsischen Gemeinen und Unteroffiziere Preußen den Eid der Treue schwören, die Offiziere wurden gegen Ehrenwort, nicht mehr wider Preußen zu fechten, entlassen, und zehn Infanterieregimenter, die beisammen blieben, in preußische Uniformen gesteckt, mit preußischen Offizieren und Fahnen versehen, um sich gegen Böhmen vorschieben zu lassen. Alle übrigen, Kavallerie, Infanterie und Artillerie, wurden gleichfalls dem preußischen Heere einverleibt.

Friedemann Bach, ohne Geldmittel, um schnell diesem greulichen Tumult des Krieges zu entrinnen, hinter sich die Postenkette der Preußen, welche Dresden gegen Süden und Osten von Pirna und Böhmen abschnitt, vor sich Pirna, wo die letzte Szene dieser blutigen Tage sich eben abspielte, links die unüberschreitbare Elbe, rechts das offene, von Marodeurs, Plänklern und schwärmender Kavallerie verwüstete Land, hatte bei gutherzigen Bauern in Heidenau, unweit der Elbe, ein Versteck gefunden, wo er bei dem furchtbaren Hereinbrechen der Herbstunwetter wenigstens vor offenbarem Verkommen gesichert war. Nach dem Ausgange der sächsischen Angelegenheiten bei Pirna wurde die Gegend endlich etwas stiller.

Die Preußen besetzten die Ortschaften ringsum bis nach Königstein, wo der König saß — ob gefangen, ob nicht, war unentschieden. Das Wetter wurde inzwischen etwas besser, und Friedemann, um nur aus dem Gewirr zu kommen, verließ sein Versteck und wanderte längs der Elbe bis Königstein, wo er eher hoffen durfte, die andere Seite des Flusses zu erreichen. Seine Lage, obwohl überall gleich trostlos, erhielt wenigstens dadurch eine Veränderung.

Soweit das Auge reichte, ringsum Zerstörung. Die Felder und Wiesen vom Feinde zerstampft, die Dörfer, wenn auch nicht verbrannt und geplündert, so doch verlassen. Alle Wege bedeckt mit dem Transport Verwundeter, Gefangener und fliehender Bauernfamilien, die sich und ihre Habe aus dem Bereich des Kampfes zu bringen suchten. Zwischen den Feldern und Gebüschen aber trieb sich die Schar der aus Dresden Verwiesenen, der Heimatlosen und des Gesindels ohne Namen umher, das, den Aasgeiern gleich, die Heere begleitend, aus der allgemeinen Verwirrung seinen verbrecherischen Nutzen zog. Angesichts des Städtchens Königstein stand Friedemann still. Er wußte, daß es von Preußen besetzt war. Wie sollte er hineinkommen? Als er über diese Frage sinnend vor sich hinstarrte, erblickte er plötzlich etwa hundert Schritte vor sich eine Gestalt an einem Feldrain sitzend, die plötzlich den Kopf emporstreckte und fragend nach ihm hinblickte, als erwarte sie seine Ankunft.

„Ein Leidensgefährte, der auch nicht weiter kann", murmelte Friedemann, und jener Instinkt, der Menschen von gleicher Lage zusammenführt, trieb ihn unwillkürlich an, sich der Person zu nähern.

Wie erstaunte er, als er in ihr jene Zigeunerin wiederfand, deren seltsam große, geheimnisvoll schöne Augen ihn bei Tharand so bezauberten, gegen die er zu seinem Unglück so freigebig gewesen war.

Langsam erhob sie sich, geisterhaft nickend, und reichte ihm die Hand.

Eigentümlich von diesem Zusammentreffen berührt und nicht ohne Verlegenheit, daß er nun selber derjenigen als Bettler gegenüberstand, die er im Übermut beschenkt, legte er seine Rechte in die ihre.

„Aber was machst du hier?!"

„Ich wartete auf dich!"

„Auf mich? Mein Gott, wie konntest du wissen, daß ich hierher kommen würde?"

„Du mußtest kommen, ich mußte es, und du siehst, ich hatte recht. Frage nicht weiter! Du bist einer von den Klugen, die nach dem Warum haschen. Und wenn sie's wissen, wissen sie nichts. Du hattest Verstand, so= lange du Geld hattest. Was bist du nun? Nichts!"

„Das ist nicht schwer zu sagen, Närrin; jedes Kind sieht mir das an! Willst du mich verspotten, so geh und laß mich! Was hast du mit deinen dummen Augen, daß du mich so ansiehst? Was soll das heißen, daß du mich erwartest?"

„Ei, du Kluger, weißt nicht, warum ich dich ansehe, weshalb ich dich erwartet? Frage den Gott, zu dem du betest, daß er es dir sage!

Es ist ein Geist zwischen Himmel und Erde, ein Hauch, der den Menschen begleitet und vorwärts zieht, daß er geht nach seiner Bestimmung. Ich wußte, wir würden uns wiedersehen! Willst du von mir gehen? Allein in dieser Welt voll Elend und selber elend? Haben dir die Mächtigen und Reichen so Gutes erwiesen, daß du die helfende Hand der Bettlerin von dir stößt?"

Überwältigt, bleich, zitternd warf er sich ins Gras. Im schmerzlichen Gefühle seiner Verlassenheit, verzagt und zugleich beschämt, drückte er sein feuchtes Antlitz gegen die Erde.

Da fühlte er die Arme des fremden Mädchens sich um seinen Nacken schlingen. Sie erhob sein Haupt, legte es in ihren Schoß und preßte es mit krampfhafter Gewalt an ihre pochende Brust.

„Sei gegrüßt von der Tochter der Armut, Nacht und Schande, gegrüßt von dem Volk, das, verdammt von den Menschen, durch die Erde zieht ohne Ruh', ohne Heimat! Eine neue Welt und eine neue Sonne sollst du schaun, alle Qualen vergessen und glücklich sein!" Und dieser große Blick, wie eine schwarze Sonne, senkte sich in sein gepreßtes Herz, die braunen Arme zogen ihn an den pochenden Busen der Tochter des fernen Süd, ihre Lippen senkten sich und küßten seinen Mund, und magnetisches Glutfeuer rollte durch seine aufhüpfenden Adern!

Es ist gut, daß man in den meisten Momenten des Lebens nicht weiß, welch ungeheuere Veränderungen in uns vorgehen, und daß wir uns erst dann derselben bewußt werden, wenn sie sich bereits unabänderlich vollzogen haben. Wenn Friedemann sich in Arnstadt von seiner jetzigen Lage hätte einen Begriff machen können, wie würde er sich selbst verlacht, wie vornehm bedauernd die Achsel gezuckt haben, und doch lag er jetzt im Arm der Zigeunerin, die ihm im bittersten Augenblick seines Lebens, nachdem er das Anathema auf sein Geschlecht geschleudert, den Himmelsnektar mitleidiger Liebe auf die Lippen goß! Da sind Dogmen nichts mehr, der Verstand zerbricht lachend in sich selbst, um ganz im Gefühl aufzugehen, und der erste Schatten vom Glück breitet sein liebend Helldunkel auf die Sorgen der Seele.

Friedemann erhob sich wie träumend. Eine Art Scham über seine Schwachheit wollte ihn beschleichen. Da er aber sah, wie unbefangen das Mädchen war, als wenn das, was sie getan, etwas ganz Natürliches sei, faßte er sich bald.

„Willst du nun mit mir gehen?"

„Ja, ich will. Wäre es auch nur um des Mitleids

willen, das du mir in diesem Augenblick geschenkt." Mit
diesen Worten reichte er ihr die Hand, die sie hastig er=
griff und an ihr Herz preßte. Beide schritten lautlos
der Stadt zu, und Friedemann, seiner neuen, wunderbaren
Metamorphose nachsinnend, konnte sich nicht enthalten,
seine Begleiterin mit jenem Gemisch von Teilnahme und
Neugier anzublicken, die man für jeden fremden Helfer
in der Not empfindet, zumal wenn er vom andern Ge=
schlecht ist. Das Mädchen hatte durch die Art ihres Mit=
leids ihn so gefesselt, daß er, ganz abgesehen von seiner
Hilflosigkeit, sich willig einem magnetischen Trieb überließ,
der ihn zwang, ihr zu folgen. Sie war nicht über mitt=
lere Frauengröße, von elastischen und schlanken Formen,
die die Frische und saftige Fülle der Jugend an sich
trugen. Ihr Teint war braun, ihr Haar tiefschwarz und
fiel, zum Teil unter ein braunes Kopftuch gebunden, links
und rechts in einem Zopf auf Wangen und Nacken. Sie
trug einen vielfach geflickten Rock, dessen Grundfarbe,
dunkelgrün und braun gestreift, schwer zu entziffern war.
Ein gewöhnliches Mieder umschloß die üppige Fülle ihrer
Brust, und ein langes, wollenes Tuch, dunkelgrau und
an vielen Stellen schadhaft, das sie mit Geschicklichkeit
wie einen Mantel eng um den Leib zog, vollendete ihre
Tracht, die sich kaum von der einer Bäuerin unterschied.
Die Zigeunerin war keineswegs von jener Sylphenschön=
heit, die ein Romantiker so gern verherrlicht, ihre jugend=
lichen Züge waren sogar fast zu derb und ausgeprägt.
Wangen, Mund und Kinn hatten etwas Kindlich=Naives,
das sich auch in ihrem sonstigen Wesen aussprach und ihr
etwas Flüchtiges, Mutwilliges verlieh. Die gewölbte Stirn,
die scharfgeschnittene Nase, vor allem aber das feurige,
große, fast drohende Auge bewies, daß in ihr nicht allein
kräftige Leidenschaften, sondern auch ein eigentümlicher
Geist wohne, der, sei's zum Guten oder Schlimmen, die

Menschen zu erobern wußte und einen gebieterischen Zauber hatte.

„Solche Augen hatte Antonie! So brannte ihr Kuß einst auf meinen Lippen!" murmelte er, als sie weiter= schritten.

Rings war's still, der Abend streute seinen violetten Schatten, und die Sterne tauchten verstohlen aus der tief= blauen Flut des Himmels.

In langen, melancholischen Tönen sang das Mädchen ein Lied, dessen Verse er nicht verstand, doch das ihm wie ein Wehmutseufzer durch die Seele zog. Plötzlich unterbrach sie sich.

„Siehst du den hellen Stern dort?"

„Ja, warum?"

„Da! da! Ha, wie die Funken von ihm fallen! Das ist der Stern deines Vaters! Komm weiter! Die Stadt ist dicht vor uns, dort glänzen schon die Gewehre! Hier= her, durchs Feld! Rasch!"

Und ehe Friedemann Zeit hatte, sich von dem Ein= druck ihrer Worte zu erholen und nach deren Bedeutung zu fragen, zog sie ihn plötzlich in einen Graben, der mit Gebüsch besäumt war.

„Laufe, laufe! Die Preußen geben uns sonst heißes Blei! Hörst du die Tritte? Sie kommen! — Dahin!"

Mit einer Behendigkeit und Schlauheit, die ihres= gleichen suchte, eilte sie im Graben vorwärts, Friedemann zur Eile anspornend. Diese schien auch um so geratener, als ihnen eine Patrouille schon auf den Fersen war. Atem= los langten die Verfolgten endlich am Ufer der Elbe an.

„Kannst du schwimmen?"

„Nein!"

Schnell hatte sie ihr Tuch abgenommen und wickelte es fest um ihre Hüften, so daß das eine Ende lang herabhing.

„Fasse den Zipfel und komm!“

Mit den Füßen nach dem Grunde fühlend, schritt sie ins Wasser hinein. Friedemann folgte ihr, die Violine und seine Tasche emporhebend. Das Wasser reichte ihnen bis unter die Arme, und mühsam dem Strom entgegen, einige Ellen vom Ufer entfernt, gingen sie im Schatten desselben bis zu ein paar Gehöften, die bis dicht ans Wasser ragten. Hier klommen sie ans Ufer und huschten durch die Lücke eines Zauns, ohne von den ringsumher aufgestellten Posten bemerkt zu werden. Sie befanden sich in einem kleinen Krautgarten, aus welchem sie durch eine angelehnte Plankentür in ein enges Gäßchen gelangten, das, verschiedene Gärten trennend, in eine breitere Straße mündete. Sie waren glücklich in Königstein. — Es war bereits finster. Alle Häuser lagen voll preußischer Einquartierung. Der Marktplatz, an dessen schmälerer Seite sie hinschritten, war in ein Biwak verwandelt und der Tumult zwischen Soldaten, Marketendern und Krämern so bedeutend, daß niemand die Fremdlinge bemerkte, welche in einer gegenüberliegenden Straße verschwanden, durch die man rechts in ein Sackgäßchen gelangte, das, zwischen Gärten gelegen, sich nur eines schmutzigen, ruinenartigen, augenscheinlich verlassenen Häuschens rühmen konnte. Sie traten in dasselbe, nachdem die Zigeunerin ein Erkennungszeichen mit dem Öffnenden gewechselt, und gelangten durch einen finstern, dumpfigen Flur in einen Raum, der kaum noch den Namen einer Stube beanspruchen konnte. Das Dach, an vielen Stellen schadhaft, ließ der Witterung freien Eintritt, und die Dielen, verfault und herausgebrochen, dienten dazu, ein Feuer zu unterhalten, das auf einem Herde brannte, um den drei Personen gelagert waren, die, in die phantastische Livree des Elends und Zufalls gekleidet, träumerisch in die Flammen blickten und kaum den Kopft wendeten, um die Ankömmlinge zu begrüßen.

Das Mädchen nickte und wendete sich sogleich in un=
bekannter Mundart an einen alten Mann, dessen ehrwürdig
grauer Bart ihm eine patriarchalische Würde verliehen
hätte, wäre nicht ein Zug tiefsten Hasses, grenzenlosester
Bitterkeit seinem olivenfarbenen Antlitz aufgeprägt ge=
wesen. Nachdem er sie angehört, wendete er sich an
Friedemann.

„Ich heiße dich willkommen, wie der Hirt den Wolf,
wie die Eule den Tag. Es ist deine Bestimmung, unser
zu sein! Ratji! so sei es! Wir sind an einem schlimmen
Ort, wo der Tod lauert, verhalte dich ruhig. Wenn ich
dir sage, daß wir österreichische Spione sind und uns unter
den Preußen als Musikanten umhertreiben, wirst du wissen,
was dich erwarten kann! Du spielst Violine, also können
wir dich wohl im Handwerk brauchen. Wenn du aber
Lärm machst, fliehen willst oder uns verrätst, stirbst du
wie ein Hund! Wenn sie uns hängen, hängst du auch!
Du bist einmal bei uns, also lassen wir dich nicht. Da
leg dich, wenn du müde bist! Wenn du Hunger hast, iß,
da gibt's Brot und Speck."

Das Mädchen wendete sich hierauf, augenscheinlich
sehr gereizt, an den Alten, der die heftigen Vorstellungen
der Tochter, denn das war sie, mit sanften Worten und
Liebkosungen zu begütigen suchte.

Friedemann aber hatte sich auf ein Bund alten Strohs
geworfen, das ihm in einer Ecke angewiesen worden, und
überließ sich der äußersten Verzweiflung. Er war grenzen=
los elend! Angesichts dieser Menschen und des fürchter=
lichen, ebenso ehrlosen wie gefährlichen Gewerbes, welches
sie ihm angekündigt hatten, aus dem Taumel der fast
zauberischen Einwirkungen erwacht, die ihn halb willenlos
dem Mädchen hatte folgen lassen, sah er in ihrem Be=
ginnen gegen ihn nur eine nichtswürdige Verlockung, und
ein namenloses Gefühl der Verachtung kam über ihn.

Anderenteils war er sich wohl bewußt, daß ihm eben nichts anderes übriggeblieben, als ihr zu folgen, und daß sein Leben so elend und zerbrochen war, daß es wirklich auf eins herauskam, unter welcher Form er sein Dasein hinschleppte.

Von der philosophischen Höhe seiner Selbstbestimmung herabgerissen, zum sklavischen Werkzeug des Abschaums der Menschheit, zum Genossen privilegierter Verbrecher erniedrigt, in ein Vorhaben gezogen, das Tod und Gefahr in jeder Minute zum Begleiter hatte und dessen Ende nur der Galgen sein konnte, fühlte er Reue, tiefe Reue über den Leichtsinn, mit dem er sich ins Chaos der Ereignisse gestürzt hatte. Sein Stolz und sittliches Entsetzen verboten ihm, nur ein Wort diesen Elenden zu gönnen, sie mit Vorwürfen oder Bitten zu ehren, deren Nutzlosigkeit er überdies einsah. Seine einzige Hoffnung war, daß sich ihm irgend eine Gelegenheit zur Flucht bieten würde. Wohin — wußte er nicht. — Stumm und voll verbissenen Grimms verbrachte er so den Rest des Abends, ohne die dargebotenen Speisen anzurühren.

Er beschloß, auf seiner Hut zu sein, und das Gesindel, in dessen Hände er geraten war, um so genauer zu beobachten, als er bemerkte, daß man ihn gleichfalls nicht einen Augenblick aus den Augen verlor.

Die seltsame Genossenschaft, welche um den niedrigen Herd kauerte und von der unsteten Flamme in wahrhaft Rembrandtscher Weise beleuchtet ward, bestand außer dem Alten und seiner Tochter aus einem etwa zehnjährigen Buben, der wie Quecksilber ab und zu lief, bald die Stube längere Zeit verließ, bald wiederkehrte und Nachrichten brachte, kurz den Wachtdienst zu versehen schien. Den Beschluß dieser ehrenwerten Gilde machte ein Mann in mittleren Jahren, dessen bartlose Galgenphysiognomie von hellerer Farbe war und nicht den Typus der Zigeuner trug. Er redete Deutsch, aber vermischt mit einer Masse zigeunerischer und jüdischer Gaunerausdrücke, die noch heute als das sogenannte Rotwelsch dem Kriminalisten wohl bekannt sind.

Von Zeit zu Zeit vernahm man ein eigentümliches Pochen, das standesgemäßen Besuch verkündete, der, von dem Jungen eingelassen, wichtige Geschäfte verhandelte, sich aber ebenso rasch wieder entfernte. Friedemann machte die Bemerkung, daß die Bande ziemlich zahlreich sein müsse, und so wenig er von dem Kauderwelsch verstand, erfuhr er doch durch die häufigen Anreden, daß der Alte Dabi, das Mädchen Towadei, der Junge Papinori und der andere Gauner Tzoukel hieß, daß ferner draußen wichtige Begebenheiten vorgingen und man wahrscheinlich noch diese Nacht Königstein verlassen würde. An letzteren Umstand knüpfte sich seine Hoffnung auf Flucht, und in diesem Gedanken schlief er, von Körper- und Seelenmattigkeit bewältigt, ein.

***

Wie lange er so gelegen, wußte er nicht, aber von einem sonderbaren Gefühl, einer angenehmen Berührung geweckt, öffnete er die Augen, richtete sich empor und bemerkte bei dem halbverlöschenden Feuer die Zigeunerin, welche vor ihm stand.

Ehe er sich erheben konnte und sich seines wachen Zustandes ganz bewußt wurde, kauerte Towadei vor ihm nieder, faßte seine beiden Hände und sagte im schmerzlichen Tone: „Du verachtest mich!"

Unwillig aufspringend wollte er sie von sich stoßen, doch sie hatte sich gleichfalls erhoben, und indem sie mit einer finstern Energie die Hand auf seine Schulter legte, sagte sie: „Bleib! Ich weiß, du willst fliehen. Ich habe dich errettet vor dem Schlimmsten, habe dich hierher in das Versteck derer gebracht, die ich liebe, und sie der

Gefahr ausgesetzt, verraten zu werden. Magst du die
verachten, welche dir Mitleid bot, aber nimmer werd' ich
zugeben, daß die Meinen darum leiden sollen, weil ich
für einen Elenden Erbarmen hatte! Die Nacht ist bald
um, wir gehen aus der Stadt. Wenn wir im Freien und
außer Gefahr sind, sollst du deines Weges gehen — wenn
du kannst! So du aber von hinnen ziehst, sage ich dir,
bist du verflucht und wirst enden wie ein Tier!" Mit
einer stummen, gebieterischen Gebärde nach der Tür weisend,
schritt sie hinaus. Gedemütigt fast, und doch mit uner=
klärlicher Gewalt von diesem zerlumpten Weibe voll dia=
bolischer Schönheit angezogen, verließ Friedemann das
Haus und folgte ihr durch mehrere Gärten und Gänge,
bis sie sich jenseits der Stadt befanden.

Sie traten aufs offene Feld hinaus, dessen Reif
wie Silber glänzte. Eisige Kälte durchzuckte Friedemanns
Glieder.

„Nimm meine Decke, du bist's nicht gewöhnt!"

„Du wirst selber frieren, Towadei!" Sie wandte
sich nach ihm um.

„Ich friere nie! Die Kinder unseres Volkes wissen
nicht, was Hitze und Kälte ist. Nimm."

„Nein, nein! Ich bin ein Mann. Ich werde Armut
und Kälte tragen lernen."

Sie schlug das Tuch wieder um sich.

Eine letzte Wendung um den Zaun, und etwas ab=
wärts von ihnen lag die Straße, matt vom Mondlicht
beschienen: ihnen gegenüber ragte der Königstein empor.

„Kennst du den schwarzen Berg da?" fragte das
Mädchen.

„O ja, ich kenne ihn recht gut!" und ein schwerer
Seufzer rang sich aus seiner Brust.

Da packte ihn Towadei heftig am Arm. „Siehst
du die Lichter dort im Walde, am Fuße des Königstein?"

„Ja. Was soll das bedeuten? Sie flackern hin und her."

„Der Tag der Vergeltung ist gekommen! He, he, weißt du, was die wirren Lichter bedeuten? Von diesem Felsen flieht jetzt Brühl, land= und leutelos, verhöhnt und verachtet, unterm Dunkel der Nacht und dem Mitleid des Feindes in die Weite, und die Flüche eines ganzen Volks sind sein Geleitsbrief!"

„Brühl! Weib, um des Allerbarmers willen, belüge mich nicht! Brühl flieht heute nacht, verflucht, herabgestürzt vom Sockel seines Stolzes?!"

„Ja, er muß fliehen!" jauchzte sie, und ihr Auge glänzte in wildem Entzücken. „Bhowané, die alte Mutter des Hasses und der Liebe, sitzt zu Gericht und geißelt ihn!"

„O Dank dir, Mädchen, für diese eine Sekunde des Entzückens! Hinab, daß wir ihn sehen!"

Von allen Furien der Rachewollust getrieben, eilte er den Hügel hinunter, hinter sich die Zigeunerin!

Sie gelangten auf die Straße, und indem sie auf einen kleinen Erdwurf zueilten, trafen sie auf den Dadi, den Jungen und Tzoukel, die, mit einer Klarinette, einem Tamburin und einer Stockfidel versehen, einem Trupp wandernder Musikanten glichen.

In einer Lichtung des Berges bemerkten sie nun mehrere Fackeln, die sich um einen Wagen drängten. Plötzlich erloschen die Flammen, der Trab herbeieilender Rosse, das Rollen der Räder schlug an der Horchen= den Ohr.

Im Nu hatte Friedemann seine Violine im Arm und den Bogen in der Hand.

„Aufgespielt, Gesindel! Aufgespielt zum Kehraus für den Brühl! Hurra, hopp! Hussassa! Brr!" und jauchzend und geigend tanzt im Mondenscheine des toten Sebastian verkommener Sohn!

Hui ja! Wie sie rennen, die blanken Rosse, wie die Funken stieben!

Im Wagen, zusammengequetscht, in den Mantel ge=wickelt, sitzt Brühl, Todesangst und Scham auf der Stirn, denn die Rosse laufen nicht schnell genug für das schuld=beladene Gewissen des Ministers.

Plötzlich tut der große Brühl einen lauten Schrei, denn Friedemann ist auf den Tritt gesprungen und ruft gellend:

„Glückliche Reise, Schwiegervater!"

„Friedemann Bach!!" ächzt der Minister.

Ein schallendes Gelächter erfolgte, und Friedemann verließ den Schlag.

„Nach Polen, nach Polen!" denn unter Brühl stöhnt die deutsche Erde.

Damals war's freilich anders, als er verhängten Zügels, mit der Krone im Arm, denselben Weg, doch rück=wärts, fuhr. Damals lag das stolze Bewußtsein der ersten Tat auf seiner jugendlichen Stirn, seine Brust dehnte sich voll gewaltiger Hoffnungen, und jetzt? Alles verloren! Ein Geächteter, vogelfrei im Lande seiner Träume. Ein Mensch, der um des lieben Lebens willen Minute auf Minute, Meile auf Meile sehnsüchtig verschlang, hinter sich her den Hohn armer, landloser Gesellen, die sich geschämt hatten, ihm Gefährten zu sein.

Friedrich der Große hatte Sachsen erobert, aber er schonte die Überwundenen, schonte Brühls.

Man ließ den Gestürzten fliehen, seinem Gebieter, nach, um ihn nicht zum Gefangenen machen zu müssen.

28. In den Steinen.

Bleich und grämlich dämmerte der Tag herauf. Einzelne Schneeflocken fallen hier und da, und der scharfe,

eisige Morgenwind fegt Friedemanns zerrissenes Kleid.
Er sitzt auf einem Meilenstein, die alte Violine aufs Knie
gestemmt, sein Auge stiert den Weg entlang, den der
Wagen Brühls genommen, und ein geisterhaft grinsender
Spott flattert in unheimlichem Jubel über das Antlitz
des Verlorenen.

„Man erwartet uns!" sagte der Dadi und rüttelte
Friedemann aus ödem Brüten. „Es wird hell! Die
Preußen werden gleich ausrücken und das leere Nest
einnehmen; wir haben keine Lust, ihnen in die Hände
zu fallen!"

„Laß ihn, Vater," sagte das Mädchen, „die innere
Stimme redet mit ihm. Seine Seele wirft eine Schlangen=
haut ab. Natji, wir kommen!".

Der Dadi nickte und steckte die Klarinette in die Tasche,
Tzoukel nahm seine Stockfidel unter den Arm, der Junge
schob das Tamburin auf die Schulter, und alle drei
schritten den Weg entlang und waren den Zurückbleibenden
bald aus dem Gesicht.

„Nein," sagte Friedemann, „verraten werde ich euch
nicht, denn du hast mir Gutes erwiesen, Towadei. Aber
ich gehe nicht mit euch! So elend und verlassen ich auch
bin, lieber soll mich hinterm nächsten Zaun der Teufel
holen, als daß ich unter Dieben und Räubern mein Leben
ende! Ehrlich will ich mich durch die Welt bringen, mir
lieber mein Brot mit meiner Geige von Dorf zu Dorf
erspielen, als mit euch länger umgehen!" Große Tränen
rollten ihm über die Wangen, er schluchzte wie ein armes,
verlassenes Kind.

„Höre mich denn zum letztenmal, ehe du ins Ver=
derben gehst", sagte Towadei mit einer Mischung tiefsten
Mitleidens und feierlichsten Ernstes. „Verflucht sei die
Seele meiner Mutter, gepeinigt das Leben meines Vaters,
Natji, wenn ich lüge! Ich verspreche dir, daß du nie

stehlen, nie etwas gegen dein Gewissen tun sollst! Komm mit mir! Komm, eh' es zu spät ist!"

„Mädchen, ich kann nicht! Wo du die Macht über mich her hast, ich weiß es nicht, aber du übst einen ent= setzensvollen Zwang auf mich aus. Ich empfinde das erstemal in meinem Leben Furcht. Ich fürchte mich vor dir? O, mich haben Frauen schon so elend gemacht, Towadei! — Geh zu deinem Vater!"

Towadei trat noch einmal zu ihm, faßte noch einmal seine Hand, sah ihn voll unbeschreiblichen Schmerzes an und sagte: „Du willst es so? Dein Auge soll mich nicht mehr sehen, es sei denn, du rufst mich im Herzen. Eins nur sage ich dir: so gewiß du verderben mußt ohne mich, so gewiß mein Volk elend ist, so gewiß hättest du bei uns eine heilige Freistatt gefunden! Wenn dir die ehr= lichen, guten, glücklichen Menschen kein Erbarmen bezeigen, ist nicht der Zigeuner besser denn sie, da er dir hilft? In Eurem heiligen Buch steht geschrieben vom Mann aus Samaria, der sich des Armen annahm, den die Leviten verschmachten ließen. Du fürchtest dich vor mir. Weißt du, weshalb? Weil dein Verstand sich vor dem sträubt, was er nicht weiß! Ich stehe in der Hand Abaridschedi, des Anfanglosen, des dreieinigen Gottes. Von ihm und seiner Liebe habe ich das Erkennen, und wenn er unser Volk damit gesegnet, mit dem einzigen, was wir haben, so spricht der aus seinen Kindern, daß auch der ver= achtete Wurm geheiligt ist durch seinen Odem! — O komm, Lieber!"

„Laß mich! Laß mich, wenn du ein fühlend Herz hast! Elend, wie ich bin, ohne Hoffnungen diesseits und jenseits, beschwör' ich dich bei der Nacht, bei dem Nichts, das in mir und um mich ist, laß mir einen Augenblick Ruhe, sonst werd' ich wieder wahnsinnig! wahnsinnig, wie ehemals!"

„Er hat bei der Alten geschworen!“ murmelte To=
wadei. „Ich werde warten auf dich!“

Lautlos standen die beiden am Wege.

In Friedemanns Seele wälzte sich der letzte Rest
freier Selbstbestimmung mit der gramvollen Hoffnungs=
losigkeit seiner Lage in wütendem Kampfe.

Wohin sollte er sich wenden? Nach Leipzig zu der
öden Stätte, die er verlassen? Nach Arnstadt, wo er
fremd war? Alles, was ihm im Leben teuer gewesen,
war tot, verschollen, entfremdet. Wer wollte sich auch
eines Vagabunden annehmen? Antonies Andenken zuckte
wie ein Geheul des Hohns durch sein Herz, Ulrike Doles,
seine Schwestern, die Mutter, schwankten wie Schatten=
gestalten einer vergangenen Welt durch seine wirre Seele!

„Du hast keinen mehr, keinen als mich!“ sagte To=
wadei, und ihr großes Auge ruhte klagend auf den bleichen
Zügen Friedemanns.

Die Violine, das war das Fazit seines Lebens!

Langsam erhob er den finstern Blick und sah das
Mädchen engelschön, trotz der Lumpen, mit ihren bittenden,
zärtlichen Mienen vor sich stehen.

„Ich will gehen — wohin du Lust hast!“ stöhnte
Friedemann.

Sein Entschluß war gefaßt. Er hatte sich aufgegeben!

Das Steuer seines Lebensnachens war ihm in der
Hand zerbrochen. An die erste beste Planke geklammert,
ließ er sich von der Schicksalswoge treiben. Wohin sie
ihn spülte, wie er endete, gleichgültig war’s ihm. Er
ließ die Dinge auf sich wirken, wie sie wollten, er dachte
nicht nach, er empfand nicht, er lebte, weil er lebte, und
konnte ohne Besinnen jede Sekunde sterben. Gleichgültig=
keit, Gedankenlosigkeit, Faulheit, drei treffliche Kumpanen!
Natji, alles ist eitel!

Rasch erhob er sich und eilte mit seiner Gefährtin

den übrigen nach. Es war auch die höchste Zeit, daß sie
sich in Sicherheit brachten, denn der Trommelwirbel von
der Stadt her meldete die anrückenden Preußen, welche
den Königstein in den Okkupationsrayon ziehen sollten.

Friedemann und Towadei erreichten ihre Genossen
endlich dicht bei Kunersdorf.

Allesamt zogen sie durch das Örtchen, und jenseits
in einem Gebüsch gelagert, nahmen sie einen kurzen Imbiß
und einen Schluck Branntwein. Es war das erste, was
Friedemann seit gestern mittag über seine Lippen brachte.
Der Sprit stieg ihm in den Kopf und lullte sein wundes
Herz, seine trüben, galligen Gedanken, das nagende Weh
aller verlorenen Erdenfreuden in Vergessenheit.

Sie gingen weiter. Der Katzenstein blieb hinter ihnen,
und sich östlich wendend, suchten sie die Elbe zu gewinnen.

Überall war Zerstörung und Schrecken. Ausgebrannte
Hütten, versprengtes Kriegsvolk und scheue Menschen, die
den winzigen Rest ihrer Habe aus dem Bereich des
Schreckens brachten.

Klein=Gieshubel und Schönau vorbei, erreichten die
Wandrer die Elbe, wo sonst eine Fähre stand, die nach
dem Hirniskretscham hinüberfuhr. Sie war verschwunden.
Tzoukel nahm ein Boot, das drunten am verlassenen
Fischerhause stand, und sie ruderten vereint hinüber. Als
sie jenseits ausstiegen, stieß Friedemann höhnisch den
Nachen in den Strom zurück und lachte, als er hinweg=
trieb, schwankend und leer.

„Brrr, das ist ein Leben!“

Sie gingen über den Hirniskretscham in die Schluchten
und betraten die sogenannten Steine, jene wirre Masse
gespenstischer Sandsteinfelsen, die, noch heute bewundert,
ihre bizarre Gestalt durch die reibende Gewalt präadami=
tischer Wasser empfangen haben.

Damals kannte man diese ganze Gegend noch wenig,

selbst Eingeborene betraten sie nur mit abergläubischer Angst, ja kaum der Krieg mit seinen Schrecknissen konnte die armen Dörfler bestimmen, in den vordersten, offneren Felsmassen vorübergehenden Schutz zu suchen.

Es war Friedemann zumute, wie wenn er in den Hades geführt würde. Hinter ihm brauste der Acheron, vor ihm klaffte der Mund der Unterwelt. Die Abendsonne gab dieser barocken Steinwelt schärfere Lichter und hüllte die Spalten und Grotten in tiefe Nacht, über der ein letzter violetter Duft flatterte.

Die Reisenden hatten fast den ganzen Tag über an einer Strecke von wenigen Meilen zugebracht. Doch abgesehen von den Beschwerlichkeiten des Terrains und davon, daß sie weitläufigere, versteckte Nebenwege zu ihrer Sicherheit einschlagen mußten, ward ihre Wanderung oft durch Kommandos preußischer Soldaten unterbrochen, die auf Rekognoszierung ausgingen und die Zigeuner zwangen, das erste beste Gestrüpp oder eine Felsspalte als Versteck zu wählen.

Die hierdurch stets rege erhaltene Besorgnis und Vorsicht hatte eine Einsilbigkeit des Gesprächs zur Folge, das nur leise, ja meist nur durch Zeichen geführt wurde, oft auch stundenlang ganz stockte.

Als sie jedoch die Elbe im Rücken und die letzte Gefahr am Mauthause zu Hirniskretscham überstanden hatten, schienen sie preußischerseits keiner Belästigung mehr ausgesetzt. Aus einer gewissen Lebendigkeit und Zuversicht dieser Leute schien hervorzugehen, daß sie sich ihrem Standquartiere näherten.

Towadei begann mit halbem Ton eines jener einfachen, schwermütigen Lieder zu singen, die der Zigeuner so leidenschaftlich liebt, besonders wenn er sich unter seinesgleichen weiß.

Der Dadi, dessen Benehmen gegen Friedemann bisher

etwas Finsteres, ja Gehässiges hatte, ward freundlicher und richtete einige Fragen an ihn, denen Bach mürrisch auswich.

„Ihr habt mich nichts zu fragen!

Ich bin ein Vagabunde, der nichts ist und nichts hat. Nennt mich Friedemann, dann ist's recht, alles andere schert Euch den Teufel!"

Sie hatten eine Strecke in den Steinen zurückgelegt, und die Sonne war längst hinter den Felswänden verschwunden, als der Dadi sich in ernstem Tone zu Friedemann wandte.

„Höre! Du weißt selbst am besten, daß du in der Welt weiter nichts mehr hast. Du gehörst unter die große Zahl aller derer, die das Unglück ausgestoßen hat aus der bürgerlichen Gesellschaft. — Wo du jetzt hinkommst, findest du Leute, denen es geht wie dir, die sich nicht besser und nicht schlechter dünken, als du dir selbst. — Wenn du vernünftig bist, wird dir's bei uns gefallen. Es soll dir an nichts fehlen, du darfst tun, was dir behagt, und hast du keine Lust zum Arbeiten, faulenze! Eins nur hast du zu beobachten: du mußt dich unseren Gesetzen fügen."

„Und wenn ich nicht will?"

„Das findet sich, man wird dich's lehren!"

„Mich's lehren? Das klingt wie Drohung! Und womit?"

„Mit der Nacht!"

„Mit der Nacht?"

„Mit der Nacht und dem Tode!"

Alle drei standen lautlos still. Eine plötzliche Kälte glitt über Friedemann hin. Es war finster geworden, nur der bleiche Himmel stand über ihnen.

„Hast du einen Begriff von der Nacht und dem Tode?"

Friedemann war still.

„Mach Licht, Tzoukel!"

Der Gerufene schlug Feuer, hielt einen Schwefelfaden an den Schwamm und entzündete an diesem eine kurze Harzfackel, die er aus einer Steinspalte holte. Der Dadi nahm sie und hob sie hoch empor, daß der wirre Schein phantastisch an den Felsen tanzte.

„Noch hast du die Wahl. Ohne deinen Willen sollst du, so will es das Gesetz, nicht in unsern Kreis treten. Bist du aber aufgenommen, so darfst du nicht mehr von uns weichen; denk an die Nacht und den Tod!"

„Ihr Narren," lachte Friedemann, „die ihr mir jetzt vom freien Willen redet! Beraubt, in der Nacht, in einer Einöde wollt ihr mich noch fragen, ob ich mit euch gehen will? Hahaha! Vorwärts! In die Hölle mit freiem Willen, mit allem, was das Leben schmückt! Ich werfe mein ganzes Dasein hinter mich! Nur weiter, immer weiter, desto eher ist's aus!!"

„Weiter!"

Das sogenannte Prebischtor war erreicht. Sie gingen den Kegel vorbei und verloren sich rechts in die tiefe Schlucht, deren vielfache Gänge sich nach den Karlssteinen, der hohen Wand, den Falken= und Riesensteinen hinstreckten.

Die Finsternis des Waldes, durch den das matte Sternenlicht nur dünne Streifen warf, die Enge der Felsen an vielen Stellen, die Unbekanntschaft mit der Gegend, die ohne Führer selbst jetzt noch am Tage schwer zu be= suchen ist, machte Friedemann beklommen.

Towadei ergriff seine Hand.

„Ich bin bei dir. Solange meine Hand in deiner liegt, bist du nicht verlassen!"

So mochten sie wohl zwei Stunden, ohne zu reden, gegangen sein, als Tzoukel einen mehrmaligen Schrei aus= stieß, ähnlich dem Beutegeheul eines Wolfes.

Weit in der Ferne antwortete eine ähnliche Stimme.

Plötzlich führte der Hohlweg jäh hinab. Tief im Grunde zitterte ein Licht wie ein Leuchtkäfer hin und wieder. Bald hatten sie es erreicht. Es war ein kleines Feuer in einer Felstluft, um das etwa zehn bis zwölf Männer lagen, die sich rasch beim Nahen der Kommenden erhoben. Sie waren alle mannigfach bewaffnet, und die nahen Schlachtfelder schienen einen nicht unbeträchtlichen Teil ihrer Garderobe geliefert zu haben.

„Ratji, wer gibt dem Feuer zu essen?" sagte Tzoukel und blieb etwa zwanzig Schritt davon stehen.

„Tume ham maro?" scholl's herüber.

„Mehom raja, tamle dadi, tschowo bhowané!" gab der Dadi zurück.

„Becrate, becrate! jamadar guru*)!" und ein ungeheuer großer Kerl von sechs Fuß Höhe, dessen natürliches Haar, vom Schmutz durchkleistert, wie ein Dach von Rinde auf seinem Haupte saß, schritt gravitätisch auf sie zu, und die Fetzen eines alten Grenadiermantels bedeckten mit Mühe die Fragmente seines Frieskittels und einer Hose, die einst von Sammet gewesen sein konnte.

Er verbeugte sich tief vor dem Alten, indem er in orientalischer Weise die Hände kreuzte.

„Kommt ans Feuer!" sagte der Dadi. Sie traten ans Feuer.

Der mit dem Haardach, den die übrigen Jamadar Guru, oder schlechtweg Guru nannten, nötigte Friedemann zum Sitzen und reichte ihm ein Stück Speck und Brot dar, indes ihm von der andern Seite Branntwein an=

____

*) Diese kurze Rede der Zigeuner, als eine Probe ihrer Sprache gegeben, heißt in der Übersetzung:

„Seid Ihr von den Unsern?"

„Ich bin der Herr, der finstre Vater, das Kind der bhowané!"

„Ich grüße dich, grüße dich, der Anführer Guru!"

geboten wurde, um seine starren Glieder zu erwärmen. Der Hunger half ihm bald über manche Reinlichkeits= bedenken hinweg, und er aß tapfer.

„Willst du nun bei uns bleiben, mein Sohn?" fragte ihn der Guru.

„Ja, ich habe keine Wahl mehr."

„Das ist gut; wie heißt du?"

„Friede."

„Höre, Friede, du mußt uns jetzt alles geben, was du hast." Und in demselben Augenblick erhob sich die ganze Rotte.

Friedemann sprang auf und bemerkte jetzt erst, daß sich Towadei und der Alte nebst seinen beiden Reise= gefährten entfernt hatten.

„Alles, was ich habe? Ich habe ja nichts?"

„Deine Kleider! Alles, bis aufs Fleisch!"

„Teufel, dann bin ich nackt!"

„Narr, das ist gut genug, 'runter mit dem Plunder!" Friedemann kämpfte mit dem Gefühl der Scham.

„Ihr geht aber doch auch nicht ganz nackt!"

„'runter oder — Ratji, wir schlagen dich tot!"

Friedemann wollte sich zur Wehr setzen, doch die Vernunft sagte ihm, daß er verloren sei.

Er begann, sich zu entkleiden. Plötzlich fiel ihm seine Tasche ein, der einzige Schatz, den er bei sich trug.

„Hört, ich will euch alles geben, aber die Violine und diese Tasche nicht! Darin sind ein paar Andenken, die lasse ich nur mit meinem Leben!"

„Zeig her, was ist's? Ist's Gold?" — und die Augen Gurus traten ihm vor Begehrlichkeit und Raub= sucht aus den Höhlen.

„Nein! Laßt mir's, seht nicht hinein!"

„Wir müssen alles wissen!"

„Bei meinem toten Vater, nein!

Nur der Towadei zeig' ich's oder dem Dadi!"

Eine Pause erfolgte.

„Gut, die Violine ist dein, die Tasche aber sollst du dem Dadi zeigen, so lange behalte sie."

Friedemann entkleidete sich rasch, drückte die geliebten letzten Schätze an seine nackte Brust, hüllte sich in ein paar Lumpen, die man ihm hingeworfen, und kroch in den dunkelsten Teil der Kluft. Es war bitterlich kalt. Seine geringen Habseligkeiten wurden sofort unter die Gesellschaft verteilt. Einer nahm das Hemd, einer die Hose, der den Rock, jener die Weste. Messer und Pfeife erhielt der Jamadar. Man ließ den Ankömmling dahinten in Frieden und unterhielt sich in jenem gebrochenen Kauderwelsch, an das Friedemann nun fast schon gewöhnt war. — Er bemerkte, daß die Gesellschaft in zwei Teile zerfiel; die eine Hälfte, welche sich besonders durch Schmutz auszeichnete, sprach die erwähnte Mundart fließend. Diese benahm sich auch wie die natürlich Bevorrechteten, die andere, unter welche der Tzoukel gehörte, sprach den eigentlichen Zigeunerdialekt nicht, sondern ein Gemisch von Deutsch und Zigeunerisch, das Rotwelsch, und fühlte sich augenscheinlich etwas gedrückt.

Auch hier noch Plebs und Adel!

So verging wohl mehr als eine Stunde, und Friedemann hatte trotz des Frostes einen kurzen Schlummer genossen, als man ihn weckte. Es waren mehrere Leute, die er noch nicht bemerkt hatte, hinzugekommen, darunter ein älterer Mann, namens Hanick. Er brachte Friedemann einen Schafspelz, der zwar schmutzig war, aber warm hielt, ein Fuhrmannshemd, und ein Paar Beinkleider, außerdem noch eine Pferdedecke, deren man eine ziemliche Menge zu haben schien. Auf einen Wink Hanicks sein einziges Besitztum, die Violine und die Tasche nehmend, ließ sich Friedemann vom Feuer weg durch die

Finsternis weiter führen. Nach einer guten Strecke, die sie durch die Steine forttappen mußten, wandten sie sich plötzlich in eine Seitenspalte und traten in eine Höhle, in deren Hintergrund ein großes Feuer knisterte. In einiger Entfernung davon lag ein Weib in mittleren Jahren mit zwei Kindern unter einer Decke, und unweit ein junger Mann, der schlaftrunken sein Haupt erhob; ein großer Hund fletschte die Zähne. Der Alte sprach mit dem Tier, das sich sogleich niederlegte, dann wies er Friedemann ein Bund Stroh an und warf sich ohne weitere Umstände im nächsten Winkel nieder.

Friedemann tat desgleichen.

Durch eine breite Bergspalte sah er den besternten Nachthimmel, und sein Herz ward zwiefach schwer und bang in der Erinnerung des Verlorenen. Wie dünner Nebel zog es durch die Luft, mit geisterhaftem Wehen, Stimmen der Kindheit hallten ihm sehnsüchtige Weisen ins Ohr, und dumpf wie Orgelton schwankte das alte Lied in seinen Ohren: „Willst du dein Herz mir schenken?" — Unter stechendem Schmerz hoffnungsarmer Erinnerung schlief er ermüdet ein.

Alles war still in der Höhle.

Da huschte eine Gestalt herein in weiter, mantel= artiger Verhüllung, wie ein Geist, der dem Kirchhof ent= stiegen: Towadei! Sie kauerte nieder zu seinem Haupt und nahm es leise in ihre beiden Hände:

„Nun hab' ich dich!"

29. Eine neue Welt.

Mit Recht nennen wir unser Jahrhundert ein er= leuchtetes.

Wenn wir die Riesenschätze der Erkenntnis, die zahl= lose Menge der Erfindungen und Erfahrungen auf allen

Gebieten des Verstandes nur ganz oberflächlich betrachten, müssen wir fast erschrecken über die Fähigkeit unseres Geschlechts, in alle Tiefen des Erkennens zu bringen und alle Kräfte der Natur zu nutzen, um sich zum Beherrscher dieser Erde zu machen.

Wir zersetzen alle Dinge der Natur in ihre chemischen Urbestandteile, erspähen den feinen Organismus der stillen Tier- und Pflanzenwelt und wie der gigantische Leib unserer Mutter Gäa sich gebildet. Alle Länder und Meere durchmessen wir, Zeit und Raum wissen wir zu kürzen, unser Auge ragt hinein in des Äthers Ferne, in Weiten, vor denen die Seele bangt, deren Maße unaussprechbar werden, und unser Kalkul rechnet künftige Existenzen auf den Bruchteil einer Minute aus.

Der siegende Verstand der Menschheit ist stolz geworden und eitel auf seine Herkulesarbeiten, stolz und mit Recht! Aber eins ist ihm doch entgangen auf seinem Alexanderzuge. Ein kleines, enges Land ist's, um das er immer umherstreift, über dessen Grenzmarken er manchmal verstohlen schielt, mit dem er sich aber nicht recht befassen zu wollen scheint.

Dies kleine Land, das er nicht erobert, ist — das Herz — das menschliche Herz!

J, er kennt es ganz gut, der Herr Kalkulator. Hat er nicht jüngst erst so ein winzig Ding auf dem anatomischen Theater vor Augen gehabt und sein Seziermesser dran abgewischt? 's ist ein Hautsack, der unseren Lebenssaft aus- und einpumpt, was ist da weiter?

Aber was im Leben außer dem Blut noch drinnen ist — was das sein mag, was dieses kleine, enge Land oft schmerzlich zusammenpreßt, daß uns das Wasser in die Augen tritt —, was dies kleine Haus vulkanisch ausdehnt in Entzücken, daß wir aufjauchzen müssen vor Jubel, trotz des Verstandes des weisen Professors, der

droben im Hirn breitspurig Vortrag hält über das Thema:
„Maß zu halten ist gut!" — das weiß der Anatom nicht.
Was da drinnen rumort und kämpft und Hoffnung,
Glauben, Liebe, Sehnsucht, Trauer, Haß, Mißtrauen,
Neid, Stolz, Rache, Geiz, Edelmut, Begeisterung, Eigen=
nutz, Aufopferung, kurz alle die treibenden Gewalten ge=
biert oder beherbergt, welche den Herrn Verstand um sich
selber wirbeln, ihn terrorisieren, wenn er nicht gleich will,
ihn verhöhnen, wenn er nicht weiter kann, seine Allonge
abreißen und ihn mit Eselsohren krönen, wenn er sich
verklausuliert hat, — das ist das unenträtselte Geheimnis.

Dies enge, so oft unbeachtete Stück unseres Seins,
das doch das Beste und Souveränste an uns ist, kennen
wir so wenig, und doch ist's so weit, so unermeßlich weit,
daß eine Ewigkeit nicht ausreicht, es ganz zu durchforschen.

Die menschliche Wissenschaft ist mit dem Herzen nicht
weiter als bis zu den Temperamenten gekommen. Weiß
man denn, was Leidenschaften sind? Kennt man denn
ihr Entstehen, Vergehen, oder warum sie kommen und
weshalb sie gehen, und das milliardenfache Irisspiel ihrer
Einigung oder Trennung?

Ah, man hat die Psychologie, die Seelenlehre, die
Metaphysik, hat die Philosophie aller Zeiten!

Prosit! Was tut die denn?

Sie weist logisch die Bildung des Denkvermögens
nach, wie sich Ideen etwa bilden, was die Außenwelt
daran für Teil hat, wie sich verschiedene Ideen vermitteln,
kurz der Verstand weist sich selber nach, er will auch
einen Stammbaum haben.

Und wie er sich mitunter nachweist, Gott sei's ge=
klagt! — Wo aber bleibt das Herz? das Herz?

Ich denke, der Verstand kann das entweder nicht
allein oder unterläßt es aus Politik. Vielleicht hat er
Angst, daß er sich selber dabei verliert, wenn er seiner

alten Herrin und Ehehälfte, dem Herzen, zuviel Auf= merksamkeit schenkt?

Und wenn man schon das Herz des einzelnen Menschen so wenig kennt, wie will man das große, auf= pochende Herz der Menschheit ganz verstehen, das die Geschichte dieser Erde vornehmlich macht?

Das menschliche Herz! — Nun ja, man kennt es ungefähr, aus mangelhafter Erfahrung, durch momentane, vereinzelte Schilderung sparsam erschienener, bedeutender Menschen.

Und diese Menschen waren nicht verstandeskalte Logiker, keine Anatomen der Psyche. Es waren dithy= rambisch entzündete Geister, erfüllt von einer eigenen, inneren, rätselhaften Sonne, die dem Logikus nur selten auf den kahlen Scheitel brennt.

Werft euer Katheder über den Haufen und bückt euch tief, denn die Barden kommen gezogen aus dem heiligen Lande der Gefühle, greifen voll göttlichen Wahn= sinns ins funkelnde Saitenspiel und

„bringen euch Kunde vom Herzen!"

Sophokles, Euripides, Shakespeare, Lessing, Goethe, Schiller — das sind Herzenskenner!

Bei der geringen Kenntnis unseres eigenen Ge= müts müssen wir uns meist auf den Verstand verlassen, und wo der im Leben uns betrügt, wo der uns keinen Ausweg mehr bietet, zertrümmern wir oder überlassen uns verzagt dem Schicksalsspiele des äußeren Lebens und einer Art Instinkt, der uns leise dahin zieht, wo wir es nie geahnt. Wieviel sehr verständige Menschen verfolgen nicht mit größter Präzision einen Lebensweg! Nach einem Dutzend Jahren befinden sie sich irgendwo, mitten in Anschauungen, Verhältnissen und Tätigkeiten, über deren Möglichkeit sie ehemals mit vieler Sicherheit gelächelt haben würden.

Dann, angesichts der Erinnerung, kommt eine närrische Bewegung über sie, treibt ihnen unwillkürlich etwas Salzwasser ins Auge, das nicht aus dem Sensorium kommt, und der Blick zieht sich magnetisch hinauf zum Himmelsblau! — Pereat die Logik! — Das Herz ist ein rätselhafter, dunkler Distrikt in uns, eine neue, wunderbare und liebliche Welt, die sich dem erschließt, der ihre Pforten zu öffnen weiß. Das Herz ist die heilige Brücke, von Sonnenstrahlen gewoben, die die Erde mit dem All, die das Diesseits mit dem Jenseits verbindet.

Die Kenntnis des Herzens ist die Weisheit Gottes!

———————————————————————————

Friedemann Bachs Leben war bis jetzt ein ewiger Schiffbruch gewesen, und nach jedem Schiffbruch war wieder sein Nachen flott geworden, schoß geblähten Segels hinein in den Wogengischt, um abermals zu stranden.

Er verstand eben nicht zu steuern.

Aus dem poetischen Gefühlsleben der Kunst und Jugend hinausgeworfen, hatte er sich spät, aber dann so energisch in das reine Verstandesleben, die abstrakte Spekulation gestürzt, daß er sein altes Gemüt nicht wiederfinden konnte. Er hatte die Doktrin an Cardins Hand verfolgt, bis er auch mit ihr zu Ende kam, bis ihm des Meisters Tod einen zu großen Beweis gab, daß er seine „positive Anschauung" einschränken müsse. Der Besitz eines Kapitals, das er für unversiegbar hielt, hatte aber die egoistische und materielle Richtung seines Charakters unterstützt, und er war im schönsten Zuge, im Genuß unterzugehen. Da verlor er mit seinem Gelde alles. Vor ihm war nichts! — Was nach jener letzten Katastrophe eingetreten, war grenzenlose Abspannung. Seine Seele hatte sich im Kampf des Lebens übermüdet, und willenlos ließ er sich treiben, wohin der Strom führte.

Als er in später Nacht unter fremdem, unheimlichem

Volk endlich sein brennendes Auge schloß, sank er in
einen tiefen, gar nicht endenwollenden Schlaf, den nur
der kennt, welcher nach anhaltendem Leibes= und Seelen=
kampfe das erstemal diese heilige Wohltat der Natur ge=
nießt. Es war, als fielen die Glieder von ihm ab vor
übergroßer Schwäche, und sein letzter Gedanke war, daß
dieser Zustand mit dem Tode enden, daß sein Leben so ver=
rinnen möchte in die unendlichen Weiten des Weltraumes.

In tiefstem Schlafe, wo, wie die Medizin sagt, das
Nervensystem des Hirns, wo jede höhere geistige Funktion
ihre Tätigkeit einstellt und die Seele untertaucht in die
unerforschten Tiefen ihrer verborgenen Natur, ist es die
höchste Wonne, daß man nichts weiß, ja daß man nicht
weiß, daß man nichts weiß.

Langsam erst, wenn die Natur ihr Hauptwerk des
Mitleids vollbracht, steigen hin und her, gleich Luftblasen
aus stillem Wasser, ahnende Empfindungen auf, daß man
ist, — dann zerplatzen, verwehen sie und steigen wieder
in neuer Gestalt empor. In solchen Momenten ist's
dann, als wenn das tiefe Dunkel um uns wiche, und
einzelne gelbe Reflexe, wie Blitzfeuer, und dazwischen
violette Schattenschleier vor unserem geschlossenen Auge
vorüberhuschten. Dann ist's wieder, als wenn man seine
eigene Pupille sehen könnte, einen großen, sonnenhellen Kreis
mit violettem Kerne. Dann spielt's grün und rot da=
zwischen, und ein weißer Schleier, blendend wie Schnee,
zieht endlich über uns hin. Wir atmen hoch auf, und
ein Blütenduft schauert auf uns nieder! Da strecken wir,
Wonne schlürfend, alle Fühlfäden mit erhöhten Pulsen
weit aus, und die Kapsel des Schlafs, die Decke des Auges
zerreißt — wir sind erwacht!

So war es Friedemann, als der Schlummer zögernd
von ihm wich.

Tiefe Nacht, undurchdringliche Finsternis lagerte um

ihn, und ein feuchter, süßbetäubender Duft umspielte ihn
mit lauen Wellen. Eigentümliche Bangigkeit und das
schmerzlich schreckhafte Gefühl des Alleinseins packte ihn
und rüttelte ihn empor. Rasch erhob er den Oberkörper
und, sich auf die Hand stützend, schaute er umher — in
die schwarze Wüste, die rings um ihn war.

In diesem Augenblick erdröhnte ein tiefer, schwankender Ton, wie wenn ein metallenes Becken erklänge, und
ein langsamer, ernster, fast klagender Gesang rauschte mit
vielen unsichtbaren Stimmen auf ihn nieder.

> „Mutter der Armen, o Nacht! o Nacht!
> Hast den Verlornen zurückgebracht,
> O Nacht!
> Herrin von Liebes- und Todesweh,
> Gepriesen sei'st du, Bhowané!
> Schwarze Bhowané!"

Wie melancholisches Wogenspiel am Gestade des
Meeres hob und senkte sich mit wechselnden Rhythmen der
sonderbare Sang, und geisterhaft verschwimmend plauderte
der Schluß: „Bhowané, Bhowané! schwarze Bhowané!"

Das erste, was Friedemann beim Dröhnen des
Metalls überkam, war jähe Furcht und das Gefühl der
Hilflosigkeit. Er sprang auf und tappte in der Finsternis
um sich, ohne einen Stützpunkt oder Gegenstand zu erhaschen. Als das Lied aber langsam sich erhob, horchte
er auf. Es war ihm klar, daß irgend eine feierliche
Handlung vor sich ging. Der tiefe Schmerz, die geheimnisvolle, finstere Gläubigkeit und ein fremder, südlicher
Zauber, der diese getragenen Melodien durchströmte,
machten auf ihn einen unbeschreiblichen Eindruck. Ihm
war, als wenn diese nächtigen Genossen, selber unaus-
sprechlich elend, ihn, den Unglücklichen, grüßten, und eine
tiefe, kindliche Rührung, die er lange Jahre nicht

empfunden, kam über ihn und eine Sehnsucht nach Liebe, nach einem heiligen Etwas, an das er sich klammern könne, das ihn mit trauten Armen an sich zöge, an dessen aufpochender Brust er sich ausweinen dürfe, packte ihn mit steigender Gewalt, und das Grab des Vaters, alles, was er versäumt und geirrt, rüttelte mit schwerer Reue an seiner Seele!

Hoch auf schrie er in Schmerz und Verzweiflung!

Da erglomm vor ihm ein Lichtfunken, zischte zur Flamme empor und breitete sich plötzlich zu hellem Sprüh= feuer aus, welches züngelnd und emportanzend das Innere einer großen Höhle zeigte, an deren Wänden dicht ge= drängt ringsum die gebräunten, bettelhaften Zigeuner, Männer, Weiber und Kinder, hockten und ihm ihre Arme entgegenstreckten. Vor ihm aber, hell von der Flamme beleuchtet, saßen drei Gestalten im Dreieck, Rücken an Rücken auf einem schwarzen Tuche am Boden. Die Gruppe, so einfach sie war, erinnerte lebhaft an jene indischen Götterbilder der Trimurti, die uns in den Pa= goden des Ganges mit mystischem Zauber entgegenstarren!

Alle drei waren in leinene Tücher gekleidet, deren Weiße grell vom übrigen Dunkel und der Bronze ihres Teints abstach und die schalartig um ihre Glieder ge= wunden waren. Links saß der Dadi, das Oberhaupt dieser Genossenschaft. Er trug als einziges Abzeichen seiner Würde eine kurze Peitsche von Riemen, deren Enden breiter wurden, dem Pädum ähnlich. In der Mitte be= fand sich Towadei, die eine Mandragora in der Hand hielt, deren seltsam gestaltete Haarwurzeln wie ein Büschel über ihre Hände herabhingen. Rechts aber hockte der Papinori, jener Wächter im einsamen Hause zu König= stein. Noch nicht im Stadium der Mannbarkeit, machte seine Erscheinung sogar einen kindlichen Eindruck. Sein Kopf, von der Pelzmütze, die er sonst trug, befreit, war kahl geschoren bis auf eine einzige schwarze, sehr lange Locke, die in der Windung eines S auf seine rechte Schulter fiel. Außer einem Stück Linnen, das er um die dünnen Schenkel gewunden, war der Knabe nackt. In seiner Hand hielt er das Eisen einer Sense, deren Schneide gleich einer Säge gezahnt war.

Wäre Friedemanns Zustand in der letzten Zeit nicht ohnedies so nervös und reizbar, nicht so abnorm gewesen, hätte er sich im vollen Besitz seiner sonstigen Verstandeskälte befunden, er hätte in diesem Augenblicke vielleicht gelacht, oder sich über das, was man mit ihm vornahm, als über eine betrügerische Gaukelei empört.

Dem aber war er jetzt sehr fern. Die Qual der letzten Zeit, besonders das Ende Cardins, das plötzliche Elend, die gewaltsamen und neuen Eindrücke, denen er sich unterworfen sah, die Stimmung, in die ihn das Lied versenkt, und endlich die Verzweiflung, die sich bleiern auf ihn gelagert hatte, schienen einen neuen Zwitterzustand in ihm herbeizuführen, von dem er sich ebensowenig Rechen=schaft geben konnte wie wollte. — Ehe er Zeit zur Über=legung gewann, traten vier Männer auf ihn zu und schüttelten ihm die Hand, unter ihnen der Guru und Hanick.

„Bekrate, bekrate!" scholl's brausend von allen Lippen.

Er ward von den vieren zwischen das Feuer und die Triasgruppe geführt, und man nötigte ihn, sich nieder=zulegen. Eine Schüssel mit Milch ward Towadei gereicht, und indem sie den Kopf leise hin und wieder neigte, badete sie die Mandragora und sang halb murmelnd eine kurze Strophe, die leise von den andern wiederholt ward. Einen Teil der geweihten Glücksmilch goß sie Friedemann auf den Unterleib, mit einem zweiten netzte sie seine Brust, mit dem dritten befeuchtete sie seine Stirn.

„Schetrar! Du sollst Schetrar heißen!" sagte sie laut.

„Schetrar*)!“ rief die Versammlung, „betrate Schetrar!“

Friedemann ward von Towadei aufgerichtet. Die Trias löste sich. Papinori verschwand, der Dadi trat zu Friedemann und küßte ihn. Dann legte er seine Hand auf dessen Schulter.

„So sei denn mein Sohn und unser Bruder! Gebenke der Nacht und des Todes. Liebe uns, wie wir dich lieben werden, und sei treu. Töricht sind noch deines Hirnes Gedanken, zähme sie im Gemüt und lerne in aller Not zufrieden sein!“ Er nickte ihm zu und wendete sich. Die Zigeuner umdrängten Friedemann, streckten ihm die Hände entgegen und schüttelten sie mit lebhaften Versicherungen der Liebe.

„Solange du bei uns bist, sollst du nicht Mangel leiden,“ sagte der Guru, „die große Mutter, die uns beschützt, wird sich auch deiner annehmen, und wir werden dich nicht verlassen. Wenn du allein und in Gefahr bist — sage dies!“ — und er raunte ihm die Losung zu und ging.

Noch einmal erscholl das Loblied der Nacht!

Dann ward die Höhle leer. Nur das Feuer brannte hell und Towadei stand neben ihm.

Das war Friedemanns Zigeunertaufe.

Tot war er für die Welt, ausgelöscht sein Name aus dem Gedächtnis der großen bürgerlichen Gesellschaft.

Er hieß Schetrar und war ein Landstreicher!

————————————————————

So himmelweit, wie die jetzige Lebensweise Friedemanns von der in Arnstadt entfernt war, so grell, wie die jetzige Dürftigkeit von dem Luxus bei Cardin abwich, so verändert war auch Friedemann und — sonderbar

—————————

*) „Schetrar“ heißt der Geiger.

genug, mußte er sich selbst gestehen, daß er sich den Um=
ständen nach ganz wohl befinde. Er hatte sich daran
gewöhnt, sich äußerlich der Welt gegenüber aufzugeben,
einer Welt, deren Zustände er nachgerade zu verachten
angefangen. Er wendete sich mit einer Art Dankbarkeit
diesem elenden Volke zu, dessen Mitglied er war, und
das ihm mit Samariterliebe beigesprungen, da ihm nichts
mehr übriggeblieben war als der Tod. Er fand sich in
seine neue Lage um so mehr, als dieselbe das Arnstädter
Lazaronileben, das beschauliche Faulenzen, welches ihm
schon zur andern Natur geworden, zu befördern und fort=
zusetzen schien. So einfach die Nahrung war, die man
ihm bot, so sehr seine ganze Umgebung dem Urwald= und
Troglodytenleben der Indianer glich, so lebte er doch
sorgenlos und in den Tag hinein; und wenn er am hellen
Feuer saß und seine Violine spielte, hatte er an dem
braunen Auditorium, das sich jubelnd um ihn sammelte,
ein so begeistertes Publikum, als er je eins in seinen
besten Zeiten gesehen hatte.

In den ersten Tagen beschäftigten ihn seine neuen
Bekanntschaften, die er zwischen den verschneiten Stein=
massen in ihren zahllosen Schlupfwinkeln aufsuchte. Er
fand überall gute Aufnahme, viel Neugier und geschwätzige
Traulichkeit, doch über dies alles breitete sich ein leichter,
geheimnisvoller Trübsinn, der Zeugnis gab, daß sich dies
Volk seines Elendes wohl bewußt war. Der Dadi, welcher
sich anfangs gegen ihn nichts weniger als freundlich be=
tragen hatte, schien nach der Taufe mehr Zuneigung für
ihn zu empfinden, und das Gefühl der Gemeinschaft,
welches allein den Armen mit seiner Lage zu versöhnen
vermag, gab Friedemann eine gewisse Zufriedenheit, die
eines bessern Loses würdig gewesen wäre.

Gleichwohl ist die Seele des Menschen ein zu rast=
los arbeitendes Ding, als daß sie sich so bald ohne

weiteres einer Trägheit ergeben sollte, die dem Körper so unendlich leicht fällt, und je weniger Friedemann für seine leiblichen Bedürfnisse zu sorgen brauchte, um so mehr erwachte die Tätigkeit seines Geistes, und zahllose Fragen bedrängten ihn plötzlich, besonders da die übrigen Glieder der Horde ihrem obskuren Gewerbe nachgingen oder mit ihren Familien lebten, ihn also meist sich selbst überließen.

Die Höhle, in der man ihn in die Gemeinschaft aufgenommen und die der gewöhnliche Sammelplatz des Abends war, war ihm zur Residenz angewiesen worden, die er des Nachts nur mit dem Guru und Papinori teilte. Sonderbar, diejenige Person, welche Friedemanns Gedanken am meisten in Anspruch nahm, die schwarzäugige Towadei, schien ihn am meisten zu vermeiden, und je weniger er sie sah, desto mehr beschäftigte er sich mit ihr, und sein Herz begann an ihr unbewußt einen immer größeren Anteil zu nehmen, sich immer nach ihr zu sehnen, je acht=loser sie ihn nunmehr in den kurzen Augenblicken, wo sie sich trafen, behandelte.

So saß er auch, versunken in mancherlei Erinne=rungen, Bilder und Vorstellungen, eines Tages in der Höhle allein. Seine Violine hatte er eben hingelegt und starrte in die Flamme, die vor ihm knisterte.

„Welchen Ursprung hat dieses rätselhafte Volk?

Was treiben sie, um selbst diese kärgliche Existenz zu ermöglichen?

Warum hat Towadei mich hierher gelockt und meidet mich nun?

Warum die dunkle Drohung, im Fall ich der Horde entfliehen wolle?

Was soll das Ritual bei meiner Aufnahme bedeuten?

Woher hat das Mädchen eine solche Macht über mich, daß sie mich hierherlocken konnte, daß ich mich, meinem Verstande zuwider, nach ihr sehne?"

In demselben Augenblick fühlte er eine Berührung, und als er sich wendete, stand Towadei vor ihm.

Lebhaft ergriff er ihre Hand.

„Warum hast du so lange gewartet, ehe du kamst, Mädchen? — Ich habe mich so gesehnt nach dir!“ setzte er unwillkürlich hinzu und erschrak fast über den zittern= den Ton der eigenen Stimme, erschrak über die eigene Scham, die ihm glühend über die Schläfe rollte.

„Ich hab’ es gewußt, Schetrar, und bin darum ge= kommen. Viele Fragen trägst du in deiner Seele und viel ist’s, was du wissen mußt, eh’ du dem Geringsten unter uns gleich bist. Höre mich. Ich will dir erzählen die Geschichte meines Volks. Sie ist traurig.

Wir haben ein fernes, schönes Vaterland, das wir nie wiedersehen sollen. Unsere Lieder, vom Vater auf Kind, erzählen von ihm und von den hohen Palmen am heiligen Strome, aus dem die Blumen der Liebe erblühn. Unser Volk war das erste der Welt und kam aus der Hand der Urmutter Bhowané, der das heilige Wort ge= geben ward. Als aber das Übel in die Welt kam und der erste Tod, ward das heilige Reich geteilt in fünf Teile, und unser Volk, Schetrar, ward der letzte Teil und verflucht vor den andern Menschen und genannt Schudra.

So lebte es seit undenklicher Zeit gequält und ver= achtet im eigenen Lande und hatte nichts als Elend. Aber Bhowané, die ewige Mutter der Liebe und des Hasses, hat uns dafür die Herzen der Menschen und ihre Furcht gegeben, hat uns beschenkt mit dem Wissen künftiger Zeit und mit der Falschheit der Schlange.

Als aber der Qual zuviel ward und in ewiger Wandlung der Anfanglose zum siebenten Male niederstieg, wandten sich die Kinder der Nacht zu ihm und seinem neuen Glauben. Doch die Macht des Schwertes siegte, und die Schudras wurden getötet, verstreut, gejagt aus dem heiligen Lande ihrer Jugend und gingen gen Norden immer weiter bis hierher, den Fluch im Herzen. Aber Bhowané, unsere Mutter, zieht mit. Wir sind ihr geweiht im Tode, sie wird uns wandeln in ein neues Kleid und zu neuer Liebe und unsere Tränen rächen an der verdammten Menschheit!"

So wenig Friedemann den vollständigen Sinn der Erzählung fassen konnte, so ergriff ihn doch die Hoheit und Gewalt des Schmerzes, der in den Worten des Mädchens lag. Ein düsterer Adel und eine strenge Kindesgläubigkeit lag in ihren pulsierenden Zügen und verlieh ihr eine Schönheit, ihrem glühenden Auge einen verzehrenden Zauber, daß Bach nicht widerstehen konnte.

„Und willst du wissen, was wir treiben?" stieß sie heftig aus. „Willst du es wissen? Wir tun zweierlei. Wir lieben einander in unserem Elend und tragen es. Wir hassen, betrügen, bestehlen, verraten die Menschen, verachten sie, wie sie uns von je getan! Hast du draußen den Krieg gesehen und das Blut? So treiben sie's untereinander, und wir gehen und holen die Beute von den Feldern des Todes. Wir sind ihre Späher, die sie gegeneinander brauchen und die sie alle verraten. Zu uns, den Unglücklichen, schleichen die gepreßten Herzen und erfragen die Zukunft, und wenn sie sie wissen, fluchen sie uns, nennen uns Betrüger, und das enthüllte Geheimnis wird ihnen selber zum Unglück. Das ist unser Gewerbe! Was die Menschen wegwerfen und verschmähen, sammeln wir, was ihnen schimpflich erscheint, uns ist's Gewinn. Wir haben uns keines Schmutzes zu schämen und keiner Schande, denn wir sind verachtet, und nichts Schetrar, ist uns ekel und schlecht, es ist doch erschaffen aus der Hand des Ewigen. Verachtest du uns auch?" — und ihre Hand voll tiefer Bewegung auf Friedemanns Schulter legend, schaute sie ihn an.

„O nein, Towadei, ich verachte euch nicht. Ich müßte mich selbst verachten!"

Da beugte sie sich nieder zu ihm und küßte ihn. Friedemann aber in unwillkürlicher Bewegung umarmte sie und hielt sie an sich gepreßt.

„Towadei! Mädchen! Sage mir, warum hast du mich hierher gebracht — und nun hast du mich ge= mieden?"

Da erzitterte, wie vom glühenden Hauch durchbebt, die Zigeunerin.

„Frage mich nicht, Schetrar, frage mich nicht!" und sie sank weinend zu seinen Füßen.

„O, wenn du es weißt, Manraja (mein Herr), habe Mitleid mit mir und verachte mich nicht!"

„O, ich weiß es, Towadei! — Du hast mich hier= her geführt, weil du mich liebst, und Liebe ist's, nun fühl' ich's, die mich Armen folgen ließ und errettet hat vor dem Schlimmsten! Gesegnet sei diese Stunde!"

Jauchzend hielten sich beide umschlungen, glühend ans Herz gepreßt hielt Friedemann das braune, in Wollust= schauern gefesselte Weib, und ihm erglänzte zum erstenmal im Leben Erfüllung seines Liebesglücks. Eine neue Welt ging ihm heute auf, und Dankbarkeit gegen die Fügungen des Lebens, die ihm im größten Grame das erste echte Glück bereitet, und stille Genügsamkeit mit seinem Lose lagerten sich um sein Herz, das sich wieder den Wonnen des Daseins erschloß!

In dieser heiligen, seligen Minute sanken beide auf die Knie, und die Arme emporgehoben zum Himmel, stimmte mit zitternd jauchzendem Ton die Tochter des Paria das heilige Liebeslied ihres Volkes an:

„Geboren unterm Wunderbaum
Im Paradies der Sonne,

> Lag Kamadewa einst im Traum
> Voll höchster Lebenswonne
> 　　Der Liebe, der Liebe!
>
> 　Als nun der holde Gott erwacht
> Und seine Augen scheinen,
> Hat er mich fröhlich angelacht,
> Und ich begann zu weinen
> 　　Vor Liebe, vor Liebe!
>
> 　Darum, mein Süßer, merke fein
> Auf Bhowanés Gebot:
> Was lebt, soll auch geliebet sein,
> Denn einstmals kommt der Tod
> 　　Der Liebe! der Liebe! der Liebe!“

Plötzlich endete sie den Gesang mit einem kurzen, schneidenden Ton. Ihr Körper erzitterte, und rasch, wie von einem unheimlichen Gefühl der Ahnung gepackt, erhob sie sich, strich das Haar aus der Stirn und starrte vor sich hin.

„Gott, was ist dir, Mädchen? Sage, was geht in dir vor?“ flüsterte Friedemann.

„O laß mich, Lieber!“ sagte sie gepreßt. „Deine Seele ist noch nicht offen dem Geheimnis und dein Verstand kann’s noch nicht fassen. Eines Tages sollst du es wissen. Traue mir, Manraja! Ich tue alles im Angesicht des Herrn der Zeit! — Bekrate!“

Sie küßte den Verwirrten, kreuzte die Arme über die Brust und ließ ihn allein mit seinen Gedanken.

Der Frühling mit seinem Grün, seinem ersten Sonnenschein war gekommen und hatte das seltsame Volk, das die Steine bewohnte, aus den Höhlen und Baracken gelockt, vom Qualme des Hüttenrauchs befreit.

Friedemann hatte sich unter diesen kulturlosen Fremdlingen nunmehr ganz eingelebt, mit ihrem elenden Berufe

versöhnt. Er begriff, daß den Leuten kaum etwas Besseres
übrigblieb, wenn sie nicht ihre Sitte opfern wollten. Er
hatte überdies selbst zu gehässige Begriffe von der Welt
da draußen, als daß er nicht einsehen mußte, wie eng ihre
Philosophie mit der seinen zusammenhing.

Nach und nach hatte er jeden einzelnen der Horde
kennen gelernt, bemerkte mit Vergnügen, daß man ihn
liebte, und tat hin und wieder Blicke in ihren kleinen
Staatsmechanismus, der ihm, so possierlich und bettlerisch
er aussah, doch wohltat.

Bei Cardin hatte er im Morelly gelesen, daß jeder
geteilte Besitz die Grundlage jedes sozialen Übels sei, und
hier sah er die vollendetste Gütergemeinschaft. So be=
trügerisch und verschmitzt diese Leute andern Menschen
gegenüber waren, so musterhaft ehrlich waren sie unter=
einander. Dem Zigeuner ist es ein unauslöschlicher
Schimpf, eine Sache für sich zu behalten. Gewissenhaft
liefert er jeden Lappen an den Dabi in den gemeinsamen
Schatz und empfängt seinen Anteil, ohne nach dem eines
andern zu schielen, und das wollte bei einem Volk viel
sagen, welches sonst die Begehrlichkeit selbst war. Die
Ehrfurcht, welche groß und klein dem selbstgewählten
Anführer erwies, der dies Häuflein Elender mit großer
Kraft, ja mit einer Macht über Leben und Tod regierte,
die Sorgsamkeit, mit der hingegen der Dabi für die
Bedürfnisse und Beschäftigungen eines jeden sorgte, zugleich
ihr Priester und König war, schienen bei näherer Bekannt=
schaft Friedemann manchem zivilisierten Reiche wünschens=
wert, und er befand sich hier das erstemal in seinem Leben
in dem Falle absoluter Glückseligkeit.

Wie wenig braucht doch der Mensch im ganzen zur
Zufriedenheit!

Bei alledem erfuhr er von dem Glauben und den
Sitten dieser Leute blutwenig. Sie kamen und gingen, ohne

daß er von ihrer Hantierung mehr sah als die Gäste, die
sie gelegentlich heimbrachten. Alle Fragen über so manches
Rätselhafte wies Towadei liebend zurück und tröstete ihn
auf spätere Zeit. Ihre Gespräche, wenn sie sich zu
objektiveren Dingen als der Liebe erhoben, standen meist
da still, wo Friedemann Neugier verriet, und die duftigen
Sagen ihres Volks, gelegentlich auch die Erklärung ein=
zelner Symbole war alles, was der Neophyt erringen
mochte. Auch was seine Liebe anbetraf, schien sie vorder=
hand nur zärtlicher Austausch ihrer Gefühle zu sein.
Towadei besaß die natürliche Kunst, den Geliebten zu
reizen und zu fesseln, ohne ihn ungeduldig zu machen.
Sie entzog sich ihm stets da mit liebevoller Schelmerei,
wo sie fürchten mußte, daß er kühner werde.

„Du mußt mich erst ganz kennen lernen, erst ganz
wie ich werden, ehe du mein Mann sein kannst, Manraja!“
sagte sie einst. „Du hast noch Gedanken, die nicht taugen,
dir fehlt noch eins. Dann erst bin ich dein. Warte auf
den Frühling!“

Nun war endlich der Frühling da. Die Lerchen
schwirrten, die Wiesen grünten, das junge Laub streckte
seine zitternden Zweige über die Felsen und umzog die
Berge mit tausendfältigem Schmuck. Statt der Höhlen
und Erdlöcher wurden luftige Zelte auf den Felsen, in
den Gründen und über einsamen Waldwiesen aufgeschlagen,
ein fröhliches Naturleben voll Finkenschlag und Sonnen=
schein, voll Blumenduft und Sterngefunkel begann, und
weit, unendlich weit und still war die Seele Friedemanns,
des aus der Welt Verschollenen!

Towadei begann jetzt Kräuter zu sammeln, die, sorg=
sam getrocknet, an die Apotheken der Marktflecken und
Städtchen verkauft wurden. Friedemann pflegte sie zu
begleiten. Diese Wanderungen mit der Geliebten hatten
einen namenlosen Reiz für ihn, und je mehr sich alle

seine Empfindungen ihr gegenüber erschlossen, desto erstaunter ward er über diese vielfachen natürlichen Kenntnisse, die eigentümlichen Anschauungen, die diesem Mädchen eigen waren und bei ihr alles das zu ersetzen schienen, was man sonst Bildung und Wissenschaft nennen mochte. Die Gespräche, welche sie pflogen, waren nicht allein lehrreich für Friedemann, sondern schienen ihm auch eine innere Genugtuung zu gewähren, die er bis jetzt beim stolzesten Streben nie empfunden hatte.

Das Territorium der Zigeuner lag gerade auf der sächsisch-böhmischen Grenze und umfaßte jene zahlreichen, dichtbewachsenen Felsgruppen, welche zwischen dem Prebischkegel und den Falkensteinen einerseits, andererseits zwischen dem Steinberge bis über Dittersbach hinauslagen.

Durch die Invasion der Preußen war die Grenzkontrolle ganz unterbrochen, und so konnte die Horde, ohne beunruhigt zu werden, ihr Wesen treiben und sich, je nach der Gefahr, in das eine oder andere Gebiet zurückziehen.

Eines Tages gingen Friedemann und Towadei von der hohen Wand, wo zurzeit das Hauptquartier lag, hinunter auf Dittersbach zu den Kamnitzgrund entlang, um wundenstillende Kräuter zu suchen, die namentlich in den Lazaretten viel begehrt wurden. Diese heimlichen Täler lagen in süßer Vergessenheit; keine Ahnung des Wehs und Elends, das eben die bange Welt durchzog, hatte Raum in ihnen.

„Da du die Heilkräuter so genau kennst, Kind, verstehst du wohl auch etwas von den Krankheiten?"

„O ja, einzelnes. Die Quelle der Übel ist oft verborgen, und man muß meist das ganze Leben eines Menschen kennen, wenn man ihm helfen will. Vieles weiß ich auch nicht. Wer kennt wohl alles?"

„Aber ihr steht bei einem großen Teil des Volkes

doch in dem Rufe, daß ihr alle Übel heilen, ja, daß ihr besprechen, Zauberei treiben, Glück und Unglück bringen könnt. Manches, was du mir selbst gesagt, ist mir geheimnisvoll und — "

„Und du möchtest es wissen! — Einst sollst du es auch. Was du aber von den Leuten sagst, ist richtig und falsch, wie du's nimmst. Die, welche glauben, daß wir alles das können, was du sagst, die können wir auch heilen, bezaubern, glücklich und unglücklich machen, denn der Glaube tut's eben!

Ich habe Macht über dich und du über mich, weil wir uns lieben.

Wäre dem nicht so, denkst du nicht, daß du mich verlachen würdest? Manche wollen auch betrogen sein, und was haben wir für Ursache, gegen unseren Vorteil das nicht zu tun, was die Leute doch von uns denken, wenn wir's auch lassen? Manches bin ich imstande zu tun, worüber du staunen würdest, aber ist es darum ein Wunder? Niemand vermag etwas zu tun, was nur Gottes ist, und wenn es Wege der Natur gibt, die nicht jeder kennt, sind sie darum weniger natürlich?"

„Aber es gibt doch deren, Towadei?"

„Ja, deren gibt's, Manraja. Aber wer sagt dir denn, daß nicht eben alles um dich noch unerforscht ist? Weißt du denn, wie der Kiesel sich bildet, damit er gerade so wird, wie er ist? Hast du das Leben der Pflanze und des Tieres je so ergründet, daß es im letzten Keime kein Etwas gibt, was du nicht weißt? O noch mehr, Schetrar! Wenn ich dir nun sage, daß du noch nicht das rechte Auge hast, mit dem du die Dinge ansehen mußt, wirst du nicht lachen? Urteile, ob ich recht habe. Sieh, jene Pflanze mit dem schlanken Stengel, den breiten, vollen Blättern, der strahlenden Blume! Und wenn in sie nun die Natur eine Ahnung vom Menschen, ein Stück

seines Wesens gelegt hätte! Wenn ihr Gelehrten an=
fangen wollt, zu denken, müßt ihr erst etwas annehmen,
von dem ihr zu denken beginnt.

Nimm an, daß diese Pflanze einmal bestimmt ist,
Tier und Mensch zu werden, nimm einmal an, daß der
Stein Sehnsucht zum Pflanzendasein hat! Gewöhne dich,
die ganze Erde als ewige Wandlung zum Menschen hin
anzusehen! Ist das nicht unermeßlich schön? Muß denn
das Lüge sein?"

Und sie war unter den Blumen auf die Knie ge=
sunken, liebend ihre Arme ausbreitend, wie wenn sie unter
Geschwistern säße.

„Du hast recht. Das zu denken ist schön!"

„Und alles Schöne ist Wahrheit, Manraja!"

„Aber wenn der Mensch so das Vorbild aller
anderen Wesen ist, warum ist er denn so elend, warum
so schlecht? Warum verbittert er sich und allen anderen
die karge Spanne des Daseins, das nichts ist als ein
ewiger Gram und Irrtum? Erkläre mir das!" und eine
schmerzlich trübe Wolke lagerte auf Friedemanns Stirn.

„Weil er ein Mensch ist! Alle anderen Wesen
haben ihn zum Vorbild. Unbewußt der Natur und ihren
Gesetzen anheimgegeben, wandern sie im Wechsel der Zeit
seiner Verkörperung zu. Es ist die Bestimmung jedes
Stoffes, der von Gott ausgegangen, durch den Men=
schen hindurch zu ihm zurückzukehren. Der Mensch
allein steht einsam. Mit ihm ist der Kreis der sichtbaren
Welt geschlossen. Er hat alles unter sich, über sich nichts,
wonach er streben kann. Was über ihn hinausliegt, kann
er nur ahnen, ersehnen. Er ist eben bestimmt, sich nach
sich selbst zu bilden, und das ist der Grund seines Irr=
tums. Wenn dein Streben zerbrach, so war's irrig
begonnen. Oder bist du sicher, daß du dich als Mensch
so gut gekannt?"

„Der Mensch steht allein, er ist bestimmt, sich nach sich selbst zu bilden. Da ist also die Selbstsucht Notwendigkeit für ihn. Das hab' ich längst erkannt!"

„Falsches hast du erkannt! Die Selbstsucht ist keine Notwendigkeit für ihn! Daß er selbstsüchtig zu sein sich bestrebt, ist eben sein furchtbarster Irrtum und die Quelle all seines Jammers!!"

„Das ist aber ein Widerspruch, Mädchen! Wie kann er sich durch sich selbst bilden, wenn er sich selbst nicht als sein Höchstes ansieht? Jedes lebendige Wesen hat seine Persönlichkeit. Wozu ist es denn da, als um sie zu entfalten?"

„Lüge! Torheit! Das ist es nicht! Wenn du dich auch ganz kennen lerntest, wenn du tausend Jahre dich selbst in dir suchtest, du würdest nicht weiter kommen, als du jetzt bist. Wenn wir uns zu dem machen könnten, was wir in unserer Selbstsucht wollten, wir würden uns an Gottes Stelle setzen.

Brauchst du denn das zu wollen, was die Natur allein an dir vollzieht, ohne dein Zutun? Ist es nicht deiner würdiger, das zu tun und zu wollen, was die Natur nicht mehr allein an dir zu vollziehen vermag, wo ihre Grenze endet und dein Reich beginnt, das die Kette der Wesen mit dem unendlichen Gott vereinen soll?

Du brauchst gar nicht selbstsüchtig zu sein, Manraja, die Natur sorgt allein dafür, daß deine Eigentümlichkeit sich entfaltet, daß du dich findest und verstehst. Je mehr du dich auf= und allem andern anheimgibst, destomehr findest du dich überall. In dir — nie! Ist das nicht klar?"

„Aber, mein Gott, warum sind denn die Menschen selbstsüchtig? Warum müssen sie denn irren?"

„Weil der Irrtum allein zur Wahrheit führt, weil die Menschen sich in sich selbst suchen und — nicht finden

müssen, um sich im All zu besitzen? Jede Kreatur
muß abfallen vom Ganzen, um in höherer Schöne zum
All zurückzukehren, das ist das Urgesetz der ewigen
Wandlung."

Friedemann stand still und sann. Endlich sagte er
gepreßt:

„Und gibt es kein Gesetz in der Natur, das den
Menschen sicher leitet?"

„Das gibt es, Lieber! Sieh mir ins Auge! Sieh
den hüpfenden Bach, die schwellende Blume! Hörst du
den lockenden Vogelgesang?

> „Als nun der holde Gott erwacht,
> Und seine Augen scheinen,
> Hat er mich fröhlich angelacht,
> Und ich begann zu weinen
> Vor Liebe, vor Liebe, vor Liebe!"

Und in des Mädchens glühenden Kuß verstrickt, rief
Friedemann: „Ja, die Liebe!" Und „Liebe, Liebe!"
flüsterte es ringsum auf sonniger Flur, und das Echo
sang es leise wieder.

> „Liebe, ja Liebe!"

„O, Manraja, ergib dich mir ganz, ich werde dich
leiten! Sieh, solange des Vaters Liebesauge dich bewachte,
bist du sicher gegangen. Da, wo du von ihm wichst, dich
selber als etwas Neues, Unerhörtes zu geben meintest,
begann dein Abfall. Zertrümmert und elend bist du
zurückgekehrt, bist — mein. Begreifst du das Lied, das
dich begrüßt in der Höhle? Die Mutter der Armen, die
Nacht, Bhowané, hat dich, den Verlorenen, wiedergegeben
dem großen All und Gott. Ich, die Liebe!"

„Ja, mein süßes, liebes Mädchen, und innig dankbar
bin ich dem Geschick für diese Stunde. O plaudere mit
mir weiter von all den hohen Dingen deiner Seele, daß

mein Geist sich dehne und mein Herz wieder groß und frei werde. Sprich, wo hast du die vielen Gedanken her?"

„Sie strömen aus dem Glauben und Wissen meines Volkes, aus der Erfahrung und dem Verkehr mit der großen, unendlichen Welt. Glaube nicht etwa, daß ich so viel gelernt habe, Mauraja. Vieles Wissen macht es nicht, daß man die Welt kennt. Wenig kann man immerhin wissen, wenn man in dem wenigen nur alles hat."

„Aber, wie soll ich das verstehen, Kind?"

„Das ist leicht. Sieh, man kann sehr klug sein, aber man weiß eben darum nur tausend Einzelheiten. Es ist so, wie wenn man jeden Halm ansieht, kennt man darum die Wiese? Wenn du die heiligen Gesetze Gottes in allem erkennst, kennst du dann nicht alles viel besser, als wenn du tausend einzelne Dinge hast und das Gesetz nicht. Das ruht aber in uns von Anbeginn, und es in uns zu entdecken, überall und in allem andern wiederzufinden, ist unser Können. Und dies Gesetz ist die Liebe!"

Sie nahm ihre Kräuter, blickte Friedemann trostreich lächelnd an, wendete sich und schritt zurück.

Mit traumhaftem Gefühl folgte ihr Friedemann.

Es war an einem lauen Sommerabend.

Friedemann hatte inniger als je die Geliebte gedrängt, sich ganz mit ihm zu vereinen und nach der Sitte ihres Volkes sein Weib zu werden. Auch diesmal, wie sonst, hatte sie ihm gesagt: „Noch nicht, Geliebter. Bis du mir gleich bist." Und ihm schien fast, daß sie traurig werde. Dann hatte sie ängstlich gesagt: „Warum willst du die Sehnsucht so schnell im Genuß ersticken? Weißt du denn, was folgt?" Als sie dann seine Verstimmung bemerkte, bat sie ihn endlich zögernd, abends nach dem oberen Karls=stein zu kommen, wo sie Kräuter sammeln wolle.

Jetzt war er eben auf dem Wege dahin.

Alles so still und friedlich. Leises Zirpen und hin und wieder das Summen einer Biene, das Schwirren eines Insekts, welches die Luft durchtändelte.

Die Sonne war schon tief gesunken und vergoldete die Spitzen der Berge. Tiefes Blau lag in den Tälern, und leise zog ein dünner Heger aus den Gründen über die Waldwiesen hin und spann phantastische Feenschleier.

Er hatte vielfach nachgedacht über alles, was ihm Towadei bisher gesagt, was er bei ihr erlebt und emp= funden hatte. Die Violine, seine ewige Begleiterin, im Arm, schritt er bergan und gab in einzelnen abgerissenen Passagen die Stimmung seines Innern wieder, so oft der ebnere Weg es verstattete. Schon sah er sie dort oben. Sie saß auf der vorderen Zinne des Felsens und sah gen Westen, der scheidenden Sonne nach.

Unwillkürlich blieb er stehen und spielte in lang= samen Akkorden die Melodie des Kamadewaliedes. Sie wendete das Haupt, winkte ihm und wiederholte singend die heiligen Strophen.

Und wie so Ton um Ton herniederquoll ins Tal, löste sie, erglüht im Sonnenpurpur, die dunkle Haarflut, die wie ein Schlangenheer niederrollte, öffnete die Spangen ihres Mieders, als wenn's zu eng für ihr Aufatmen sei, und der Abendwind tändelte das Tuch hinweg, das ihre Brust verhüllte.

Fliegenden Pulses, seine Schritte beschleunigend, er= reichte Friedemann die letzten Höhen und wollte das Mädchen, überwältigt von ihrem Zauber, an sich pressen. „Nein, o nein. Warte noch! Dieser Augenblick ist heilig. Komm, setze dich zu mir, daß ich mit dir rede, Geliebter."

Er lagerte sich schweigend, fast unwillig neben sie ins Gras, und sie ergriff seine Hand. Weit hinab sahen sie durch das Geklüft ins Bilatal bis jenseits nach Stimers=

dorf. Rechts drüben lag der Prebischkegel mit dem Tor, und die Elbe blitzte fernab zwischen dem Grün der Wälder.

„Sieh jene große leuchtende Kugel, die eben gen Westen taucht! Nicht wahr, du weißt auch, daß sie die Mutter unserer Erde ist, so wie die Erde die Mutter des Mondes, der dort bleich herüberschimmert?"

„Ja, Towadei. Alle Planeten unseres Systems sind der Sonne entsprungen, sagen unsere Weisen!"

„Und die anderen Sterne, die zahllosen, welche du verstreut siehst, hängen auch zusammen untereinander. Sie gleichen einem riesigen Volke, wo nach und nach die Alten sterben, indes die Kindeskinder noch im Keimesnebel schlafen. Das ist das Jenseits der Erde!

So nahe ist's den Menschen und sie verstehen es nicht. Angesichts dieser Ewigkeit, die uns entgegen= schaut, sollst du mich fragen, und ich werde dir antworten nach meinen Kräften!"

„Du hast mich mir selbst, meiner Eigensucht ent= rissen und in den Schoß der Liebe zurückgeführt, Mädchen. Ich habe stets in meinem Herzen an Gott, an die Ewig= keit, an die Menschheit geglaubt, aber mein Verstand hat diesen Glauben bezweifelt, weil er ihn nicht fassen konnte. Kannst du die Zweifel lösen? Ach, ich ahne die Wahr= heit im Herzen, aber mein Hirn sucht Gründe dafür.

Wenn Gott da ist, wie soll ich und wo ihn denken? Wenn er dies leuchtende All geschaffen, ist er dann in ihm und wo, oder ist er außer ihm und wo? Wir Menschen sind einmal Rechner und hängen am Raum!"

„Ich kann dir Gott in allen seinen Werken zeigen, denn der Teil kann nimmer größer sein als das Ganze.

Ich zeige ihn dir an seinem erhabensten Werke, am Menschen, an dir selber.

Was ist das Edelste an dir, das dich vor dem Tiere auszeichnet?"

„Daß ich meiner selbst mir bewußt bin, daß ich denke und —"

„Dein Gedanke, Geliebter! Dein Gedanke ist dein Höchstes! Stelle dir nun vor, du seist der Weltbau. Dein Gedanke, das ist der Gott in dir. Wo du ihn her=nahmst, du weißt es nicht, weißt ja nicht einmal, ob er nicht lange vor dir schon in anderer Art gewesen! Wie dein Gedanke in dir ist und zugleich außer dir im weiten Raum, so ist der Schöpfer dieser Welt in ihr und außer ihr, begrenzt und schrankenlos, wandelt Welt aus, Welt ein, und dein tönendes Herz, dein stolzer Zweifel sagt selber dir: Er ist!"

„Er ist!" brauste das Echo und die Sterne glänzten hernieder.

———

„Liebst du mich wahrhaft, so, daß du dich an mich ketten willst durch Zeit und Raum, bis wir zusammen versinken im Quell des ewigen Urwesens, so schwör's bei der Nacht und dem Tode. Schwör's, Manraja!"

Da erhob sich Friedemann, trat, umschlungen von ihr, an den Rand des Felsens, und glühenden, tränen=umschleierten Angesichts, das Auge erhoben zum Sterne der Liebe, tat er den Schwur.

„Bei der Nacht und dem Tode, ich bin dir zu eigen für alle Zeit."

Da sanken sie einander in die Arme, Welt und Zu=kunft zerrannen vor ihren Blicken!

Und alles ward still, nur die Nachtigall erhob tief unten ihre Stimme und sang von Liebe.

———

Die neue Sonne erhob sich langsam, und glühender Ost verscheuchte die selige Nacht.

Langsam aus dem Taumel der Wonne fanden sich

die Gatten in die Wirklichkeit. Ein unbekannter Schmerz, eine ahnungsvolle Trauer senkte sich auf sie nieder.

Towadei warf sich plötzlich an Friedemanns Brust und weinte bitterlich.

„Es liegt ein Nebel auf unserem Wege, Geliebter!"

„Aber wir werden stets vereint bleiben!" sagte Friedemann beklommen.

„O," flüsterte Towadei, „sich hier vereint hinabzustürzen in den gähnenden Grund und zu zerschellen, das wäre Seligkeit! Seligkeit und — Sünde! Komm zu meinem Vater, daß er seine Hände auf uns lege!"

30. Nebel auf dem Wege.

Friedemann Bach, dem der Panzer seiner Selbstsucht, die Doktrin Cardins, geborsten war, hatte sich aus der einseitigen Spekulationssphäre des Verstandes an der Hand der Liebe, umgeben von der hohen, geheimnisvollen Einfalt der Natur, umdrängt von einer fast patriarchalischen Gesellschaft, dem Gemütsleben, dem alten, poesievollen Eden seiner Jugend wieder zugewendet. Je mehr er einsehen lernte, daß mit der Spekulation, der reinen Verstandesherrschaft nichts getan sei, um so tiefer versank er nicht nur in die wonnevollen Schauer der Liebe und Religiosität, sondern auch in die tiefe, nebelhafte Mystik der Naturanschauung, die dem Zigeunervolke ganz besonders zur andern Natur geworden ist. Er war, wie bei allem im Leben, auch hier Mensch der Extreme und ohne die nötige Kraft und den Willen, an den Grenzen stillzustehen, wo Verstand und Herz sich scheiden.

Am allerwenigsten besaß er die Freiheit und Stärke, beide stets im Kampf begriffenen Gegensätze zu versöhnen, sie in einem höheren Dritten, der Vernunft, zu verbinden und so endlich menschlich unabhängig zu werden.

Dies hatte Towadei mit der zwiefachen Weltklugheit des Weibes und der Zigeunerin bald erkannt und zugleich, daß das einzige Mittel, sein und ihr Glück für immer zu sichern, darin bestehe, ihn immer tiefer in diese Mystik der Liebe zu verstricken, ihn von ihr vollständig abhängig zu machen. Darum hatte sie so lange gezögert, ehe sie sein Weib wurde. Ihr feines Ahnungsvermögen, gepaart mit der wunderbarsten Welt= und Menschenkenntnis, flüsterte ihr, als sie kaum sein war, leider schon die Besorgnis zu, daß mit der Erreichung ihres Glückes auch schon die Wandelbarkeit desselben drohe, und oft, wenn sie allein war, beängstigten trübe Bilder ihre Seele. Dann zog sie um so eifriger alle die kleinen geheimen Künste zu Rate, die, als Erbteil ihres Stammes, ihr probat zu sein schienen, um sich Friedemanns immer fester, enger zu versichern.

Letzterer ging indessen in seiner Liebe und der eigentümlichen Welt, die ihn umgab, so auf, daß man glauben mußte, dieser Zustand der glückseligsten Zufriedenheit sei gar keiner Veränderung mehr fähig. Alles Streben, jeglicher Ehrgeiz war aus ihm gewichen und hatte der Landstreichernatur Platz gemacht, die sich in ihm seit jenem Momente ausgebildet hatte, wo Luzifer in die Flamme versank und er das Grab des Vaters umschlungen hatte. Die Tasche, in der der Rest seiner Künstlerexistenz ruhte, genoß die Ehre jenes Palladiums, verschlossen gehalten, stumm verehrt, aber nie zu seinem eigentlichen Zwecke benutzt zu werden. Selbst die Violine war ihm nur noch ein Mittel, sich zu zerstreuen oder seine Gedanken, seine Einbildungen zu beflügeln. In diesem seinem Leben war auch der Zusammenhang mit den übrigen Gliedern der Horde, so freundschaftlich er sich gestaltet, nur sehr einseitiger Art, und so wenig man geneigt war, ihn in den Angelegenheiten des kleinen Staates für voll anzuerkennen,

so wenig war er geneigt, sich in sie zu mischen. Er be=
merkte darum auch vieles nicht, was ihm bei näherer
Einsicht besorglich erschienen sein würde.

Der Dadi hatte immer einen Rest von Kälte gegen
ihn, weil er ihm die Tochter, die er glühend liebte, vom
Herzen gerissen hatte und nicht ihres Stammes war. Der
Haß, den der Alte jedem Nichtzigeuner nachtrug, war
nicht einmal durch den Gatten seines Lieblings zu besiegen.
Dies Verhältnis erweiterte aber die Kluft zwischen Tochter
und Vater.

Andererseits lag es nahe, daß Towadei, um jede
Möglichkeit des Verlustes ihres Glücks zu entfernen, den
Wunsch hatte, die Horde möge sich an Orte zurückziehen,
die den Wechselfällen des Geschicks, wie der Tücke der
Menschen weniger ausgesetzt seien. Hierzu schien der
Dadi aber nicht geneigt. Er hatte ihrem Wunsche in
betreff Friedemanns genügt, hatte ihr den Mann, dessen
Bild sie jahrelang mit sehnender Ahnung geträumt, trotz
seiner eigenen Abneigung gegen Friedemann gegeben, war
aber nichts weniger als gesonnen, nun auch noch ihre
Wünsche da zu befriedigen, wo sein und der Horde Vor=
teil mit in Frage kam.

Das wechselnde Kriegsglück, die zahlreichen Schlacht=
felder, die in Böhmen, Schlesien und Sachsen so reiche
Beute gaben, der Schleichhandel, welcher durch die auf=
gehobenen Grenzkontrollen in volle Blüte getreten war,
und die Gesetzlosigkeit, die der Krieg hervorgerufen hatte,
waren ihm eine viel zu lockende Aussicht, als daß er einer
verliebten Ängstlichkeit der Tochter wegen hätte sich in
Gegenden zurückziehen sollen, wo nicht der zehnte Teil
von müheloser Beute, wie hier, zu hoffen war, und man
sich um des lieben Lebens willen zu direkter Arbeit wenden
mußte. Der Zigeuner ist ein Feind der Arbeit.

Was den Dadi aber ganz besonders an diese Gegend

fesselte, war, daß er mit seiner Horde in kaiserlichem
Solde als Spion stand. Das Häuflein seiner Genossen,
etwa zwanzig Familien stark, lebte völlig unbemerkt in
diesen zahlreichen Schluchten. Mit den Lokalitäten aufs
engste vertraut, waren die Zigeuner leicht bei heran-
nahender Gefahr imstande, in den zahlreichen Klüften,
Hohlwegen und Spalten wie Wasser in einem Siebe zu
verrinnen und sich nach geheimer Verabredung wieder zu
vereinen, wenn die Not vorüber. Diese scheuen, gewandten
und boshaften Kinder der Natur waren ganz geeignet,
den Österreichern als Spione zu dienen, und indem sie
unter allerlei Formen sich in die Garnisonen, nach Dresden,
kurz überall hinschlichen, waren sie wirklich am besten imstande, von jeder Regung Friedrichs Nachricht zu geben.

Auf solchen Entdeckungsreisen befand sich nun fast
immer die Hälfte der Bande. Um nun aber ein Standquartier zu errichten, in welchem alle Nachrichten der
Zigeuner sich vereinigten, von wo aus dieselben für alle
Fälle an die österreichischen Generale gelangen konnten,
hatte sich der gute, patriotisch gesinnte Pfarrer von
Dittersbach entschlossen, seine geistliche Würde außer Augen
zu setzen und in seinem Hause eine Art geheimen Kontors
für Nachrichten zu etablieren.

Ein bitterer Feind des ketzerischen Friedrich, empfing
er alle Nachrichten des Dadi und seiner Leute, übersetzte
sie ins Griechische und sendete sie durch seine berittenen
Ackerknechte, die also ewig auf der Landstraße lagen, an
die österreichischen Befehlshaber, welche sie durch den Feld-
kaplan übersetzen ließen.

Friedrich II. wunderte sich oft, wie genau die Feinde
unterrichtet waren, und wenn er dennoch glückliche Coups
ausführte, hatte er's seiner entschlossenen Schnelligkeit und
der Präzision seiner Truppen oft allein zu verdanken.
Unter solchen Umständen nun nahm der Herr Pfarrer

von Dittersbach die Zigeuner unter seine Fittiche, so daß sie von österreichischer Seite nicht das geringste für sich fürchteten.

Wenn der gute Pfarrer aber meinte, sich auf die Treue der Zigeuner verlassen zu können, irrte er sich gewaltig, und während ihm hier die Bewegungen der Preußen mitgeteilt wurden, verriet der Dadi inzwischen in Dresden die leiseste Schwenkung der Österreicher. Der Dadi wollte sein Metier ausnutzen, wußte er doch, daß das Ende des Krieges auch seinem Geschäft Eintrag tat, bei dem er seinen Haß so gut wie seine Habsucht befriedigte. Das Ende davon war, daß er dabei von beiden Seiten das Schlimmste zu gewärtigen hatte, und Towadei fürchtete nicht mit Unrecht, daß eines Tages ein Wetter heraufsteigen werde, dem die Horde nicht gewachsen.

Von diesen Dingen hatte natürlich Friedemann keine Ahnung.

Die Eroberung Dresdens, die Flucht des Königs und Brühls nach Polen, die Wegnahme des Staatsarchivs, wie die Strenge, mit der Friedrich in Sachsen aufgetreten war, hatte ganz Europa zu einem Schrei des Schrecks und der Wut getrieben. Wie ein Wetter erhob sich die Meute seiner Feinde, um ihn zu vernichten und seine Länder unter sich zu teilen.

Das Deutsche Reich, schon zu einem sehr abstrakten Begriffe herabgesunken, gab auf einmal ein seit lange nicht mehr dagewesenes Lebenszeichen: es tat Friedrich II. von Frankfurt aus in die Reichsacht. Die gemeinsten Mittel wurden aufgewendet, um Preußen in den Verdacht der Ländergier und Eroberungssucht zu bringen. Hierauf antwortete Friedrich nur durch das bekannte Mémoire raisonné, vom Legationsrat von Hertzberg verfaßt, worin die diplomatischen Aktenstücke seiner Feinde über den Teilungsplan Preußens veröffentlicht wurden. Algarotti trat als politischer Reklamist und Kämpfer für seinen königlichen Freund auf, und die öffentliche Meinung wendete sich langsam, aber deshalb um so nachdrücklicher, auf Friedrichs Seite.

Inzwischen begann der Stern des Heldenkönigs langsam zu erbleichen. „Das Glück ist ein Frauenzimmer, und ich bin nicht galant!" sagte er. Wie Keulenschläge fielen äußere Mißgeschicke und jede Art geistigen Wehs auf Friedrichs Seele. Seine letzte glückliche Schlacht bei Prag kostete ihn auch seinen liebsten Freund, Schwerin.

> „Drauf rückte Prinz Heinrich heran
> Wohl mit achtzigtausend Mann,
> Meine ganze Armee wollt' ich drum geben,
> Wenn mein Schwerin noch wär' am Leben!"

So sang das preußische Volk, teilnehmend an seines Königs Schmerz.

Diesem ersten Unfall folgte der Tag von Collin, und zu Friedrichs Schmerz um die erste verlorene Schlacht gesellte sich die Nachricht vom Tode seiner Königlichen Mutter. „Die Philosophie ist gut, um vergangene oder künftige Übel zu mildern, aber wider gegenwärtige kommt sie nicht auf!"

Die Russen, einhunderttausend Mann stark, dringen unter Lewald ins Herz von Preußen, die Schweden stürzen sich auf Pommern, und im Süden und Westen sammeln sich Franzosen, Österreicher und mitteldeutsche Truppen, um die Reichsexekution gegen Friedrich zu vollstrecken.

Marschall d'Estrées schlug demnächst die verbündeten Hannoveraner unter Cumberland bei Hastenbeck unweit Hameln. Die Kaiserlichen, unter General Haddik, aber rückten voll kühner Energie, mit nur viertausend Mann, gegen Berlin und zwangen die Residenz, Kontribution zu zahlen. Preußens Untergang schien besiegelt.

Habsburg, das sich von je gerühmt, Träger Deutsch=
lands zu sein, bot nicht nur die Russen, nein, selbst die
Franzosen auf und warf sich ihrem Übermut, der vom
Volke ebenso gehaßt wie verachtet ward, vertrauend in die
Arme. Bereits hatte sich die öffentliche Meinung dem
Rechte Friedrichs zugewendet, und als er, gleich einer
Windsbraut, herzueilte und die Franzosen unter Soubise
bei Roßbach total aufs Haupt schlug, da brach des ganzen
deutschen Volks Begeisterung, das ihn als Träger seiner
Sache ansah, in helle Flammen aus:

> „Und wenn der große Friedrich kommt
> Und klopft nur auf die Hosen,
> So läuft die ganze Reichsarmee,
> Panduren und Franzosen!“

Sofort wandte sich England ernstlich dem preußischen
Bündnisse zu, und Pitt, eben erst ans Ruder gelangt,
unterstützte Friedrich. Doch dieser so glänzende Erfolg
war nur vereinzelt, ja, er erbitterte des Königs Feinde
nur noch mehr. Das Geschick schien ihm nichts ersparen
zu wollen, es trieb ihn bis auf die äußerste Grenze mensch=
lichen Schmerzes, bis zum höchsten Gipfel des Herrscher=
elends, um ihn nur desto strahlender mit dem Diadem
des Ruhms zu schmücken.

Wenn man das Elend und Verderben überschaut,
das in den beiden Jahren 57 und 58 über ihn herein=
brach, so kann man nicht begreifen, wie eine menschliche
Natur das auszuhalten, noch weniger wie sie siegreich
daraus hervorzugehen imstande war.

Den Prinzen Heinrich an der Saale gegen die Fran=
zosen zurücklassend, eilt der Monarch nach dem bedrückten
Schlesien, findet Winterfeld an seinen Görlitzer Wunden
verendet, den Herzog von Bevern geschlagen und Breslau,
infolge Verrats von seiten des Erzbischofs Schaafgotsch,
von den Österreichern genommen.

Hohn und Demütigung aller Art floß von den groß=
mäuligen Gascognerlippen der Feinde und besudelte die
Berliner Wachtparade, als der Tag von Leuthen anbrach,
die französischen Generale bei Lissa gefangen wurden und
Schlesien gerettet ward!

In dunkler, sternenloser Nacht, auf der Walstatt des
Todes, unter Sterbenden und Leichen brauste heller denn
Orgelton und Glockenklang aus allen Kehlen:

> „Nun danket alle Gott!“

Wie glücklich Friedrich nach diesem Tage war, be=
weist der Brief an seinen Bruder Heinrich, der mit den
Worten beginnt und schließt: „Mein liebes Herz!“ Das
preußische Volk jubelte, jung und alt schmückte sich mit
den Vivatbändern, und Gleims Siegeshymnen:

> „Held Friedrich zog — “ und
> „Es lebe durch des Höchsten Gnade —“

schallte schmetternd durch die Lande und verschönten des
Ärmsten Hütte mit dem Rosenschimmer der Begeisterung.

Breslau und Schweidnitz waren wiedererobert, und
Friedrich, als Sieger von unnachahmlicher Mäßigung,
sendete an Maria Theresia ein Versöhnungsschreiben.

Es fruchtete nichts, der Haß einer Frau ist zu zähe.

Die launische Bellona wandte Preußen nochmals den
Rücken. Die Olmützer Belagerung mußte Friedrich auf=
geben, nachdem ihm der ganze Belagerungspark vernichtet
worden, er zog sich nach Böhmen zurück, um seine Kräfte
zu erholen.

Inzwischen waren die Russen auch nicht müßig ge=
wesen, und nachdem sie das nördliche Preußen verwüstet,
machten sie sich unter Fermor an die Festung Küstrin.
Das Erscheinen des Königs aber zwang sie, ihr Vorhaben
aufzugeben, drängte sie zur Schlacht und vernichtete sie

bei Zorndorf. Darauf wendete sich Friedrich nach Sachsen. Er eilte den beiden finstersten Tagen seines Lebens zu, seinen Hamletsstunden.

Der Überfall bei Hochkirch! Keith fiel, und zugleich mußte der König seine Lieblingsschwester, die schöne und geistreiche Markgräfin von Baireuth, beweinen. Der Selbstmordgedanke kam über ihn! „Ich führe bei mir, was mich tröstet!"

Mühsam von diesem Schlage sich aufrichtend, eilte er nach Schlesien, um Neiße, dann nach Sachsen, um Dresden zu entsetzen. Die Reichsarmee hatte diese Resi= denz berannt, und Schmettau, der es mit den Preußen besetzt hielt, drohte die Vorstädte anzuzünden. Da Daun dies nur für eine Drohung hielt und zur Belagerung schreiten wollte, machte der preußische Befehlshaber seine Ankündigung wahr und ließ obenein den Österreichern sagen, daß er sich Straße um Straße verteidigen und einen Schutthaufen zwischen sich und dem Feinde lassen würde. Als Friedrich zum Entsatz kam, zog sich Daun zurück.

Inzwischen ward aber General Wedell, der Berlin decken sollte, bei Kai von den Russen unter Soltikow ge= schlagen. Letzterer vereinigte sich nun mit Laudon und, unwiderstehlich geworden, brachte das alliierte Korps dem herbeieilenden Friedrich bei Kunersdorf den schwersten Schlag bei! An diesem Tage sank Ewald Christian von Kleist, der Sänger des Frühlings, betrauert von allen Freunden der jungen deutschen Literatur, ins Heldengrab, sein prophetisch Lied erfüllend:

> „Vielleicht sterb' einst auch ich
> Den Tod fürs Vaterland!" —

Infolge dieses entsetzlichen Unglücks, das zum zweiten= mal und, wie es schien, für immer den preußischen Adler in den Staub warf, übergab der mutlose Schmettau Dresden an die Reichsarmee!

Diesem Elend setzte die Schlacht bei Maxen, wo Finkenstein vor den Österreichern das Gewehr strecken mußte, die Krone auf. Nur einen schwachen Lichtblick gewährte inzwischen der Sieg, den Ferdinand von Braunschweig über die Feinde unter Broglio und Contodes bei Minden errang. So ging das Jahr 1759, das furchtbarste des ganzen Krieges, zu Ende, und Preußen schien unfähig, länger die Prüfungen des Geschicks zu ertragen.

Die Erschöpfung von beiden Seiten war so groß, daß im nächsten Jahre die Operationen erst sehr spät ihren Anfang nahmen, und wieder begannen sie mit Friedrichs Unglück!

General Fouqué ward von Laudon bei Landshut geschlagen und die Festung Glatz fiel. Friedrich, der Dresden unter jeder Bedingung wiedererobern wollte, mußte unter den furchtbarsten Anstrengungen hiervon abstehen und eilte seinem gefährdeten Schlesien zu, wohin sich Laudon mit dem Hauptkorps gewendet hatte.

Der Dadi mit seiner Bande fühlte sich während dieser Zeit in den vielfach verschlungenen und zerklüfteten Gründen, deren Mittelpunkt die hohe Wand bildete, um so sicherer, als die Preußen nunmehr nordöstlich über Stolpen abgezogen waren.

Sachsen und besonders die nächste Umgebung Dresdens war aufs greulichste verheert durch die ewige Kriegsnot, die gleich schweren Gewittern in einem Gebirgskessel sich gar nicht mehr hinwegwälzen wollte, und, verzog sie sich ja auf Momente, nur mit größerer Wut wiederkehrte.

Aller Schrecken aber vereinigte sich in Dresden selbst, wo die Zerstörung ihren Thron erbaut hatte!

Die unglückliche Stadt, zweimal bereits von den Preußen erobert, endlich vom Reichsheere besetzt und durch

Friedrich zum drittenmal belagert, war durch das letzte
Bombardement in ein Chaos von Trümmern verwandelt
worden. Ganze Straßen und Stadtteile waren durch die
Geschosse rasiert, die Kreuzkirche eine Ruine, die öffentlichen
Gebäude zu Magazinen und Kasernen verunstaltet, die
Privatpaläste Aschenhaufen.

Der eidlich angegebene Verlust an Privatgebäuden
betrug allein eine Million einhundertsechsundsiebzigtausend-
vierhundertfünf Taler. Das Sechsfache ist aber nicht zu
wenig, was an Kirchen und anderen öffentlichen Monu-
menten der Baukunst zugrunde ging.

Nicht genug des Jammers, den die Belagerung ver-
breitet hatte, waren es auch noch die Reichstruppen, besonders die Österreicher, die mit aller Wut der Unbildung
und des Katholizismus ihre Lust darin suchten, die ohnedies entsetzten Einwohner den Säbel fühlen zu lassen,
obgleich sie deren Freunde und Verbündete waren. Die
Erpressung und Malträte, die äußerste Roheit, welche
alles Gefühl der Ehre erstickte, fand namentlich in den
berüchtigten pappenheimischen Wallonen, die sich schon im
Dreißigjährigen Kriege an Magdeburg unsterbliche Lorbeern
der Bestialität errungen, ihre Schildträger, und außer dem
direkten Morde schien diesen Leuten keine Grenze für ihre
Ausschweifungen gesteckt zu sein. Ihr Unwesen wurde
endlich so arg, daß der österreichische Kommandant selbst
Tag und Nacht Patrouillen durch die Straßen schickte, um
unter den Ruinen bei seinem eigenen Volk wenigstens
einen Schein von Gesetzlichkeit zu erhalten. Zu Hunderten
zogen die Dresdener bettelarm aus den Toren und flüchteten
aufs Land. Das Jüngste Gericht schien den Leuten weniger
schrecklich als diese Tränentage.

Während Friedemann und Towadei in ihrer Ab-
geschiedenheit hiervon nichts spürten, die übrigen Glieder

der Horde aber der reichen Ernte nachgingen, die die Zer=
störung bot, waren die Österreicher der Doppelverräterei
des Dadi doch endlich auf die Spur gekommen.

Von jeher war es Sitte gewesen, die Zigeuner als
eine Art Vieh anzusehen und zu mißhandeln, und der
Aberglaube, die Furcht der Menge vor ihren Künsten war
ihr einziges Schutzmittel. Wenn dies schon in gewöhn=
lichen Zeiten der Fall war, versteht es sich wohl von
selbst, daß man im Kriege gar kein Erbarmen mit ihnen
hatte, zumal man sie für die gefährlichste Art der Ver=
räterei bestrafen wollte. Dem österreichischen General lag
nicht allein daran, sich der ganzen Sippschaft zu bemächtigen,
sondern auch ein Exempel an allen zu statuieren.

Man machte den Dadi also sicher, indem man den
Pfarrer in Dittersbach anwies, mit ihm nach wie vor in
Verkehr zu bleiben. Dieser gab dem Kommandanten genau
das Standquartier und die ungefähre Zahl der Bande an,
und es ward beschlossen, die zügellosen Wallonen an=
gemessen zu beschäftigen, indem man sie zur Massaker gegen
die Zigeuner aussendete.

Bei Menschen, die durch die Unsicherheit ihrer Exi=
stenz immer gefährdet sind und auf der Schaukel des
Schicksals schweben, ist jene instinktive Eigenschaft der
Seele, die wir Ahnungsvermögen nennen, oft auf eine so
fabelhafte Weise ausgebildet, daß dieselbe manchmal in
der Klarheit des Sehergeistes auftritt. Nicht allein bei
den Naturvölkern ist dies der Fall, sondern dieselbe Er=
scheinung kann man bei Seeleuten, Jägern, Schäfern und
allen denen wahrnehmen, die mit der Natur im engsten
Verkehr sind und dadurch einen hohen Grad von Be=
obachtungsgabe für ihre Wechselfälle erwerben. Ein Vor=
gefühl nahenden Mißgeschickes war's, was Towadei weinen
machte, als sie das Lied in der Höhle sang, als der erste
Morgenstrahl das Ende jener Nacht der Seligkeit und

Liebe verkündet hatte. Diese Ahnung ward bei ihr zur
Überzeugung, als der Dadi mit der Störrigkeit des eifer=
süchtigen Vaters und Stammherrschers sich weigerte, einen
Ort zu verlassen, der von Tag zu Tag weniger Sicher=
heit gewährte. Was ihm aus seiner Doppelrolle für
Folgen erwachsen mußten, konnte er sich leicht selbst vor=
stellen, aber die Habgier sowie das Vertrauen zu dem
Pfarrer, der freundlicher als je war, verschlossen die
Stimmen seines Innern, welche jetzt in ihm ebenfalls
ahnend und warnend erwachten.

Er begnügte sich, seine Leute dichter als sonst zu=
sammenzuhalten, ihnen Wachsamkeit zu empfehlen und im
übrigen seiner Klugheit und Gewandtheit zu vertrauen.

Eines Tages saß Towadei mit Friedemann vor der
Höhle. Den ganzen Tag über war sie entsetzlich unruhig
gewesen und hatte heimlich manche Träne geweint. Ihre
düstre Stimmung hatte sich auch vielen der Bande mit=
geteilt, denn Towadei „wußte mehr als andere Menschen".

Der Dadi, endlich selbst scheu gemacht, beschloß, nur
die Rückkehr mehrerer seiner Leute zu erwarten, die
spätestens diese Nacht erfolgen sollte, um dann den anderen
Morgen aufzubrechen. Dies hatte er angekündigt, und
alles setzte sich in Bereitschaft.

„Und warum, mein Weib, gehen wir denn aus
diesen stillen Tälern, von diesen einsamen Höhen, wo wir
so glücklich waren?"

„Weil uns Gefahr droht, Mauraja! Die feindlichen
Menschen sind's, die uns vertreiben werden. O, wenn ich
hätte wählen dürfen, wir wären schon längst fortgezogen,
zu einem Ort, wo wir sicherer sind. Der Dadi aber
wollte nicht," und mit einer plötzlichen Angst und Bangig=
keit setzte Towadei hinzu:

„Ach, schlafe die Nacht nicht, Lieber, und wenn Ge=
fahr droht, weiche nicht von meiner Seite. Wenn wir

uns voneinander verlieren, finden wir uns nimmer wieder!
— Doch nein, nein! Eine innere Stimme sagt mir laut
und klar, daß wir im Tode beieinander sein werden, un=
zertrennlich sollen wir aufsteigen in der Wandlung. Wenn
nicht all mein Fühlen und Wissen, alles Heilige in mir
Lüge ist, so werden wir uns nicht trennen!"

„Nie, mein einziges Weib!" rief Friedemann, und
sie mit aller Inbrunst sorglicher Liebe an sich pressend,
bot er alle Künste der Überredung auf, die Wolken ihrer
Stirn zu verscheuchen. Und es gelang.

In stiller Nacht, wo ringsum alles schlief, nur das
Heimchen zirpte und der Leuchtkäfer seine glühenden
Spiralen zog, lag sie selig in seinen Armen.

In glühenden, nicht endenwollenden Küssen suchte sie
das ahnungsvolle Stöhnen ihres Herzens zu ersticken und
aus dem tiefen, unergründlichen Brunnen der Liebe alle
Wasser zu schöpfen für die lange Wüste der Zukunft, die
sie vor sich zu sehen meinte.

Auch der Dadi wachte, fern ab von ihnen und allein.

Die Nacht verstrich langsam, und die Leute kamen
nicht. Sicher war ihnen etwas zugestoßen.

Die vier Feuer, die sonst in den vier Weltgegenden
des Lagers zu brennen pflegten und bei denen die Wache
sich befand, hatte der Dadi heut' verlöschen lassen, die Leute
wachten im Finstern, ihre Hunde neben sich. — Langsam
graute jetzt der Tag.

Plötzlich begannen die Hunde zu heulen. Zuerst der
nach dem Prebisch zu, dann der auf Dittersbach, endlich
der nach dem Niederkarlstein. Nur der vierte, der zwischen
Rudolph= und Falkenstein, blieb ruhig.

Der Dadi sprang auf und stieß einen kurzen Schrei
des Entsetzens aus:

„Sie kommen doch!" und alles Blut wich aus seinem
Gesicht.

In demselben Augenblick stürzte Towadei, Friedemann nach sich ziehend, aus der Höhle.

„Dadi! Dadi! die Hunde schlagen an, die Peiniger kommen! Ringsum, hörst du, ringsum! Sie machen ein Kesseltreiben auf uns! Bhowané, hilf, schwarze Bhowané!"

„Nein, nicht ringsum, am Falkenstein ist's noch still!" schrie der Alte, und sein Widderhorn an den Mund setzend, gab er das Signal.

Mit Gedankenschnelligkeit lebte die ganze Gegend. Die Horde begann sich zu sammeln. Da aber die Zug= tiere noch nicht beladen, die Karren noch nicht bespannt waren, schleppte jeder seinen Beuteteil und was ihm sonst lieb war zu dem Dadi. Es gab eine grenzenlose Verwirrung.

Die Männer mit Waffen, wie sie der Zufall gab, die Weiber, ihre Kinder auf dem Rücken, an der Brust oder an der Hand, so sammelten sie sich zu einem dicken Knäuel. Der Dadi trat vor sie. Die Weiber und Waren in der Mitte, bildeten sie einen Kreis.

„Bhowané, Mutter des Elends, sei mit uns! Kommt, Schudres, an den Falkensteinen ist's noch still. Mir nach!"

In der rechten Hand eine Pistole, einen Pallasch am Riemen ums Gelenk gehangen, im linken Arm einen Sack mit seinen Diebesschätzen, stellte er sich an die Spitze des Zuges.

Towadei folgte ihm, Friedemann an der Hand fest= haltend, welcher, seine Tasche um den Leib, die Violine an einem Knopf seines Kittels gehängt, in der rechten Hand ein Zimmermannsbeil trug.

„Halt dich dicht hinter mir, mein Kind, und du, Schetrar, sieh zu, ob du für dein Weib was dran setzen kannst! Vorwärts!"

Die Karren waren unterdes bespannt. Nordöstlich setzte sich die Bande in Marsch.

Das Geheul der Hunde von Süden, Westen und Norden kam immer näher, das Häuflein der Zigeuner drang, so rasch es gehen wollte, vorwärts. Plötzlich erscholl auch von dem Falkenstein her die Meute. „Wir sind im Sack!" stöhnte der Dadi. „Laßt die Güter im Stich!" schrie er, und Karren, Tiere, Waren wurden auf einen Fleck gebracht.

„Habt acht auf das Signal und den Sammlungsort!" Alles stand still. Ein kurzes Aufatmen!

In diesem Augenblick erschien zeternd und schreiend die Zigeunerwache mit den Hunden, hinterdrein die reitenden Wallonen, deren geschwungene Säbel im Sonnenaufgang glänzten.

Das Horn des Dadi erscholl, und im Nu, mit Zurücklassung aller Beute, stob die Horde nach allen Seiten auseinander. Teils erklommen sie die Höhen, teils verschwanden sie im Gestrüpp, in den Spalten, kletterten auf Bäume oder suchten zwischen und unter den Pferden der Wallonen hinweg zu entwischen.

Es war ein entsetzliches Schauspiel, eine Menschenhetze, die nur mit den Indianerkämpfen in den Wäldern Amerikas verglichen werden konnte.

Mit jauchzendem Hurra warfen sich die Reiter, so gut es die Unebenheit des Bodens gestattete, mit Hiebwaffen und Karabinerschüssen auf das nackte Volk, dessen machtloser Widerstand nur seine Todesqual verdoppelte. Ein Teil der Wallonen, die abgesessen waren, kamen indes über die Höhen her und trieben die Entrinnenden zurück.

In wenigen Augenblicken war diese stille Trift mit blutenden, sterbenden Männern, Weibern und Kindern bedeckt, und ein greuelhaftes Schauspiel der Menschenschändung, eine Orgie des Bluts und der viehischen Gemeinheit begann, wie sie nur zu der Hunnen oder Tamerlans Zeiten Sitte war.

Viele von den Zigeunern erlagen der Wut der An=
greifer und wurden getötet oder gefangen genommen. Die
Mehrzahl jedoch, vertrauter mit den Schlupfwinkeln der
Gegend als die Feinde, entrann, besonders die Unverhei=
rateten, welche nicht Weib und Kind zu schützen brauchten.

Entweder hatten die Kaiserlichen die Kopfzahl der
Horde zu gering angeschlagen oder ihre Disposition doch
nicht klug genug berechnet. Hätte der Kommandant in
Dresden Infanterie mitgegeben, so entkam nicht einer.

Wütend, daß ihnen so viele entwischten, warfen sich
die Wallonen von den Gäulen, um die Flüchtlinge zu
verfolgen.

Das Hauptaugenmerk ihres Offiziers aber war, sich
des Dadi zu versichern, und er hatte denselben kaum er=
späht, als er auf ihn mit dreien seiner Leute Jagd machte.

Der Alte, Towadei mit sich ziehend, suchte einen
Spalt zu gewinnen, der, überwuchert von Gestrüpp, in
eine Schlucht mündete, die zwischen Simmel= und Rudolf=
stein hineinlief.

Er stürzte, gefolgt von Friedemann und der Tochter,
darauf zu. Unglücklicherweise aber ward ein Karrengaul
scheu und raste mit dem Wagen vor die Öffnung hin. Die
Stränge rissen, und das Tier schoß weiter.

Der Dadi schrie auf; er hatte eine Kugel im Unter=
leib. Doch mit furchtbarer Gewalt sich an den Wagen
drängend, schob er einen Ballen vor sich hin.

„Towadei, kriech unterm Wagen weg in die Schlucht!"
— und er parierte die Hiebe des Offiziers mit seiner
Waffe. Friedemann aber, Towadei hinter sich drängend,
warf das Beil einem Wallonen an den Kopf, daß derselbe
blutend in den Sand kollerte.

Da empfing der Dadi vom Pistol des Offiziers
einen Schuß ins Hirn, und brach, auf den Ballen sinkend,
zusammen!

„Komm!" schrie Towadei, bückte sich und zog Friede=
mann an sich.

Der Offizier erhob den Säbel, um ihr den Kopf
zu spalten, aber in diesem Augenblick schlug ihn Friede=
mann mit der Violine so heftig ins Gesicht, daß er zurück=
taumelte. Bach verschwand blitzschnell unter dem Wagen
und folgte seinem im Gestrüpp hinkriechenden Weibe.

Der Dadi war tot, das Ziel der Expedition erreicht,
aber wütend gemacht durch Friedemanns Schlag, befahl
der Offizier, den Wagen fortzuziehen und verfolgte mit
zwei Soldaten die Entweichenden.

Kaum bemerkte Towadei, daß sie verfolgt wurden,
so erklomm sie mit Friedemann links die jähe Höhe und
eilte auf ihr hin, ohne zu wissen, wo sie hinabkommen
würde. Trotz ihrer Gewandtheit aber ließ sie die Angst
und der Schmerz um den verlorenen Vater nicht so rasch
wie sonst vorwärtskommen. Ihre Treiber, die schweren
Reiterstiefel von sich werfend, folgten ihnen.

„Bhowané! Bhowané!" und die Hände ringend eilte
die Arme, Friedemann hinter sich, weiter, und die Kugeln
prasselten um sie her.

Barmherziger Gott, da kommt ein steiler Abhang!
Unten liegt eine von Gebüsch verhüllte Schlucht, drüben
ein Felshaufen und ein Hügel, der sich senkt und tief
ins Gehölz führt.

„Schetrar, wir sind verloren! Schnell, gleite die
Schlucht hinab. Du rollst auf die Bäume, wir müssen
uns trennen. Vergiß den Sammelort nicht! Rasch, rasch!"

Kaum hatte sie's gesagt, als die Wallonen auch
jauchzend heraneilten.

Mit mechanischem Instinkt, nicht wissend, was er
tat, hockte Friedemann auf der Felskante nieder, gab sich
zurückschnellend einen Stoß und rollte mit Geschwindigkeit
hinab. Die Sinne schwanden ihm.

Towadei hingegen, die Entfernung der Felskanten jenseits der Schlucht messend, nahm einen kurzen Anlauf, übersprang den Raum von zehn Fuß wie eine Katze, und indem sie einen Strauch erfaßte, hielt sie sich aufrecht, gewann die Plattform und stand atemlos still.

„Verflucht! kann die Canaille springen!" stöhnte der Offizier. „Aber du bist zu hübsch, du entgehst mir nicht, ich komme hinüber!"

Und ohne den Widerspruch seiner Leute abzuwarten, nahm er den Anlauf und sprang. In dem Augenblick aber, wo er glücklich die Kante erreichte, gab ihm Towadei mit aller Gewalt einen Stoß.

„Das ist für den Dadi, bekrate, Bhowané!" — Mit entsetzlichem Geschrei stürzte der Wallone in die Tiefe.

Bleich, flatternden Haares, mit dem Gelächter der Wut und Verzweiflung, verließ die Zigeunerin die jenseitige Klippe und verschwand im Gebüsch.

Tief erschreckt stierten die Reiter hinab auf den Leichnam ihres Offiziers, dann kehrten sie, alle weitere Verfolgung aufgebend, zurück auf die Walstatt des Gemetzels, wo eben der Trompeter die Leute zusammenblies.

Nach einer Stunde Rast suchten die Wallonen den Körper ihres Führers. Sie fanden die Schlucht nicht mehr und mußten endlich alles Nachforschen aufgeben. Er war tot, soviel war gewiß.

Der Wachtmeister sammelte die Leute und nahm die Leiche des Dadi übers Pferd. Die Gefangenen wurden an den Sattelgurt gebunden und unter Säbelhieben zum Gehen gebracht.

Die Gegend war wieder öde, nur die Toten und die verstreuten Waren blieben zurück.

Zwei Stunden später regte sich langsam links das Gebüsch, Towadei schlich hervor.

Jammernd suchte die Tochter den Vater! Dann

wendete sie sich und verschwand wieder in den Windungen des Gebirges. Sie suchte ihren Friedemann in den Schluchten.

Den Leichnam des Offiziers fand sie im Gesträuch. Friedemann fand sie nicht mehr!

Sie begann erst leiser, dann laut das Kamadewa= lied zu singen, damit er sie erkennen möchte.

> „Was lebet, soll geliebet sein,
> Denn einstmals kommt der Tod
> Der Liebe, der Liebe, der Liebe.“

Kein Blatt regte sich.

„Er wird schon bei den anderen sein, am Sammel= platze, ich muß die Nacht erwarten.“

Da plötzlich hörte sie in der Ferne einen Gesang von vielen Stimmen:

> „So wandern wir durch Wald und Feld.
> Uns treibt nicht Lust noch Weh,
> Denn weit genug ist ja die Welt,
> Die Nacht ist unser Himmelszelt;
> Gegrüßt sei Bhowané! Bhowané!“

Das war das Zeichen. Sie ging ihm nach und fand den Rest der Horde. Friedemann war nicht darunter!

„Nebel auf dem Weg!“ schrie sie auf und raufte ihr Haar, dann sank sie auf einem Stein zusammen.

Der Guru wollte sie bewegen, mitzugehen.

„Ziehet eures Weges, Bhowané schützet euch! Ich gehe nicht weiter, bis ich ihn habe! Geht!“ kreischte sie, „oder ich verfluche euch im Namen der Alten. Wenn's aber Nacht, blickt nach Dittersbach, Schudres!“ Still, trübe und lautlos zog das Häuflein weiter und überließ sie ihrem Schicksal.

Sie ging zurück, ging bis zur Elbe, dann hinüber bis nach Ottendorf, flüchtig wie ein Reh, in halbem Wahnsinn!

Sie fand Friedemann nicht!

Die Nacht brach an. Tiefe Ruhe deckte die Steine.

In Dittersbach war die Abendglocke längst verklungen, alles schlief. Da schwankte ein Schatten aus dem Gehöft des Predigers.

Der Hofhund knurrte, dann war er still und blieb ruhig liegen. Die Gestalt öffnete leise die Haustür, zog den Schlüssel ab, zog die Tür nach außen zu, verschloß sie und warf den Schlüssel in den Brunnen, dann huschte sie weg.

Eine Stunde später brannte das Pfarrhaus lichterloh. Der Hund lag vergiftet bei der Hütte. Innen tobte der Priester und schrie um Hilfe!

Endlich gelang es den Bauern, ihn ohnmächtig und voll Brandwunden aus den Flammen zu ziehen.

„Das waren Mordbrenner!“ riefen die Bauern.

„Zigeuner waren’s!“ sagte ein altes Weib. „Das kommt, wenn man mit solchem Volke zu tun hat, statt sich lieber um das heilige Amt zu bekümmern!“

Auf der hohen Wand, allein und lachend, stand Towadei und schaute hinüber in die Flammen!

Friedemann, durch den Stoß betäubt, war im Grunde der Schlucht ohnmächtig liegen geblieben. Ein kleines Wasserbecken, das sich durch den Regen gebildet, hatte ihn aufgenommen. Das Wasser, in der engen Schlucht von der Sonne nicht beschienen, war kalt wie Eis und brachte ihn bald wieder zu sich. An allen Gliedern gelähmt, richtete er sich auf und vergegenwärtigte sich seine Lage. Mechanisch sich betastend, bemerkte er zu seiner Freude die Tasche, die unverletzt war. Die Violine hatte er eingebüßt. Als sich seine Sinne etwas geordnet, war sein erster bewußter Gedanke: Towadei. Mit aller Kraft der Liebe raffte er sich empor und suchte aus der Schlucht herauszukommen. Da bemerkte er den Körper des Wallonen.

„Gott sei Dank, sie ist ihm nicht in die Hände ge=
fallen!" murmelte er.

Rasch entschlossen bewaffnete er sich mit dem Säbel
des Offiziers, der noch in dessen gekrümmten Fingern
hing, und erreichte mühsam den Ausgang.

„Wie aber find' ich sie wieder?" Eben wollte er
nach ihr rufen, als er das Retraitesignal der Wallonen
hörte. „Bei Gott, sie sind noch in der Nähe. Sie
werden kommen, ihren Offizier zu suchen und mich
finden!"

Ohne sich zu besinnen, floh er geradeswegs durch die
Felsen, der Richtung entgegen, woher der Schall der
Trompeten gekommen war. Er gelangte endlich auf einen
Fußweg, der nördlich führte.

Er mußte die Nacht abwarten, wenn er das ihm
bekannte Zeichen der Zigeuner finden wollte.

Es war die Sterngruppe des großen Bären oder
Wagens, dessen Deichselstern er drei Stunden nachgehen
mußte, ehe er das erste Wegzeichen der Bande fand.
Der Hunger und die Erschöpfung trieb ihn aber an,
menschliche Wohnungen aufzusuchen, und so erreichte er
Ottendorf.

Die Barmherzigkeit einer alten kinderlosen Frau
versorgte ihn mit Speise und Trank. Er schlief ermüdet
ein und bat sie, ihn, wenn es dunkel würde, zu wecken.

Als der Abend anbrach, verließ er das Dorf und
ging dem Zeichen nach. Da er aber schon zu sehr aus
der Hauptrichtung war und von den anderen Vorgängen
nichts wußte, traf er weder die Zigeuner noch Towadei.

Mit Tagesanbruch langte er, nachdem er sich viel=
fach verirrt, in Neudörfel an.

Verzweifelt und unfähig, länger die Schmerzen, die

auf ihm lasteten, zu ertragen, sank er auf den Stufen der hölzernen Dorfkirche zusammen.

„Hahahaha! Wir werden stets vereint bleiben! Lüge, Lüge, alles ist Lüge! O Weib meiner Seele, komm wieder!"

Denn einstmals kommt der Tod
Der Liebe, der Liebe!

31. Castrum doloris.

Der Siebenjährige Krieg neigte sich seinem Ende zu. Kein Land Europas war von der Zerrüttung seines industriellen Wohlstandes und seiner Finanzen befreit geblieben. Mitteldeutschland, vornehmlich Sachsen, Schlesien und endlich die Mark glichen Wüsteneien.

So rege die gegenseitige Erbitterung auch sein mochte, war doch die allgemeine Erschöpfung, das Versiegen des Bedarfs an Kriegsgerät und Mannschaft so bedeutend, daß die Bewegungen beider Parteien schon begannen, sich selbst überdrüssig zu werden.

Die öffentliche Meinung, jene große Macht, die trotz aller Indolenz gegen sie schließlich immer das Schicksal jeder Sache besiegelt hat, hatte sich für den Helden Friedrich entschieden, und im Schoße der feindlichen Höfe selbst genoß er stiller und heißer Sympathien von gewichtigen Personen, die sich seines Ruhmes zu ihrem Schaden freuten und sein Mißgeschick bedauerten, so sehr es ihnen zu statten kam.

Während Friedrich die Belagerung Dresdens aufheben mußte, ward ihm in Schlesien Schweidnitz wiedergewonnen, und Laudon, der Breslau umdrängte, das von dem mutigen Tauentzien verteidigt ward, mußte dem heraneilenden Korps des Prinzen Heinrich weichen. Die Österreicher wendeten sich demnächst nordwärts auf Liegnitz zu, um sich mit den Russen, wie damals bei Kunersdorf, zu vereinen. Hier aber trat ihnen Friedrich entgegen, schlug sie total, und die Fluten der Katzbach mischten sich damals zuerst mit dem Blute geschlagener Feinde. Dadurch wurden alle Entwürfe derselben auf Schlesien vereitelt, und Friedrich konnte sich mit dem Heerhaufen Heinrichs, seines Bruders, vereinigen.

Inzwischen aber zitterte Berlin vor den herannahenden Russen. Czernitscheff, Tottleben und die Österreicher unter Lascy besetzten es endlich, und die russischen Soldaten, die Berlin, Potsdam und Charlottenburg verwüsteten, stürzten auch Friedrichs Statuen vom Sockel und zertrümmerten sie. Glücklicherweise war der Schreck größer als der wirklich angerichtete Schaden.

Der Astronom Professor Bernhard Euler tat in Charlottenburg der Zerstörung Einhalt, indem er sich auf seinen Freund Iwan Schuwalow, den Günstling Elisabeths, berief und mit dessen Rache drohte.

Der kranke Seydlitz aber donnerte in Berlin gegen die Barbarei, und dem Kaufmann Gotzkowsky, welchem Rußland sehr verpflichtet war, gelang es, die Residenz und Potsdam vor dem Ärgsten zu bewahren.

Sofort stellten die russischen Feldherren jegliche Maßregel gegen Berlin und die königlichen Schlösser ein, wie sie denn überhaupt durch ihr ganzes Benehmen zeigten, daß es ihnen keineswegs an Adel der Gesinnung fehle.

Die Österreicher dagegen hausten, besonders in Charlottenburg, mit vandalischer Wut.

Friedrich eilte zur Rettung der Mark, die Russen gingen demnach über die Oder zurück, und Lascy vereinigte sich in Sachsen mit Daun. Hierher eilte ihnen aber der König nach und hieb, von Zietens Energie unterstützt, die Österreicher bei Torgau zusammen. Den Winter über brachte Friedrich II. in Leipzig zu, wo er mit Gellert bekannt wurde, dem einzigen deutschen Dichter, von dem er etwas hielt.

Der König erkundigte sich, seines Versprechens eingedenk, überall nach Friedemann, jedoch ganz vergebens.

Im folgenden Jahre begann der Feldzug matter denn je. Die Österreicher und Russen rückten wieder nach Schlesien, wurden aber bei Bunzelwitz gezwungen, unter Butturlin über die Oder, unter Laudon und Czernitscheff nach dem Gebirge zurückzuweichen.

Noch einmal kehrte das Glück dem Preußenkönig den Rücken, ehe es sich ihm ganz zuneigte. Schweidnitz fiel nämlich in Laudons Hände, Georg II. von England starb, Pitt trat zurück, und Georg III., durch seinen preußenfeindlichen Günstling, Lord Bute, bestimmt, entzog dem König die stipulierten Hilfsgelder. Zu gleicher Zeit kam Magdeburg durch Trencks Anschlag in höchste Gefahr, den Feinden zu unterliegen, was aber zeitig genug entdeckt und vereitelt wurde.

Schon fürchtete man, den Krieg wieder ins Endlose verlängert zu sehen, als Elisabeth von Rußland plötzlich starb und Peter III. den Thron bestieg.

Sofort zog dieser, ein begeisterter Verehrer Friedrichs, seine Truppen von der österreichischen Allianz zurück und überließ die Festung Kolberg wieder den Preußen. Ja noch mehr, er schloß mit dem König ein Schutzbündnis, und Maria Theresia mußte die einst verbündeten Russen nun unter Czernitscheff gegen sich gewendet sehen.

Demzufolge schlossen auch die Schweden eiligst Frieden, und sämtliche preußische Staaten waren befreit. Zwar ward Peter III. von den Bocharen und seiner eigenen Gemahlin entthront und letztere als Katharina II. ausgerufen; jedoch, durch mancherlei Rücksichten bestimmt, begnügte sie sich, ihre Allianz mit Preußen zu lösen, ohne gegen dasselbe feindlich aufzutreten. Bald darauf ward

Schweidnitz wieder preußisch, Friedrich schlug die Öster=
reicher bei Burkersdorf, Prinz Heinrich mit Seydlitz das
Reichsheer bei Freiberg und Ferdinand von Braunschweig
die Franzosen bei Kassel. Österreich, durch zahlloses Miß=
geschick und mutlose Erschöpfung gebrochen, außerdem
ernstlich von den Türken bedroht, sehnte sich nunmehr
nach dauerndem Frieden und ergab sich in das Unver=
meidliche, den Verlust Schlesiens.

Preußen, vorher nur ein halb gekanntes, wenig be=
achtetes Land, hatte eine Weltbedeutung errungen, und
Friedrichs Name ging über die ganze Erde, besungen in
zahllosen Liedern, gepriesen von allen Lippen!

Der Held selbst, nachdem er seine Lande vom Feinde
rein gesegt, saß zu Meißen im unglücklichen Sachsen und
wartete auf den Feind, „ob er vielleicht noch was wolle!"

August III. und Brühl waren in Polen. Der Kur=
prinz nebst Gemahlin hatte am Hofe seiner Schwieger=
eltern zu München ein Asyl gefunden. Die Königin allein
war nach dem furchtbaren Schlage von 56 in Dresden
zurückgeblieben, ebenso die Ministerin Brühl.

Josepha war im Innersten vernichtet und ihr ganzes
Trachten nur noch darauf gerichtet, im Lager des Feindes
selbst Pläne gegen ihn zu schmieden und möglichst zu
seiner Demütigung beizutragen.

Friedrich sah das Treiben seiner „chère pauvre
cousine de Saxe" längere Zeit mit an, und so streng
seine sonstigen Maßregeln waren, beobachtete er doch immer
noch eine gewisse Rücksicht gegen sie. Da aber ihr Aufent=
halt in Dresden ihm nach und nach gefährlich zu werden
begann und mannigfache Anzeichen ihrer Pläne ihm nicht
verborgen blieben, entzog er ihr einfach die monatlichen
Gelder für sich und ihren Hofstaat, eine Summe von ein=
hundertvierundsiebzigtausend Talern. Als Josepha gegen
diese Maßregel protestierte, ließ ihr Friedrich sagen, „daß sie

sich deswegen nur an ihren Gemahl wenden solle." Den
Tod im Herzen verließ sie Dresden, und nachdem sie
einige Zeit in München verweilt hatte, trat sie, an Leib
und Seele gebrochen, ihre Reise nach Polen an. Ihr
fester Entschluß war, Brühl, den bösen Engel Sachsens,
zu stürzen. Alles, was ihm irgend zur Last gelegt
werden konnte, hatte sie gesammelt: in ihren Händen war
der Beleg der Medaillonangelegenheit, der Depeschenverrat,
das unzählbare Material zum Beweise der finanziellen
Betrügereien, und alles war so klug eingerichtet, daß des
Ministers Untergang gewiß war.

Da — unweit ihrem Ziele, ohne den Gatten ge=
sehen zu haben, starb sie!

Fast schien's, als sei das Schicksal selber mit Brühl
im Bunde.

Zu derselben Zeit wurden von Friedrich sämtliche
Güter des Ministers, im Betrage von sieben bis acht
Millionen, zugunsten des Staats konfisziert, und die
Gräfin Brühl, welche das Unglück ihrer Familie auf=
zuhalten meinte, wenn sie auf eigene Hand intrigierte,
ward durch eine Kabinetsorder Friedrich II. nach Polen
zu ihrem Manne verwiesen. Ehe sie aber zu ihm reisen
und ihn von den Gefahren, welche seiner warteten, unter=
richten konnte, erlag auch sie ihren vielfachen Leiden, ohne
den Namen einer rechtschaffenen Frau, den sie in ihren
späteren Jahren unbezweifelt verdiente, dem Urteil der
Welt abgezwungen zu haben.

Unter all dem Unglück, das Dresden, besonders als
die Reichsacht über Preußen gesprochen ward, traf, war
die Vernichtung des Hotels Brühl das erste. Friedrich
befahl seine Zerstörung. Die Gehälter aller Hof= und
Staatsbeamten wurden alsdann auf den vierten Teil
herabgesetzt und die Königliche Oper entlassen, infolge=
dessen Hasse mit Faustine nach Italien zurückging. Man

kann sich hierbei schwer des Gedankens erwehren, daß der sonst so groß denkende Friedrich hierbei nicht aus einem gewissen Rachegefühl gehandelt habe, das der Sieger wohl hätte bemeistern können. Wenn man aber bedenkt, daß Sachsen eigentlich am ganzen Siebenjährigen Kriege schuld trug, daß Brühl und die Königin stets bemüht gewesen, jedes Moment der gütlichen Einigung zu ersticken; wenn man ferner bedenkt, wie das Leiden seines eigenen Landes, welches einen Weltkrieg ertragen mußte, die Zerstörung seiner Schlösser, die Verluste seiner teuersten Freunde, das Herz des Königs erbittern und ihn, je länger die Zerwürfnisse dauerten, um so leidenschaftlicher machen mußten, so kann man den Fluch der Kriege überhaupt nur bedauern, der die Gemüter der Menschen, selbst der edelsten, nicht zu ihrem Vorteile verwandelt!

Im Jahre 1762 begann die Friedenssonne endlich verstohlen ihre ersten matten Strahlen auf das öde Sachsen zu ergießen.

Kurprinz Christian nebst seiner Gemahlin Antonie traf wieder in Dresden ein und begann der furchtbaren Hungersnot durch Ankauf von Lebensmitteln aus Böhmen abzuhelfen. Die Bewohner strömten weinend vor die Tore, ihrem geliebten Prinzen entgegen, von dem sie in der Zukunft das Höchste hoffen durften, und die Freude nahm zum erstenmal wieder Besitz von ihren lang gemiedenen Tempeln, den Herzen der Menschen.

Christian ermunterte liebevoll die Trostlosen zur Duldung, begnadigte Verbrecher, unterstützte, wo er konnte, und verbreitete Betriebsamkeit, Lust zum Anbau und Hoffnung unter Dresdens Bürgern.

In seinem Namen machte nunmehr dem in Meißen weilenden König Friedrich der Etatsminister von Fritsch einen Besuch, mit der Anfrage, ob Preußen wohl zum Frieden geneigt sei.

Friedrich, der den Prinzen Christian persönlich sehr hoch schätzte, ging willig darauf ein, und so begannen die ersten Verhandlungen, welche endlich den Frieden von Hubertusburg zur Folge hatten.

Man sagt immer, der Friede nach einem langen Kriege habe etwas Freudiges. Daß er ein glückliches Ereignis sei, braucht kaum erwähnt zu werden. Es gibt aber auch glückliche Ereignisse, wo die Freude eine ganz eigene Sache ist. Solange der Krieg die Parteileiden=schaften entfesselte, verschmerzte man das Elend des ein=zelnen Tages in der Erregung, die noch kommende Übel andeutete. Man war mitunter ordentlich froh, wenn eine harte Stunde überstanden war, man hatte das hinter sich! — Mit dem Momente des Friedens fühlte aber jeder die erlittenen Verluste um so tiefer, da kein neuer mehr bevorstand. Die Kälte, die Reflexion trat ein. Man mußte sich eben mit dem Leben einrichten, wie sich's nun gestaltet hatte, und alle Wunden klafften um so weiter auf, als man sie nun sorgsamer betrachten konnte.

König August III. kehrte mit Brühl, dem Unzer=störbaren, nach Dresden zurück. Auch sie hatten in Polen sehr trübe Tage gehabt. Das königliche Ansehen war daselbst seit dem Verluste Sachsens sehr gesunken, und die Treulosigkeit und Kälte dieses Landes in den Tagen der Not hatten dasselbe in den Augen des Königs nur um so verächtlicher gemacht. Doch auch sein Einzug in Dresden war traurig genug. Er war alt geworden und wunderlich, und seine Josepha, die er sonst stets vernach=lässigt, fing an ihm zu fehlen. Das Volk, das sich jetzt schon dem Kurprinzen Christian im Herzen zugewendet, hatte bei weitem den Jubel nicht für August, welchen er hoffte, denn Brühl, der verwünschte Brühl war an seiner Seite.

Der Minister, sonst so strahlend, so siegesstolz, war

gebückt und finster geworden. Sein Palast war öde, zer=
trümmert! — So begannen August und Brühl die Zügel
des Regiments wieder zu erfassen.

Friedrich der Große kehrte gleichfalls in seine Staaten
zurück. Berlin jauchzte und schmückte sich, seinen Helden
zu erwarten, und als der alte Zieten mit seinen Husaren
und der Herzog von Braunschweig einrückten, ward die
Begeisterung endlos.

Mit welcher Sehnsucht erwartete man den geliebten,
bewunderten König selbst, wie wollte man seine Wieder=
kehr mit allen Liebesspenden ehren, deren der Patriotismus
fähig war. An diesem Tage standen Tausende, wie bei
einer Völkerwanderung, vor dem Frankfurter Tor und
harrten ihres Monarchen. Er kam nicht.

Der große, ruhmreiche Fürst, der Held seines Jahr=
hunderts, kam nicht freudestrahlend zurück, um mit dem
Liebeswinke seiner blauen Augen hoch herab vom tanzen=
den Schimmel die Residenz zu grüßen.

Wohl war er der einzige seiner Zeit, dem alle
Herzen entgegentönten — doch alt, von der Gicht geplagt,
vom Schicksal unwirsch gemacht, voll Gram im Herzen.
Über Kunersdorf ging er, und hier, am Orte seiner
schwersten Stunden, allein auf jenem Hügel steht er, sieht
in das leere Feld, aus dem die Saaten wieder aus den
Gebeinen seiner Braven keimen, und Träne um Träne
rieselt leise hinab auf die staubige Uniform, hinab auf
den blitzenden Stern und badet ihn.

Suum cuique! Jedem das Seine! Dem Könige
Ruhm und — Gram! — Die Geister seiner abgeschiedenen
Lieben, seiner hohen Mutter, der lieben Schwester von
Baireuth, Jordans, Winterfelds, Schwerins und einer
Reihe endlos bleicher Gesichter schwankten schattenhaft an
seiner Seele vorbei und grüßten ihn.

Spät in der Nacht, begleitet von seinem Adjutanten

Nilfus und dem Kabinettsrat Eichel, kam er nach Berlin. Das war sein Einzug!

Das erste, was er befahl, war ein solennes Tedeum, das mit allen musikalischen Kräften der Residenz abgehalten werden sollte. Schon war alles bereit, und man erwartete den Hof in großer Gala. Da tritt Friedrich allein in die Kirche, setzt sich weit hinten ins Gestühle und gibt das Zeichen zum Beginn. In sich zusammengesunken, horcht er den brausenden Klängen des Lobgesangs, denkt der Vergangenheit nach und den Dornenkronen seines Lebens.

Es war im Oktober desselben Jahres. Der Hof zu Dresden begann seine Winterlustbarkeiten, um sich für die lange Entbehrung jeglichen Vergnügens zu entschädigen. Man versäumte nichts, was der öffentlichen Meinung, dem Stolze des Volkes schmeicheln konnte, und war durch die neue Gestaltung des Theaters, durch Vogelschießen und öffentliche Belustigungen bemüht, die erduldeten Drangsale möglichst vergessen zu machen. Der Mittelpunkt des Interesses bei Hofe war nunmehr der Kurprinz und besonders dessen Gemahlin Antonie, eine Dame voll Liebenswürdigkeit und Talent, die nun, nach dem Tode der Königin, die Honneurs zu machen hatte. König August selbst versank immer mehr in Passivität, welche eigentlich das Grundwesen seines Charakters war.

Sei es Rücksicht für den alten König, dem man den gewohnten Gefährten nicht rauben wollte, oder daß beim Tode Josephas die erforderlichen Beweise, welche allein den Sturz des allmächtigen Ministers bewirken konnten, verloren gegangen waren, kurzum Brühl war nach wie vor im Amte. Doch wie verschieden von ehemals war sein ganzes Wesen! Die Zeit der Intrigen, des Krieges, der Leidenschaften waren vorüber. Vorbei die glatte

Galanterie der Schäferspiele, das geschmeidige Wort, welches die Menschen zu fangen wußte! — Eine langere, hagere, halbgekrümmte Gestalt mit finsterem Blick, gekniffener Lippe, deren Lächeln eine beißende Fronie war, mit gallig grau= gelblicher Haut, ein Hofpetrefakt — das war Brühl!

Allein, wie er in der Welt stand, von seinen Kindern sogar gemieden, umgeben von Leuten, die ihn in tiefster Seele verachteten, höhnisch alle seine Empfindungen aus den Runzeln seines Gesichts zu lesen suchten, um ihn zu bewitzeln, hatte er nur den König, der ihm noch wohl= wollte, und das wedelnde Gesindel unter ihm, das von seinem Augenwinke abhing.

Am 5. Oktober, gerade als man die Vorbereitungen zur Oper Leucippe traf, die am Namenstage des Königs vom Hofe selbst aufgeführt werden sollte, ward August III. beim Diner, während er sich mit dem gegenübersitzenden Brühl unterhielt, vom Schlage gerührt! Alles sprang auf, man brachte ihn in seine Gemächer, die Ärzte kamen — August III. war tot!

Brühls Antlitz wurde aschfarben, seine Augen um= florten sich, er taumelte! — Alle Anwesenden fühlten, was in ihm vorging. Der Oberhofmeister des Kurprinzen, Baron von Wackerbarth, sein ärgster Feind, hielt ihn auf= recht und geleitete ihn hinaus. Er stieg in den Wagen, sein erster Kavalier begleitete ihn. Als er in die Räume seines kaum einigermaßen von den Nachedenkmalen Friedrichs befreiten Palastes trat, stieß er seinen Begleiter von sich, richtete sich steif auf, ein Glührot überflog sein welkes Gesicht und er durchschritt die Salons und Korridore, so einsam, so verödet wie er selbst, und trat in sein Zimmer. Hier sank er lautlos in die Ottomane. So saß er, ohne Tränen, stumm und bleich, den Rest des Tages, die ganze Nacht. So fand ihn Baron von Wackerbarth am anderen Morgen.

„Ich weiß, was Sie mir bringen, Herr Baron!"

Brühl ging in die Ecke des Zimmers, wo ein Bild gegen die Wand gekehrt stand. Er wendete es um, stellte es auf einen Stuhl und setzte sich ihm gegenüber. Es war das Bild seiner toten Frau.

„Sie kann es ja wohl auch mit anhören, Herr Baron. Bitte, reden Sie!"

„Herr Graf von Brühl: im Namen unseres Durch= lauchtigsten, jetzt regierenden Kurfürsten Christian habe ich Ihnen zu melden, daß Sie vom heutigen Tage an Ihrer sämtlichen Bedienstungen überhoben sind. Ich hoffe, Sie werden mich der peinlichen Pflicht entbinden, Ihnen die Gründe anzugeben. Da sie aber der hochselige Monarch so lange seines Vertrauens gewürdigt, wünscht der Durch= lauchtigste Kurfürst, Ihnen das Peinliche einer offiziellen Entlassung zu ersparen und gibt Ihnen anheim, Ihre Demission aus Gesundheitsrücksichten zu erbitten. Ihr Gehalt bleibt Ihnen auf Lebenszeit, doch kann ich Ihnen die Mitteilung nicht ersparen, daß Sie noch im Laufe des Tages Ihr Privatvermögen dem bestellten Kommissarius, der unter Aufsicht Seiner Hoheit des Prinzen Xaver handelt, zu übergeben haben!"

„Ah, Sequestration!" lächelte hämisch Brühl. Er ging an seinen Schreibtisch, zog die Kabinettsorder Augusts, welche jede Disposition des Staats über sein Vermögen ausschloß, hervor und präsentierte sie. Baron von Wacker= barth zuckte die Achseln. Brühl faßte, immerzu höhnisch lächelnd, die Hand des Oberhofmeisters.

„Ich danke Ihnen und bin überzeugt, daß der Tag Ihnen große Freude macht. Grüßen Sie alle meine Feinde und sagen Sie denselben, daß ich ihnen nicht lange mehr Gelegenheit geben werde, mich zu bespötteln!"

„Von heute ab haben Sie keinen mehr, Herr Graf!" und Wackerbarth wendete sich zur Tür.

„O doch, einen noch habe ich!"

Der Oberhofmeister verließ das Gemach.

„Noch einen!"

Brühl trat vor den Spiegel und lachte. „Den da! Das ist er. Er ist der letzte!"

Er setzte sich nieder und schrieb seinen Abschied.

Ein Kavalier trug ihn fort. Der Minister versank vor dem Bilde seines Weibes in Nachdenken.

Nachmittag kam der Kommissar. Brühl übergab ihm den Nachweis seiner Angelegenheiten und sein Testament mit einer Bittschrift an den Herrscher in betreff seiner Kinder.

Es war Abend. Winterluft, schneidend und naß. Brühl wickelte sich in den Mantel und betrat die große Halle des königlichen Schlosses, wohin sich die Leute drängten. Hier war das Castrum doloris, das Trauer= gepränge um August III.

Teilnahmlos umwogte ihn die Menge.

Er verrichtete im Winkel ein Gebet, dann entfernte er sich.

Es war Nacht, als er nach Hause kam.

Frost schüttelte seine Glieder. Er legte sich zu Bett und befahl, daß man ihm das Bild seiner Frau gegen= überhänge.

Am 28. Oktober, dreiundzwanzig Tage nach dem Tode seines Herrn, starb Heinrich Graf von Brühl.

32. Der Hausfreund.

Ein seltsam peinliches Gefühl beschleicht uns, wenn wir bedenken, daß das Ende aller Dinge der Tod ist, daß jeder von uns, er tue, was er wolle, gelte noch so viel, nehme eine Stelle ein, welche es sei, von der Zeit hinweggerafft wird und eine Lücke läßt, in die ein anderer mit anderen Ideen, anderem Wesen tritt und sich da häuslich niederläßt. Man ist eigentlich nur da, um die Stätte für den Nachfolger zu bereiten.

Das ist für den Weisen ein Trost, für den Toren eine Qual. Etwas Melancholisches hat es in gewissem Sinne immer.

Die Materialisten mögen nun sagen, was sie wollen, und uns die Seligkeit preisen, sich total in die Natur aufzulösen, in die absolute Ruhe des Nichts zu verrinnen, sie können sich doch nicht davor behüten, daß ihnen im Augenblicke des Sterbens bei diesem Gedanken recht flau zumute wird.

Nur für den mag er etwas rein Freudiges haben, dessen Leben nur Elend und Qual bot, der keinen unter dem Rasen liegen hat, dem sich seine Seele lechzend zu vereinen sehnt. Für ihn ist der Gedanke des Nichts=werdens gut.

Der platte Materialismus ist die Religion des Elends. Je größer die Armut, die Qual der Existenz wird, desto zahlreicher werden die Jünger dieses Glaubens. Die freie Menschheit wird ebensowenig dem Materialismus wie der Orthodoxie huldigen.

Eine liebe, freundliche Sitte ist's aber, die Gräber der Verstorbenen mit Kränzen zu schmücken, die Asche der Verblichenen mit dem Duft der Rosen, dem kühlen Immer=grün zu segnen. Der Allerseelentag wie der Sterbetag unserer Geschiedenen sind ganz besonders dieser frommen Libation von Blüten geweiht, und jedes Land, jede Stadt hat ihre stillen Trauertage, wo das lebende Geschlecht hinauszieht, um den alten Bund der Geister aufzurichten, den Regenbogen zwischen hier und dort.

Ein solcher Tag ist unter anderen der Sankt Johannistag für Leipzig. Da zieht das sonst so speku=lierend regsame Völkchen hinaus auf den Johannis=kirchhof, beladen mit Blumengehängen, und schafft

einen Doppelsommer auf dem Felde des Todes. Treten
wir ein!

Dort, nicht allzuweit von der Kirche, liegt Sebastian
Bach. Freilich, nun liegt er nicht mehr da, seine Gebeine
sind längst irgendwohin gebracht, in den allgemeinen
Kehricht des Knochenhauses. Wo er einst ruhte, ist nur
ein kahler Platz, den die Häuser der gefräßigen Stadt
umnagen, und Gellerts Gruft steht wie ein Gespenst, eine
Totenvedette, allein und hält Wache, bis sie auch ver=
schwinden wird. Damals aber hatte man noch Ehrfurcht,
Liebe und Schmerz für den Psalmensänger seiner Zeit,
und die Künstler aller Länder pilgerten zum Grabe
ihres Propheten.

Ums Jahr 1767, am Johannistage, war schon in
aller Frühe Bachs Grab mit Kränzen von unbekannter
Hand geschmückt. Um elf Uhr nach dem Gottesdienste
bewegte sich langsam ein schwarzer Zug durch den Ein=
gang des Friedhofes. Es waren die Thomasschüler, Paar
um Paar, geführt von ihrem Rektor, dem Hofrat Geßner.
Sie umringten das Grab des geliebten Lehrers, und
indem Kranz auf Kranz herniederglitt, stimmten sie unter
Leitung ihres Kantors das Lied Sebastians an:

„Wenn ich einmal muß scheiden!"

Gellert und Mißler traten heran und sprachen zuckenden
Antlitzes ein Gebet, und die Professoren des Augusteums
und zahlreiche Freunde spendeten ihm den Friedensgruß.

Als endlich alle hinweggegangen, blieb der nun=
mehrige Kantor allein am Grabe, neben sich seine Frau,
seine drei Kinder, und ein tiefer Jammer schien die
Gruppe zu durchschauern. Dann gingen sie auch. Das
Grab war jetzt ein verlassener Blütenberg, ein Hügel von
duftenden Kränzen. Doch nein, noch ein Spätling, ein
Nachzügler kommt. Ein Bettler, von Alter und Gram,

Elend und Leidenschaften zersetzt. Er sinkt in die Knie, stützt das Haupt auf den Leichenstein, und die Blumen grüßen ihn und weinen unter seinen Tränen. Nach langer, stummer Pause erhebt er sich und geht. — „Schlafe in Frieden! O läge ich statt deiner hier und du lebtest!"

Der Kantor ist längst daheim mit den Seinen. Das Mittagsessen ist vorbei, er geht in die alte Unterrichts=stube, die wir alle kennen. Frau und Kinder sind im Wohnzimmer. Durch die Thomaspforte kommt der ein=same letzte Gast von Sebastians Gruft hereingeschwankt, sieht sich überall fragend um und wirft seinen Blick ver=stohlen auf jene Tür. Niemand kennt ihn mehr. Schwere Seufzer ringen sich aus seiner Brust. Da — er horcht hoch auf! Tönt nicht aus jenen heimatlichen Räumen der Ton des Cimbals? Jawohl! Das Haus ist bewohnt. Gardinen an den Fenstern. Da in der Wohnstube blühende Rosenstöcke! Und sieh: ein Kinderhaupt hebt sich am Fenster empor, lugt hinaus in die sonnige Welt und lächelt, nickt und lächelt! Zögernd tritt der Fremde näher, öffnet die Haustür, tritt ein und klopft an die Tür der Wohnstube. „Herein!" Er stutzt. Kennt er die Stimme? Leise öffnet er die Tür und verbeugt sich. Am Fenster sitzt eine Frau in mittleren Jahren, neben ihr die Kinder.

Langsam erhebt sie sich, und den Ankommenden miß=trauisch betrachtend, fragt sie: „Was will Er?" — „Nichts, verehrte Frau! Nur bescheiden erkundigen will ich mich, wer jetzt hier Kantor ist!"

Da, vorwärts stürzend und des Fremden Arm er=greifend, ruft sie: „Alle guten Geister! Friedemann Bach!!"

„Ulrike!" schreit der Erkannte, „Ulrike Merperger!!"

Die Tür öffnet sich und der Kantor tritt ein.

„Doles!"

„Friedemann!"

Und die Freunde stürzen sich in die Arme und schluchzen, Lippe an Lippe.

„Nein!“ und Friedemann reißt sich los. „Sie ist dein Weib, ihr seid glücklich. Lebt wohl, ich muß fort! Lebt wohl!“

Da hielten ihn Ulrike und Doles umklammert. „Bleibe, Freund!“

„Bleiben Sie, lieber Friedemann!“

„Nein, so gehst du nicht, ich lasse dich nicht, Bruder!“ Doles sprang an die Tür und verschloß sie. „Du bleibst, Friedemann, sonst bist du meineidig. Hast du mir nicht versprochen, daß du zu mir kommen willst, wenn du in Not bist? Weißt du’s noch, Friedemann? So lasse ich dich nicht! In dem Zustande nicht! Das muß erst anders mit dir werden, und ich und die Ulrike wollen so lange an dir arbeiten, bis du an Leib und Seele gesund wirst und deinem Namen keine Schande machst! Dann, wenn du nicht bleiben willst, ist’s zum Gehen noch Zeit genug!“

„Hahaha! Mit mir soll’s anders werden? Bei fünfzig Jahren noch anders? hoho! Meinetwegen, ich bleibe, aber meine Schuld ist’s nicht, wenn’s euch dann leid wird, daß ihr euch einen Kerl wie mich auf den Hals ge= laden habt!“

„So wahr mir Gott helfe,“ und Doles nahm wieder Friedemanns Rechte, „so wahr mir Gott helfe, das soll mir nie leid werden, Bruder! Des Himmels Gnade hat mir Segen und Glück beschieden, und ich will teilen mit dir, redlich wie ein Bruder!“

Friedemann preßte ihn heftig an sich und indem er Ulrikes Hand an seine Lippen drückte, strömten die Wogen namenlosesten Schmerzes aus seiner zermarterten Seele.

— — — — — — — — — — — — — — —

Friedemann Bach lebte von diesem Tage an in dem Hause seines Freundes.

Doles sowohl wie Ulrike unterließen nichts, was die zarteste Aufmerksamkeit irgend erfinden konnte, um der Lage des Freundes alles Peinliche zu benehmen und ihm sein Unglück weniger fühlbar zu machen. Das kleine Stübchen, welches Sebastian einst innegehabt, ward Friedemann eingeräumt, und Ulrike ließ es sich eiligst angelegen sein, seine Toilette so einzurichten, daß er überall erscheinen konnte.

Erst, als er so äußerlich honett gemacht worden, ward er den erstaunten Honorationen und der offiziellen Welt Leipzigs wieder vorgestellt, die ihn lange für tot hielten.

Man mußte aus der Not eine Tugend machen und den Leuten vorreden, daß er so lange im Österreichischen gewesen sei. Über seine wahren Erlebnisse schwieg er hartnäckig, selbst gegen seine Freunde.

Es versteht sich von selbst, daß man neugierig war, sein gerühmtes Orgelspiel wieder einmal zu hören.

Doles, der sich wohl denken konnte, daß Friedemann lange nicht mehr vor den Pfeifen gesessen habe, ward höchst unruhig, als er bemerkte, wie sorglos Friedemann dieser Produktion entgegensah. Wie erstaunt war er aber, zu hören, daß Friedemann an seinem alten Genius nicht nur nichts eingebüßt hatte, sondern dem Gewaltigen, Erhabenen seiner Spielweise auch eine Innigkeit, einen wehmütigen Schmelz der Melodie, eine religiöse Begeisterung vermählte, die ihm an demselben bisher unbekannt war. Den Hörern schien's, als wenn der Geist des Alten auf Ätherwogen durch die Räume der Kirche glitt. Als er zum Schluß mit bitter gekniffener Lippe noch das alte Lied: „Willst du dein Herz mir schenken?" fugierte und Doles bedeutend anblickte, erschauerte dieser, und Ulrike brach in heimliches Schluchzen aus. Allen anderen war's eine unerhörte Leistung, diesen beiden aber ein furchtbarer Beweis, wie tief das Elend dieses Mannes gehe!

Friedemann Bach war alt geworden, er neigte sich
hart den Fünfzigern zu. Nun, wo er von den Lappen
des Elends, dem Schmutze des Landstreichens befreit war,
sah man erst recht, wie alt er geworden. Nicht, daß er
etwas offenbar Greisenhaftes an sich gehabt hätte, im
Gegenteil, sein schlanker Körper, der magerer als je war,
hatte noch eine gewisse Elastizität; er war einer von den
Menschen, die unfähig zu sein scheinen, eigentlich alt zu
werden, an welchen die Zeit wenig Veränderungen bewirkt.
Was ihn alt machte, war der Gram, das ruhelose Leben,
das sich in der Hautfarbe, in den zahlreichen Falten seines
Gesichts, in der gebückten Haltung des Kopfes zeigte. Bei
gutem Leben, Künstlerglück und Herzensruhe hätte er
zweifelsohne zehn Jahre jünger ausgesehen, als er wirk=
lich war.

Eine mürrische Schweigsamkeit war das Grundwesen
seines Benehmens. Wollte man ihn zum Reden bringen,
oder zeigte man ihm Teilnahme, so ward er empfindlich,
reizbar und ätzend grob, oder zeigte einen leichtfertigen
Hohn des Lebens, der die Leute von ihm scheuchte. Dabei
hatte er einen unauslöschlichen Hang zum Nichtstun, zum
Hindämmern, und wenn er sich durch irgendwelchen An=
stoß daraus emporriß, vollbrachte er alles mit einer Art
Gewaltsamkeit, einer eiligen Hast, die das Versäumte nach=
holen zu wollen schien.

Der Unglückliche, welcher im Leben nichts errungen
hatte, war geistig insofern alt geworden, als er nur
noch in Erinnerungen lebte. Daher wußte er selbst nicht,
was er in der Welt wert, und war unfähig, seinen noch
immer unter den Menschen lebenden Ruf zu benutzen, um
wenigstens das Mögliche zu erreichen.

Seinen Ruf! Eigentümlicherweise hatte Friedemann
in gewissem Sinne Ruf. Nicht allein, daß das Andenken
an sein Orgelspiel in Dresden, Leipzig und Halle noch

nicht erloschen war, auch seines Vaters Tod hatte dazu beigetragen, daß die Kunstfreunde ihre Augen auf den gerichtet hielten, der nach aller Aussage dem Vater an Talent sowie an Virtuosität am ähnlichsten war. Gerade, daß er mit des Vaters Tode verschwunden war und man stets erwartete, ihn da oder dort als Lumen auftauchen zu sehen, dazu die zahllosen Anekdoten, die man bei seinem Verschwinden in Dresden und Halle über ihn in Umlauf gebracht, hatte ihn zu einer künstlerischen und menschlichen Monstrosität bei den Leuten gemacht.

Er selbst begriff das nicht und hielt darum das An= drängen der Leute für maliziöse Neugier und einen rohen Eingriff in seine Privatverhältnisse und seine Vergangen= heit, und wies sie mit aller Rauheit seiner bittern Natur ab.

Sein Leben war von jenem Augenblicke, wo das Band der Liebe mit Towadei zerrissen worden, wild, un= stet, von Mangel und Schwermut erfüllt gewesen.

Lange hatte er sich in der Umgegend der Elbe um= hergetrieben, ehe er es aufgab, die Verlorene wiederzu= finden, und verzweifelt die Gegend verließ. Ein betteln= der Organist, war er von Kirchspiel zu Kirchspiel gezogen, hatte bei den Pfarrern Almosen gesucht, ihre Orgeln ge= spielt und sich endlich wieder in Besitz einer Violine ge= bracht. Bald in den Kirchen, bald in den Kneipen am= bulierend, seinen Namen sorgsam verbergend, war er, ein ewiger Jude der Musik, jahraus, jahrein umhergeirrt und hatte den Trieb des Schaffens verloren.

Das Verhältnis mit der Zigeunerin und die eigene Welt, in der er mit ihr gelebt, hatte, obwohl es den letzten Rest künstlerischen Ehrgeizes in ihm getötet, in seinem Innern, wie wir wissen, aufs wohltuendste gewirkt. Jene Zeit, der eigentliche Frühling seines Lebens, hatte ihn von der Spekulation wieder zur Empfindung geführt, und zwar mit solcher Gewalt, solcher Abhängigkeit, daß

der Moment der gewaltsamen Trennung von Towadei
mit einer Furchtbarkeit auf ihn eindrang, ihn in eine
Hilflosigkeit versetzte, die nur der kennt, dem mit eins
Mutter, Erzieher, Ernährer, Geliebte und Freund in einer
Person entrissen wird.

Durch die Welt schweifend, und mit der Begierde,
die Geliebte zu suchen, nur von der Hoffnung des Wieder=
findens geleitet, träumend von entschwundenem Glücke, im
Kampfe mit den Bedürfnissen des Wanderlebens, hatte er
in einer Gefühlslethargie zugebracht, die gewissermaßen
ein Interregnum in seiner geistigen Ent= und Verwicke=
lung erzeugte und der Vorläufer eines Zustandes war,
der seinen Charakter vollständig abzuschließen schien. Die
Verachtung der Menschen, welche unter den Zigeunern
noch zugenommen, war zum überzeugungsvollsten Dogma
in ihm geworden.

Bei all seinen zahllosen Fehlern und dem größten=
teils selbstverschuldeten Unglück fiel es ihm, außer in
kurzen Momenten, nie ein, eine wahrhafte Reue über sich
zu empfinden, die zu einer Umänderung seines Wesens
hätte führen können. Er hielt nur die übrige Gesellschaft
für schofel und warf ihr allein die Schuld seines Unglücks
in den Schoß. Sein Egoismus machte ihm weiß, er
habe recht in allem, er sei vortrefflich, er leiste etwas,
aber das Menschengesindel, die erbärmliche Zeit,
wisse ihn nicht zu schätzen und zu verstehen. Sein
ganzer Ideen= und Gefühlsgang bewegte sich in diesem
Kreise, und seine Verachtung der Außenwelt war ein
immerwährendes Selbstlob. Es fehlten nur noch wenige
Momente, um ihn endlich ganz auf die Spitze der Selbst=
verliebtheit zu heben, von der herab er als Beispiel der
individualistischen Charaktergattung, als Beispiel seines
ganzen Jahrhunderts gelten konnte, und wo ihn nichts
weiter erwartete als ein kurzer, momentaner Stoß, der

ihn umklappte, ihm die Augen aufriß, um endlich klar zu sehen und — zu sterben.

Er hatte die Theorie der Selbstsucht allerdings überwunden, geriet aber immer mehr in die Praxis derselben. Diese ward nach außen hin nun so schroff, so eigenwillig und grell, daß sie meist geradezu lächerlich und kindisch wurde, ja, oft in vollständig blödsinniger Form auftrat. So, unter anderem, nahm er es Ulrike innerlich furchtbar übel, es tat ihm entsetzlich weh, daß dieses Weib, welches er rauh genug mit ihrer Liebe abgewiesen, sich ihm nicht aufgeboben, sich nicht, wie eine Nonne, einer sehnsuchtsvollen, jungfräulichen Einsamkeit gewidmet — kurz Doles geheiratet hatte. Ebenso konnte er es Doles nicht vergeben, daß er nicht allein seines Vaters Stelle, sondern auch Ulrikes Herz eingenommen hatte. Wenn auch immerhin die alte Freundesliebe in diese Dinge hineinspielte, so machten sie doch Friedemann innerlich nur verbissener und verleiteten ihn oft zu Torheiten, die ihm die Menschen noch mehr entfremdeten.

Aus dieser Zeit datierten nun auch jene mannigfachen, verschrobenen Streiche, die er an Doles, an Forkel und andern Leipziger Freunden beging, und die zu all den Anekdoten Veranlassung gaben, welche nachmals über ihn im Publikum umgingen und sich hier und da bis heute erhalten haben.

Jedoch alle Plagen, welche Doles und Ulrike durch ihn bereitet wurden, vermochten die Gatten nicht von dem Liebeswerk abzubringen: Friedemann, soweit es überhaupt möglich, sich selbst zu entreißen, ihn seinem Talent, dem Leben wiederzugeben. Innige Liebe und tiefes Mitleid ließen die Gatten alles anwenden, ja, sie achteten weder seines ungezogenen, oft rüden Wesens, noch seiner barocken Ansichten, und es war oft komisch genug anzusehen, wie sie ihn, als wäre er ein Bube, abkapitelten, sich mit ihm

stritten, oder ihn zur Tätigkeit spornten. Doles zog hier=
bei meist den kürzeren, denn in solchen Momenten trug
Friedemann eine Gehässigkeit sondergleichen zur Schau.

„Halt's Maul, Herr Thomasorganist! Du kannst
freilich gute Redensarten machen. Erst hast du auf meinen
Vater geschimpft wegen der Fuge, und bist selber ein
Esel. Hast aber doch recht schön meines Vaters Nest
einnehmen können! Ein schöner Nachfolger! Beim Satan,
die paar Bissen, die ich esse, willst du an mir abbleuen?
Hahaha!" Dann, aufs tiefste gekränkt, sprang Doles auf
und schlug die Tür hinter sich zu, und Ulrike traten die
Tränen in die Augen. Da stürzte dann Friedemann ge=
wöhnlich hinter ihm her, fiel dem Freund um den Hals
und rief: „Ich bin ein gemeiner Lump, Bruder, aber
warum warst du auch so dumm und nahmst mich auf!
— Ach, ich bin zu unglücklich!"

Am besten wurde Ulrike mit ihm fertig. Einmal
besaß sie als Weib eine viel biegsamere Fertigkeit, bei
ihm zu erreichen, was sie für gut hielt, dann übte sie
viel mehr Nachsicht mit seinen Schrullen, endlich aber
fühlte sich Friedemann ihr gegenüber bedeutend im Un=
recht. Sie hatte um ihn gelitten, sie hatte ihn gepflegt!
Er rechnete ihr das hoch an, was er vom Freunde als
eine Sache ansah, die sich von selbst verstände.
Ulrike erzielte auch bei ihren Bemühungen um ihn nach
und nach mehr Resultate als Doles. Sie brachte es
dahin, daß Friedemann nach langen Jahren wieder Ge=
schmack am Schaffen, am Komponieren fand. Da die
ersten Versuche glücklich ausfielen, reizte die Freude, die
jeder Schöpfer an seinem Geschöpf hat, Friedemann zu
neuer Tätigkeit, und eine Reihe Kompositionen erstanden,
die um so mehr bewundert wurden, als sie die einzigen
waren, die dem Geiste des toten Sebastian näher standen.
Diese Tätigkeit und die Unterrichtsstunden, welche ihm

Doles verschafft hatte, milderten in etwas sein Wesen, gaben seinem Charakter eine stillere Melancholie, die nicht ohne Selbstgenüge war und ihn der Teilnahme anderer würdiger machte.

Ulrike, von ihren Erfolgen ermuntert, schloß sich ihm mehr an, fühlte noch inniger den Gram dieses Mannes. Je näher aber Friedemann dem Weibe trat, dessen Liebe er einst verschmäht, je mehr er ihren Wert erkannte, je lebhafter er fühlte, welch hohes Paradies die Familie sei, desto verzweifelter wurde sein Herz, und ein Reuegefühl überkam ihn, ein Etwas wie Liebe für sie. Indem er sich ihr und ihren Einwirkungen überließ, ward ihm die Zeit zurückgerufen, wo Towadei seine Gebieterin war, und halb bewußtlos überließ er sich diesen erotischen Zwitter=gefühlen, die nur traurige Folgen sowohl für ihn wie für den Kreis seiner Freunde haben mußten.

Ulrike war weit entfernt, nur in Gedanken eine Un=treue an ihrem Gatten zu begehen, aber die tragische Wirkung, welche der in sich gebrochene, erste Liebling ihrer Seele für sie hatte, das Bestreben, ihn zu retten, rief gleichfalls einen Zwitterzustand in ihr hervor, welcher der Liebe nahe kam.

Doles merkte dies, und tiefe Verzweiflung, bemächtigte sich seiner.

Wie gern hätte er den Störer seines stillen Glückes zum Hause hinausgejagt! Konnte er aber den Freund, dem und dessen Vater er so viel verdankte, ins Elend schicken?

Er beschloß, auszuhalten, solange es ginge, ja, er ließ es geschehen, daß der Klatsch der Nachbarinnen Friede=mann den „Hausfreund" nannte.

Gleichwohl nahm aber sein Wesen, ohne es zu wollen, eine Bissigkeit gegen Friedemann, gegen Ulrike an, welche die Verhältnisse des Hauses ganz umzukehren drohte.

Er zog sich mehr in sich zurück, wie alle Verletzten, war stumm, wenn er mit Ulrike allein war, und behandelte die Kinder härter, als sonst seine Art war. Dies erreichte seinen Höhepunkt!

Friedemann erwachte! Als wär's ihm von Gott eingegeben, sah er den tiefen Riß, den sein Dasein in der Familie erzeugt hatte.

Nachdem er einen furchtbaren Wutausbruch von Doles ausgehalten, ging er auf sein Zimmer.

Ulrike wollte Doles besänftigen, doch dieser stieß sie von sich und verließ das Haus.

Weinend setzte sich das arme Weib, das nun erst klar sah, zu den schreienden Kindern.

Spät abends erst kam Doles wieder, eben als Ulrike, nach langem Warten, zu Bett gehen wollte. Friedemann hörte die Schlafstubentür zuschlagen und verschließen.

Er hatte soeben einen Brief geschrieben und versiegelt. „An Bruder Doles."

Er schnallte seine alte Tasche um, nahm die Violine, Hut und Stock und schlich die Treppe hinab.

Er legte das Ohr an die Schlafstubentür. Heftiges Schluchzen von innen.

„Nein, leugne es nicht, Ulrike, sei ehrlich zum armen Doles, du liebst ihn nicht mehr! Friedemann, o Friedemann, du bist mein Unglück!"

„So wahr ich meinem seligen Vater Frieden wünsche, Doles, ich habe nur Mitleid für Friedemann. Ja, ich liebe ihn noch, aber wie die Schwester den unglücklichen, verlorenen Bruder. Kannst du je glauben, liebster Freund, daß ich dich nur einen Funken weniger lieb habe?"

„O!" stöhnte er, „hätt' ich gewußt, ich würde dem Friedemann so teuer seine Hilfe bezahlen müssen, ich wäre lieber damals zu Dresden auf dem Stroh gestorben!"

Friedemann hörte nicht weiter zu. Er grinste und

nickte. Dann schloß er die Haustür auf, trat hinaus,
schloß ab, schob den Schlüssel durch eine Lücke der aus=
getretenen Schwelle und tat ein paar Schritte ins Freie.

So mitten auf dem kleinen Kirchplatz stehend, sah
er hinüber zum Vaterhause.

„Lebt wohl, o lebt recht wohl! Euch soll der Friede=
mann nicht mehr stören! Der letzte Rest der Menschheit
versinkt, die letzte Träne steigt mir ins Herz. Euch soll
der Friedemann nicht mehr stören!"

Er drückte den Hut tief ins Gesicht und ging.

Doles und Ulrike sahen ihn nicht wieder.

33. Villeggiatura.

Etwa anderthalb bis zwei Meilen von Potsdam liegt
ein reizendes Landgut, trefflich bewirtschaftet und, troß der
vergangenen Kriegswetter, im besten Zustande. Die Häuser
des Dorfes links und rechts mit einer gewissen Behäbig=
keit an der Straße gelagert, blicken blank und schmuck über
die Zäune. Es ist Erntefest! In der Dorfschenke, die
sehnsüchtig ihren Arm mit dem Kruge weit hinausstreckt,
als gält's ein Lebehoch der Menschheit, wird wacker auf=
gespielt, gejauchzt und getrunken, und die weit geöffneten
Fenster der Schenkstube lassen vermuten, daß es dem dicht=
gedrängten Publikum da drin doch etwas um Luftver=
besserung zu tun sein muß. Ein flüchtiger Blick hinein
zeigt uns den blißenden Erntekranz, der nach herkömm=
licher Art an der Decke schwebt, die von einer Holzsäule
getragen wird, welche zugleich den Mittelpunkt bildet, um
den die ewig in sich zurückkehrende Spirale der Tänzer
sich bewegt. Behäbige Bauern mit langem Rock und
Lederhosen, den Dreimaster schräg auf dem nachdenklichen
Haupt, stehen an der Tür und berechnen Getreidekonjunk=
turen, junge Burschen in kurzer Jacke blicken nach den

Schönen ihrer Wahl, die, in schwarzen Hauben mit langen Bändern, aus der Schleifengarnitur ihres Kopfes wie Kropftauben gucken und den Henkeltaler auf dem braun= roten Halse blitzen lassen.

Verfolgen wir den Dorfweg weiter, so führt er uns auf den Herrenhof, ein hübsches, einstöckiges Gebäude mit zahlreichen Wirtschaftsanhängseln, Ställen und Remisen. Hinter demselben liegt ein prächtiger Garten mit hollän= dischen Anlagen. Die Gartenfront des Hauses ist eigent= lich besser und mehr für den Luxus berechnet. Die Fenster und Glastüren eines Sommersalons laufen hier auf eine kleine Erhöhung aus, die, von einigen Sandsteinfiguren und vielen Blumen geschmückt, durch ein paar Stufen mit der Hauptallee des Gartens in Verbindung steht, und diese mündet wieder in ein Sommerhaus, eine Art offenen Tempel, der, etwas erhöht, eine liebliche Aussicht über die Felder, Waldungen und Wiesen gestattet, welche von den Potsdamer Bergen in der Ferne begrenzt werden.

In diesem Sommerhause befindet sich eine große Gesellschaft, der man's an der Kleidung und dem Ton der Unterhaltung anmerkt, daß es Leute der Residenz sind, die sich hier zusammengefunden. Der Besitzer des Gutes, jener bläßliche Herr in den vierziger Jahren, der dort die Honneurs macht, ist uns nicht unbekannt. Es ist der Tribunals= und Hofrat Friedrich von Eichstädt. Jene stattliche Dame, mit einer Gruppe Herren in eifrigem Gespräch, ist Frau Antonie von Eichstädt. Die lange und glückliche Ehe dieser beiden ward durch nichts getrübt, als durch den Tod ihrer Schwiegereltern und den Mangel an Kindern. Wie sehr auch Herr und Frau von Eich= städt letzteres namentlich mit jedem Jahre fühlbarer ward, so tat es doch ihrer gegenseitigen Zuneigung nicht den leisesten Eintrag. Selbst von großer, geistiger Begabung, wußten sie, vermöge ihrer hervorragenden Stellung und ihres Reichtums, einen Kreis von Männern und Frauen an sich zu ziehen, welche der Elite der Kunst und Wissenschaft damaliger Zeit entnommen war. Besonders Frau von Eichstädt galt für das Muster jener geistreichen und liebenswürdigen Damen, die in Berlin den Ton anzugeben pflegten, und einheimisch in ihren Zirkeln zu sein, galt für eine Ehre, um die man sich eifrig bewarb.

Es war ihnen zur süßen Gewohnheit geworden, das Erntefest auf ihrem Landsitze zu verleben und jährlich einige Zeit dem Treiben der Residenz zu entfliehen.

Hierher folgte ihnen denn meist eine Schar Auserwählter, denen ein dolce non far niente unter diesen schattigen Eichen und Linden ebenso ersehnt war.

Neben der Frau des Hauses sitzt ein kleines, jüdisch aussehendes Männchen, dessen schmale Lippen lächelnd zusammengekniffen sind. Er ist etwa vierzig Jahre alt, und sein Rückgrat hat sich durch anhaltendes Bücherstudium gekrümmt. Es ist Moses Mendelssohn, der Freund Lessings, der große Philosoph und Literator. Er hört, sich hin und her wiegend, dem Disput seiner schönen Freundin zu, welchen sie mit Emanuel Bach führt, der Vorwürfe von ihr empfängt, daß er Berlin verlassen und nach Hamburg gehen will. Jener würdevolle, ein wenig korpulente Mann, der mit dem Herrn von Eichstädt konversiert, ist Professor Ramler. Die hagere Gestalt mit edlem, melancholischem Gesichtsausdruck, die Schiller ähnlich sieht, und eben dem Fräulein von Geuder, der Hofdame der Königin, Andeutungen über Perspektive und Luftton gibt, ist der Historienmaler Bernhard Rode. Daneben steht der Herr von Merker, Kammergerichtsassessor, ein Kunstdilettant von Talent. Außer diesen älteren Personen ist aber ein Flor junger Damen und Herren zugegen, die den hervorragendsten Familien der Berliner Welt entsprungen sind und alles repräsentieren, was Galanterie und Noblesse,

Mode und Grazie in Preußens Metropole aufzuweisen
hat. Weder Flakon noch Fächer, weder Schminkpfläſterchen
noch eau de luce fehlen, und wenn die Damen als jüngſte
nouveautés de Paris die bekannten Beutel à la Pompadour tragen, ſo erſcheinen die jungen Herren à la cacadu
friſiert und das Zöpflein ſpielt mit naiven Windungen
auf dem reich geſtickten Rock von Atlas oder heller Seide.

Der Kaffee war bereits eingenommen, und das junge
Völkchen, welches ſich nie ganz frei in der Nähe der Ge-
lehrtheit befindet, eilte zu jenen mannigfachen, verliebten
Spielen im Freien, von denen außer dem Reifenspiel nur
„Blindekuh", „Stirbt der Fuchs" oder „Amor" auf uns
gekommen iſt.

„Sie ſind zu bitter, lieber Bach, in Ihren Urteilen,
ſo gerecht ich dieſelben auch in mancher Beziehung finde.
Es iſt wahr, unſere Berliner Muſik iſt im Sinken. Seit
Graun tot iſt, und Seine Majeſtät, von Alter und Sorgen
geplagt, ſelbſt nicht mehr ſo eifrig wie ſonſt der Kunſt
pflegt, entweicht die Muſe langſam aus den Mauern.
Sicher können Reichardt und Benda den großen Meiſter
nicht erſetzen; ſo kunſtgerecht ihre Arbeiten ſind, ſo ſind
ſie doch zu verſtandeskalt, aber —"

„Verſtandeskalt, meine Gnädige! das iſt das rechte
Wort! Und nicht etwa in Berlin, nein überall in Deutſchland iſt die Muſik jetzt ſo! Verzeihe mir's unſer Freund
Mendelsſohn hier, aber unſere ganze jetzige Zeit iſt verſtandeskalt. Jene Orthodoxie, die zwar ihre großen
Schattenſeiten hat, jene Orthodoxie, welche die Leute in
kindlicher Glaubens- und Begriffseinfalt hielt, iſt verloren
gegangen, und mit ihr der zwar altväteriſche, aber ſtrenge
Ernſt, auf dem die höchſte Weihe der Muſik beruht. Sie
iſt nun einmal eine Herzenswiſſenſchaft, die abſtirbt vor
dem anatomiſchen Meſſer der Philoſophie. Mag es wie
Mänanderie oder Arroganz im Munde des Sohnes klingen,

Madame, aber ich behaupte, daß die ernste, die höchste Bedeutung der Musik, die der Kirche, seit dem Jahre 50, seit meines Vaters Tode, schlafen gegangen ist. Solange er lebte, war die Musik noch eine Macht der Glaubenslehre und in ihrer schönsten Mannbarkeit, jetzt, in der neuen Atmosphäre der Toleranz, ist sie erblichen!"

„Und wenn Sie das so lebendig fühlen," sagte Mendelssohn, „wenn Sie selbst wissen, was zur Wiederbelebung des Kirchenstils not tut, warum schaffen Sie nicht selbst Werke in diesem Sinne, da Sie doch schon so viel Schönes komponiert haben? Warum gehen Sie sogar von Berlin, dem Zentralpunkt des Nordens, fort, wo allein alle Bestrebungen weitgreifende Wirkung haben?"

„Das allerdings, Verehrter, schlägt mich!" Und Wehmut umspielte Emanuels Lippen. „Es soll mich aber nicht abhalten, freimütig zu antworten. Wie sehr ich recht habe mit dem, was ich sagte, jene Kunst sei wirklich verloren, erhellt daraus, daß auch ich viel zu sehr Mensch dieser Zeit bin, als daß ich meinem Vater nachstreben könnte. O, ich habe es oft versucht, aber weiß auch zu wohl, daß es nichts ist im Vergleich zu ihm! Einer, einer allein, wenn er noch lebte, wäre fähig, meinen verstorbenen Vater wirklich zu ersetzen: mein Bruder Friedemann Bach!"

Die Unterhaltung stockte. Frau von Eichstädt hatte sich betreten fortgewendet und gab einem Diener Befehle.

Emanuel sah trübe vor sich hin.

„Nun, mein lieber Freund," und Mendelssohn nahm Bachs Hand in die seine und drückte sie, „ich, der ich ein Vertreter dieser neuen Toleranz, dieser Verstandesära bin, beweine es mit Ihnen, daß nur die Vergangenheit jene schöne Kunst zu treiben fähig war. Glauben Sie mir aber, töricht wär's, sich gegen die sieghaften Ideen zu stemmen, die viel Übel, aber noch mehr Segen im Ge-

folge haben, Segen für die ganze Menschheit. Die
Schlacken bleiben endlich doch einmal am Wege liegen,
und jenes Gefühl, dem die Tondichtungen Ihres Vaters
entsprangen, wird wiederkommen in reinerer Gestalt, und
dann wird man erst recht einsehen, was Sebastian Bach
gewesen ist!"

„Nein, nein, Moses, das kommt nicht wieder!"

„Es kommt wieder! Spät, sehr spät vielleicht, aber
es kommt doch wieder!"

Die Gesellschaft erhob sich.

Die Sonne hatte sich gesenkt, die Musik im Dorfe
schallte näher, das junge Volk kam aus dem Garten
herbeigeeilt und rief: „Sie kommen, sie kommen!"

Es war ein sonst auf dem Lande üblicher, jetzt wohl
meist vergangener Brauch, daß die Bauern am Erntefeste,
wenn der Abend kam, ihrem Gutsherrn den Erntekranz
brachten, der mit mancherlei Zeremonien, unter Musik, im
Flur des Edelhauses aufgehangen wurde. Dafür er=
hielten die Leute ein kleines Traktament an Essen und
Trinken.

Man brachte das Wohl der Herrschaft aus und zog
dann in die Schenke zurück, wo der Tag mit Sang und
Tanz beendet wurde.

Demgemäß versammelte sich lächelnd die noble Gesell=
schaft auf der Terrasse des Pavillons und ergötzte sich
an dieser ländlichen, komisch steifen, aber gut gemeinten
Zeremonie.

Eine Art Marsch aufspielend, erschienen die Musi=
kanten im Gefolge des Kranzes, vor dem der Schulze wie
eine Fregatte einherschwankte, und fröhlich folgten die
Landleute je zu zweien, ein Männlein und ein Fräulein!

Der Schulze hielt seine Rede, der Erntekranz ward
aufgehängt, und der Augenblick der höchsten Ehre für das
Dorf erschien. Der Gutsherr nämlich bot der Schulzin,

der Schulze der Gutsherrin fein fäuberlich den Arm, und
ein sogenannter Zweitritt unter dem Kranze erfolgte.

„Wahrhaftig, die Leute spielen gar nicht übel! Ich
habe noch keinen falschen Ton gehört, und es liegt Sauber=
keit und Bestimmtheit in ihrer Art!“ sagte Emanuel.

„Es sind böhmische Musikanten dem Aussehen nach“,
antwortete Mendelssohn. „Sie sind ihres Talentes wegen
bekannt und ziehen durch die ganze Welt!“

„Unsern jungen Freundinnen zuckt's durch alle
Glieder. Sehen Sie nur, die kleine Gender ist schon ganz
Tanz!“ lachte Rode.

„Nun, wenn ich wüßte, daß ein Impromptu der
Gesellschaft wünschenswert wäre und die Leute etwas
Vernünftiges aufspielen könnten, würde ich, während die
Bauern hier pokulieren, ein petit Entrement dansant
vorschlagen“, sagte lächelnd Frau von Eichstädt.

„Ach ja, ach ja!“ riefen die jungen Damen.

Herr von Eichstädt trat zu den Musikanten und
erkundigte sich, ob sie sich wohl getrauten, der Gutsherr=
schaft zum Tanze aufzuspielen.

„Wir können alles, Euer Gnaden,“ näselte der kleine
Klarinettist, „Sarabanden, Menuett, Polonäse, Gique und
Galliarde, was befohlen wird!“

„Prächtig! Reizend!“ jubelte das junge Volk, und
das Engagieren begann. Selbst die älteren Herren wurden
nicht verschont, und Frau von Eichstädt forderte lachend
den kleinen Mendelssohn zur Polonäse auf: „Wenn Ihnen
der Maimonides und der Phädon noch soviel Athletik
übrig gelassen haben, Herr Philosoph!“

„Ich will mein Bestes tun, verehrte Frau. Freilich
werd' ich mich neben Ihnen ausnehmen wie der Pavian
neben der Gazelle!“

Die Musikanten wurden von dem alten Kammer=
diener im Saale aufgestellt. „Tut euer möglichstes, Leute,

und macht's gut. Es gibt feine, berühmte Musikkenner in der Gesellschaft, hört ihr?"

Der lange Violinist lachte, der Klarinettist nickte vergnügt, die andern beiden brummten, und eine schmucke Polonäse beginnend, eröffneten sie den improvisierten Ball, dessen Reiz besonders in dem plötzlichen Arrange=ment lag.

Die Gesellschaft betrat, einer Schlange in ihren langen Windungen vergleichbar, den Salon. Die strahlen=den Wachskerzen und das helle, volle Mondlicht, welches, mit der lauen Abendluft vereint, durch die geöffneten Glastüren und Fenster des Gartensaals drang, erzeugten ein feenhaftes Mischlicht, das die Gesellschaft mit wunder=vollem Duft umzog. „Eine solche Beleuchtung habe ich selten gesehen", sagte Rode zu dem atemlosen Fräulein von Alvensleben.

„Sehen Sie nur, wie brillant die hellen Habite der Herren und Damen sich ausnehmen! Bei Gott, seit ich eine Villeggiatura an der Brenta genoß — und das ist lange her — habe ich solchen Farbenschmelz nicht mehr gesehen!"

„Und haben wir denn hier nicht eine wahrhafte Villeggiatura?" fiel Frau von Eichstädt ein. „Draußen den heimlichen Garten, im dunklen Blaugrün mit den silbernen Wipfeln, den vom Mondstrahl bestreuten Pfaden, wie gemacht zum heimlichen Kosen, zum tändelnden Schäfer=spiel? Dann die Villagios in Rembrandtschen Gruppen und hier den Flor tanzender Göttinnen, die hernieder=steigen zu den Menschen und ihre Freude teilen?"

„Villeggiatura!" riefen entzückt alle Anwesenden.

„Ja, Villeggiatura, das ist der rechte Name! Lassen Sie uns dies Fest in der Erinnerung Villeggiatura nennen!" rief Rode mit künstlerischer Begeisterung.

Ein Tanz folgte dem andern. Man war so in der

Seligkeit des Allgenießens, daß man den Moment nicht genug auskaufen zu können meinte.

Endlich siegte die natürliche Ermüdung und der Appetit über den Enthusiasmus.

Man ließ sich zu einer höchst reichhaltigen Mahlzeit nieder, und der perlende Wein hob die poetische Stimmung von Minute zu Minute. Geistreiche Witzworte weckten fröhliches Gelächter, manch leiser Händedruck, manch galanter Flüsterton jagte die Röte des schämigen Schrecks auf die Wangen der duftenden Mädchen.

Die Musikanten hatte man in einer Ecke reichlich bewirtet, und es herrschte nur eine Stimme des Erstaunens über ihr wirklich tüchtiges Spiel.

„Ich möchte wohl wissen, ob die Leute auch noch Besseres als Tänze exekutieren können?" äußerte Emanuel zu Herrn von Eichstädt.

„Wir wollen sie fragen, mein Lieber!"

Beide begaben sich in die Ecke des Salons, wo die Musici sich's wohl sein ließen.

„Hört, Leute!" sagte Eichstädt, „eure Tanzmusik ge=fällt mir. Wir möchten aber auch einmal etwas anderes hören. Könnt ihr uns wohl ein Konzertstück, ein Solo oder sonst etwas Hübsches vortragen?"

Der kleine Klarinettist zuckte mit den Achseln. „Nein, Euer Gnaden, so weit haben wir's nicht gebracht. Aber der Lange da," und er zeigte auf den Violonisten, der eben einem Glase Wein hinunterhalf, „wenn der auf=gelegt ist, der kann's, das ist ein Teufelskerl!"

Eichstädt ersuchte den Violinisten, ein Solo zu spielen.

Der Angeredete richtete seine zusammengesunkene Gestalt empor, schob die schmutzige Halsbinde zurecht, zupfte an den Fetzen seiner welken Busenkrause, und ein stolzes Lächeln leuchtete aus seinem verkommenen, durch=furchten Antlitz.

„Sehr wohl, Euer Gnaden. Befehlen Sie Violine oder Klavier?" und er machte eine Bewegung nach dem gegenüber an der Wand stehenden Instrumente.

„Klavier spielt Ihr auch?" rief Emanuel. — „Nun denn, Klavier!"

„Das ist sonderbar!" sagte er zu Eichstädt, als sie auf ihre Plätze gingen. „'s ist doch traurig, daß man unter so elenden Lappen oft das Talent begraben findet! Pah, und wir Künstler in sogenannten glänzenden Ver=hältnissen, was haben, was sind wir?!"

Eine Totenstille trat ein, denn der hagere Violonist hatte das Instrument geöffnet und sich gesetzt. Seine Finger fuhren wie ein Flüsterhauch über die Tasten, um die Stimmung zu prüfen.

„Was befehlen Sie? Eine Sonate, eine Phantasie, eine Fuge?"

Eben wollte Emanuel kopfschüttelnd aufstehen, als Frau von Eichstädt eine Phantasie forderte.

Kein Hauch bewegte sich ringsum.

Der Musiker begann. Es war ein einfaches Thema, abgerissen, verflatternd, so hingeworfen, wie wenn ein armer, wandernder Kerl auf der Landstraße ein naives Volkslied vor sich hinträllert. Die Melodie hatte so etwas kindlich Frisches, soviel Urkomisches an sich, daß die Gesellschaft unwillkürlich lächeln mußte. Dazwischen fuhr's hin und wieder wie ein unendlicher Schmerz durch die Tasten, und das Thema wandelte sich in schwermütige Klageseufzer einer einsamen verlorenen Seele, die vor des Lebens Unwettern zagt, die sich aufbäumt zu rasendem Kampfe, zum letzten, äußersten Ringen, und unter des Schicksals Schlägen ächzend zusammenbricht und ver=klingt! — Aber dem letzten Scheideton, der das ermattete Herz leise aufzitternd verläßt, vermählt sich ein fernes Klingen aus der Höhe, ein süßes Palmenrauschen aus

besseren Sphären, das sich herniedersenkt und das wim=
mernde Elend mit unvergänglichen Blumen der Freude
zudeckt. Die Scharen des Himmels steigen nieder, es
kommt der heimgegangene Vater zu seinem sterbenden
Sohne, die Himmel träufeln den Nektartau der Genesung
auf ihn, und aus den ewigen Urtiefen des Weltraums
klingt es:

„Kein Hälmlein wächst auf Erden —!“

— — — — — — — — — — — — — — — —

Zitternd, in atemloser Rührung sitzt die Versamm=
lung, gefangen von gewaltigem, namenlosem Zauber!

Da springt Emanuel Bach auf, bleich und entsetzt!

„Das — das ist — das ist mein Bruder Friede=
mann, oder der Satan!“

Kreischend verhallt der Akkord! Empor fährt der
Unglückliche! Tief blicken sich die beiden Männer ins Auge!

„Friedemann!“

„Emanuel!“

Und die Brüder liegen einander in den Armen, und
Friedemann weint vor Seligkeit und Freude, daß er den
Bruder wiedersieht, daß er ihn an seinem Spiel erkannte!

Alles ist verworren, erstaunt und sprachlos auf=
gesprungen. Frau von Eichstädt, wie träumend, tritt auf
die Brüder zu.

„Um Gottes willen, Emanuel, sagen Sie mir, ist
das wirklich — Friedemann Bach?!“

Da fährt der Verschollene jäh empor. Der Ton ist ihm
bekannt. Starr, leichenhaft blickt er die Sprecherin an.

„Antonie Brühl!!! O, verflucht und verdammt sei
diese Minute! Ja, Friedemann Bach ist’s — in Lumpen!
Weg von mir, ich mag dich nicht sehen, der Teufel segne
mein Kommen!!!“

Er riß sich vom Bruder, der ihn noch halb um=
schlungen hielt, stürzte nach der Tür, schleuderte den

Diener beiseite, der ihn halten wollte, und verschwand im Dunkel des Gartens.

Emanuel eilte ihm nach! — Vergebens: er ist ver= schwunden!

Die Diener durchsuchen den Garten, reitende Boten umtraben die Felder — er ist verschwunden!

Bleich und entsetzt umsteht die glänzende Versamm= lung die bewußtlos in ihres Gatten Arm gesunkene Antonie! Am Fenster steht Emanuel, blickt hinaus in die Nacht und weint bitterlich!

„Villeggiatura!" murmelt Bernhard Rode, und der kleine Moses Mendelssohn flüstert seinem eigenen Herzen nachdenklich die Frage zu: „Ist der Geist über uns ein Gott der Rache oder ein Gott der Liebe?"

34. Rokoko=Berlin.

Wir betreten das alte Berlin von 1784!

Alles, was es geworden, die vorherrschende Stellung als Trägerin germanischer Bildung, als Weltstadt, ver= dankt es Friedrich dem Einzigen.

Im Mittelalter unter dem ersten Kurfürsten noch höchst unbedeutend, umfaßte es nichts als jenen Teil, welcher von Neu=Kölln am Wasser bis zum Mühlendamm, von der Gracht bis zum Neuen Museum geht, ferner die Königsstadt vom Mühlendamm bis zur Neuen Friedrich= straße, von der Waisenbrücke bis zur Garnisonkirche, also das sogenannte Kölln und Berlin. Alles, was später angebaut wurde, wie: der Friedrichswerder, Neu=Kölln, Neustadt, Friedrichstadt, Köpnicker, Stralauer, Königs=, Spandauer Vorstadt und Vogtland waren das Werk Friedrichs des Großen und seiner beiden Vorfahren.

Von Friedrichs des Großen Tode an bis heute, so sehr Berlin in jeder Beziehung durch inneren Glanz, durch

Aufführung der riesigsten Bauten gewonnen, hat sich seine allgemeine Gestalt nur insofern erheblich verändert, als die Köpnicker Vorstadt, von der alten Jakobstraße an, ebenso die Spandauer Vorstadt, von der Linienstraße bis über das Invalidenhaus, ausgedehnt und der ganze, vor und zwischen dem Halleschen und Potsdamer Tore gelegene Häuserkomplex geschaffen wurde.

Lassen Sie uns nun in das Innere der Stadt treten, wir sehen da manchen lieben Bekannten.

Doch halt! Nicht so rasch!

In unserer modernen Toilette würde man uns für geschmacklose Narren halten, die Straßenjugend Spree=athens, damals genau so rangenhaft wie heute, könnte uns moralisch lynchen, denn nebenbei gesagt, aber ganz heimlich, die Polizei der guten Metropole von Anno 84 ist noch erbärmlich schlecht, ebenso wie die Beleuchtung. — Also Vorsicht!

Wenn es Winter wäre, müßten wir notwendiger=weise eine Quiree, die Dame eine Pelzpalatine nebst Muff tragen.

Da wir von Stande sind — und wir sind hoffent=lich alle von Stande — rufen wir bei dem weiten Wege jene beiden lungernden Rotröcke, die dort am Tor neben der Portechaise stehen, denn wir sind im bloßen Kopfe und tragen den Chapeau bas im Arm. Der Steifrock der Gnädigen mit seinen Bambusrippen ist zurechtgedrückt, mein Stahldegen aus dem Gehäng genommen, wir sitzen. Es ist nur gut, daß ich meinen Stehrock von rosa Atlas nicht anhabe, er wäre hin auf alle Zeit!

Nun sehen Sie sich um, meine Cloe!

Ich werde Sie übrigens nicht durch den Anblick aller winklichten und schon bekannten Straßen ermüden, es kann nur meine Sache sein, Sie dieses Leben und Weben, die verschiedenen Merkwürdigkeiten der alten Stadt sehen,

einige Meinungen und Gespräche der Leute erlauschen zu
lassen, oder den Persönlichkeiten des Tages vorzustellen.

Das ist das Hallesche Tor, welches wir passieren.
Ganz wie jetzt guckt der Steuereinnehmer herein. Der
Platz, den wir betreten, heißt das Rondel; von der Belle-
Alliance und der Viktoria weiß man noch nichts. Wenn's
beliebt, lassen wir uns bis zum Dönhoffplatz durch die
Lindenstraße tragen, von dort aus gehen wir.

Der Baustil ist etwas platt und hat wenig Stuck,
denn der König will nicht, daß man die Häuserbauten
durch zuviel Ornamente verteuere.

Unser erster Blick fällt auf das Palais des Staats-
ministers von Blumenthal.

Weiterhin folgt rechts das Kammergericht oder Kollegien-
haus. Hier blicken in ihren schwarzen Mänteln gravitätisch
einige Kollegienassessoren und Notare von der Rampe hernieder. Eben hält des Justizminister von Carmers Equipage, des geistreichen Gesetzgebers, dem wir das Landrecht
verdanken, davor. In dieser Gegend ist Advokatenkleid,
Mäntelchen und Allonge vorherrschend, sie ist vornehmlich
der Sitz der Juristen.

Die Jerusalemer Kirche dort hat noch ihren zierlichen Turm reinsten Rokokostils, ebenso wie die Parochial-
kirche, von der gerade das Glockenspiel herübertönt.

Im zweiten Viertel der Jerusalemer Straße, rechts
im Hause der Frau von Karlowitz, wohnt der Königliche
Medailleur, Daniel Friedrich Loos.

Das große Gebäude an der Feilnerstraße ist die
Kaserne der Garde du Corps, von der ein wohlerhaltenes
Exemplar, steif wie ein Bleistift, Wache hält. 's ist einer
von den Schwadronen Seydlitzens, die so große Taten
verrichteten. Aha! Das pausbäckige Gesicht dieses uckermärkischen Bauern unterm Dreistutz mit gepichtem Schnurrbart kommt Ihnen doch wohl etwas ehrwürdig vor?

Wir münden in die Kommandantenstraße ein. Dort drüben rechts kaserniert das Regiment Ramin, links wenden wir uns nach dem Dönhoffplatz. Er ist allerdings ohne den wasserspeienden Löwen, ohne den Treubund, ohne die brillanten Läden späterer Zeit, aber die Hökerinnen sind gerade so gemein und unverschämt wie jetzt.

Hier weht uns das erstemal der echte Berliner Jargon an. — Steigen wir aus!

Durch das Gewühl hindurch, beim Meilenobelisken vorbei, führe ich Sie an der linken Seite hinab. Rechts dort drüben liegt das Haus des Bankier Behrend, daneben das des Ursinus, ein Name, der im Pitaval widerklingt. Links im Uhdenschen Hause wohnt der Kapellmeister der großen Oper, Reichardt, der Nachfolger Grauns.

Sehen Sie das Eckhaus da drüben, an der Jerusalemer und Krausenstraße? Es gehörte dem Tribunalsrat Friedrich von Eichstädt. Nun ist er tot. Die Witwe hat es an einen Tischlermeister verkauft und sich die erste Etage zeitlebens vorbehalten. Der uralte Lakai, der so trübe an der Haustür lehnt, ist uns bekannt! Herr, du meine Zeit! Das ist ja der ehemalige lustige Müller von Trotha! Doch wir dürfen uns nicht versäumen, Verehrte!

Die Jerusalemer Straße rechts hinab, der Leipziger und Kronenstraße vorbei, passieren wir die Schinkenbrücke und betreten den Schinkenplatz. Hier ist die Hausvogtei, an die, nach der Oberwallstraße zu, der Jägerhof stößt, in dem Graf Sigismund von Rhedern seinen Sitz hat. Als Kurator der Akademie der Wissenschaften versammelt er in seinem Hause die Elite derselben. Euler, Bernoulli, Achard, Gleditsch, Castillon, Prevost, Borelli, Beausobre, Merian, Abbé Pernetti, Thiebault und Ramler sind seine Freunde. Der französische Schliff, die glatte Chevalerie, die sich durch die Berliner Volksderbheit hindurchwindet, beginnt hier vorzuherrschen. Überall begegnen wir einem schwatzhaften Refugié, einem Fechtmeister, Tanzmeister, Maler, Kaufmann, Handwerker oder Fabrikanten de Paris, die brillantesten Läden prangen mit französischen Namen, und schon der gewöhnliche Mann beginnt seine Rede mit Gallizismen zu mischen.

Die Niederwallstraße rechts hinab erblicken Sie links ein stattliches Gebäude, das Hotel des berühmten Ministers Herzberg, dieses edlen Dieners des Vaterlandes in allen gefahrvollen Stunden.

Durch die nächste Quergasse treten wir in die Kurstraße, die wir links hinabschreiten. Dort rechts die winklige Gasse hinein geht nach Rauleshof, an der Ecke aber steht das Eldorado aller derer, bei denen Gold „nur Schimäre" ist, das Leihamt.

Im Weiterschreiten kommen wir bis zur Jägerstraße, die gerade auf das rechts liegende Fürstenhaus stößt, einen geräumigen Palast, der zur Aufnahme aller fürstlichen Fremden dient, welche den preußischen Hof besuchen.

Wenn wir hier einen Blick in die Jägerstraße hinabwerfen, bemerken wir links das Königliche Bankhaus, welches an den Jägerhof grenzt, rechts hingegen in dem Eckhause an der Jägerbrücke wohnt Naumann, der berühmte sächsische Opernkomponist, der eben auf einige Zeit nach Berlin gekommen.

Der Werdersche Markt mit seinen alten Fleischscharrn!

Dort steht rechts das Werdersche Rathaus, in welchem sich zugleich das Gymnasium befindet, an dem Gedicke, der Quälgeist unserer Jugend, welcher sich mit vieler Gravität in den Basedowschen Streit eingelassen, als Schulmonarch thront und die alte Wissenschaft gegen den Untergang in moderner Bildung schützt. Die Werderstraße entlang kommen wir bis zur Schleusenbrücke. Hier fesseln eine Reihe interessanter Gebäude der Unter- und Oberwasser-

straße, deren Fronten dem Kanal zugewendet sind, unsere
Aufmerksamkeit. Die Rückseite der alten Münze, das
Schicklersche Haus folgen dicht aneinander. Ohnweit da=
von liegt das Palais des Grafen Wartensleben. Bei der
Jungfernbrücke im Barezschen Hause wohnt der berühmte
preußische Kupferstecher Daniel Berger, dessen Blätter
noch heut' von den Liebhabern als große Seltenheit ge=
sucht werden.

Über die Brücke hinweg zwängen wir uns die enge
Straße bis zum Schlosse hindurch, hier findet seit alter
Zeit immer das ärgste Drängen statt. — Das Schloß! —
Nun wird alles breit und licht.

Majestätisch prangt die Riesenfront, von der alten
Domkirche nicht mehr behindert, und wendet ihre Portale
der Breiten Straße zu.

An der Ecke des Schlosses haltend, wenden wir uns
um. Die mit Kolonnaden versehene Häuserreihe links,
welche über den weiten Platz nach der Königstraße hin=
überschaut, ist die Stechbahn. Hier standen im Mittel=
alter die Schranken, in denen die brandenburgischen Mark=
grafen und Fürsten ihre Turniere und Gesellstechen zu
„Schimpf und Ernst“ hielten.

Rechts die Straße, welche das Hauptportal des
Schlosses begrenzt, ist die Schloßfreiheit. Unter den Ge=
bäuden, welche dem Schloß gegenüberliegen, zeichnen sich
das Audibertsche, Palmiésche, vor allem das Spenersche
Haus aus. Hier war zu jener Zeit die Redaktion und
Expedition der Haude= und Spenerschen Zeitung, hierher
schlich, nächtlicherweile, im Schlafrock, der große Friedrich,
als er noch Kronprinz war, um des lieben, verpönten
Flötenspiels willen, und konzertierte heimlich beim alten
Spener. — Wir schreiten über den Schloßplatz hinweg,
an den zahlreichen Mietskutschen und Sänften vorüber,
nach der Breiten Straße.

Mit der Ritterakademie und dem königlichen Stalle links lassen wir des großen Porporinos Wohnung hinter uns, aus der uns seine süß=klagende Stimme in Solfeggien herübertönt; wir kommen rechts an den brillanten Häusern von Salzmann, Moreau und Merk vorüber. Dabei ist das Vossische Haus mit der Zeitung. An dieser Ecke ist die Probstgasse. Einen Abstecher machend, eilen wir hinein und treffen, nahe bei der Kirche, ein unschein= bares Haus, von welchem wir nicht ahnen werden, daß in ihm Gotthold Ephraim Lessing gewohnt hat. Hier entstand der Plan zu Emilia Galotti, die Minna von Barnhelm, der Zyklus der Literaturbriefe, wahrscheinlich auch die Idee zum Nathan. In gerader Linie forteilend, über den Petriplatz hinweg, erreichen wir die Scharrnstraße, an deren Mündung, rechts am Wasser, einst Graun, der Schöpfer des Todes Jesu, die ewige Lerche, welche, mit zahllosen Opern die Karnevals der Residenz geschmückt, gelebt hat.

Seit ihm sind die Berliner ein singendes Volk ge= worden. Da die kleine Nähterin, der das Chignon so reizend kleidet, deren Busentuch die reizenden Achseln kaum bedeckt und dem unverschämten Lüftchen freien Durchmarsch läßt, belehrt uns gleich davon:

> „Kommt, ihr Mädchen, spinnt, ach spinnt,
> Denn die Zeit verrinnt, geschwind,“

trällert sie.

O, sie ist eine fanatische Liebhaberin des Theaters, sie kennt die Emilia Galotti, den Lear, den Ugolino und Hamlet, hat auch den Götz von Berlichingen von einem gewissen Herrn Goethe gesehen, der Werthers Leiden ge= schrieben, ein Buch, das sie immer mit zu Bette nimmt.

Wenn sie Sonntags mit ihrem Liebsten, dem Aktua= rius, nach Menadiers Weinberg, nach Katschies oder

Jouannes Kaffeegarten geht, trägt sie ihren Pompadour und Italiener, so gut wie eine andere.

Doch wir schwatzen! Lassen Sie sie laufen mit ihrem kecken: „Singe nur, schmachtender Schäfer", dem Lieblingsliede aller Grisetten, der Bravourarie aus Laura Rosetti, welche André komponiert hat.

In unsern Kurs zurückgekehrt, dem Köllnischen Rathaus vorbei, schlendern wir dem Mühlendamm zu. Das Haus vis-à-vis der Breiten Straße, später durch d'Heureuse bekannt, ward einst vom Feldmarschall Derfflinger erbaut und bewohnt.

Der ehrwürdige Mühlendamm nimmt uns auf, mit seinen hebräischen Anklängen, und das Haus der reichen Bankiers, Gebrüder Ephraim, links an der Poststraßenecke, blickt mit seinem vergoldeten Balkon auf acht Säulen, welche sich die reichen Söhne Israels in einem stolzen Augenblicke als Siegesandenken vom geplünderten Schlosse Hubertsburg aus Sachsen herüberkommen ließen, stolz zu uns hernieder. Hier wohnt der Leibarzt des Königs, Cothenius.

Bald hätte ich Ihnen jenes kleine Gäßchen, zwischen den Kolonnaden des Mühlendamms, zu zeigen vergessen. Es ist die Fischerbrücke, wo auf der Insel die berühmte Manufaktur der Gebrüder Wegeli liegt, und Fasch, der nachmalige Stifter der Singakademie, wohnt.

Der Molkenmarkt. Das stattliche Gebäude rechts, jetzt das Polizeipräsidium, ist zurzeit die Königliche Tabaks- und Kaffeeadministration. Da, wo wir in die Spandauer Straße treten, hat links der berühmte Chemiker M. H. Klaproth seinen Sitz, und im Halbkreis um die Nikolaikirche schreitend, deren Orgel Sebastian Bach gespielt hat und wo Spalding, im protestantischen Freimut, seine berühmten Kanzelreden hielt, gelangen wir, die Spandauer Straße hinab, auf die Königstraße.

Das Gewühl um uns ist ein Beweis, daß hier Handel und Industrie ihren Sitz haben. Laden auf Laden drängt sich, und die Rollwagen mit Kollis versperren den Weg unaufhörlich. Das Berlinische Rathaus. Hier thront der Magistrat der Residenz mit dem Stadtpräsidenten Philippi, der zugleich Polizeidirektor ist, nebst Ramsleben, Wackenroder, dem Direktor des Stadtgerichts Buchholz und Syndikus Troschel.

Wenn wir an der Front des Rathauses stehen und nach der Kurfürstenbrücke sehen, bemerken wir das Eckhaus links am Wasser. Es ist das Posthaus, mit der Amtswohnung des Generalpostmeisters, Minister von Derschau. Um die Ecke herum, hart am Wasser, hat Abbé Frederic Ancillon, der französische Kanzelredner, seine Wohnung.

Die nächste Ecke der Königstraße bildet die Jüdenstraße. Rümpfen Sie nicht das Näschen, Verehrte, das jüdische Element, durch Friedrichs Toleranz erstarkt, ist in Berlin nicht mehr zu dem Kot und der Verworfenheit des Mittelalters verdammt, und so gut wie wir berufen, nicht nur den materiellen, sondern auch den geistigen Interessen der Menschen zu dienen. Moses Mendelssohn, der Philosoph, wohnt hier, beim goldenen Stern in der Spandauer Straße, in dem schmucklosen Hause, das die Gedenktafel trägt. Hier, in enger Zelle, schloß er mit Lessing jene geistige Koalition, welche die pedantische Herrschaft Gottscheds stürzte, dem Humanismus die Pforte öffnete und den heimischen Boden düngte, auf welchem deutsche Literatur mit tausend Blütenzweigen sich erhob.

An der Ecke der Jüdenstraße, rechts, liegt das Gouvernementshaus, in dem Johann Heinrich von Möllendorf, der Gouverneur von Berlin, residiert.

Die Königstraße weiterschreitend, kommen wir links an der Ecke der Klosterstraße zu der Wohnung des berühmten Verfassers der Erdbeschreibung, des Oberkonsistorial=

rats Anton Friedrich Büsching. In der Ecke gegenüber,
durch das Stadtviertel bis zur Königsmauer gehend, liegt
der Kalandshof, eine Masse alter, weitläufiger Gebäude,
die seit grauen Zeiten den Kalandsbrüdern, einer geheimen
Genossenschaft, gehörten, welche, in Worten und Werken,
Menschenliebe und Erbarmen übten. Den Templern
einerseits ähnlich, hatten sie große Reichtümer und
Vorrechte; jetzt ist der Kalandshof Eigentum der
Regierung.

Schrägüber von ihm, bei der Neuen Friedrichstraße,
hat Bildhauer Tassart, der Schöpfer der Pyrrha, der ge=
opferten Liebe und der Statue Keiths, sein Atelier.

Die Klosterstraße links hinab, das Lagerhaus und
Graue Kloster im Rücken, passieren wir das Haus Bern=
hard Rodes, des Historienmalers.

Die Bischofstraße vorüber, begegnen wir der Marien=
kirche, wo Fasch mit seinem Schüler Zelter den Orgel=
dienst versieht und den Übergang zu der neuen Musik,
zur Melodie, der Ära des Volksliedes und Mendelssohn=
schen Romantik, begründet.

Über den Marienkirchplatz schräg hinweg, betreten
wir, durch die kleine Quergasse, wieder die Spandauer
Straße, an deren Ende die Garnisonkirche liegt. Hier
wird alle Jahre Grauns „Tod Jesu" am Karfreitag auf=
geführt, und sein und Ramlers Name knüpfen sich un=
vergeßlich an diese Mauern.

Fast am Ausgange der Spandauer Straße, beim
Wursthof vorbei, angesichts der Kirche, wohnt Professor
Ramler, der bekannte Dichter.

Indem wir in die Neue Friedrichstraße einbiegen
und links wenden, wird die Straße breiter und freier
von Gewühl. Über die Friedensbrücke kommend, betreten
wir wieder aristokratische Regionen. Das im Halbkreis
erbaute Orangeriehaus, mit den seltensten Gewächsen ver=

ziert, durch bedeckte Gänge von Ulmen und Ligustrum
links und rechts umgeben, welche den neuen Packhof ver=
decken, wendet seine strahlende Front der andern Breitseite
des Königlichen Schlosses und dem Lustgarten zu, nach
welchem die Orangenbrücke führt, welche nun, samt dem
Kanal, verschwunden ist, und dessen Platz vom Museum
eingenommen wird.

Statt der Granitschale liegt da, rings umgeben von
Laubgängen und verschnittenen Hecken, ein kolossaler Neptun.
Weiterhin prangt eine blütenstreuende Pomona, während
links und rechts Reihen von Statuen die Perspektive be=
leben. Zwischen ihnen hindurch sieht man, am Kanal,
in der Kastanienallee, die schöne Welt spazieren.

Vor dem Schloß ist eben eine Parade.

Die Militärmusik spielt den Dessauer, die Bajonette
funkeln; das Volk drängt sich herzu und umsteht in ein=
zelnen Gruppen hier und da irgend einen betagten Inva=
liden, der von Roßbach, Prag und Leuthen erzählt, wo
er sein Bein verlor. Mitunter hört man auch Gleims
Kriegslieder summen: „Gottlob! daß ich nicht Kaiser bin" —
oder „Auf, tapfere Krieger, auf ins Feld!" Da seht, die
glänzende Suite! An der Spitze Kronprinz Wilhelm und
der Herzog von Braunschweig, und „Hurra" tönt's durch
die Reihen, die Regimentsmusik spielt: „Held Friedrich
zog" — Er ist's — er ist's wirklich, der greise Held! —
Krumm gebückt, hockt er auf dem Schimmel, und sein
Falkenauge blitzt durch die Kolonnen seiner Braven, deren
Antlitz sich in Begeisterung rötet. Der alte Fritz hält
die Parade.

Hut ab vor dem Zopf und dem Krückstock, ein ganz
Jahrhundert ruht in diesem Anblick!

Wie wir über die Hundebrücke schreiten, präsentiert
sich uns rechts das Zeughaus, links das Palais des Prinzen
von Preußen, hinter welchem das des Markgrafen von

Schwedt und daneben das Jastersche Haus, das Pesne erbaut und bewohnt hat, sichtbar ist.

Neben dem Zeughause, weiterhin, begegnen wir der sogenannten Kastanienplantage, in deren Grunde das Korsikasche Gasthaus liegt, eine viel besuchte Tabagie, wo die Bürgerbälle abgehalten werden. Nicht weit davon, hinterm Gießhause, liegt das Hotel des Ministers Fürst von Kupferberg. Über die Kanalbrücke gekommen, sehen wir vor uns den Opernplatz. In malerischer Perspektive breiten sich die Linden aus, unter denen, so wie heute, die schöne Welt zusammenströmt, um sich zu begaffen und Toiletten zu zeigen. Rechts von uns prangt das Palais des Prinzen Heinrich, mit anmutigem Park. Das Eck= gebäude ist der königliche Marstall und das Observatorium. Wissenschaft und Pferde müssen sich hier vertragen.

Hinter dem Marstall, vis-à-vis dem Observatorium, liegt das eigentliche Akademiehaus. In ihm wohnen der berühmte Naturforscher und Physiker Achard, Direktor der Akademie, und der Astronom Bernoulli. Wir eilen zurück nach den Linden, ohne Kirnberger in der Mittelstraße zu besuchen. Dem Prinzen Heinrich gegenüber prangt das neue Opernhaus, das Graun einst mit seiner Rodelinde eingeweiht, wo die reizende Barbarina, die Cochois getanzt, wo Astruas und Salimbenis, Porporinos und Mara= Schmählings Stimme erklungen. Die Melodie von Grauns Opern, deren Stoff und Plan der große Friedrich selbst bestimmt, welchen die Hofpoeten Botarelli, Filati und Laudi, unter Algarottis Leitung, ausführten, klangen noch im Herzen der gebildeten Welt wider. Mit dem Alter Friedrichs und Grauns Tode war die höchste Kunstepoche vorüber, Reichardt vermochte seinen Vorgänger nicht zu erreichen, Franz Bendas zauberische Geige entzückte die Welt nicht mehr, und selbst Agricolas lyrische Begabung blieb weit hinter Graun zurück.

Die Ära der Musik begann zu sinken, eine andere, mächtigere Nebenbuhlerin erhebt sich aus den Windeln, stößt sie vollends vom Throne und beginnt die Massen zu begeistern!

Erlauben Sie, daß ich Sie zu deren Hoflager führen darf.

Wir gehen demnach zwischen dem Opernhause und der Bibliothek vorbei, wenden der Hedwigskirche den Rücken und betreten die Behrenstraße.

Betrachten Sie jenes einstöckige Haus rechts. Hier im ersten Stock wohnte unlängst Mirabeau, als er in diplomatischen Angelegenheiten in Berlin war; nun hat er Wichtigeres in Paris zu tun und verständigt sich vielleicht bereits mit Philipp Orleans, dem nachmaligen Egalité, vor dem Robespierre ausspie, weil er ein „Tod" als Votum über seinen Bruder gab. Daneben liegt das Marschallsamt, das Herrn von Arnstedt, von Pritwitz und Hofrat Bovet zu Chefs hat. Jenes Grundstück daneben Nummer 42, müssen Sie jetzt betrachten, mit seinem breiten Hofgebäude.

Bemerken Sie jenes Häuflein Herren und Damen, die lebhaft gestikulierend auf und ab wandeln, mit der idealen Verschwommenheit im Blick, der pathetischen Grazie der Bewegung? Das ist die Döbbelinsche Gesellschaft, die hier Komödie spielt und sowohl der Königlichen Oper wie der französischen Schauspielergesellschaft, die auf dem Gendarmenmarkt Posto gefaßt hat, in nächster Nähe ein böses Paroli bietet. Schrägüber wohnt der geniale Chodowiecki, er schaut eben herab und winkt Mamsell Döbbelin, der er etwas zurufen möchte. Als sie mit Madame Merour unter sein Fenster tritt, wirft er ihr Bonbons in den Busen! 's ist ein Sackerlöter! — So tändelnd und leichtfertig diese Leutchen aussehen, so sind sie es doch, die, als echte Priester nationaler Bildung, Tag für Tag dem Volke die Nahrung deutscher Poesie

reichen, und, trotzdem sie mit dem Franzosentum, der
Aristokratie, der Nebenbuhlerschaft der Oper und fran=
zösischen Truppe, sowie der Verachtung des Hofes gegen
deutsche Kunst zu kämpfen haben, Begründer des deutschen
Schauspiels waren. Oft allerdings mußte Döbbelin zu
Balletts, Operetten und plumpen Schnurren wie: Arlequin
als Bettler und so weiter greifen, um nur die Masse ins
Haus zu ziehen; aber er hatte den Ruhm, wie sein Ge=
nosse Schröder in Hamburg, die Shakespeareschen, Lessingschen
und Goetheschen Dramen in Berlin heimisch gemacht zu
haben. Statt der einst vorherrschenden Musik begann die
Literatur ihre Gewalt über die Gemüter zu üben. Ramler,
Gleim, Göckingh, Kleist, Bürger, Gellert, Pfeffel, Uz,
Lavater, Goethe, Klopstock, Claudius, Hölty, Miller, Graf
Stollberg, Meißner, Voß, Lessing bewegten alle Herzen,
und Kant und Mendelssohn brachten den deutschen Ge=
danken zu Ehren. Hier war's, wo Brockmann zuerst den
Hamlet, die kleine Döbbelin die Ophelia spielte, und beide
einen Triumph feierten, wie er nie erhört war. Hier
weinten Tausende um den zu früh geschiedenen Sänger
des Nathan, der Emilia Galotti und Sara Sampson, als
Döbbelin Lessings Totenfeier auf offener, schwarz ver=
hangener Szene, zum Besten der Armen, beging. Ver=
edelung der Herzen, Reinigung der Geister war die Devise
dieser Zeit, und Ehre im Grabe dem letzten Lampenputzer
und Setzerlehrling, der ihr als Knappe dienen konnte!

Bei der Charlottenstraße angekommen, schlage ich
Ihnen einen kurzen Abstecher in dieselbe vor. Auf dem
Gendarmenmarkte, zwischen den beiden Kirchen, steht das
französische Komödienhaus. Gegen die Jägerstraße ge=
wendet, sehen wir am Eingang derselben, nach der Jäger=
brücke zu, links die Lotteriedirektion, rechts das von Bodensche
Palais. Wenden wir uns um, so bemerken wir das
Eckhaus der Jägerstraße und Friedrichstraße rechts. In

ihm wohnt die Primadonna der Großen Oper, Madame
Carrara. Wenn wir aber zwischen die Comédie française
und Deutsche Kirche treten und in die Taubenstraße nach
dem sogenannten Bullenwinkel hinblicken, liegt bei der
Seehandlung ein Gebäude, das Voltaire einst bewohnt,
und aus dessen Fenstern er höhnisch lächelnd zuschaute,
als der Henker auf dem Gendarmenmarkte seinen Docteur
Acacia verbrannte. Nicht weit von diesem Platze, in
dem zwischen der Charlotten= und Friedrichstraße befind=
lichen Viertel der Mohrenstraße, liegt das Englische Haus,
wo der Adel seine Reunions und Bälle gibt. Wir eilen
in die Behrenstraße zurück, an dem Hause des Professor
Samuel Formay vorüber, und gelangen durch die Friedrich=
straße nach den Linden.

Gleich links steht das Hotel Podewils, rechts wohnt
der Altist Bellaspica, weiterhin die Malerin Teerbusch.
Mehr nach der Wilhelmstraße zu hat der Staatsminister
von Görne seinen Sitz. Auf der anderen Seite hat der
Sopranist Concialini die ehemalige Wohnung der Mara
inne. Concialini gegenüber liegt der Gasthof zum Hirsch,
das Palais Arnstedt und die Stadt Rom. Bei dem
Hause des Professor Anieres, dem Mediziner Baylies,
und dem berühmten Gleditsch vorbei, werfen wir auf die
andere Seite einen kurzen Blick auf jenes Haus mit dem
Türmchen, welches der Astronom Ehlert bewohnt, es ist
der Tempelhof.

Die Linden schließen mit dem Brandenburger Tor.

Von dem Triumphstore mit der Viktoria ist freilich nichts
zu sehen, und der heutige Pariser Platz heißt das große Karree.
Dort wohnt der Chevalier de Happé, Hofrat des Königs.

Die Wilhelmstraße, breit und voller Paläste, gewährt,
nächst dem Lustgarten und den Linden, den imposantesten
Anblick. Hier liegen die meisten Ministerien und Gesandt=
schaften.

Zunächst erblicken wir rechts das Hotel des Ministers, Grafen Osten-Sacken, das fürstlich Braunschweigsche Palais und das Haus des Grafen Bees. Weiter hinauf kommt das Hotel des Grafen Schulenburg. Ihm gegenüber kommt das Haus der Schwerine, und wo jetzt Prinz Karl residiert, ist das Johanniter-Ordenshaus, in ihm hat Prinz Ferdinand seinen Sitz. Es füllt die ganze eine Seite des Wilhelmplatzes, der holländische Anlagen trägt. In seiner Mitte stehen die Statuen Winterfelds und Schwerins. Dem Platz gegenüber erblicken wir im Weiterschreiten das Hotel der Grafen Finkenstein und Solms.

Ehe wir in die Leipziger Straße einbiegen, gehen wir die Wilhelmstraße hinab bis zur Kochstraße.

Derselben vis-à-vis erblicken wir rechts das hohe, von Arkaden umgebene Palais der Prinzessin Amalie, die einsam und trübe ihre Tage zwischen Agricolas Musik und spöttischen Stadtgesprächen hinbringt. Ihr Herz weilt fern, bei dem armen Freunde in Paris, dessen ruheloses und reizbares Gemüt erst unter der Guillotine Frieden vor sich selber erlangen sollte. Dort in der Kochstraße wohnte der greise Zieten, ein gottesfürchtiger Held, der nur gelebt, um Preußens Adler durch die Welt zu tragen.

Zur Leipziger Straße zurückgekehrt, schreiten wir dieselbe hinab, dem Potsdamer Tore zu. Das weitläufige, prächtige Gebäude rechts gehört dem Kaufmann Gotskowsky, dem Begründer der Berliner Porzellanmanufaktur, jenem aufopfernden Patrioten, der die Residenz vor der Plünderung der Russen behütete und den General Tottleben zur Milde umzustimmen wußte. Daneben liegt seine Porzellanmanufaktur, die nunmehr in königlichen Besitz übergegangen ist. Ohnweit davon prangt der gräflich Reußsche Palast und das Löbensche Haus, in dem sich das Ritterschaftskollegium befindet. Der Platz am Potsdamer

Tor heißt das Achteck, durch dessen Blumenanlagen schrei=
tend, wir die Stadt verlassen.

Meiner Treue, eine solche Rundreise kann wohl müde
machen, und ich wünschte darum, meine Gnädige, Ihnen
zum Schluß eine jener alten, guten Berliner Tabagien
vorzustellen und zugleich unseren erschöpften Lebensgeistern
beizuspringen.

Vom Tor bis zum Hofjäger hin, der gleichfalls ein
Schankprivilegium hat, dem sich eine Reihe Etablissements
anschließen, in denen sich das hungrige und durstige Berlin
nach des Tages Last und Hitze sowie am Sonntag zu
divertieren pflegt. Es sind die Kaffeegärten von Richard,
Tackermann, Michaeli und Taroni. Mittels eines Fuhr=
werks begeben wir uns zu Taroni, in der Nähe des
heutigen Odeums.

Hier ist das Eldorado des gemütlichen Berlins, und
wenn Sie, meine Verehrte, Ihre Ansprüche einschränken
wollen, wird man Sie nach Wunsch bedienen. Durch das
Haus und den kleinen Vorhof gelangen wir in den dicht=
belaubten Garten, wo Herr „Taroni, ein lustiger Rew=
schandeller" mit grünbeschürztem Schmerbauch, uns emp=
fängt. Schon sein Vater hatte das Lokal inne, und
trotz seines Reichtums ist er dem Grundsatz treu geblieben,
nie zu pumpen, es sei denn den Offizieren von der Gen=
darmerie, die dafür auch Sonntags ein halbes Dutzend
Trompeter hergeben, um das Publikum zu unterhalten.

Hier vereinigen sich des Abends die wackeren Bürger,
um die Spenerin, Vossin oder Montagszeitung zu lesen
und bei einer „Blonden", die nie ohne „Offizier" er=
scheinen darf, ihr Bedenken über Europas Lage zu äußern.

Man erhält, wenn man von Stande ist, jenen
Pavillon links eingeräumt, falls er von Offizieren ent=
blößt ist, und kann ein Glas Punsch oder Wein und
„warm Mittag oder Abendbrot" erhalten. Am meisten

wird hier Kaffee getrunken und „Kringel gestippt", und auf dem Tummelplatz weiter hinten vereint sich in geselligem Gleichheitsbestreben die Modistin dem Kaufmannsdiener, der Tailleur dem Hutmacher, der Referendarius der schüchternen Tochter des Italienerwarenhändlers, und sie beginnen ein patriarchalisches Pfänderspiel.

Wenn dann der Abend herabsinkt, wandeln die Pärchen auf den schmalen, schattigen Wegen am Schafgraben, dessen Fluten melancholisch dahinmurmeln, besteigen auch wohl gar eine Gondel, um den canal grand entlang, bis zu den moorigen Lagunen des Tiergartens oder durch die Charlottenburger Brücke nach den hochflutenden Wassern der Spree zu rudern.

Dann tönt von zitternden Mädchenstimmen das schöne Lied herüber:

> „Willkommen im Grünen, ihr Schönen,
> Willkommen in Florens Revier,"

und langsam wickelt der Familienvater die Pfeife aus der Tasche, öffnet den Tabaksbrief, welcher den Helden Friedrich in römischer Toga als Bildnis trägt, um in „altem, feinem Knaster" die Mühen des Tages zu vergessen, indes die Hausfrau aus dem Pompadour „das Strickzeug" zieht, die Familie zu besocken.

Dort unterhält sich eine Gruppe von der neuen Erfindung des Luftballons, und wie neulich der Hof zugegen war, als Achard die Montgolfiere steigen ließ.

Der Plebs ist von hier, trotz aller Gemütlichkeit, verbannt, darauf hält Herr Taroni mit eiserner Strenge. Dienstboten, gewöhnliches Militär und Gesellen fühlen sich nur in den Gefilden des Moabiter Landes, in Stralau, dem dustern Keller, dem Rollkrug, dem Stelzenkrug, bei Spiegelbergs oder in der Neuen Welt wohl. Taronis Garten ist eine „Bürgertabagie".

Das ist das Berlin der Zopfzeit.

Seine Außenseite hat etwas Zwitterhaftes. Halb deutsch, halb französisch, hat es sich leider etwas den arroganten Pariser Ton angewöhnt, durch den jeder Dümmling die Oberhand über den Bescheidenen gewinnt, trotzdem ist die Residenz wieder so urdeutsch, als sich nur irgend eine „Stadt im Reiche“ zu sein rühmen konnte, und gerade hier im Norden erhob sich zuerst die Opposition gegen das gallische Wesen in Schrift und Wort und sollte in den Freiheitskriegen von 1814 und 15 mit dem Schwerte besiegelt werden.

Kein Zeitabschnitt war so geeignet wie der vom Siebenjährigen Kriege bis zum Ende der Napoleonischen Herrschaft, das preußische Nationalgefühl zu stärken, zu erheben und dem Volke jene ruhige Würde, jene fröhliche Genugtuung zu geben, mit welcher es jetzt die Errungen= schaften seines Geistes und Schwertes, seiner Industrie, seiner Künste und Wissenschaften genießt, und die es zum moralischen Herrscher im deutschen Norden, zum Träger geistiger Hoheit und Schöne gemacht haben, wenn immer= hin auch der Fremde zuerst auf etwas Schlacke stößt, die ihm den Eintritt verleidet.

> „In Berlin, sagt er,
> Muß man sein, sagt er,
> Denn da ist, sagt er,
> Alles sein, sagt er!“

35. Eine seltsame Witwe.

In allen Städten groß und klein, gibt es sogenannte stehende Figuren, Allerweltscharaktere, kurz, Menschen, die durch die Sonderbarkeit ihres Lebens, die verschrobene und lächerliche Art, sich zu kleiden oder ihre Neigungen und Gewohnheiten zu äußern, nicht nur die allgemeine

Aufmerksamkeit erregen, sondern der Bevölkerung zum
Spiel des Witzes, zur Erfindung possierlicher Anekdoten
Anlaß geben. Wer erinnert sich hierbei nicht jener mannig=
fachen Figuren, die nur erscheinen dürfen, um Lachen zu
wecken, und die von jedem Kinde gekannt sind. Namentlich
war dies in früherer Zeit der Fall, und ich brauche hier
nur des grauen Friseurs und der tauben Luise zu er=
wähnen, die ebensogut ihre zeitweise Berühmtheit hatten
wie der „liebe Augustin" in Wien und andere mehr.
Sehr oft stammen dergleichen Leute sogar aus höheren
gesellschaftlichen Regionen.

So hatte auch Berlin, zur Zeit unserer Begebenheiten,
mehrere Personen, die, sobald sie sich öffentlich zeigten,
nie ungerupft davonkamen.

Zu ihnen gehörte Frau von Eichstädt, wohnhaft am
Dönhoffplatz. Herrin eines ungeheuren Vermögens, be=
wohnte sie mit ihrem steinalten Kammerdiener, dem ehe=
maligen Müller von Trotha, und einer Köchin die ganze
erste Etage des Hauses allein.

Sie war die größte Musiknärrin Berlins und kannte
alle deutschen, italienischen und französischen Meister aus
dem Grunde.

Alle Tage machte sie, ihren Kammerdiener hinter
sich, einen Gang durch die Stadt und wählte jedes=
mal einen andern Weg. Sowie sie irgendwo vorbei=
kam, wo eine Violine, eine Zimbel oder sonst ein In=
strument ertönte, blieb sie stehen, hörte ein Weilchen zu,
trat dann ins Haus und suchte den einsamen Musik=
beflissenen auf, riß ihn durch eine Menge Fragen über
seine Verhältnisse, seine Lehrer, seine musikalischen Be=
kanntschaften aus seinen Träumen und ging dann wieder
ihres Weges. Es war eigen genug, daß sie nur Männern
ihre Visite machte, Musik für Damen existierte nicht für sie.

Kein Wunder, daß sie bald überall verrufen und

zum Gespött ward, ja, daß man von ihr die gemeinsten Dinge sagte. Soviel sie nun auch verhöhnt, so oft sie mit Grobheiten und Schimpfworten von denen vertrieben ward, in deren Heiligtum sie drang, sie ließ sich nicht stören.

In noblen Kreisen „die seltsame Witwe" genannt, wurde sie vom Pöbel „die Musikantenschachtel" gescholten. Da sie aber reich war und von keinem Bedürftigen, den sie besuchte, schied, ohne freigebig zu sein, so ward sie nach und nach immer willkommener, und ihr Geldbeutel wurde durch erlogene Geschichten und erheuchelte Armut in bedeutendem Maße in Anspruch genommen.

Die alte Dame schien auf ihren Wanderungen irgend etwas mit namenloser Hast zu suchen. Wenn sie er= müdet mit ihrem Diener heimkehrte, seufzte sie:

„Es ist wieder nichts!" und überließ sich der tiefsten Verzweiflung.

Ehe sie sich zu Bette begab, schlug sie eine Art Kontobuch auf und trug die Namen aller derjenigen, die sie an diesem Tage besucht hatte, mit allen Nebenum= ständen ein. Ihr Nachtgebet war nur: „Laß mich ihn finden, Herr!"

Dies Leben hatte sie seit dem Tode ihres Mannes, des Tribunalrats, geführt. Früher war sie die schönste und eleganteste Frau der Residenz gewesen, deren Salons von allem, was geistreich war, besucht wurden.

Dies hatte sich schon zwei Jahre vor ihres Mannes Tod geändert. Eine plötzliche Traurigkeit, eine tiefe Ver= zweiflung war über sie gekommen, hatte das eheliche Glück der Gatten untergraben und die vornehme Welt, bis auf ein paar alte Freunde, verscheucht, die ihr auch nach ihres Mannes Hintritt treu geblieben waren und den Grund ihrer Sonderbarkeit zu begreifen schienen. Es waren Moses Mendelssohn und der Historienmaler Rode.

Da die alte Dame es oft genug laut ausgesprochen,

daß sie zwei Drittel ihres kolossalen Vermögens dem=
jenigen noch bei ihren Lebzeiten verschreiben würde, den
sie für den größten Musiker erachtete, kann man sich
leicht einen Begriff machen, daß sie von den Tonkünstlern
ihrer Zeit sehr umdrängt ward, die sich alles von ihren
Launen gefallen ließen. Daher kam es, daß fast alle
Abend ein musikalischer Zirkel bei ihr war, wo nichts
gespart wurde, was den Glanz des Hauses bekunden
konnte, und Reichardt, Agricola, Fasch mit seinem Schüler
Zelter, und André, ja auch der berühmte Naumann,
welcher von Dresden herübergekommen war, um einige
Monate in Spreeathen zu verleben und seine Lieblings=
oper Cora zur Aufführung zu bringen, waren die Gäste
der seltsamen Witwe, ohne darum ihre Vertrauten zu sein.

Eine andere stehende Berliner Figur, doch aus ent=
gegengesetzten Regionen, war der „alte Musikant". Es
war ein langer, magerer, verwitterter Kerl, wohl in den
Siebzigern.

An der Grenze der höchsten Dürftigkeit stehend, war
seine Garderobe nur ein Konnex von Lumpen, in denen
ein Loch dem andern guten Tag bot. Wo er wohnte,
wie er lebte, war den Leuten unbegreiflich, daß er aber
ein vollkommenes Genie war und, wenn er wollte, Dinge
leistete, die alle anderen Künstler erbleichen machten, das
wußte man. Er war aber nie festzuhalten, und so oft
ihm ein Posten in irgend einer Kapelle angetragen wurde,
schlug er ihn aus oder versah sein Amt so liederlich, daß
kein Auskommen mit ihm war. Dabei war er grob wie
Sackleinwand, blamierte den Konzertmeister, wo er nur
konnte, hetzte das Orchester gegen ihn, kurz, brachte nur
Unfrieden in die Kapelle.

Da er nun in allem, was er tat oder sprach, recht
hatte, und sein Hochmut eine Folge seines erdrückten
Genies war, so hatten die Musikmeister arge Manschetten

vor ihm, und indem sie ihn ob seiner Künste beneideten, hielten sie ihn von ihren Kreisen möglichst fern, um nicht ewig von einem Menschen beunruhigt zu werden, der von Unterordnung gar keinen Begriff hatte. Die Folge davon war, daß er in immer größere Dürftigkeit versank.

Sein Name, seine Herkunft war jedem ein Rätsel, und er vegetierte schon lange Jahre in Berlin unter dem Namen des alten Musikanten.

Oft, wenn irgendwo ein Konzert war, wenn eine Oper oder die Kirche beginnen sollte, erschien er. „Steh auf!" schnauzte er den Violinisten, Organisten oder Cimbalspieler an, denn er nannte jedermann „Du", und dann wagte niemand zu widersprechen, sondern überließ ihm das Instrument. Man konnte sicher sein, daß, wenn er freiwillig irgend eine künstlerische Pflicht übernahm, dem Auditorium ein Genuß bevorstand, wie er, bei der neuesten Musikrichtung, immer seltener zu werden begann. Der alte Musikant komponierte auch, da sich aber die Musiker gegen ihn verschworen hatten, so war es klar, daß alles Schund war, was aus seiner Feder floß, daß es keinem Kapellmeister einfiel, seine Sachen zu spielen, schon, um ihm nie den Taktstock überlassen zu müssen. So emsig der arme, alte Kerl nun auch arbeitete und seine Kompositionen zu verwerten suchte (er lief wie ein Briefträger mit den Partituren umher, dedizierte sie, setzte Himmel und Hölle in Bewegung), man beachtete ihn nicht. Er galt als ein Narr in jeder Beziehung. Trotz seiner Grobheit und dem Unheimlichen seines Wesens war dieser Mann äußerlich sehr entfernt, sich unglücklich zu fühlen.

Er hatte eine Philosophie des Nichts, eine possenhafte Ironie des ganzen Daseins, ja, er machte seine eigenen Bestrebungen lächerlich und stellte ein Glas Schnaps und eine Wurst als das einzige hin, was der Beachtung wert sei.

Wenn es ihm darum zu tun gewesen wäre, seine
Beredsamkeit zu zeigen, so hätte man ihn für einen So=
phisten des Altertums halten können, doch er bewies zu
oft, daß es ihm um gar nichts mehr zu tun sei, und
schwieg gerade da, wo man ihn durch tolle Behauptungen
zum Reden zwingen wollte. Meist gemein und grob,
konnte er mitunter um eine Kleinigkeit chevaleresk sein,
kurz, „er ist toll!" sagten die Leute, und so nannten sie
ihn auch den tollen Musiker.

Nur wenn er etwas getrunken hatte, und das ge=
schah oft genug, war er finster.

Wehe dem Instrumente, das dann in seine Gewalt
geriet. Der Satan schien in den Saiten seinen Wohnsitz
aufgeschlagen zu haben!

————————————————————————————

Ein lauer Frühlingsabend wehte durch die Akazien
und Lindenbäume des Dönhoffplatzes und streute die
Blüten auf die geschäftig Vorübereilenden nieder, als
Frau von Eichstädt, später als sonst, von ihrer Wanderung
zurückkehrte. Gewisse Dinge hatten sie auf eine Spur
geleitet, die, wie sie am Morgen glaubte, zum Ziel ihrer
Mühen führen konnte. Man hatte sie wieder einmal,
wie schon so oft, getäuscht. Mit einem Seufzer, den der
alte Müller aus innerer Überzeugung wiederholte, über=
gab sie ihm die Palatine und trat in ihr Zimmer, wo
sie ihren Freund Moses traf, der in einem Buche ge=
blättert hatte.

Er trat teilnehmend zu ihr und küßte ihre Hand.

„Sie sind heute länger geblieben als sonst?"

„Und bin doch, wie immer, vergebens gegangen,
mein Freund! Wenn ich ein Mann wäre, würde man
mich den ewigen Juden der Musik nennen. Ach, dieser
sich täglich wiederholende Hohn der Leute, die stets neue
Enttäuschung, das nagende Weh in mir, das mich mit

einer ewigen Buße belegt, trägt mir nicht die geringste Aussicht auf Erlösung ein!"

Und Tränen rannen über das bleiche, gefurchte Gesicht.

„Da ich ein alter Freund und Mitwisser Ihres Geheimnisses bin, so fühle ich mich schon längst versucht, Ihnen das Nutzlose Ihres Beginnens auseinanderzusetzen, das Ihnen nichts als ewig neue Schmerzen und lieblosen Spott bringt."

„Das weiß ich, mein Bester! Denken Sie denn, ich sei so stumpf, die zahllosen Qualen nicht zu empfinden, die mir täglich erwachsen? Meinen Sie, daß ich mir nicht schon oft genug alles gesagt habe, was Sie mir sagen können?"

„Wenn er nun aber tot ist?"

„So ist es meine Buße, meine Pflicht, ihn so lange zu suchen, für lebend zu halten, bis der Beweis seines Todes in meinen Händen ist. Wenn er auch im äußersten Elende lebte, er, — er kann nicht so vergessen wie ein anderer gestorben sein. Eine Seele wird doch von ihm wissen, wird sein letztes Wort, seine verklingenden Seufzer gehört, ihm die müden Augen zugedrückt haben!"

„Muß er denn aber hier leben? Woher wissen Sie denn, daß er in Berlin sein muß?"

„Er war hier! Ich habe ihn kurz nach meines Mannes Tode gesehen, aber ich verlor seine Spur. Ach, es ist lange her. Er muß noch hier sein. In diesem Zustande konnte er nicht weiter, das Elend birgt sich am sichersten im Schatten der Paläste. Eine innere Stimme sagt mir: Er ist hier! Ich werde, ich muß ihn finden, lebend oder tot, und sollt' ich an meinem Sterbetage noch den letzten Gang nach ihm tun!"

Mendelssohn ergriff ihre Hand.

„Es schmerzt mich, daß Ihnen nicht zu helfen ist."

„Den Verdammten ist nicht zu helfen, außer durch Gott, Moses! Die Vernunft, die Philosophie ist eine schöne Sache, aber für die Unglücklichen, die Herzkranken, ist sie nichts. Sie deduzieren mir meine Torheit, Lieber, und ich weiß allzu gut, welche Närrin ich bin, aber Sie können mich doch nicht glauben machen, daß ich ein Unrecht begehe!"

„Nein, das tun Sie nicht!"

„O, noch mehr! Wenn ich von heute ab meine Nachforschungen unterließe, so eitel dieselben sein mögen, könnten Sie, der Sie mein Inneres kennen, mich dann lieber haben oder mehr achten? Nein! Ich wäre eine vernünftige Frau! Wenn ich gestorben bin, werde ich vernünftig sein!"

„Sie haben recht," antwortete Moses trübe, „das Menschenherz ist ein unerforschlich Ding, es macht uns Kluge zu Narren. Wenn wir das Herz nur erst verstehen lernten!"

Ein Geräusch von außen störte das Gespräch. Die Tür öffnete sich und zwei Herren traten herein. Naumann, eine korpulente, stattliche Gestalt, mit etwas hochmütiger Noblesse, der es jedoch nicht an Gutmütigkeit gebrach, war der erste. Hinter ihm folgte ein hageres, etwas bewegliches, kokett zierliches Männchen, der königliche Kapellmeister Reichardt, der, bei vielem Talent, vollgepfropft mit Freigeisterei und Republikanismus, eine unglückliche, unbesonnene Suada hatte und sich nachträglich mit den geköpften Kartenkönigen um Amt und Stellung brachte.

Wenige Augenblicke später erschien auch Rode nebst Plümike, dem Dramaturgen des Döbbelinschen Theaters, der sich, ein Nacheiferer Lessings, durch die Miß Jenny Warton, den Volontär und die Genoveva, einen geachteten Namen erworben hatte.

Frau von Eichstädts sorgenvolle Mienen glätteten sich zu konventioneller Höflichkeit, und unter lebhafter Konversation und erheucheltem Interesse mußte sie tyrannisch das Weh ihrer Seele zurückzupressen, sich in eine Stimmung hineinzulügen, von der sie weit genug entfernt war.

Man hatte sich um das Kanapee gelagert, auf welchem Moses und die Dame des Hauses Platz genommen hatten, und unterhielt sich von dem Allerlei des Tages, während Erfrischungen herumgereicht wurden.

„Nun, mein Philosoph," wendete sich Reichardt zu Mendelssohn, „was sagen Sie jetzt? Die Amerikaner haben nicht bloß das Joch des Mutterlandes abgeschüttelt und die Republik konstruiert, sondern Mama Britannia auch gezwungen, ihre Unabhängigkeit anzuerkennen. Franklin und Washington glänzen auf der Zinne des Jahrhunderts, und der junge Achill, der Alcibiades des Umsturzes, Lafayette, ist in Paris mit einem Enthusiasmus empfangen worden, der keine Grenzen fand. Ich höre, er wird nach Berlin kommen, um den geeigneten Weg anzubahnen, wie die junge Republik an Seiner Majestät Hofe repräsentiert werden solle!"

„Ist's möglich?" riefen Naumann und Rode.

„Ganz gewiß, ich hab' es aus guter Quelle. Er kommt!" triumphierte Reichardt.

Moses lächelte. „Lassen Sie ihn immer kommen! Ich denke, er wird finden, daß Berlin noch nicht Paris, am wenigsten Amerika ist. Die Vorgänge da drüben, welche zweifelsohne ihre Berechtigung in sich tragen, sind kaum auf Frankreich anzuwenden."

„Das wollen wir sehen, Herr!" fuhr Reichardt heftig dazwischen. „Wir wollen sehen, ob das alte Europa so lendenlahm ist, um nicht einmal gegen die Tyrannen, die Könige und Pfaffen, auszuschlagen. Warten wir es ab!

Rousseau hat es den Franzosen schon gesagt, und wir haben mit den Jesuiten einen ganz hübschen Anfang gemacht. Warten Sie's nur ab!"

„Das tue ich auch, mein Lieber. Ich bin keineswegs so hastig und besorgt für die Entwickelung der Geschichte wie Sie, Bester, obwohl ich weder ein Amt noch eine Pflicht habe, die mir dankbare Toleranz gegen die Tyrannen auferlegte. Ich halte Europa weder für so lendenlahm noch so mutwillig wie Sie, und gesetzt auch, daß in Frankreich eine zweite Auflage des Republikanismus stattfände, beweist das etwas für uns? Sie sind exzentrisch, ich ruhig, Sie sind ein Mann der Tat, ich der Reflexion. So wenig, wie zwei Charaktere dasselbe sind oder denken und tun, ebensowenig zwei Völkerindividuen. Wir Deutschen haben in unserer Beschaulichkeit von jeher mehr erreicht und uns dabei nicht so tiefe Wunden geschlagen wie die belle France. Lassen Sie die lieben Jacques bons hommes für uns die Resultate liefern, wir werden den Profit der Schlußfolge nehmen, ohne solche Narren zu sein, Dinge nachzuäffen, zu denen uns alle Voraus= bedingungen fehlen. Was wir bisher in der Geschichte getan, Herr, taten wir für die ganze Menschheit, wir sind ein bauendes Volk; was die Franken bisher machten, war meist für sich selbst, sie sind ein wesentlich zerstörendes Volk. Lassen wir ihnen das Ver= gnügen!"

Der Philosoph wendete sich mit einem leisen Anflug mitleidiger Verachtung von dem erhitzten Reichhardt, der, kupferrot werdend, eben eine heftige Gegenrede loslassen wollte.

Naumann hatte sich aber bereits ans Klavier gesetzt und unterbrach mit seinem klingenden Bariton das politische Gespräch, indem er Reichhardts berühmte Arie: „Weh, unter allen Qualen", die derselbe auf Friedrichs Befehl

für die Mara, zu Hasses Artemisia, als Einlage komponiert hatte, anstimmte.

Frau von Eichstädt führte den aufrührerischen Tondichter zum Instrument und legte den Finger auf den
Mund. Mendelssohn blickte Rode schalkhaft an, der sich
auf die Lippen biß, und trat hinter Naumanns Stuhl.

Die Arie war beendet. Eine künstlerische Stimmung
hatte den Platz der Parteileidenschaft eingenommen.

Mendelssohn legte seine Hand auf Reichardts Schulter.
„Sehen Sie, lieber Freund, hier sind Sie Herr und Meister!
Und das Lied ist ein deutsches, ein echt deutsches, Bester!
Wir beide verstehen von der Politik nichts, glauben Sie es
mir. Das Reich der Empfindungen, des rein menschlichen
Fühlens und Denkens ist unser Besitz. Bleiben wir da-
bei! Das nehmen uns die Franzosen nicht weg. Würde
ich politisch, so hörte ich auf, Philosoph zu sein; und
Ihnen kann auch nur Schlimmes daraus erwachsen, ich
prophezeie es Ihnen!"

Reichardt nahm Mendelssohns dargebotene Hand,
drückte sie und schwieg, nicht ohne Beschämung.

Man spielte noch vielerlei durcheinander.

Es war warm geworden im Zimmer und die Fenster
wurden geöffnet. Die Dämmerung zog herauf, man
brachte Licht, und Naumann spielte eine Bachsche Sonate.
Mendelssohn und Rode standen mit Plümike am Fenster.

Voll und klar rollten die Töne unter den Fingern
des Dresdener Musikers hervor und quollen heraus ins
Freie, flatterten über den Dönhoffplatz, um unter dem
Grün der Bäume zu ersterben.

„Sehen Sie jenen langen Burschen da unten? Der
steht schon eine ganze Weile und hört zu!" sagte Moses leise.

„Man kann sein Gesicht nicht mehr erkennen, aber
mir deucht, ich habe ihn im Leben schon gesehen", flüsterte
Rode.

„Wenn ich nicht sehr irre, so ist das jener sonder=
bare Kerl, der unter dem Namen des alten Musikers in
ganz Berlin bekannt und verrufen ist," meinte Plümike.

„Er schüttelte mehrmals mit dem Kopfe, gewiß ist
ihm was nicht recht."

Der Zuhörer auf der Straße verriet allerdings große
Mißbilligung in allen seinen Bewegungen. Als Naumann
aber die Sonate beendigt, rief's mit Stentorstimme herauf:
„Falsch, niederträchtig falsch! Den Schluß hat Bach
niemals komponiert! Ein Pfuscher ist drüber gekommen!"

„Die Stimme kenne ich!" schrie Frau von Eichstädt
und stürzte ans Fenster. „Er ist's! Moses, er ist's!"

„Rasch, Plümike, kommen Sie! Den Menschen
müssen wir haben!" rief der Philosoph, und beide Männer
stürzten hinaus.

Frau von Eichstädt hielt sich mühsam an Rode auf=
recht. Die andern umstanden sie erstaunt und teilnehmend.

„Plümike, der Mensch ist des berühmten Bachs Sohn,
Friedemann. Es bleibt bei Ihnen, auf Ehrenwort!"
raunte Mendelssohn dem Dichter zu, als sie die Treppe
hinabeilten.

„Auf Ehrenwort!"

____

Nach einer Stunde kehrten beide zurück. Es war
spät. Er war nicht mehr zu finden gewesen.

____

Antonie wachte unter furchtbaren Martern die ganze
Nacht.

„Herr, mein Schöpfer, laß es Tag werden, daß ich
ihn suchen kann!"

____

Sie suchte ihn Tag um Tag — vergebens.

36. Der alte Musiker.

Den Morgen, welcher diesem Vorgange folgte, befand sich der Musiker Naumann in seiner Wohnung, die an der Jägerbrücke lag. Der Komponist hatte gestern abend die Bekanntschaft Plümikes gemacht und denselben auf den nächsten Tag zu einem petit déjeuner eingeladen, denn er hatte den Stoff zu einer Spieloper auf dem Herzen und wünschte den Rat des Dichters einzuholen.

Plümike saß also gemütlich mit Naumann beim Rheinwein und Lachs, ließ sich Szene für Szene explizieren, machte seine Bemerkungen und versprach die Angelegenheit zu erwägen und, wenn sich nicht neue Bedenken fänden, das Libretto zu übernehmen. Er bat sich vierzehn Tage Bedenkzeit aus, gelobte Diskretion, und das Geschäft war vorläufig abgetan. Nachdem ihm Naumann dies und jenes vorgespielt und beide ihre Meinungen über die jetzige Berliner Musik ausgetauscht hatten, kamen sie auf das gestrige Erlebnis.

„Erklären Sie mir nur um Gottes willen diese Angelegenheit, Herr Plümike! Wer ist dieser sogenannte alte Musiker, daß Frau von Eichstädt beim ersten Ton seiner Stimme in solche Bewegung geriet, daß Sie und Mendelssohn bis in die Nacht hinein auf ihn Jagd machten? — Der Mensch muß jedenfalls gewußt haben, daß ich konzertiere, denn als Sie fort waren, befragte Rode den alten Diener der Gnädigen, welcher mitteilte, daß der Mann schon lange zugehört und, als ich Reichardts Lied gespielt, sich an der Tür erkundigt habe, wer da oben Musik mache. Hat er mich oder Frau von Eichstädt insultieren wollen? Und dann die Bestürzung der Gesellschaft? Ich verstehe das nicht!"

Plümike, seines gegebenen Wortes eingedenk, schüttelte

lächelnd den Kopf. „Sie müssen die Geschichte nicht schlimmer nehmen, als sie ist. Ich glaube nicht, daß der Mann Ihnen eine Beleidigung zufügen wollte, es liegt so in seiner tollen Manier, seine Nase überall hineinzustecken, wo sich's um Töne handelt. Was nun unsere gute Freundin anbelangt, so werden Sie längst von ihren Marotten unterrichtet sein. Irgend ein Vorgang in der Familie, der Verlust eines musikalischen Freundes vielleicht, hat ihr die Manie eingeimpft, allem, was zur Tonkunst gehört, nachzuspüren. Sie ist augenscheinlich krank. Was jedoch die Ursache davon ist, das hat sie bis jetzt verschwiegen. Es scheint, als suche sie jemand, wen, mag Gott wissen, sicher ist der Ersehnte tot. Daß Mendelssohn und ich herunterliefen, um des Menschen habhaft zu werden, ist eine Pflicht des Mitleids gegen die Dame. Moses sprach unlängst mit ihrem Hausarzt, der der Meinung war, daß man ruhig auf all ihre Sonderbarkeiten eingehen müsse, wenn man die seit Jahren eingewurzelte Monomanie nicht zum Wahnsinn treiben wolle. Ich brauche Sie, verehrter Herr, nicht erst um Stillschweigen zu ersuchen. Die Arme ist schon genug im Munde der Residenz, so daß Sie sich leicht denken können, welch neue Ausbeute für den Leumund diese Anekdote abwerfen würde."

„Meines Schweigens können Sie sich versichert halten. — Es ist kaum zu glauben, welcher Seltsamkeiten die menschliche Natur fähig ist!"

Das Gespräch wurde durch Naumanns Bedienten unterbrochen, der eben eintrat.

„Was soll's?"

„Herr Kapellmeister, mit Respekt zu vermelden, draußen steht ein Mensch, der sehr schofel aussieht, aber den Herrn sprechen will. Er sagt, wegen der Bachschen Sonate von gestern abend."

Naumann und Plümike fuhren auf.

„Laſſen Sie ihn jedenfalls ein!“ ſagte Plümike.

„Er ſoll hereinkommen! — Vielleicht erhalten wir Licht über die Sache!“

Die Tür öffnete ſich. Der alte Muſiker trat ein, und Naumann ging langſam mit vornehmer Miene auf ihn zu.

Das Künſtlerblut des eitlen Muſikers empörte ſich bei dem Anblick dieſes Lumpen, der ſich über ſein Spiel ein freches Urteil erlaubt hatte.

„Was will Er?“

„Ich will den Kapellmeiſter Naumann ſprechen.“

„Der bin ich. Was hat Er mir zu ſagen? Will Er ſeine ungewaſchene Kritik von geſtern fortſetzen? Er ſieht gerade aus, als ob Er mich verbeſſern könnte!“

„I, das will ich gar nicht. Sie will ich gar nicht verbeſſern, Herr Kapellmeiſter. Wer ſoll wohl die Arbeit übernehmen, wenn er Ihren dicken Bauch und das Fettgeſicht ſieht? Aber die Bachſche Sonate will ich verbeſſern. Die iſt falſch! Den Schluß hat Bach nicht gemacht, das iſt nicht wahr. Von Ihrem Spiel red’ ich nicht, das iſt leidlich, aber die Kompoſition iſt verhunzt. Wer Bachſche Sachen ſpielt, der ſoll ſie recht ſpielen, oder mag’s ſein laſſen!“

Naumann war außer ſich vor Zorn.

„Iſt mir ſo etwas vorgekommen! Tut der Kerl nicht gerade, als wenn er der Herr Apollo ſelber wäre? Ich, ich werde noch toll! — Setz Er ſich doch ſelber hin, zum Kuckuck, und ſpiel Er’s beſſer. Aber wohl ge= merkt, arretieren laß ich Ihn, Skandalmacher, wenn Er nicht zeigt, wie man Bachſche Sachen ſpielen muß!“

„Na, was haben Sie ſich denn? Dazu bin ich her= gekommen. Macht die Ohren auf, Herr Kapellmeiſter aus Dresden, daß Ihr den Schluß richtig hört, polyphoner ist er gewiß als die Clemenza*)!"

Naumann stand vor dieser gewichtigen Grobheit still! Der Musiker machte indes ruhig das Cimbal auf und setzte sich vors Instrument.

„Die Noten, ich will Ihm die Noten geben", sagte Naumann verblüfft.

„Ach was, Unsinn! Ich kenne den Bach auswendig!"

„Den ganzen Sebastian Bach auswendig? Das ist eine verdammte Aufschneiderei!"

Der Musiker unterbrach ihn, indem er das Instrument probierte.

Naumann trat verlegen zurück.

Die Sonate begann.

Nicht allein, daß der alte Musiker das Tonwerk mit einer Innigkeit, Reinheit und Routine spielte, daß Naumann mit jedem Takte sich mehr und mehr verfärbte, er fügte dem Ganzen einen Schluß bei, den der Dresdener Musiker noch gar nicht kannte, welcher aber, als Krone des Ganzen, ihm nun erst die Tiefe des musikalischen Gedankens erschloß und einen panischen Schrecken vor der Bedeutsamkeit dieses alten, verhärmten Menschen einjagte.

„Aber verzeihen Sie mir! Um Gottes willen, wer ist denn das, der solche Sachen so spielen kann und dennoch im Elend sitzt? Wie kommen Sie zu dem Schluß?"

Der Alte stand vom Klavier auf. Tiefe Röte überflog sein trübes Antlitz, das vor Bewegung zitterte, und mit dem Ausdruck tiefster Schüchternheit und Scham trat er dicht zu Naumann.

„Ich muß wohl meines Vaters Stücke am besten kennen!"

---

*) La Clemenza di Tito, welche Naumann 1769, zur Vermählung des Kurfürsten von Sachsen, in Dresden komponierte.

„Friedemann Bach!“ schrie Naumann auf.

„Er ist es doch, das ist also der Verlorene!“ murmelte Plümike.

„Ja, ich bin's! — Das ist mein Stolz, aber auch mein Elend!“

Mit dem Ausdruck tiefsten Schmerzes preßte er die Hände vors Gesicht.

Die Gestalt des stolzen, groben Naumann, im brokatnen Schlafrock, krümmte sich zusammen. Ein paar Tränen perlten ihm nieder, und der berühmte Komponist bückte sich tief, nahm die Hand des greisen, bettelhaften Friedemann und drückte sie an seine Lippen.

„Erlauben Sie mir, Herr Bach, daß ich Ihnen im Staube danken darf. Was ich geworden bin, ward ich durch Sie, durch das hohe Beispiel, das Sie mir gaben! Erinnern Sie sich wohl des Bauernjungen in Dresden, der immer auf das Chor kam, um Sie zu hören, des armen Tölpels, dem Sie wohlwollten, der Sie besuchen durfte und dessen roheste Anfänge Sie ermunterten? Gott, du Ewiger und Unerforschlicher! Du führst uns wunderbare Wege! Das, Plümike, ist der erste Musiker, der noch auf Erden lebt, keiner war größer, nur sein Vater!“

„Ich erinnere mich deiner sehr wohl, Naumann. Du bist ein tüchtiger Kerl geworden, und mich freut's, daß dir der Hochmut nicht gar so ins Gehirn gestiegen, daß du meiner vergessen. Wenn diese Tränen nicht Lüge sind, so bitte ich dich und den Herrn Theaterdichter da auch, daß Ihr aus Ehrfurcht vor meinem seligen Vater, aus Mitleid mit meiner Lage, es jeder lebendigen Seele verschweigt, daß ein elender, vergrämter Kerl, wie ich, der Sohn des großen Sebastian ist. Es gibt ein Ding, das heißt Scham, und seit ich Lumpen trage, habe ich meinen ehrlichen Namen abgelegt. Sollte Gott mir jemals, trotz meines Alters, vergönnen, daß ich ein Werk schaffe, welches so entzückt, daß alle Welt fragt: Wer ist der Komponist? — Dann werd' ich sagen: Ich bin's, Bachs Sohn! So lange aber will ich ein Bettler bleiben, und Fluch und Verdammnis dem ehrlosen Hunde, der verrät, daß Friedemann Bach noch atmet!"

„Bei meiner Seligkeit, nie, mein Meister!" rief Naumann.

„Nie!" beteuerte Plümike.

„Darf ich denn aber nicht fragen," flüsterte Naumann, „ob ich irgend imstande bin, hochgeehrter Herr Bach, Ihnen zu dienen, um meinen Dank für das, was Sie mich einst gelehrt, abzustatten?"

„Almosen?" schrie Friedemann.

„Nein, nein! O, wo denken Sie hin! Meine Dienste nur, Herr Bach!"

„Ich dank' Euch schön, Naumann. Jetzt nicht. Der Meister darf sich vom Schüler nicht protegieren lassen. Um Euch aber nicht wehe zu tun, will ich Euch sagen lassen, wenn ich einmal krank bin und mir gar nicht mehr helfen kann. Wenn Ihr aber meinen Namen verschweigt, so will ich Euch noch auf dem Totenbette lieb haben!"

„Soll ich denn meinen Gönner nicht wiedersehen? Wollen Sie mir denn nicht die Ehre antun, mich wieder zu besuchen, oder verstatten, daß ich zu Ihnen kommen darf?"

„Zu mir? Hahaha, in das Hundeloch? Nein, nicht einmal wissen sollt Ihr, wo ich stecke. Aber kommen will ich, hin und wieder — wenn Ihr allein seid, heißt das. Sonst nicht! — Lebt wohl!"

„O, leben Sie tausendmal wohl, Herr Bach, und gedenken Sie Ihres Schülers, der Ihnen so gern dienen möchte!"

Und der reiche Naumann geleitete den armen Friedemann mit scheuer Ehrfurcht bis zum Hausflur.

Plümike stand sinnend. Er ahnte nun den Zusammen=

hang des Geheimnisses, und ein plötzlicher Gedanke, wie dem Sohne Bachs zu helfen sei, zuckte durch seine Seele.

„Naumann, ich habe einen Gedanken! Ihm nach, in einer Stunde komme ich wieder!"

Plümike eilte hastig hinab und traf Friedemann gerade noch, als er über die Jägerbrücke schritt.

„Ein paar Worte noch, geehrter Herr. Ich habe die Idee, eine Art Oper oder besser ein musikalisches Drama zu schreiben. Darf ich mir anmaßen, Sie um Ihre Beurteilung des Plans zu bitten? Vielleicht wären Sie geneigt, die Komposition zu übernehmen, und ich hätte die Ehre, meine schlichten Verse durch Sie gekrönt zu sehen."

Friedemann Bach stand still. Eine stolze, selige Ver=klärung spielte um seine Züge.

„Ha, das ist gut! Das ließe sich hören!" Dann aber mißtrauisch zurücktretend, betrachtete er den Poeten. „Und was wollen Sie auf den Zettel setzen bei der ersten Aufführung?"

„Lasus und Lydie, dramatische Oper vom alten Musiker, Text von Plümike."

„Das ist was anderes! — Lasus und Lydie! Hum! — Gut denn, wo wohnen Sie?"

„Behrenstraße 57."

„Morgen nachmittag komme ich. Ich finde Sie allein, und Sie schweigen über die Geschichte. — Ich will ein namenloser Bettler bleiben bis nach der Aufführung von Lasus und Lydie. Guten Morgen!"

———

Plümike hielt reinen Mund, er ging zu Naumann zurück und sagte, Friedemann habe ihn abgewiesen!

———

37. Die unbekannte Oper.

Die wenigen herben Worte, welche Friedemann unter den Fenstern der Dame Eichstädt ausgerufen, hatten genügt, dieselbe in der Überzeugung zu bestärken, daß Friedemann noch lebe. Ihre Anstrengungen, ihn wiederzufinden, waren gleichwohl fruchtlos gewesen, denn man kannte ihn nur unter einem Namen, der kein Name ist, und selbst die polizeilichen Nachweise jener Zeit waren sehr lückenhaft und ungenau, so daß ein armer Teufel sterben und verderben konnte, ehe man hinter seinen Aufenthalt kam, zumal wenn er, wie Friedemann, wiederum bei Leuten einwohnte.

Als Antonie damals, zu Trotha, das Verhältnis Friedemanns zur Astrua, und zwar in der übertriebenen Darstellung des damals verdrängten Nebenbuhlers Emanuel, seines Bruders, erfuhr, hatten Haß und Verachtung den letzten Rest der Zuneigung ertötet, welche sie dem Jugendgeliebten bisher gewidmet. Durch Friedrich von Eichstädts warme Neigung gefesselt, schloß sie um so williger den Ehebund mit ihm, als sie in den alten Eichstädts wahrhafte Eltern gefunden und selbst ihr Pflegevater Brühl die Verbindung gern gesehen hatte. So genoß sie in einer langen Reihe von Jahren des ungetrübtesten häuslichen Glückes, und inmitten ihrer neuen Verhältnisse verschwand ihr selbst jegliches Andenken an Friedemann, der indessen ein wandernder Musikant, bald zerlumpt und hungrig, bald wohlhabend und verschwenderisch, aller Herren Länder durchzog.

Friedemann, dessen Liebe zu Antonie noch viel früher, wie wir wissen, erkaltet war, der ihr nie verzeihen konnte, daß sie sich seines Elends auf dem Königstein nicht angenommen hatte, und fest der Meinung war, sie schäme

sich seiner, haßte und verachtete sie um so mehr, als er
in ihr allein die erste Ursache seines ganzen künstlerischen
und menschlichen Unglücks sah.

Unter den Zigeunern verlebte er eigentlich die Rosen=
zeit seines Lebens und genoß eine Seligkeit der Liebe,
die ihm in Towadeis Armen nie enden zu wollen schien.
Beide, Antonie wie Friedemann, standen hier auf dem
Höhepunkt ihrer Trennung, sie befanden sich gegenseitig
in positiver Untreue, und zwar mit vollem Bewußtsein!

Als Friedemann nun auch von Towadei gerissen
wurde und sein Wanderleben wiederum begann, blieb ihm
die alte Sehnsucht nach dem verlorenen Glücke des Zigeuner=
lebens, aber um so tiefer, und mit den Jahren immer
stärker wachsend, grub sich der Haß gegen Antonie in
seine Brust. Jedes neue Unglück, das ihn traf, wälzte
er, weit entfernt, in sich selber die Hauptschuld aufzu=
suchen, auf Antonie, als den Urgrund seines trüben Ge=
schickes, zurück.

In Antonies Leben gingen inzwischen auch Ver=
änderungen vor, die den lieben Kreis, in dem sie sich
heimisch gefühlt, verengten. Wie ungetrübt ihr eheliches
Verhältnis mit Friedrich auch sein mochte, der leise
nagende Schmerz der Kinderlosigkeit, das Bewußtsein, der
höchsten Früchte des Lebens entbehren zu müssen, lag
immerhin schwer auf ihrem Herzen. Solange ihre Schwieger=
eltern lebten, welche von Trotha, das sie dem ältesten
Sohn Georg überlassen hatten, nach dem andern Gute
bei Potsdam gezogen waren, lebte sie abwechselnd auf
dem Lande und in Berlin. Die Schwiegermutter starb
aber, und Herr Abraham zog nach Berlin zu seinem
Friedrich und nahm den alten Müller als Kammerdiener
mit, der seine Sabine längst verloren hatte und gar nicht
mehr so fröhlich war wie sonst in der Mühle im Trothaer
Grunde. Noch kleiner ward die Familie, als auch Abraham

starb und seinem Friedrich das Gut bei Potsdam und
den Müller hinterließ.

Je fühlbarer Antonie und ihrem Manne die Kinder=
losigkeit mit den Jahren wurde, desto mehr suchten sie
die Zirkel der Residenz auf und schufen so ein geistiges
Reich um sich, ein Paradies der Kunst, das ihr heran=
nahendes Alter verschönen sollte. Zu ihren Freunden
durften sie die Besten ihrer Zeit rechnen, und ihr Salon
galt für den gesuchtesten in ganz Berlin.

Inzwischen begann Antonie wieder an Friedemann,
und zwar milder, gerechter, zu denken. Dazu gab Emanuel,
sein Bruder, die Veranlassung. Er hatte sich, nach ver=
geblichem Ringen um Astruas alleinigen Besitz, in Wut
und Eifersucht gegen Friedemann verhärtet, doch als er
endlich bemerkt, daß auch Friedemann bei ihr nicht zum
Ziele kam, ja, daß sie ihn verabschiedete, als er erfuhr,
daß sein Bruder sogar aus Halle verschwunden, wich die
Leidenschaft des Grolls der alten, tiefen Liebe, und
jammernd zog sich sein Herz über den Doppelverlust des
Vaters und Bruders zusammen.

Zuerst hatte er es absichtlich vermieden, Friedrichs
Haus zu betreten; denn der Frau zu begegnen, die seinem
Bruder einst so nahe gestanden und, wenn auch schuldlos,
die Ursache seines Unglücks gewesen, mußte ihm peinlich
sein, zumal er mit Friedrich eng befreundet war. Mit
der Zeit aber ebnete sich auch dies. Der Zufall, welcher
so oft den Vermittler im Leben macht, brachte Emanuel
und Antonie auf so zarte und arglose Weise zusammen,
daß beide keinen Grund sahen, eine Bekanntschaft zu
unterbrechen, die einmal gemacht war und die Friedrich
doch so gern sah. Durch Emanuel selbst, nachdem er
mit ihr vertrauter geworden, wurde Antonie über Friede=
manns Schicksal enttäuscht. Antonie sah in ihm nicht
mehr den erbärmlichen, treulosen, sondern den unglück=

lichen Jugendgeliebten, dessen künstlerische Größe und Schönheit im Staube lag, der vergessen und verschollen war unter den Menschen.

Von diesem Tage an hatte sie stillen, verborgenen Gram im Herzen, und das Band zwischen ihr und dem Gatten ward, wenn auch nicht loser, doch weniger innig.

Sonderbar! Emanuel, der, ohne es zu wollen, dies Weib seinem Bruder entrissen und in die Arme des Freundes geführt, trug ebenso schuldlos dazu bei, dem Bruder das Herz dieser Frau wieder zu erobern und dem Freunde wehe zu tun. Denn er führte jene Erkennungs=szene bei Potsdam, den traurigen Ausgang der Villeg=giatura, herbei.

Antonie sah den unglücklichen Friedemann Aug' in Auge, sah seine Lumpen, seinen Haß gegen sie, und da sie unfähig war, den eigentlichen Grund von Friedemanns Elend — das zumeist eigenes Verschulden, innere mensch=liche und künstlerische Selbstsucht war — zu erkennen, maß sie sich allein alle Schuld bei, und ihr Leben ward ein beklagenswertes und qualvolles.

Was Eichstädt und Emanuel auch anstellen mochten, den Armen wiederzufinden, es war vergeblich, und Emanuel verließ endlich Berlin, das ihm meist nur noch schmerzliche Erinnerungen bot.

Friedrichs Gesundheit und Lebensmut erhielten hier einen Stoß.

Die Anlagen, die er zur Schwindsucht hatte, ent=wickelten sich jetzt mit unaufhaltsamer Schnelligkeit, und er starb, nachdem er alle Blumen des Lebens, Eltern, Familienglück und Freude, verwelken gesehen.

Von seinem Todestage an schrieb sich das Leben der Qual, das „die seltsame Witwe" führte.

Antonie wußte nun also, daß Friedemann noch lebe, und zwar in Berlin — mehr nicht.

Naumann wußte, daß der „alte Musikant" Friedemann Bach sei, mehr nicht. Das Gelöbnis, welches er überdies seinem alten Meister geleistet, verhinderte ihn, mit jemand anderes als Plümike darüber zu sprechen, denn die Scham Friedemanns war ihm heilig. Schließlich wußte er ja auch nicht, in welcher Beziehung der Verlassene zu Antonie stand, konnte es nur ahnen, und hätte nach zwei Seiten hin indiskret sein müssen.

Obwohl nun Plümike mehr Licht in dieser Sache hatte, so wagte er doch gleichfalls nicht, an dem Geheimnis zu rütteln. Da er nun in der Komposition von Lasus und Lydie ein Mittel sah, die Not Friedemanns zu mildern, das Geheimnis endlich zu entschleiern und eine Annäherung Friedemanns und Antonies zu bewirken, so war sein Streben allein darauf gerichtet, das künstlerische Projekt möglichst bald zu verwirklichen.

Er hatte ebensowenig davon einen Begriff, wo Friedemann hauste, wie alle andern.

Der alte Musiker kam jeden Mittag Punkt zwölf Uhr, aß mit ihm (denn dazu hatte ihn Plümike endlich gebracht), und sie arbeiteten bis in die sinkende Nacht, wo dann Friedemann verschwand.

Hatte Plümike beim Theater zu tun, so blieb Friedemann allein in dessen Wohnung, und ward selbst durch die Besuche nicht gestört, welche dem Dichter galten, da Plümike ihm sein geräumiges Schlafzimmer eingerichtet und das Instrument dort hineingestellt hatte.

Der Dichter der „Miß Jenny Warton" war ein einzelner Mann, der höchst anständig von seinen Arbeiten lebte, gegen ein kleines Firum dem Direktor Döbbelin Stücke einrichtete, Übersetzungen machte, für die Spenersche Zeitung und jene kleinen Almanache schrieb, die seit

1778 Mode geworden waren. Vermögen aber hatte er nicht.

Was in seinen Kräften stand, dem Meister Bach a konto der Komposition zu leihen, tat er, aber es war wenig genug, und die meiste Hilfe für Friedemann war wohl, daß der Dichter sein Essen und Trinken, seinen Tabak, mitunter auch wohl seine Wäsche mit ihm teilte. Und selbst darin mußte er vorsichtig sein, denn Friedemann war im Punkte des Annehmens sehr empfindlich. „Es ist ja alles nur geliehen, Herr Bach! Wenn unsere Oper erst 'raus ist, sind Sie ein gemachter Mann!"

„Wenn sie noch herauskommt!" antwortete der finstere Friedemann.

———————————

„Wenn sie noch herauskommt!" — Friedemann hatte recht.

Er arbeitete wie ein Verzweifelter, mit Aufbietung aller seiner Phantasie, seiner höchsten geistigen und körperlichen Kräfte an Lasus und Lydie, aber er fühlte auch mit jedem Tage mehr die Abnahme seiner Lebenspotenz, das Nagen einer Krankheit, die langsam durch seine Glieder heraufkroch, bis zum Herzen — das Gallenfieber! —

Wir eilen einen Augenblick zurück!

In den Nebel vergangener Jahre tauchend, erinnern wir uns Friedemanns, wie er, bei Morgengrauen aus der Thomaspforte zu Leipzig tretend, noch einen Blick aufs Vaterhaus wirft, wo der Freund und Ulrike ihn beherbergt, und dann hinwegeilt ins Chaos der Welt!

Bis zu dieser Stunde hatte er, so wechselvoll, so von Leidenschaft, Täuschung und Torheit sein Leben auch durchwoben war, doch immer Ruhepunkte gehabt, war in Lagen gekommen, die ihm Erquickung, vor allem aber die Gelegenheit boten, sich möglicherweise aufzuraffen, zur Selbsterkenntnis zu gelangen und, in richtiger Würdigung seiner Fehler, das Mittel zu finden, vielleicht in etwas noch sein Glück zu gründen, einigermaßen in die Tätigkeit einzulenken, für die er, seiner ganzen Natur nach, gemacht war.

Von dem Morgen an aber, wo er Leipzig den Rücken kehrte, war er zu einem unausgesetzten Wanderleben verdammt, dessen Not und Erniedrigung, dessen Gemeinheit und Zwecklosigkeit nur der einsehen kann, welcher je einen Trupp solcher Vagabunden im Staube der Landstraße oder in der rauch- und fuselschwangeren Atmosphäre einer Dorfkneipe zu begegnen Gelegenheit hatte.

Dem kurzen Aufschwung, den er in Leipzig genommen hatte, war nun ein um so tieferes Sinken gefolgt, als das nagende Gefühl der Reue: Ulrikes Neigung nicht erwidert und sich kein dauerndes, reelles Glück gegründet zu haben, ihn belastete und jeden Atemzug seines ferneren Daseins vergällte.

So verbrachte er Jahr um Jahr, zwischen Hunger und Gefahr schwebend; die Landstraße seine eigentliche Heimat, die Hefe des Volkes sein täglicher Umgang; er verwilderte und suchte oft im Glase Vergessenheit seiner Qualen. Tonvadei wiederzufinden, hatte er längst aufgegeben, sie lebte nur noch, mit Ulrikes Bild vermischt, in seinem Gedächtnis, seinen Träumen!

Das Entsetzlichste, was den Menschen treffen kann, der Wahnsinn, wäre ihm jetzt willkommen gewesen, er hätte ihm wenigstens Aufnahme in irgend ein Spital verschafft. Aber seinem früheren Leiden schien es nicht mehr zu lohnen, von diesem Menschen Besitz zu nehmen, und dies traurige Dasein vermochte die riesenhafte Zähigkeit seines Leibes ebensowenig zu vernichten.

Eins aber lebte in ihm, eine strenge Rechtschaffenheit, die ihn selbst in der höchsten Not vor der Versuchung und dem Verbrechen bewahrte.

So trollte er sich musizierend durch die Welt, ward in Braunschweig, Göttingen, Hannover gesehen, bis er endlich in der Villeggiatura bei Potsdam anlangte, erkannt ward und sich wieder verlor.

Seine innere Anschauungsweise, sein menschliches Sein, war natürlich im Laufe der Zeit nur gesunken. An Towadeis Hand hatte er einst schon begonnen, die Selbstsucht seines Wesens und seiner Weltanschauungen zu ändern, und war dem alten Paradies seiner Jugend in den Schoß gesunken. Sowie er aber, dem Einflusse der Geliebten entzogen, gleich einer Feder den Lüften, dem Zufall des Bettellebens anheimgegeben war, bildete sich neben maßloser Zerstreutheit, vollendeter Trägheit, dumpfem Groll mit Welt und Menschheit eine eigene Philosophie in ihm aus, die sich nicht mehr, wie der Subjektivismus, auf sein Ich, sondern auf nichts, den Nihilismus, gründete und eine haltlose Zusammenschmelzung von Selbstsucht und Fatalismus war.

Friedemann Bach stand hier am Grabe seiner Er= kenntnis, an jenem Abgrunde der Weltanschauung, wo man das ganze Sein als ein großes Maß von Zufällig= keiten betrachtet, in dem alles ebensogut ist, also nicht ist, und das man mit Ironie hinnimmt. Es war jener Zu= stand, wo man negiert und doch glaubt, gläubig ist und doch negiert, wo man sich aufgibt und doch strebt, wo man geistreich vegetiert, arbeitet und doch nichts tut, un= glücklich ist, keine Lust mehr am Glück hat, wo man seine Individualität einbüßt, sich selbst zersetzt und sich dennoch in jeder Minute geltend macht. Man hat dann nur eine Arbeit, planlos zu leben und paradox zu sein, und ist beides nur, um nicht vor Langerweile umzukommen. Das ist der Standpunkt des Nihilismus, die äußerste Grenze der Selbstsucht. Ist man phlegmatisch dabei und hat Geld, so rekrutiert man das Korps der Indifferenten und

Blasierten; ist man cholerisch und darbt, so wird man ein
Malcontent und der Hanswurst seiner Zeit.

Friedemann hatte die beiden Gesetze des Daseins,
Notwendigkeit und Freiheit, kennen gelernt und sie stets
im Kampfe in und außer sich gefunden. In ihm lag das
rastlose Bestreben, diesen Kampf beider Elemente zu be=
enden, die Autorität und den Individualismus, Notwendig=
keit und Freiheit, zu versöhnen. Dies gelang ihm nicht,
gelang ihm ebensowenig als einzelnen, wie dem ganzen
Geschlechte seines Jahrhunderts durch die Danaidenarbeit
der französischen Revolution. Er geriet dahin, wohin sie
auch kam, in das Nichts, die platte Materie, aus welcher
die Magenfrage sich erhob. Daß Notwendigkeit und Frei=
heit sich durchdringen, in einem dritten schöneren Sein,
der Harmonie, verschmelzen müssen, davon hatte er, hatte
sein Jahrhundert nur eine schwache, ferne, nebelhafte Idee,
und beide erst dann — als sie ins Grab sanken.

So sah er seinen Bruder Emanuel, so Antonie
wieder.

Haß, Scham, der letzte heimlich glimmende Stolz auf
seinen Künstlerursprung trieb ihn mit Furienwut hinweg,
ließ ihn sich verstecken, um den Nachsuchungen zu entgehen,
und gab ihm jegliche Diebeslist an die Hand, unbemerkt
aus der Gegend zu kommen. Er ging über Potsdam
nach Berlin.

Weiter konnte er nicht mehr, hier mahnte ihn die
Natur zum ersten Male, daß seine Kräfte im Sinken seien.

Er wußte jetzt, daß Antonie Frau von Eichstädt sei
und in Berlin lebe, wußte, daß er von ihr, von seinem
Bruder aufgesucht werden würde, und beides fürchtete er.
Diese Begegnung bei Potsdam, so wenig sie auf seine
inneren Anschauungen wirken mochte, brachte nichtsdesto=
weniger eine furchtbare Veränderung in ihm hervor. Er
war weit davon entfernt, in seinen Jahren noch die Hoff=

nung hegen zu wollen, sich aufzuraffen oder gar die längst
begrabenen Träume seines Vaters zu verwirklichen; aber
die Scham, der alte Stolz, Sebastian Bachs Sohn zu
sein, erwachten in ihm mit jäher Hast, schüttelten das
bleierne Phlegma des Elends und der Faulheit von
seinem Wesen und trieben ihn an, seine letzten ver=
siegenden Kräfte einer heiligen Sache zu weihen, und
so, wenn auch zu spät, die Verirrungen seines Lebens
zu sühnen.

Diese heilige Sache war der Name seines Vaters!
Es war Scham, die ihn, seitdem er von Leipzig gewichen,
seinen Namen verleugnen ließ, und so, als „alter Musiker",
erschien er in Berlin, mit dem festen Entschlusse, nichts
weiter zu tun und zu denken, als in einer künstlerischen
Schöpfung alle schlummernden Gaben seiner Natur zu
vereinen und die Aufmerksamkeit zu erregen, um sterbend
noch sagen zu können: „Ich habe mich wieder zu Ehren
gebracht, mein Vater!"

Seine immer mehr überhandnehmende Kränklichkeit,
seine ganze Lage ward ihm aber ein Hindernis. Trotz=
dem begann er mit der vollendetsten Resignation im
Herzen das Werk, um nachzuholen, was möglich sei.

Dieser hohe, innerste Zweck seiner schwindenden Tage
breitete eine Verklärung, eine Heiligung über seine maß=
losen Leiden, gab ihm ein Märtyrergefühl, das von keinem
geahnt und empfunden, von Mit= und Nachwelt vergessen
wurde, und nur eine schwache Würdigung in diesen glanz=
losen Zeilen, sicher aber noch im Herzen des Künstlers
findet, der da weiß, was es heißt, hoffnungslos zu ringen
und dennoch immerfort zu ringen.

> „Wer nie sein Brot mit Tränen aß,
> Wer nie die kummervollen Nächte
> Auf seinem Bette weinend saß,
> Der kennt euch nicht, ihr himmlischen Mächte.

Ihr führt ins Leben uns hinein,
Ihr laßt den Armen schuldig werden,
Dann überläßt ihr ihn der Pein,
Denn alle Schuld rächt sich auf Erden!

Alle bisherigen Anstrengungen des alten Musikers, um etwas zu schaffen und das Geschaffene irgendwie an die Öffentlichkeit zu bringen, waren fruchtlos.

Andererseits machte seine künstlerische Fähigkeit ihn zum Feinde und Verächter der jetzt in Berlin Mode gewordenen laxen Richtung der Musik, welche, der mittelalterlichen Form, der alten dorischen Weise entwachsen, mit italienischem Geklingel und den Naturlauten der Buffonis verwebt, nach einer neuen Gestaltung rang, deren sie in dieser Ära nicht mehr fähig war.

Das ließ ihn leider den Berliner Musikern in unklug rauher Weise begegnen und verdarb ihm wieder, wie gewöhnlich, den Grund und Boden, von dem aus er streben wollte.

Andererseits gab ihm die Hoffnungslosigkeit seines Strebens, die er in der Arbeit nie fühlte, in der Außenwelt, deren Abstand zu seiner eigenen Lage ihm mit jedem Pulsschlage klar wurde, eine zynische Ironie, mit welcher er alle die zermalmte, welche sich ihm näherten!

Sicher wäre er damals in der Gesellschaft erschienen, wo Naumann die Bachsche Sonate spielte, wenn er nicht gewußt hätte, daß Antonie da wohne. Ebenso wußte er sehr wohl, daß sie Witwe sei und ihn mit krankhafter Verzweiflung suche, aber einesteils wäre er lieber gestorben, als sich, Friedemann Bach, im Elende finden zu lassen, anderenteils gewährte es seinem verbissenen Haß eine kitzelnde Rachewollust, sich ewig suchen und nie finden zu lassen.

Mit allem Aufwande seiner Klugheit verheimlichte er den Ort, wo er wohnte, und sein Erscheinen glich nur einem schattenhaften Auftauchen aus der Menschenmasse, in deren Hefe er möglichst rasch wieder zurücksank. Um sein Leben zu fristen, spielte er in den Zelten, in Moabit, bei Spiegelbergs, am liebsten in den verlorenen Spelunken, die vom Pöbel besucht wurden.

Daß er sich Naumann und Plümike entdeckt hatte, war in einem zwingenden Moment geschehen, und mit ängstlicher Strenge suchte er sich des Stillschweigens dieser Männer zu versichern.

Plümikes Plan zur Oper kam ihm gerade recht, denn so weit aussehend die Arbeit auch war, so bot sie ihm doch offenbar mehr Hoffnung und hatte, bei Plümikes Stellung zu Döbbelin, entschieden mehr Aussicht, veröffentlicht zu werden, als alle seine früheren Arbeiten.

In jeder Residenz gibt es Stadtteile, welche die sogenannte noble Welt nie betritt. Das sind die Arbeiterviertel, wo das Elend, das Tantalusringen nach Brot, die Schlechtigkeit, der Betrug, die geistige und leibliche Verkrüppelung der Menschen ihre Altäre aus Not, Lumpen und Tränen errichtet haben. Stadtteile, die nur den Armenkirchhof, das Spital, das Zuchthaus oder die Irrenanstalt zur Perspektive haben.

Diesen Rang nahm damals, und nimmt teils noch heut', in Berlin die Stralauer, besonders aber die Spandauer und Königsvorstadt nebst dem Vogtlande ein, und ein kurzer Spaziergang in Begleitung des Armenarztes oder Polizeidieners macht uns mit einer Galerie fabelhafter Existenzen bekannt, von denen man in der sogenannten vornehmen Welt nicht die leiseste Ahnung hat. Eine dieser Gegenden, die Königstadt, wollen wir betreten.

Im letzten Hause der Altstadt Berlin, rechts, eh' wir über die Königsbrücke nach dem Alexanderplatz gehen, wohnt der gewichtige Mann, welcher mit Haselnußstock

und Ochsenkopf die Herde jenseits des Wassers in Schranken
hält, der Polizeikommissar Wilke.

Seine dienstbaren Genien, die Polizeidiener Böttcher,
Salzmann und Krause, sind immer bereit zum „Aufgreifen"
und haben die angenehme Stellung, von der Arbeiter=
bevölkerung gehaßt, von gewissen namenlosen Personen
gespickt zu werden.

Gehen wir die Liniengasse westwärts hinab, so kommen
wir links an ein enges Quergäßchen, das fast nur von
Holzbaracken begrenzt wird.   Dort, in der Mitte der
Straße links, residiert ein Sargmacher, der „Nasenquetscher"
feil hat; in seinem Hause, auf einer Dachkammer, mit
einem stets betrunkenen Flötisten zusammen, wohnt Friede=
mann Bach.

Das ist die Aristokratie der Gegend.   Schrägüber
wohnt ein fettes altes Weib, Gütle Lewin, die Juden=
hebamme.   Rechnet man nun dazu den Chorus der Trödler,
Kesselflicker, Hehler, Diebe und Buhldirnen, so hat man
eine Szene, wie sie in Paris und London nicht ekelhafter
und trauriger sein kann.

Seinem eigenen Hauswirt sowie seinem Stuben=
genossen unbekannt, kroch Friedemann täglich aus seinem
Verstecke und eilte zu Plümike.

Hier war sein Elysium, sein letzter Traum, seine
Spätlingshoffnung, hier, im hintersten Zimmer, wuchs die
Partitur der Oper.

Wie lange wird er noch früh und abends den weiten
Weg tun, ehe die Palmen der Ehre und des Ruhmes ihm
winken?

Die Oper Lasus und Lydie.

Es war eine eigentümliche Arbeit, nicht Oper, nicht
Drama, eigentlich aber doch beides.

Der Stoff war nach Marmontel und die Dichtung
Plümikes eigentlich eine Tragödie mit Chören.   Letztere

wieder auf die Bühne zu bringen, war der Traum Friede=
manns. Er komponierte sie, versah die Dichtung mit
musikalischen Entreakten, den Dialog teilweise mit Musik,
so daß das Ganze ein melodramatisches Gepräge erhielt,
und richtete, mit Plümikes Hilfe, die Szene so ein, daß
ihm Gelegenheit zu zwei Liedern, eins für den Helden,
eins für die Heldin, gegeben wurde, welche die künstle=
rische Spitze des Ganzen bilden und im Verlauf der
Handlung überall anklingen sollten.

Die Wiedererweckung der antiken Tragödie mit Hilfe
der Musik, die Schöpfung des sogenannten musikalischen
Dramas, einer Dichtungsart, die, in der Mitte zwischen
Drama und Oper stehend, den Anforderungen beider Künste
nicht nur genügen, sondern dieselben verherrlichen und ver=
bessern sollte!! — Friedemann scheint also der erste Deutsche
gewesen zu sein, welcher dergleichen unternahm.

Bemerkenswert ist, daß seit jener Zeit der Gedanke,
griechische Tragödien oder deren Nachahmungen zu kom=
ponieren, vorzugsweise unter den Musikern Berlins immer
wieder auftauchte und in neuester Zeit wieder Platz ge=
griffen hat.

Die Idee des „musikalischen Dramas" sowie der
„Zukunftsmusik" ist ebensowenig neu, als dieser Versuch
immer zu Epochen gemacht wurde, wo der Verfall der
Musik und des Dramas die Sehnsucht wachrief, beide
Künste zu regenerieren.

Wie gesagt, der Stoff und Plan zu Lasus und Lydie,
den Marmontel gegeben hatte, ward von Plümike zum
Boden einer tragischen Dichtung genommen, die, innerhalb
der gegebenen Grenzen, sich mit möglichster Freiheit der
Phantasie bewegen sollte. Indem er nun die Art der
Ausführung mit Friedemann beriet, hatte dieser zahlreiche,
leidenschaftsstarke und neue Momente hineingebracht, um
sich sowie dem Dichter Gelegenheit zu besonders er=

schütternden Szenen, mit starken und geschlossenen Charakteren,
zu geben. Zu dem Ende hatte der Arme mit einer rück=
sichtslosen Objektivität in den Schoß seines eigenen Lebens,
seiner eigenen Erfahrungen gegriffen. Dadurch war Lasus,
der liebende Held, eine rauhe, selbstsüchtige Friedemanns=
natur geworden, indes Lydie, die treulose und doch liebende,
ewig den verlorenen Gegenstand ihrer Zärtlichkeit suchende
Heldin, auf ein Haar Antonie glich, um derentwillen der
Komponist sein schönes Leben verloren hatte. Plümike,
die Wirkung dieser Charaktere fühlend, griff mit beiden
Händen danach. Hierdurch ward aber der Begriff der
Tragödie selbst verschoben, und das Werk, nunmehr auf
der Freiheit der Charaktere erbaut, denen die fatalistische
Anschauung untergeordnet ward, bekam einen modernen
Hauch. Darin lag auch die Unzulänglichkeit des ganzen
Unternehmens, das, obwohl lebenskräftiger, doch in manchen
Stücken dem verbrannten „Luzifer" ähnelte, von dem
manche Reminiszenz heulend hineinklang. Von diesem
großen Fehler hatten beide Autoren, innerhalb ihrer Arbeit
stehend, keinen Begriff, und die Oper, vier Akte stark, war
bereits bis zum Ende des dritten Aktes gediehen.

Der vierte Akt sollte das tragische Wiederfinden von
Lasus und Lydie im Tode darstellen, das, wie Friedemann
sagte: „mit dem Auflösen in die Harmonie des Jenseits"
schloß. Ein Gedanke, der des Transzendentalen seiner
Idee wegen der eigentlich tragischen Wirkung entbehrte,
deren Erfordernis es ist, durch den Tod besiegelt, hier
auf Erden schon in reinerer Form zu erstehen.

Die Spitze beider Hauptcharaktere lag in den Liedern,
die ihnen als Ausdruck der höchsten Innerlichkeit im zweiten
und dritten Akt gegeben wurden, und den lohnenden En=
thusiasmus Plümikes weckten, der darin die hohe Genialität
seines Genossen erkannte.

Wenn sie in traulichen Stunden beisammen saßen

und Friedemann die Arie des Lasus sang, der, von Lydiens
Untreue in äußerste Verzweiflung gestürzt, sein Wesen ver=
kehrte, tat Plümike einen tiefen, schauernden Blick in die
schwermütige Seele Friedemanns.

> „Begraben liegt, was mich beglückt,
> Im öden Schoß der Nacht,
> Mein ganzes Leben ist zerstückt,
> Ein Leichnam nach der Schlacht!
> Wenn meine Seele durstend brennt
> Im Triebe, Triebe, Triebe,
> Kein Mund mehr meinen Namen nennt
> In Liebe, Liebe, Liebe.“

> „Entzwei des Lebens Blütekranz,
> Verraucht des Ruhmes Träumen,
> Verflucht seist du, verhaßter Tanz,
> Des Lebens Wogenschäumen!
> Gleich Luft und Schall verflattert sei
> Mein Wähnen, Wähnen, Wähnen!
> Das Ende meines Seins ist Reu'
> Und Tränen, Tränen, Tränen!“

O du schönes, süßes, längst verklungenes Kamadewa=
lied, in heilig großen Schauern der Liebe und Seligkeit
erklungen! Feierst du deine Auferstehung wieder in der
Schöpfung eines gebrochenen Lebens, als bittrer, grollender
Seufzer eines verendenden Herzens?!

In dieser Zeit begann, durch welchen Mund ver=
anlaßt, mochte Gott wissen, unter Berlins Musikern die
Sage umherzugehen, der Sohn Johann Sebastian Bachs,
Friedemann, lebe noch. Manche glaubten sogar, er und
der alte Musiker sei eine Person, die meisten aber lachten
darüber.

Nur Naumann und Plümike wußten es bestimmt.
Antonie, Mendelssohn und Rode glaubten es, Fasch und

Zelter ahnten es. Letzterer ahnte es deshalb, weil Friede=
mann mehrmals bei Orgelkonzerten auf dem Chor er=
schienen war und die Orgel gespielt hatte.

So konnte keiner mehr die gewaltige Gottesleier
handhaben wie er. Zelter hat es nachmals oft genug
seinen Schülern erzählt, welch mächtige Wirkung diese
lange, schattenhafte Gestalt auf ihn geübt, wenn sie die
Treppe zum Chor hinaufstieg, wie ihm alles halb scheu,
halb mitleidsvoll auswich. Dann, an den Orgelstuhl
tretend, fuhr er mit der Hand über die Augen, ließ sich
in den Sitz gleiten, und geschlossenen Auges, zurückgebogen,
begann er.

Je mehr das Feuer der Begeisterung ihn ergriff, je
mehr er sich in die Imagination versenkte, desto mehr
krümmte sich seine Gestalt, die koboldartig vor dem In=
strumente hockte, spinnenartig mit den langen Füßen, den
dürren Händen ausgriff, zum Regiment der Tasten und
Register! — Wenn er geendet und alles um ihn her bei=
fällig und erstaunt murmelte, lag er mit dem Kopf auf
der Tastatur und die Pfeifen heulten. Rasch erhob er
sich dann, sein Antlitz war feucht! Er stieß die Heran=
tretenden von sich und war fort. Keiner, der seinen
Namen ahnen mochte, wagte es, ihn anzurufen. Man ehrte
den Stolz und die Scham des Verkommenen!

Der dritte Akt der Oper war unlängst beendigt und
Friedemann bereits am Eingangschor des letzten Aktes.

„Wenn unsere Oper 'raus ist, sind Sie ein gemachter
Mann!“ sagte Plümike. „Wenn sie noch 'raus kommt“,
hatte Friedemann geantwortet.

Das Gallenfieber, durch die angestrengte Arbeit der
Komposition, besonders aber von der hierdurch verursachten
Nervenaufregung gefördert, rückte immer näher.

Friedemann Bach war fest überzeugt, daß die künst=
liche Spannkraft seiner Seele mit der Arbeit enden werde,

daß er sterben müsse, ohne die Aufführung erlebt zu haben.

Eines Tages äußerte er dies fest und heroisch, mit einer Art Prophezeiung gegen Plümike.

„Mein Körper, vom Gram zerfleischt, von Entbehrungen, Hunger und der Landstraße ausgemergelt, kann das Leben nicht mehr ertragen. Diese Arbeit ist meine letzte Pflicht, meine einzige Ehre im Leben; ist sie getan, geh' ich zu meinem Vater!"

Der Dramaturg hatte die Wahrheit dieses Ausspruchs an der augenfällig gesteigerten Kränklichkeit Friedemanns erkannt. Er bekam schon jenes grünlich=gelbe Ansehen, jenes furchtbare Herzschlagen, jene stellenweis graue Haut: die sichern Symptome eines nahen Ausgangs.

Plümike faßte darum den Entschluß, ohne Zögern alles zu tun, was des Armen Herz mit dem Wollustnektar befriedigter Künstlerehre füllen konnte. Die rechte Hand Döbbelins, zugleich der Bräutigam seiner Tochter, des reizenden Lieblings der Berliner, zog er letztere ins Ge=heimnis. Er erzählte ihr, wer der alte Musiker sei, zeigte ihr heimlich die Oper und proponierte, den Vater zu ver=mögen, die beiden Lieder von Lasus und Lydie mit der bezüglichen Szene, in antikem Kostüm, dem Publikum vor=zuführen.

Mademoiselle Döbbelin war gleich Feuer und Flamme, und da sie das Publikum sozusagen in der Tasche hatte, wußte sie auch den Vater zu beherrschen. Genug, Herr Karl Theophilus Döbbelin entschloß sich, „das Ding zu probieren".

Heimlich ward die Partitur der Szene abgeschrieben, Musik und Chöre wurden vom Kapellmeister André ein=studiert, dem man sagte, das Werk sei von einem hohen Dilettanten, und die Proben begannen. Da beide Szenen natürlich den Abend nicht ausfüllten und man nicht wissen konnte, ob die unbekannte Oper Zugkraft genug haben würde, so wählte man sonderbarerweise zur Ergänzung ein Lustspiel, nach dem Französischen des Cailhava.

Mamsell Döbbelin machte die Lydie, Rouseul, der den Medon in „Codrus" gegeben, den Lasus, seine Frau hingegen, eine tüchtige Marwood in Miß Sara von Lessing, und als Lady Macbeth bezaubernd, spielte Aglaura, die verführerische Feindin Lydiens, Unzelmann hingegen, der den Philemon in „Egoismus" geben mußte, hatte den falschen Freund des Lasus, Scophax.

Von dem allen hatte Friedemann keine Ahnung, Plümike wollte ihm erst nach der Generalprobe, also einen Tag vorher, Mitteilung machen. Der vierte Akt ging Bach viel langsamer von der Hand als die andern. Sein Übel steigerte sich von Tag zu Tag, und er mußte Pause machen, um sich zu erholen. Dazu kam, daß seine Dach= kammer feucht und dem Wetter zugänglich, sein Lager fast die bloße Diele war und die Dürftigkeit seiner Garderobe mit jeder Woche sichtbarer wurde. Durch die Oper ver= hindert, seinem sonstigen Verdienst nachzugehen und so seine Lage in etwas zu verbessern, zu stolz und zartfühlend, um Plümike, der selbst nicht reich war, noch um mehr Vorschuß anzugehen, gab es, außer dem Mittagessen, wört= lich nichts mehr, was Friedemann nicht entbehrt hätte.

Es war Ende Mai 1784. Der Winter war sehr hart gewesen und das Frühjahr regnerisch und unbeständig: echtes Theaterwetter.

Eines Vormittags saß Friedemann in Plümikes Woh= nung und arbeitete. Der Dramaturg war in der General= probe von Lasus und Lydie.

Bach vermochte heute wenig zu arbeiten, ihm war gar zu übel. Er hatte sich eingeschlossen und schritt im Zimmer auf und nieder. Wenn er am Spiegel vorbei= kam, nickte er: „He, guten Morgen, Totenkandidat! —

Ach ja! wenn alles eben käme, wie wir's gewollt hätten, wie schön wäre das Leben! Aber es kommt nicht so! Ewig streckt das Schicksal seine Teufelskralle dazwischen, schiebt uns mit Gewalt aufs schwankende Brett der Minute, haucht uns hirnverwirrende Leidenschaften ins Herz, bis die gesegnete Minute des Glücks verflogen, und kahl, ätzend und bitter grinst deren Erinnerung uns an, reibt uns kichernd jede Versäumnis unter die Nase, und sind wir endlich, endlich einmal vernünftig geworden, treten wir auf den wahren Weg zu unserer Bestimmung, so läßt uns der Hundekadaver im Stich und wir klappen zu= sammen! Die welkende Materie in uns ist die einzige Logik im Sein! Faulen, faulen, das ist die Losung aller Dinge!"

Er ergriff ein Buch, das aufgeschlagen auf dem Tische lag.

„Aha, das ist die kurpfälzische Tonschule, die der elende Kerl, der Vogler, geschrieben. Die Canaille konnte mich in Arnstadt retten, aber er hatte Angst vor Friede= manns Geist, und doch ist er eine Kreatur, die mein armer Vater gemacht hat, und ist jede Zeile des Wisches hier aus der Kunst der Fuge hergeleitet und gestohlen, ein Brei für das gewöhnliche Volk, damit jeder Zimmergeselle*) nach dem Feierabend so viel in den Schädel schlagen kann, daß er über Kontrapunkt, Fuge, Dorik und Polyphonie mitschwatzen kann. Aber den Mist kaufen die Leute, in= des die Kunst der Fuge vergessen ist!

Alle diese Kerle, Fasch, Reichardt der Hanswurst, Zelter der poetische Winkelhaken, alle leben sie vom Schweiße meines Vaters, und ich stehe hier und muß mich meiner Not schämen! — O Friedemann, Friedemann, hättest du deinem Vater gefolgt, als er in Leipzig sagte:

---

*) Zelter.

Heirate! Wem die Kunst das Leben ist, dem ist das Leben eine große Kunst. Ich stehe hier mit zweiundsiebzig Jahren und muß mir sagen, daß ich das Leben nicht verstand! Nun, zum Teufel, auch die Kunst hab' ich nicht verstanden! Von seinem eigenen Ausspruch geblendet, hab' ich meinem Vater nachgestrebt, wollte größer sein als er, und in derselben Weise größer sein.

Es ist ein Unsinn, eine Narrheit, zwei Menschen nach den Kongruenzgesetzen der Dreiecke messen zu wollen! Jeder hat sein Handwerksgeheimnis, das kein anderer sein nennen kann, das er gar nicht mitteilen kann, weil's unaussprechbar ist. Das Wehen des Mittelalters war die Lebensluft meines guten Vaters, ich war zu skeptisch und zu ausgreifend in der Phantasie, das war mein Fehler. Wenn ich einen Bibeltext nahm und komponierte, nie ward's jene schöne Harmonie von Wort und Melodie, die ihn durchdrang, immer griff ich musikalisch weiter, ich kam nicht über seinen Genius, weil unsere Denkweise verschieden war. Da hat's der Christian besser gemacht, ob er gleich nun tot ist, der Herr Italiener! Der hat für die Frauenzimmer gebuhlt und ist ein großes Tier geworden. Ja, wer nur die Schürzen für sich hat, der sitzt warm!

Und doch, so arm, so alt ich bin, Ehre meinen Lumpen! In meinen Händen ist die Göttlichkeit der Musik nie besudelt worden. Ich habe irrig gestrebt, aber bin, wie mein Vater, frei geblieben von der Verwesung der Zeit! — Lasus und Lydie! Ja, es liegt etwas von der alten Hoheit meines Namens in dieser Arbeit, ein Menschheits=, ein Gottesgedanke liegt in ihr! — O, nur zu spät! Jetzt ist's zu spät!!" — Gebrochen war er aufs Sofa gesunken.

Ich erlebe die Vollendung nicht mehr! — Sei es denn! Willig beuge ich mein Haupt dem Todesstreiche aus deiner himmlischen Hand, mein Gott. Willig verzichte ich auf das Unmögliche! Laß meinen Namen ausgelöscht sein in der Erinnerung der Menschen. Aber eins, Schöpfer der Wesen, Urquell des ewig Schönen, leuchtender Welt=gedanke, eins gewähre mir! Wenn ich Staub und Asche sein werde, laß meinen Geist aufstehen unter den Menschen mit meinen Gaben, meinem Gemüte und meinen Schmerzen! Laß ihn den Namen meines Vaters aus dem Staube erheben, laß ihn, auf dem Boden meines Vaters erwachsend, die Kunst der Töne neu beflügeln und, als Fortsetzung meines Ichs, den Menschen das neue, hohe Lied der Erde singen, unzerstörbar und unvergänglich!!"

Zusammengesunken auf den Stuhl, krampfhaft die Hände emporgestreckt zum Himmel, lag er zuckend in Schmerzen des Leibes und der Seele.

Ein leises Geisterwehen von den Wohnungen des seligen Friedens quoll auf ihn nieder.

Die stille Schicksalsschwester griff schon langsam nach dem Faden eines jungen Daseins, in welchem Erhörung seines Wunsches lag.

Heilige Stimmen flüsterten leise den ewigen Liebes=gedanken eines Werkes, das noch nicht war.

„Es ist bestimmt in Gottes Rat,
Daß man vom Liebsten, was man hat, muß scheiden.

Wenn Menschen auseinandergehn,
So sagen sie: ‚Auf Wiedersehn!
Auf Wiedersehn!‘"

Es klopfte! — Friedemann fuhr auf. Es war Plümike, der vom Theater zurückkam.

Bach wischte das Wasser aus den Augen und öffnete.

Plümike, mit feuerrotem Gesicht, funkelnden Blicken und verhaltener Bewegung, trat ein.

„Bach, sehen Sie mich an, was heut' mit mir los ist!"

„Was soll denn los sein? Ein Glas Wein haben Sie getrunken, das ist alles!"

„Ja, Wein habe ich getrunken, Friedemann! Nicht eine Flasche, nein, ein ganzes Oxhoft, ein Meer hab' ich ausgezecht! Aber geistigen Wein, Freund, von jener taumelerregenden Sorte, die den Künstler beseligt fürs ganze Leben!"

„Teufel, was ist denn los?"

„Friedemann! Herzensfreund! Kunstgenosse! Wollen Sie mir versprechen, nicht böse zu werden über das, was ich aus Liebe zu Ihnen getan?"

„Was denn? Was haben Sie denn? — Na ja doch, ich will nicht ärgerlich werden, sagen Sie nur, was los ist?"

„Ich komme eben aus der Generalprobe, wo ein Meisterwerk geübt wurde, das alle zum Jubel entflammte, die es gehört. Es wird morgen abend gegeben. Da lesen Sie nur, das ist der Zettel, er kam eben aus der Druckerei", und der Dramaturg reichte ihn dem verwunderten Musiker.

Friedemann öffnete das Papier.

Da stand:

„Sonnabend, den 26. Mai 1784.
Mit hoher obrigkeitlicher Bewilligung.
Döbbelinsches Theater.
Behrenstraße 42.
Der Egoismus,
Lustspiel in drei Akten, nach dem Französischen des Cailhava."

„Na, da seh' ich doch nichts dran?"

„Nur weiter, Bach!"

„Nach dem dritten Akt:
Aus der neuen Oper Lasus und Lydie, von einem alten Musiker:
Szene und Arie des Lasus, II. Akt.
Szene und Arie der Lydie, III. Akt.

Lasus . . . . Herr Nouseul.
Lydie . . . . Frl. Döbbelin.
Aglaura, Freundin Lydiens . . . Frau Nouseul.
Scophax, des Lasus Vertrauter: . . Herr Unzelmann.
Chor des Volkes, Chor der Furien.
Szene: Megara in Griechenland.

Das Blatt entfiel der zitternden Hand Friedemanns. Fast ohnmächtig taumelte er zurück und hielt sich krampf= haft an seinem Genossen aufrecht!

„Sie kommt heraus! Sehen Sie, sie soll heraus! Und wenn Sie noch so schwach sind, die Freude und die Sehnsucht Ihres Alters soll Ihnen der neidische Tod nicht stehlen!"

Lautlos fiel der Komponist dem Dichter um den Hals, und einer jener stillen und unbeschreibbaren Augenblicke, die zur Nahrung einer ewigen Erinnerung werden, brach wie ein jauchzend Morgenrot herauf.

Der holde Freudenrausch Friedemanns war verraucht.

Die Nachricht, welche ihn erst mit nie geahnter Schöne entzückt, versetzte ihn nun in Schrecken, in jene fieberhafte, martervolle Unruhe, die nur der kennt, welcher ein heimlich in stiller Klause geborenes Kunstwerk dem großen Tribunal des Publikums vorführt, wo Rhadamanth und seine Genossen sitzen mit der kritischen Wage und die Federn spitzen, deren schwarze Flut Tod oder Leben spendet.

Tausend Fragen richtete er an Plümike, wie diese oder jene Stelle ginge, ob da das Horn, hier die Violine die Oberstimme richtig nähme, wie die Szenen im Arrangement sich machten? Und der verfluchte Chor! Ob denn die Furien a tempo einfielen? Kurz: Friedemann machte dem schon selbst erregten Plümike die wenigen Stunden bis zur Aufführung zur Hölle.

Friedemann weigerte sich, bei der Aufführung zugegen zu sein.

Mit dem Versprechen, am anderen Morgen um neun Uhr wieder da zu sein, verließ er Plümike.

Es war Regenwetter draußen. Naß wie eine Katze kam er nach seiner Mansarde.

Leiblich todesmatt, rumorte es ihm in Hirn und Herzen bis zum Wahnsinn.

Sein Schlafgenosse blieb die Nacht aus, wahrscheinlich in einer Kneipe.

In der Nacht brach bei Friedemann das Fieber aus. O Gott! er war allein und in dieser Lage!

Das ganze musikalische Berlin war in Bewegung. Plümike hatte Naumann und Mendelssohn im letzten Augenblicke alles verraten, Naumann eilte zum Grafen Zirotin, zum Grafen Gotter, und auch der Prinzessin Amalie ward es gesteckt. Alles war neugierig und gespannt, alles strömte zu Döbbelin, kein Apfel konnte zur Erde!

In einer Loge zusammen saßen Mendelssohn, Rode und Naumann, im Hintergrunde eine alte, schwarz gekleidete Dame, totenbleich, Frau von Eichstädt.

Eine glänzendere Versammlung war wohl, seit Brockmann den Hamlet gespielt hatte und seit Goethes Götz gegeben, nicht mehr in diesen Räumen gesehen worden.

Plümike war hinter der Szene. Eine furchtbare Angst und Unruhe trieb ihn umher, denn Friedemann Bach war am anderen Tage nicht wiedergekommen. Er sah sich überall im Theater um, ob der Komponist nicht etwa doch heimlich gekommen sei. Nirgends zu sehen unter den wogenden Köpfen! Er eilte hinaus vors Gebäude — keine Spur. Er mußte wieder hinein, denn die Vorstellung begann.

Die ersten drei Akte des Lustspiels waren vorüber.

Kapellmeister André erschien, erfaßte den Taktstock, und ein kurzes Vorspiel begann.

Grabesstille war in dem Hause.

Der Vorhang ging auf. — Der Dialog zwischen Lasus und Lydie begann, der Streit zwischen den Lieben=den, angefacht von falschen Freunden und von eigener Eifersucht genährt. In einem Anfall der Leidenschaft stößt Lasus die eigensinnige Lydie von sich, indem er hofft, ein starkes Mittel werde ihren törichten Wahn, die Eifersucht, brechen und sie zu ihm zurückführen. Doch hat sie dieses Äußerste erwartet, als Beweis seiner Schuld. Sie geht von ihm und besteigt mit Scophax, dem Verräter, ein phönizisch Schiff und entflieht als Braut eines anderen. Da sieht Lasus seine Seligkeit auf trügerischen Fluten enteilen, und die furchtbare Katastrophe seiner Selbstzerfleischung tritt ein.

Das jammernde Volk vermehrt seine Qual, die Hand zum Zeus erhoben, flucht er dem schändlichen Weibe, dem Verräter, und heulend ziehen die Furien über die Szene, über die wallenden Wasser, weithin den Schiffenden nach, mit: „Verderben! Verderben!" Sie schleppen heran das Verderben!

Das Blut gerinnt in den Adern der Zuschauer bei diesem Seelenkampf, selbst der Beifall ist erdrückt unter der Wucht des Momentes.

Da ergreift Lasus verzweifelt die Genossin seiner holden Stunden, die Laute, und halb im Wahnsinn singt er das Lied:

„Begraben liegt, was mich beglückt", und die Furien in der Ferne: „Verderben!"

Als er den Schluß der furchtbaren Rhapsodie bringt:

„Gleich Luft und Schall verflattert sei
Mein Wähnen!

Brachvogel (B. 501-507). 40

Das Ende meines Seins sind Reu'
Und Tränen!"

da erhebt sich ein Beifallsorkan, der das Haus erschüttert!

Man will ihn sehen, den Komponisten, den un=
bekannten, alten Musiker! Umsonst, er erscheint nicht!
Döbbelin entschuldigt ihn.

„Wer ist's? den Namen!"

Döbbelin zuckte verlegen die Achseln.

Da erhebt sich Naumann in der Loge, beugt sich
weit über die Brüstung und ruft: „Der Komponist ist
Friedemann Bach, der Sohn des großen Musikers!"

Und tausend Stimmen jubelten seinen Namen, tausend
Herzen schlugen ihm entgegen, ihm, der eben wie ein ge=
hetztes Reh vom Eingange des Theaters wegeilt, hin in
das finstere Stadtviertel des Elends und in Fieberschauern
murmelt: „Ich hab's erreicht!"

Der Beifall, bereits auf seiner höchsten Höhe, konnte
sich in der nächsten Szene nur wiederholen.

Am andern Tage war ganz Berlin voll von dem
neuen Kunstwerk. Graf Gotter, der alle Nachrichten über
Bach von Plümike, soweit dies möglich war, erhalten, fuhr
zum König. Eine wahre Jagd ward auf Friedemann
gemacht, um ihn zu finden. Döbbelin wollte ihm ein
hohes Honorar zahlen, wenn er nur käme. Vergebens!
Wie in die Erde gesunken war der Künstler, nach dem
die ganze Welt verlangte. Die Nacht, welche der Auf=
führung von Lasus und Lydie folgte, stand Fasch, der
Stifter der Singakademie, in seiner Wohnung auf der
Fischerbrücke vor seinem Ofen, in dem lustig die Flamme
sprühte. Er verbrannte alle seine Manuskripte.

„Nach dem Tage muß keiner mehr was schreiben!"
murmelte er.

38. Das Versprechen des Königs.

„In seinem ‚Ohnesorge‘ wacht,
Mit Jugendmunterkeit,
Der Landesvater Tag und Nacht
Für unsre Sicherheit.“

Wohl wachte der Vater Friedrich noch auf Sanssouci über seine Völker, noch fühlte man den Odem seines gewaltigen Geistes durch alle Pulse des Staates in rüstiger Belebung strömen, aber mit der Munterkeit war es vorbei.

Vorbei die Jugend mit der Phantasie Rheinsbergs, vorbei die glänzende Epoche, wo sich die Künste um den königlichen Musagetes einten, wo Philosophie und Witz in diesen Sälen ihre Turniere hielten, vorüber der stolze Ringkampf, zu dem er die staunenden Völker geladen!

Friedrich war alt, einsam und tiefernst geworden, der einzige, welcher im Dienste seines Volkes Invalide geworden.

„‚Ein Fürst ist weiter nichts als der erste Bediente seiner Völker. Ich will meinem Jahrhundert wenigstens soviel dienen, als ich irgend kann!‘“

Das war der Wahlspruch dieses unvergleichlichen Menschen, und er hat ihn mit einer Hoheit, einer strengen Unerbittlichkeit gegen sich selbst durchgeführt, von der die Geschichte kaum ein zweites Beispiel hat.

Aber das Höchste in diesem Manne war die selten geübte Kunst, den strengen Ernst des großen, entschlossenen Lenkers der Volksgeschicke mit menschlicher Schöne zu ver=einen, daß sein freies, leuchtendes, menschliches Wesen und sein Amt, König zu sein, einander so vollständig durchdrangen.

Das ist der unendliche, meist tragische Zwiespalt in jedes Monarchen Seele, daß der König hinter dem Menschen oder der Mensch hinter dem König zurückbleibt, ja, daß der eine oft ganz unterdrückt werden muß, um den andern zu heben.

In diesem Momente beruht auch die Geschichte jeder Regentschaft, liegt der Keim aller Verirrungen, oben sowohl wie unten, in der Regierung wie im Volke!

Man kennt diesen großen Monarchen durch die Weltgeschichte, die weder seine Taten noch die Klarheit und hohe Wirksamkeit seines Geistes verschweigt; aber sein Gemüt, sein Herz und das, was er für die tat, die ihm im Leben zunächst standen, das verkündigt sich nicht, das bleibt der Anerkennung, dem Gefühl des einzelnen überlassen, mit dem er die Wonne der Freundschaft, das Hochgefühl der Freude, wie die trüben Stunden des Grams und Mißgeschickes teilte!"

Dies ist Jean le Rond d'Alemberts Urteil über Friedrich II., das Urteil eines Mannes, der, weder durch Ehrenstellen noch Schmeichelei bestochen, nie die Rücksicht kannte, die Wahrheit, persönlichen Neigungen zuliebe, zu verbergen, und der als der älteste von Friedrichs Freunden in tausend Fällen Gelegenheit hatte, einen forschenden Blick in dessen Seele zu tun.

Nun war auch er tot. Der letzte!

Vom Podagra gepeinigt, die Melancholie des Schmerzes, die Einsamkeit des Geistes und des Herzens auf dem hageren, bleichen Gesicht, sitzt Friedrich gekrümmt im Lehnstuhl, in seinem Audienzzimmer zu Potsdam, den Krückstock neben sich, den Unterkörper mit seidenen Decken umhüllt. —— Das einzig Bewegliche an diesem Manne ist das Haupt und das große blaue Auge, das aber nur noch mit Argwohn in die Welt schaut, in eine Zeit, die ihm lästig zu werden beginnt.

Hinter dem Lehnstuhl steht Fredersdorff, sein alter treuer Diener, ihm gegenüber sitzt sein erster Vorleser, Marquis Lucchesini, „ein Italiener, der kein Spitzbube war", wie Friedrich sagte.

„Hören Sie auf, Marquis, es ist genug. Ich verderbe mir sonst den Magen ganz und gar an den Franzosen. Raynal ist gerade ein solcher Narr geworden, wie sie nun alle sind. Jene Zeit der Geistesschöne ist verflogen, und wir haben nur Schwätzer und freches Gesindel, die den Gedanken der Meister ausbeuten, um eine andere Weltordnung zu machen. Gehen Sie, lieber Lucchesini, und bringen Sie mir nächstens Besseres!"

Lucchesini verbeugte sich und ging.

„Ist Katt da, Fredersdorff?"

„Zu Befehl, Majestät."

„Er soll kommen!"

Einen Augenblick später erschien der Kammerherr von Katt, deutscher Vorleser des Königs. Friedrich begann nämlich in den letzten Lebensjahren an deutscher Lektüre Gefallen zu finden.

„Gott sei Dank, daß Er da ist, Katt! Der Lucchesini hat mich eben mit seinen neuen Franzosen zur Verzweiflung gebracht. Ich bitt' Ihn, les' Er mir was Deutsches vor, was recht Schönes, hört Er? Ich habe so heut' in der Audienz noch den Lafayette auszuhalten, da kann Er sich denken, daß das mürbe macht. — Was hat Er denn bei sich?"

„Klopstocks Messiade, Majestät."

„Nichts für mich, weiter!"

„Kant, Kritik der reinen Vernunft!"

„Das ist gut, der Kant ist ein tüchtiger Kerl, ebenso der Jude, der Mendelssohn. Das ist recht, daß man in Deutschland die Franzosen so glücklich ergänzt, die schal werden. Laß Er mir das Buch hier, ich will's allein lesen, wir sprechen dann darüber, für jetzt ist mir das zu schweres Geschütz, hat Er kein klein Gewehrfeuer bei sich?"

„Gewiß, Majestät: Gellert, Gleim, Göckingk, Ramler. Aber wenn Euer Majestät die hohen Lehren deutscher Philosophie in lieblichem Gewande haben wollen, würde ich mir erlauben, den Lessingschen Nathan den Weisen vorzuschlagen."

„Ah, ist das nicht ein Theaterstück? Ich glaube, die Döbbelinsche Bande hat es gespielt?"

„Jawohl, Majestät, und das Volk vergöttert Lessing!"

„So so! Na, ich muß Ihm sagen, daß ich ein philosophisches Drama für einen Unsinn halte. Das Schrecklichste bei einem Theaterstück ist Langeweile, Katt, und Philosophie in einem Kunstwerk ist langweilig!"

„Wollen Euer Majestät mir verzeihen, wenn ich ein Beispiel anführe, das gegen diese Meinung spricht?"

„Oho, na laß Er hören!"

„Es ist freilich ein Weilchen her, aber erinnern sich wohl Majestät noch, wie Dero Königliche Hand selbst den Stoff zur Oper Montezuma angab, wo doch die Intoleranz und Augendreherei der Pfaffen gegeißelt wurde? Des Jubels in Berlin war kein Ende über das Kunstwerk!"

Der König lächelte:

„Er ist ein Sackerloter, Katt, das war aber keine Philosophie, sondern Polemik!"

„Aber in der edelsten Form, Majestät, so daß ich diesen Namen nicht wählen möchte. Ein großer Kampf menschlicher Liebe und Freiheit gegen die Gewalt stupider Meinung, tyrannischer Unduldsamkeit. Es war Philosophie, in die Sprache des Herzens, fürs Volk, übertragen, war die edelste Wissenschaft, gemeinnützig gemacht!"

„Und das hätte der Lessing in seinem Nathan auch? Hör' Er, ich glaube, Er will mir was aufteufeln! Er bohrt mich schon so lange mit dem Lessing an, hör' Er. Das ist nicht richtig! Na, gut, les' Er, ich will mir's gefallen lassen. Setz' Er sich."

Eine Glühröte überflog das Antlitz des Kammerherrn von Katt — er war tief innerlich ergriffen. So oft hatte er Winke über Lessing fallen lassen, und der

König hatte stets den Dichter abgelehnt, heute endlich wollte er ihn hören.

Seine Rührung verbergend, ließ sich Katt vor dem König nieder und begann: „Nathan der Weise!"

Die schönen Verse rollten hernieder von den Lippen des jungen Mannes und glitten mit ihrer hohen, heiligen Seele in das lauschende Ohr des Königs, der manchmal in ein „Hum!" ausbrach oder leise vor sich hin lächelte.

Katt las bereits anderthalb Stunden, und noch hatte ihn der Herrscher nicht unterbrochen, noch saß der greise Prometheus Preußens und lächelte still bei den Versen, versank in die Imagination, die ihm das Kunstwerk heraufbeschworen.

„Kein Mensch muß müssen, und ein Derwisch müßte?"

„Vortrefflich!" murmelte der König.

Als aber das Gespräch des Templers mit dem Klosterbruder und jenes mit Nathan kam, als gar der Jude das Märchen von den drei Ringen dem Saladin erzählte, und

> — „glaube jeder sicher seinen Ring
> Den echten. — Möglich, daß der Vater nun
> Die Tyrannei des einen Rings nicht länger
> In seinem Hause dulden wollen! — Und gewiß,
> Daß er euch alle drei geliebt und gleich
> Geliebt, indem er zwei nicht drücken mögen,
> Um einen zu begünstigen. — Wohlan!
> Es eifre jeder seiner unbestochnen,
> Von Vorurteilen freien Liebe nach!
> Es strebe von euch jeder um die Wette,
> Die Kraft des Steins in seinem Ring an Tag
> Zu legen, komme dieser Kraft mit Sanftmut,
> Mit herzlicher Verträglichkeit, mit Wohltun,
> Mit innigster Ergebenheit in Gott,
> Zu Hilf'! Und wenn sich dann der Steine Kräfte
> Bei euren Kindeskindern äußern:

> So lad' ich über tausend Jahre
> Sie wiederum vor diesen Stuhl. Da wird
> Ein weis'rer Mann auf diesem Stuhle sitzen,
> Als ich, und sprechen!"

— geendet, da, die Decke von den Füßen schüttelnd, erhob sich wie ein Löwe der alte König. Auf die Krücke gestützt, durchmaß er das Zimmer mit schwanken Schritten, und glühendes Feuer innerster Erschütterung lohte in seinen Adern.

„Ja, so habe ich's gehalten mein lebelang! Mag ich vor dem großen Baumeister der Welt ein gar geringer Knecht sein, das habe ich doch recht getroffen, daß die Religionen Formen sind, daß ihr Inhalt, die Bruderliebe, die Gottesgläubigkeit, bei allen gleich ist! Katt, Lessing ist ein deutscher Genius, dem ich mich beuge! Zu seinen Füßen sollten die Franzosen betteln um einen Funken seines hohen Geistes! Wo lebt der Mann? Er soll gleich nach Berlin, ich muß ihn bei mir haben!"

„Majestät, Lessing ist tot!"

„Lessing tot! O!" — — und der König preßte die Hände vors Gesicht.

„Will denn kein freier Genius dieses Jahrhundert überleben, daß unseren Enkeln der Strahl der ewigen Wahrheit glänze?!"

In demselben Augenblick war Fredersdorff wieder leise ins Zimmer getreten. Schüchtern näherte er sich dem König.

„Was will Er?"

„Majestät, die Audienzstunde ist da, die Minister Exzellenzen warten, ebenso der General von Lafayette, der Seiner Majestät aufwarten möchte."

„Die Republik soll auf den König warten, die Franzosen sollen einmal einem Deutschen nachtreten. Les' Er zu Ende, Katt!"

Fredersdorff trat erschrocken zurück. Das war nie vorgekommen, daß der König nicht die Stunde hielt.

Der Monarch setzte sich, tief ergriffen. Katt las zu Ende.

„Laß Er mir das Buch, Katt! O, daß ich zu alt bin, noch von den Deutschen, meinem eignen Volke, zu lernen!"

Der König winkte. Katt, der ihm das Buch über=reichte, verbeugte sich und ging.

„Den Franzosen, Fredersdorff!"

Wenige Augenblicke später schob der Kammerdiener die Portiere zurück, und herein trat ein junger Mann, athletisch, feuerköpfig, kühnen Blicks, mit fast theatralischem Aplomb und mit jener Sicherheit, die besonders den Soldaten und Politiker ziert.

Es war der sechsundzwanzigjährige Lafayette, der General der Nordamerikanischen Republik, und, wie ihn die Herzogin von Abrantes nannte, der kompletteste Ein=faltspinsel der Revolution.

Der König empfing ihn mit einem lauernden, etwas spöttischen Lächeln.

Lafayette ward einigermaßen verlegen und blieb unweit des Eingangs stehen. Seine kecke Jugend schauerte unwillkürlich zusammen vor diesem Nestor der Schlachten und des Herrschertums!

„Nur näher, Monsieur!"

„Sire!" und Lafayette näherte sich: „Ich wage es, mich dem größten Könige und Sieger, dem größten Frei=geist seiner Zeit zu nahen, um ihm die Bewunderung Frankreichs nicht nur, nein der ganzen Welt, ja selbst jenes kühnen Volkes jenseits des Ozeans darzubringen, das die Fesseln der Zwingherrschaft abgeworfen hat und den Reigen einer neuen Zeit beginnt!"

„Ah, ich danke! Sie glauben also, daß andere Völker dem amerikanischen Reigen folgen werden? — In Ihren Jahren, mein Guter, ist man noch Utopist, und ebenso jung wie Sie ist auch Amerika. Späterhin, wenn die Mannheit da ist, reflektiert man mehr auf Möglich= keiten und Nützlichkeitsgründe. Lassen Sie den ersten Rausch vorüber sein, so sollen Sie sehen, wie sich die Gesellschaft, in die sich Ihr Staat da drüben aufgelöst hat, wiederum auflösen wird, und zwar in den Kram, ins persönliche Interesse. Nein, nein! Von Ihrer Re= publik mag ich nichts wissen, erzählen Sie mir lieber von Ihren Schlachten!“

Lafayette war sehr verdutzt. Er hatte gehofft, in Deutschland, à la Paris, wie ein Apostel des Paradieses empfangen zu werden, hatte gehofft, Friedrich werde den begeisterten Dithyramben des Befreiungskrieges mit hüpfen= der Seele lauschen! Er war enttäuscht und etwas beschämt.

Schüchtern erzählte er dem Monarchen alle Einzel= heiten des Krieges. Friedrich erkannte das große Talent Washingtons und Franklins an und erkundigte sich, ob Baron Steuben gegen England gute Dienste geleistet habe. Von dem Volke wollte er nichts wissen, und als sich das Gespräch wieder ins tendenziöse Gebiet hinüberspielte, sagte Friedrich endlich ziemlich ärgerlich: „Genug davon, General! Ich kenne die jetzige Stimmung des Volkes in Frankreich nicht, aber seien Sie versichert, wenn es wirklich dort zu einem Eklat kommt, wir Deutschen folgen Ihnen nicht.“ Er richtete sich hoch auf und sah dem jungen Republikaner kühn und stolz ins Auge. „Bei uns sind die Könige nicht schlecht und das Volk nicht arm und entnervt genug. Bis es dahin kommt, müssen Sie sich schon gedulden. Adieu, mon général! Adieu!“

Mit einer Handbewegung entließ er ihn. Lafayette

reiste bald wieder ab. Er hatte Berlin und Wien ge=
sehen und genug an Deutschland!

———— ———— ———— ———— ————

Hertzberg, Schwerin, Finkenstein, Görtz und die
anderen Minister traten ein.

Die Konferenz galt dem letzten großen Gedanken in
Friedrichs Leben, dem Fürstenbunde, in welchem er durch
das Gleichgewicht und die Solidarität der monarchischen
Interessen den europäischen Kontinent vor künftigen
Kriegen bewahren, die Völker zum ruhigen Genuß ihres
Strebens, zur Entwickelung ihres materiellen und geistigen
Wohles führen wollte.

Eben ordnete der Kabinettsrat Eichel die Papiere,
indem er sich vorbereitete, das Protokoll zu führen, und
der König unterhielt sich mit Podewills und Hertzberg
über Lafayettes Besuch, als Fredersdorff sich ihm mit
einer Bewegung nahte, als wollte er des Königs Auf=
merksamkeit auf sich lenken.

„Was hat Er, Fredersdorff?"

„Majestät, der Herr Graf von Gotter ist eben von
Berlin herübergekommen. Er hat Euer Majestät schleunigst
eine Mitteilung zu machen, wenn ihm vor der Konferenz
noch ein paar Worte verstattet würden."

„So? Da hat Gotter keine bessere Zeit gewußt als
jetzt? — Er kann kommen!"

Graf Gotter trat ein.

„Das muß was sehr Dringendes sein, Gotter, daß
Er gerade jetzt kommt. Ich dächte, was Er von Berlin
zu bringen hat, käme später auch zurecht. Was will Er?"

„Majestät haben mir einmal von der letzten Unter=
redung Mitteilung gemacht, die Sie mit dem verstorbenen
Sebastian Bach gehabt, und haben des Versprechens er=
wähnt, das Sie ihm seines Sohnes Friedemanns wegen
taten!"

„Na ja! Und was nun!“

„Dieser Friedemann Bach lebt unbekannt, verborgen und von Elend, von Krankheit zerplagt, in Berlin. In diesem Zustande hat er eine Oper komponiert, Lasus und Lydie, welche gestern teilweise, bei maßlosem Applaus, in Döbbelins Theater gegeben wurde. Da der Mann nirgends zu finden und so herunter ist, daß man seine Auflösung befürchten muß, hielt ich’s, als ich’s erfuhr, für meine Pflicht, sofort Meldung zu tun.“

Friedrich fuhr entsetzt auf.

„In Berlin, krank, im Elend, sagt Er? Und hat ein Meisterwerk geschrieben? Bei Gott, der Fall ist wichtig! Philippi soll ihn sogleich suchen lassen, jede Minute ist kostbar! Wo und wie er ihn findet, soll die größte Sorge für ihn getragen werden! Ich bestelle Ihn zur Überwachung, Gotter. Eichel, schreib Er sofort an Philippi. Er steht mir dafür, Gotter, daß alles angewendet wird, den Unglücklichen zu ermitteln. Ich habe dem alten Bastian mein Wort verpfändet, ich muß und will es halten! Gott, in dem ganzen Krieg hab’ ich nach ihm geforscht, seit Halle war er wie in den Boden gesunken. Hier!“ und hastig unterschrieb er den Befehl, welchen Eichel überreichte. „Fort, Gotter, fort! Ich erwart’ Ihn bald mit günstiger Antwort!“

Gotter nahm den Befehl und eilte nach Berlin zurück.

Eine furchtbare Unruhe bemächtigte sich des Königs. Die Konferenz wurde beschleunigt; denn die Aufmerksamkeit Friedrichs war auf andere Dinge gerichtet.

Als der König allein war, ging er, ohne ein Wort zu sprechen, langsam nach dem Zedernzimmer und schloß sich ein.

Er nahm aus einem Fache der Bibliothek das musikalische Opfer, welches ihm der tote Bastian einst gespielt und dediziert hatte, nahm die geliebte Flöte und spielte die Komposition.

Ein heftiger tiefer Schauer überkam ihn.

„O Gott, was ist der Mensch mit all seinem Ringen, seinem Träumen, seinem Sehnen? — Staub! — Komm, alter Bourdaloue, du mein heimlicher Tröster in Schlachtenwettern und tiefstem Gram, hilf mir!"

Er ergriff einen Band Predigten und sank auf einen Stuhl. Vor Tränen konnte er die Schrift kaum lesen.

„Auch ich werde einst vergehen! Mein Name wird ein stolzer Schall sein im Munde der Menschen, wer wird mich lieben, wer meiner Seele brünstige Sehnsucht verstehen? — Lebe wohl, Zeit, im Schoße des Alls zu verrinnen, ist meine letzte Wollust!!"

39. Die Harmonie.

Graf Gotters Wagen flog nach Berlin! Sofort eilte er zum Oberbürgermeister, dem Kriegsrat Philippi, der die Verwaltung der Polizei hatte, und überbrachte den Befehl des Königs.

Philippi berief im Moment die Kommissäre des Quartiers, die Armenvögte, die Exekutoren, kurz, was nur an niederen, mit dem Terrain bekannten Beamten aufzutreiben war, und befahl ihnen, bei den härtesten Strafen, den Meister Friedemann Bach, bekannt unter dem Namen des „alten Musikers", aufzusuchen, oder alle Personen, die über ihn und sein Verbleiben Nachricht geben könnten, zur Stelle zu bringen.

Plümikes sowie Naumanns Aussagen wurden protokolliert und alles aufgeboten, über Friedemann Licht zu erhalten.

Zwei Tage vergingen und noch wollte sich kein Anknüpfungspunkt finden, der auf die Spur des Verschollenen führen konnte.

Endlich hatte Krause, einer der Polizeimeister der Königsvorstadt, in Erfahrung gebracht, daß der einäugige Anton, ein alter Flötist, der mit Friedemann meist immer in Kneipen gespielt habe, wohl der einzige Gewährsmann sei, der Genaueres über ihn wisse.

„Seit anderthalb Jahren habe ich mit dem alten Musiker nicht mehr zusammen gespielt; wovon er lebte, wußte ich auch nicht. Er hat früher mit mir in der Linienstraße, in des Sargmachers Hause, gewohnt, da verschwand er eines Tages, und ich wußte nicht, wo er hingekommen war. Später einmal, richtig, etwa vor drei Wochen, war ich im Stelzenkrug, ich hatte da gespielt und trank eben, als er in den Keller kam. Er sah weder um, noch neben sich, trank, setzte sich in eine Ecke und nahm ein altes Buch aus der Tasche, in dem er las. Ich trat zu ihm und sagte: ‚Guten Abend, was machst du denn?'

‚Ich lese, laß mich zufrieden, Anton!'

‚Was liest du denn da für eine alte Schwarte, daß du deinen Freund nicht einmal ansiehst?'

‚Weil das Buch mehr wert ist als wir alle. Das ist das größte Wunderwerk der Tonkunst, das je geschaffen worden, und ist von meinem Vater!'

Ich wurde neugierig und hätt' es ihm gern abgejagt, um einmal zu wissen, wer er denn sei, aber er steckte es in die Brusttasche und knöpfte den Rock zu, als er ging. Ich schlich ihm nach, um zu wissen, wo er wohne. Er ging nach der neuen Königstraße, die Nummer weiß ich nicht mehr, aber es war das vorletzte Haus, links. Vor der Tür stand eine Lumpensammlerin, die oben wohnt, und empfing ihn, ich dachte also: er muß bei ihr wohnen. Später wollte ich einmal ein Tanzstück von ihm und ging hin, aber das Weib fuhr mich an und sagte: ‚Hier wohnt kein Musiker.'"

Von dieser Aussage ward Graf Gotter in Kenntnis gesetzt, und man beschloß, bei der Lumpensammlerin Haus= suchung zu halten.

Graf Gotter und Philippi wollten selbst den Tat= bestand untersuchen, Plümike aber und Naumann baten, auch erscheinen zu dürfen.

Naumann, dem nach dem berühmten Theaterabend Antonie von Eichstädt ihr Herz ausgeschüttet hatte, beeilte sich, der unglücklichen Frau das bevorstehende Ziel ihrer Wanderungen mitzuteilen. Flehentlich bat sie den Musiker, sie mitzunehmen.

Naumann hatte nicht den Mut, es abzulehnen.

Mit pochendem Herzen erwartete man den anderen Tag.

Die Angabe des blinden Flötenspielers war richtig.

In der neuen Königstraße, das vorletzte Haus links, im dritten Stock wohnte Friedemann Bach, der gefeierte Held des Tages, der sich vor seinem eigenen Ruhm ver= steckte, damit die Welt sein Elend nicht begreifen, die Neugier seine Lumpen nicht beklagen sollte!

Mit leisem, geisterhaftem Schritt laßt uns in diesen engen Raum treten, der nicht zu klein für allen Jammer eines Lebens war, das, an sich selbst verblutend, im ersten Rosenschein des Glücks verrann.

Auf seinem Strohlager, lang und steif gestreckt, lag der blasse Ringer, niedergeworfen in den Staub vom eigenen Siege. Sein Odem ist matt, jeder Herzschlag ist ein Totengeläut, das Lächeln seiner blassen Wange ist wie ein Gruß, dem Vater zugesendet.

Neben seinem Haupte sitzt ein Weib, das ihn mit aller Sorgfalt, aller Angst und Treue pflegt, die nur die Liebe haben kann. Es ist die Lumpensammlerin.

Kennt ihr sie noch wieder, die Fürstin der Wälder, die glühende Tochter des braunen Volks, Towadei? Wißt ihr wohl noch, wie sie einst in der Höhle von Liebe sang

und von dem Tod der Liebe? Wie sie in jener süßen
Sternennacht ihm predigte von der heiligen Wandlung
der Dinge, vom einstigen Wiederfinden?

Wie eine Schlafwandlerin ist sie ihm, im Instinkt
der Sehnsucht, gefolgt auf seinen Wanderungen. So nahe
sie oft sich waren, so vergebens war ihr Bemühen, sich zu
vereinigen.

Selbst alt und trübe, wählte sie in der Residenz,
wo sie den Geliebten ahnte, die Lumpen zum Gewerbe.

Da, eines Tages, als er schon bei Plümike am
dritten Akt seines Lasus arbeitete, fand sie ihn wieder —
auf der Straße. Sie waren wie zwei Flocken vom Wirbel-
winde Zufall zusammengeweht.

Er mußte zu ihr ziehen. Eifersüchtig wachte sie
über seine Schritte, bot ihm von ihrem kargen Erwerb,
was sie entbehren konnte, um seine Leiden zu verringern.

Nun lag er vor ihr, die kalte Hand in ihre gepreßt,
und erwartete den Tod, der zögernd auf ihn zuschritt.

Stumm saß die Geliebte und sah den Freund, den
kaum Gefundenen, scheiden zur alten Mutter, zur Nacht
— Bhowané —!

Das kleine Fenster hatte sie geöffnet, denn rosenrot
erhob der neue Tag sein Haupt im Osten, Vögelstimmen
zwitscherten hin und her, und der Morgenwind fächelte
die Stirn des Lebensmatten, tränkte seine trockenen, verschmachtenden Lippen.

„Gott! Herr!" sagt er inbrünstig leise, „ich danke
dir, daß du mir die Kraft verliehen, meinen Namen wieder
aufzurichten unter den Menschen, daß du das treue Weib
mir wieder zugeführt, um meine letzten Augenblicke zu
versüßen! Die Menschen sollen mein Elend und meine
Schande nicht sehen. Ein Bettler habe ich gelebt, ein
Bettler werde ich begraben! — Ich werde sie alle wiedersehen die Lieben, ich fühl's! Durch das dunkle Tor des

Grabes schreite ich in eine andere, schönere Welt, wo jeder Mißlaut schweigt, in den Harmonien der ewigen Sphären. Die Arbeit meines Lebens ist nur halb getan, ein anderer mag beginnen, wo ich endete, das gewähre mir, mein Gott! Segen allen Menschen und auch dir, Antonie, auch dir! Alle Rätsel und Mißverständnisse des Lebens, sie lösen sich auf in der Ewigkeit, und keine Klage fällt ungehört auf die Erde! — O, sehnend werde ich dich erwarten, Towadei; — auch dir winken jene ewigen Augen, wo die heiße Treue in endloser Ver=einigung verklärt wird vom Allvater!"

„Und ich werde dir folgen, Geliebter, gewiß! Von den Sternen winken die Brüder, die Seelen vergangener Geschlechter!"

Da richtete sich Friedemann empor, sein bleiches Gesicht strahlte in unnennbaren Wonnen wieder.

„Mein Vater, sei gegrüßt, mein Vater! Vergebung deinem Sohn! — Meine Mutter! — Da, da ist — — — O! — welche Klänge! — Welche heiligen Chöre in un=sterblichen Psalmen! — Ach! —"

Towadei schrie auf. Friedemann Bach sank zurück in die Kissen. Sein Auge brach. — Er war tot! — Es war der 1. Juli 1784.

Towadei lag auf des Geliebten Leichnam, starr tränenlos, in dumpfem Jammer!

In demselben Augenblick vernahm man ein Geräusch von außen. Man klopfte heftig.

Towadei erhob sich, deckte den Entschlafenen mit einem Tuche zu und öffnete.

Philippi und Graf Gotter traten herein, ihnen folgte Naumann, Plümike und Antonie von Eichstädt.

Towadei trat vor sie hin:

„Was wollt ihr hier?"

„Wir suchen bei Ihr den Musiker Friedemann Bach!"

Da schritt die Lumpensammlerin an sein Lager und zog die Decke ab.

„Da liegt er! — Tot!“

„Tot?!“

Antonie sank vor seinem Bett zusammen.

„Ihr kommt zu spät!“

Zwei Tage später ward Friedemann Bach begraben.

So wenige im Leben ihn gekannt, so viele Augen weinten an seinem Grabe, und eines Friedrichs Träne fiel seinem Andenken.

————————————————————————

Acht Tage später, in der Nacht, brach bei der Lumpensammlerin Feuer aus. Sie selbst war verschwunden! — Die Leute in der Nachbarschaft flüsterten seltsame Dinge. Man hatte sie am Abend vorher am Fenster gesehen, sie sang unheimliche Lieder von „Liebe, Liebe, Liebe!“

Antonie von Eichstädt wanderte von dieser Zeit ab nicht mehr. Nach einem Jahre folgte sie Friedemann.

Forkel weiht in seinen Werken seinem Andenken folgende Grabschrift:

> „Ach, hier liegt, zum warnenden Exempel,
> Ein Poet, der hohen Ruhm erwarb,
> Aber auf dem Weg zu Famas Tempel
> Hungers starb.“

Epilog.

> „Schmerz ist Erkenntnis. Wer am meisten weiß,
> Der fühlt am tiefsten!“

Aus den Schauern der Urnacht, wo still geschäftig im Schoße der Liebe Atom dem Atome sich gattet, entglomm die erste Welt! Aus Dunst und Lavabrei bauten sich jene Himmelskinder auf, die nächtlich uns entgegenglänzen und aus trüber Atmosphäre ersten Erdelebens brach jauchzend der Sonnenstrahl: „Es werde Licht!“

Prangender Frühling, jubelnde Sommerzeit! Du Blütenmeer und saftig Grün, du tanzende Quelle, trauliche Waldesnacht voll Vogelsang und Käfergesumme, ihr flattert vorüber — erbleichet im Herbst. Und wie er kaum die Früchte und Samen verstreut hat, zieht der Winter mit pfeifendem Nord über die Flur und deckt mit seinem eisigen Leichentuche die wonneleeren Täler.

Aus dem Schoße nebelhafter Mythe erhebt sich unser Geschlecht, Volk um Volk! Strahlende Geister, gewaltige Herrscher, hohe Taten erstehen und wandeln in endloser Kette um die Erde. Stolze Namen vergehen und Selig=keit wie Tränen, Nationen wie Menschen, Minuten wie Jahrhunderte ziehen vorüber, hinab in die schweigende Gruft, hinein in den Tod!

Grab! Tod!

Es ist unrecht, falsch und grundlos, das Grab und den Tod mit so trüben, ängstlichen, mit so fatalen Blicken anzusehen, wie wir's gemeiniglich tun.

Wohl faßt uns Wehmut, wenn wir den Sommer mit seinen Blüten in den Herbst, den Herbst mit seinen Früchten in den Winter sinken sehen, aber in dieser Wehmut lebt eine süße Freude, eine heimliche Wollust, eine sichere, starke Hoffnung, daß einst der Sommer wiederkomme mit seinen Wonnen, daß neu die alte Sonne strahle der stillen, nacht=umfangenen Welt, daß aus den Trümmern alter Welten, heimgegangener Völker und Jahrhunderte, aus der Asche jeder verblichenen Menschenblume sich neues, süßes Sein entfalte zu herrlichem Tagewerk!

> „Darum singet neue Lieder,
> Steht nicht länger gramgebeugt,
> Denn der Boden zeugt sie wieder,
> Wie von je er sie gezeugt!"

Der Stoff, der einmal ist, ist unvergänglich!

Der Gedanke, der einmal gedacht, das, was einmal gefühlt ward, ist unsterblich!

Was wir vergehen und sterben nennen, ist nur Wandlung!

„Schmerz ist Erkenntnis!“ — Wer die beiden hat, weiß, daß wir tausendmal im Leben sterben, das ganze Sein ist nur eine Wandlung!

Wir steigen auf, um hinabzusteigen, wir gehen abwärts, um emporzuziehen, das sind die ewigen Kräfte der Natur: „die sich die goldenen Eimer reichen“, alliebend all das All durchklingen!

Was ist Ruhm, was sind Namen? Zuletzt ein leerer Hauch, die bloße Bezeichnung einer Art, zu sein, im Munde später Geschlechter, ein abstraktes Ding!

Die Gedanken allein, die Taten bleiben! Sie werden der Menschheit zum eigensten Besitz und jedes hohe Können unserer Seele verschwistert sich mit dem Allgeist der Menschheit, dem Gedanken Gottes!

O, glaubet nur alle: Kein menschlich Herz fühlt umsonst, kein Hirn quält sich nutzlos auf dieser Erde. Aus dem Samen der winzigsten Blume kann eine ganze neue Schöpfung sich bevölkern. Könnt ihr glauben, daß des Schöpfers Ebenbild, die Wonne der Natur, das Wesen, welches dieser Erde zum Herrscher und Beglücker gegeben ist, das auch nur Winzigste umsonst tut? — Wollt ihr ihm gerade die große Wandlung, die Unendlichkeit abstreiten, die doch Eigenschaft des ganzen Weltrings ist, das ewige Rotieren um die unsichtbare Axe, „das Herz Gottes“?!

Ich sage nicht, wo der arme Friedemann ruht. Still und ungestört soll er schlafen im dichten Grün, einsam und ärmlich, wie er gelebt.

Der morsche Stein auf seinem versunkenen Grabe

ist so mit Moos und Kraut bedeckt, daß man kaum noch das verloschene „F. W. Bach" erkennen kann.

Sein Sterbetag, der 1. Juli, ist heute.

Neben der eingesunkenen Gruft kauernd, träum' ich über die Gräber hin, seh' die weißen Wolken ziehen, und die hohe Zypresse nickt mit ihren Zweigen über mich her. Ich bin so versunken in Wehmut und Trauer, in süße, hoffnungsreiche Trauer, in den stillen Opferdienst dieser Stunde, daß ich gar nicht bemerke, wie mein Kind um die Gräber springt und, fröhlich lachend, die Blumen ruft, ob auch die Mutter leise schilt.

„Ach Vater! Sieh! Sieh! Der Schmetterling kommt aus Friedemanns Grab!"

Und lustig schwang der goldene Falter sich empor.

„Er kommt aus seinem Grabe!"

Anhang.

Nachstehendes Lied des unsterblichen Sebastian Bach, welches dem Verfasser aus dem Bachschen Archive der Königlichen Bibliothek zu Berlin, durch die Güte des Herrn Professor Dehn, ausdrücklich und nur zu diesem Zweck zur Veröffentlichung übergeben wurde, fand derselbe in einem alten Notenbuche, welches, außer diesem Musikstück, Choräle und Klavierpiecen, teils von der Hand Sebastians, teils Anna Magdalenes, enthielt. Außer diesem Liede fand er noch ein anderes: die Tabakspfeife, eine Humoreske, ferner nachfolgendes Hochzeitskarmen Sebastians an seine Braut (Magdalene) und einen Zettel von Zelters eigener Hand, der folgendermaßen lautet:

„Giovanni könnte J. S. Bachs italisierter Schäfername sein und das Gedicht wie die Komposition, von ihm selbst gemacht, in die Zeit seiner zweiten Verlobung mit Anna Magdalena fallen, die recht gut soll gesungen haben. — Die Abschrift, welche mädchenhaft genug ist, könnte von der Hand des Liebchens sein. — Wäre diese Hypothese gegründet, so wäre ein solches Denkmal aus der Blütezeit des großen Mannes nicht zu verwerfen, wiewohl Herr Dr. Forkel wissen will, daß Sebast. Bach nie ein Lied soll gemacht haben. — Übrigens habe ich diese beiden Blätter in einem Notizbuche vorgefunden, welches der Anna Magdalena Bach gehörig gewesen, und worin S. Bach derselben mehrere Klavierstücke eingeschrieben hat!"

Zelter.

„Ihr Diener, werte Jungfer Braut*)!
Viel Glück's zur heut'gen Freude,
Die Sie in Ihrem Kränzchen schaut
Und schönem Hochzeitskleide.

---

*) 1721 heiratete Sebastian Bach seine zweite Frau, Anna Magdalena Wülkens.

Da lacht das Herz vor lauter Lust
Bei Ihrem Wohlergehn,
Was Wunder, wenn mir Mund und Brust
Vor Freuden übergehn!

Kupido, der vertrackte Schalk,
Läßt keinen ungeschoren;
Zum Bauen braucht man Stein und Kalk,
Die Löcher muß man bohren,
Und baut man nur ein Hühnerhaus,
Gebraucht man Holz und Nägel,
Der Bauer drischt den Weizen aus
Mit groß und kleinem Flegel!"

Aria di Giovannini.

Dichtung und Komposition von Joh. Seb. Bach.

Druck von Hesse & Becker in Leipzig